中国社会科学院文学研究所学术文库

社会科学文献出版社

SOCIAL SCIENCES ACADEMIC PRESS (CHINA)

中国社会科学院文学研究所**学术文库**

文之舞

网络文学与互文性研究

Dance of Texts: A Study of
Net Literature and
Intertextuality

☐陈定家/著

社会科学文献出版社
SOCIAL SCIENCES ACADEMIC PRESS (CHINA)

出版前言

　　文学研究所学术文库经过本所学术委员会的郑重推荐，将逐年推出本所学者以青年为主体的新作。由于中国社会科学院已有"博士文库"、"青年文库"，这个文库更多的是留下他们在"青年"、"博士"之后继续前行的足迹。基于建所重在出人才、出成果的思路，期待着这里能涌现出一批将来的名家的今日之名作。

　　自1953年建所以来，我们就执著地追求谦虚、刻苦、实事求是的所风，力戒浮躁，崇尚有根底的创新。创新而无根底，易成泡沫；讲根底而欠创新，易成老木疙瘩；创新与根底并重，才是我们增长实力、开拓新境的基本方法。文学所一代代学者的成长，都在实践着这一基本方法，避免了追波逐流或攻关抢滩之弊，培养了一批为中国现代人文建设做着实实在在工作的学人。如果要我不那么谦虚地说一说文学所的长处，这长处就在于从前代学者就开始了的文献功夫和贯通意识，以文献站稳脚跟，以贯通迈开脚步，以新材料、新思维、新发现，走向现代学术的深处、广处和前沿。因此我们也有理由以殷切的眼光期待，期待这个学术文库成为文学所的学风、学养和学术基本方法的历史见证。有期待的写作与有期待的阅读，其可成为人生之乐事乎？

　　走进新纪元的文学研究所，总要有一种与我们民族全面振兴相适应的文化姿态和文化行为。小康社会应有学术文化的"小康"。文学所近期正在启动三项学术工程：其一是这套"学术文库"，主要收集以中青年学者为主的新作，代表着我们的希望。其二是"文学研究所集刊"，重点发现本所学者见工夫、有分量的长篇论文，展示我们的学术阵容和实力。其三是"文学研究所学术汇刊"，重新汇集出版本所在1950年代以来的重要学术史文献，包括"马克思主义文艺理论丛书"、"古典文艺理论译丛"、"现代文艺理论译丛"以及"中国古典文学读本丛书"，还准备选刊一批重要学者的名作精品，这反映着我们应该继承弘扬的传统和值得珍视的历史记忆。文学所和它的学术委员会愿为这些学术工程付出不懈的努力，以开辟文学研究的广阔的途径和富有生气的新境界。谨请学术界高明之士和新锐之友不吝赐教。

中国社会科学院文学研究所所长

学术委员会主任 研究员

杨 义

二〇〇六年七月十六日

目　　录

前言 ……………………………………………………………… 1

第一章　网络文学关键词：超文本与互文性 ……………………… 1

第一节　"生还是死，这是一个问题" …………………………… 3
一　米勒对德里达"终结论"的阐释 ……………………… 3
二　"知人论世"看米勒 …………………………………… 6
三　"终结论"没有终结 …………………………………… 9

第二节　从"文本"走向"超文本"的文学 ……………………… 15
一　超文本的起源、概念与形式 ………………………… 17
二　从纸质文本到网络超文本 …………………………… 20
三　"超文本"与"文献宇宙" ………………………… 25

第三节　超文本：存在本质与发展历程 ………………………… 32
一　如何理解"超文本" …………………………………… 32
二　超文本的发展历程 …………………………………… 38
三　"非线性"与"迷路"问题 …………………………… 44

第四节　超文本与互文性 ………………………………………… 47
一　"越读者"与"写读者" ……………………………… 48
二　超文本与网络互文性 ………………………………… 52
三　"写读者"与"亵渎者" ……………………………… 54

第二章　互文性与开放的文本 …………………………………… 63
第一节　互文性：概念与历史 …………………………………… 64
一　互文性研究文献概述 ………………………………… 65
二　互文性：概念的历史嬗变 …………………………… 73
三　"巴赫金抑或克里斯蒂娃?" ………………………… 81

第二节 "互文性"与"超文性" ·· 87

　　一 "互文性"与"剪刀诗学" ·· 88

　　二 "写作机器"与"文学工场" ····································· 93

　　三 "互文性"与"超文性" ··· 108

第三节 互文性与开放的文本 ·· 110

　　一 互文性与开放的文本 ·· 111

　　二 "以不类为类"的互文性 ·· 119

　　三 依托于网络的互文性革命 ······································ 121

第三章 互文性语境中的文学经典 ······································ 131

第一节 超文本与"书籍的终结" ······································ 131

　　一 艾柯:《书的未来》 ··· 132

　　二 "难得潇洒":《告别纸媒》 ····································· 136

　　三 本雅明:《迎向灵光消逝的年代》 ······························ 140

第二节 从互文性视角看文学经典 ······································ 150

　　一 基于互文性的文学经典 ·· 152

　　二 "经典化"与"去经典化"的悖论 ································ 157

　　三 戏仿:互文性的"滥用"及其他 ································· 165

第三节 经典资源的互文性开发 ·· 174

　　一 "互文性还魂":经典的守正与创新 ······························ 174

　　二 消费经典:互文性改编示例 ······································ 179

　　三 影像化:从"互文性"到"互视性" ···························· 196

第四章 身体写作的互文性阐释 ·· 207

第一节 "身体想象"的互文性延伸 ···································· 208

　　一 《身体课》与《身体活》 ·· 210

　　二 "通过身体思考"如何可能 ····································· 216

　　三 身体写作的互文性举隅 ·· 222

第二节 "身体写作"的五种"面相" ··································· 230

　　一 "愚乐八卦"的媒介面相 ·· 232

　　二 "群媒互介"的作品面相 ·· 234

　　三 "众声喧哗"的批评面相 ·· 235

四　"唤醒身体"的文论面相 ……………………… 237

五　"和光同尘"的文化面相 ……………………… 238

第三节　"身体写作"与"情欲经济学" …………… 240

一　"人的回归"与"诗性觉醒" ………………… 240

二　"身体叙事"与"女性视角" ………………… 244

三　"身体转向"与"文本狂欢" ………………… 250

第四节　"灵肉互文"与"身体美学" ……………… 262

一　"二希文化"与"道成肉身" ………………… 262

二　"修身养性"与"身国合一" ………………… 268

三　"灵肉互文"与"身体美学" ………………… 275

第五章　后现代症候：从"互文性"到"互介性" …… 281

第一节　互文性与后现代主义症候 ………………… 282

一　"互文性阐释"与"主线依赖症" …………… 284

二　互文性与后现代主义症候 …………………… 288

三　互文性的文学理论价值 ……………………… 294

第二节　现代与后现代的"互文转化" …………… 299

一　被"互文性"掩盖的"现代性" …………… 300

二　现代性悖论及其理论困境 …………………… 305

三　悖谬的互文：现代性 VS 后现代性 ………… 312

第三节　从"互文性"到"互介性" ……………… 321

一　"媒介为先"的诗学传统 …………………… 325

二　"媒介即讯息"的文学意义 ………………… 327

三　"传媒语境中的文学存在方式" …………… 332

附录　参考书目 ……………………………………… 338

后　记 ………………………………………………… 382

前　言

　　《文之舞》：文本之舞。读屏时代，欣悦的文本在"写读者"眼前，翩翩起舞。

　　曾愉快地写下这个题目，一转念却又倍感犹疑。严复说："一名之立，旬月踟蹰"。而笔者为这个题目纠结的时日岂止旬月！从书稿杀青到撰写前言，少说也有一年多时间了。当初笔者也曾为这个题目暗自得意过，但同时也隐隐觉得这个"舞"字太过浮华俗艳，恐其有损学术庄严。有朋友甚至半真半假地调侃说："文本舞于屏，是可忍，孰不可忍？"

　　既有犹疑，上网求解。依稀记得宗白华发表过论舞的文章，百度一下"舞"＋"宗白华"，果然在《美学散步》中找到了"舞"是"中国一切艺术境界的典型"这样的论断，此外，还找到了一个更为干脆利落的说法——"天地是舞"！喝下了美学家的"这碗酒"，各种担忧和惶惑，竟悄然冰消雪释，心中的"疑舞"雾霾，被"美学散步"的缕缕清风渐渐吹散。回想当年撰写学位论文《隐形手与无弦琴——市场语境下的艺术生产研究》时，也曾产生过题目是否见容于学术的忧虑，答辩时特意将"琴"与"手"这样的浮华字眼隐蔽起来，以朴实的副标题接受老师们的询训，待正式出版时才给小书取了个略微沾点文学味的"艺名"。书出版后，有朋友热情夸赞这个题目生动形象，充满诗意，准确地抓住了研究对象的本质特性，可谓神形兼备。我自然明白这是善意的鼓励，但或许是虚荣心作祟吧，这样的鼓励有时竟比批评更让我难以忘记。

　　这一次，我借用这个"手之舞之，足之蹈之"的"舞"字，表达自己研习"网络文学与互文性"的感悟和心得，其犹疑也来自朋友的鼓励与批评：有朋友夸赞"文之舞"三个字神形兼具，耐人寻味，面对电脑荧幕上下翻飞的文本，这个超言绝象的"舞"字，堪称画龙点睛之笔；但也有朋友提醒我规避舞文弄墨、哗众取宠的嫌疑，对此，我确也心存戒惧。鼓励是一种重情义的关爱，而批评是一种偏理性的关爱。但这两种关爱往往各言其是，让人难以取舍。姑且尊重发自内心的真实感受吧，留下这个题目，为这一段纠结的心态立此存照。笔者一直想找一个足以抓住超文本和互文性基本特征的词语来描述读屏时代的文学特性，细细想来，若真有此一词，则又舍"舞"其谁？有位研究麦克卢汉的朋友，听了我为书名的"申辩"后不无激动地说："'文之舞'三个字是对'文本的网络转向'最传神的描述，这应该算得上是你对网络文学研究的一大学术贡献！听了你的解释，我对麦克卢汉又有了新的理解。"当然，这只是朋友之间的说笑，不能当真，聊充花絮。

让我们言归正传"另转一屏"吧。笔者认为，从读书到读屏的转化，是网络时代文学阅读最重要的特征之一。文学作品从白纸黑字的信息化石，变成了绘声绘色的表意精灵，文本的这种格拉芯亚式的觉醒，以此"通巫入冥"之"舞"为喻也未必真能曲尽其妙，但我始终找不出比"文之舞"更准确、更生动的意象来描述自己对"当代文学网络化转向"的最直观感悟。还有一个不忍割舍这个书名的原因是，罗兰·巴特的《文之悦》为笔者的互文性研究提供了许多重要的启示和借鉴，因此本书以《文之舞》为名隐含着对互文性理论大师们的致敬之意，而且也在一定程度上表明自己对网络戏仿风习的认同。当然，"舞"这一概念本身所包孕的丰富内涵应该是更为重要的原因。我们看到，"舞"不仅是既原始又现代的信息交流方式，同时也是我们所能想象得到的形式最直观、内涵最丰富的表意方式，尤其是以网络为背景的"文之舞"，既能不断开拓现代技术隐含的审美场域，又能充分激发人类与生俱来的视听潜能。从这个意义上讲，"文之舞"是一个跨越超文本技术与互文性理论的综合性概念，它既不缺乏互文性所负载的厚重人文底蕴，又拥有超文本所隐含的高新技术理性；同时，它还是一个富有象征意义的麦克卢汉式的新媒介概念！

上述理由或许不无可商榷之处，但说到底不过是为书取名而已。苏轼说："世间唯名实不可欺。"既然不可欺，就应该实话实说，尽量使题目与内容名实相符。这些年来，笔者或为兴趣驱使，或为生计所迫，写了数百篇文章，编撰和翻译的著述也不算少，但每到推敲标题或为书命名时，便有山穷水尽、文思枯竭之感。如果能够像马克思那样千诗一题《致燕妮》，或像李商隐那样索性以"无题"为标题，抑或像柴可夫斯基那样以阿拉伯数字为作品标序，那该省却多少麻烦！仿照这些名人的"标题方法"设计标题，既简便易行，又行之有效，而且还省得到了统计科研成果的时候，记不住那些朴素得没有任何特色的名字，省得填写各种表格时总要细心查阅知网或电脑文档，好像那些文章和著作是别人家的"孩子"似的。然而对于无名之辈的一本普通的小书来说，大师的命题法，显然不可以复制。我不敢肯定"文之舞"与这本小书是否"名实相符"，但这个名字至少有这样一个好处，那就是让人一见难忘。就当是给自己的孩子取名吧，好认好记就够了，这不需要太多理由。孔子说："名不正则言不顺。"其实上述这番"正名"的话，也并非只为"正名"而已，权且以此充当本书的"开场白"或"文之舞"的"开幕词"吧。

　　1999 年春，何西来老师主编人大书报资料中心《文艺理论》，推荐我负责该刊编辑工作，使我有机会比较全面地了解当代文论研究的现状与态势。那几年，几乎所有重要期刊中的文艺理论文章都会由专人编号造册，然后堆到我的办公桌上。我的工作就是从 400 多篇最新刊发的文章中挑选出 20 篇左右符合"真精新"标准的论文剪贴成册，提交"复印"。那时我正在准备学位论文，新媒体对文学生产的影响是其重要内容之一。在这种情况下，我自然会格外关注那些有关新媒介和网络文学研究的文章。不久之后，我参与了《中国文学年鉴》的编辑工作，撰写文学理论研究的年度综述报告。这个年度报告，自 1997 年（补写）至今一直由我执笔，出于工作的需要，我从未中断过对网络文学研究态势的追踪与考察。与此同时，也做过一些网络文学研究的课题。

　　如果从 1999 年发表《电脑艺术的兴起和古典艺术的终结》算起，我关注网络文学已有十好几个年头了。十几年来，朝夕于是，念兹在兹，纵无值得一说的学术建树，多少也有些感悟与心得。譬如说，传统文学研究中的中西、古今、诗思、技艺等矛盾问题，在网络文学研究中都不同程度地存在着，甚至表现得更为尖锐。如何处理好中与西的融合、古与今的转化、诗与思的互补、技与艺的博弈等问题，显然需要从学理上理清思路，需要求真务实地开辟出适应网络文学发展要求的治学路径。此外，网络文学与传统文学最大的不同是基于载体变化造成的"文本转向"，在传统文学的线性文本向网络文学超文本的转化过程中，有许多值得密切关注的学理问题被我们忽略了。本书之所以重点讨论超文本和互文性问题，是因为笔者深感文论界对这个问题的关注还远远不够。对"超文本"这个从数字技术领域引入的新概念,除了一本孤峰峭拔的《超文本诗学》以外,文论界的相关研究还明显缺乏应有的人文烛照和审美关怀,更少见到中西贯通、文理兼容的诗学化深度阐释。笔者一直认为,从文论视角而言,如果说"超文本"研究是理解网络文学的关键词,那么互文性作为体现超文本本质特征的核心要素,可以说是研究网络文学的关键词中的关键词。

笔者曾在一篇专论超文本的文章中提出过这样的观点:超文本作为网络世界最为流行的表意媒介,它以"比特"之名唤醒了沉睡于传统文本之中的"互文性"即唤醒了书面文学的开放性、自主性、互动性等潜在活力与灵性。它以去中心和不确定的非线性"在线写读"方式解构传统、颠覆本质,在与后现代主义的相互唱和中,改变了文学的生存环境和存在方式。在"如我们所想"的赛博空间里,网络文学所演绎的"文之舞"即"话语狂欢之境"交织着欣喜与隐忧:它精彩纷呈、前景无限却又充满陷阱与危机。超文本的崛起和互文性的觉醒不仅是当代文学世纪大转折的根本性标志,而且也是理解网络文学的媒介化、图像化、游戏化、快餐化、肉身化、博客化等时代大趋势的核心内容与逻辑前提。更重要的是,超文本与互文性理论正在悄然改写我们关于文学与审美的思维方式和价值标准。

基于这样的认识,我们从"互文性理论"的视角对网络时代的传统的"文学经典"和时尚的"身体写作"进行了新的阐释和批评,并结合西方现代与后现代主义理论,对读图时代文学从"互文性"快速走向"互视性",进而走向"互介性"的大趋势进行了研究与探讨,提出了一些与传统文论不尽相同的心得与见解;尽管这本小书必定存在着这样或那样的不足,但敝帚自珍,笔者仍欲借此作抛砖引玉之想,衷心期望网络文学及其相关研究能够引起同道与同行更多的关注与扶持。是为序。

第一章
网络文学关键词：超文本与互文性

赤橙黄绿青蓝紫，谁持彩练当空舞？

——毛泽东

"舞"是中国一切艺术境界的典型。天地是舞，是诗，是音
乐。自由潇洒的笔墨，凭线纹的节奏，色彩的韵律，开径自行，
蹈光揖影，抟虚成实。墨花飞舞……无笔墨处亦是飘渺天倪，即
其笔墨所未到，亦有灵气空中行。

——宗白华

起于青萍之末的网络风潮，已悄然演化成天落狂飙之势，径直把我们
带进了一个"数字化生存"的世界。毫无疑问，互联网的横空出世写下了
有史以来最伟大的神话。就文学这个以神话奠基的审美王国而言，一经网
络介入，便立刻引发了大河改道式的族类迁移和时空跳转。千百年来辉映
人类心灵世界的流岚虹霓，正被虚拟为诗意灵境中电子赋魅的天光云影。
在整个审美意识形态领域，"网络文学"的"生成与生长"以及"超文
本"的"兴起与兴旺"，已经成为当代文学世纪大转折的根本性标志。
"超文本"研究也受到越来越多的关注，现已成为中外文论与批评的一个
开坛必说的"关键词"。但毋庸讳言，对"超文本"这个从数字技术领域
引入的新概念，文论界的相关研究仍明显缺乏应有的人文烛照和审美关
怀，更少见中西贯通、文理兼容的诗学化深度阐释。可以说，"超文本"
的兴起已成为网络时代文学研究最迫切的课题之一，因为，"超文本"研

究已成为理解和研究网络文学的关键词，而互文性则是体现超文本本质特征的核心要素，从这个意义上说，互文性可谓是研究网络文学的关键词中的关键词。

我们看到，与近年来网络文学的风生水起形成鲜明对照的是，自 20 世纪 90 年代以来，书面文学边缘化态势日趋严峻，文学研究终结论更是不绝于耳。但从网络统计的数据看，文学世界似乎依旧风和日丽，繁花似锦，特别是网络文学创作与批评，展露出"乱花渐欲迷人眼"的奇幻景象，文学研究的学术专著、论文和评论文章逐年呈现海量激增态势，形形色色的研究成果，泥沙俱下，滔滔滚滚，俨然一派全民学术狂欢的热闹景象。然而，如果从学术研究的视角以冷眼看热点，我们不难发现，学术界所关注的热点问题很少真正来自于文学自身，这个倾向，在文学理论界表现得尤为突出。这些年来的文论热点问题，要么来自西方文化思潮，要么来自大众传播媒介，要么跟风于其他文化热点。譬如说近些年文学研究论文排名靠前的高频词汇——全球化、现代性、后现代、文化研究、消费文化、视觉文化、生态文化、媒介批评、网络文化等，几乎都是来自当代文学创作和文学批评之外的领域。从近些年召开的中国中外文论学会年会提交的论文看，文学理论越来越密切关注文论的形态建构问题、文学"视像化"与"市场化"问题、文学本质与数字化问题、生态美学与生态批评问题、图像霸权与文艺学边界问题、移动屏媒与文学阅读问题……这些问题，都直接或间接地与网络社会的来临以及数字文化的兴起有关联。在这种背景下，网络文学研究渐渐成为学术界关注的热门话题，这几乎可以说是一代学人顺应时代潮流的必然结果。

笔者在《超文本的兴起与网络时代的文学》一文中曾经指出，在这个"数字化生存"的时代，超文本作为网络世界最为流行的表意媒介，它以"比特"之名唤醒了沉睡于传统文本的开放性、自主性、互动性等潜在的活力与灵性。它以去中心和不确定的非线性"在线写读"方式解构传统、颠覆本质，在与后现代主义的相互唱和中，改变了文学的生存环境和存在方式。在"如我们所想"的赛博空间里，网络文学所营造的"话语狂欢之境"交织着欣喜与隐忧——它精彩纷呈、前景无限却又充满陷阱与危机。超文本的崛起不仅是当代文学世纪大转折的根本性标志，而且也是理解文学媒介化、图像化、游戏化、快餐化、肉身化、博客化等时代大趋势的核心内容与逻辑前提。更重要的是，超文本正在悄然改写我们关于文学与审美的思维方式和价值标准。①

第一节　"生还是死，这是一个问题"

2001 年第 1 期的《文学评论》上，发表了希利斯·米勒（J. Hillis Miller，1928～）的一篇文章《全球化时代文学研究还会继续存在吗?》，作者开篇就以小标题的形式亮出了这样一个观点："新电信时代会导致文学、哲学、精神分析学甚至情书的终结。"作者首先引用了雅克·德里达《明信片》一书中的一句话，尽管这句话是德里达书中一位主人公说的，但米勒不容分辩地把这句"骇人听闻"的话记在德里达的账上："在特定的电信技术王国中（从这个意义上说，政治影响倒在其次），整个的所谓文学的时代（即使不是全部）将不复存在。哲学、精神分析学都在劫难逃，甚至连情书也不能幸免。"简而言之，米勒从德里达《明信片》中挖掘出了这样一条似曾相识的信息——人类也已进入一个全新的电信时代，这个时代的文学命运即将发生如此重大的转折："生还是死，这是一个问题。"这句由莎剧人物哈姆雷特说出的台词固然有多重不同含义，但在大多数情况下，这句话只不过是某种愤青式的激烈情感的宣泄，但密切关注"文学生死问题"和"文学权威问题"的米勒，在中国发表文学终结论时已年逾古稀（这是苏格拉底和孔子离世的年龄），他对"文学生死问题"的"权威性"思考，理所当然地引起了同行学者们的高度重视。

一　米勒对德里达"终结论"的阐释

诚如米勒所言，至少对爱好文学的人来说，德里达的"文学终结论"是耸人听闻的奇谈，在这个世界被称作"地球村"的时代，全世界的文学爱好者们心中都会有这样或那样的焦虑、疑惑、担心，甚至愤慨，有些人心中或许还隐隐地藏着这样一种渴望，"想看一看生活在没有了文学、情书、哲学、精神分析这些最主要的人文学科的世界里，将会是什么样子。"

---

① 陈定家：《超文本的兴起和网络时代的文学》，《中国社会科学》2007 年第 3 期。

按照米勒的猜想，那一定是"无异于生活在世界的末日！"①

　　米勒对德里达之论断的心态是相当复杂的，一方面他表达了或许只是作为修辞策略的"强烈震惊"："德里达在《明信片》中写的这段话在大部分读者心目中都会引起强烈的疑虑，甚至是鄙夷。多么荒唐的想法啊！我们强烈地、发自本能地反对德里达以这样随意、唐突的方式说出这番话，尽管这已经是不言自明的事实。"另一方面，他又对自己斩钉截铁的否定态度表现出了犹疑："在最主要的信息保留和传播媒介身上发生的这种表面的、机械的、偶然的变化，说得准确点儿，就是从手抄稿、印刷本到数码文化的变化，怎么会导致文学、哲学、精神分析学、情书——这些在任何一个文明社会里都非常普遍的事物——的终结呢？它们一定会历经电信时代的种种变迁而继续存在？"②

　　我们注意到，米勒的这篇文章在评述了德里达的名作《明信片》之后，还依次论述了印刷技术以及电影、电视、电话和国际互联网这些电信技术对文学、哲学、精神分析学，甚至情书写作的影响。对德里达在电信技术王国中文学时代将不复存在之说，米勒的解释是，在西方，文学这个概念不可避免地要与笛卡尔的自我观念、印刷技术、西方式的民主和民族独立国家概念，以及在这些民主框架下言论自由的权利联系在一起。从这个意义上说，"文学"只是最近的事情，它开始于17世纪末、18世纪初的西欧。文学可能会走向终结，但这绝对不会是文明的终结。从这个意义上说，德里达无疑是对的，新的电信时代正在通过改变传统文学存在的前提和共生因素而把基于机械印刷工业的文学引向"终结"。

　　当然，米勒的文章已经超出了文学理论的范畴，这篇论文还广泛地讨论了文本、电视、电影和互联网的关系，而且还论及了网络超文本写作和电子邮件时代出现的一种新的文化概念——数字文化。传媒研究领域的学者们还能从这篇文章中发掘出米勒对视觉艺术及其相关文化理论的思考。由此不难看出，米

---

①　J. 希利斯·米勒：《全球化时代文学研究还会继续存在吗？》，《文学评论》2001年第1期。具有反讽意义的是，在中国大众文化生活中，精英知识分子所谓的"文学、情书、哲学、精神分析"一向与"但求温饱的大多数"格格不入，即便在初步解决了温饱问题的今天，文学、哲学、精神分析这类东西似乎也只是少数小资们的精神奢侈品，对普通大众而言，它们常常只是被调侃的对象，譬如在赵本山的小品和尚敬的《武林外传》中作为"包袱"而聊博观众一笑。

②　J. 希利斯·米勒：《全球化时代文学研究还会继续存在吗？》，《文学评论》2001年第1期。

勒的这一篇文章具有多维度的学术阐释空间和多层面的理论延展性。

值得注意的是，历史上各个时期、各个民族的文学都曾有过不同形式的"终结"理论，不管是西方还是中国，文学的"死而复生""向死而生"的戏剧一再上演。关于这方面的情况，马克思曾就希腊神话的"终结"发表过极为精彩的意见，他说："大家知道，希腊神话不只是希腊艺术的武库，而且是它的土壤。成为希腊人的幻想的基础，从而成为希腊〔神话〕的基础的那种对自然的观点和对社会关系的观点，能够同自动纺机，铁道，机车和电报并存吗？在罗伯茨公司面前，武尔坎又在哪里？在避雷针面前，丘必特又在哪里？在动产信用公司面前，海尔梅斯又在哪里？任何神话都是用想象和借助想象以征服自然力，支配自然力，把自然力加以形象化；因而，随着这些自然力之实际上被支配，神话也就消失了。在印刷所广场旁边，法玛还成什么？……阿基里斯能同火药和弹丸并存吗？或者，《伊利亚特》能够同活字盘甚至印刷机并存吗？随着印刷机的出现，歌谣，传说和诗神缪斯岂不是必然要绝迹，因而史诗的必要条件岂不是要消失吗？"① 不难看出，米勒对德里达"终结论"的论述，无论逻辑起点还是论证方式，都与马克思对古希腊神话的阐释颇有相似之处。我们从中可以看到这样一个朴素的道理——一个时代有一个时代的文学，文学在不断地死亡中不断地获得新生，这大约就是陈晓明先生所谓的"向死而生"吧，吴子林先生曾引用庄子的"方生方死，方死方生"来描述文学这种"凤凰浴火"的境况，他所要表达的大约也是这个意思。

我们认为，马克思所谓传说的"绝迹"同时也隐含着神话的"不朽"，这正如缪斯的"消逝"必然孕育着诗神的"再生"一样。马克思的论断，同样适用于中国文学更新换代的情况。我们看到，"诗经楚辞"时代的风骚雅范，虽然至今被人推崇备至，但春秋战国之后的两千多年来，为何再也产生不了第二部"诗经"或第二篇"离骚"？以"三曹七子"为核心的文学集团曾是何等壮怀激烈！他们成就过群星闪耀的文学辉煌时代，但建安风流转眼就被雨打风吹去，一个"文学自觉的时代"很快走向衰亡而终成不可复制的历史！感叹"大雅久不作"的李白和"转益多师"的杜甫赢得了"诗歌万口传"的美誉，但毕竟总会有让人感觉"不新鲜"

---

① 《马克思恩格斯选集》第2卷，人民出版社，1972，第113~114页。

的时候；且不用说王杨卢骆、更不用说韩柳欧苏，一个时代有一个时代的文学，一个时代终结了，一个时代的文学也必将随之终结。如果从这个意义上理解米勒提出的"开始于 17 世纪末、18 世纪初的西欧"之文学终结了，大多数中国学者或许没有任何异议。就像 20 世纪初面向劳工大众的白话新文学兴起之后，那种以诗文评为传统的中国文言文学传统就此走向衰亡一样，随着网络时代的悄然兴起和数字技术的飞速发展，也必将使当下以书刊报纸为主要发表阵地的"文学"走向消亡。

二　"知人论世"看米勒

我们之所以如此关注米勒，不在于他讨论的"终结论"引发了一场旷日持久的论争，而主要在于他是一位著名的解构主义者，著名的互文性理论代表人物，他的《传统与差异》和王逢振等主编的《最新西方文论选》中那篇著名的《作为寄主的批评家》等都是互文性理论的经典之作，关于这一点，将留在后面的相关章节中详细讨论。

既然书面写作不允许我们像超文本那样随心所欲地插入互文性链接，那么还是让我们回到前文提及的文学生死问题吧。正如我们不能简单地理解哈姆雷特的那句"To be or not to be"一样，我们对文学是否会走向终结的问题，也不能只看诉诸一般文学常识的表面现象。既然我们以米勒的文章为分析对象，那么，从知人论世的传统路子出发，我们不妨查查这位频频来华的美国批评家的"老底"。在美国加州大学厄湾分校的网站上，我们找到了介绍米勒的资料。以此为基础，结合中国学界与米勒交往较多的朋友们提供的信息，我们觉得可以对老米勒作出如下描述：

J. 希利斯·米勒，美国著名文学批评家、欧美文学及比较文学研究的杰出学者、解构主义批评的重要代表人物。米勒出生于弗吉尼亚纽波特纽斯的一个知识分子家庭，其父是佛罗里达大学教授、校长和主管牧师。曾就读于奥柏林大学，并在那里获得学士学位（1948），后就读于哈佛大学，并先后获得硕士学位（1949）和博士学位（1952）。结束了求学生涯之后，米勒任教于霍普金斯大学（1952 ~ 1972），在那里的 20 年，他的主要兴趣是维多利亚时期的文学和现代主义的作家与作品。耶鲁大学（1972 ~ 1986）时期，米勒的学术研究渐入佳境，逐渐成长为解构主义耶鲁学派的主要成员，他与保罗·德·曼、布罗姆和哈特曼被中国学界并称为"耶鲁四人帮"。他的这些经历，让我们惊喜地看到了这样一个事实，那就是研究互文性的一帮颇为著名的美国学者，几乎都是米勒的朋友。在耶鲁执教15年之后，他移位于加州大学厄湾分校，任批评理论研究所文学教授，并担任现代语言学会会长。在此期间，他曾多次来华讲学，尤其是 2000 年秋天在北京召开的"文学理论的未来：中国与世界"学术研讨会上，米勒应邀发表了著名的讲演："全球化时代文学研究还会继续存在吗？"在中国文论与美学界产生了巨大影响。尽管近 10 年来有关"文学终结"或"文学转型"的大讨论存在着极为复杂的历史文化背景，但米勒的演讲如果不能说是导火线的话，那么至少也可以说是为"文学终结论"推波助澜的最著名的代表性力作之一。如今，"文学之死"几乎成了米勒的理论标示，以致中国学者在翻译他的《论文学》（*On Literature*）一书时，竟忍不住要将书名改为《文学死了吗？》

米勒无疑是一个勤奋的文学研究者，他把毕生心血奉献给了他"钟爱和珍惜"的文学事业，关于这一点，他的数十部著作可以为之作证：《查尔斯·狄更斯：小说的世界》（1958）、《神迹无踪：十九世纪五作家》（1963）、《维多利亚小说的形式》（1968）、《托马斯·哈代，距离与欲望》（1970）、《保罗·德·曼的经验》（1985）、《阅读伦理学》（1987）、《皮格马利翁诸版本》（1990）、《理论随想》（1991）、《阿里阿德涅的彩线：故事线索》（1992）、《插图》（1992）、《文学地形学》（1995）、《阅读叙事》（1998）、《黑洞》（1999）、《他者》（2001）、《论文学》（2002）等。这里的《论文学》即广西师大版秦立彦中译本《文学死了吗？》（2007）。

作为米勒的朋友和米勒学术思想的研究者，金惠敏先生认为，米勒这样一位学者是不会轻言文学终结的，从情感上说，米勒也不忍心宣判文学的死亡。金先生作出这一判断的重要理由之一是，米勒属于那种视文学为事业和生命的学者，由其学术经历和研究成果观之，金先生对米勒的评价可谓理据充足、夸饰有度。

米勒的文章使用了他惯用的"解构主义"互文性策略，在他宣称"文学研究的时代已经过去"之后，他紧接着说："但是，它会继续存在。"[①]

---

①　米勒对解构主义之"解构"（deconstruction）一词的解释耐人寻味，他认为，这里的"de"和"con"两个前缀分别有"反""倒""去"和"合""共""全"的意思，解构的奥妙就隐含在此一"反"（de）—"合"（con）之间。

有不少学者只看到了前面"已经过去"这一层意思，而忽略了"继续存在"这一层意思，因此，对米勒的理解与批评往往会得出针锋相对的观点。有人为米勒喝彩，认为他看到了文学发展问题的本质，"文学研究的时代已经过去"的论断包含着理论大师惊人的洞见；也有人认为米勒不是"信口开河"，就是"杞人忧天"，抑或是"故作惊人之语"，总之，这种"极端化预言"不足为凭。

2001年8月，北京师范大学文艺学研究中心召开了题为"全球化语境中的文化、文学与人"国际学术研讨会，米勒本人也出席了这次会议。会上，文艺学中心主任童庆炳教授作了《全球化时代的文学和文学批评会消失吗？——与米勒先生对话》主题发言，他认为，新兴网络媒体可能会改变文学、哲学的存在方式，但不能就此作出文学和文学批评会因此而消亡的结论。和大多数德高望重的文艺学界的著名学者一样，童庆炳先生坚信，只要人类和人类的情感不会消失，那么作为人类情感表现形式的文学也就不会消失。童庆炳先生的观点，遭到了部分中青年学者的质疑，有学者认为童先生错误地理解了米勒的观点，以致没有形成同一层面的对话。童先生在后来的文章中不无嘲讽地说："我的文章遭到一些为米勒的'文学终结'论所倾倒的学者的嘲讽，说我提出的观点根本不在米勒的层次上，言外之意是我的层次低，米勒的层次高……在这个迷信美国学术霸权的时代，事情就是这样。"① 但也有人认为，实际情况或许恰好相反，米勒站在文学表现形式的阶段性历史层面，亦即"较低层面"上宣称：自17世纪以来的基于机械复制时代的文学在数字化语境中即将走向终结；而童先生站在人类历史发展的"更高层次"上看文学，他认为作为人类情感表现形式的文学是不会走向终结的，这两种截然不同的说法，似乎都能自圆其说。值得注意的是，米勒在此后的言论中多次重述过类似于童庆炳先生的论点。

细加分辨，我们发现，正如米勒的言论还包含着许多其他方面的意义一样，童先生的理论也包含着一代中国文论家说文论艺的深刻而丰富的言外之意。从童先生对米勒的"误解"，再到那些读着童先生的《文学理论教程》而开始思考何谓文学的中青年一代对童先生的"误解"，我们不难

---

① 童庆炳：《文学独特审美场域与文学人口——与文学终结论者对话》，《文艺争鸣》2005年第3期。

看出，有关终结论的争鸣，绝不是一个非此即彼的简单问题。

值得一提的是，米勒本人虽然以《文学死了吗？》等著作为中国文艺学界所熟知，对于笔者来说，他还有一个更重要的身份，那就是他还是互文性理论思潮中一位中流砥柱式的人物。他在《作为寄主的批评家》一文中，以雪莱的诗歌《生命的凯旋》为例，对其寄生物与寄主理论进行了十分精彩的阐发。他在探索雪莱穿行于"前文本丛林"所留下的蛛丝马迹时，发现雪莱竟然是众多寄主的寄生者，这些寄主从圣经的《旧约全书》到《新约全书》，从但丁到华兹华斯再到柯勒律治……雪莱在解构前人作品的同时也在建构自己的作品。在米勒看来，寄生物和寄主存在着一种相生相克、互相转化的奇妙关系。在雪莱之后，不少作家，譬如托马斯·哈代从《生命的凯旋》中汲取营养或受到启示，雪莱的这首诗便从寄生者的地位变成了众多后世作品的寄主。寄生者在解构寄主的同时建构着自身，并同时为自身成为被寄生的寄主积累资本，继而遭到寄生者的解构。然而，这种寄主与寄生物的生生不息的生态却并非线性的链条，它们之间错综复杂的关系遵循着一种反逻各斯中心的逻各斯中心主义。

米勒的寄生物与寄主理论是其解构主义的重要内容之一，在米勒看来，所谓的解构主义批评"非但不是一种层层深入文本，步步接近一种终极阐释的连锁，而是一种总会遇到某种钟摆式摆动的批评，如果它走得足够远的话。在这种摇摆中，概而言之是对文学，具体来说是对某一篇特定的文本，总有两种见解相互阻遏，相互推翻，相互抵消。这种阻遏使任何一种见解都不可能成为分析的可靠归宿和终点。"① 不难看出，米勒所揭示的这种隐藏在传统文本中的寄生关系，在网络文本中已处于一种昭然若揭的状态，批评家们把米勒的这种观点看作互文性理论的深入与拓展可以说是一语中的。按照米勒这种解构即是建构的说法，所谓终结就完全可以理解为新生，也就是说，文学总在以不同形式终结，同时也在以另一种形式走向新生。

三　"终结论"没有终结

在中国文论与批评界诘问与反驳米勒的阵阵喧闹之中，也不乏为米勒辩护的声音。例如，金惠敏先生有感于国内学界对米勒《全球化时代文学

---

① 王逢振、李自修编《最新西方文论选》，漓江出版社，1991，第184页。

研究还会继续存在吗?》一文多有误解,特撰文"正本清源",将文学终结题还原于当代国际理论语境,对米勒的文章进行了富有启示性的阐释。在金先生看来,对于"世界文论"在中国的前景而言,有关文学终结论的争鸣,昭示着中国文论家与外国文论家开始成为真正意义上的国际同行,即有了共同感兴趣的话题,而且对于来自全球化的挑战和威胁也有大致相同的价值判断和情感取向。因而从学术层面上说此次"争鸣"与其说是"争鸣",倒毋宁说是在两条平行线上互不交锋的"共鸣"。米勒这位以文学阅读为事业、为生命的学者怎么可能骤然间就割舍了其半个多世纪以来对文学的痴情呢?

米勒在同一篇文章中明确表示:"文学研究的时代已经过去,但是,它会继续存在,就像它一如既往的那样,作为理性盛宴上一个使人难堪、或者令人警醒的游荡的魂灵。文学是信息高速公路上的沟沟坎坎、因特网之神秘星系上的黑洞。虽然从来生不逢时,虽然永远不会独领风骚,但不管我们设立怎样新的研究系所布局,也不管我们栖居在一个怎样新的电信王国,文学——信息高速路上的坑坑洼洼、因特网之星系上的黑洞——作为幸存者,仍然急需我们去研究,就是在这里,就是在现在。"①

这一被人广为引用的段落,学者有许多不同分析和阐释。金惠敏先生的阐释充满了知音式的辩护和诗意化的赞美。在金先生看来,米勒的这段话"既有对文学永远'生不逢时'的命运的清醒认识,但更洋溢着加缪笔下西绪福斯那种对命运的悲剧式抗争精神;同时又像耶稣口里慈爱的老父迎接落魄归来的浪子,对于文学这个渡尽现代媒介之劫波的幸存者,米勒老人被压抑良久的期盼和珍爱终于喷薄而出,急切切,喜欲狂,因略带神秘的节制而坚定不移,读之愀然,陡生无限敬佩。"但令人遗憾的是,尽管米勒"不失明朗、不致误读"地表达了自己对文学前途的"清醒认识"和"抗争精神"以及"期盼和珍爱",但是,这位可怜的美国老人结果(竟然)还是被……中国同行们"误解了,误批了","甚至还影响了一些道听途说者。"② 或许,米勒明知自己有可能被误解但仍要说出自己无可奈何的"期盼和珍爱"来,正是从这个意义上,我们对金先生之"读之愀

---

① J. 希利斯·米勒:《全球化时代文学研究还会继续存在吗?》,《文学评论》2001 年第 1 期,笔者对译文略有改动。

② 金惠敏:《趋零距离与文学的当前危机》,《文学评论》2004 年第 2 期。

然"和"无限敬佩"云云，才有了一定的同情与理解。

按照金先生自己的说法，米勒是不会也不忍宣判"文学之死"的。金先生在《趋零距离与文学的当前危机》一文中以德里达《明信片》为案例进行了学理层面的探讨，他认为希利斯·米勒对于文学和文学研究在电子媒介时代之命运的忧虑，不是毫无缘由的杞人忧天。对"当前文学的危机"，米勒是清醒的。而另一方面，我们也应该看到，米勒是那么的执著于文学事业，历经沧桑，初衷不改。这样的"执著"是建立在一个清醒的意识之上的，惟其清醒，他才能够以变通的方法坚持文学和文学研究的不可取代性，并对文学与人类的永恒相伴深信不疑。面对图像和其他媒介文化的冲击，米勒试图以一个更高的概念即"阅读"（reading）予以海纳。①金先生认为，"阅读"对米勒而言本质上就是文学"阅读"，因此米勒以"阅读"所表现的开放性同时又是其向着文学本身的回归，是对文学价值的迂回坚持，他试图以文字的"阅读"方式阅读其他文本符号。②从米勒的论述和金先生的阐释中，我们看到了一个回归歌德时代之"文学"内涵的大文学概念，以"文字阅读"等同于"文学阅读"。换言之，只要阅读没有终结，文学就不会终结。

但出人意料的是，米勒的这种"概念升级"的"解构"策略，恰好变成了某些极端"终结论"者的口实。因为形形色色的"大文学"或"泛文学"概念一向都是文学终结论者宣告文学死亡的最主要证据之一："在文学阅读中，我们再也看不到任何比新闻更多的东西，因此人们已经不需要文学了，文学既然失去了想要的东西如何能够获得继续生存的理由？如果说，作为文化遗产的文学还有点什么实用价值的话，大约也只有修辞技巧和惯用的情感调动手法等有益于新闻写作的技巧尚可被借用，除此之外，传统文学还有什么存在的必要？"③

---

① 米勒所谓的"阅读""不仅包括书写的文本，也包括围绕并透入我们的所有符号，所有的视听形象以及那些总是能够这样或那样地当作符号来阅读的历史证据：文件、绘画、电影、乐谱或'物质'的人工制品等等。因此可以这么说，对于摆在我们面前有待于阅读的文本和其他符号系统，阅读是共同的基础，在此基础上我们能够聚集起来解决我们的分歧。这些自然也包括了理论文本。"见 J. 希利斯·米勒《全球化时代文学研究还会继续吗？》，《文学评论》2001 年第 1 期。
② 金惠敏：《趋零距离与文学的当前危机》，《文学评论》2004 年第 2 期。
③ 叶匡政等：《关于文学之死的讨论》，http://www. blog. sina. com. cn/s/blog_ 489ab6b001000063l. html 2011 - 6 - 24。

　　面对这类从实用主义立场出发的文学何为的诘问，米勒和金惠敏的答案看上去与童庆炳的说法并没有本质差别："文学研究或'修辞性阅读'的存在是基于文化记忆的需要，更是为了经济有效地掌握语言，我们无法离开语言，因而我们无论如何也无法抛弃文学。只要有语言，就一定有文学和文学研究。米勒这样的辩护虽然朴素，但道理实实在在，自有其不可推倒的定力，更何况其情真意切的感染力，——这使我们想到，执著于文学或美学，本就是我们人类的天性；只要我们人类仍然存在，仍然在使用语言，我们就会用语言表达或创造美的语言文学。"① 这个结论或许"不可推倒"，但仍然留有许多有待具体分析的余地。

　　撇开"文学终结"概念辨析的无尽纠缠不说，单就网络文化对文学生存状况的影响而言，学界对"终结论"的理解就是一种乱象纷呈的景象。譬如说，有学者认为网络社会崛起使得世界范围内的社会权力关系和权力结构发生了分化和重组，这种权力场的变化必然会影响到文学场的存在结构和文学的实际存在状况，在这种背景下，"西方19世纪中期以来形成的以'纯文学'或自主性文学观念为指导原则的精英文学生产支配大众文学生产的统一文学场走向了裂变，统一的文学场裂变之后，形成了精英文学、大众文学、网络文学等文学生产次场按照各自的生产原则和不同的价值观念各行其是，既斗争又联合，既各自独立又相互渗透的多元并存格局。今天并不存在着一种包罗各种类型、意义笼统、价值取向相同的文学。……走向边缘的只是精英文学，大众文学通过与视听艺术的合作在扩大着自己的存在领域，而打破精英与大众区分的网络文学更体现出了一定的发展势头。"②

　　在数字化生存语境下，当代"文学性"在思想学术、消费社会、媒体信息、公共表演等领域中都发生了深刻的变化，有的学者甚至认为文学在这些领域已经确立了自己的统治。在这种背景下，重建文学研究的对象是克服社会转型期文学研究危机的关键。从一定意义上说，当前文学研究的危机乃是"研究对象"的危机。后现代转型从根本上改变了总体文学的状况，它将"文学"置于边缘，却又将"文学性"置于中心，面对这一巨

---

① 金惠敏：《趋零距离与文学的当前危机》，《文学评论》2004年第2期。
② 单小曦：《电子传媒时代的文学场裂变》，《文艺争鸣》2006年第4期。

变，传统的文学研究如果不调整和重建自己的研究对象，必将茫然无措，彷徨无地。概言之，重建文学研究的对象要完成两个重心的转向：一是从"文学"研究转向"文学性"研究，在此要注意区分作为形式主义研究对象的文学性和撒播并渗透在后现代生存之方方面面的文学性，后者才是后现代文学研究的重心；二是从脱离后现代处境的文学研究转向后现代处境中的文学研究，尤其是对边缘化的文学之不可替代性的研究。①

如果站在传统的"纯文学"的视角看问题，我们或许发现，近十年来的中国文学理论与批评，一直在蓄势待发却又颓势难挽的尴尬困境中艰难前行。在通往放逐诗神和远离经济中心的道路上，确实也时有三两个精英人物走到文学虚拟的前台吆喝那么一两嗓子，而且（竟然）也偶尔能赚得几声喝彩，但关注或回应吆喝的声音很快就趋于寂静。昔日的文学精英们无奈地摇摇头，对文学终结之不可避免也只能听之任之，充其量也不过如同"闲坐说玄宗"的白头宫女一样，想想当年，看看现在，发发感慨，如此而已。试想，在这个房市与股市牵动着大众每一根神经的唯利是图的时代，在一种到处逢人说商机的消费文化背景下，说文论艺是多么不合时宜。因此，有关文学的话题，已越来越难以找到耐心的听众或参与者。相比之下，也只有这样一个至今尚未冷场的话题——"文学死了！"或许还能赢得些许同情。尽管昨天陶东风先生宣称"文学死了"也"死了"，而今天蒋述卓和李凤亮先生则断言"文学的死已经不死"②，这个话题仍将继续下去，至少在中国中外文论学会 2011 年年会上还有学者将其作为大会主题发言再次展开了讨论。事实上，自 20 世纪 80 年代至今，有关文学终结的问题始终没有沉寂过，相关讨论与争鸣也一直没有稍作停歇的势头。至少在我们反思终结论的时候，"终结论"还没有终结的迹象。

我们知道，早在 20 世纪 80 年代，作家王蒙就宣布文学产生"轰动效应"的时代已经过去了。在市场经济大潮下，"无论你写的比沈从文还沈，还是写得比洋人还洋，你他妈再也翻不起什么大浪了。"③ 著名批评家李洁非先生甚至断言，现代意义的"文学"这个词语，即将在 21 世纪的词典

---

① 余虹：《文学的终结与文学性蔓延——兼谈后现代文学研究的任务》，《文艺研究》2002 年第 6 期。
② 蒋述卓、李凤亮：《传媒时代的文学存在方式》，广西师范大学出版社，2010，第 144 页。
③ 阳雨：《文学：失却轰动效应之后》，《文艺报》1988 年 10 月 28 日。

里消失。这些言论在当时曾经引起过一定范围的讨论与争鸣，单就这个话题对当代中国文论所产生的影响而言，"外来和尚"希利斯·米勒的言论似乎产生了更大的冲击波，从论文引用率的网络统计数据看，米勒的那篇曾经产生过巨大轰动效应的论文——《全球化时代文学研究还会继续存在吗?》，直到今天仍然是援引率最高的学术文章之一。而前文提到那本米勒的大作《文学死了吗?》已成为"生还是死"这一问题炒作者的"广告代言品"：

> "文学死了吗"?"小说死了吗"?"书死了吗"? 网络时代来临，这些明显带有情绪化色彩的说法，一度成为泡沫四溅的焦点问题。学术界的热烈讨论更是引起了各种媒介的关注，但文学依旧还是文学。风波过后，事实上，人们阅读的热情并未因此减少。因为，文学所承载的是回忆、现实以及梦幻互相交织的世界。只要人类还有幻想、还会做梦，那么，文学就不会死亡，纯文学也不可能终结。①

那么文学究竟是什么? 书商们说米勒这本著作中有可信的答案。如果相信了书商们的广告，我们就会惊异地看到，老米勒竟然跟中国文论与批评界开了一个近似于黑色幽默的玩笑，当中国学者为他的一句文学即将走向终结的论断争得死去活来时，老先生居然若无其事地模仿中国学者的"北京腔"说："只要人类还有幻想、还会做梦，那么，文学就不会死亡，纯文学也不可能终结。"有媒体爆料说，米勒读了童庆炳先生的文章后，对文学的永不终结论表示了敬意和认可。

2001 年 6 月 28 日，《文艺报》记者周玉宁曾就传统意义上的文学理论是否已走向死亡的问题采访过米勒。米勒认为，文学理论是一种混合型的理论，也就是说，它是一种文学的、文化的、批评的理论，是一种混合体。在作为这种混合体的同时，传统的文学理论形态依然存在，所谓传统的文学理论，是基于一种具有历史、文化功能的或者与历史、文化保持联系的文学的理论，是以语言为基础的理论。"至于它是不是走向死亡，我认为它不是走向死亡，它只是处在一种变化当中，所以是走向一个新的方

---

① 这段话为以卓越网、当当网等为代表的数十家网络销售《文学死了吗?》的网络广告语。

向，一种新的形态。"① 在米勒看来，新形态的文学越来越成为混合体。这个混合体是由一系列的媒介发挥作用的，他说的这些媒介除了语言之外，还包括电视、电影、网络、电脑游戏……以及诸如此类的东西，它们可以说是与语言不同的另一类媒介。然后，传统的"文学"和其他这些形式的文学，通过数字化进行互动，形成了一种新形态的"文学"，米勒强调说，他在这里使用的"文学"一词，与其说是"文学"（literature），毋宁说是"文学性"（literariness），也就是说，除了传统的文字形成的文学之外，还有使用词语和各种不同符号而形成的一种具有文学性的东西。或许我们应该这样理解米勒有关文学之"生还是死"的问题——米勒所谓的文学之死或许是指纯粹以文字为媒介的文学之"死"（即主导地位的丧失），而文学不死，则是指与新媒介一同组成混合体的新形态的文学是不死的。换言之，传统意义的文学或许会在超文本日益成为文化主流的背景下改变生存状态，但作为审美精神的文学性却不会随着网络超文本的出现而走向消亡。

　　跳出传统文论思维方式，转换一个新视角看问题，我们会发现，米勒提出的与语言不同的另一类媒介的说法，为我们理解未来的文学提供了一个全新的思路，我们看到，"在短暂的 50 年里，电子革命接踵而至：微电子革命、PC 机革命、互联网革命、手机革命……一个相当于物质世界的电子世界、赛博空间进入了电脑族的生活。"② 在这一变化过程中，我们的文学写作到阅读都在经历一个"从文本走向超文本"的大河改道般的转变。我们认为，目前有关文学"终结"或"死亡"之类的说法，绝大多数只能看作是一种比喻或修辞策略。就问题的根本症结而言，文学的生存与发展方式，正在经历着一场深刻的革命——"从文本走向超文本"，这才是问题的关键所在。

第二节　从"文本"走向"超文本"的文学

　　中国文论向来就有直面社会变革、贴近现实生活的优良传统，对社会

---

① 米勒、周玉宁：《我对文学的未来是有安全感的》，刘蓓译，http：//www.chinawriter.com.cn。
② 何道宽：《从纸媒阅读到超文本阅读》，http：//www.media.people.com.cn/GB/40628/4127384.html。

政治变革和文化动向一向十分敏感，素有时代风尚的晴雨表和风向标的美誉，但令人不解的是，在有关文论"生死存亡"的数字化变革过程中，文学理论界的感应神经却显得异常迟钝。以网络时代的文学研究而言，长期以来，"网络文学"一直没有得到文论界主流学者们的应有关注。例如，即便在超文本阅读和写作成为这个时代最为普及的文本传播方式的今天，有关超文本的研究，在文学理论界并未得到与其重要性相适应的重视。即便在网络文学研究领域，超文本研究也一直没有得到文学理论与批评界应有的重视，关于这一点，从对中国知网收集的研究成果检索的数据可略知一二。

　　当然，如果孤立地看这个数据，或许看不出文论与批评界对这个论题之态度的厚薄来，但只要与某些热门论题的检索结果稍作对比，我们就会发现"超文本"研究还是一个只限于小圈子的话题。

　　就当前国内学者对超文本的研究情况看，学界对超文本的发展历程、本质特征、应用前景等问题都有比较专深的研究。但文学界对超文本的理论关注似乎远远落后于超文本的具体应用。就文艺理论界对超文本的研究情况看，具有标志意义的成果当然是黄鸣奋先生主持的国家社科基金项目成果《超文本诗学》。这部50多万字的著作从作为历史的超文本、作为理念的超文本、作为平台的超文本、作为范畴的超文本、作为课件的超文本、作为美学的超文本、作为未来的超文本等方面，介绍了超文本的发展历史、先驱人物的贡献，探讨了超文本与西方马克思主义、后现代主义的联系，超文本对教育的建构化、集成化及远程化的影响，建立超文本美学的可能性，并对与超文本相适应的超写作、超阅读、超比喻，超文本的技术规范、版权规范、社会规范进行了分析，对超文本的前景做了展望。①目前，该书已被相关高校列为研究生教材。此外，欧阳友权先生的两本研究网络文学的力作《网络文学本体论》（中国文联出版社，2004）、《数字化语境中的文艺学》（中国社会科学出版社，2005）都设有专门探讨超文本写作和阅读的章节。欧阳友权主编的《网络文学论纲》（人民文学出版社，2003）和聂庆璞的《网络叙事学》（中国社会科学出版社，2005）两本书也有对超文本和超媒体写作进行综合评介和学理研究的章节。至于中国知网所刊载

---

① 黄鸣奋：《超文本诗学》，厦门大学出版社，2002。

的有关超文本研究的文章虽是数以万计算，但其主流却是计算机技术研究领域的文章。而在这个对文论与批评必将大有作为的领域，目前的相关研究还有极大的拓展空间，譬如说，迄今为止，尚未见有从文学生产与消费角度研究超文本的力作，由是，笔者不揣浅陋，在此谈几点不成熟的看法以就教于方家。

一　超文本的起源、概念与形式

关于超本文观念起源，人们通常会归功于范尼瓦·布什（Vannevar Bush，1890~1974），他在 20 世纪 30 年代提出了"存储扩充器"（memory extender）的构想。在这种被命名为 Memex 的设计中，范尼瓦提出了一整套非线性文本结构的理论，1939 年，他开始将自己的这些开创性的想法写成文章《如我们所想》（As We May Think），六年之后，即 1945 年，范尼瓦将文章发表于《大西洋月刊》。该篇文章呼唤在有思维的人和所有的知识之间建立一种新的关系。由于条件所限，布什的思想在当时并没有变成现实，但是他的思想在此后的 50 多年中产生了巨大影响。

根据维基百科"超文本发展史"提供的材料可知，在超文本的发展历史上，有好几位著名人物发挥了重要作用。除了有"超文本鼻祖"之称的范尼瓦·布什外，美国斯坦福研究院的道格·英格尔伯特（Doug Engelbart）的贡献也不容忽视。正是这个英格尔伯特，最早将范尼瓦的思想付诸实施，他开发的联机系统 NLS（On – Line System）已经具备了若干超文本的特性。此外，英格尔伯特还发明了鼠标、多窗口、图文组合文件等等，因此，有人宣称英格尔伯特才是超文本真正的发明者。"'99 国际超文本大会"设立的最佳论文奖即以英格尔伯特的名字命名，可见其先驱地位在相关领域已成共识。

范尼瓦提出了超文本的设想，英格尔伯特将范尼瓦的想法变成了现实，但是，"超文本"这一术语的创立者却另有其人，这个为超文本命名的"教父"是美国学者泰德·纳尔逊（Ted Nelson）。1964 年，纳尔逊提出了周密系统的超文本理论，直到 1965 年，他在文本（text）前加了一个前缀"超"（hyper），于是，"超文本"（Hypertext）这一术语悄然诞生了，不过，它并没有像现在"微博"上的某些"雷人雷语"那样，一夜之间就在网络上迅速传播开来。直到 1981 年，纳尔逊在他的著作中对"超文本"进行了比较严密的阐释,其核心思想是创建一个全球化的大文档,文档的各个部分分布在不同的服务器中。通过激活称为"链接"的超文本项目,例如研究论文里的参考书目,就可以跳转到引用的论文。如今,超文本一词得到全世界的公认,成了这种非线性信息管理技术的专用词汇。为此,"'99国际超文本大会"设立的新人奖特意将奖项冠名权奉送给了纳尔逊。① 值得注意的是,时至今日,究竟什么是超文本,学界并没有定于一尊的说法。下面是当下流行出版物比较常用的超文本定义:

定义一:超文本(Hypertext)是用超链接的方法,将各种不同空间的文字信息组织在一起的网状文本。超文本更是一种用户界面范式,用以显示文本及与文本之间相关的内容。现时超文本普遍以电子文档方式存在,其中的文字包含有可以链接到其他位置或者文档的链接,允许从当前阅读位置直接切换到超文本链接所指向的位置。超文本的格式有很多,目前最常使用的是超文本标记语言(HyperText Markup Language,HTML)及富文本格式(Rich Text Format,RTF)。我们日常浏览的网页都是典型的超文本。

定义二:一种按信息之间关系非线性地存储、组织、管理和浏览信息的计算机技术。超文本技术将自然语言文本和计算机交互式地转移或动态显示线性文本的能力结合在一起,它的本质和基本特征就是在文档内部和文档之间建立关系,正是这种关系给了文本以非线性的组织。概而言之,超文本就是收集、存储、磨合、浏览、离散信息以及建立和表现信息关联的技术。

定义三:超文本是由若干信息节点和表示信息节点之间相关性的链接构成的一个具有一定逻辑结构和语义关系的非线性网络。②

比较著名的还有《牛津英语词典》(1993年版)对"超文本"的定义:"一种并不形成单一系列、可按不同顺序来阅读的文本,特别是那些以让这些材料(显示在计算机终端)的读者可以在特定点中断对一个文件的阅读以便参考相关内容的方式相互连接的文本与图像。"这一定义最后一句话引起了学者们的高度重视,即超文本不仅包含着相互连接的"文

---

① http://www.pingsoft.net/nstl/ncmtzdjx.htm#1.

② http://www.yesky.com/busnews/216456456113750016/20040615/1814377.shtml.

本"，而且也包含着相互连接的"图像"。

我们还注意到，《牛津英语词典》的编者和许多研究者一样，把超文本看成是计算机出现后的产物，按照通行的解释，超文本以计算机所储存的大量数据为基础，使得原先的线性文本变成可以通向四面八方的非线性文本，读者可以在任何一个关节点上停下来，进入另一重文本，然后再点击、进入又一重文本，理论上，这个过程是无穷无尽的。从而，原先的单一的文本变成了无限延伸、扩展的超级文本、立体文本。

但是，作为一个文学研究者，根据我们对网络文学多年研究的经验和体会，超文本是一个开放的概念，它理所当然可以有不同的理解。譬如，计算机科学家、认知科学家和文艺理论家对超文本的认识就很不一致。笔者在《超文本的兴起和网络时代的文学》一文中就充分论证了这样一个事实，即传统文本中普遍存在着一定的"超文本特性"，这个结论，显然与牛津词典的定义不尽一致。

根据美国学者德·布拉（De Bra）的研究，创立超文本概念的纳尔逊本人实际上只是将超文本看作一种"文学手段"！它不过是"我们已知的文学联系的电子化"① 而已。与那些过分夸大超文本与传统文本之间的差异性的论点相比，我们比较认同纳尔逊的这种"注重根本、不忘传统"观点，无论如何，超文本仍然是一种"文本"，从这个意义上讲，将超文本看成是传统书面文本的派生物的论点是有理有据的，我们不能想象谁能凭空虚构出一套完全置传统文本于不顾的"超文本理论"。

我们认为，"超文本"是网络时代文学实现数字化生存的最重要的标志之一。从一定意义上说，网络时代的文学生产和文学消费主要是以"超文本"的样态出现的。众所周知，超文本通用的标记语言 HTML 是英文"HyperText Markup Language"首字母的缩写。作为一个计算机常用术语，超文本其实就是一些不受页面限制的"超级"文件，在超文本文件中的某些单词、符号或短语起着"热链接"（Hotlink）的作用。所谓"热链接"通常是以特殊符号（如标注下划线）或以不同颜色、或不同字体将其关键词凸显于文本之中的标示，这些通往其他页面的热链接，构成了超越既定文本的超级文本网络。

---

① 黄鸣奋：《超文本诗学》，厦门大学出版社，2002，第12页。

这些热链接就如同罗马帝国四通八达的道路能够将罗马皇帝的权力延伸到权限所及的每一个角落一样，它们也可以在一个个容量有限且边界分明的文本之间架设自由往来的桥梁，使读者的情思在文本帝国的广阔天地之间自由翱翔。那些相关甚至不太相关的知识，只要设置了热链接，读者只需鼠标一击，便可以从一个文件跳到另一个文件。更为可贵的是，这些超级文本文件还包含图形和图像，甚至声音和视频文件。就阅读意义而言，超文本与传统文本的注释具有异曲同工之妙，但即便是作为注释，超文本也是一种既没有层级限制又没有空间限制的超级注释。自互联网问世以来，就一直有人在为古腾堡大唱"哀歌"，"告别诗书"和"文学终结"的言论沸沸扬扬，传统文本的千年帝国似乎就要分崩离析了。在这种背景下，对文学数字化生存的研究势在必行，其中，对文学数字化生存的主要方式超文本的理解，已经成了打开新世纪文学之门的一把重要的钥匙。（更详细的论述，参见本章第三节《超文本：存在本质与发展历程》。）

二 从纸质文本到网络超文本

根据 2006 年版《微软大百科全书》（Encarta）的解释，"文本"（text）至少具有 10 种意思：（1）相对于简介、索引、图解和标题的书籍主体；（2）书写材料；（3）演讲或声明之类的成文文稿；（4）作品选；（5）供教学与科研用的书籍；（6）教学参考书；（7）圣经语录；（8）相对于翻译、梗概或改变的原文；（9）适合于铅字印刷流程的版面；（10）计算机屏幕显示资料。尽管文本一词在不同语境下意义不同，但其最基本的含义几乎是不变的，那就是书面文字形式。《牛津简明英语词典》就干脆把文本定义为"任何书写或印刷品的文字形式"。

当我们把"文本"作为一个文艺理论与批评概念使用时，最基本的含义虽然还是"文字形式"，但其引申义却已远不局限于文字形式了，正如西方学者贝维尔在《什么是超文本》一文中指出，"文本的概念已经扩展到绘画、行为、衣着、风景——总之，一切我们附着意义于其上的事物。通常在狭义上，我们用以为例的文本是有着文字的物理存在，然而文本的关键是，它们都具有意义。"①

---

① 贝维尔：《什么是超文本》，*International Philosophical Quarterly*，Vol. 42，No. 4，2002。

值得注意的是，贝维尔这里所说的对象"有意义"以及"如何具有意义"是问题的关键。为此，我们必须把"文本"和"作品"区分开来才能明其大要。按照贝维尔的说法，对文本唯一可行的分析，就是把文本看作汇聚有不同作品的处所（the site of various works）。这种分析有助于解决关于文本的稳定性以及作者的意向与文本意义之间关系的难题。从一定意义上说，"文本"概念的真正价值是在与"作品"的对比中逐渐凸显出来的。在现代文艺理论和批评体系中，"文本"的地位随着作者、作品和读者三方面关系的演变不断发生变化，在 20 世纪以前，当作者具有诗人雪莱所说的"立法者"地位时，作者的中心地位是相当明显的。文本被认为是作者思想感情的真实记录，作者的真实意图是最重要的，文本只是读者接近作者的媒介。如果说文本是作者让读者猜测的谜语，那么谜底只有作者说了算。

既然文学作品是作者思想感情的表现或流露，那么，对作者生平和思想情感的研究就理所当然地成了文学研究的基本前提。提出文学的产生取决于"时代、种族、环境"三要素的泰纳，曾经形象地把文学作品比作"化石"，认为研究化石的目的无非是为了再现它曾经作为"活物"时的情景，研究文本也同样是为了认识那"活人"。在这种思想的支配下，作者的身世及其社会背景的研究就变成了文学研究的中心。作品似乎只是通向这个中心的一个路标。因此，作品的渊源，作品与作家、作品与社会等方面的关系变成了文学研究的主要对象，于是，文学研究实际上与史学研究没有本质的区别。

但是，文学毕竟不是历史。早在亚里士多德的《诗学》里就有诗（文学）与历史之区别的详细论述："史学家叙述已发生的史实，诗人则叙述可能发生的事情。因此，诗较历史更理想、更为重要，因为诗偏于叙述一般，历史则偏于叙述个别。"① 如果对文学的研究只能以了解作者个人的身世际遇为理解作品的前提，以作者的本来意图为阐释作品意义的唯一标准，那么，文学还有什么普遍意义可言？带着这样一种疑问，俄国形式主义和新批评向传统文学批评发起了挑战。他们抛弃了社会－历史批评家强加在文学身上的种种社会的、历史的意义，把文学看作是一个独立存在的

---

① 亚里士多德：《诗学》第 9 章。

自足体，认为，文学作为客体是独立于创造者和欣赏者之外的，而且也独立于政治、道德和宗教等各种意识形态及上层建筑，甚至还是独立于社会生活的。因此，研究文学应该研究文学作品，研究作品的艺术技巧和手法，研究文学的内在规律。① 只有把独立的文本作为研究的中心，才能避免传统文论与批评中常见的"意图谬见"和"感受谬见"。② 新批评这种完全无视作者和读者存在的批评观，其偏激与狭隘是显而易见的。

毕竟，文学是由作者、作品、读者共同组成的一个鲜活的整体，割断作品与作者和读者的联系，文学可能就要成为真正的"化石"了。相比之下，以读者为中心的接受美学家似乎又走了另一个极端，他们把读者的地位强调到了无以复加的地步。按照伊塞尔的说法，文学作品从作者的视角看是"艺术的"，从读者的视角看则是"审美的"。艺术的一极是作者的文本，审美的一极则是由读者对"作品的实现"。也就是说，作者所创作的文本在读者将其具体化或"实现"之前，它充其量只能说是一种"潜在的文学作品"。只有在读者的阅读过程中"文学文本"才能转化为"文学作品"。而读者在阅读文学文本的过程中需要克服各种障碍，在不断地"期待"与"回顾"中，重建文本的连续性，用想象来"完形"（格式塔）或实现文本的潜能。因此，阅读的"完形"过程，其实就是读者参与文本审美对象和意义生成的再创造过程。不难看出，伊塞尔的研究重点既不是作者，也不是作品，而是在总体性研究原则的基础上，把研究重心转向了读者。毫无疑问，这有助于恢复被形式主义割断了的文学与社会及历史之间的血肉联系，能更深刻、更准确地从全方位和动态中把握文学活动的本质。因此，当不可一世的新批评理论变成众矢之的的时候，接受美学和其他一些新潮理论迅速取代了新批评的重要地位。

当以接受美学为理论基础的读者反应批评形成潮流时，"读者""阅读过程""反应""接受""交流""影响"等成了文学研究论文中最流行的关键词，"文本"的中心地位已不复存在。其实，古今中外的作家批评家

---

① 参见陈定家《瑞恰兹与〈文学批评原理〉》，《江汉论坛》2002 年第 4 期。
② 新批评理论家维姆萨特和比尔兹利合写的两篇文章：《意图谬见》《感受谬见》，所谓"意图谬见"，是指"将诗与其产生的过程相混淆……其始是从写作的心理原因中推衍出批评标准，其终则是传记式批评和相对主义。"所谓"感受谬见"是指"将诗与诗的结果相混淆……其始是从诗的心理效果推衍出批评标准，其终则是印象主义和相对主义。"参见赵毅衡主编《"新批评"文集》，中国社会科学出版社，1988，第 228 页。

一般都知道读者有多么重要，即便在新批评崛起前后，读者的重要性也没有被遗忘。例如，罗森布拉特在《作为探索的文学》（1938）中，就已明确提出了"文学沟通"的观念，认为作品是通过作者与读者之间的"沟通"来实现的，因此，没有成为阅读对象的作品是没有任何意义的，这就如同马克思所说的没有人居住的房屋不是真正意义上的房屋一样。只有文本所具有的潜在形象和意义在读者的头脑中得以实现之后，文本才会变成作品。

2003年，笔者和南京大学的汪正龙教授等人翻译了伊塞尔的《虚构与想象》一书，在本书的译后记中，笔者写下了这样一段文字："20世纪的西方美学和文艺理论，思潮迭起，流派纷呈。……在理论风云变幻无定的近百年中，比较而言，大体上有这样的三种类型仍旧引人注目：一、主要以作者为中心的'表现主义'理论，如克罗齐的直觉主义，弗洛伊德的精神分析学，荣格的神话原型理论；二、主要以作品为中心的'形式主义'理论，如以雅各布森为代表的'俄国形式主义'，兰塞姆等人热衷的'新批评'，以及罗兰·巴特等人倡导的'结构主义'；三、以读者为中心的'读者反应批评'和'接受美学'等，主要代表人物有英伽登的'阅读现象学'，伽达默尔的阐释学以及姚斯、伊塞尔倡导的接受美学。"①

在美学和文学理论的这样一种发展"顺序"中，文本的地位、特征、功能和影响也发生了相应的变化。理论的这种变化自然有多方面的原因，其中文学实践因素往往具有决定性的意义。"只要比较一下十九世纪巴尔扎克式现实主义小说或雨果式浪漫主义小说与二十世纪卡夫卡或乔伊斯式的小说，谁都会感觉到现代文学的独特性。巴尔扎克对客观历史进程的信赖和雨果对人性的期望，在现代作家身上似乎都消失了……莫道作者不是英雄，就连传统作品中的英雄在越来越具讽刺性的现代文学中，也逐渐变矮变小，成了反英雄，二十世纪文论不再那么看重诗人英雄创造，却强调批评的独立性，乃至宣告作品与作者无关。""二十世纪形形色色的西方文论如果说有什么明显的总趋势，那就是由以创作为中心转移到以作品本身和对作品的接受为中心……"② 这种理论上的转变来源于文学实践又反过

---

① 〔德〕伊塞尔：《虚构与想象》，陈定家、汪正龙等译，吉林教育出版社，2003。
② 张隆溪：《二十世纪西方文论述评》，三联书店，1986，第6页。

来影响着文学的发展。罗伯-格里耶曾经指出，巴尔扎克的时代是稳定的，当时的社会现实是一个完整体，因此，巴尔扎克表现了他的整体性。但20世纪则不同了，它是不稳定的，是浮动的，是让人捉摸不透的，它有很多含义都难以揣测，因此，无论是逃避现实还是面对现实，也不管作者从什么角度去写，结果总会呈现出一种飘浮不定、难以捉摸的时代特性来。

在人类进入21世纪前后，人类精神世界的这种"飘浮不定、难以捉摸"的特性剧烈膨胀起来，并在无中心而多中心的互联网上得到了酣畅淋漓的表现。单从文学写作和阅读来说，在互联网这个无边无际、无主无定的赛博世界里，"唯变唯不变"的极端化态势越来越明显。由于超文本具有云水一般随物赋形的"完全灵活性"，因此，它能轻而易举地为各种繁杂而奇妙的不确定性提供自由出入文学王国的通行证。相对于传统文本而言，超文本对读写的影响是革命性的，它给人类精神生产领域带来了全局性的变革，这种正在快速推进的变革，横向辐射之深远，纵向震动之强烈，可以说都是史无前例的。尽管如此，我们也应该看到，超文本毕竟没有完全脱离文本的行迹，即便是超文本引以为豪的所谓"完全灵活性"，也明显残留着传统文本的胎记。

纵观文本发展的历史，从陶塑、骨雕、铜铸、缣文、帛书的文字形态到印刷文本的"粉墨登场"，由"泥与木"到"铅与火"再到"光与电"……在经历了一系列的渐变与突转之后，整个"表意"家族正经历着从A到B，即原子（Atom）到比特（Bit）的快速跃迁，一个全新的"超文本"世界轰然洞开。在这里，超文本鼻祖范尼瓦《如我们所想》（1945）中意在借"机"拓展人脑联想功能之"所想"几成现实；"这样一来，计算机就从一个可计算的程序变为一种思维机器，它一下子从通讯的模式构造完全变成了大脑模拟器。甚至人们对于装上了人工智能翅膀的精神最终可以从人类肉体的尘世纠缠中解放出来的'期望'也变得十分强烈。"① 而在"所见即所想，所想即所得"的"超媒介"支持下，"人人成为艺术家"的梦想似乎离现实也不再那么遥远了。在这样一种全新语境中，"什么是超文本"的问题或许要变成"什

---

① 西皮尔·克莱默尔：《传媒、计算机、实在性——真实性表象和新传媒》，孙和平译，中国社会科学出版社，2008，第2页。

么不是超文本"了。

当然，我们也不无遗憾地看到，超文本在催生大众审美狂欢的同时也制造了惊人的文化垃圾。按照超文本理论家乔治·兰道的说法，数字化超文本只不过借助网络技术的帮助，完成了结构主义以来的文本理论家与批评理论家们的设计而已，为超文本提供标志性特点之一的"超链接"（hyperlink）其实并非从天而降的"神赐妙品"，它的核心内容早已存在于巴特、德里达和克里斯蒂娃等人的文本理论之中。它在实现前人梦想的同时也为今人带来了新的难题。目前，中国文论界在这个领域的研究还远未达到国际水准，虽已出现了《超文本诗学》《网络文学本体论》《网络叙事学》等重要著作，但总体上仍处于理论建构的起步阶段。

当然，超文本及其相关研究毕竟只是蓓蕾初放的新鲜事物，从崭露头角到渐成气象都需要一个发展过程。目前已不难看出，随着超文本的日益普及，文学创作、传播与接受正在经受一次前所未有的革命，相关研究也处在风生水起的关口。基于这样一种认识，我们有理由得出这样一个结论——"超文本是连接历史与未来的桥梁"。虽然目前我们大多数人一时还难以真切地看到太多的动人景观，但如今已很少有人再怀疑，在这个"桥梁"的另一端的确存在着一个精彩纷呈、前景无限却又危机四伏、处处陷阱的全新世界。

三 "超文本"与"文献宇宙"

首先，互联网吐纳天地、熔铸古今的博大胸怀，使超文本具有超乎想象的包容性。照兰道的说法，整个互联网原本就是一个硕大无朋的超文本，它最大的特点就是，能无与伦比地凸显出文本潜藏的"互文性"，使文本之间相互依存、彼此对释、意义共生的潜能得到最充分的呈现或迸发。超文本另一个非同寻常的力量在于，它能轻而易举地将传统文本千年帝国的万方疆土，悉数纳入比特王国的版图。因此，在"具备万物、横绝太空"的超文本面前，任何辉煌灿烂的传统文本都将为之黯然失色。

我们知道，每一部经典文学作品，都是一个自足又开放的世界。例如，曹雪芹的《红楼梦》原本是一部没有结尾的残稿，自这部"天缺一角"的奇书问世以来，它一直吸引着骚人墨客的"补天之作"，据一粟编著的《红楼梦书录》所列，颇有脸面的续作就有 30 部之多。它的残缺破损之处，反倒为雪片翻飞的续作留下了翩翩起舞的"互文性"空间。谁料这种"结构性缺憾"，反倒成全了"残书"的"互文性无憾"。对此，王蒙有过这样的感叹："请问，有哪一位小说家哪一部小说有这样的幸运，有这样的成为永久的与普遍的话题的可能？此时无声胜有声，此书无结束胜有结束。不让《红楼梦》有一个符合标准的结尾乃是最好的结尾，不让完成就是最好的完成。这简直是天意，苍天助'红'！要说遗憾，这遗憾与整个人类对世界对人生的遗憾，与'前不见古人，后不见来者，念天地之悠悠，独怆然而涕下'的遗憾相共振。正是这种遗憾深化了《红楼梦》的内涵，动人得紧，善哉《红楼梦》之佚去后四十回也。"① 这种动情的赞叹固然不乏精彩与精辟，但王蒙把《红楼梦》说成是空前绝后的"经拉又经揣，经洗又经晒"的文本就未免有些绝对了。说到底，《红楼梦》也不过只是网络超文本的基本细胞而已。对成功的名著，海明威曾有过著名的"冰山之喻"。如果说曹雪芹的《红楼梦》是漂浮于海面的冰山，那么它沉浸在水中的主体部分，理应是一个相对开放的"互文性"世界。离开了这个比文本本身丰富得多、精彩得多的"互文性"世界，再美的"红楼"，也不过是极尽雕梁画栋之绚烂的一堆土木砖石而已。

值得注意的是，与超文本相比，即便是《红楼梦》这样的皇皇巨著也明显有其致命的弱点——形式与内容的双重局限。吴伯凡在《孤独的狂欢》中把专论"超文本"的章节命名为——《"超文本"：从"死书"到"活书"》。他把一切纸媒文本称为"死书"，因为它们不仅装订"死板"、印刷"刻板"、编排"呆板"，在内容上说也万万不及现实社会的生气勃勃、多姿多彩，在不断发展的真理面前它们更加显得焦虑无依、进退失据。禅宗的创立者为了避免常青的真理之树因"刻版"而"死于言下"，甚至提出了"不立文字"的极端主张。因此，即便是《红楼梦》一样壮丽的冰山，如果与超文本的浩渺汪洋相较，也会显得如同一滴水珠那样细微渺小。

尼葛洛庞帝说过，"印刷出来的书很难解决深度与广度的矛盾，因为要想使一本书既具有学术专著的深度又具有百科全书的广度，那么这本书就会有一英里厚。而电脑解决了这个矛盾。电脑不在乎一'本'书到底是

---

① 王蒙：《双飞翼》，三联书店，2006，第163页。

一英寸厚还是一英里厚。如果有必要，一台网络化的电脑里可能具有 10 个国会图书馆的藏书量。……即使我把美国国会图书馆的所有书下载到我的电脑里，我的电脑也不会增加一微克的重量。"①

"大而无外"的网络空间这种"不知轻重"的品格赋予了超文本无限的延展性，超文本也因此具有无中心、无构造、无主次的灵活多变的特点，显然，这是传统文本向往已久却永难企及的理想境界。按照罗兰·巴特的说法，传统文本也并非一个封闭的孤城，那些被阅读的文本，貌似一个自成一体的小世界，实际上那只是为对话提供一个相对静止的场景而已。巴尔特在《S/Z》中所设想的理想的文本，就是个网络交错、相互作用的一种无中心、无主次、无边缘的开放空间。文本根本就不是对应于所指的规范化图式，就其潜在的无穷表意功能而言，"理想的文本"是一片"闪烁不定的能指的群星"，它由许多平行或未必平行的互动因素组成。它不像线性文本那样有所指的结构，有固定的开头和明显的结尾，即便作者提笔时情思泉涌，搁笔时意犹未尽，但被钉死于封面与封底之间的纸本至少在形式上是一个相对独立的小世界，全须全尾，有始有终。

传统文本的情况是，有一千个读者就有一千个"哈姆雷特"，超文本的情况要复杂得多：同一个读者也可以读出一千个"哈姆雷特"来。在超文本语境中，古今中外所有的"经学家""道学家""革命家""才子"和"流言家"的知识背景都浑然混合一体，没有孔孟老庄之别，也没有儒道骚禅之分，希腊罗马并驾齐驱，金人玉佛促膝而谈……一切学科界限，一切门户之见，在超文本世界里都已形同虚设。面对网络世界的浩瀚无垠，让人联想到黄兴《太平洋舟中诗》的慨叹："茫茫天地阔，何处着吾身？"超文本像一个既没有此岸也没有彼岸的大海，承载着无数的舟船，虽然没有故土，却处处都是家园，无尽的连接、无尽的交错、无尽的跳转、无尽的历险……网上冲浪者，就像那汪洋中的一条船，但他永远不用担心迷失方向。因为，网络备有包举宇内、吞吐八荒的引擎，它总能让人在文本的汪洋中随时准确地找到航道。

超文本使文学得以解放经典的禁锢，冲破语言的牢笼。它不仅为创作、传播与接受提供了全新的媒介，它还让艺术家看到了表情达意走向无

---

① 参见吴伯凡《孤独的狂欢》，网络版，"超星图书馆"。

限自由的新希望。众所周知，妥善处理思维的多向性与语言的单线性之间的矛盾，一直是白纸黑字的"书面写作"必须跨越的铁门槛。刘勰曾经感叹"意翻空而易奇，言征实而难巧"，陀思妥耶夫斯基也曾深深地体验过"语言的痛苦和悲哀"。而超文本写作则正是一种将"翻空易奇"的千头万绪"网络"为一个整体的制作过程。"文不逮意"似乎不再是作家的心头之患。从这一点看，今天的作家是幸运的，他们找到了"超文本"这一解决传统作家"言意困惑"的有力武器。

世界万物之间原本就是一种非线性关系，所谓线性关系不过是非线性关系中的特例而已。现实世界中并不存在纯粹的线性关系，这就如同现实生活中根本就不存在像理论一样纯粹化的直线一样。由于超文本使用的是一种非线性的多项链接，"写读者"① 可以随心所欲地在相互连接的节点之间轻快跳转，形形色色的文本在聚合轴上任意驰骋。守着方寸荧屏里这个无限开放的超文本世界，便足以"观古今于须臾，抚四海于一瞬"。

从文学创作的角度看，作者的思绪路径往往是复杂、闪烁、诡变、不可意料的，关于这一点，《红楼梦》或《管锥编》都是生动的例证。从超文本的起源看，人脑本质上就是超文本最初的母本，它是既呈现多姿多彩又符合规律规则的奇妙混合体。可以说，互联网和超文本既是人脑的产物，同时也是人脑的摹本。它们的大多数奥秘都早已在观念和实践的层面悄然地成形于传统文本的潜能中。关于这一点，中外学者的论述繁杂而宏富，例如，法国学者埃德尔曼（G. Edelman）认为，人脑的进化和对语言的运用以及文字的适应是一个十分复杂的问题。"百亿细胞的大脑综合了初级神经元（接收感官传递的原始信息）、高级神经元（处理信息）和十分复杂的神经元整体（组合信息并通过细胞间的联系进行大脑概括）。人类的特征性既存在于整体系统的总体合成，又存在于单独的自动转化和这一过程中经验（也就是历史）所占的位置。"② 文字之于人脑的情形尚且如此复杂，由文字细胞组成的文本与大脑的依存、同构、互动、冲突、变

---

① 在超文本系统中，读者成为集阅读与写作于一身的"作者－读者"。为此，罗森伯格杜撰了一个新单词"写读者"（wreader）来描述这种超文本阅读过程中"读写界限消弭一空"的新角色。显然，这个新单词是将作者（writer）与读者（reader）两词截头去尾后拼合而成的。

② 弗雷德里克·巴比耶：《书籍的历史》，刘阳等译，广西师范大学出版社，2005，第11页。

异等复杂关系及其潜藏的奥秘，人类迄今为止的研究还只能涉及其冰山之一角。正如文本的许多特征隐藏在文字的奥秘之中一样，超文本的许多特征实际上大多可以在传统文本中探究其踪迹。

从文学接受的角度看，读者的联想往往也和作者的思路一样错综复杂，千回百转。《红楼梦》（第23回）中林黛玉听《西厢记》就是经典的例子：黛玉听到"原来姹紫嫣红开遍，似这般都付与断井颓垣。"十分感慨缠绵；听唱"良辰美景奈何天，赏心乐事谁家院。"不觉点头自叹；听了"则为你如花美眷，似水流年"这两句，不觉心动神摇；又听见"你在幽闺自怜"等句，亦发如醉如痴，站立不住，便一蹲身坐在一块山子石上，细嚼"如花美眷，似水流年"八个字的滋味。忽又想起前日见古人诗中有"水流花谢两无情"之句，再又有词中有"流水落花春去也，天上人间"之句，又兼方才所见《西厢记》中"花落水流红，闲愁万种"之句，都一时想起来，凑聚在一处。仔细忖度，不觉心痛神痴，眼中落泪。

在林黛玉的脑海里，"姹紫嫣红""良辰美景""如花美眷""流水落花"等脆弱美丽、清雅虚幻的形象，以互文的形式构成了盘根错节的"超文本"——眼前耳边，戏里书外，往日今朝，千头万绪，凑聚一处。于是她点头自叹，与作者形成了同声相应、同气相求的忘情交流，并渐渐进入如醉如痴的共鸣境界。此时，读者与作者、语言与情感、戏文与诗文、心境与环境、黛玉与莺莺、《西厢记》与《红楼梦》……样样浑然一体，全然没有分别。至此，"心痛神痴、眼中落泪"的究竟是听《西厢记》的林黛玉，还是写《红楼梦》的曹雪芹？抑或是"神痴"于"林妹妹"的读书人？对于一个沉浸于《红楼梦》的读者而言，这一切不过是一团虚幻而杂乱的思绪与情感而已。如此复杂的审美体验，是很难给那些缺乏知识或缺少心境的读者带来应有的艺术想象的。相比之下，网络超文本对经典作品通俗化、快餐化、图像化、影视化、视频化等等，这为满足文学经典消费不同层次的需要，提供了多种渠道和途径。"旧时王谢堂前燕，飞入寻常百姓家。"超文本把高雅艺术从贵族的深深庭院带到了大庭广众中间。

更为重要的是，在网络语境中，作为超文本组成部分的每一作品都将"从符号载体上体现文本与文本之间的关系，或者某一文本通过存储、记忆、复制、修订、续写等方式，向其他文本产生扩散性影响。电子文本叙事预设了一种对话模式，这里面既有乔纳森·卡勒所说的逻辑预设、文学预设、修辞预设和语用预设，又有传统写作所没有的虚拟真实、赛博空间、交往互动和多媒体表达。"① 不仅文学经典平添了多重身份并获得了千变万化的本领，一般作品也可能在无休止的变形改造过程中成为优秀艺术品。

超文本的网络链接，让作者和读者可以在无穷尽的阅读可能性之中肆意游荡。"写读者" 如同乘坐洲际旅行的空中客车，它可以忽略时间的存在恣意逍遥地穿越天南海北。在网络的登录处，最初的文本或许会如机场的跑道一样清晰，但随着游览眼界的不断扩大，一条条道路渐渐变得模糊起来，作为网上逍遥客，我们究竟 "从何而来，向何处去" 有时也变得不再十分明确，开始的目的地在缤纷多彩的旅途中已变得无足轻重了，那些曾经魂牵梦萦的城市因尽收眼底而顿时丧失了神秘的魅力。事事变得如此轻而易举，样样得来全不费工夫。

所有神话般的惊人变化，都缘于这样一个秘密——"超文本" 背后隐藏着一个比特化的 "文献宇宙" （Docuverse）②。正是凭着这个 "思接千载，视通万里" 的 "Docuverse"，超文本才能施展魔法把 "写读者" 带到一种理想的艺术境界："刹那见终古，微尘显大千。"

最后，超文本不仅穿越了图像与文字的屏障，弥合了写作与阅读的鸿沟，而且还在文学、艺术和文化的诸种要素之间建立了一种交响乐式的话语狂欢和文本互动机制，它将千百年来众生与万物之间既有的和可能的呼应关系，以及所有相关的动人景象都一一浓缩到赛博空间中，将文学家梦想的审美精神家园变成更为具体可感的数字化声像，变成比真实世界更为清晰逼真的 "虚拟现实"。对文学而言，这是一场触及存在本质的革命，那种认为超文本写作不过是 "换笔" 的说法纯属肤浅的皮相之论，套用麦克卢汉的说法，数字化对文学的影响 "不是发生在意见和观念的层面上，而是要坚定不移、不可抗拒地改变人的感觉比率和感知模式"③。从这个意义上说，超文本是文学存在本质的易位。作家首先把数字符号转化为语言文字，其次，文本形态也由硬载体（书刊等）转向了软载体（网），在电脑中，数字书写和贮存都已泯灭了物质的当量性。

---

① 欧阳友权：《网络文学本体论》，http：//www.chki.net。
② Docuverse 是尼尔森自创的新词，由 document（文献）和 universe（宇宙）截头去尾而成。
③ 麦克卢汉：《理解媒介》，何道宽译，商务印书馆，2000，第46页。

这种转变说明，真正的"超文本文学"只能存活在网络上。如迈克尔·乔伊斯的《下午》、麦马特的《奢华》等就是如此。此外，真正的超文本应该永远处于开放状态，著名的"泥巴游戏"（MUD）其实就是一部永远开放、永未完成、多角互动性的集体创作的小说。多媒体是网络文学可以利用的又一重要资源，它使我们不仅沉浸在纯文字的想象之中，还让我们直接感觉到与之相关的真实声音、人物的容貌身姿以及他生存的环境等，甚至我们还可以与人物一起生活，真正体验人物的内在情感和心理过程。因此，真正的网络文学在叙事方法上与传统文学存在巨大差异。[①] 如网络小说《火星之恋》在讲故事的过程中，不断有音乐、图片、视频相伴。在这里，体裁、主题、主角、线索、视角、开端、结局、边界这些传统文学的概念已统统失效。读者只需把鼠标轻轻一点，文本、图像、音乐、视频等数字化军团便呼啸而来，偶有感想，还可以率尔操觚，放开手脚风雅一把，互动一把。

我们只要登录某个文学网站就会看到，不少文学作品都有同名的"电影版"或"游戏版"，这些电影版与游戏版当然是极为不同的，但它们都能极为娴熟地利用先进的数码技术追求声光效果，强化感官刺激，使传统文学的艺术效果在互联网上得到了魔幻般的展示和张扬。这种将"声""图""文"三个王国完美和谐地归为一统的新媒体技术，在网络问世以前就由影视艺术工作者捷足先登了。但影视艺术，对于接受者来说，在时间和空间上都有严格的要求和限制，而在网络世界里，艺术参与者在时间和空间上则拥有更大的"自由度"。此外，网络不仅是文字的理想载体，而且还是声音与画面的极佳载体。在网络上，我们常常可以读到"会说话""会跳舞"的文学名著。虽然，就目前的情况看，网络上配有音乐和图像的文学作品，在形式上与电视文学作品（如电视散文）没有多大差别，但网上众多相关评论和无数的相关链接，却隐藏着电视所无法比拟的精彩世界。在其他很多方面，网络文学和网络艺术的灵活性和综合性也是传统文学甚至传统影视艺术所无法比拟的。还有一点尤其值得我们高度重视，那就是网络技术在影视艺术领域得到了出神入化的运用，并取得了一系列辉煌的成就，这为网络时代文学的生存和发展提供了极为可贵的

---

① 参见方舟子《网络化的文学》，http://www.peopledaily.com.cn/专题汇总：网络文学。

借鉴。

超文本与超媒体的结合，极大地促进了文学图形化与声像化的步伐。影像作为一种更加感性的符号，它的日臻完美将对书籍——书写文化的保存形式——造成巨大压力，也使文字阅读过程中包含的理性思考遭到剥夺。尼葛洛庞帝也曾经指出："互动式多媒体留下的想象空间极为有限。像一部好莱坞电影一样，多媒体的表现方式太过具体，因此越来越难找到想象力挥洒的空间。相反地，文字能够激发意象和隐喻，使读者能够从想象和经验中衍生出丰富的意义。阅读小说的时候，是你赋予它声音、颜色和动感。我相信要真正感受和领会'数字化'对你生活的意义，也同样需要个人经验的延伸。"[1] 其实，超文本不仅是我们"个人经验的延伸"，作为新兴媒介，它本质上也可以说是"人的延伸"。

第三节   超文本：存在本质与发展历程

就像大多数文学概念一样，"超文本"是一个使用相当混乱的术语。语言应用上的混乱往往是概念内涵不明晰、外延不确定等因素造成的。众所周知，对一个正在快速发展的研究对象下定义，这一向是理论研究的难题。虽然我们明知无法给超文本一个准确而服众的定义，但是，"超文本"作为本文的研究对象，对其基本内涵作一些基本设定或界说还是必不可少的，至少，在笔者心目中应该对超文本概念有一个相对稳定的学术轮廓与框架。

一   如何理解"超文本"

在不同语境中"超文本"具有不同的含义。黄鸣奋先生在《超文本诗学》一书中说：

> 当谈到"超文本是文本"时，超文本被作为文本的一种类型；当谈到"超文本不是文本"时，超文本被作为一种特殊传播手段，区别于一般意义上的文本而存在；当谈到"一切文本都是超文本"时，超

---

① 尼葛洛庞帝：《数字化生存》，胡泳译，海南出版社，1997，第17页。

文本被作为文本共有的属性；当谈到"超文本是一切文本"时，超文本被作为文本的存在环境。显而易见，"超文本"有多种含义。①

　　不难想见，如何理解"超文本"的确切含义绝不是一个简单问题。从词源学的角度说，超文本这个术语是美国学者纳尔逊（T. H. Nelson）于1965年提出来的。从字面意义看，"hypertext"是由"hyper"与"text"合成。"hyper"是一个古希腊语转化而来的词根，具有"超""上""外""旁"等含义。在纳尔逊的定义中，"超文本"的核心意义是"非连续写作"（non-sequential writing），这与我们通常从阅读的视角来看待超文本有所不同，事实上纳尔逊并没有将"读"与"写"的界限严格加以区分，因为，屏幕上的阅读与写作没有传统读写之间的差异那么大，超文本的读与写，往往是紧密地纠缠在一起的。按照接受美学的说法，即便是传统的阅读，也是一种不动笔的重新"书写"（即"二度创作"）。更何况，屏幕上原本就没有一成不变的文本。

　　罗伯特·库弗甚至把超文本看作是《书籍的终结》的根本缘由。从本质上讲，"超文本"并不是一种系统，而是一个泛指的名词。在泰德·纳尔逊那里，主要是指计算机写作，它为非线性和非有序性空间的叙事提供了可能性，而且，它与印刷文本不同，超文本在文本各部分之间提供了多种路径，即所谓的"Lexias"（文本各组成部分之间或文本与文本之间的链接）。"Lexias"这个术语是从"前超文本"（pre-hypertextual）时期颇有先见之明的作家罗兰·巴特那里借来的。由于文本互换路径的网络化（相对于印刷文本只能朝一个固定方向翻页的情形而言），超文本提供了一种具有发散性的多样化技术。这种技术有交互功能和"复调"特色，有利于读者对既定文本的多样回应，使读者得以走出作者中心论的陷阱。超文本读者和作者之间是一种"同读或共写"（co-learners or co-writers）的合作/互动关系，读者与作者就像是绘制或重绘文本"地图"的旅伴，这些文本构件并非完全由作者提供。特别值得注意的是，库弗所说的"文本构件"是一个包括视觉、动量和听觉等因素在内的复杂概念。

　　视觉因素的突现是超文本的一个重要特征。"对超文本来说，多义纷

---

① 黄鸣奋：《超文本诗学》，厦门大学出版社，2002，第261页。

呈是极为流行的事情：作为文本要素的图表，无论是手绘的还是扫描的，都已成为叙述的有机构件，富有想象力的字形变化，已被用于不同声音的识别和情节因素的设置之中。同时，超文本在正规文件中还有许多有效的应用，可见它并非小说所专有，比如统计图表、抒情歌词、报刊文章、电影脚本、随手涂鸦、摄影作品、棒球卡片、盒式记分、字典条目、摇滚音乐、相册封面、天气预报、搭伙游戏以及医疗与警事报告等等，均有超文本大显身手的用武之地。"①

　　在网络或在线语境中，"文本"经典化的确定性业已丧失殆尽。一个在线读写者如何判断、分析、创作出一部常读常新的作品？不再局限于线形书写的叙述之流又究竟何去何从？这些过去别无选择的事情，现在都成了在线读写者必须面对的问题。由此，库弗重点讨论了超文本这样两个特征——不确定性和非完整性。

　　所谓"不确定性"，即超文本解构了传统文本不可移易的确定性。"是的，叙述之流仍在继续，但是在缺乏维度的无限广阔的超空间里，叙述之流更像是无边扩展的气浪；它冒着丧失向心力的风险四处张延，传统文本的经典化的确定性被一种静态而廉价的抒情性所取代，这种抒情性是早期科幻电影所表现的在大气中梦游的失重感觉。"② 这就是说，在线写作首先颠覆了传统文本白纸黑字式的确定性。

　　所谓"非完整性"，即在超文本语境中，传统文本的完整性已经不复存在。读者要求文本具有连贯性和完整性，而文本则天然具有反完整性的叙事延展性冲动，在这种意义上说，"所谓完整性，实际上就意味着文本的终结，于是，读者与超文本之间的矛盾就这样出现了。的确，在这种情况下，完整性便成了一个难解之谜。如果一切都处在无尽的变化过程之中，那么，无论是作为读者还是作为作者，也不管是写作或阅读，我们的工作岂不是永远没有完结的时候？如果作者可以自由地在任何地方任何时候、随心所欲地向任何方向发展故事，这岂不是太不负责任了？毫无疑问，这将是未来的叙事艺术家们，甚至包括那些固守传统印刷技术的艺术家们所面临的主要问题。完整性或封闭性过去就一直是一个主题，——难

---

① 在这里，超文本是作为一种技术被应用于各种艺术文本和应用文本之中的。参见罗伯特·库弗《书籍的终结》，陈定家译，《南阳师范学院学报》2007 年第 2 期。

② 参见罗伯特·库弗《书籍的终结》。

道不是吗？在文学的黎明时期，当《吉尔伽美什》被印在切开的泥板上的时候，完整性就是一个主要问题，当《荷马史诗》在 26 个世纪之前被革新技术的希腊文学家写在纸莎草上时，完整性就已然是一个主要问题。"①

当然，超文本作为一个全新的独一无二的环境还具有许多其他方面的特征。"以超文本工作的艺术家也只能获得超文本读者的理解，并很可能在超文本里接受评判与批评。文学批评也如同小说一样，正在告别书页向网上迁移，批评本身向来就容易产生思想与文本的变化。流动性、偶然性、不明确性、复数性、不连贯性等等是今日超文本的热门词汇，它们似乎很快就会成为原理，就像爱因斯坦的相对论取代了牛顿的经典力学一样。"②

有些学者将超文本与超媒体的概念严格区分开来，这种严谨的治学态度固然可取，但于问题的有效性解决并无太多助益。我们知道，纳尔逊提出超文本概念的时候，超媒体还只是一种构想。因此，在这个概念的首倡者那里，图像与声音是与超文本无缘的。但是，随着计算机技术的发展，超文本的内涵也悄然发生了变化，声音与影像也在不经意间渗透到了超文本的领域之中。

值得注意的是，《牛津英语词典》（1993 年版）在解释超文本概念时只是把图像写进了词条的解释之中："一种并不形成单一系列、可按不同顺序来阅读的文本，特别是那些以让这些材料（显示在计算机终端等）的读者可以在特定点中断对一个文件的阅读以便参考相关内容的方式相互连接的文本与图像。"声音文件被排斥在外，更不用说影像文件了。

按照英国彼得·科林公司出版的《多媒体词典》（*Multimedia Dictionary*）的定义：超文本（hypertext）即"组织信息的系统。文档中的某些关键词连接到其他文档或把用户带到书中其他位置，或当用户选择热字时显示有关的文本。"在这个简洁的定义中，有这样几个相关概念必须进一步得到解释。首先是"热字"（Hot word）。按照该词典的解释，所谓"热字"，是指"显示文本中的字，当把光标移动到它的上面或用户选择它时，会自动执行一定的操作。通常以不同的颜色显示，用来解释复杂的词或建

---

① 参见罗伯特·库弗《书籍的终结》。
② 参见罗伯特·库弗《书籍的终结》。

立文本之间的连接。"①

与连接相关的重要概念是"超链接"（Hyperlink）。所谓"超链接"是指"在多媒体书籍中与页面上按钮或关键词相关联的一系列命令，把它连接到其他页面，当用户单点击按钮或关键词时，超链接把用户带到连接的目的地址或显示连接的目的页面。"除此之外，我们还要引用另外两个重要概念，一个是超媒体（Hypermedia），即能够显示图像和播放声音的"超文本文档"；另一个是"文本置标语言"（HTML，hypertext markup language）用于定义超文本文档的标志符，一般用于定义 Internet 上 World Wide Web 屏幕显示，与 SGML（Standard Generalized Markup Language）类似，例如，代码"〈p〉"表示新的段落，代码"〈b〉"表示加粗显示。

根据专家的说法，HTML 事实上是 SGML 标准的一种应用。SGML 本身是用于描述结构化文档的通用置标语言，可用于各种类型的电子出版，用作不同文档处理系统之间进行数据交换的中间描述语言。它于 1986 年成为国际标准（ISO8879 - 1986）。为了行文方便，目前学术界大多数讨论超文本的文章对以上几个相关概念并没有作严格区分，广义的超文本概念，实际上包含以上"相关概念"所涉及的所有内容。本文未作特别说明时，照惯例使用广义的超文本概念，此外，本文还将科林的"连接"一律写作"链接"。关于超文本是否包括超媒体的问题学界有不同看法。考虑到超媒体是一个导源于超文本且在学术研究中使用得越来越广泛的重要词汇，超媒体自然具有自己独特的内涵。但是，随着广义的超文本概念越来越普遍地被接受，超文本与超媒体之间的区别在宏观研究过程中似乎没有严格区分的必要。如前所述，早期超文本是与图像和声音无缘的，但是后来图像成了超文本的重要内容，就像《牛津英语词典》所定义的那样。今天，许多研究超文本的学者，理所当然地把音频文件看作超文本的组成部分。例如，在黄鸣奋先生《超文本诗学》等一系列著作中，声音文件一直被认为是超文本的重要组成部分。

德国学者西皮尔·克莱默尔认为："与货币作为经济上的媒介相类似，二进制编码也变成了符号学上的'一般货币'，在它的'价值'中可以传递任何其他符号系统。因此，正如从语音书写引入的语言和书写的交互作

---

① 参见 S. M. H. 科林编著《多媒体词典》，世界图书出版公司，2000，第 135 页。

用对于西方'精神'的标记特别富有成果和富有启发性那样，类似于传媒，数字化或许也会显示出图像和书写之间具有变革性的交互关系。"① 克莱默尔的这种说法，让我们联想到这样一种观念，即数字化技术可抹平各类传统媒介之差异性，而我们理解的超文本，理所当然具有克服不同媒介体系难以兼容的各种障碍的潜能。

从这个前提出发，我们比较赞同将超文本因素看作一系列数据或数据库的观点，只有将超文本所能应用和调动的各种数字化因素看作其组成部分，超文本的这个"超"字才显得名副其实了，因此，我有时候也把视频文件纳入了超文本研究的视野，例如目前流行的大量使用视频文件的网络恶搞。这种文化现象也许是影视文化研究者的地盘，但是，以艺术生产的视角观之，许多网络"恶搞"实际上完全可以看作是一种"视频文学"。西方学者德·布拉就认为，超文本是一种有着活跃的交叉参考的数据库，他主张将"超文本"和"超文件""超文本系统"加以区分。"超文件"指的是一种信息的内容，包括信息的项目（节点）以及它们之间的联系（链接），而不管是用什么系统从事阅读与写作。"超文本系统"是指一种可用来阅读和写作的"超文件"的软件。"超文本"是包含了"超文件"的超文本系统。根据德·布拉的这种观点，整个万维网（WWW）实际上是一个巨大的超文本。②

概而言之，早期的超文本系统是指一种非连续性的文字信息呈现方式，它利用链（Link）将非线性分布的节点（Node）上的信息相连接，形成具有相关性的信息体系。链的外观表现为字串，是文章的一部分，读者在浏览时可顺着"链接交叉"参考其他文章（即节点），超文本是以非顺序的、随机的访问方式安排的文件。广义的超文本是一组可供读写者灵活地交叉互动的数据库。③ 美国学者曼纽尔·卡斯特认为，超文本这个神秘

---

① 西皮尔·克莱默尔：《传媒、计算机、实在性——真实性表象和新传媒》，孙和平译，中国社会科学出版社，2008，第3页。

② 黄鸣奋：《超文本诗学》，厦门大学出版社，2002，第13页。

③ 超文本几个常用词汇的基本意义：（1）节点（node）：超文本的基本信息单元，用于存放信息。（2）链（link）：超文本中标识信息节点之间的实体叫做链。（3）锚（anchor）："链"的终点，可以设置在任何节点的任何位置上。链通过锚链接节点。（4）热区（hot spot）：在节点内以特殊方式（如高亮、变色等）显示，并且链有信息的区域。如这个区域有一个词，有时也叫它热字（hot word）。（5）浏览（browse）：用户根据自己的意愿和信息之间的关系看信息的活动。（6）跳转（jump、go to）：从一个节点转移到另一个节点的操作。

的魔盒，体现了信息时代文化传播最创新的思维方式。以超文本为标志的新兴通信方式的出现，实际上是一种新的文化，它可以被同时发生的五个过程所证明。这五个过程包括：（1）集聚，将艺术形式与技术结合成表达的混合形式。（2）互动，用户直接操纵和影响他的媒体经历的能力，以及通过媒体与其他用户通信的能力。（3）超媒体，将独立的媒体彼此连接起来，创建一个个人的联系。（4）侵入，进入三维环境模拟的经历。（5）叙事，美学和形式上的策略，来自于上述的概念，导致了非线性的故事形式和媒体演示。在卡斯特看来，超文本是一个真实的互动系统，在其中所有字节和文化表达都通过数字交流和电子操作。现在、过去及将来，在它们所有的表现中，超文本都能够共存并且被重新组合。这在互联网时代在技术上是可行的。①

必须强调的是，我们将超文本和超媒体概念不加区分地使用纯粹是对约定俗成的一种妥协。在超文本的非线性网络结构的基础上，将图形、图像、视频、音频以及动画等多种媒体信息集成一体，于是就产生了"超媒体"技术。因此，有一种观点认为："超媒体" = "超文本" + "多媒体"。不过，从多媒体计算机技术飞速发展的前景看，仍然以单纯的文本为中心的超文本，因其"超而不越"，因此其用途极为有限，而节点中包含有多种媒体信息的超媒体即"超而越之"的"超文本"则获得了越来越广泛的应用，在实际应用过程中，人们通常把超文本和超媒体这两个概念统称为超文本技术。

二　超文本的发展历程

黄鸣奋说："若从纳尔逊为超文本命名那年（1965）算起，超文本已有近半个世纪的历史。若从百科全书乃至注解本之类书面原型算起，超文本的存在已绵延了数千年。如果将超文本的心理机制——联想的诞生之日作为起点，那么，超文本的历史与人类一样悠久。"② 无论如何，超文本的本质特征植根于人脑的思维特性。

值得注意的是，当我们将相互链接的数据看作"超文本"时，这个概

---

① 曼纽尔·卡斯特：《网络星河》，社会科学文献出版社，2007，第216~218页。
② 黄鸣奋：《数码戏剧学：影视、电玩与智能偶戏研究》，厦门大学出版社，2003，第433页。

念流行的文化背景表面上看，似乎是人们常说的"数字化生存"。但是，为了更好地理解和运用"超文本"技术，人们并不满足于这种显而易见的关联。因为，任何有生命力的事物都不可能是无源之水或无本之木，因此，许多研究者在超文本流行起来以后，便开始从不同途径寻找它得以形成和壮大的最初根源和发展轨迹。如前所述，有人从先锋派文学实验中寻求原因；有人从词典和百科全书的发展历程中查考线索；也有人从古代经书的多级注解方式中挖掘理论依据；甚至还有人从司马迁写《史记》时使用的"互见法"看出了超文本产生的思想萌芽。

著名的百度百科在讨论博客时认为，博客和超文本理念甚至可以追溯到古代犹太人的法典《塔木德》。"这是一种看起来多少有些奇怪的法典。表面上，它由正文与后人的注释两部分构成，但两部分具有同等的法律效力，两部分互为正文和注释。而且，注释也是多层次的，包括对注释的注释，对注释的注释的注释……《塔木德》的特点就是：它是一种开放的文本而不是一本'只读文本'；原创者（立法者）与再创者（法律的解释者）只有先后之分，但在权威性上没有差别，从而也就没有严格的作者和读者的差别。正因为《塔木德》的所有读者（即所有的犹太居民）都参与了作品的创作（也就是修改和完善），使这样的一部法律在不断延伸的时间长河中不断优化、升级。"① 犹太教的经典并非特例，其实佛教、道教，甚至儒家的经典文献都存在类似情况。

如果一定要把数千年前犹太人的经书和当代时髦的超文本联系起来，借用"圣经"中上帝造人的说法大概是最省事的方式了，当然，作为一个无神论者，笔者更相信达尔文的生物进化论，所以，在将上述两种看似风马牛不相及的对象相提并论时，我们还是从人类自身说起，因为，将《塔木德》和超文本紧密联系在一起的正是人类的脑神经。在某种意义上说，人脑沟壑纵横、立体化、网络式的思维器官，几乎就是一个天然的理想的超文本"模型"。事实上，正是人类奔放不羁的思维方式启发了超文本的构想。也正是在这一点上，唯物主义和唯心主义至少有了貌似一致的公共立场：在超文本出现之前，人脑中就已经"先验地"存在着一个理想的"超文本模型"。

————————————

① 百度百科：http：//www.blogbaike.com/.

人类文化只存在于人类的心灵中，这通常与人类自己的身体相关联。因此，如果我们的心灵有可能接近文化表达的所有领域，并选择它们，重新组合它们，我们就有了一个超文本：这个超文本是内在于我们的。或者更确切地说，它在我们的心灵中，能够重新组合，并且在我们心灵中能够理解所有超文本的组成部分，而这些组成部分涉及文化表达的许多领域。因特网使我们能够做得更加精确。不是多媒体，而是因特网的中间可操作性可以接近并重新组合所有种类的文本、图像、声音、寂静和空白，包括封闭在多媒体系统内的符号表达的所有领域。所以超文本不是运用因特网为媒介到达我们所有人的多媒体系统产生的。相反的，它是我们生产的，利用因特网在多媒体世界和之外吸收文化表达。这实际上是泰德·纳尔逊的"世外桃源"明确表达的内容，也是我们所应该理解的。①

如果从人类文化传播史的视角考察文本发生发展的嬗变轨迹，我们不难发现，人类可认知的历史，其实主要是不同形态的"文本"所呈现的历史。当文本处在陶塑、骨雕、铜铸、缣文、帛书的初级形态时，不同形态的文本就如同远古时期老死不相往来的村落，孤立自足地散布于荒凉的大地之上，它们彼此之间长期没有太多实质性的联系。随着社会群体数量的增加，社群活动范围的逐渐扩大，形形色色的文本数量也相应地得到了快速增长，当手工缮写已无法满足人们对文本的需要时，印刷文本便"粉墨登场"了。蔡伦的造纸术和毕昇的活字印刷术，为文本的批量生产创造了条件，从此，人类建立起了一个长达千年且辉煌无比的文本帝国。这期间，文本复制经历了泥板、木板到铅板的多次变革，到 20 世纪末，又由"铅与火"的印刷发展到了今天"光与电"的复制……在经历一系列漫长的渐变和急促的突转之后，各文本之间的复杂联系也发生了一系列的渐变与突转，在人类突然转入"数字化生存"之境的过程中，文本世界也在风驰电掣地加速 A（原子）到 B（比特）的跃迁。

当量如恒河沙数的文本以惊人的速度涌入网络世界时，形形色色的文

---

① 曼纽尔·卡斯特：《网络星河》，社会科学文献出版社，2007，第 218～219 页。

本所隐含的多种多样的特性开始纷纷显现出来。当文本获得了超越传统线形叙事的能力时，不再局限于单向度叙事的文本，也能如同思想情感一样具有"翻空易奇"的灵活性，过去"征实难巧"的文本仿佛插上了翅膀，终于有可能与人类的想象比翼翱翔了。因此，在超文本世界里，克罗齐所倡导的艺术与语言的"同一化"已不再是美学家们的梦想；在文学超文本中，雅各布森所谓的"支配因素"与"辅助因素"之间的张力空前增长，二者的和谐互动极大地增强了文本的自主性；由于文本通过"超链接"可直指自身隐含的"价值观"与"历史观"，普通读者也可以像诗人一样在瑞恰兹所描述的各类"冲动"之间建立"稳定的平衡状态"；正如许多西方学者所指出的，在超文本语境中，巴特所预言的理想化文本的许多特性基本都已成为现实，克里斯蒂娃所构想的"互文性"特征以及德里达论述的解构阅读的特点，在网络化的超文本世界里都已变成了基本常识。如前所述，数字化超文本只不过借助网络技术的帮助，完成了解构主义以来的文本理论家与批评理论家们的设计而已，为超文本提供了标志性特点之一的"超链接"亦非"神赐妙品"，其实，它的核心内容早已存在于巴特、德里达和克里斯蒂娃等人的互文性理论之中。

　　无论从什么途径寻找超文本的发生学因由，我们都不能忽略这样一个事实，即超文本真正崭露头角是 20 世纪下半叶的事情，只是到了世纪之交它才逐渐显现出了兴盛的气象。"它适应了人类处理数量日益巨大的各种信息的需要，与后现代主义的氛围相投契，又有日新月异的计算机技术为之推波助澜，万维网更是替它插上了腾飞的翅膀。因此，电子超文本几乎是顺理成章地成为时代的宠儿。电子超文本正在迅速进入我们的生活。使用 Windows 操作系统的人几乎都用过它的帮助文件，欣赏过多媒体光盘出版物的人或许曾为其声情兼备、图文并茂的特征所倾倒，上了万维网的人则尽可以领略在信息海洋中'冲浪'的情趣。在上述场合，我们都受益于超文本。"① 正是基于这样一种认识，我们才有充足的理由得出了这样一个结论——超文本是连接历史与未来的桥梁。虽然目前我们大多数人一时还难以真切地看到太多的动人景观，但如今已很少有人再怀疑，在这个"桥梁"的另一端的确存在着一个精彩无限的新世界。

------

① 黄鸣奋：《超文本诗学》，厦门大学出版社，2002，第 11 页。

　　说到超文本的历史，我认为有这样几位先驱是人们不应该忘记的。第一位是美国早期计算机科学家范尼瓦·布什（Vannevar Bush，1890～1974），他是迄今为止计算机界一致公认的超文本的鼻祖。早在 1945 年，这位范尼瓦先生发表了一篇题为《如我们所想》（As We May Think）的文章，他认为应该创造一种设备，用于存贮书籍、文章、照片、信件等等信息，并且用户可以以一种类似人脑的联想思维法快速、灵便地查到这些信息。他还给这个想象中的机器（memory extender，存储扩充器）命名"美美克斯"（Memex）。在范尼瓦心目中，"美美克斯"与其说是一种工具，还不如说是一种方法，它应该使任何一条信息都具有招之即来的灵活性，并可以快速切换到另外的相关信息。这种看起来特别复杂的事情，实际上不过是重复这样一个简单的过程而已，即将两条信息自动连接到一起。换个角度说，在《如我们所想》中，范尼瓦·布什呼唤在人的"活动的"思维和人类积累的"固定的"知识之间建立一种全新的互动关系，这正是"超文本"的核心思想。因此，当代网络文化批评者把范尼瓦·说成是超文本的鼻祖。事实上，今日大行其道的"超文本"概念也确实珠胎暗结于范尼瓦·这篇发表于半个世纪之前的文字。尽管他的天才想法在当时还只能停留在"纸上谈兵"的层面，但他这一先知般的预见，却给研发"超文本"的后继者提供了重要的思想武器。

　　然而，真正赋予超文本以生命的是美国另两位科学家——道格·英格尔伯特和泰德·纳尔逊。美国斯坦福研究院的道格·英格尔伯特将范尼瓦·的思想付诸实施，他开发的联机系统 NLS（On–Line System）已经具备了若干超文本的特性。英格尔伯特从人机交互问题入手，创设了一个叫"扩展人类智力"的项目。这个项目的目的是开发一个计算机系统来帮助人类思维，也就是要找到使用计算机解决复杂问题的方法。他认为用传统的计算机系统几乎解决不了这个问题。1963 年英格尔伯特发表文章"扩展人类智力的概念性框架"阐述了他的思想。此后，1968 年他在一次计算机科学家的交流会上演示了他的部分研究成果——NLS（On–Line System，联机系统）。NLS 系统已经具备了若干超文本的特性。它可以用于管理研究人员的文章、报告和备忘录等。数据项达到 10 万多条。

　　自 20 世纪 60 年代以来，超文本系统的研究与开发一直在阔步前进。早期比较著名的超文本系统，如，美国布朗大学在 1967 年为研究及教学开发的"超文本编辑系统"（Hypertext Editing System）。有资料表明，这是世界上第一个实用的超文本系统。此后不久，布朗大学于 1968 年又开发了第二个超文本系统——"文件检索编辑系统 PRESS"。专家们认为，这两个早期的系统已经具备了基本的超文本特性：链接、跳转等等，不过用户界面都是文字式的。

超文本编辑系统问世之后十多年，能够将图片自由链接到用户界面的"超媒体系统"才研发成功。有媒介文章介绍说，1978 年美国麻省理工学院开发的"白杨树镇电影地图"（Aspen Movie Map，简称 Aspen）是最早的超媒体系统。这个系统使用了一组光盘。光盘里存有白杨树镇所有街道秋、冬两季的图像以及一些建筑物内部的照片。所有图片都按相互位置关系链接。用户使用 Aspen 时，可以在全镇漫游，甚至浏览建筑物的内部。

大名鼎鼎的 Intermedia（1985）也是布朗大学开发的超文本系统，罗伯特·库弗在撰写《书籍的终结》时这个系统仍在使用中。这个系统曾是为教学应用而建立起来的，因此，它也曾经是布朗大学众多超文本小说爱好者乐而忘返的娱乐中心。与同年开发的 Note Cards 系统相比，Intermedia 的优越性相当明显，前者只能在施乐的 Lisp 机器上运行，而后者的每个用户既可以在界面上自由建立链接，随意添加批注，而且还可以保留自己的私有版本。

20 世纪 80 年代流行的超文本软件还有：Symbolics 工作站联机手册 SDE（Symbolics Document Examiner）。它的超文本版本有 1 万个节点和 23000 条链，足足占据 10M 存储空间。英国肯特大学开发的 Guide 也有一定影响。直到今天，Guide 的升级版仍旧是世界软件市场上举足轻重的超文本创作工具之一。当然，80 年代末期世界上最流行的超文本系统当推 HyperCard。从 1987 年到 1992 年，Apple 公司把 HyperCard 软件作为销售计算机的赠品，出人意料的是，这一商业促销行为，不仅使 HyperCard 软件大为流行，而且还使超文本的基本概念得到了普及化推广，并真正使超文本从专家研究阶段进入了大众使用阶段。

不过，相对成熟的开放超文本系统的建立还是 20 世纪 90 年代的事情。90 年代比较流行是丹麦计算机专家开发的超媒体系统 DHM（DEVISE Hyper Media），美国加州大学信息与计算机科学系开发的 Chimera 系统，英国人开发的 Microcosm 系统等等。其中，Microcosm 不在信息上强加任何标志，所有的数据都可以自由访问、编辑。应用系统还可以建数据。所有与链接有关的信息都被储存在 Microcosm 指定的链库中。①

三　"非线性"与"迷路"问题

超文本是自然科学家提出的一个概念，它作为一种以非线性为特征的数据系统，明显属于数学范畴。这里所谓的"非线性"就是一个专业化的数学术语。它指两个量之间在笛卡尔坐标上没有呈现出正比那样的"直线"关系。自然科学和工程技术中有许多问题都要用到非线性的数学模型。例如，采用了非线性模型以后，可以说明为什么同一个前提会导致几种不同的后果，可以说明什么时候两种效应不能"叠加"（superposition），这两种现象会怎样彼此影响、发生"耦合"作用。自伽利略－牛顿时代精确自然科学起步开始，非线性问题就日渐成为科学家关注的对象，例如，伽利略研究过的摆和牛顿研究过的天体运动，这些都是非线性力学中的典型问题。前些年学术界颇有影响的"三论"——普利高津（I. Prigogine）的耗散结构论，哈肯（H. Haken）的协同论，以及托姆（R. Thom）的突变论也都属于非线性科学的范畴。20 世纪 80 年代，这些自然科学理论都曾不同程度地在社会科学领域展现过各自的风采，在所谓的"方法年"（1985）前后，"新三论"和"旧三论"② 俨然成了社会科学引领风骚的前沿理论。现在看来，这些理论能够如此自由地跨越学科疆域，这在很大程度上是与其"非线性"特征分不开的。

在超文本理论体系中，所谓"非线性"指的是非顺序地访问信息的方法。由于构成超文本的基本单位是节点，而节点又可以包含文本、图表、音频、视频、动画和图像等因素，因此，超文本包含文本、图表、音频、视频、动画和图像等因素似乎也是顺理成章的事情。毫无疑问，当各节点还不能通过广泛的链接建立相互联系时，单一线性联系必然无法应对信息爆炸的局面，于是打破时空顺序的非线性链接便成了信息得以及时传播与回馈的必然趋势。

世界万事万物之间的关系原本就是一种非线性关系，所谓线性关系不

---

① 参见 http：//www. pingsoft. net/nstl/ncmtzdjx. htm。

② 系统论、信息论（或讯息论）、控制论三者俗称"老三论"，耗散结构论（dissipative structure theory）、协同论（synergetics）、突变论（mutation theory）俗称为"新三论"。

过是一种特殊的非线性关系而已。现实世界中并不存在纯粹的线性关系，这就如同现实生活中根本就不存在像理论一样纯粹化的直线一样。由于超文本使用的是一种非线性的多项链接，用户可以随心所欲地在相互连接的节点之间跳转，在一个无限开放的超文本世界里，过去被封闭于森严壁垒中的"大观园"变成了一个任人观光的公共空间，"观古今于须臾，抚四海于一瞬。"形形色色的文本在聚合轴上获得了无限扩展的可能性。

超文本这种没有边缘，永无尽头的延展性，无中心、无构造、无主次的灵活多变的特点，都是传统文本向往已久却永难企及的理想境界。按照罗兰·巴特的说法，传统文本也并非一个封闭的世界，那些被阅读的文本，貌似一个自成一体的小世界，实际上那只是为对话提供一个相对静止的场景而已。巴特在《S/Z》中所设想的理想的文本，就是众网络交错、相互作用的一种无中心、无主次、无边缘的开放空间。文本根本就不是对应于所指的规范化图式，就其潜在的无穷表意功能而言，"理想的文本"是一片"闪烁不定的能指的群星"，它由许多平行或未必平行的互动因素组成。它不像线性文本那样有所指的结构，有固定的开头和明显的结尾，即便作者提笔时情思泉涌，搁笔时意犹未尽，但被钉死于封面与封底之间的纸媒文本至少在形式上是一个相对独立的小世界，全须全尾，有始有终；即便在超文本中，对于某一单个文本例如小说《金碗》来说，它与传统文本就如同童庆炳先生所说的，没有什么区别，自然是一个有头有尾的整体。但是，就整个超文本世界而言，《金碗》只不过是撒哈拉的一堆沙子和太平洋上的几朵浪花。它们与别的尘埃组成沙漠，它们与另外的水珠组成海洋。因此，当《金碗》作为超文本的一个节点时，它已不再只是传统意义上的一篇小说了。诚然，作为传统文本的《金碗》自然可以一字不差地呈现于读者的界面，但是，那只是超文本《金碗》的万千阅读形式中的一种。传统文本也许有"一千个读者会读出一千只《金碗》"的说法，超文本的情况则更是复杂得多："同一个读者，也可以读出一千只《金碗》。"毫无疑问，超文本的《金碗》已远远不再是小说《金碗》了。

福柯在《知识考古学》中指出，书的物质单位同书的话语单位相比只是一个无力的、次要的单位，而这个话语单位又是非同质的，因而也不能统一使用的。例如，一部司汤达的小说或一部陀思妥耶夫斯基的小说的各自差异不同于《人间喜剧》诸篇的各自不同，而《人间喜剧》中的各不相同的诸篇又相异于《奥德赛》《尤利西斯》之间的差异。这是因为书的界限从来模糊不清，从未被严格地划分。在书的题目、开头和最后一个句号之外，在书的内部轮廓及其自律的形式之外，书还被置于一个参照其他书籍、其他本文和其他句子的系统中，成为网络的核心。然而，这种参照的游戏与我们所涉及的数学论著、本文评论、历史叙述、小说叙事中的插曲相比，不是同形的。无论在这儿或在那儿，书的单位即使被理解为关联的一束，它仍不能被认为是同一性的东西。书籍枉为人们手中的物品，白白地蜷缩在这小小的将它封闭的平行六面体之中，它的单位是可变和相对的。当有人问及它时，它便会失去意义，本身不能自我表白，它只能建立在话语复杂的范围基础上。可见，被阅读的文本的意义总是在与其他书籍、文本和语句的参照系统中呈现出来的，任何文本都不过是文本潜在的巨型网络中的一个节点而已。①

一个"胸藏万卷书"的读者，在阅读一部作品时，他所接受与理解的"言外之意"必然要比一个胸无点墨的读者复杂得多、丰富得多。同样是满腹经纶的人同读一部《红楼梦》，却因"胸中书卷"不同而产生鲁迅所说的巨大差异：见易、见淫、见排满、见缠绵、见宫闱秘事……因人因事而异，因时因地不同。

在超文本语境中，古今中外所有的"经学家""道学家""革命家""才子""流言家"的知识背景都浑然混合一体，没有孔孟老庄之别，也没有儒道骚禅之分，希腊罗马并驾齐驱，金人玉佛促膝而谈……一切学科界限，一切门户之见，在超文本世界里都已形同虚设，面对互联网世界的浩瀚无垠，有时正如《太平洋舟中诗》的黄兴一样虽心连广宇却难识归程："茫茫天地阔，何处着吾身？"况且，超文本如同一个既没有出口也没有门墙的超级迷宫，只有无尽的连接、无尽的交错、无尽的跳转、无尽的想象……网上冲浪者，的确有些像那汪洋中的一条船。因此，"网络读写者"在进行超文本阅览时，面对如此纷繁复杂的选择，作为"用户"的"写读者"在乱花迷眼的山重水复之"迷宫"中，出现形形色色的"迷路"问题几乎是不可避免的事情。

事实上，"迷路"（get lost）一开始就是超文本系统中一个使用频率较

---

① 福柯：《知识考古学》，三联书店，1988，第 26～27 页。

高的专有名词，用以描述超文本写读过程中思维与界面相脱离的状况。在浏览过程中，由于写读者在不同界面之间进行过多次的游移和跳转，他/她突然"迷路"了：我从哪里来？我要到哪里去？何以来自所来？何以去其所去？下一步该怎么办？读写者没有了主张，迷失了方向，这是超文本阅读过程中极为常见的事情——方位迷失（disorientation）。按照专家伊尔姆（Elm）的说法，这种"迷路"主要有三种情况，即不知道自己现在的位置；不知道自己要去哪儿；知道自己要去哪儿但是不清楚怎样通达。另一位科学家福斯（Foss）认为，除了上述三种情况外，常见的超文本迷路至少还有以下四种情形：（1）到达既定的地点，但是不清楚自己到达的原因；（2）绕道后忘记返回；（3）忘记自己的绕道计划；（4）忘记哪些部分曾经阅览过。在此基础上，福斯对于迷路问题进行了分类：（1）内嵌的绕道问题（embedded digression problem）。用户阅览时，由于超文本提供的选择空间过大，从而使用户偏离既定的通路。（2）博物馆现象（art museum phenomena）。用户无休止地在超链接之间跳转，忽略对超文本内容的阅览，从而使用户不能掌握系统的内容和结构。也就是说，在通常情况下，超文本阅览中的迷路问题，主要是指用户对于自己位置的不确定，以及对于自己的阅览历史和阅览计划的模糊。对于文档结构，而不是对于信息内容的陌生是导致迷路问题的主要原因。

不难看出，超文本作为一个非线性交互系统是由用户、任务、界面组成的一个复杂的人机交互系统，超文本系统信息量大，强调用户对阅览进程的自主控制，用户在享受超文本非线性的丰富多彩和自由便捷的同时容易出现迷路、遗漏等问题。根据目前相关研究的新成果，超文本这种具有划时代意义的高新技术仍然只在起步阶段，在一个相当长的时期内，都将一直处于一种持续发展和不断完善的过程中。有专家提出，系列化组织文本，合理设计节点和超链接，结合使用导航工具，是提高用户阅览绩效和舒适度的有效手段。①

第四节　超文本与互文性

这是一个没有越界阅读，就不成阅读的时代。"在网络与书形成如此

---

① 沈模卫、崔艳青、陶嵘：《超文本阅览中的人的因素》，《浙江大学学报》2002 年第 3 期。

深密的丛林后，你要不就得掌握丛林全貌，要不就得像最原始的，饿死于最丰足的食源之前——因为没有通往食源的路径。"台湾 Net & Books 发行人郝明义在《越读者》一书中说："在商业社会里，我们常说'Winner Takes All？'（赢得通吃）今天，则是 Reader Takes All．'越读者时代'来临。"① 在这样一个"越读时代"，一上网我们就有可能忘记了自己是谁，忘记了自己想干什么。我们很容易在超文本的丛林中迷失方向。在讨论"迷路"问题时，我们忽略了用户的身份问题，这并不是说网络的自主性的增强使这个问题得到了合理的解决，事实恰恰相反，与"我从哪里来""我到哪里去"密切相关的"我是谁"的问题，在超文本世界里变得异常突出，首先遇到的问题是，读者与作者身份的模糊，这使得文本的意义变得更加暧昧不清、更加千头万绪、更加无法确定。"全新意境的创造之外，超文本能提供读者多重路径选择的事实，也催生了新型的多向阅读行为，同时给传统读者和作者的身份定义带来冲击。依据乔伊斯的看法，晚期印刷时代的文本面貌（topography）已遭颠覆，阅读是依设计而进行的，因此文本所能呈现的多种可能，跟读者进行意义创造和故事组合的复杂程度相关。电子多向文本的面貌是经由读者的路径挑选动作而产生，每次阅读所得的面貌仅是众多可能之一，未必与作者的原初安排相同。简言之，读者的选择构成文本目前的状态，因此读者也同书写者一样，享有生产文本意义的权利。或者干脆说'读者即书写者'（reader - as - writer）。"②

一 "越读者"与"写读者"

在人类进化的漫长历史过程中，读书的历史是如此短暂，就如同奔涌的长河溅起一滴水珠那么不值不提。文学书籍这滴美丽的水珠折射出了光辉灿烂的人类文明，功昭日月，不可小觑，但它们也使人类先天综合判断能力逐渐退化，人类综合运用各种感官的"全观能力"被阅读行为日渐麻醉。从历史的眼光看，"书籍的需要是一种过渡时代的现象"，人类迟早会摆脱书面文学的束缚，使麦克卢汉所说的"三维感知"重返自然。网络超文本，集视、听、味、触，甚至意念于一体，让人类重归"全观的认知经

① 郝明义：《越读者》，人民文学出版社，2009，第 248 页。
② 李顺兴：《超文本文学形式美学初探》，http：//www.zisi.net/htm/ztlw2/wymx/2005 - 05 - 11 -21。

验"，并极大地释放了被书面阅读压抑了的精神需求。笔者曾以格拉提亚的觉醒来形容网络对传统文本的解放。觉醒的文本狂欢于超文本这个无边的舞台之上。数码技术能便捷地形成"超链接设计"，事实上整个网络就是一个庞大的"超文本"。作为巨型超文本的"网络中的每一个作品都将从符号载体上体现文本与文本之间的关系，或者某一文本通过存储、记忆、复制、修订、续写等方式，向其他文本产生扩散性影响。电子文本叙事预设了一种对话模式，这里面既有乔纳森·卡勒所说的逻辑预设、文学预设、修辞预设和语用预设，又有传统写作所没有的虚拟真实、赛博空间、交往互动和多媒体表达"①。

在一定意义上说，任何文学活动都是一种"交往与对话"，任何"交往与对话"都是一个互动过程。不言而喻，口传时代的文学主要是一种及时互动行为，书面文字出现以后，面对面的交流已不再是互动的必要条件，但这并不是说作者/读者之间的"把酒论诗文"会受到局限。如切如磋、如琢如磨，白居易写诗，常常边写边读给身边人听，与身边人共同字斟句酌。以写作和阅读来说，从来就没有一个毫无对象的作者，卡尔维诺写《未来千年文学备忘录》，面对此大而无当的标题，作者心中仍不乏相对明确的读者群体，他在向"潜在的读者"阐释自己的文学观念。歌德说过，读一本好书就是和无数心灵高尚的人谈心，这种与虚拟对象的互动原本是文学文本的重要特征之一。读者与作者之间的这种虚拟的对话，在接受美学和读者反应批评那里，已经有相当透彻的论述。这种潜在的互动，即便在解构主义和形形色色的后现代主义阵营里，也是颠扑不破的通识。例如，德里达在确定文学意义时，正是将其虚构功能作为本质特征的。②这种虚构功能理所当然也包含着读者与作者之间的这种潜在的互动功能。

从这个意义上说，超文本不过是将传统文本的潜在功能"显在化"了而已。说到底，"互动书写"的动力和源泉仍然从传统文本"进化"而来。超文本不仅将传统文本中的"完全灵活性"发挥到了极致，而且使作

① 欧阳友权：《网络文学本体论》，http://www.chki.net。

② 德里达认为，谁也不可能准确无误地确定自己手里拿着一部实实在在的文学。文学不是隐藏在特定文本里的本质。用语言构成的东西，无论是口头的还是书面的，都可"当作文学"，文学取决于能否使用语言脱离坚实的社会和传记的语境，让它任意地虚构运作。参见希利斯·米勒《德里达与文学》，陈永国译；载金惠敏主编《差异》2004年第2辑，第84页。

者与读者之间的互动变得更加轻松愉快了。虽然目前的超文本还尚未到达某些论者所说的"读写界限消弭一空"的程度，但传统文学中的作者的权威角色的确受到了超文本读者的深度挑战。在超文本中，读者成为集阅读与写作于一身的"作者－读者"。罗森伯格甚至杜撰了一个新单词"写读者"（wreader）来描述这种超文本阅读过程中的新角色。显然，这个新单词是将作者（writer）与读者（reader）两词截头去尾后拼合而成的。"写读者"的出现使巴特所谓的"读者再生"的理论设想变成了网络文学领域的普通实践。李顺兴把"写读者"的出现称作"新文学人"的诞生，"这个新读者并非凭空创造出来，而是和超文本科技的进展息息相关。'读者书写'（Readers write）正是当今网络（Web）的流行现象，留言板、讨论区中读者的参与自是不在话下，新颖例子如亚马孙书店，每一本书的专属网页都提供使用者评论空间，参酌使用者所输入的正负面书评，读者可能做出比较好的购买选择。一言以蔽之，超文本含书写开放的成分，是由读者参与书写而共同形成的，因此，信息提供者与使用者共同建构起来的超文本，已不归属单一方，而是读写者的公物。"① 超文本如同可以自动"洗牌"的扑克小说，使读者可以通过作者预先设置的多向选择，自行决定故事情节的发展与走向，在某些交互性更强的网络超文本例如接龙小说的读写过程中，人人都是真正的"写读者"，超文本在这些游戏与准游戏的网上逍遥过程中，超文本的互动性被表现得更加充分、更加本质、更加直接。

　　超文本本质上就是一种呈现于数字"写读者"面前的互动文本。"文本嵌入互动设计（interactive design），所造就的表现形式，最能突显超文本文学之不同于平面印刷文学（print－based literature）。互动设计如超级链接可创造多向阅读路径，而超级链接的媒介可以是简单的纯文字、具联想性的动静态影像，或一组互动游戏。这样的互动设计造就了互动阅读行为。"②

　　在传统文本中，文本之间的连接主要是靠目录、页码、注释或相关说明文字来完成的，超文本与此极为相似，只不过超文本的注释是可以无限

----

① 李顺兴：《超文本文学形式美学初探》，http：//www.zisi.net/htm/ztlw2/wymx/2005－05－11－21。

② 李顺兴：《超文本文学形式美学初探》。

延展的，传统文本对注释作注释并不罕见，但是，对"注释的注释"再作注释的情况就不太常用了。即便是《诗经》这样古奥难懂的文本，也少见超文本式的多层级注释。从《诗经》的一些著名的注释看，注释无论如何拓展，由于页码的限制，它总不可能离《诗经》原著太远。无论是西汉毛亨的《毛诗故训传》、东汉郑玄的《毛诗笺》、唐代孔颖达的《毛诗正义》、宋代朱熹的《诗集传》，还是清代马瑞辰的《毛诗传笺通释》、陈奂的《诗毛氏传疏》、王先谦的《诗三家义集疏》，诗经传统文本的解释之网撒得再远，它覆盖的直径和吃水的深度总是非常有限的，因为，传统的线性文本给"注家"所提供的空间甚为逼仄，大体只是一个直接以中心文本为节点的相关区域。

"传""笺""疏"也许可以各有侧重，但说到底，它们主要还是"围绕一个中心"在"同一个水平面"作业的阐释行为。且不说"郑笺"只不过是对"毛传"的补充，同属于对《诗经》的直接注释，即便是孔颖达的"疏"也只是对毛传、郑笺作注，他的主要目的仍然是注解《诗经》的意义。我的意思是说，传统文本在注解经典文本时，通常只能够在有限的层次以内发挥阐释学的作用。孔颖达的"疏"充其量也只是在"二级与三级注释之间游弋的次生文本"而已。显而易见的是，传统文本很难像超文本那样把"注释的注释……的注释……"如此无限地深入下去。这也是为什么我们要把传统文本称为线性文本、把超文本称为非线性文本的原因，用希利斯·米勒的话来说，超文本是一种"立体的高幂次文本"[1]，而传统文本所具有的平面性特征在超文本的映衬下就不再那么飘忽不定了。

当然，超文本是一种极为复杂的文化现象，任何试图一言以蔽之的概括与总结都是不切实际的。对于超文本的研究，"专攻一点，不及其余"的战法也许能让人更清楚地认识某些问题，"盲人摸象""见树不见林"固然是一种可怕的局限，但当代学术日趋精微的科学性条块分割，使得"小题大做"的微观研究成为一种相对流行的方式。在知识爆炸、网络崛起的时代，百科全书式的通才已不可能再现辉煌了。虽然形形色色的学科壁垒正在不断被打破，学术团队的跨学科研究也日益成为一种必然，但就单个学者而言，在庞大的学术机器面前，除了充当齿轮与螺丝钉的角色外似已别无选择，而

---

[1]　J. Hillis Miller, *The Ethics of Hypertext Diacritics*, 1995.

这种情形已越来越明显地成为新一代学人的职业化宿命。

近年来，国内有关超文本基本特征的研究已取得了可观的实绩。例如黄鸣奋先生在数码或网络艺术研究方面已积累了数百万字的评介与创新成果，其中《电脑艺术学》中关于"机媒交往"的描述和设想引人入胜；《电子艺术学》中的"全球化与艺术交流"和"电子艺术前瞻"令人向往；《数码戏剧学》中关于"交互性戏剧"的"仿生交流"更是精彩纷呈；《网络媒体与艺术发展》中对"因特网与间性理论"的探讨别开生面；《数码艺术学》中对"艺术随机方式"的论述同样具有可贵的开创性意义……这些研究成果，虽然都是作者对超文本深入探究和精辟论述的书面化文本，但它们共同组成了一个开放的"准超文本"的学术研究空间，为超文本的理论建构开辟了一条新路。特别是在具有筚路蓝缕之功的《超文本诗学》中，作者更是对超文本的"互动性"关注有加，在"超文本理念构成"（第2章）、"网络华文文学"（第3章）和"超文本美学构成"（第6章）等章节中，作者从不同视角对超文本的互动特征展开了系统化研究。在《电子超文本文学理念初探》一文中，黄鸣奋先生认为，超文本的互动性主要体现在如下几个方面：（1）高度统一的交互性，包括有意识交互与无意识交互；自向交互性与他向交互性；绝对交互性与相对交互性。（2）高度发达的交叉性，包括文文交叉；图文交叉；视听交叉。（3）高度自由的动态性，包括动态操作；动态时空；动态路径。这些论述言之成理，持之有故，令人叹服，笔者自知无法就超文本全局说出更多的新道理，因此，这里只就几个窃以为有点体会的具体问题，谈点肤浅的看法，如能对孤峰耸立的《超文本诗学》起到些微点缀与陪衬作用，则吾愿足矣。

二　超文本与网络互文性

我们知道，单字的意义取决于词语，词语的意义取决于语句，语句的意义取决于段落，段落的意义取决于篇章，篇章的意义取决于语境，语境的意义取决于时代，时代的意义取决于整个人类历史。所以布莱克说，刹那见终古，微尘显大千。罗塞塔石碑（Rosetta Stone）上的一篇铭文，之所以能成为后人打开一个金字塔装点的古埃及世界的钥匙，是因为商博良找到的那根连接古埃及与现代世界的互文性纽带。《旧约全书》中，路得是唯一被单独作传的普通百姓家的女子，她的故事似乎也是最为平淡无奇的。但是，联想到路得的曾孙大卫王，路得的意义就完全不一样了，大卫使以色列从一个微不足道的牧羊人部族变成了一个东方强国，而没有路得就不会有大卫，没有大卫，就没有以色列辉煌灿烂的第一圣殿时期的文明。想想千年后被人称为圣母的木匠之妻玛利亚是大卫的直系后裔，路得作为圣母之前的"圣母"，作为"耶稣圣族故事的前传"就成了经书中藏珠蕴玉的篇章。这个平凡的异邦女子背后竟然隐藏着如此复杂的互文关系，即便是她手中的一束麦穗也堪称是人类历史巨型超文本中的闪亮的节点。没有路得就不可能有大卫和耶稣；而没有大卫与耶稣，路得之名则必将消隐于历史的微尘里。

从一定意义上说，我们所理解的互文性，实际上是一种具有超越性的文本关系，这种关于文本间交错贯通相互呼应却永远呈现为无限开放态势的想法，可以在马克思恩格斯关于事物的永恒发展和普遍联系的学说中找到哲学依据。在我们看来，互文性就是那将有限的文本寓于无限的叙事关系之网络的一根根妙不可言的"草蛇灰线"，雨果说莎士比亚的作品字字有白天黑夜，句句有相互照应，如果仅从具体的文本看难免有些夸张，而如果从互文性的视角看，莎作彼此之间，的确存在着极为普遍的照应关系。

互文性，从根本上讲无非是文本之间普遍联系的特性，因此，它获得了另一个名字——"文本间性"。从普遍性意义上说，互文性的这种无处不在的互联性特征是人类与自然、社会和精神世界各种复杂关系之文本化镜像的特殊表征之一。易经说，伏羲氏在观察天象地法和鸟兽之文的基础上，取诸身物，类以阴阳，创立八卦，"以通神明之德，以类万物之情"，由此可见，五千年前的古人对事物的这种普遍联系原理已有深刻认识。网络互文性利用超文本无限链接的方式，使传统文本"通神明""类万物"的互文潜能得以充分呈现，从这个意义上说，超文本也不过是互联网成功地开发了"互文性"潜能的副产品而已。超文本的许多特征，在传统文本中实际上都是有端倪可察的。

笔者在不少文章中，往往把"互文性""超文本""互联网"三个概念不加区分地用在相近似的语境中，这并不仅仅是出于修辞方面的需要，也并非故意混淆不同概念的内涵，实在是因为它们在许多场合都具有几乎相同的特征和秉性，专就文本而言，三者的相似性或同一性是如此显而易见，以致在许多情况下它们相互替换而不会出现语法或逻辑问题。超文本原本是为计算机及网上世界而设计的，但是超文本首创者所追求的知识机器与信息之网，几乎就是"互文性理论"的数字化图解，而"互文性"理论则如同专为超文本设计的技术蓝图。超文本在理论上与互文性学说的惊人相似绝非"巧合"所能说通的，其中的必然联系还有待学界作进一步的探究。超文本理论家兰道曾经指出，超文本作为一种基础的互文性系统，它比以书页为界面的印刷文本更能凸显互文性的特征。整个超文本就是一个巨大的互文本，它将相互关联的众多文本置于一个庞大的文本网络之中，并通过纵横交错的路径保持各文本之间的链接，由此可见，最能够体现互文性本质的互联网本身就是一个典型的超文本系统。

三 "写读者"与"亵渎者"

超文本的问世无疑是传统文学生产与消费的一次伟大革命。这场深刻革命具有历史的必然性、时代的必要性，令人欢欣鼓舞，但它同时也给文学的生存发展制造了空前的危机。事实上，"一切以印刷媒介为基础的现代精神生活形式——它们以'距离'、'深度'和'地域性'为生命内蕴——所面临的深刻的存在论危机，即使算不上一个终结，亦堪称一次脱胎换骨的转型。"[①] 在网络艺术领域，我们听到了更为焦虑的声音——"谋杀即将开始"：

> 也许这是一个"虚幻"对于真实的"谋杀"。也许这将是一种最庞大的艺术样式，参与人数最多的艺术盛会。她没有所谓的正式开幕，更无法想象将来会如何收场。过去的先锋艺术，自达达主义运动以来的所有激进实验，自杜尚、凯奇、劳申伯、克莱因、波依斯以来的所有激进人物，无不已经成为现代传统的主要部分。当今的总体艺术混合了美术、音乐、戏剧、舞蹈、电影、文学等等所有的艺术形式，并借助地理空间的膨胀和社会历史的激变，一举打破了艺术与其他领域尤其是日常生活的界限，几乎使整个世界成为了一个悲壮（或

---

① 金惠敏：《媒介的后果》，人民出版社，2005，第187页。

狂欢）的舞台剧场。①

当艺术与日常生活的界限即将消失殆尽时，"生活艺术化"和"艺术生活化"之间的界限渐渐模糊不清时，这究竟是艺术的终极解放还是艺术的末日来临？这究竟是审美文化的灾难还是人类文明的福音？在对大众文化欣喜与惊恐相交织的激情日益高涨的过程中，对网络文化的焦虑和不安也日益成为人文学者心中挥之不去的阴霾：谁能告诉我们，网络文学与艺术的无限开放性究竟隐含着什么样的危险与危机？历史的经验一再证明，美好的"无限"往往也是致命的"局限"，社会如此，人生如此，网络如此，文学也是如此。

几乎每个文学工作者都很清楚，近年来风雨满城的文学终结论，主要是针对电子超文本颠覆文学传统这类情况流传起来的。被誉为"继弗洛伊德和爱因斯坦之后最伟大的思想家"的麦克卢汉在《理解媒介》中提出了"媒介是人的延伸"的著名论断，他认为，媒介与人的关系是相对独立的，不同媒介对不同感官起作用。书面媒介影响视觉，使人的感知成线状结构；视听媒介影响触觉，使人的感知成三维结构。② 按照麦克卢汉的说法，超文本语境中的文学大约已不能再简单地称为文学了。如果，一切文学作品都已转化为超文本形式，那些宣告文学终结的理论似乎真的有理有据。至少，超文本化将是传统文学一次历史性的大转折。

生，还是死，这大约是进入 21 世纪以来文学界面临的最为深刻的焦虑。2000 年，作家张辛欣说："21 世纪恐怕根本不是纯文字阅读时代，平面阅读，是不是像老辈子听戏一样，是小众的退化行为？盘根错节的文字编织术，是不是像 16 世纪的荷兰画派的精心工笔，一种太古老的手艺……在未来的新时代，看书翻书的动作，是一个少数人的古典动作么？E 书不需要纸，屏幕可以扩大，而新形式的书，仍然是沉默的阅读的么？作家发声和沉默的文字究竟是什么关系？是不是破坏了文字本身的美感？是不是像电视出现一样，声图俱全，使文化大流行并大流俗？"③ 这类悲喜交集的文字遍布

① 谢旺：《"谋杀"即将开始：关于"网络艺术"的提纲》，http://www.hypertextbook.com/eworld/fourthirtythree.shtml.

② 麦克卢汉：《理解媒介》，商务印书馆，2000，第 2 页。

③ 张辛欣：《怎么在网络时代活一个自己》，《南方周末》2000 年 3 月 31 日，第 22 版。

媒体。

　　"娱乐阅读"、"读图时代"不值得欢呼，更不能够讴歌为时代进步，没有深度的阅读会使人心智枯竭、心灵生锈。正面的引导当然要使人学会分辨不同目的、功能和层次的阅读：浏览、专题、研究、拓展、创造，步步前进，在充实的生活中逐渐向网络阅读和纸媒阅读的深度进军。……我们不能让图片遮蔽文字、游戏取代阅读、娱乐替代思考。……我们不能够在培养网络人和动漫人的同时又造就一代文字阅读的文盲。①

　　书写文化依赖于文学符号系统。文字的能指与所指是疏离的，这种疏离本身即已包含了人类思维对于外部世界的凝聚、压缩、强调或删除，电子媒介系统启用了复合符号体系，影像占据了复合符号体系的首席地位。崭新的符号体系形成了新型的艺术，新型的艺术产生了前所未有的文化和政治功能。电子媒介系统提供了消愁解闷的大剂量的迷幻药，使人们放弃了对历史的不依不饶的提问，而"虚拟生存"的数码技术更显示出不可估量的前景。当代文论家南帆甚至认为，除了入口的美味佳肴，"比特"可以随时制造一个令人向往的天堂。超文本的局限与妙处也正在于此——分明虚无一物，俨然包罗万有！这一切，让人看不清究竟是福音还是陷阱。

　　更新鲜的是，"非线性"超文本拆穿了故事只能向结尾发展的神话。网络文本没有边界，只有无尽的环节和不断的展开，每个超文本页面都可以作为通向其他超文本的电子门厅。在这种情形下，就如德里达所说的，创造性叙述的核心从作家转到设计文本联系的制作者手中，或是利用这些联系的读者手中。"传统文本中的固定框架撤除了，读者冲出了情节式叙述逻辑的拘禁，凭借鼠标从一个空间跃入另一个空间，但是，如果将这种纵横驰骋当作读者的自由，将是一种错觉。事实上，读者只是进入了一个软件设计师重新配置的叙述关系网络。这个改换制造了解放的假象，并在假象的背后设置了更为强大的控制。"② 这种尴尬境况表明数字媒介系统控

① 何道宽：《从纸媒阅读到超文本阅读》，http://www.donews.com。
② 南帆：《电子时代的文学命运》，《天涯》1998 年第 6 期。

制下的文学，同样难以避免解放与控制的双重交织。

人类文明是否真的像尼葛洛庞帝所断言的发展到了一个临界点？所谓的"数字化生存"果真是现代人注定无法逃避的谶语？现代技术革命在大幅度推动社会进步和改善物质生活的同时，是否一定要留下无数意念中的奇幻诱惑和谜一般令人困惑的现代神话？现代人匆匆忙忙涌向"网络新大陆"，仿佛找到了一只逃避过去、通向未来的诺亚方舟。"作为一个敞开的全新的世界，计算机网络对于许多富于好奇心的人来说确实产生了一种'挡不住的诱惑'。……一位尚未入网的朋友在看过网上漫游的演示后大发感慨地说：现在忽然觉得自己就像刚从树上下来那么原始！"①。这种感慨其实只是由网络社会无数"正常"的奇怪感受的一种正常表达而已，因为网络社会是由无数惊人的奇迹组成的，网络本身就是一个史无前例的迷人神话。

有人认为网络就是现代版的"巴别塔"，它将给人类带来无比美好的全新的文明，它不但能轻而易举地实现人们的愿望，甚至在帮你实现愿望的同时，还为你设计了无数你根本就没有想过的愿望。它为人类创造幸福生活提供了无限广阔的前景。但也有人担忧，网络这个伟大的神话，实际上是人类发展史上一个最大的陷阱！网络召唤人们逃离"原子"组成的现实家园，纷纷奔向"比特"组成的"太虚幻境"，它把现代人变成匆匆过客——现实生活也因此成了一个失去家园的驿站。应该说，这样的担忧并非多余。仅就网络文学而言，其纷繁芜杂、失衡失范的情况的确十分严重，网络"超文本"的局限与陷阱随处可见。

第一，由于"CtrlC + CtrlP"大行其道，"千部一腔，千人一面"几成绝症。机械复制给文学所造成的所有缺陷都加倍地出现于超文本写读之中，"数字化的冷酷宇宙吞噬了隐喻和转喻的世界。"② "韵"的瓦解，艺术膜拜价值的丧失在所难免，这些在本杰明那里就已"言尽矣"。这里着重谈谈超文本被肆意曲解为"抄文本"的"剪贴诗学"问题。克里斯蒂娃说，"一切时空中异时异处的文本相互之间都有联系，它们彼此组成一个语言的网络。一个新的本文就是语言进行再分配的场所，它是用过去语

---

① 李河：《得乐园·失乐园》，中国人民大学出版社，1997，第7页。
② Jean Baudrillard, *Selected Writings*, (Stanford University Press, 1988) p. 147.

言所完成的 '新织体'。"① 在克里斯蒂娃看来，每一个文本都是直接或间接的引用语或仿造语的大集会；每一个文本都是对另一个文本的吸收和改造。任何作品的文本都是许多引文的镶嵌品构成的，是对其他文本的吸收和转化。按照诗人 T. S. 艾略特的说法就是初学者 "依样画葫芦"，高手 "偷梁则换柱"。马歇雷甚至对 "创作论" 进行过哲学层面的清算，他根本就不信有什么平地起楼或另辟蹊径的创作，任何作者都不过是在运用前人的文本 "制造" 新文本而已。甚至有人说，《红楼梦》全凭 "曹雪芹的抄写勤"，《管锥编》也无非是 "钱钟书抄千种书"。于是，"天下文章一大抄" 竟成网络写作暗流汹涌的谶语。

毫无疑问，满腹经纶者的旁征博引自然与不学无术者的投机取巧不可同日而语。鲁迅讲 "拿来主义"，却不忘消化、吸收和创新，毛泽东讲 "古为今用，洋为中用"，则更强调 "推陈出新"。如果不加甄别，恶意克隆，为名利计，为稻粱谋，剽窃他人作品，冒充自己的成果，这种行为，于作者是一种行窃，对读者是一种欺骗。当然，我们也应该看到，赝品与原作之间也并非毫无互文关系，正如有机物之于排泄物一样，什么时候也无法割断二者间的几乎是必然的联系。但那不过是一种与审美文化精神和社会道德理想相背离的情况而已，不提也罢。古人赋诗撰文，在讲究 "无一字无来处" 的同时，更标榜 "点石成金" 式的 "化腐朽为神奇"。如果只有前者，没有后者，"文必先秦，诗必盛唐"，空有互文而毫无创新，或者是互文变成赘文，其结果就是新作与旧章一同腐朽，一同成为古董或垃圾。

更令人不安的是，许多超文本写读完全混淆了抄袭与创新的标准。萨莫瓦约说："乔伊斯以剪贴和粘贴（scissors and paste）为写作的主要目的；普鲁斯特则是 '文献串联（paperoles）'，它通过在手稿上连接或叠加一连串的文献来延展作品。"② 由此可见，即便是 "剪剪贴贴"，只要别具匠心，也同样可能成为不朽的艺术。反倒是那以独创名义制造的文化垃圾令人无法容忍。例如，悬河裂岸的信口开河，话语失禁的讲经布道，随地便溺的文字发泄，哗众取宠的视频 "恶搞" ……这些网络 "灰客" 的危害

---

① 布洛克曼：《结构主义》，商务印书馆，1987，第 162 页。引文中的 "本文" 即 "文本"。

② 蒂费纳·萨莫瓦约：《互文性研究》，天津人民出版社，2005，第 25 页。

常常有甚于"黑客"，它们制造的"尘暴"已给赛博空间造成了严重污染。

　　第二，主体的过度分散和传统艺术惯用手法的纷纷失效，使超文本写读失去了往日的艺术魅力，文学赋予主体的那种诗意对话和审美交往，蜕变成了网络写手恣情快意的文学发泄，"脱帽看诗"的适意与优雅，变成了网上冲浪的"随波逐流"。艺术与生活，精英与大众的界限正在逐渐消失。在这个所谓的"数字化时代"，越来越多的人正在变成为机器的一个组成部分（或者说被机器延伸），信奉"效率就是生命"的现代人，长期处于一种非我的"耗尽"（Burnout）状态，超文本的设计者意在借"机"（Memex）扩展（Expend）体验世界的能力，结果反倒让人"无法体验完整的世界和自我，无法感知自己与现实的切实联系，无法将此刻同历史乃至未来相依存，无法使自己的身心统一起来，这是一个没有中心的自我，一个没有任何身份的自我。在人不自觉地物化为机器的附属后，世界已不是人与物的世界，而是物与物的世界，人的能动性和创造性消失了。"① 网络主人已身不由己地变成了网络奴隶。

　　马克·波斯特在《德里达与电子写作》一文中，分析了电子写作对由西方思想的伟大传统所刻画的主体形象的消解。他说："笛卡尔的主体是站在客观世界之外的，那个位置能使主体获得相关的客观世界的某些知识；康德的主体，则既作为知识的本源立于世界之外，又作为那种知识的先驱对象而站在世界之内；黑格尔的主体，处身世界之内，又改变着世界自身，但因此而实现了世界存在的终极目的。我认为电子写作分散了主体，因此不再是电子写作出现以前那样起着中心作用了。"② 事实上，主体的消解来由已久，早在网络问世之前，哲人们就曾一再描绘主体的黄昏，商讨主体的退隐，宣告主体的死亡，尽管主体依然顽强地坚守着书面语言构筑的传统阵地。我们注意到，西方大多数哲学流派如分析哲学、解构主义、西方马克思主义，甚至交往理论都没有关注主体范式的热情，尽管也有人坚持以饱满的热情探讨主体回归论题，但更多人倾向于相信主体范式即将山穷水尽。网络社会崛起之后，主体的退隐和死亡则更是不再给"回归论"者留下任何幻想。

---

① 吴冠军：《数字化时代：危机与精彩同在》，榕树下，2002 – 01 – 08。
② 王逢振编《网络幽灵》，天津社会科学出版社，2000，第65页。

如果说传统文本是一个"日月经天，江河行地"的"地球人"世界，那么，漫无边际的网络文本就是一个"天地齐一，和光同尘"的"太空人"世界，这里的太阳和月亮都不过是浩瀚星河中的两粒普通的沙尘。读者与作者之间"众星捧月"的关系业已消逝。因此，在超文本世界里，对于任何"写读者"来说，不但柏拉图"代神立言"的崇高理想遥不可及，就连巴尔扎克那种要当一个时代秘书的愿望也成了过世狂人的幻想。不但如此，甚至有人断言，21 世纪原著将不复存在，传统作家也必将消亡。2007 年初，高调复出的王朔就声称自己"再也不出纸媒书了"，他要走美国头号畅销书作家斯蒂芬·金的《子弹骑士》的路子，在互联网上以超文本的形式发行自己的新作。可谁知道，这个书面世界的文学"大腕"是否从此消失于网络江湖？

杰姆逊曾把"主体性的丧失、距离感的消失以及深度模式的削平"描述为后现代艺术的特点，这些都恰好与网络写作暗合，因此，有人将超文本说成是"网络版的后现代主义"。目前，大多数写手最通常的做法是将作品贴于 BBS，优秀作品可以张贴在精品区，有点经典意味的收到文集里面，然而，一旦入了个人文集便大有入了"棺材"的意味，很少有人翻看。古人说"江山代有才人出"，网络则是"分分秒秒出才人"。当然，这也许并不是坏事，但我们对此却不可盲目乐观。一位网络写手说："文章的耀眼时刻，其实就是在新鲜出炉的那几分钟，网友点击之时。这种网文的独特载体，决定了网文要有快餐意味，不快成吗？一日一更新，甚至几分钟的时间，便被淹没在贴海里了。"我们不得不面对这样一个无情的事实：在网上每个人都只是一个 IP，每个人都只是一个匆匆过客。

第三，个性的恶性张扬和泛滥成灾的物料"灌水"已成为超文本写作的一大公害。在博客、BBS、QQ、CG、动漫、网络游戏、视窗广告、视频"恶搞"等充斥页面的互联网上，形形色色的新鲜玩意儿无不制造严重的混乱：随手涂鸦、信口瞎话、胡编乱造、生拉硬套、低级趣味、色情暴力不一而足。当然，张扬个性和强调娱乐也有种种复杂的表现。有批评者指出："网络文学与纯文学的最大区别，正是在于说不得的话，可说而不必说的话，网络文学非说不可，一说再说，生怕读者弱智，几近密不透风，让人喘不过气来。就像现在某些所谓生活流的戏剧、电影、电视剧，从头至尾絮絮叨叨，名义上打着'再现生活'的旗号，实则在欺骗观众，没有半句潜台词，不留一抹想象的空白。这种情况在网络文学形成伊始，还好一些。后来便急剧恶化，使网络文学成为一个偌大的文学垃圾场、情感临摹地。虽然有些情感可能是真实的，但文本却更加倾向歇斯底里的自我宣泄以及对读者无聊的媚惑。"① 当然，超文本也不乏"一刀封喉，一剑毙敌"的凶悍泼辣之作；"絮絮叨叨"与"一剑封喉"这两种极端不同的风格，都是个性恶性张扬的例证。

第四，网络已经介入了文学生产的全过程，"这彻底改变了已有的文学社会学，网络空间的文学权威陨落了。而且，网络语言的'速食化'倾向将对文学语言产生深刻影响。此外，网络技术形成的超文本对于传统的线性文本结构具有巨大的冲击力量。"② 对这种"深刻影响"和"巨大的冲击力量"，我们有理由为之欢呼，我们也有理由为之忧虑。

> 正如"数字化生存"并不等于"诗意的栖居"一样，高科技迅猛发展也不都是艺术的福祉。……直拨电话、电脑传真、光纤通信、电子邮件等的确方便快捷，却又消弭了昔日那种"望尽天际盼鱼雁，一朝终至喜欲狂"的脸红耳热的幸福感。还有高速公路上的以车代步和蓝天白云间的睥睨八荒，的确让人体验到了激越和雄浑，但同时又排除了细雨骑驴、竹杖芒鞋、屐齿苍苔的舒徐和随意。③

毕竟，网络带给文学的不只是"现代性"的创造效率和"全球化"的传播便利，它也同样带来了形形色色的广告陷阱和机械复制的文化垃圾。

网络时代，最明显的变化是，昔日艺术家特立独行的万丈光芒已经变得越来越黯淡，传统艺术生产独唱的歌声，将被分工精细的大合唱彻底淹没。今天，电脑进入影视制作，对传统表演艺术提出了挑战。有人感叹银幕荧屏将失去真正的艺术家，电影电视将被电脑退化到魔术时代。网络写作的命运也不容乐观，由于写作主体的转移和"分散"，人人都可以在网上率性而为，信笔涂鸦，传统的功利主义和唯美主义被声色娱乐和情感倾

---

① 参见 2001 年 10 月 23 日 10：33 京报网－北京日报。
② 南帆：《游荡网络的文学》，《福建论坛》2000 年第 4 期。
③ 欧阳友权：《网络文学：挑战传统与更新观念》，《湘潭大学社会科学学报》2001 年第 1 期。

泻的强烈冲动打得个落花流水，文学正在被网络进化/退化（？）为一种"游戏"，一种随心所欲的"游戏"。王安忆曾有过"网络写手类似于音响发烧友"的说法。这个"发烧友"的比喻看似随手拈来，实则大有深意。发烧友对技术和器材的兴趣远胜于音乐本身。同样，在多数超文本"写读者"心中，软件的升级也远比文学的神韵重要。

　　有趣的是，在本文的写作过程中，笔者每次输入"写读者"的代码时，电脑上总会同时跳出"亵渎者"和"泻肚者"字样。它似乎在提醒我们，决不能听任时尚的"写读者"变成传统的"亵渎者"或废话的"泻肚者"，而这也恰巧是本文反复强调的论点。试想，一个单词的拼写尚且埋伏着诸多变异，在无边的网络世界里，天知道隐藏着多少陷阱？对此，我们岂能不提高警惕！钱理群先生在为郝明义《越读者》作序时说："我们要学会善用'网络'与'书籍'的不同特质，来对待过去与新生的知识资料，来对待'影音像'及'文学'不同的媒体，而不可粗鲁地对待文学这种在网络时代本应该更加精致使用的媒体。"① 令人遗憾的是，网络新媒体也制造了新的文化危机：水军横行，口水四溢，大V大谣，群魔乱舞，更不用说"火焰战争"，人肉搜索等已使超文本的世界受到了严重污染，因此，在网络这个虚拟王国纵情歌舞的各种神仙，要像爱护现实世界的好山好水一样，珍视"比特之境"——这个如情似梦的精神家园。

---

① 郝明义：《越读者》，人民文学出版社，2009，第11页。

第二章
互文性与开放的文本

古训已在泥土中枯萎，格言也已疲惫。
飞船却抖动丰满的羽毛，在新的空间浪迹。

——雷抒雁

任何文本都是引语的拼凑，任何文本都是
对另一文本的吸收和改编。

——克里斯蒂娃

　　20 世纪的西方美学和文艺理论，思潮迭起，流派纷呈。五花八门的理论与学说，彼此渗透，互相辩驳，交相阐发，在一个无边无际的"互文性耗散结构"之域，使源远流长的审美精神绵延不绝，使不断创新的诗性智慧生生不息。尤其是数字技术诞生之后的近半个世纪以来，日益走向"超文本诗学"的艺术哲学，在人文主义与科学主义之间，前呼后应，此起彼落。数十年间，新言旧说之多，让人眼花缭乱；流变更迭之快，有如风驰电掣。站在无纸阅读时代的门槛，回头放眼一望，只见茫茫一派乱花迷眼的芜杂与斑驳。当年的千军万马与猎猎旌旗，即将被无情的岁月尘封于纸花烂漫的历史画卷。但是，在理论风云变幻无定的近百年间，比较而言，大体上有这样的三种类型仍旧引人注目：一是主要以作者为中心的"表现主义"理论，如克罗齐的直觉主义，弗洛伊德的精神分析学，荣格的神话原型理论；二是主要以作品为中心的"形式主义"理论，如以雅各布森为代表的"俄国形式主义"，兰塞姆等人热衷的"新批评"，以及罗兰·巴特等人倡导的"解构主义"；三是以读者为中心的"读者反应批评”和“接受美学”等，主要代表人物有英伽登的“阅读现象学”，伽达默尔的阐释学以及姚斯、伊塞尔倡导的接受美学。新兴网络时代，纵然不会在一夜之间使得翰墨飘香的书面世界繁华散尽，但白纸黑字的魔咒正渐渐丧失往日的神威，在此背景之下，美学与文论世界最后的诸神，必将顺应互文性理论的召唤，结成跨学科联盟共同走向数字化生存的时代，在全新的伊托邦（etopia），开创一个由超文本与互文性主导的、潜力巨大的、无限开放的数字化文论与美学的新文本世界。

关于超文本与互文性的基本关联，在我们预先设定以网络文学研究为主要对象的特定意义域中，大体可以这样理解二者的关系：超文本是互文性最重要的表现形式，互文性是超文本最重要的本质特征。超文本是一种以热链接突破单一文本之页面限制的互文性文档，其优越性在于能充分呈现文本的开放性、互文性和阅读单元离散性等潜在特点。整个互联网就是一个巨大的超文本，而任何超文本本质上都是标准的互文本。超文本将相互关联的众多文本置于一个庞大的文本网络之中，并通过纵横交错的路径保持各文本之间普遍而深入的联系。当超文本将禁锢于印刷文本的互文性从书页界面中解放出来后，必将引发一场数字化生存的文本革命。

第一节　互文性：概念与历史

“互文性”（Itntertextualité）是法国符号学家、女权主义批评家朱丽娅·克里斯蒂娃提出的一个概念①。这一概念的基本意义在《词语、对话与小说》一文中是以这样一种面貌出现的：“任何作品的文本都是像许多引文的镶嵌品那样构成的，任何文本都是对其他文本的吸收和转化。”② 按照这一说法，每一个文本都是蕴涵于文本海洋中的水滴，都是潜力无限的文本大家族中的一员，任何文本都要以其他文本作为存在的前提和延伸媒介，文本与文本之间彼此互喻，互相阐发，且互为对方之意义无限繁衍的场域。从一定意义上说，互文性

---

① Itntertextualité 是一个法语词汇，英译为“Intertextuality”，中文有多种译法，最常见的有“互文性”和“文本间性”两种，其他译法还有“文本互涉”“互涉文本”“文本互释性”“文际关系”“间文本性”等等，随着研究文献的日渐增加，“互文性”（有时也简称“互文”）的译名已占压倒性多数。

② Julia Kristeva, “Word, Dialogue and Novel”, in *The Kristev Reader*. Toril moied., (Oxford: Blackwell Publisher Ltd., 1986) p. 36.

就是这样一个文本与文本之间"相互参照、彼此牵连"、你中有我、我中有你的开放系统的表意功能。正如范尼瓦设想的超文本一样，基于互文性的所有文本，共同构成了一个融过去、现在、将来于一体的、无限开放的文本网络和意义永恒流转嬗变的符号系统。我们理解的互文性文本，可以说是无数滔滔汩汩的耗散结构，是循环往复、生机无限的意识流。互文性和超文本互为表里，共同编织起一个数字化生存的网络文化世界。

超文本贯通古今和互文性无处不在的情形，让人联想到一句佛家偈语："千江有水千江月，万里无云万里天。"海阔凭鱼跃，有如互文性关联之深广；天高任鸟飞，恰似超文本潜能之无限。在互文性支撑的超文本世界里，任何文本与其他文本之间，总有看不见的千丝万缕相勾连。在一个数字化信息编制的"文献宇宙"中，既有之互文性历史无往不复，辽阔的超文本世界无远弗届。

一 互文性研究文献概述

对网络资料的检索，会有许多出人意料的发现①。譬如，从既有资料

---

① 笔者于2011年8月1日凌晨2时查询中国知网，对"互文性"研究进行"主题"检索，获得了这样一组数据：以互文性为研究主题的文章共有2376篇，涉及40个学科（学科后的数字为论文篇数），它们分别是：世界文学（649）、中国文学（438）、外国语言文字（367）、中国语言文字（337）、文艺理论（287）、戏剧电影与电视艺术（119）、新闻与传媒（90）、哲学（30）、美术书法雕塑与摄影（25）、文化（24）、贸易经济（19）、音乐舞蹈（16）、中等教育（14）、出版（9）、计算机软件及计算机应用（6）、考古（2）、医学教育与医学边缘学科（2）、成人教育与特殊教育（2）、图书情报与数字图书馆（2）、旅游（2）、中国政治与国际政治（1）、政治学（1）、管理学（1）、伦理学（1）、马克思主义（1）、市场研究与信息（1）、工业经济（1）、初等教育（1）、中国古代史（1）、史学理论（1）、中医学（1）、军事（1）、互联网技术（1）、政党及群众组织（1）、心理学（1）、体育（1）、思想政治教育（1）、保险（1）、农业经济（1）、宏观经济管理与可持续发展（1）。关注互文性理论的研究论文之多、涉及学科范围之广，着实令人瞠目结舌。在两千多篇论文组成的这块什锦大蛋糕中，文学与艺术明显占据了主要份额。其中涉及"中国文学"（438）互文性研究的文章分布情况大体如下：小说（203）、文学评论和研究（94）、诗歌和韵文（79）、鲁迅作品及其研究（22）、戏剧文学（14）、报告文学（6）、民间文学（5）、少数民族文学（4）、散文（4）、文学史和文学思想史（中国文学）（3）、儿童文学（1）。小说评论的互文性视角受到比较普遍的关注，相比之下，诗歌、散文的互文性研究相对显得薄弱一些。外国文学的情况，大抵也是如此。有关文艺理论（287）学科中的互文性研究，相关论文分布情况如下：文学写作与文学创作方法（101）、文学理论综述（98）、各体文学理论和创作方法（52）、文学理论的基本问题（19）、艺术理论（8）、文艺美学（3）、世界各国艺术概况（3）。创作论方面的互文性研究比较充分，文论基本问题视域的互文性研究似乎没有得到应有的重视。

看，互文性概念的应用明显早于"文本间性"（这与多数人想当然地认为先有"文本间性"的翻译后有"互文性"翻译明显不一样）。按时间顺序对中国知网进行关键词检索，我们发现，由斯义宁和薛载斌共同摘译的《文学理论中的成规概念与经验研究》是中文刊物中最早使用"互文性"概念的文章之一，该文是荷兰文论家佛克马为参加中国比较文学第二届年会而撰写的专题论文，最初发表于1987年《文艺研究》第6期，该文认为，成规概念远非是清晰明确的，所有关于成规的讨论似乎都陷入了一种令人不安的悖论之中。审美经验被认为或者是遵循成规的结果，或者是违背成规的结果。雪莱曾试图摆脱"成规化表达的互文性"，但是尼采却断言"成规是伟大艺术的产生条件"。①

　　而最早使用"文本间性"的文章之一是张新颖的一篇题为《反苹果牌即冲小说》的文章，该文发表于1997年底，恰好在"互文性"概念出现于中文期刊十年之后。在张新颖的文章中，"文本间性"一再作为新颖概念被提及。文章以当时网络小说中流行的"玄幻句式"开头：西西创作于70年代中期的小说《我城》中，说有家出版社发明了一种"苹果牌即冲小说"，看小说变得就像冲咖啡一般简单，喝下去脑子里就会浮现出情节来。这类故事，在当今的各色网站上已经成为过时的大路货，别说看小说了，借助于类似于"苹果牌即冲"软件，写小说也能变得如同冲咖啡一般简单，情节变化甚至比转动万花筒还要容易。②

　　从文献影响的角度来说，网络文献引用率检索也显示出了比较明确的信息。迄今为止，在有关"互文性"研究的著作中，至少有这样的三本书如同幽灵一样在不同文章和书籍中频频出现。它们是格拉汉姆·艾伦的《互文性》（Graham Allen，*Intertextuality*，该书尚未见中译本）、蒂费纳·萨莫瓦约的《互文性研究》、王瑾的《互文性》。三本书中，引用率最高、也可以说影响最大的当属"法国大学128丛书"中萨莫瓦约的《互文性研究》，这不仅是因为该著的汉译本出版较早，更重要的是，它虽然也不失为一本严格意义上的学术研究专著，但其篇章结构与表达方式似乎更自

---

① 佛克马：《文学理论中的成规概念与经验研究》，斯义宁、薛载斌摘译，《文艺研究》1987年第6期。

② 张新颖：《反苹果牌即冲小说——关于"洛神赋图卷"答问》，《当代作家评论》1997年第6期。

由、更活泼、更具有开放性。艾伦与王瑾的两本小册子则更像"文学概论"式的学术"基础/通俗"读本,尽管它们对互文性的概念、历史与方法的介绍可能更系统、更全面、更容易被理解。

　　具有反讽意义的是,在以传统文本式样出版的书面著作中,有关互文性的权威性"学术成果"里,往往充斥着信口雌黄的奇谈怪论,而以"在野"姿态出现的网络批评却常常会出现一些中规中矩的"老成持重"之论。譬如,网友"tjw309"在"北大中文论坛"贴出了题为《解构主义文论的"互文性"理论浅识》的文章,对互文性理论发表了令人耳目一新的意见:"互文性"理论是从当代西方文化思潮激荡更替的洪流中共生出来的一种文本理论。当代西方一些主要的文化文学理论,如结构主义、符号学、后结构主义(解构主义)、西方马克思主义、新历史主义和女性主义都或多或少对这一理论有所指涉。"互文性"表征了文本(符号)系统全新的存在方式,是一种关于文本(符号)世界的激进"哲学观",也是一种动态开放、具有实际操作性的方法论。从价值取向来看,"互文性"理论试图揭示的是文本表象世界下意义(本真)世界的无限丰富性和共生互换性。它几乎涉及了文艺理论学科涵盖的所有重大理论问题,如作家与作品(如文本的生成过程及其作家的文学观)、作品与世界(如文本与客观世界的关系、文本的意义生成)、作品与读者(如文本意义的阐释及求解)以及作品与作品间的特殊关系(如文学的文体间以及文学与非文学文本间的关系问题);它直接链接到文学的社会生产、消费(鉴赏)过程之中。正是这种包容特性使互文性的概念撒播在几乎所有的当代文论中。①

　　萨莫瓦约的著作前文已有比较详细的介绍,于兹不赘。与萨莫瓦约的《互文性研究》相比,格拉汉姆·艾伦的《互文性》和王瑾的《互文性》,无论从主旨还是结构上看,都像是一个加强版的"名词解释",且都是10万字左右的小册子,如前所述,它们都是以"关键词"的形式作为某套文论术语丛书中的一分子出版的。格拉汉姆·艾伦的《互文性》作为兼及教学目的的评介式著作,其主要目的是对互文性概念进行一次系统而准确的深度阐释,事实上作者也正是把对"互文性"概念的起源与演变的梳理与

_____

① "tjw309":《解构主义文论的"互文性"理论浅识》,http://www.pkucn.com/viewthread.php? tid=7759。

辨析作为研究之主攻方向的，该书的这一特点，注定作者不可能有太多创新空间，这就如同一本用于教学的《文学概论》不可能提出太多新锐观点一样，作者必须尽可能忠实地转述既有研究成果所呈现的思想状况。尽管如此，艾伦还是创造性地将互文性的创新与拓展前景寄托在互联网领域，这一点似乎可以说是艾伦的小册子比另外两本小册子稍胜一筹的地方。有关《互文性》的评论注意到，格拉汉姆·艾伦"穿梭于各派理论令人眼花缭乱的术语密林"，在论述"互文性"理论的起源、发展与演变过程中，较好地注意到了互文性概念与 20 世纪 60 年代之后的各种理论之间的互文性关系，尤其作者将互文性理论的拓展与延伸"最终落脚于对万维网的思考"，给人以高屋建瓴之感。互文性与互联网的联系，使得互文性对文本之间的互动性特征得到了无以复加的强调，互动成了网络时代一切文本最显著的特征。

事实上，不少研究者注意到，强调文本间的互动关系这一基本内涵，被后来所有提到互文性理论的流派所接受和继承。其实在此之前，巴赫金的对话理论和复调理论中已经显示出了互文性理论的端倪。他在提到"文学狂欢化"理论时就带着非常激进的态度打破了横亘在话语之间的政治等级观念、身份贵贱区别、文化优劣划分，而把各种形式的话语混杂到一起，形成一种完全交融和平等的话语共存状态。文学话语与非文学语言、方言、职业语言、民俗语言等相互交会自由指涉，任何话语都不拥有先决的权威性和普遍的真理性。这就为打破文本间的独立封闭世界开辟了一条通道。①

艾伦指出，在 20 世纪 60 年代以前，文学批评家们对文本的内在意义孜孜以求，但在克里斯蒂娃提出"互文性"概念之后，文论与批评界才明确地意识到，任何文本都不存在超验的、自足的意义等待我们去发掘，相反，文本的意义在文本与它所指涉、所关联的其他文本之间散播了，意义游弋于文本关系的巨大网络之中。文本的本质是其与一切他者关系之和，换言之，一切文本皆互为文本，文本的独立性是相对的，文本的开放性则是绝对的，任何文本都不可能完全独立于其他文本而存在，否则，它将失

---

① "tjw309"：《解构主义文论的"互文性"理论浅识》，http://www.pkucn.com/viewthread.php? tid =7759。

去作为文本而存在的任何意义。

在艾伦看来，是索绪尔、巴赫金、克里斯蒂娃共同创造了"互文性"概念，艾伦将"互文性"理论的起源定位在20世纪初的现代语言学领域，具体些说，就是把索绪尔和巴赫金看作是互文性理论的学术先驱或前导。虽然此二人都不曾提出"互文性"概念，但是他们对语言的论述，蕴含着"互文性"的思想的核心内容。索绪尔强调语言符号的非指涉性和差异性，认为符号存在于系统之中，通过与其他符号的相似或差异而产生意义，关注的是语言系统。巴赫金则侧重具体社会情境中的语言交际，关注的是话语。在巴赫金看来，所有的话语都是对话性的，语言的对话性本质体现在语言的社会、意识形态、发话主体和受话主体的性质上。巴赫金断言，个人意识的语言存在于自我与他者之间的交叉地带，语言的语词一半是他人的。这一点正是克里斯蒂娃的"互文性"概念所突出与强调的。从某种意义上讲，克里斯蒂娃为西方文论"发现"了巴赫金，是她首创了"互文性"一词，试图综合索绪尔和巴赫金的语言观念。作者指出，克里斯蒂娃用"文本性"置换了巴赫金的人文主体，但是却为巴赫金的对话性、双声语、杂语等概念添加了心理维度。①

早在王瑾的《互文性》出版之前，就有学者预言"互文性"将是中国当代文论行情不断看涨的热门词汇，近年来涌现出数量惊人的有关互文性研究的学位论文使这一判断获得了有力的支持。张新军在介绍艾伦《互文性》的文章中提及了一个有意思的现象：即使对当代文论极其反感的文学教授，潜意识里也存有朴素的"互文性"思想。比如说，教授们往往会告诉学生，阅读亨利·詹姆斯的《淑女画像》时应该读一读乔治·艾略特的《米德尔马契》，读凯特·肖邦的《觉醒》最好能同时读一下福楼拜的《包法利夫人》，而要阅读斯宾塞的《仙后》则不可不了解骑士传统，如此等等。"互文性"作为一种文学创作实践可以说是源远流长，而作为一种理论探索则是滥觞于当代文论中的语言学转向。

进入20世纪70年代以后，互文性理论已被广泛接受，如意大利符号学家艾柯就在其意指理论中指出，文本具有自我指涉和含混的特征，由于

---

① 张新军：《Graham Allen〈互文性〉评介》，《山东师范大学外国语学院学报》2001年第3期。

这种特征，"只要纠缠在一起的各种解释相互作用，文本就迫使我们重新考虑常规的代码和它们转变为其他代码的各种可能性。"在艾柯看来，文本的译解就是"持续不断地将其直接意指转化为新的含蓄意指，其中没有哪一项终止于第一阐释成分上"。此后，理论界普遍认为可以把人类的一切话语都联系起来，达到破除学科间森严壁垒的效果。事实上很多理论流派的文论家都自觉不自觉地在实践着用互文性的理论来解读文本，进行文学研究。①

此外，还有一个值得密切关注的现象，那就是近年来有 100 篇博士论文涉及互文性理论，相关硕士论文多达 554 篇，这也是一个匪夷所思的惊人的数据。其中部分博士论文，在前人研究成果的基础上真正做到了有所发现、有所创新、有所超越。如陈亚萍的《体裁互文性研究》（2006）、焦亚东的《钱钟书文学批评的互文性特征研究》（2006）、武建国的《当代汉语公共话语中的篇际互文性研究》（2006）、刘金明的《互文性的语篇语言学研究》（2006）、万书辉的《文化文本的互文性书写：齐泽克对拉康理论的解释》（2007）、姜怡的《基于文本互文性分析计算的典籍翻译研究》（2010）、姜辉《"红色经典"的叙事模式与左翼文学经验》（2010）等，分别在各自的研究论题中挖掘出了前人尚未深入研究的东西，对互文性理论的深化与拓展作出了一定的贡献。

其中李玉平的博士论文《互文性研究》（2003）旨在对当今文学理论和文化研究中的重要概念"互文性"进行系谱梳理和理论探析，论述它对于文学研究的重要意义，考察它在文学和文化实践中的具体应用。作者首先纵向梳理互文性概念的学渊系谱，勾勒互文性概念生成、发展、嬗变的轨迹。认为索绪尔的结构主义语言学和巴赫金的对话主义思想直接导致了克里斯蒂娃提出互文性概念，是互文性理论最直接的学术渊源。1966 年，克里斯蒂娃在介绍巴赫金的学术思想时，提出了具有浓烈社会历史和主体性色彩的"互文性"概念。其后，互文性理论大致沿着结构主义和解构主义两条路径嬗变。其次，作者还尝试横向探析互文性的概念与分类。认为互文性产生于后现代语境中，关注非个人化领域，注重符号分析，倡导民

---

① "tjw309"：《解构主义文论的"互文性"理论浅识》，http：//www. pkucn. com/viewthread. php？ tid =7759。

主平等意识。互文性是指文学、绘画、音乐、舞蹈、广播、电影、电视、广告、互联网等众多艺术门类和传播媒体的文本之间，互相指涉、互相映射。这种互涉的程度视不同的文本而变化。互文性不是文本自发的性质，它必须通过读者的阅读和阐释才能激活和实现。从不同的角度切入，可以对互文性进行不同的分类。此外，作者还论述了互文性对于文学研究的重要意义。作者认为，互文性给传统的文学理论研究带来了一场革新，它使我们换一种眼光看文学，从而更好地认识文学的独创性，它还为我们提供了研究文本意义生成和阐释的新路径、重新审视文学史的新视角，将文学研究和文化研究得以有效地沟通。最后，作者考察了后现代文化中的互文性现象。作者认为，互文性业已成为后现代文化的一个重要特点。在后现代主义时期，互文性出现的广度和深度超过以往的任何一个历史时期。互文性在后现代主义文学中通常发挥一种解构的功能。作者指出，当前，互文性的研究与信息技术的突飞猛进息息相关，呈现出科学与人文交互渗透的趋势。超文本是互文性与网络技术联姻的产物。互文性在超文本文学中呈现出非线性的文本结构、阅读与写作界限的消弭、"极乐"的阅读体验和超媒体等全新的特点。①

又如万书辉的博士论文《文化文本的互文性书写：齐泽克对拉康理论的解释》就是互文性理论应用于专题个案研究的代表性作品，作者认为，齐泽克的文化书写堪称当今时代以跨学科为根本特征的文化研究之典范。在互文性这一视角内，我们发现了齐泽克文本内部的资源要素及其复杂关系。万书辉举例说，在精神分析传统中，通常把传统意义上的经典文学艺术作品视为通俗作品来进行分析，齐泽克也不例外，通过对拉康作品中《哈姆雷特》《安提戈涅》等的分析，从不同角度对康德、黑格尔和马克思的哲学以及拉康的精神分析学做了极具特色的重读，从而跨越了现代以来高雅文化和低俗文化间的森严界限。从齐泽克的书写方法看，由于深受黑格尔辩证法和晚期拉康"实在界"观念的影响，齐泽克的文化书写明显表现出重返、重申、悖论等方法。对他来说，"重返"就是要寻找"真正的起源"。因此，齐泽克文本中出现了一系列的"回返"。比如，在他的文本中，有诸如向谢林的回返，向笛卡尔主体性的回返，向拉康的回返，以

---

① 李玉平：《互文性研究》（2003），国家图书馆藏论文，http://www.nlc.gov.com。

及 "回到弗洛伊德""回到黑格尔""重返列宁" 等不同的内容。在这些回返中，最根本的还是 "转向拉康"，同时这种转向又是经由黑格尔实现的。①

　　当然，还有很多值得期待的研究成果或许会给我们带来意想不到的惊喜，例如，北京大学外国语学院法语系秦海鹰教授承担的国家社会科学基金项目《互文性问题研究》② 早有不少读者翘首以盼。据介绍，该课题于2000 年立项，2003 年 8 月结项。其最终成果形式为专著。这项成果比较系统地清点和研读了以互文性概念为中心的多种文学理论著作和相关历史资料，探讨了作为当代西方文论重要组成部分的互文性问题的缘起、流变、特征和意义。全国哲学社会科学规划办网站对秦海鹰教授 "互文性研究"的具体内容、研究方法和学术创新进行了简明扼要的介绍，其中有关 "互文性理论的演变轨迹和整体面貌" 寥寥数语便使看似千头万绪的互文性的主脉与支流展露无遗：从互文性概念的提出到相关的文本理论在不断阐释过程中的转换与发展，作者提纲挈领地勾勒出来一部互文性理论的简史。

　　确如秦海鹰教授所言，互文性概念从广义到狭义、从模糊到精确、从后结构主义到开放的结构主义的奇特流变过程，大致呈现出两个方向：一个方向趋于对互文性概念做宽泛的解释，把它当作一个批判武器，这个意义上的互文性理论逐渐与美国的解构批评、文化研究、新历史主义相汇合；另一个方向趋于对互文性概念做精确的界定，使它成为一个描述工具，这个方向的理论建设集中出现在 20 世纪 80 年代后的法国。秦海鹰这一研究成果最富洞见性的创新之一是对互文性理论之 "解构" 与 "建构"的区分。就其解构意义而言，互文性概念属于后结构主义文学理论范畴，与哲学上的解构论处于共生状态，其基本意图是在文学研究中突破结构主义方法的局限，把社会历史、意识形态、他人话语等诸多外部因素当作文本重新纳入文学研究的视野，把文本看作是一个自身包含多种声音的意指过程，以此方式质疑文本的同一性、自足性和原创性。就其建构意义而言，互文性概念为修辞学、符号学和诗学范围的研究提供了一个操作性很强的工具，同时也从另一个角度更新了文学观念。研究者关于解构与建构

---

①　万书辉：《文化文本的互文性书写：齐泽克对拉康理论的解释》，巴蜀书社，2007。

②　秦海鹰：《互文性问题研究》，http：//www.cpc.people.com.cn/GB/219457/219506/219508/219526/14640234.html。

的区分，一举廓清了形形色色不同性质的互文性理论之概念疑团和身份焦虑。

研究者对几种主要的互文性理论之基本特征的理解与把握也颇有特色。例如作者在符号批判理论的语境下分析克里斯蒂娃的互文性，将其主要内容概括为文本的异质性（引文性）、社会性和互动性，可谓抓住了问题的要害。更为可贵的是，研究者站在中西文化比较的立场上对相关术语所进行的清理和辨析，有一种纠偏补罅、正本清源的学术指导意义。尤其是一些常被误用误解的概念，如代码、文本、引文、生产性、互文痕迹、文本分析、线性阅读、互文阅读、跨文本性、"羊皮纸"、二级文学、阅读契约等，在特定文本中的特殊含义和不同语境中的适用范围，亟待学养深厚的专家做充分的阐释和辨析，相信秦海鹰教授的相关研究必定不会辜负读者的期许。

二　互文性：概念的历史嬗变

萨莫瓦约在《互文性研究》的"引言"中指出："互文性（Itntertextualité）这个词如此多地被使用、被定义和被赋予不同的意义，以至于它已然成为文学言论中含混不清的一个概念；比起这个专业术语，人们通常更愿意用隐喻的手法来指称所谓文中有文的现象，诸如：拼凑、掉书袋、旁征博引、人言己用，或者就是对话。但互文性这个词的好处在于，由于它是一个中性词，所以它囊括了文学作品之间互相交错、彼此依赖的若干表现形式。"[1] 作者用作"开场白"的这几句话，言简意赅地概括了全书的主旨，事实上大多数网络书店也正是把这几句话作为全书"内容简介"而放置在"商品描述"栏目之中的（如当当网和卓越网都是如此）。

从这段类似于"内容摘要"式的文字里，我们可以看出萨莫瓦约阐释互文性的几个不容忽视的"关键词"："文中有文、拼凑、掉书袋、旁征博引、人言己用，对话、互相交错、彼此依赖。"互文性或许可以简洁地表达为"文中有文"；互文性生产的最基本方法大约可以概括为"拼凑、掉书袋、旁征博引、人言己用，对话"；而我们这里所讨论的"互文性"，就其本质而言，其实正是萨莫瓦约所说"文学作品之间互相交错、彼此依赖

---

① 蒂费纳·萨莫瓦约：《互文性研究》，邵炜译，天津人民出版社，2003，第 1 页。

的若干表现形式"。

即便在口头文化时代，人言己用的现象也必定普遍存在，关于这一点在后面有关巴赫金的对话理论中将有详细论述。这里我们单以文字组成的文本之生成与发展的情状，看看互文性之源头可以追溯到什么时代。按照我们对互文性字面的肤浅理解，互文性得以成立的最基本的条件是必须存在足以建立"互"①之关系的文本数量，文字创立之始，或许还没有足够的征引对象，因而还不具备文中有文的基本条件，这个看似合情合理的猜测，实际上并非无懈可击，因为按照广义互文性理论的理解，即便人类最初的文本已经包含着极为丰富的互文性因素。譬如，中国最初文字的发生学过程，《易·系辞下》有这样一段精彩的描述：

> 古者包羲氏之王天下也，仰则观象于天，俯则观法于地，观鸟兽之文与地之宜，近取诸身，远取诸物，于是始作八卦，以通神明之德，以类万物之情。

按照互文性理论的理解，这段话反映的是我们中华民族自古以来"天人合一"即"天地互文"的思想——在外，观察天地万物，在内，观察自身奥妙，明白了外在"大宇宙"与自身"小宇宙"互喻互释、交相呼应的奥秘，然后人类才"发明"了"八卦"。《易经》每一卦都有"卦德"，从一定意义上讲，"卦德"之中即包含着"天道"与"人道"的互文性变化，《易经》之所以被一些人看作一切古代典籍、诸子百家思想的源头，应该说与其绵延无尽之"天文"、生生不息之"地文"以及代代相传之"人文"三者之间的互文性演化有莫大关联。

德里达说："文本之外无一物"，在他看来天、地、人就如同日、月、星一样都是依照一定规律运动的符号系统，亦即文本系统。与这位犹太学者的极端言论相比，我们将中国古老的八卦看作文本系统或许可以说理所当然。儒家对《周易》的解释常使用术语"互文"。《周易》以雷、风、雨、日四种现象开始，然后列举艮、兑、乾、坤四个卦名，表示这是卦，

---

① 根据《现代汉语大辞典》的解释，"互"字释义，处"木架"和"巷门"之外，其余各义都与"互文"之"互"意义相近，如："1. 交互、交错；2. 相互、彼此；3. 并"等。萧统《〈文选〉序》："各体互兴，分镳并驱。"这里"互""并"同义且互文。

同时也是象，这种表达方式非"互文"而何？这种"互文"排列方式反映事物的由动至静、由显至藏的过程，即"雷以动之，风以散之，雨以润之，日以暄之，艮以止之，兑以说之，乾以君之，坤以藏之。"① 其实，八卦中的天、地、日、月、风、雷、山、川常常被人看作是"天人合一"的中华文明之互文系统中的象征符号。在这个由八种基本符号无限分解和任意组合的超级"宇宙文本"中，互文性可谓是万事万物之相互依存、和谐与共的奥秘所在。基于这样一种理解，或许可以说《易经》就是这样一个"互文性文本"。南怀瑾先生曾经宣称："整个宇宙就是一部《易经》。"② 换言之，整个宇宙就是一个互文性文本。

若以马克思主义世界观审视互文性，我们不难发现，所谓互文性理论，从本质上讲，不过是世界万事万物普遍联系和无限发展这一唯物主义辩证法思想在文本学中的基本体现。只不过有关互文性的某些理论在强调文本之间的某些关系特征时，往往会从一个极端走向另一个极端③。从一定意义上说，互文性理论，有时又是一种类似于德里达所信奉之一神教的具有彻底性和极端性的理论。

仍以易经和八卦为例。我们知道，八卦的情形，或许具有极为复杂的变数，就单个文字而言，是否也具有一定的互文性特征呢？仓颉造字的传说似乎可以为我们提供某些启示。《淮南子·本经训》载"昔者仓颉作书而天雨粟，鬼夜哭"。《说文解字》序说："黄帝之史仓颉，见鸟兽蹄远之迹，知今之可相别异也，构造书契。"这一传说，将文字的发明归结为个别文化英雄，这一说法，或许排除了初始文字的互文性之心理学内涵，但人类考古学的成果证明，个别文字固然可以由个别人物独立创造，但文字系统，绝不可能是单个人的创造物。鲁迅说："在社会里，仓颉也不是一个，有的在刀柄上刻一点图，有的在门户上画一些画，心心相印，口口相传，文字就多起来了，史官一采集，就可以敷衍记事了。中国文字的来由，恐怕逃不出这例子。"（鲁迅：《门外文谈》）也就是说，文字当然不

---

① 甘莅豪：《中西互文概念的理论渊源与整合》，《修辞学习》2006 年第 5 期。
② 参见《南怀瑾全集》，第 3 卷，第 12 页。转引自 http://www.blog.sina.com.cn/s/blog。
③ 如巴特与"无处不互文"思想密切关联的"作者之死"，彻底摧毁了独创性概念，"作者死亡了，个性不复存在了，作者在写作中的主体性和创造性被一笔勾销，有关文学独创性的话语都消失在无所不在的'互文性'中。在文学的汪洋大海中，我们找不到任何独创性文本，只存在互相模拟和抄袭的文本。"参见王瑾《互文性》，第 55 页。

可能是仓颉之类的某个个人独立创造出来的，而是由许许多多的像仓颉这样的人慢慢丰富起来的，仓颉只不过在这些人当中比较重要、起的作用比较大而已。从一定意义上说，文字的发展过程就是一个互文性衍生与汇聚的过程。就是一个鲁迅所说的心心相印、口口相传的过程。而这里的相印相传可以说正是互文性的最本质的内涵的生动体现。

众所周知，互文性理论脱胎于索绪尔的结构主义语言学和巴赫金的对话主义思想，由克里斯蒂娃正式报幕出场，在罗兰·巴特、热奈特、利法泰尔、贡巴尼翁、洛朗·坚尼、米歇尔·施奈德等人的呼应与推动下变成热门话题，其历史演变态势和话语嬗变轨迹，已有汗牛充栋的综述资料，其中黄念然、陈永国、王瑾等人的研究成果为概念史梳理奠定了基础。如今，互文性概念的历史嬗变这一话题变为人所共知的常识，有鉴于此，这里不再做概论式系统梳理，而只是专就某些略有心得的话题谈点粗浅看法，并借以就教于读者与同行。

首先说说"一切皆文本，无处不互文"这一略嫌偏激的论点所包含的合理性及其局限。"文本之外无一物"是德里达《论文字》中的一个众所皆知的说法，对于德里达以及许多后结构主义者来说，万物无非符号，一切皆是文本。换言之，任何一套符号都可以当作一种语言机制来研究和解释。如前所述，这一话题包含着德里达这样一位一神论者看问题的深刻性和彻底性，但这里只是将其作为一个背景论题或预设条件提出，鉴于它并非互文性理论的直接表述，暂且搁置相关争议，不予深入讨论。如果结合克里斯蒂娃及巴特的"一切文本都是互文性文本"的说法，依据德里达"一切皆文本"这一论断必然会得出"无处不互文"的结论。按照逻辑推理的游戏而言，这一说法似乎没有问题。但由此涉及的另两个问题可能会有不同理解：第一是最初的文本之互文性从何而来？第二是互文与独语是否有区别，换言之，对话与独白是否应该加以区别对待？这里的第一个问题，已在前文有关仓颉造字的讨论中述及。第二个问题大约可以在巴赫金的对话理论中找到答案。

按照巴赫金对话理论的说法，即便"茕茕孑立"，也有"形影相对"。哈代说"呼唤的与被呼唤的"总是难以"互答互应"。但在巴赫金那里，"呼唤的与被呼唤的"总能够形成"互答互应"，因为在巴赫金的对话理论语境里，任何文本都具有对话性，没有"对话性"的文本就没有存在的

"意义"。即便像祥林嫂那样几乎下意识地自言自语："我真傻，真的……"从对话理论的视角看，这样的自言自语也不能看作是毫无对话对象的"独白"，因为这个"我真傻"的"我"，在"对话过程"中至少可以理解为说话人"祥林嫂"和听话人"祥林嫂"。在互联网上，"我真傻，真的……"居然被戏仿成了一个典型的"对话模式"。

　　上述两个问题，对我们从更广泛的视角看待文学之互文性有一定的启示意义。例如，在前文提及的萨莫瓦约的《互文性研究》一书中，作者的视线并没有局限于文学文本，作为一位乐于直面现实社会生活的文论家，萨莫瓦约自然不会忘记文学的现实社会之维，在肯定了文学与世界的关系之后，萨莫瓦约便从互文性视角强调了文学生产的"自根性"，提出文学不仅是在与世界的关系中写成的，更是在它同自己、同自己的历史的关系中写成的。文学的历史是文学作品自始至终不断产生的一段悠远历程。与我们通常相信的现实生活是文学的唯一源泉不同，萨莫瓦约更趋向于把既有文学作品看作其新生文学作品的源头，任何文本，都来源于同一个文学大家族，它同时又是这个大家族中的一员，并多多少少地反映了这一家族的存在。"文学大家族如同这样一棵枝繁叶茂的树，它的根茎并不单一，而是旁支错节，纵横蔓延。因此无法画出清晰体现诸文本之间相互关系的分析图：文本的性质大同小异，它们在原则上有意识地互相孕育，互相滋养，互相影响；同时又从来不是单纯而又简单的相互复制或全盘接受。借鉴已有的文本可能是偶然或默许的，是来自一段模糊的记忆，是表达一种敬意，或是屈从一种模式，推翻一个经典或心甘情愿地受其启发。"①

　　在论述互文性的具体方式时，作者比较正式地提出了引用（citation）、暗示（allusion）、参考（reference）、仿作（pastiche）、戏拟（parodie）、剽窃（plagiat）以及各式各样的照搬照用……并用"不胜枚举""一言难尽"等略微夸张的词语加深了我们对"互文方式"之多样化的理解。在萨莫瓦约看来，对互文性的理解和研究，最重要的是回到文本自身的环境之中，设身处地地回顾文献，将历史和批评的观点综合起来，同时寻求一些途径，使我们能够对互文性有一致的看法，并以追忆的思路总体介绍互文性的各种特征。

---

　　①　蒂费纳·萨莫瓦约：《互文性研究》，邵炜译，天津人民出版社，2003，第2页。

　　萨莫瓦约反复强调，互文性在不同语境中被赋予了不同意义，有关互文性的概念和定义，必须结合具体语境以"具体问题具体分析"的态度讨论问题。因为，互文性可以说是一个无限开放的、极为不确定的概念，在索绪尔、巴赫金、克里斯蒂娃那里，互文性的面孔各不相同，在罗兰·巴特、热奈特、利法泰尔等人笔下，互文性具有更大的流变空间，在德里达、保罗·德·曼、J. 希利斯·米勒等人那里，互文性或演化成"延异性"、或描述成了"跨文性"、或干脆被理解为"语言修辞性"，在某些新潮文论家的著作里，"互文性"甚至被想象成一种"流质多变"的"耗散结构"。

　　毛崇杰先生在为王治河主编的《后现代主义辞典》撰写的"互文性"条目中指出："它（互文性）的提出旨在打破结构主义文本的孤立与封闭性，认为作为任何文本的成文性在于同该文本之外的符号系统相关联，都是对其他文本的吸收和转换，在差异中形成自身的价值。因此互文性与后现代主义文本'意义链'的破裂相关。"① 毛先生认为，在后现代主义"多元"格局中，"互文性"在不同的流派那里衍生出不同的意义。他先后列举了维瑟的"文学与非文学"之互文性、拉尔夫·科恩"非文学学科与文学理论的扩展"之互文性、海登·怀特的历史文本的诗学互文性等新历史主义思潮中的互文性因素，并得出了"互文性作为结构主义、形式主义文本孤立与封闭性之反动"的精辟结论。

　　与毛先生的反结构主义的观点相近似，有些学者将互文性观念置于后结构主义视域中加以阐释。例如，王富仁等人编写的《文学百科大辞典》是较早涉及互文性概念的辞书。该书将互文性定义为"后结构主义文学批评的一个术语"，认为，互文性"指的是对任何一个文本的解释都离不开其他文本，文本与文本之间存在着边界与沟通。"② 其相关阐述，主要引用了德里达等人的后结构主义文本思想，认为本文的系统是自我参照的互文本系统，在互文性系统内，文本的踪迹可以把整个"结构"联结起来。本文和读者、文本和文本的清晰划分变得毫无意义；因为如果我们要接近一

---

① 毛崇杰：《互文性》，见王治河主编《后现代主义辞典》，中央编译出版社，2005，第341页。
② 胡敬署、陈有进、王富仁等编《文学百科大辞典》，华龄出版社，1991，http：//www.cnki.net/index.htm。

篇文本、它就必定有个边界，这是不可能的，按照德里达的原则，一篇文本不再是完成了的作品资料体，内容封闭在一本书里或字里行间，而是一个区分的网络，一种踪迹的织体，这些踪迹无止境地涉及它自身外的事物，涉及其他区分的踪迹。互文性的这些作品，在数字化文本领域得到极为充分的展示。

在阐释互文性概念的众多文本中，陈永国先生的"一句话概说"给出了一个言简意赅的定义：

> 互文性（Intertexuality）也有人译作"文本间性"。作为一个重要批评概念，互文性出现于 20 世纪 60 年代，随即成为后现代、后结构批评的标识性术语。互文性通常被用来指示两个或两个以上文本间发生的互文关系。它包括（1）两个具体或特殊文本之间的关系（一般称为 transtexuality）；（2）某一文本通过记忆、重复、修正，向其他文本产生的扩散性影响（一般称作 intertexuality）。所谓互文性批评，就是放弃那种只关注作者与作品关系的传统批评方法，转向一种宽泛语境下的跨文本文化研究。这种研究强调多学科话语分析，偏重以符号系统的共时结构去取代文学史的进化模式，从而把文学文本从心理、社会或历史决定论中解放出来，投入到一种与各类文本自由对话的批评语境中。①

陈永国有关"互文性"的这"一句话概说"，首见于 2003 年《外国文学》第 1 期的《互文性》一文中。这大约是迄今为止引用频次仅次于克里斯蒂娃之"互文性定义"的"名词解释"。作者对互文性概念的"大背景"进行了如下解说："作为对历史主义和新批评的一次反拨，互文性与前者一样，也是一种价值自由的批评实践。这种批评实践并不隶属于某个特定的批评团体，而与 20 世纪欧洲好几场重要的知识运动相关，例如俄国形式主义、结构主义语言学、精神分析学、马克思主义和解构主义。围绕它的阐释与讨论意见，大多出自法国思想家，主要有罗兰·巴特、朱丽娅·克里斯蒂娃、雅克·德里达、热拉尔·热奈特、米歇尔·利法泰尔。"

① 陈永国：《互文性》，《外国文学》2003 年第 1 期。

在比较详细地介绍了巴赫金和布鲁姆的互文性思想之后，陈永国插入了"互文性革命"概念。作者对互文性革命的解释是，结构主义批评家在放弃历史主义和进化论模式之后，主动应用互文性理论，来看待和定位人文、社会乃至自然科学各学科之间关系的批评实践。这种批评的惊人之处在于它的"双向作用"：一方面，结构主义者可以用互文性概念支持符号科学，用它说明各种文本的结构功能，说明整体内的互文关系，进而揭示其中的交互性文化内涵，并在方法上替代线性影响和渊源研究；另一方面，后结构主义或解构主义者利用互文性概念攻击符号科学，颠覆结构主义的中心关系网络，破解其二元对立系统，揭示众多文本中能指的自由嬉戏现象，进而突出意义的不确定性。① 前者将文本的相对稳定性视为理所当然的前提，后者则将文本的多变性看作必然规律。这两种看似互为对立的观点，在互文性视域下被模糊含混地调和成了一个问题的两个方面。

　　在拉曼·塞尔登主编的《文学批评理论——从柏拉图到现在》一书中，对朱丽娅·克里斯蒂娃的符号学理论进行了深刻剖析。塞尔登认为克里斯蒂娃从一个非常激进的视点向"传统"与"影响"等观念提出了挑战。她提出的"互文性"概念是向"主体"的稳定性提出质疑的含义更为宽泛的精神分析理论的一部分。她把互文性定义为符号系统的互换，她不是在"陈旧的""渊源研究"的意义上界定互文性，而是把互文性当成了超越那种致力于"引经据典"或"运用渊源"的理性控制的符号过程的一部分。在克里斯蒂娃看来，符号系统的"互换"不仅意味着从书写系统到书写系统的转换，而且也意味着从非文学与非语言学系统到一个文学系统的转换。不仅如此，她甚至把每一个指意系统看成是"各种各样的指意系统互换的一个领域"。在这里，处于系统游戏位置的主体统一性和实质性便遭到了质疑与循环。在传统文学批评看来，克里斯蒂娃的方法存在的问题是，这门学科常见的范畴如"文学作品""传统""作者""渊源"等几乎无法存在下去了。② 对网络时代的文学研究者而言，系统符号的互换还隐含着另一重意义，那就是文学存在的媒介符号系统的转换，或许图文音画之间的界限，在互文性理论的统摄下会混融为一个趋于综合性统觉

① 陈永国：《互文性》，《外国文学》2003 年第 1 期。
② 拉曼·塞尔登主编《文学批评理论——从柏拉图到现在》，刘象愚、陈永国等译，北京大学出版社，2000，第 436 页。

的超文本系统。事实上，由互文性概念衍生出来的"互视性""互介性"等概念，早已经不动声色地解构了文字独领风骚的表意系统。

三 "巴赫金抑或克里斯蒂娃？"

历史老人有时候看上去像一个条理分明的逻辑学家，它将各种纷繁复杂的理论按照一种不可移易的顺序进行了权威性的安排。不同国籍的好几代美学家和文论家，在近百年的时间内，居然顺着从"作者"到"作品"再到"读者"的顺序，各自建构并发展着自己的理论体系，这是否可以说是学术史上的一个奇迹？当理论研究关注的中心即将开始新一轮的"循环"时，一种综合性研究和总体性研究的趋势已变得越来越明显，越来越真切。例如，杜威的实用主义美学、英伽登的现象学美学、萨特的存在主义美学等等，都不约而同地加强了对研究对象的综合性探讨和整体性把握，他们都注意到了传统美学将作家、作品和读者割裂开来进行孤立研究的缺陷和不足。在这一方面，现代解释学和接受美学的理论自觉性表现得更为突出。伊瑟尔从接受美学转向文学人类的研究，就是顺应美学研究的综合化和总体化发展趋势的一个生动例证。① 可以说，巴赫金的对话主义和克里斯蒂娃的互文性理论正是在这样一个拒绝区隔和走向融合的大背景下产生并快速成长起来的。

面对当下互文性理论大红大紫的热闹场面，我们不禁会想起 20 世纪 90 年代末那阵不大不小的"巴赫金旋风"，这二者之间有多大程度的承续关系似乎还有待进一步考证。但某些标志性的事件，多少会给我们一些启发。1998 年《巴赫金全集》在中国首次出版②，并很快在文论界引起轰动，钱中文先生那篇"论巴赫金意义"的《理论可以常青》，满怀深情地描绘了巴赫金从神童到大师的传奇经历，堪称是对这位 20 世纪的俄国思想家、美学家、文艺理论家巴赫金的"又一次发现"。钱先生主编的《巴赫金全集》的出版，为中国文学理论学术界带来了这样一句宣言式的口号——"走向交往对话的时代！"

---

① 伊瑟尔：《虚构与想象·译后记》，陈定家、汪正龙等译，吉林人民出版社，2003，第 396 ~ 397 页。

② 钱中文主编六卷本《巴赫金全集》，在新浪"爱问"（iask）信息公共网站可快速免费下载。

　　钱先生有关"交往对话"理论的一系列阐释，在一定意义上充当了我们理解互文性理论的一把钥匙。我们注意到，互文性概念在已被习惯性地说成是脱胎于巴赫金的对话理论，法国当代著名文学评论家茨韦塔·托多罗夫在《巴赫金、对话理论及其他》一书中，直接使用了"互文性"一词来描述巴赫金的对话理论。① 无论萨莫瓦约的《互文性研究》，还是艾伦的《互文性》，也都将巴赫金的"对话理论"视为克里斯蒂娃"互文性"概念的先导。萨莫瓦约说："在任何一篇文本中，都是由词语引发该文与其他文本之间的对话：朱丽娅·克里斯蒂娃借用巴赫金的这一思想，并恰如其分地引入了自己的新术语和抽象理论。巴赫金是《小说的美学和理论》以及《陀思妥耶夫斯基的文学创作》的作者。他从未使用过诸如'互文性'或'互文'一类的词。然而在他研究小说的时候（从 20 世纪20 年代开始），为了阐明兼容问题及其语言学、社会和文化分支的可能性，巴赫金提出了通过此语来承担多重言语（multiplication des discourse）的思想。"②

　　维克托·什克洛夫斯基在《关于散文理论》中，他根据巴赫金的理论研究劳伦斯·斯泰恩的著名小说《商狄传》时指出："如果说这篇小说和以前的文学决然不同，那么首先是因为它综合了以前的文学，重新使用所有业已存在的话语形式——说教的、宗教的、政治的、司法的、文学的，同时将它们饱和、混杂和戏拟，达到不得不对这些话语进行转换的程度。"③ 艾伦的《互文性》一书的第一个标题是《起源：索绪尔、巴赫金和克里斯蒂娃》，作者依次罗列的小标题是：索绪尔与词之结构关系；巴赫金与词之社会关系；对话主义；克里斯蒂娃与《原样》生产；从对话主义到互文性；理论之互相转换；巴赫金抑或克里斯蒂娃？

　　尽管在互文性理论原创者究竟是巴赫金还是克里斯蒂娃的问题上学术

---

① 茨韦塔·托多罗夫：《巴赫金、对话理论及其他》，蒋子华、张萍译，百花文艺出版社，2001。托多罗夫的《巴赫金、对话理论及其他》由两部分组成。第一部分"《文学概念》及其他"收录的 10 篇文章曾见于《散文体诗学》和《话语类别》两本集子里，其公开发表的刊物是 1971 年《诗学》和 1978 年《诗学》合订本。该书第二部分"米哈伊尔·巴赫金与对话理论"其实是另一本书《米哈伊尔·巴赫金与对话理论，及巴赫金小组文论》的中译本，中译者删除了原书附录中收录的"巴赫金小组文论"。该书只翻译了"巴赫金与对话理论"。

② 蒂费纳·萨莫瓦约：《互文性研究》，邵炜译，天津人民出版社，2003，第 10 页。

③ 蒂费纳·萨莫瓦约：《互文性研究》，邵炜译，天津人民出版社，2003，第 11 页。

界有不同看法，但无论如何，巴赫金的对话理论、对话思维对互文性理论的形成和发展具有不可替代的理论价值，关于这一点，学术界的看法表现出了高度的一致。进入 20 世纪之后，中国的"巴赫金旋风"似乎渐渐由强趋弱，但相关研究却开始逐渐走向深入，尤其是他的对话理论，在文论与美学领域得到了极为广泛的关注。有论者指出，巴赫金对话理论解释了一个观点多元、价值多元、体验多元的真实而又丰富的世界，它的意义已经远远超出了文学理论自身的范围。对话成为连接古今中外文化和文学理论的桥梁。他在文学作品中具有独立性、自由性、未完成性和复调性等特点。

王瑾《互文性》一书对克里斯蒂娃根据几个最常用的法语词缀和词根拼合而成的新词——intertextualité 进行了详细阐释："语词（或文本）是众多语词（或文本）的交汇，人们至少可以从中读出另一个语词（文本）来，在巴赫金的作品中，这两者分别以对话和背反的形式出现，他没有对二者明确区分。尽管缺乏严密的论述，但这一视角确实是巴赫金首先引入文学理论里来的。……因此，文本间的概念应该取代'主体间性'（inter-subjective）的概念。"① 和大多数论者一样，王瑾在明确指出克里斯蒂娃"生造"了"互文性"一词后，立刻指出了互文性概念与巴赫金的联系。事实上克里斯蒂娃本人也从未回避过巴赫金的对话主义对互文性理论产生的影响，并直言不讳地说，巴赫金的影响是"直接的"，是"决定性的"。王瑾还特意援引了格拉汉姆·艾伦的《互文性》的评判说："在我看来，与其说互文性概念源自巴赫金的作品，毋宁说巴赫金本人即是一位重要的互文性理论家。"②

巴赫金说："人带着他做人的特性，总是在表现自己（在说话）亦即创造文本（哪怕是潜在的文本）。"③ 人在对话过程中，表达自己并由此获得他"作为人"的生命，这一"创造文本"的过程，是一个交往与对话的过程，一个自我与他人话语互答互应的过程。巴赫金相信，人在"表现自己"的过程中，他人话语无处不在，所有的话语都具有内在的对话性，

---

① Julia Kristeva, "Word, Dialogue and Novel", in *The Kristeva Reader*, Toril moed（Oxford：Blackwell Publisher Ltd.，1986，p. 36.
② P16.
③ 钱中文主编《巴赫金全集》第 4 卷，河北教育出版社，1998，第 306 页。

所以艾布拉姆斯所说的文学四个要素中的任何一个都具有在文本内或文本间发生对话的潜力。在巴赫金之后，随着接受美学、读者反应批评等理论为学术界所认同，批评家的目光第一次投向了长期被忽视的"读者 – 文本"和"读者 – 作者"，尽管读者反应批评所强调的前理解（Pre – understanding）以及期待视界（Horizon of expectation）很好地解释了读者对于文本的动态接受过程。而作者和读者的对话则体现在作者在创作作品时脑海中所蕴涵着的进行答话的对象。伊瑟尔称之为"隐含的读者"（Implied Reader），斯坦利·费什则称之为"理想化的读者"（Idealized Reader），而巴赫金则将之命名为"超受话者"（meta – addressee）。①

关于"隐含在复调小说中的对话关系"，王瑾在《互文性》中进行了精彩的分析。她认为，巴赫金对互文性的思考首先来源于他的哲学思想。"我与他人"的关系就是巴赫金哲学思想的一个基本出发点，"我"的存在是一个"我之自我"，我以外皆为他者。自我作为主体是一个生命存在的事件或进程，在存在中占据着唯一的、不可重复的、不可替代的位置，是一个确实的存在。然而，这种存在又是不完整的、片面的，因为每个自我在观察自己时都会存在一个盲区，就如同我们不可能看见自己的脸和后背一样，但是这个盲区却可以被他者所看见，这种独特的个体视野即为每个个体都拥有的"视野剩余"。这种情况就决定了自我不可能是封闭、完结、自给自足的，自我的存在与发展离不开他者，除了自我内省外，还需要借助他人的外位超视，从他人对我的感受中感受到自我在人群中的存在状态。这一点与苏格拉底对真理产生于对话的认识相仿，因此，巴赫金认为，自我存在于他人意识与自我意识的接壤处。② 用巴赫金自己的话来说："一个意识无法自给自足，无法生存，仅仅为了他人，通过他人，在他人的帮助下我才展示自我，认识自我，保持自我。最重要的构成自我意识的行为，是确定对他人意识的关系。"这就是他所说的："单一的声音，什么也结束不了，什么也解决不了。两个声音才是生命的最低条件，生存的最低条件。"③

---

① Kuro：《重读巴赫金——关于对话理论的几点思考》，http：//www. blog. tianya. cn/blogger/post_ show. asp。
② 王瑾：《互文性》，广西师范大学出版社，2005，第 11 – 12 页。
③ 巴赫金：《陀思妥耶夫斯基诗学问题》，三联书店，1992，第 344 页。

　　巴赫金从本体论角度强调存在与他性的紧密联系，因而人之自我意识的获得必须要靠"他人眼中之我"才能实现。这种"我"与"他者"生生不息的依存关系则衍生出人类社会存在的根本：即对话关系。自我话语也存在于杂语（heteroglossia）之中，与他者话语相互影响，相互进入，从而形成超语言学研究中特有的双声语（double – voicedness）现象。这种对话性的双声语渗透到文学中来就形成了独特的复调小说，或对话小说。对话关系是一种特殊的语义或逻辑关系，参与对话的话语互不融合，各自具有充分的独立的价值，话语的主体各自平等。因而对话的意义不在于评判对错，而在于对话这一事件本身。对话中本身蕴涵的积极理解使新意义的产生成为可能。因而对话也具有未完成性（unfinalizability），开放性和多意性。① 自此，我们已经可以清晰地看到克里斯蒂娃互文性理论的基本轮廓。

　　中国社会科学院外文所董小英研究员是国内较早系统研究巴赫金对话理论的学者之一，她的《再登巴比伦塔——巴赫金与对话理论》一书即以"对话性""作为研究的起点"。作者认为，对话最初与叙事者的陈述一同进入文本的时候，它在史诗中仅是叙事的一部分，是单方叙述，即独白。在希腊悲剧发展到一定阶段后，埃斯库罗斯（公元前 525 ～前 456 年）把歌唱队分为领唱与合唱两部分，于是就出现了悲剧中程式化的对话。人物作为当事人叙述自己的故事，歌队作为旁观者，站在听众 – 读者的立场，代表他们要求人物"请把整个故事告诉我们"，同时充当剧情的叙事者，并以问话形式，参与对话，使独白叙事成为双方叙事。②

　　巴赫金认为，"在悲剧对话之后接踵而至的是苏格拉底对话——这是历史上一个新的小说体裁的第一步。"按照巴赫金的说法，对话性或许可以说是陀思妥耶夫斯基的首创，接着，巴赫金将"对话"和"对话性"作了区分。巴赫金给对话性下的定义——"对话性是具有同等价值的不同意识之间相互作用的特殊形式"——却是我们了解对话性的钥匙。对话有对话者、对话内容、对话方式的范畴，对话性也具有同样的范畴，但比对话更复杂。就"对话性"概念而言，首先，对话者就不只是文本中人物与人物的对话，还包括作者与人物、作者与读者、人物与读者的对话关系；其次，

---

① Kuro：《重读巴赫金——关于对话理论的几点思考》，http：//blog. tianya. cn/blogger/post_show. asp。

② 董小英：《再登巴比伦塔——巴赫金与对话理论》，三联书店，1994，第 11 ~ 12 页。

对话的内容就不只是引号内的内容，文字上的内容，还包括文字以外的画外音以及空白；另外对话的方式，由于摆脱了引号的束缚，更是自由自在，尤其是作者与读者的对话性形式变化最多。对话性使叙述更有深度，使形式更有韵味。尽管对话性从文本诞生的那一天起就已经存在，但人们并没有认识到它，甚至没有注意到它。直到现代，作者在写作时已经在有意识地运用对话性技巧叙述，评论家们才开始注意到对话性在文本中的功用。

小说《穷人》中，杰符什金的信里有这样一段话："我没有成为任何人的累赘！我这口面包是我自己的，它虽然只是块普通的面包，有时候甚至又干又硬，但总还是有吃的，它是我劳动挣来的，是合法的，我吃它无可指摘。是啊，这也是出于无奈嘛！我自己也知道，我不得不干点抄抄写写的事，可我还是以此自豪，因为我在工作，我在流汗嘛。我抄抄写写到底有什么不对呢！"①

巴赫金认为这是典型的双声语，他把它展开来分析：

> 他　人：应该会挣钱，不应成为任何人的累赘，可是你成了别人的累赘。
>
> 杰符什金：我没有成为任何人的累赘！我这口面包是我自己的。
>
> 他　人：这算什么有饭吃呀？！今天有面包，明天就会没有面包。再说是块又干又硬的面包！
>
> 杰符什金：它虽然只是块普通的面包，有时候甚至又干又硬，但总还是有吃的，它是我劳动挣来的，是合法的，我吃它无可指摘。
>
> 他　人：那算什么劳动！不就是抄抄写写吗，你还有什么别的本事？
>
> 杰符什金：这也是出于无奈嘛，我自己也知道，我不得不干点抄抄写写的事，可我还是以此自豪！
>
> 他　人：有什么值得骄傲的！抄抄写写！这可是丢人的事！
>
> 杰符什金：我抄抄写写到底有什么不好呢！等等。②

---

① 董小英：《再登巴比伦塔——巴赫金与对话理论》，三联书店，1994，第 26 页。
② 巴赫金：《陀思妥耶夫斯基诗学问题》，三联书店，1992，第 255 页。

在这里展开的对话中，"两句对语——发话和驳话——本来应该是一句接着另一句，并且由两张不同的嘴说出来"，但在小说中，两者实际上是重叠起来的，"由一张嘴融合在一个人的话语里"。① 无论是一个人嘴上的话移到另一个人嘴上，而潜台词变了，还是一张嘴融合了两个人的话，它们的共同特点都是，一句话具有双重的指向——即针对言语的内容而发（这一点同一般的语言是一致的），又针对另一个语言（即他人的话语）而发。这就是"双声语"，它的本质就是两种意识，两种观点，两种评价在一个意识和语言的每一成分中的交锋和交错，亦即不同声音在每一内在因素中交锋。② 正是这类交锋让巴赫金抓住了"对话"的要义，而巴赫金的对话理论又启发了克里斯蒂娃。互文性概念，于此已呼之欲出。由是，我们又回到了问题的起点。

关于互文性的概念与历史是一个说不尽的话题，这里只就其原创者与互文性的关系略作探讨，作为该概念之历史演绎的引子，在此之后的复杂演绎情况，在此将流水状铺叙转入延伸阅读参考文献中。且让水面下的冰山留在原处吧，让我们在这个论题上将足够的互文性想象空间留给网络搜索引擎，一个概览冰山全貌的最简单的方法或许是寻找一份互文性研究的著述清单，为此，先让我们看看著名的中国知网中有多少关于互文性的学术研究之宝藏（参见本书附录：《参考书目》）。

第二节　"互文性"与"超文性"

如前所述，"互文性"是一种强调文本关系的文学理论的核心概念，它与中国古汉语修辞格的"互文"与其说是内涵的相同，不如说是字面上的巧合。"二者属于不同的理论范畴，理论含义也大不一样，但两者在语言修辞学、诗学以及思维的认知、表达方式等方面仍存在某些联系和暗合之处。"③ 资料表明：中国学术传统中的"互文"历来也有不同的称呼：互文、互言、互备、互体、互参、互辞、互其文、互文见义。东汉经学大

---

① 巴赫金：《陀思妥耶夫斯基诗学问题》，三联书店，1992，第287~288页。
② 董小英：《再登巴比伦塔——巴赫金与对话理论》，第28页。
③ 夏腊初：《西方文论的"互文"与汉语修辞的"互文"》，《海南师范学院学报》2005年第5期。

师郑玄在《毛诗笺》中"互文"的称法有：互辞、互文、互言、互其文等。唐孔颖达在《毛诗正义》中除称"互文、互言"外，还称"互相足、互见其义、互相见、互相发明"等。唐代贾公彦《仪礼注疏》："互文者，是两物各举一边而省文，故曰，互文。"清人俞樾《古书疑义举例》称此类语言现象为"参互见义"。杨树达在《汉文文言修辞学·参互》中称之为"参互"，包括"互备"和"举隅"。① 总之，西方的"互文性"与中国的"互文"是颇不相同的两个概念，但二者的"暗合""遇合""整合"过程，却使得这两个概念的分野渐渐趋向于模糊，譬如说，"互文"作为古汉语里一种重要的修辞方式，它的主要特点被汉字学家描述为"上下文义具有彼此隐含、彼此渗透、相互呼应、相互补充的关系"②。不难看出，有关中国修辞学之"互文"的这一描述基本上与西方文论之"互文性"概念相吻合。从一定意义上说，西方文论之"互文性"与中国修辞之"互文"，天然存在着一种"互文性/互文"关联。

一　"互文性"与"剪刀诗学"

"互文性"作为一个内涵极为丰富的文论概念，它的背后，隐藏着许许多多令人惊奇的文学现象。例如，20 世纪 60 年代的欧洲，"造诗机器"和"取消文学产权"等思想相当盛行，超现实主义"自动写作"的构想令人神往。当时法国一个名为 OULIPO（Ouvroir de Litterature Potentielle，意即"潜在文学的开启"）的文学团体十分活跃，这个团体大胆地尝试过各种异想天开的"自动写作"文学实践。其中，特里斯坦·查拉（Tristan Tzara）"制造一首诗"的建议就令人难忘：

> 拿一张报纸。/拿一把剪刀。/在这张报纸里选一篇文本，长度和你要写的诗相当。/剪下文本。/然后仔细剪下这篇文本里的每一个词，把它们装进一个包里。/把包轻轻地晃一下。/然后依照字条从包里取出的顺序，把它们一张一张地拿出来。/精心地把它们粘起来。/你要的诗就成了。③

① 甘莅豪：《中西互文概念的理论渊源与整合》，《修辞学习》2006 年第 5 期。
② 周志锋：《"互文见义"与古书解读》，《汉字文化》2004 年第 1 期。
③ 蒂费纳·萨莫瓦约：《互文性研究》，邵炜译，天津人民出版社，2003，第 72 页。

这种荒谬不经的"造诗"方式，让人联想到当下网络语境中流行的"恶搞"，对这种"邪门歪道的艺术"，大约一笑置之足矣。但假如我们联想到中国甲骨文时代那些历史风云人物求神问卦的情形，或者"计算机写作软件"运行原理，那我们就有理由对查拉疑似亵渎缪斯的"剪贴诗学"另眼相看了。众所周知，文字作为文本的"细胞"，原本就隐含着文本的众多特征，特别是中国文字所包蕴的天然诗性基因和"细胞"间的亲和力，使汉语文本具有超强的结构张力和意义的可逆性。

查拉也许想不到，他的"建议"于汉语或许比法文更为适用。例如，同是 20 世纪 60 年代，中国学者周策纵先生写过一首"字字回文"的回文诗，足以将查拉的"剪贴诗学"演绎成一种"造诗经典"。回文诗原作由如下 20 字组成一个封闭的圆环，没有标点符号，为了排版方便，这里暂且斩断"圆环"，将其一字铺开："星淡月华艳岛幽椰树芳晴岸白沙乱绕舟斜渡荒"。

这 20 个字，不管从哪一个字起头，也不论从哪一个方向开始，只要每 5 个字一句，顺序读来，正反都是一首五言绝句：

1. 星淡月华艳，岛幽椰树芳。晴岸白沙乱，绕舟斜渡荒。

2. 淡月华艳岛，幽椰树芳晴。岸白沙乱绕，舟斜渡荒星。

3. 月华艳岛幽，椰树芳晴岸。白沙乱绕舟，斜渡荒星淡。
……

40·荒渡斜舟绕，乱沙白岸晴，芳树椰幽岛，艳华月淡星。

除了汉语以外，不知世界上是否还有其他语言能够如此"回文"？据美国学者罗伯特·司格勒斯说语言学家索绪尔晚年痴迷于寻找隐藏于"回文"中的奥秘（如果"颠倒字母位置而形成的词语"可以组成回文的话），但显然他的这一近似于怪僻的嗜好并没有给他的学术声誉锦上添花①。尽管笔者知道英语中也有大量有趣的"回文"，例如一句有关拿破仑生平的妙语就可以倒过来读：ELBA SAW I ERE I WAS ABLE. 但由于英文的音、形、义、性、数、格等的语法规则或行文要求极为刻板，因此，要写出周策纵式的字字回文诗，断无可能。叶维廉认为，在上述这一首字字

---

① 罗伯特·司格勒斯：《符号学与文学》，春风文艺出版社，1988，第 2 页。

回文诗里（或应说在这40首诗里），读者已经不能用"一字含一义"那种"抽思"的方式来理解作品了；每一个字，像实际空间中的每一个事物，都与其附近的环境保持着若即若离、可以说明而犹未说明的线索与关系，这一个"意绪"之网，才是我们接受的全面印象。尽管回文诗中的语法是极端的例子，但我们不能否认，在适度解放的情况下，中国古典诗的语法，利用"若即若离、可以说明而犹未说明的线索与关系"，而向读者提供了一个由他们直接参与和感受的"如在目前"的意境。①

其实，中国古典诗歌这种打破语法规则的现象绝不只局限于回文诗，散文中这类文字游戏则更是有过之而无不及。古人有以"篇篇锦绣，字字珠玑"夸赞他人文章者，篇篇锦绣者或许有之，字字珠玑则不免有夸饰之嫌。但从周策纵的诗歌看，说起字字珠玑或许也有某些合理成分，所谓字字珠玑，打散了还是珠玑。当然，笔者并不认为周策纵的回文诗是诗之极品，相反，这样的回文诗充其量也只是古已有之的文字游戏而已，说到底也只是20个可以勉强读成类似诗句的汉字。不过，说回文诗是游戏之作也没有贬低的意思。其实很多回文诗是具有极高艺术造诣的，唐代著名诗人皮日休和陆龟蒙之间的唱和就有一些是精彩的回文诗，如陆龟蒙的《晓起即事因成回文寄袭美》就是绝妙的例子。大文豪苏轼平生也写过不少游戏之作，其中不乏回文诗。如，《纪梦》就是一首回文诗："空花落尽酒倾缸，日上山融雪涨江。红焙浅瓯新火活，龙图小碾斗晴窗。"这首诗倒过来读似乎更有东坡神韵，特别是"缸倾酒尽落花空"一句，曲尽其妙地描摹出了诗人豪饮过后的莫名惆怅之态，悲欣莫辨，倒转回环，如醉如梦，颇有太白遗风。宋人李禺写过一首回文诗，顺读是夫忆妻，倒读则是妻忆夫，人称"夫妻互忆回文诗"，耐人寻味：

枯眼遥望山隔水，往来曾见几心知？
壶空怕酌一杯酒，笔下难成和韵诗。
途路阻人离别久，讯音无雁寄回迟。
孤灯夜守长寥寂，夫忆妻兮父忆儿。

①　叶维廉：《中国诗学》，三联书店，1992，第27~28页。

分明是文字游戏，却也算得上情真意切，更难得的是其顺畅自然、明白晓彻，颠之倒之，仍成佳句，构思如此精巧，令人拍案叫绝。有人冒吕洞宾之名写过一篇八字《酒箴》——"神伤德坏身荒国败"，也像周策纵的字字回文诗一样首尾衔接，成一圆环。按照周诗的读法，8 个字居然可以读出 32 组箴言来：

    1. 神伤德坏，身荒国败。

    2. 败神伤德，坏身荒国。

    3. 国败神伤，德坏身荒。

    4. 荒国败神，伤德坏身。

    ……

周策纵说自己的诗"妙绝世界"，大约妙在字字回文上，但周诗的"一串珠子"却始终未被打散。如果打散周策纵的"念珠"，将其重新组合，必然会得到许多不同的结果。如将已有的 40 首诗歌的第一、三句顺读为第一、二句，将第二、四句倒读为第三、四句，便又可读出 40 首。第三、一句顺读为第一、二句，将第四、二句倒读为第三、四句，便又可读出 40 首。如果按照查拉的"剪贴诗学"规则，打破平仄、押韵和文从字顺的限制，将有多少"新作"问世呢？计算结果是"20 的阶乘（20!）"，即可以"剪贴"出 $20 \times 19 \times 18 \times 17 \times \cdots\cdots \times 5 \times 4 \times 3 \times 2 \times 1$ 首"新诗"。这显然是一个令人震惊的天文学数字。

也许这类捣碎又重塑的文字游戏离真正的文学还有相当的差距，但就结构意义而言，我们常说的"解构"与"重构"其实也正是这样的文本游戏。我们注意到，"解构"与"重构"传统诗文，一直是骚人墨客津津乐道的游戏，直到今天仍然大有"玩家"，而且还有"大玩家"。例如著名作家王蒙就是一个把玩"解构"与"重构"游戏的"顶尖高手"。王蒙在新版的《双飞翼》一书题记中说自己——心有"双飞翼"，迷醉诗与文。痴情《红楼梦》，着魔玉谿生。他多次强调自己半生钟爱李商隐，特别是他的"无题诗"，尤其是《锦瑟》。他说自己"也不知中了什么魔，心里老是想着《锦瑟》，在读书上发表了两篇说《锦瑟》的文章……仍觉不能自已。"他默诵《锦瑟》的诗句："锦瑟无端五十弦，一弦一柱思华年。庄生晓梦迷蝴蝶，望帝春心托杜鹃。沧海月明珠有泪，蓝田日暖玉生烟。此情可待成追忆，只是当时已惘然。"他感到这些字、句、词在自己脑海里联结、组合、分解、旋转、狂跑，开始了布朗运动，于是出现了以下的诗，同样是七言：

> 锦瑟蝴蝶已枉然，无端珠玉成华弦。庄生追忆春心泪，望帝迷托晓梦烟。日有一弦生一柱，当时沧海五十年，明月可待蓝田暖，只是此情思杜鹃。

全是使用《锦瑟》里的字，基本上用的是《锦瑟》里的词，"虽略有牵强，却仍然可读，仍然美，诗情诗境诗语诗象大致保留了原貌。"[①]

在王蒙先前发表于《读书》的那两篇文章中，他已经多次操演过这样的文字游戏：把《锦瑟》诗的字句彻底打乱，然后将其重新组合，他将这种文本的解构与重构戏称为"颠倒锦瑟"。

除了前面引用的一首"王记"锦瑟诗以外，王蒙还别出心裁地把《锦瑟》改编成了如下绝妙的长短句：

> 杜鹃、明月、蝴蝶，成无端惘然追忆。日暖蓝田晓梦，春心迷。沧海生烟玉。托此情，思锦瑟。可待庄生望帝。此时一弦一柱，只是有珠泪，华年已。

作者依据《锦瑟》编撰的对联同样颇有雅意：

> 此情无端，只是晓梦庄生望帝。月明日暖，生成玉烟珠泪，思一弦一柱已。
>
> 春心惘然，追忆当时蝴蝶锦瑟，沧海蓝田，可待有五十弦，托华年杜鹃迷。

有些学者认为，王蒙的这些将微型文本改头换面的小把戏，似乎只能

---

① 王蒙：《双飞翼》，三联书店，2006，第22~23页。

限于篇幅较小的文本中，但实际上也存在着推而广之的可能性。王蒙曾把他的"颠倒锦瑟"的游戏扩大到李商隐其他的《无题》诗中，同样产生了奇特的效果。如将"锦瑟无端"与"相见时难"掺和起来重新排列组合同样可以得到别有情趣的诗作：

> 相见时难别亦难，东风无力百花残。庄生晓梦迷蝴蝶，望帝春心托杜鹃。晓镜但愁云鬓改，夜吟应觉月光寒。此情可待成追忆，只是当时已惘然。
>
> 锦瑟无端五十弦，一弦一柱思华年。春蚕到死丝方尽，蜡炬成灰泪始干，沧海月明珠有泪，蓝田日暖玉生烟。蓬山此去无多路，青鸟殷勤为探看。

这样的"集句"游戏还可以扩展到其他诗人的其他作品中。如果放开游戏的字数限制，真正将"剪刀诗学"原则贯彻到底，这类改写、集句等游戏与严肃创作之间的界限便渐渐模糊起来，于是，文本与超文本的差异也渐渐被增加或减少的字数掩盖了踪迹。王蒙的文本游戏说明，《锦瑟》这样的微型文本是可以打散后重新组装的，那么，大型文本，如一篇小说是否可以如此"颠之倒之""散之合之"？答案是不言而喻的。

二 "写作机器"与"文学工场"

2000 年，高龄的英国言情小说女王芭芭拉·卡特兰（Barbara Cartland，1901~2000）去世，陆建德先生为此专门写过一篇文章《写作机器停止转动》。据陆先生介绍，非凡的卡特兰一生著述 723 部，在她 77 岁的那一年（1977）她竟一口气出版了 32 部作品。她曾"自嘲地把自己位于伦敦以北、占地 200 公顷的庄园称为'工厂'，那里不仅有最高级的复印设备，还有她的半打秘书。原来卡特兰喜欢以口授的方式写作，那些秘书专司记录之职。"① 陆建德先生从文化生产和读者心理学等视角分析了卡特兰的多产原因，在文章结尾处，他说："我们也愿意向生前永不言倦的卡特兰致意。"陆先生所说的"永不言倦"或许是指自强不息的人类精神，但在我看来，"永不言倦"

---

① 陆建德：《写作机器停止转动》，《环球时报》2000 年 6 月 2 日，第 12 版。

也是一种可贵的"机器特征"。当然，陆先生所谓的"写作机器"只是一种比喻，本文要讨论的确是一种真正意义上的"机器"，"写作的机器"。

从实用主义的视角看，"剪刀诗学"原理最成功的应用或许在"写作机器"的研制以及"文学工场"的机械化生产的开发方面。就像照相机问世之前人们几乎难以相信绘画的写实功能可以被摄影代替一样，"剪刀诗学"与写作软件的重要意义其实远远超出了大多数人的想象。目前，写作软件还处在摸索过程之中，从适用和商务视角看，这类软件还极不成熟。但人文学者关于写作软件的某些流行观点与观念却比写作软件本身更为幼稚、更为狭隘。如果说我们人类是大自然所有创造中最为杰出的作品，是自然创造的"'人'机器"，那么，时下流行和即将问世的形形色色的人造写作"'机器'人"，则是大自然之"产品的产品"。虽然说"人是机器"的理论已经相当老套了，但人类作为自然进化的必然产物，我们没有理由把人类思维神秘化。此外，软件的开发往往是一大群时代精英通力合作的结果，从一定意义上说，它理所当然应该比一张纸、一支笔的单个人的"手工操作"更富有创造能力。

写作机器早已不是什么新闻了，如果说20世纪，有关写作机器的种种说法大多还只是在谈论某种幻想的话，那么，今天的情况则完全反过来了。十多年前，《光明日报》刊登了林之的一篇文章：《作家终结者》。作者把时人对软件写作的种种猜想变成了日常生活化的细节，朱清月和欧阳飞这两个人物更是给笔者留下了深刻印象。朱清月在报社翻看着当天的日报，发现过去动笔就写错别字的老同学欧阳飞居然成了知名作家，她认为这绝对不可能之事形诸报端，不是无意的报道失实，就是有意的恶作剧。在朱清月的再三打探下，欧阳飞终于泄露了"白字大王"如何成为"先锋作家"的全部秘密：

> 我花了一个月时间，不包括大半年在图书馆抄阅各类小说，写了个软件，暂起名"作家终结者"，你还记得"丘比特之剑"吗？对了，同样的思路，更先进的算法，CPU都出了PIII了，运算的速度也跟得上。大致的过程是这样的，举个例子，我写句"夏日，黄昏，沙滩，遇，少女"，半分钟电脑就在我的文库里找到适合的文字，编排出一段六七百字的段落来，每次都不一样。①

---

① 林之：《作家终结者》，《光明日报》1999年5月26日。

其实，让机器代替人来从事艰巨的脑力劳动，这个梦想可谓来由已久，以写作为例，至迟在斯威夫特的《格列夫游记》中就有过对"写作机器"的非常具体的描述。尽管上述事例都只是处于一种"虚构与想象"状态，但从可能性上讲，它们暗含着不容小觑的现实性。

尽管我们所说的"写作机器"与"文学工场"都是文学创作领域颇为流行的老概念，但我们试图赋予它们新的含义，即把它们理解为网络文化背景下的"电脑自动写作"。笔者认为，把写作这种艰苦劳动的最基本的工作交由机器来完成，这既是人类千百年来的一个梦想，也是精神生产日益数字化的必然要求。从发展的眼光看，将人工智能引入创作领域，这未尝不是文学生产的一个比较理想的出路。事实上，智能化升级如此神速的计算机已经为电脑机器人的自动化写作提供了一定程度的可能性。特别是"电子克隆时代"的文化消费的迫切需求和精神产品雪暴式的"比特化"，这种时代文化发展的大趋势，已为数字化写作机器的开发试验和市场推广提供了坚定的信心和强大的动力。可以毫不夸张地说，自 20 世纪90 年代以来，有关自动化写作的理论与实践，已经成为时代精神"冷风景"中的文化消费"热时尚"。

1998 年，美国人研制的"布鲁图斯一号"文学软件的问世，曾成为轰动一时的新闻事件。在十多年之后的今天，只要在互联网上输入"电脑自动写作"之类的字样，用随便什么搜索引擎稍作检索，转眼之间，就可以获得数百万条相关信息。在网上关于电脑自动写作的海量信息中，笔者选择了涉及"写作机器"和"人工智能"问题的一篇小说和一部电影作为考察对象，借以探索更好地理解网络媒介与文学生产关系的方法及途径。经验告诉我们，从具体的文艺实践中归纳出来的理论和观念要比从纯粹的概念和推理演绎出来的玄学讲章鲜活得多、可靠得多。

（一）彼埃尔·伽马拉的《写作机器》

彼埃尔·伽马拉的《写作机器》与林之所谓的"作家终结者"极为相似。简单地说，《写作机器》其实也是一篇亦真亦幻的微型小说，虽然它也像《作家终结者》一样明显带有概念化的痕迹，但小说所体现出的对智能机器渗入人类精神活动的好奇和疑惑，至少在社会文化心态的层面具有比较普遍的代表性。作者对写作机器的基本态度颇值得玩味：传统而不保守，警惕而不挑剔。小说的主人公名叫奥涅尔，是一位因发明"新式烤炉"而声名鹊起的科学家，但他最得意的发明却是一种"能写出名家杰作的机器"：指令一下便能一挥而就，只需 25 分钟就能得到一部具有大仲马风格的长篇小说，10 秒钟就能写出模拟拉封丹的十四行诗，让人"简直无法想象这种人间奇迹"。按奥涅尔的说法，"这全靠了神奇的电子技术。在这匣子的右边有排键钮。每个键钮都对应一种体裁：比如长篇小说、史诗、诗歌、剧本、论文等等，而左边有个麦克风。你只需要按下键钮，对准麦克风报出作家姓名，比如司汤达啦，雨果啦，莫泊桑啦……想到谁就报谁，然后你就等着作品从机器另一端出来好了，你所需做的一切就是给它供应纸张……"①

奥涅尔的机器仿造品全都"惟妙惟肖，卓越无比"，但结局并不像他的朋友说的，所有的文学奖都将被他"大包大揽了"。实际上，他只"收获"了各家出版社如出一辙的退稿信，因为它们太像巴尔扎克、福楼拜或莫泊桑的作品了。当他决计拒绝大师的影响，在按下"长篇小说"键盘的同时就喊了自己的名字时，他期望的小说居然是一篇《关于用新式烤炉煎烤牛排或羊排的心得体会》的技术论文！

彼埃尔·伽马拉的《写作机器》并未像他笔下的主人公预期的那样创造奇迹，机器最终仍然不过是传统意义上的机器。也就是说，计算机至今还没能找回机械复制时代业已失落的那种"灵光"。写作机器的"产品"因为与巴尔扎克、司汤达、雨果、莫泊桑等文学巨擘的作品太过相似而没有得到专业人士的认可。在自动写作的起步阶段，这样的例子是颇有代表性的。不难看出，这是一篇讽刺写作机器的小品文式的科幻小说，作者的立场或许正好站在笔者的对立面，但我们只要想想历史上曾有多少推进文化或文明的发明创造在其萌芽时期备遭讥讽与嘲弄，我们就不必太过在意作者的立场与倾向了。尽管"写作机器"最终没能写出像真正的作家那样"成熟"的作品，但是，作为正在迅猛崛起的"机器人家族"中的"作家"，写作机器还只不过像一个呱呱坠地不久的孩子，我们是否可以设想，"尚未成熟"的"写作机器"，将来某一天终会成熟起来呢？

（二）斯皮尔伯格的《人工智能》

好莱坞著名导演斯皮尔伯格（Steven Spielberg）摄制的《人工智能》

---

① 彼埃尔·伽马拉：《写作机器》，http：//ent.sina.com.cn 2001 年 06 月 25 日 14：05，新浪娱乐。

（AI）也讲述了一个"尚未成熟"的机器人的故事。这部电影的光盘制品的包装相当精美，相关广告文字宣称，这是一个自然资源有限，科学技术飞速发展的时代。你可以对你的住所进行监控，对自己的饮食进行精心制作，而为你服务的可能根本就不是人类本身，而是一个机器人。诚然，园艺、家务、友谊……机器人可以满足你除了爱以外人类的每一个需求。因为，科学家还无法真正赋予机器人以情感。但是，随着人类社会机械化、网络化程度的日益提高，"情感资源"则呈现出相应的负增长态势，例如失去孩子的父母，失去父母的孤儿，空巢老人，失恋者……这个群体所忍受的情感巨创无疑是迫切需要得到救助与补偿的。这就是电影故事的基本文化背景。

赛博电子制造公司（Cybertronics Manufacturing）制造出了一个具有感情的机器人——大卫。作为第一个被输入情感程序的机器男孩，大卫是这个公司的员工和他的妻子的一个试验品，他们夫妻俩收养了大卫。而他们自己的孩子却最终因病被冷冻起来，以期待有朝一日，有一种能治疗这种病的方法会出现。尽管大卫逐渐成了他们的孩子，拥有了所有的爱，成为了家庭的一员。但是，一系列意想不到的事件的发生，使得大卫的生活无法进行下去。人类与机器最终都无法接受他，大卫只有唯一的一个伙伴机器泰迪——他的超级玩具泰迪熊，也是他的保护者。大卫开始踏上了旅程，去寻找真正属于自己的地方。他发现在那个世界中，机器人和机器之间的差距是那么的巨大，又是那么的脆弱。他要找寻自我、探索人性，成为一个真正意义上的人。①

和彼埃尔·伽马拉的《写作机器》一样，斯皮尔伯格编导的 AI 也是以人工智能之梦的破灭而告终，且在故事谢幕的时候也同样保留着希望的灯火。在一种"有需要"就意味着"有可能"的理念支配下，勇于探索未来的人们对"写作机器"和智能化"文学工场"的研发、改造和革新的热情，非但没有因为暂时的失败而低落，反倒日渐高涨起来。当然，我们也应该看到，大众和部分人文知识分子对"写作机器"的态度可以说只是一种习惯性的漠不关心或近乎本能的怀疑。写作机器？机器写作？无

① 彼埃尔·伽马拉：《写作机器》，http://ent. sina. com. cn 2001 年 06 月 25 日 14：05，新浪娱乐。

聊！荒谬！笑话……

　　诚然，写作机器的具体的发展状况究竟会怎样，网络时代文学生产的未来究竟会描绘出什么样的审美的或非审美的画卷，"未来会如何"人们很难确切地知道。但是，这并不能妨碍人们对未来的追问和探索。美国学者迈克尔·德图佐斯就写过一本《未来会如何》，其中许多精彩的想法都能给人以深刻的启示。例如，他说："一个心理学家看到了一个计算机和人将和谐地相互作用的新时代。这个思想是革命性的，但在许多人看来是荒谬的。我还清楚地记得，利克利德是在 1964 年一次宴会后的演说中告诉我们这些思想的。尊敬的科学家们骨碌碌地转动着眼珠，悄悄地用力做着否定的手势。这，是一种一贯的反应。也是我们面临新发展时人人都有的一种经验：任何重大革新在刚出现时几乎都不受欢迎。然而过不多久，如哲学家阿图尔·叔本华所说，人人众口一词说：'这一向是个显然很重要的思想。'"① 等到将来某一天，相对成熟的写作机器把我们从"雕章琢句""身心互仇"的苦役中彻底解放出来之时，我们是否会像叔本华所嘲笑的那样众口一词地说，写作机器一向就是人类一个美丽的梦想？机器写作，"这一向是个显然很重要的思想"。

　　根据温哥华美术馆举办的展览"离奇：电子人文化实验"的介绍，早在 19 世纪，亚魁特·德洛兹公司伦敦分部主管梅拉德特就制作出了一部自动写作机器。相关资料表明，机器作家、艺术家为描写对象的艺术作品在 20 世纪中叶已经大量出现。1950 年 11 月 25 日，美国作家冯内果发表标题为 EPICAC 的小说，描写同名超级计算机帮助一位男士写爱情诗，以打动其所钟情的电脑程序员的芳心。1951 年，美国作家科恩布鲁斯在小说《用这些手》中设想计算机能够被编程以创作视觉艺术。1956 年，美国作家西尔弗伯格在小说《电路》中想象计算机可用于谱写音乐。此外，美国作家西马克的《视觉如此明亮》（1956）、费兰的《某物发明了我》（1960）、莱柏的《银脑》（1961）、科温的《美文》（1970）；英国作家巴拉德的《5 号工作室，星群》（1961）、斯拉德克的《马勒－佛克尔效果》（1971）；法国文学社会学家埃斯卡皮的《小说计算机》（1966）等等都是以机器写作为主题或主要情节的作品。有人将机器作家看成奴役人类作家

---

　　① 迈克尔·德图佐斯：《未来会如何》，周昌忠译，上海译文出版社，1999，第 41 页。

的威胁。在莱柏的《银脑》中，人类利用机器人生产小说，创造性写作的任务已经改由机器"词语作坊"（word–mills）承担。人类作家所做的事情，只是在机器从事写作时坐于其旁，然后在作品出版时露脸。有些作家不甘心这样的境地，试图毁坏"词语作坊"而重新承担其历史角色。可是，他们已经无法理解创作的奥秘了。尽管对于机器作家、艺术家可能带来的社会影响存在种种疑虑，对利用"概率论＋程序"所产生的作品的价值也存在种种非议，生成艺术却仍然在生成，并呈现出日趋成熟的气象。①

　　在研究和论述超文本的特性时，笔者曾提到法国的"潜能文学工场"。这个"文学工场"成立于1960年，其前身是一个"实验文学研究会"。据介绍，它是一个由作家、逻辑学家与数学家组成的群体，领头的是诗人格诺和数学家利奥奈斯。他们将自己定义为建造了迷宫又试图从中逃脱的猫，首要目标是系统地、正式地革新文学生产与改编的种种规则。这个群体的成员相信，所有的文学都受制于一定的规则，不论它是十四行诗、小说或其他什么东西。他们试图通过创造新的规则来创造新的文学形式。1961年，格诺生产出了《百万亿首诗》（One Hundred Trillion Poems）。这一作品由10首十四行诗组成，每首十四行诗印在一张纸上，每张纸切成14条（每行诗一条）。读者随机地将这些纸条加以组合，便可以创造出新的十四行诗来。所能产生的诗歌的数量是10^{14}。这与马克·萨波塔"扑克牌小说"的小说原理完全一致，事实上，这也正是查拉"剪贴诗学"② 的具体应用。

　　社会大众对待科学技术的心态暧昧多变而又矛盾重重。对尚未出现的奇特创意人们常常拭目以待，对已成现实的科学奇迹却往往视而不见。令人困惑的是，当下日益强大的科技意识形态，常常是以一种反科学和非理性的亚文化现象形诸于世的。例如，人们对科技无所不能的盲从和依赖已接近于一种宗教式的虔敬与崇信。在大众文化语境中，科学几乎成了真理和上帝的代名词。但是，对人工智能和写作软件这一类代表着时代高科技发展新水平的新事物，大多数人甚至包括一向唯恐天下不热闹的大众媒介也煞有介事地表示忧虑和反感。甚至有个别媒体文章对机器写作百般调侃

① 黄鸣奋：《数码艺术学》，学林出版社，2004，第430页。
② 参见陈定家《超文本的兴起与网络时代的文学》，《中国社会科学》2007年第3期。

嘲讽，可谓是极尽挖苦谩侮之能事。部分人文学者，说到某某用软件写作或借助于软件搞翻译时的口气，俨然是在揭发他人欺世盗名或弄虚作假。在一个思想如此开放，科技如此昌明的网络时代，人们竟然害怕承认自己的精神劳动借用了人工智能机器的帮助，这真是咄咄怪事。

牛津大学颇负盛名的罗斯·玻勒数学讲席教授罗杰·彭罗斯说："机器能使我们实现我们过去在体力上从未可能的事，真是令人喜悦：它们可以轻易地把我们举上天空，在几个钟头内把我们放到大洋的彼岸。这些成就毫不伤害我们的自尊心。但是能够进行思维，那是人类的特权。正是思维的能力，使我们超越了我们体力上的限制，并因此使我们比同伙生物取得更加骄傲的成就。如果机器有朝一日会在我们自以为优越的那种重要品质上超过我们，那时我们是否要向自己的创造物双手奉出那唯一的特权呢？"① 看来，害怕机器奴隶僭越主人的"特权"的忧虑是一种普遍现象。

许多人相信这样一个基本的道理：人之所以为人，主要是因为人拥有"思维天赋"。帕斯卡说过，人是一根芦草，但是，他是一根"会思想的芦草"。恩格斯有一个更富有诗意的比喻——人的思维是"地球上最美的花朵"。在地球漫长的进化史上，人类思维的"花朵"也许还是十分稚嫩和娇弱的，但正是思维能力的逐步发展，才使人类由脆弱的"芦草"变成了莎士比亚所说的"宇宙的精华，万物的灵长"。今天，君临万物的人类居然要小心翼翼地提防机器的"犯上作乱"，这难道是人类长期"冒犯"大自然所必然要遭受的报复？

尽管机器的力量和灵巧性常常让人惊叹不已和自愧不如，但人作为机器的创造者一直心安理得地把机器所有值得夸耀的品性都看成是"人的延伸"。这就如同某种宗教教义所宣扬的一切荣耀都应归于"神"一样，机器的荣耀似乎也理所当然要归于人。从某种意义上说，大自然是人的"上帝"，人则是机器的"上帝"。如果这个类比还有点合理性的话，那么，当人宣布"上帝死了"以后，机器是否也将学着人的样子宣布"人死了"？许多人文工作者已经警觉地注意到，数字化技术在越来越多的领域褫夺了人的主体意识或人的主观能动性，例如，有学者警告说，当下网络上流行

---

① 罗杰·彭罗斯：《皇帝新脑：有关电脑、人脑及其物理定律》，许明贤、吴忠超译，湖南科学技术出版社，1995，第1～2页。

的形形色色的"傻瓜作文"软件，正在把"90后"的一代新人变成真正的"作文傻瓜"。

　　人虽为"宇宙的精华，万物的灵长"，但归根结底，人类毕竟也是自然界的产物。而"自然界既没有理智的计划也不提供有意识的设计，它采取的是最糟糕的反复试验的下策：试试这个再试试那个，且看结果如何。多数情况下结果并不理想，大多数进化物种都难逃很快灭绝的命运就是明显的例子。"① 这样看来，大自然的"创作原则"其实与前文所说的计算机软件写作的原理如出一辙：穷尽事物联系与发展的所有可能性，然后择优组合。"荒荒油云，寥寥长风"，不输诗文化境；"碧桃满树，风日水滨"，尤胜妙手丹青。即便人类最优秀的艺术家，在大自然的鬼斧神工的杰作面前，都会油然生出一种归心低首的敬畏。即便我们人类真是大自然所有杰作中最为出类拔萃的杰作，说到底，人仍然不过是大自然创造的"人机"而已。而当下流行和即将问世的形形色色的人造写作"'机器'人"，则是大自然之"产品的产品"。谁都知道，"人是机器"② 的说法已经相当老套了。人类作为自然进化的必然产物，我们根本就没有理由把人类思维神秘化。

　　只要对科技发明和文学创作的历史稍有了解的人都知道，"试试这个再试试那个，且看结果如何"这种看似"最糟糕的反复试验的下策"，实际上是人类许多伟大的科技发明和了不起的文艺杰作所共同使用的基本方法。想想爱迪生发明电灯的千万次试验，想想托尔斯泰创作《复活》时对开篇手稿的数十次修改，想想海明威对《老人与海》的200次审读，想想曹雪芹对《红楼梦》的批阅十年和增删五次……正是如此不畏繁难的"反复试验"，成就了科学家和文学家的伟大发明和不朽创作。相比之下，"机器写作"不过是利用了计算机技术，使这种"反复试验"的范围更广、速度更快、效率更高，如此而已。

　　当然，作为机器的电脑是否具有思维或创造力？这是一个颇有争议的问题。对于这一问题的论争，《计算语言学》（*Computational Linguistics*）杂志上发表了一篇关于布林斯约和佛鲁西（Selmer Bringsjord & David A. Ferrucci）的《人工智能与文学创造性》（*Artificial Intelligence and Literary*

---

① 埃德·里吉斯：《科学也疯狂》，张明德、刘青青译，中国对外翻译出版公司，1994，第141页。
② 拉·梅特里：《人是机器》，顾寿观译，王太庆校，商务印书馆，1959，引自光盘版。

Creativity）的书评文章，作者署名罗纳尔德·苏萨（Ronald de Sousa）。书评中关于图灵机（Turing machines）是否有创造性的论争相当有趣，论争双方都使用了计算机命令一样简洁的套路。

认为图灵机有创造能力的理由是：

1. 人类是创造性的；

2. 人类脑子是一个神经网络；

3. 因此神经网络是创造性的；

4. 神经网络是图灵机的逻辑对等物；

5. 因此图灵机是创造性的。

针锋相对地使用同样的推理方法可以推导出完全相反的结论：

1. 只会计算的工具只能算是真正的机器；

2. 如果它不能生产新的东西就不算创造；

3. 算法不能提供新东西；

4. 仅仅靠计算是算不出任何新东西来的；

5. 结论：没有机器能算得上是创造性的。①

争论双方孰是孰非，文章并没有斩钉截铁的结论，不过，作者的倾向性是一点也不含糊的。《人工智能与文学创造性》一书最后的结论性文字中有这样一段话："计算机程序毕竟不是人，它们对人类戏剧性生活中包含的情感因素无动于衷。事实上，我们甚至很难想象，在无数的 0 和 1 组成的海洋中游泳的计算机是如何能让一个活生生的富有情感的人非相信它们的发现不可。"对此，罗纳尔德提出了旗帜鲜明的反对意见，他说："是的，这的确令人难以想象。从同样的意义上讲，我们也一样很难想象，在无数的神经传感细胞和磷光体粒子组成的海洋中游泳的大脑是如何发现任何东西的。我们实际上也并不知道这一切究竟是如何发生的。但我们不能将无知或难以想象与逻辑上的不可能混为一谈。"②

罗纳尔德的话，让人想起了培根的经验之谈："有些已知的发明在其被发现前是很难进入任何人的头脑而为人所想到的。它们总是径直被认为

---

① Selmer Bringsjord & David A. Ferrucci, Artificial Intelligence and Literary Creativity: Inside the Mind of BRUTUS, a Storytelling Machine, pp. 643 – 644. http://www.acl.ldc.upenn.edu/J/J00/J00 – 4007. pdf。

② Ibid., p. 180, p. 647.

不可能而遭搁置。因为人们凡在构想会出现什么时，总是把曾出现的东西摆在面前做样子；凡在预度新的东西时，总是出以先被旧的东西所盘踞、所染过的想像。形成意见的这种方法是很荒谬的，因为从自然这一泉源所发出的水流并不是永远束在旧的槽道里面来流的。"① 培根在著名的《新工具》中公开宣称：	"发现可以算是重新创造，可以算是模仿上帝的工作。"② 培根还引用《圣经》中的话歌颂了犹太王所罗门的伟大："上帝的光荣在于藏物，国君的光荣在于把它搜出。"③ 大炮发明之前，说有一种武器会有一种带火焰的疾风，猛然而爆裂地发出并爆炸起来，这种想法曾是多么难以进入任何人的想象与幻想！培根还列举了许多类似的例子。譬如说，曾经在世界范围内改变了事物全部面貌的印刷、火药和磁石的发明与发现。根据历史的经验，我们似乎有理由相信，随着文学软件的日益完善，形形色色的怀疑论将会变得越来越没有底气和缺乏市场。

就像照相机问世之前人们几乎难以相信绘画的写实功能可以被摄影代替一样，写作软件的重要意义其实一样远远超出了大多数人的想象。目前，写作软件还处在摸索过程之中，从适用和商务视角看，这类软件还极不成熟。令人吃惊的是，人文学者关于写作软件的各种观点与观念甚至比写作软件本身更为幼稚。这种情况让人联想到了本雅明在《摄影小史》中所说的摄影艺术早期的遭遇。在摄影艺术产生影响之初，理论与批评界对摄影的理解极为粗略。尽管人们对这个话题曾引起过许多论辩，却净是些"无稽而简化的泛论"，很少有真知灼见闪耀其间。当时有人叫嚣应立即取消摄影这项来自法国的"恶魔技艺"。因为"要将浮动短暂的镜像固定住是不可能的事，这一点经过德国方面的深入研究后已被证实。非但如此，单是想留住影像，就等于是在亵渎神灵了。人类是依上帝的形象创造的，而任何人类发明的机器都不能固定上帝的形象。顶多，只有虔诚的艺术家得到了神灵的启示，在守护神明的至高引导之下，鞠躬尽瘁全心奉主，这时才可能完全不靠机器而敢冒险复制出人的神圣五官面容。""这种艺术观丝毫不知考量科技的任何发展，一旦面对新科技的挑衅，便深恐穷途末路

---

① 培根：《新工具》第 1 卷，许宝骙译，商务印书馆，1984，第 84 页。
② 培根：《新工具》第 1 卷，许宝骙译，商务印书馆，1984，第 88 页。
③ 参见《圣经》，箴言第 25 章第 2 节。和合本译作："将事隐秘，乃神的荣耀；将事察清，乃君王的荣耀。"

已近。就是针对这种具有拜物倾向且基本上又是反科技的艺术观，摄影理论家曾不自觉地抗争了近百年之久，而当然未能取得任何成果。这是因他们做的，只是向审判者的权威挑战，只是一心一意在代表守旧艺术观的法庭面前为摄影者辩护。"① 不难看出，本雅明对这样沉重笨拙的愚言及其所表露出的庸俗"艺术观"十分鄙视。

今天的学术界关于写作软件的言论与本雅明所说的情况何其相似乃尔！同样是些"无稽而简化的泛论"，同样是些"沉重笨拙的愚言"和"深恐穷途末路已近"的庸俗艺术观，直到今天，"反科技的艺术观"仍然阴魂不散。例如，有人认为，文学创作软件一出，写作这一行当必将成为历史。电脑砸掉作家饭碗的时刻就要到来了。不仅如此，电脑写作软件将成为文学艺术的终结者，使文学这个人类心灵世界的千年帝国从此消失。也有人认为，软件写作纯属天方夜谭，如果电脑真的可以砸掉作家的饭碗，那么它总有一天也会砸掉"总统的饭碗"。

诚然，文学写作软件的出现可能使日益缩小的文学作家阵营更加岌岌可危，正如一则写作软件广告所说的："只要付费下载了这个软件，任何人都可以当作家了。"电脑软件中储存了很多名家的经典语句、小说结构方式等，等于动用了很多著名作家的大脑来"构思"，这样"优化组合"出的文字固然不会差到哪里去，但问题是，写作变得如此容易，那还要专业作家干什么？若果真如此，作家失业于电脑之说，也并非全无道理。电脑"深蓝"既然可以打败国际棋王，那么，电脑为什么就不可能使一些靠写字糊口的人甘拜下风呢？要知道，一款软件的开发往往是一大群时代精英通力合作的结果，从一定意义上说，它理所当然应该比一张纸、一支笔的单个人的"手工操作"更富有创造能力。

20世纪80年代初，叶朗先生出版了一部研究"中国小说美学"的同名论著，在该书的序言中，叶先生提到了英国作家B. S. 约翰逊②的《不幸

---

① 本雅明：《迎向灵光消逝的年代》，许绮玲、林志明译，广西师范大学出版社，2004，第4~8页。
② B. S. 约翰逊（B. S. Johnson, 1933~1973），20世纪60年代著名前卫作家，行为怪异，屡出惊人之举，如在小说页面上钻孔，使用由灰到黑的纸张暗示小说主人公病患加重，写"活页小说"等。1973年，约翰逊因躁狂症和穷困潦倒而自杀。据报道，英国小说家乔纳森·科埃（Jonathan Coe）以一本记述B. S. 约翰逊的传记作品《类同怒象》（Like a Fiery Elephant）赢得了萨缪尔·约翰逊奖，该奖项由BBC四频道主办，堪称英国最著名的非小说类年度图书奖。

者》（The Unfortunates，1969）。这部小说的主要内容是写作者到一个城市去报道足球，这是他的一位好友生活过的城市，但友人已于两年前病逝。小说的基本特点是把过去与现在互相掺和在一起，把对足球队报道和对朋友的回忆任意交织在一起，时间顺序被彻底打乱了，但是，这种任意性和装订书发生了矛盾，因为装订书必定有一个固定的顺序。于是，作者决定让小说用一种新的面貌与读者见面。他把自己的小说变成了活页文本，根本就不装订，而是像扑克牌一样装在一个盒子里。这种小说在结构上所体现出的美学思想和文学观念，与传统文论自然有很大差别。① 这部 27 个章节组成的小说除了开头和结尾两个章节相对固定以外，其他 25 个单元的顺序可以随机排列，读者可以按照自己喜欢的任何次序进行阅读。

由于当时中外学术界交流的资料非常有限，大多数人并不知道约翰逊使用的这种"扑克牌"小说的创立者是法国小说家马克·萨波塔（Marc Saporta，1932～）。萨波塔早在 1962 年就创造了"活页小说"（即"扑克牌小说"）《第一号创作：隐形人和三个女人》。小说要求读者"读前请洗牌，变幻莫测的故事将无穷无尽地呈现在您的眼前"。该作品在形式上有如下特点：（1）全书 149 页（中文版），加上作者的前言和后记共 151 页；（2）全书没有页码，不装订成册，只将活页纸装在一个适合于存放扑克牌的盒子里；（3）每页有 500～700 字不等的小说故事，正面排版，背面空白或像扑克牌一样点缀一些装饰性图案；（4）每页的故事独立成篇，犹如微型小说，但全书合起来可以成为一部完整的作品，犹如长篇小说；（5）阅读前应该像洗扑克牌那样将活页顺序打乱，每洗一次，便可以得到一个新的故事，据推算，文本排列组合的方式高达 10^{236} 种，这个惊人的数字，使《第一号创作》成了任何读者一辈子也读不完的小说。这种游戏式的叙事方式，欧阳友权称其为"最典型的纸介印刷的超文本作品"。但相对于电脑上的比特叙事来说，纸笔书写的超文本作品不仅互文链接的容量和难度会受到限制，而且欣赏效果也不能与前者同日而语，更何况网络超文本还具有纸质书写所不可能具有的多媒体优势。②

《第一号创作》的形式如此新颖独特，一出版就在法国文坛引起轰动，

① 参见叶朗《中国小说美学》，北京大学出版社，1982，第 8 页。
② 欧阳友权：《网络文学本体论》，中国文联出版社，2004，第 76 页。

并旋即被译成英、德、意等多种文字。流播所及，读者无不被其新奇的形式所深深吸引。这种别出心裁的扑克牌式的结构，巧妙地宣告了作者在文学文本创作中的有限作用，把读者从阅读的桎梏中解放出来，给读者的再创造留下广阔的空间，任读者在作者留下的空白里升华出意义。正如作者所言："每部小说作品既是知识性的宝库，又是趣味性的迷宫。读者从中吸取做人的知识，同时也寻求一种尽兴的消遣。"只不过萨波塔的迷宫从哪里来，到哪里去，中间怎样左拐右颠，都随读者之兴；他的"尽兴消遣"是一种难为的高智商的智力游戏。①

　　如前所述，《第一号创作》，除了前言后记之外，151 页的组合顺序高达 10^{236} 种，即在 1 的后面加上 236 个零！这比周策纵的 20 个字组成 40 首诗的例子更为神奇。王蒙把义山诗的解构链条剪断，然后按照诗歌结构原则重新拼接，其结果如新瓶装旧酒，没有产生与原诗迥然不同的新作品。扑克小说的情况似有所不同，正如作者在《第一号创作》的序言中所指出的，作品根据读者"洗牌"后所得页码顺序的不同，作品中的主人公有时是一个市井无赖，是一个盗窃犯和强奸犯；有时他又是法国抵抗运动的外围成员，虽身染恶习，但还不失爱国操守；有时他简直就是一个反抗法西斯占领的时代英雄……这种情况对埃尔佳也一样，按照某种编码，她可能是一个童贞尚未泯灭的少女，竭力维护自己的贞操，但最终还是成了男人施暴的对象；按照另一种编码，她虽然也曾纯洁过，但她逐渐沦落成一个放荡成性的女人；其中有一种编码甚至会让读者读到如此离奇的故事：埃尔佳竟然是一个混入法国抵抗组织内部的德国间谍，她不惜使出浑身解数为纳粹军方四处搜集情报……正是小说文本流动、变幻的扑克牌结构，使整个小说像魔方一样左旋右转而八面玲珑，故事情节千变万化且又自成一局，令读者如入迷宫，如堕雾中。有人为之拍案叫绝，称其为小说形式的革命，也有人视其为雕虫小技，将艺术变成了小儿游戏。当有人问及为何不把书装订成册时，作者不无幽默地反问道："生活中的事都能用一根万能的线穿起来吗？哪儿去找这样一根万能的线呢？"② 由此可见，物之本末，事之始终，并无一成不变之理。人生之兴衰成败，世间之悲欢离合，与扑克牌游戏确有许多相

---

① 王彬、涂鸿：《〈第一号创作〉结构探析》，《天府论坛》2001 年第 2 期。
② 萨波塔：《第一号创作：隐形人和三个女人》"序"，江火生译，湖南人民出版社，1988。

似之处。所谓世事如棋，人生如戏，萨波塔一定深谙此理。

马克·萨波塔的"活页小说"不仅类似于电影的"蒙太奇"和绘画的"拼贴术"，在原理上与前文所说的回文诗也如出一辙，在结构技巧方面二者难分轩轾。在这里，所有小文本都有各自的门户，但文本之间，却又千丝万缕相勾连，那些经文本碎片连缀起来的线索，可以说就是读者心中那些飘浮不定、瞬息万变的情思、心绪、趣味、意念、偏好等看不见的东西。不难看出，任何文本都有与其他文本相互连接起来的潜在可能性，按照热奈特的说法就是，所有的作品都具有超文本性。从这个意义上说，所谓超文本，不过是把文本潜藏人心的"链接意愿"以专门的标识符号呈现于 PC 界面而已。

1984 年，在我国首次青少年计算机程序设计竞赛中，上海育才中学年仅 14 岁的学生梁建章，就曾以"计算机诗词创作"获得初中组四等奖。他设计的这个诗词创作软件，收录诗词常用词汇 500 多个，在程序运行时，以"山、水、云、松"为题，平均不到 30 秒即可创作一首五言绝句，曾连续运行出诗 400 多首，无一重复。如其中一首名为《云松》的诗是这样的："銮仙玉骨寒，松虬雪友繁。大千收眼底，斯调不同凡。"

网络文学研究专家欧阳友权教授曾对梁建章的"软件诗"给予了很高的评价，他在荣获"鲁迅文学奖"的著作《数字化语境中的文艺学》中评价《云松》说："谁能说这不是诗呢？其绘景寓情、仙风道骨之态与诗人之诗相比亦足可乱真。"① 当然，以软件写诗并非梁建章首创。其实早在 20 世纪 60 年代，美国加利福尼亚州的一家精密仪器公司，就曾研制出一台名为"埃比"（Auto – beatnik）的计算机可以写诗。令人惊讶的是，计算机"诗人"所遵循的写作原理竟然与查拉的"剪贴诗学"如出一辙。说到底，吟诗作赋不过是一种雕章琢句的文字游戏而已，其排列组合的复杂性也许比麻将牌更复杂些，但相对于国际象棋等稍微复杂些的游戏来说，按一定语法规则"重新分配词语次序"实际上是一件比较浅易的运算。②

类似的情况在小说写作过程中也有越来越广泛的应用。关于这一点，在

---

① 欧阳友权：《数字化语境中的文艺学》，中国社会科学出版社，2005，第 205 页。
② 传统文论守卫者通常会以"诗缘情"来贬低软件写诗，武断地认为，电脑诗无非是一些"无情"的文字游戏而已。但联想到嵇康的"声无哀乐论"和 T. S. 艾略特"感情逃避说"等著名的艺术理论，曾经"为'无情'所困"的"软件诗人"从传统诗学理论中找到了"零度写作"的理论依据。

本文关于"写作软件"的章节中有比较详细的论述。从众多无限发散敞开、自由穿越疆界的文本和超文本实例不难看出,任何新文本的出现不过是既有文本之树上长出的新芽而已。今天,人们已清晰地认识到,"文本不仅仅是某种形式的'产品'(product),它也指涉了解释的'过程'(process),并对其中所蕴含的社会权力关系进行一种揭露的'思维'(thinking),它的意义是开放的,有待读者解释的。更重要的是,文本的互文性被充分关注,诸多理论流派的代表都对其进行了阐释,形成了一种表征文本系统全新的存在方式的文学理论。而且,随着计算机和网络技术的发展,文本的互文性被现实地呈现出来,文本从而走向了超文本。"①

三　"互文性"与"超文性"

如前所述,克里斯蒂娃拈出"互文性"一词时,她所依据的主要学术资源是索绪尔的符号学理论和巴赫金的对话理论,而此前此后,与克里斯蒂娃提出互文性概念彼此呼应的文本学说不计其数,例如罗兰·巴特的"可读"与"可写"文本、利法泰尔的阅读理论、布鲁姆的诗学误读、德里达的延异学说、热奈特的跨文本性、贡巴尼翁的引文理论、米勒的寄生批评、德·曼的修辞性理论等等,与超文本相比,所有这些由于互文性相关的概念与思想最显著的特点之一就是其强烈的人文主义色彩。如果说互文性理论是西方人文思潮互相激荡、彼此影响的必然结果,那么,超文本的产生和快速普及则主要归功于计算机技术高度的快速发展。互文性与超文本各自的发展史极为清晰地表明二者的差异。但是,我们必须看到,随着网络文化的兴起,互文性理论最终必然会走向超文本,关于这一点,格拉汉姆·艾伦的《互文性》一书曾进行过专门论证,关于这本将互文性最终归结到万维网的著作,在后面的章节中将有比较详细的论述。

在互文性理论的结构过程中,德里达的理论贡献不容忽视。尽管德里达以"后结构主义"(post – structuralism)闻名于世,但他在《论文字学》(Of Grammatology)等一系列著作中提出的文本理论对互文性研究产生的影响不可低估。例如他在《论文字学》的小册子中提出了"文本之外别无他物"的彻底"唯文本论"思想使互文性和超文本在理论上俨然变成了同

---

① 刘绍静:《从文本到超文本——解析 20 世纪西方文学文本理论》,http：//www.chki.net。

一族类，德里达认为，构成"文本"的符号不是用来再现自然或外部世界，它不过是对已经存在的符号的再次符号化，在单一的文本之外不存在"真实世界"。"文本"的"意义"是由各种"文本"之间相互联系的关系决定的，因为"文本"的线索或痕迹不可避免地会跨越单一文本而相互交织在一起，一切意义或思想都要通过"文本"呈现出来。不同"文本"之间的交织关系，构成了在自身之外别无指涉的"文本性"（textuality），其中包括了文本符号的"互文性"（intertextuality）关系。①

在德里达看来，所谓"互文性"，是指符号与符号之间交叠、延宕、换位的关系，或者是个别文本与其他文本所组成的难以分割的网络关系。文本的意义取决于在文本组成的复杂关系中如何确认和凸显某个文本，以及读者在互文性关系中的阅读方式。与此同时，由互文性所决定的意义关系也是暂时的和多重的，它是一个永远无定形的不确定的领域。

由此可见，通过传统文本研究超文本可以说是顺理成章的事情。事实上，传统文本与超文本之间并不存在天然鸿沟。例如，法国学者乌里奇·布洛赫（U. Broich）曾把传统文本的互文性指涉方式概括为六个方面，它们竟无一不适用于超文本的情形：（1）作者死亡：一部作品不再是某一作者的原创，而是交互写作的文本混合，因此传统意义上的作者不复存在；（2）读者解放：互文性会使读者在文本中读入或读出自己的意义，从众声喧哗中选择一些声音而抛弃另一些声音，同时加入自己的声音；（3）模仿的终结和自我指涉的开始：文学不再是给自然提供的镜子，而是给其他文本和自己的文本提供的镜子；（4）寄生的文学：一个文本可能是对其他文本的改写或拼贴，以致消除了原创与剽窃之间的界限；（5）碎片与混合：文本不再是封闭、同质、统一的，它是开放、异质的，破碎和多声部的，犹如马赛克的拼贴；（6）"套盒"效应：在一部虚构作品中无限制地嵌入现实的不同层面，或使用暗示制造无限回归的悖论。"网络文学的比特叙事文本就是这样一种'漂浮的能指'方式，它是一篇篇被不断书写并可能被重新改写的意义螺旋体，其指涉的无限累加使它呈现为一个无穷庞大的堆积物，一种网状的扩张性文化结构。"② 毋庸讳言，今天，即便是"超文

① 豆瓣：《文化研究关键词》，http：//www. douban. com/group/topic/9394591。
② 欧阳友权：《网络文学本体论》，http：//www. chki. net。

本与网络时代的文学研究"，也正在变成这样的"螺旋体"和"堆积物"，更遑论海涵地负的超文本了。

在传统文本中，铭、刻、刊、印等生产方式使经典成为具有稳定特性的"不朽之物"，古埃及人把王对神的忠诚刻在金字塔上，希伯来人把上帝与摩西的立约刻在石板上，古罗马人把共和国的法律铭刻在铜表上，中国古代的某些统治者把求神问卜的结果烙印在甲骨上……它们代表中心的权威和永恒的渴望。直到今天，人与人之间的信任、信赖与信誉仍常常离不开"合同为文"或"立字为据"。相比之下，超文本没有固定的结构，没有稳定的形态，没有不变的规则，没有可靠的界限，因此，超文本失去传统经典文本那种明确的中心地位和稳定的权威性，但是，作为人类进化史上自"钻木取火"以来最伟大发明的互联网，也给超文本带来了传统文本永远难以望其项背的艺术魅力和技术优越性。

第三节　互文性与开放的文本

根据史忠义先生的《中西比较诗学新探》提供的资料，克里斯蒂娃提出"互文性"概念的相关论文《封闭的文本》写于1966年，正式出版于1969年。[1] 1973年，罗兰·巴特在为《通用大百科全书》撰写"文本理论"这一词条时进一步重申了互文性概念："表达这样一种每一篇文本都是在重新组织和引用已有的言辞"，"互文是由这样一些内容构成的普遍范畴：已无从查考出自何人所言的套式，下意识地引用和未加标注的参考资料。"巴特有关互文性的这种描述，似乎是今日网络互文性写作的一种谶语。网际写作，主体消散于隐藏于 IP 之后的"假面舞会"之中，似乎不再有类似"递相祖述复先谁"的追问和感叹了，"作者之死"已成为一种数字化写作的"常态"。

作者的死亡，亦即主体的消散（discentering of the subject），它必然会造成文本空间的错乱，造成独创性的消亡。当原创文本隐退之后，模拟文本就必然会变成各种引证的编织物，变成"充满零乱文化源头的混合物"，这种没有原创者、只有抄写者的写作只能是模仿之模仿的循环往复。"因

---

① 史忠义：《中西比较诗学新探》，河南大学出版社，2008，第344页。

为任何写作都不具有初始性、原创性，任何写作都汇入写作的大海中从而彼此模仿，作家的写作处在一种无穷无尽的字词环链中。……有关文学独创性的话语都消失在无所不在的'互文性'中。在文学的汪洋大海中，我们找不到任何独创性文本，只存在互相模拟和抄袭的文本。"①

在著名的《S/Z》中，巴特提出了所谓"可写文本"的概念，并对此进行了这样的阐发："能引入写作之文，就是正写作着的我们，其时，世界的永不终止的运作过程（将世界看作运作过程），浑然一体，某类单一系统减损入口的复数性、网络的开放度、群体语言的无穷尽。能引入写作之文，是无虚构的小说，无韵的韵文，无论述的论文，无风格的写作，无产品的生产，无结构体式的构造活动。"② 这种类似杜甫所说的"递相祖述复先谁"的"模仿之模仿"的无限循环，是写作的意义回归于写作本身，这种所谓"不及物"的写作，使任何尝试寻找固定意义的企图变得毫无意义。

巴特以近乎玩世不恭的"文之悦"，颠覆了新批评派孜孜以求的"意义之意义"，他所追求的"文之悦"，可以说是对传统一元论和逻各斯中心主义的高调拒绝，其主要动机是要"使结构在开放中消解，内容在互文中互现，意义在游戏中消除，以达到文本意义的不确定、非中心化和多元化的目的。"③ 在此，我们注意到了这样一个有趣的现象：互文性概念最早出自克里斯蒂娃的"封闭的文本"一文，但随着互文性概念"永不终止"的"运作"（将阐发和演绎看作运作过程），"封闭的文本"逐渐从开放、再开放最终走向了"无穷尽"的开放。然而，只有在计算机启动的"文之舞"流行开来之后，巴特的"文之悦"，才得以从幻想走向现实。

一 互文性与开放的文本

在罗兰·巴特的奇书《恋人絮语——一个解构主义的文本》的中译序言中，译者对于罗兰·巴特撰写的《罗兰·巴特》进行了"罗兰·巴特"式的评价："翻开流行于西方学术界的思潮流派的经籍文献索引：马克思主义、精神分析、结构主义、符号学、接受美学、释义学、解构主义……

---

① 王瑾：《互文性》，广西师范大学出版社，2005，第54页。
② 罗兰·巴特：《S/Z》，屠友祥译，上海人民出版社，2000，第62页。
③ 王瑾：《互文性》，广西师范大学出版社，2005，第61页。

里面总有巴特的一席之地。马克思、萨特思辨的印迹，布莱希特和索绪尔理论的折射，克里斯蒂娃和索莱尔方法论的火花，德里达深沉隐晦的年轮，尼采的回声，弗洛伊德和拉康的变调在巴特笔端融合纷呈。"① 在这篇中译序言中，对巴特的互文性理论进行了精辟概括：

1. 文本不同于传统"作品"。文本纯粹是语言创造活动的体验。

2. 文本突破了体裁和习俗的窠臼，走到了理性和可读性的边缘。

3. 文本是对能指的放纵，没有汇拢点，没有收口，所指被一再后移。

4. 文本构筑在无法追根寻源的、无从考据的文间引语，属事用典，回声和各种文化语汇之上。由此呈纷纭多义状。它所呼唤的不是什么真谛，而是碎拆。

5. "作者"既不是文本的源头，也不是文本的终极。他只能"造访"文本。

6. 文本向读者开放，由作为合作者和消费者的读者驱动或创造。

7. 文本的指向是一种和乌托邦境界类似性快感的体验。

在条分缕析地归纳了罗兰·巴特的文本理论之后，《恋人絮语》的中译者不得不承认巴特的激进与偏颇②，但是，译者马上为之辩护说："理论支点的有失偏颇并不意味着整个建筑的崩坍，比萨斜塔的绰约风姿不更自成一格，令人惊叹吗？思辨的过程也许更富魅力。《絮语》不啻是一个万花筒，满是支离破碎、五颜六色的纸片，稍稍转动一个角度又排成了一个新的组合。"③ 罗兰·巴特的《恋人絮语》及其自传等著述，为我们所理解的"互文性和开放的文本"提供了最好的诠释。在讨论网络"互文性与超文本"的文字中，笔者曾试图从传统文本理论中发掘网络超文本的学理依据，结果发现，罗兰·巴特的文本理论几乎无不适用于网络超文本。

超文本的网络结构最大的优越性在于它把德里达所构想的文本的开放性、互文性和阅读单元离散性等潜在特点和盘托出，使之彰明昭显一望便

---

① 罗兰·巴特：《恋人絮语——一个解构主义的文本》，汪耀进、武佩英译，上海人民出版社，2004，第5页。

② 如批评家莱蒙、皮卡特曾指责巴特的"极端主观主义冒险"是允许把文本说成"任何什么东西"。参见戴维·霍伊《阐释学与文学》，张弘译，春风文艺出版社，1988，第206页。

③ 巴特认为："一部作品问世，意味着一道支流融入了意义的汪洋，增加了新的水量，又默默接受大海的倒灌。"巴特：《恋人絮语——一个解构主义的文本》，汪耀进、武佩荣译，上海人民出版社，2004，第1页。

知。著名学者赵一凡在《后现代史话》中说，德里达秉承了希伯来先知的狂热、以色列人出埃及的神勇。他的解构即来自犹太人的差异精神。历史上，尼采明知理性庄严，偏要鼓吹酒神疯癫。海德格尔抓住存在差异，不惜大动干戈。利维纳斯反感笛卡尔的我思，就竭力标榜他人之见。出于对意识的疑虑，弗洛伊德竟一头扎进潜意识的深渊。德里达的著名"延异论"即源于以上形形色色的差异（Difference）。① 德里达将"差异"改写一个字母，发明了"延异"（Différance）一词，用以概括文字以在场和不在场这一对立为基础的运动。德里达把"延异"解释为"产生差异的差异"，一方面要表示两种因素之间的不同，另一方面还要表示这种"不同"中所隐含的某种延缓和耽搁。这种"产生差异的差异"，在时间和空间方面，既没有先前的和固定的原本作为这种运动的起源性界限和固定标准，也没有此后的确定不移的目的和发展方向，更没有在现时表现中所必须采取的独一无二的内容和形式。这种运动的真正生命力，不是传统本体论所追求的那种"现时呈现"的真实性结构，而是一种"疑难与疯狂，是给出或许诺对于道路的思考，激发思考尚不可思考或未被思考、甚至不可能的东西的可能性"……德里达所谓的"延异"实际上是将结构理解成为无限开放的"意指链"，而超文本则使这种意指链从观念转化为物理存在，从而创造了新的文本空间。②

由于这种"新的文本空间"没有固定的结构，没有稳定的形态，没有不变的规则，没有可靠的界限，因此，相关描述和评介常常相去甚远，某些讨论"延异"和超文本的论著不是人云亦云就是不知所云，使超文本研究这个原本盘根错节的问题变得更加繁杂混乱，加之"如沸如羹"的"博客"和"如蜩如螗"的"短信"，使得当前的理论研究和学术批评出现了"五代十国"般的无序状况。与超文本世界的天下大乱相比，传统文本研究领域的成果显出了稳定可靠的特性，因此，超文本研究往往要从传统文本研究的新成果中吸取养料。例如，法国学者吉尔·德勒兹在《千座高原》中所提出的"根茎说"，就对于我们认识超文本的特性具有十分重要的启示作用。德勒兹认为，根茎与树或树根的放射性生长不同，根茎把节

---

① 赵一凡：《后现代史话》，《差异》第 2 辑，第 29 页。
② 费多益：《超文本：文本的解构与重构》，《哲学动态》2006 年第 3 期。

点组成一个整体化的网络，"根茎不是由单位构成的，而是由维度或运动方向构成的。它没有起始和结尾，而总是有一个中间，并从这个中间生长和流溢出来。它构成 n 维度的线性繁殖。……根茎与（网）结构不同。结构是由一组点和位置限定的，各个点之间是二元关系，而各个位置之间是双单义关系。根茎只由线构成：作为其维度的分隔和层次的线，作为最大维度的突围角或'解域线'……与图表艺术、画画或照相不同，与踪迹不同，根茎必须与生产、必须与建构的一幅地图有关。一幅地图总是可分离的，可连接的，可颠倒的，可修改的，有无数的进口和出口……与等级制交流模式和既定路线的中心（或多中心）系统相对比，根茎是无中心的，无等级的，无意指的系统，没有将军，没有组织记忆或中央自动控制系统，仅仅只是由流通状态所界定。"①

不难看出"根茎"的许多特点与超文本几乎完全一致，尽管根茎的"n 维度的线性繁殖"毕竟仍然体现的是一种有序的线性关系，但是，作者把它定义为一种无中心或多中心的动态过程，从一定意义上讲，这与"超文本"所体现的"非线性"和"非连续"性特征没有本质上的差别。就通行的在线读写而言，形形色色的超文本其实就是一个典型的无中心、无等级、"无意指"的表意系统。罗兰·巴特的《恋人絮语》的中译者在描述罗兰的"絮语"时说："胡话，痴言，谵语正是巴特所神往的一种行文载体，一种没有中心意义的、快节奏的、狂热的语言活动，一种纯净、超脱的语言乌托邦境界。沉溺于这种'无底的、无真谛的语言喜剧'便是对终极意义的否定的根本方式。遥望天际，那分明的一道地平线难道就是大地的终端？不，它可以无限制地伸展。语言的地平线又何尝不是这样。"②

超文本作为人类表意系统的一种范式革命，虽然也有长期追求终有所获的必然性，但对于那些在 IT 领域不懈奋斗的庞大军团来说，超文本的出现可以说只是数字技术飞速发展的附属产品或意外收获。它既没有"互联网"那种规避战争风险的国家化战略意识，也没有解构主义那种发誓要彻底颠覆传统形而上学的逻各斯中心主义的学术冲动。因此，超文本作为表

---

① 王逢振主编《2001 年度新译西方文论选》，漓江出版社，2002，第 255～256 页。
② 罗兰·巴特：《恋人絮语——一个解构主义的文本》，汪耀进、武佩荣译，上海人民出版社，2004，第 1 页。

意系统的一种技术性突破，它所具有的某些后现代特征并非某些学者所说的是科技与人文合谋的结果。诚然，德里达试图用一种去中心的非逻辑概念的手段和形式，以非传统语言的符号和意义的解构过程，在传统文化所建立和占据的"中心"之外，在没有边界、不断产生区分、不断"扩散"和"散播"的"边缘"地区，重建一种新的人类文化，以便实现在不受"中心"管制的边缘地区的自由创作。这种去中心的目的，是否像网络创立者为确保中心不受摧毁而分散中心那样，以无中心或多中心代替唯一的中心？后现代主义在以不确定性、非中心化、零散化解构历史和现代性的同时，它是否又是对另一种新秩序（如工具理性主义）的重构？

　　有一点似乎是可以肯定的，那就是超文本的确像某些论者所说的在解构中心的同时激发了一种"边缘化思维"：被链接的文本位于特定文本之外，它在无限扩张边缘野草般疯狂生长，它复制、克隆或再生出无数"无中心"的"新中心"，亦即"无边缘"的"新边缘"。在传统文本中，铭、刻、刊、印等生产方式使之成为具有稳定特性的"不朽之物"，唯因如此，为了确保约定不变，人类发明了文字。如前所述，人与人之间的信任、信赖与信誉仍常常需要"合同为文"或"立字为据"。

　　这种信而有征的线性文本用一根严密的逻辑链条将文本的意义以单一标准贯穿到底。"而在超文本中，读者得以自由地穿梭于文本网络之间，不断改变、调整和确定自己的阅读中心，获得属于自己的意义。读者可以随意地在某个地方停下来，从一个页面进入另一个页面，从一个语境进入另一个语境，他所把握的文本的意义也随着上述运动而'散播'，无所谓中心，也不存在终极。这样，超文本就被赋予了一种民主的、反中心的意义。传统文本因其线性而成为相对独立的存在，他使人们关注文本自身或眼前的文本，而忽略文本之外的东西；超文本则引导我们不断将注意力移向页面之外，使我们始终意识到边缘之外还有更为广阔的空间。网络使文档的内部结构发生了变化，而不仅仅是改变了它们之间的链接方式。它将文档拆散，使指向文档之外的链接成了文档的一个组成部分。曾经紧密的文档现在被划分为一块一块的，撒入空中。"①

　　作为一种活的、开放的文本，超文本以多重路径提供了一种多重的信

---

① 费多益：《超文本：文本的解构与重构》，《哲学动态》2006年第3期。

息经验。文本的边界消除了，每一个文本都向所有其他文本开放，从而这一文本与其他文本都互为文本。因此它比传统文本更为清晰地体现了"互文性"，即电子超文本将理论形态的"互文性"现实化了。

互文性作为"文本互涉关系""文本互相作用性"，克里斯蒂娃曾有过这样的描述："一切时空中异时异处的文本相互之间都有联系，它们彼此组成一个语言的网络。一个新的文本就是语言进行再分配的场所，它是用过去语言所完成的'新织体'。"① 这也就是为什么马歇雷要清算"创作论"的原因，因为不管作家如何自负地宣称其创作是平地高楼独辟蹊径，他所谓的匠心独运都不过是在运用前人所创造的文本进行"再加工"而已。在克里斯蒂娃看来，每一个文本都是直接或间接的引用语或仿造语的大集会；每一个文本都是对另一个文本的吸收和改造。任何作品的文本都是像许多引文的镶嵌品那样构成的，任何文本都是其他文本的吸收和转化。按照诗人 T. S. 艾略特的说法就是初学者"依样画葫芦"，高手"偷梁则换柱"。北京大学一位著名教授在中国社会科学院文艺理论研究中心成立大会上说："抄一千本书成了钱钟书，抄一本书就成了某某某（北大另一位著名教授）。"不难看出，这位教授的妙论与"天下文章一大抄，看你会抄不会抄"这句俗谚之间存在明显的互文关系。

毫无疑问，满腹经纶者的旁征博引自然与不学无术者的投机取巧是不可同日而语的。鲁迅讲"拿来主义"却不忘消化、吸收和创新，毛泽东讲"古为今用，洋为中用"则更强调"推陈出新"。如果不加甄别，恶意克隆，为名利计，为稻粱谋，剽窃他人作品，冒充自己的成果，这种行为，于作者是一种行窃，于读者是一种欺骗。当然，我们也应该看到，赝品与原作之间也并非毫无互文关系，正如有机物之于排泄物一样，什么时候也无法割断二者间的几乎是必然的联系。但那不过是一种与审美文化精神和社会道德理想相背离的情况而已，不提也罢。古人赋诗撰文在讲究"无一字无来处"的同时更标榜"点石成金"式的"化腐朽为神奇"。如果只有前者，没有后者，"文必先秦，诗必盛唐"，空有互文而毫无创新，或者是互文变成赘文，其结果就是新作与旧章一同腐朽，一同成为古董或垃圾。

从一定意义上说，超文本的"去中心"倾向实际上正是其"互文性"

---

① 布洛克曼：《结构主义》，商务印书馆，1987，第 162 页。

凸显的结果，所谓"互文性"，说到底是文本之间的某种相互依存、彼此对释、意义共生的条件或环境。马克思在《路易·波拿巴的雾月十八日》中指出："人们自己创造自己的历史，但是他们并不是随心所欲地创造，并不是在他们自己选定的条件下创造，而是在直接碰到的、既定的、从过去承继下来的条件下创造。一切已死的先辈们的传统，像梦魇一样纠缠着活人的头脑。"① 这里所说的历史创造的情况也同样适用于文本创造，作家的创造同样也只能是对"直接碰到的、既定的、从过去承继下来的条件下创造"。但这种继承，有一个去粗取精、去伪存真的甄别与选择过程。

有一种观点认为，"互文性"就是大幅度增强语言和主体地位的一个扬弃的复杂过程，一个为了创造新文本而摧毁旧文本的"否定性"过程。克里斯蒂娃把关于语言和意义的几种现代理论结合起来（其中包括弗洛伊德、巴赫金和德里达的理论），强调讲话者与听众、自我与他人之间对话的重要性，修正了主体作为在一切话语中解构的互文性功能的地位。作为文本特性的"互文性"并不是静止的，而是在阅读过程中得到揭示的。即使碰到引文或注释，我们也只是阅读时才需要交叉对照。而菜单浏览、嵌入文本等技术所构成的赛博空间，形成了最基本的互文现象，直接体现了"互文性"的特征之一，即非线性。"互文性"的另一个特征是：它关注文本与文本、语词与语词、语词与图像之间的联系，只有链接才赋予文本、语词或图像以意义。当然，链接不仅仅是形式，而是内容本身，它本身就是阅读的活动；不仅仅是点缀，而是重要组成；不仅仅是内容的一个组成部分，而是内容的生命。如果说一个优秀的文档需要"画龙点睛"，那么链接就是这个眼睛。② 那么，这个体现"互文性"特征的"眼睛"是否具有中心的地位呢？答案显然是否定的，因为，每一个标示隐藏节点的链接在点击之后，它便"功成身退"，在完成了界面切换的使命之后悄然消逝了，这一点与传统文本很不一样。

如前所述，互文性，从根本上讲，它只是传统文本的一种尚未完全开发的潜能，在"绝对联系"的意义上说，超文本只不过是互联网成功地开发了传统这种"互文性"潜能的副产品而已。超文本的许多特征，在传统

① 马克思：《马克思恩格斯选集》第 1 卷，人民出版社，1995，第 585 页。
② 费多益：《超文本：文本的解构与重构》，《哲学动态》2006 年第 3 期。

文本中实际上是都有端倪可察的。例如，在 21 世纪的第一届世界杯期间（2002），选题新颖泼辣、风格犀利明快的《南方周末》发表了刘齐的一篇文章，说："世界杯是一部现代版的《红楼梦》、地球村的《石头记》。从中，球迷看到节日；商人看到蛋糕；赌徒看到赔率；政客看到选票；警察看到流氓；媒体看到硝烟；女人看到性感男人；妻子看到'气管炎'暴动；同性恋看到天外有天；贾宝玉看到水做的洋妞；薛宝钗看到国际足联的贾母；薛蟠看到英国晚辈；刘姥姥看到地里不种庄稼只种草；板儿看到比萨饼和麦当劳；网民看到网站比球场还挤；老红卫兵看到红海洋；新纳粹看到元首；毒贩子看到潜力；外星人看到莫名的活动体聚堆儿……总之，大家人手一小杯，都能从世界杯这个大杯中倒出自己想要的东西。"①

　　这段奇文显然是对鲁迅评论《红楼梦》的一段名言的"戏拟"。鲁迅说，关于《红楼梦》，"单是命意，就因读者的眼光而有种种：经学家看见《易》，道家看见淫，才子看见缠绵，革命家看见排满，流言家看见宫闱秘事……"这种无须注明出处的名言几乎尽人皆知，唯因如此，它的"互文性基因"才异常活跃。当代学者魏家骏教授在分析刘齐的文章时指出，"这位 21 世纪的作者由此洋洋洒洒地引申出了这么一大段文字，而这段戏言却有着多重的互文关系，它既改写了《红楼梦》，也改写了鲁迅，也就是说，它和《红楼梦》有着互文性的连接，又和鲁迅的那段名言产生互文性连接，从而开掘出了世界杯足球赛的丰富的视角，展示出这次足球盛会和人们的日常生活的多种联系，很能概括出各种不同身份的人的心态，虽然是戏拟，倒也不失幽默的风趣。"② 足球、《红楼梦》、鲁迅、地球村、商人、蛋糕、赌徒、赔率、政客、选票、警察、流氓、媒体、硝烟、女人、男人、妻子、"气管炎"、暴动、同性恋、贾宝玉、洋妞、薛宝钗、国际足联、贾母、薛蟠、英国、刘姥姥、庄稼、草、板儿、比萨饼、麦当劳、网民、网站、球场、红卫兵、海洋、纳粹、元首、毒贩子、外星人、莫名的活动体……这些原本互不相干的词语，被狂欢的世界杯无端地黏合在一起，给人一种词语尘暴和话语失禁式的"恶搞"印象，但足球一旦与《红楼梦》、鲁迅这样广博深远的文学世界构成了互文关系，面目可憎的丑

---

① 刘齐：《世界杯是红楼梦》，《南方周末》2002 年 6 月 6 日。
② 魏家骏：《互文性和文学增值现象》，《淮阴师范学院学报》2003 年第 4 期。

小鸭就蓦然变成了春光灿烂的白天鹅。由此可见，文本互文性具有多么神奇的经天纬地的张力！

二 "以不类为类"的互文性

2006 年 9 月 9 日，日本著名作家大江健三郎来中国社会科学院演讲，题目是《始自于绝望的希望》（"北京演讲 2006"），演讲会庄严隆重、场面壮观，气氛热烈。笔者有幸聆听了大江的演讲，印象深刻，收益良多。这位诺贝尔文学奖得主的演讲平和冲淡，如道家常般娓娓道来，让人分不清他到底是在谈历史、政治、哲学、朋友情谊、国际关系或什么别的东西，老作家旁征博引、纵横捭阖，魔法师一样把周恩来、烤鸭、鲁迅、巴金、赛义德、莫言、抗战、原子弹、日本军国主义等看似互不关联的东西天衣无缝地编制成了一个令人叹服的"文本"。大江健三郎究竟是靠什么法宝"以不类为类"，将历史、现实和希望贯穿起来的呢？仅仅是靠他所谓的"伦理想象力"和文学化语言吗？也许是，也许不全是。不过，当时笔者就有一种强烈感受竟让自己也有些意外，这个国际文学大师根本就不是在讨论文学，事实上他也根本就无意于谈论文学。但常言说，"是真佛只道家常"，大江大谈"周恩来、烤鸭……原子弹"，看似字字都未涉及文学，但实际上却句句都未离开文学。

在大江的讲演中，他用"浓密森林中的参天大树"来比喻新中国第一代领导人。这个比喻给我留下了极为深刻的印象。如果将作家的这次讲演文本看作一个浓密的森林，那么我们不难发现，作家讲演文本所关联的许多人物、事件和其他作品可以说是与讲演相关的更多的森林，它们与大江的"北京演讲 2006"一同构成了更大更浓密的森林。这个靠文本链接文本的浓密的森林其实正是我们讨论的"超文本"。在森林中，树与树的关系是靠"盘根"与"错节"建立起来的："根紧握在地下，叶相触在云里，每一阵风过，我们都相互致意。"（舒婷《致橡树》）但树与树的这种"盘根错节"的"根本"联系，还远不能说明文本相互之间的互涉与对释的依存关系。文学大师的跨国演说，表面上几乎没有谈文学，实际上句句话都没有离开文学，这其中的奥妙在于，文本与文本之间潜藏着一个"超文本"的海洋，而文本与文本的共生互动、相互依存的"互文性"正是超文本最本质的特征之一。

俄罗斯有一个谜语："不是蜜，却能粘住东西。"这个令高尔基着迷的谜语的谜底据说是"语言"。依我看，以"文本"作为答案也一样贴切。因为用语言打造的文本也可以说是由"蜜一样黏稠的液体"组成的。从这个意义上说，将所有语言一网打尽的网络，正在以比特化的沟渠和管道，把星罗棋布地散落于五湖四海的各种"液体"汇成一个汪洋恣肆、且浩瀚无垠的"超文本"。

当然，即便在传统文本世界，这些"黏稠的液体"也并非一汪一汪的非理性、无逻辑、反意义的烂泥潭，相反，真正的"互文性文本"是既呈现多姿多彩又符合规律规则的奇妙混合体。可以说，互联网和超文本的大多数奥秘都早已在观念和实践的层面悄然地成形于文本的"互文性"潜能中。因此，我们在讨论传统文本的过程中，超文本的许多特征就已经不言而喻。事实上，传统文本与超文本之间并不存在任何天然的鸿沟。欧阳友权先生在《网络文学本体论》中对法国的思想家乌里奇·布洛赫（U. Broich）的"国际后现代视域中互文性的文学理论与实践"进行了十分精辟的概括和评述，布洛赫的理论不仅句句都符合传统文本的情况，而且条条都适用于超文本，它为我们从学理上更深入地理解文本互文性和超文本的本质特征提供了十分可贵的镜鉴。

值得注意的是，我们往往把"互文性""超文本""互联网"三个概念不加区分地用在相近似的语境中，这并不仅仅是出于修辞方面的需要，也并非笔者不知道三个概念在内涵上的差异，实在是因为它们在许多场合具有几乎相同的特征和秉性，专就文本而言，三者的相似性或同一性是如此显而易见，以致在许多情况下它们相互替换而不会出现任何问题。超文本原本是为计算机及网上世界而设计的发明，但是超文本首创者所追求的知识机器与信息之网，技术就是"互文性"理论的数字化图解，而"互文性"理论则如同专为超文本设计的技术蓝图。超文本在理论上与互文性学说的惊人相似绝非"巧合"所能说通的，其中的必然联系还有待学界作进一步的探究。超文本理论家兰道曾经指出，超文本作为一种基础的互文性系统，它比以书页为界面的印刷文本更能凸显互文性的特征。整个超文本就是一个巨大的互文本，它将相互关联的众多文本置于一个庞大的文本网络之中，并通过纵横交错的路径保持各文本之间的链接，由此可见，最能够体现互文性本质的互联网本身就是一个典型的超文本系统，这也是前文所引述的德·布拉的著名论点。

在这个包罗万象的虚拟世界里，人们需要什么就能得到什么，即便还有些一时还得不到的东西，只要读者能说出事物的名号来，网络超文本就能按照它对事物的理解，把读者"链接"到他/她应该或可能去的地方。"在这里，读者作为活动者（而不是简单的欣赏者）与超文本文学作品相互交融，彼此不可须臾分离，人融化在文中，人文合一。从某种角度来说，超文本文学的'人文合一'是中国传统的'天人合一'的思维方式在文学形式上的初步体现，是中国传统的'天人合一'的高远意境的简单回归。"①

我们知道，在网络文学中，超文本的链接让读者可以在无穷尽的阅读可能性之中肆意游荡，"写读者"如同乘坐洲际旅行的空中客车，它可以忽略时间的存在恣意逍遥地穿越天南海北。在网络的登录处，最初的文本或许会如机场的跑道一样清晰，但随着游览眼界的不断扩大，一条条道路渐渐变得模糊起来，作为网上逍遥客，我们究竟从何而来，向何处去有时也变得不再十分明确，开始的目的地在缤纷多彩的旅途中已变得无足轻重了，那些曾经魂牵梦萦的城市因尽收眼底而顿时丧失了神秘的魅力。一切变得如此轻而易举，果然"得来全不费工夫"。这种比腾云驾雾更为便捷的魔法竟然如此简便易行，它在挥手之间就把无数跋山涉水、背井离乡的线性故事不动声色地变成了远逝的神话，与此同时，它又不由分说地把人类带进了一个全新的"互文性"领域——一个超文本的非线性世界。

雨果说："比大地更宽广的是海洋；比海洋更宽广的是天空；比天空更宽广的是心灵。"今天，我们发现，还有比胸怀更为宽广的地方，那就是超文本组成的网络世界——因为它不仅能以"互文性"的魔力集合全人类已有的一切知识和经验，而且还能以"超文本"的预言，召唤和引领人类向那无边的未知领域奋然前行，以比特之名，不断进取，不断开拓。

三　依托于网络的互文性革命

关于"互联网与文学艺术的互文性革新"这一论题，笔者曾经在《赛

---

① 罗香妹：《超文本文学与中国传统思维方式》，"网络文化研究"，http://www.web-cultudies.com。

博空间中当代文学艺术的命运》《现代传媒及其对艺术生产的影响》等文章中进行过探讨。笔者曾经把电报作为电子化传播新时代的标志,因为,自从电报问世以后,新的电子传媒仿佛凭着一种魔力,跨越了时空的阻碍,使文化真正变成了一种异地同现的、唾手可得的、自由自在的赛博空间中美丽的桃花源。

在电报之后,电影、无线电广播、电视等电子传媒先后登场。今天,当我们放眼向四面望去,大众传媒的影响无处不在。我们无法想象离开大众传媒以后,我们将会如何生活,我们也无法想象在没有大众传媒之前人类的生活。大众传媒创造或者说构造了一个新的世界,正如麦克卢汉所说的,"新的传播媒介不是人与自然之间的桥梁,它们就是自然。"[①]

从历史发展的角度来看,一般认为,传播媒介经历了口语文化、书面和印刷文化以及电子媒介三个阶段。由于口语文化易于失真和失传,受时间和地域的局限,所以麦克卢汉把口语文化称为部落文化。当文字系统出现后,人类文化就进入了书面文化的阶段。文字使文化传播和储存成为一种符号化的转换技术,"使语言脱离了口语传统,向世俗权力转变,结果对空间关系的强调超过了对时间关系的关注。"[②] 这就是有文字记载以来的文化能较好地得以继承和发展的原因。

在电子媒介系统中,声音和图像不像在口语文化时期那样一闪即逝,它使文化的时间性与空间性完美地结合起来,清除了书面文化的文字符号对大众的限制。在电子文化系统中文学和艺术不再是有文化、有教养的少数人的专利,任何人都可以通过电子媒介的声音和图像分享艺术作品。由于,无线电波能到达全球的任何一个角落,这就使得电子传媒成为有史以来影响最广泛的传播方式。

比特电视使得文化艺术的传播在"赛博空间"中变更加逼真生动、更加纤毫毕现。有人预言未来的电视将等同于电脑,机顶盒将变得只有信用卡般大小,只要插入一个软件,就能把电脑变成有线电视、电话或卫星通信的电子通道。可见,"赛博空间"的出现实际就是现代媒体的一场新的革命。"媒体预言家"德克霍夫在《文化肌肤:真实社会的电子克隆》这

---

① 丹·切特罗姆:《传播媒介和美国人的思想》,中国广播电视出版社,1992,第192页。
② 丹·切特罗姆:《传播媒介和美国人的思想》,中国广播电视出版社,1992,第169页。

一曾被誉为加拿大第一畅销书的著作中，就详细讨论了通讯技术和电子媒体对现代社会的影响和作用。作者认为，电子媒体和赛博空间将会改变我们的心理状态；虚拟现实技术将会填补观念与现实之间的鸿沟；人类正在创造一种超越任何个人智慧的集体心智。这本书中还专设了"赛博空间"一章，分析了赛博空间中的媒介革命对社会生活的影响。作者以艺术作品为例说，《完全记忆力》是一部我们新近获得的虚拟现实和科幻小说技术的电影，阿诺德·施瓦辛格在片中一身冷汗地醒了过来，他不知道自己是正在进入还是走出一种彻头彻尾的幻觉——这是由一家以致幻剂为主要手段的旅行社为他制造的，由于他重生的记忆是如此真实，以至于他无法区分事实与小说（这让人想起庄周梦蝶的故事）。作者在虚拟现实后加上一个注释说，就像 AI 通常代表"人工智能"（Artificial Intelligence）一样，从今以后 VR 也会非常通用地指称"虚拟现实"（Virtual Reality）。但是，虚拟现实正好也被称为人工想象力或人造意识，正是由于现在我们能把人工视觉、听觉和触觉等感官信息包容于我们已被延伸的意识之中，所以我们可以真正地考虑人造意识的可能性。AI 其实就是没有感官参与的人造意识（AC）。只有通过增加感官的相互作用，我们才能恢复外在于我们身体的那种内省（interiority），而这正是人类意识的特点。

作者相信，或早或晚，你也会遇到这种情形，当然除了你不会一身冷汗地醒来，也不会一直做梦，为了停止这种体验，你只需摘下你的目视传音装置后关上计算机。虚拟现实机器使如下的天方夜谭似的幻想不费吹灰之力就能变成现实，即，对有些文化的操作者而言，漫步不是被视作穿越空间，而是被视为"把空间推至足下"。从理论上讲，这就意味着，任何人任何时候都能任意发表任何作品；任何人在任何时候都能任意欣赏任何国家任何时代的艺术品。将来某一天，你足不出户就可以用手去感触（更不用说观赏）卢浮宫里的任何珍贵艺术收藏品。用手感触？用手感触！

德克霍夫最为大胆的理论就是"集成即触摸"。他说，教育者和许多艺术家已经想到触觉可能是人们最重要的认知工具。婴儿通过触摸学习，而成人则通过"领会"某一情境（这显然是一个触觉隐喻）学习。我们为我们已经知道或需要知道的事情形成了一种内心感受。在共用主机还大行其道的早期岁月里，麦克卢汉就以他艺术家般的敏感得出了计算机化将引起触摸的预言。

德克霍夫说，直到最近，我们才有可能变魔术似的当场考虑某件事情并把它做完，改变一页写好的文字或一幅绘好的油画至少要几分钟，而现在，相互作用的速度已提高到转瞬即成的程度。不仅在 VR 模拟中有可能体验即时反应，而且借助更简单的眼睛追踪界面装置或生物反馈也有可能做到这一点。在技术上已被延伸的大脑，可以伸出其外部的智能感觉器官网络来"吞下"环境，其方式就像海参伸出其胃部捕获浮游生物那样。触觉延伸的作用在这里是极其重要的，因为它是基本的。触觉涉入了思维领域，不管是我们头脑中的还是机器中的，它成为思维过程中的一个参与者。模拟的触觉是首要的心理技术，其力量足以把我们从有读写能力的理论的直截了当的精神状态中拉出来。① 可以肯定，这一发生在赛博空间中的技术革命，必将给未来的艺术生产带来不可估量的影响。事实上，它对传统文学艺术的深刻影响正在悄悄地改变着文学艺术的内在精蕴，正在"漫不经心"地以真正的"闪电"速度改写着有着悠久历史的文学艺术的"赛博时代史"。

例如，多少世纪以来，舞蹈一直是靠身体动作流传下来的，但是，舞蹈已逐渐进入了电子时代，几十年来，电子技术已应用于记录并再现已有的舞蹈设计。近年来，技术手段及其成果正在以极快的速度走向尖端化。

今天的计算机技术可以对舞蹈这种天生的视觉艺术起到重要的作用，而舞蹈也对技术的发展有所帮助。资料表明，舞蹈家们可以用电脑软件编写舞蹈程序，这样就可以大大减少制定和研究舞谱所需的时间，电脑还能为舞蹈教师创建全面的、档案式的网址和数据库，并记录下那些不太知名的作品。如今，技术的高度发展终于带来了由计算机创造、为计算机所用的"虚拟舞蹈"。如美国，一个名为"精灵再现"的虚拟舞蹈装置。通过这一装置可以看到一个姿态优雅的形象在看起来有些古怪的三维空间中重复比尔·琼斯的舞蹈动作。而一个所谓的"镜与烟"光盘只读存储器使观众可以穿过一场舞蹈表演的各个"电子空间"，从而获得多种体验。研究者说，这种形式是"现场表演的扩展"，但不是模拟实际表演，舞蹈因此成了另外的某种东西；它不是为了替代真正的表演，而是要扩展表演的界限。

---

① 德克霍夫：《文化肌肤：真实社会的电子克隆》，河北大学出版社，1998，第48、60页。

也许没有什么能代替真人在舞台上的表演，真人表演是一种美妙的艺术形式。但人们乐意看到从传统形式中衍生出来的其他艺术形式，这也是研究者们的兴趣所在。在现代舞台上，演员可以通过舞台上的动作感应系统，和计算机控制的舞台媒体系统以过去无法想象的方式创造出音响、灯光和电视图像，毫无疑问，这将极大地增强舞台艺术的表现力。而由光盘只读存储器在虚拟空间中创造出虚拟布景，可以帮助舞蹈团有效地节省人力和物力。从艺术经济学的角度看，赛博空间中的技术革命确实极大地解放了艺术生产力，并为未来的艺术生产开辟了辉煌的前景。

令人意外的是，长期以来，"野心勃勃"的科学家们一直在"阴谋策划"着如何从艺术家手中夺走他们觊觎已久的"金饭碗"。早在 1999 年，《中外科技》曾以整版篇幅登载了日、美、俄、德等国的 25 名科学家就未来 100 年内全球高科技发展情况，及其对相关学科的冲击拟出的 100 个选题；其中第 26 个选题是：21 世纪中叶，包括电影、绘画在内的各门艺术由机器人和电脑代替的可能性及其影响。我们相信，这种科学技术的革命带来的艺术生产的革命将真正成为古典艺术终结的标志：昔日艺术家特立独行的多少有些神秘的创造精神的万丈光芒将会变得更加黯淡，传统的以单个主体为创作核心的艺术生产劳动的低吟将会被创作群体精细的分工合作的"大拼合"的"众声喧哗"彻底淹没。

现在，电脑已经杀入艺术领域，初露锋芒即剑气冲天咄咄逼人。例如，1998 年以来，好莱坞生产了一批"非人"的电影，把世界影坛搅得沸沸扬扬。票房价值空前高涨，以中国传统故事《花木兰》为核心情节的同名卡通片在美国十分火爆，票房早已突破亿元大关；《蚁哥正传》《埃及王子》等亦正大行其道，而即将出笼的《金城探宝》《太阳帝国》更是前景看好。这批出手不凡的银幕佳作竟由电脑包揽全活，片中人物都是天生的"银幕英雄"，电脑世界的"优秀儿女"；这些电脑影星之间不再有没完没了的艺术上的争执，不再狮口大开漫天要价动辄要求百万千万美元的巨额片酬，不再为头牌的位置钩心斗角甚至大打出手。因为这些将主宰 21 世纪影坛的明星，实际上只不过是一些服服帖帖的计算机程序。

就目前的情况看，电脑高科技在影视领域最为威风，其中一个显著的特色是令人目瞪口呆的特技场面的高科技制作。《玩具总动员》《勇敢者的游戏》《龙卷风》等大片之所以有不俗票房，其根本原因就在于奇妙的电脑设计所产生的逼真而神奇的画面效果，使观众领略到现实生活中无法实现更无法体会到的全新感觉。前几年的《烈火雄心》所呈现的火场世界，《烈火狂风》等片子中，那种让火山在人们的眼前爆开，并让观众目睹演员在龙卷风中被抛上半空的逼真场景，没有电脑特技是不可想象的，敢于赴汤蹈火，不怕粉身碎骨，面对惊心动魄的挑战，无论多么勇敢高超的演员也无法与"电脑大师"匹敌。至于像《侏罗纪公园》《狮子王》《未来水世界》之类几乎完全依靠电脑撑腰的电影，已经把高科技创作艺术的绝活发挥得淋漓尽致。而震动 1998 年全球电影界的《泰坦尼克号》和《天地大冲撞》等已注定名垂青史的大片对观众视听的强烈审美冲击和艺术震撼，高科技制作更是功不可没。有的文章说，《泰坦尼克号》一片中的海水、烟雾、云、船乃至人，有 60% 都由电脑合成，在夜色中巨船逐渐下沉，成百上千的人高空跌落沉入水中的场面，都由电脑完成。影片中计算机利用数字化技术模拟出海洋、海豚以及数以千计爱德华七世时代的人物，令人无法找出任何假造的破绽，增加了艺术感染力和审美动情力。影片中所看到的沉在海底的船骸和舱内景象，绝大多数是在 3800 米的海底实地拍摄的。导演说，他所采用的复杂技术，几可与登陆火星的摄像机媲美。因此，这部影片利用高科技创造出高度的艺术真实，歌颂人的最美好的爱情，科技与审美联姻，获得了空前的成功。该片上演，"万人空巷，好评如潮"。它在全世界的票房价值已近 12 亿美元，为这个文化溃败的时代创造了又一个匪夷所思的艺术神话。

多年来，美国影视业如沃尔特·迪斯尼公司电影人一直在努力，希望将来的某一天电影将由电脑包打天下。现在人们似乎已对这些或许多少有点夸大电脑神通的说法深信不疑。用电脑代替真人表演，眼下正在成为一种潮流或至少可以说是一种趋势。形成这种趋势的原因是多方面的。一个显而易见的原因是，近年来，好莱坞巨腕们的身价一涨再涨，让唯利是图的制片商们伤透脑筋。例如，有"美国甜心"之誉的梅格·瑞恩，在《电子情书》中身价高达 1100 万美元，令人惊讶；"漂亮女人"朱丽娅·罗伯茨出演《安娜与国王》的片酬 1700 万美元，更是让人咋舌；而《泰坦尼克号》中的明星迪卡普里奥目前的身价已超过 2000 万美元！水涨船高的明星片酬令制片商们不堪重负，如有可能的话，他们真想炒掉所有的明星。

事实上，21世纪演员失业不是没谱的事，我们已经在《狮子王》中看到了栩栩如生的狮子，在《勇敢者的游戏》里看到了难辨真假的犀牛和大象，在《侏罗纪公园》里看到的巨型恐龙更是活灵活现。至于《真实的谎言》、"007系列"中的有关飞机导弹之类的特技镜头则只能是电脑的杰作。随着电脑的日益精密化，"非人影星"的出现似乎也指日可待。

电脑的全面入侵可能也会危及书法艺术，书法界已有人士发出"救救书法"的惊呼，说如果当年西洋硬笔代替中国毛笔是对书法艺术的一次巨大的打击，那么，当今各种摇笔杆子的人普遍"弃笔操电"则几近是对书法艺术的一种毁灭？有文章写道："一个幽灵，叫做电脑的幽灵，已经在书法界附近徘徊。"但是，人们实际上并不真正清楚，幽灵到底会摧毁还是拯救这个香飘千年的笔风墨影的世界？有人认为，书写方式的改变，无情地威胁着书法艺术的生存。尽管电脑中也输入了楷隶行等书体，然而，经过打印的这些书体，实际上已成为整齐划一的新型美术字。电脑由手敲击成字，这种新方法，是刺向艺术的一把利剑。因为以"敲"代写，改变了人们的审美情趣，退化了人们的审美能力。汉字的内在审美特质比较隐晦，只有通过经年累月的书法研习和体味方可进入知味识趣的审美境界。另一方面，电脑正在瓦解书法的群众基础，这一趋势也会加速书法艺术的萎缩。电脑将改变我们下一代的写字能力和对书法艺术的基本认识。电脑的多功能书写能力以便捷的方法占有市场，使一批用户忘掉书法；也使一大批职业书法家变为业余书法爱好者，而过去的书法爱好者则随时有可能移情新兴的艺术领域。

随着赛博空间的开发和革新，电子文化更是如虎添翼，英国学者汤林森在《文化帝国主义》一书中把电子文化的崛起看成是现代社会的主要特点之一，认为它将意味着支配社会现实的强大体系的诞生，福建学者南帆曾在海南的《天涯》杂志上发表了题为《电子时代的文学命运》的文章，从理论上分析了赛博文化对当代文学艺术的影响，认为电子系统正在剧烈地改变既有的形态，创立新的社会组织形式，重新配置一系列社会集团的经济地位及相互关系，解除种种文化封锁，同时派生新的无形桎梏。文学的命运也是如此。

南帆认为，"电影的诞生打乱了书写社会的固有状态，它同时代表着另一种符号的生成。电子媒介系统的复合符号，以影像、声音、及时性与现场感等形式全面诉诸人们的视听感官，造成强大的冲击。"①

书写文化依赖于文学符号系统。文字的能指与所指是疏离的，这种疏离本身即已包含了人类思维对于外部世界的凝聚、压缩、强调或删除，电子媒介系统启用了复合符号体系，影像占据了复合符号体系的首席地位，与书写文化相比，影像与对象是合二而一的，在人们的意识中，影像就是现实本身、影像的真实外观遮盖了人为性的精心设计，观众有意无意地在其呈现形式的引导下认可或服从影像背后某种价值体系的立场，这就是电子媒介系统的强大效果：让观众在独立自主的幻觉中接受种种意义的暗示。

崭新的符号体系形成了新型的艺术，新型的艺术产生了前所未有的文化和政治功能。电子媒介系统提供了消愁解闷的大剂量的迷幻药，使人们放弃了对历史的不依不饶的提问，而"虚拟生存"的数码技术更显示出不可估量的前景。"比特"可以随时制造一个令人向往的天堂，这意味着数码技术可能产生某种意想不到的作用：经济和社会地位的巨大差距将得到缓和，百万富翁和穷小子在"虚拟生存"中可以得到同样的享受，这种"虚拟的平等"削弱甚至释除了反抗剥削的革命冲动。一个新的问题也就随之产生了：这种虚拟的享受是思想的自由或欲念的解放，还是无聊无益的幻想或纯粹的子虚乌有？

特别是电子媒介系统的迅猛更新和发展，更预示着一个即将改写艺术生产历史的强大体系的诞生，电子系统正在剧烈地改变传统的艺术生产形态，创立新的文化文艺形式，解除种种意识形态的封锁，神话传奇般地解放了艺术的生产力，开天辟地般地拓展了全新艺术消费市场。不少有识之士认为，影像作为一种更加感性的符号，它的日臻完美将对书籍——书写文化的保存形式——造成巨大压力，也使文字阅读过程中包含的理性思考遭到剥夺。

在当代艺术生产过程中，赛博文化利用技术手段、技术材料、技术方式，从艺术生产的操作层面不可抗拒地渗透到艺术生产的观念层面，科学技术已成为一种"本体性"的存在支配着当代艺术生产。当代大众传播活

---

① 南帆：《双重视域——当代电子文化分析》，网络版，http：//www.ishare.iask.sina.com.cn/f/10895971.html。

动不断助长了技术力量向艺术生产的本体性渗透。由于当代艺术的生产对科学和技术的依赖，不知不觉间，传统的、手工艺性质的艺术生产活动和鉴赏性的艺术消费行为逐渐消失了；对艺术创造性的追求渐渐变成了对技术和工具革新的追求。在赛博文化不可拒绝的影响下，技术作为操纵艺术行为的幕后指挥正在渐渐走向艺术舞台的中心。说到底，科技对艺术生产的影响主要的原因是，赛博文化已经悄悄地改变了人们的思维模式和审美习惯。

在网络对书面文化的种种冲击中，传统文学的互文性潜能得到了超乎想象的发挥。关于这一点，在后面"从'互文性'到'互视性'"以及在有关"互视性"和"互介性"的介绍中将有相对集中的分析与讨论，在此暂且将此话题搁置起来。

值得注意的是，互文性理论绝非十全十美，事实上它也存在着不少局限性。我们知道，互文性观念虽然缘于理论家们对"封闭的文本"（the bound text）的解读，但它强调的却是一种"开放的文本"理念。通常意义上的互文性研究，着重考察文学与文学自身的关系，即文学作品与文学遗产、文学史、文类传统的关系，以及作品自身所携带的文学记忆和读者的文学"阅"历之间的关系。因此，有研究者认为，互文性问题不仅完全可以兼容许多传统的研究领域，对它们进行重新切割或"分区"，而且也意味着文学范式本身的变迁，因为互文性概念的根本意义在于用多维的、可逆的空间范式代替一维的、不可逆的时间范式。目前越来越完善的互联网世界不仅令人惊叹地直观演示了"一切文本都是互文本"这个抽象命题和它所隐含的空间范式，使巴特等人关于文学网络和文化库存的比喻变得更加生动，而且也为真正的多元阅读和具体的互文性研究提供了切实有效的技术支持①。

但是，我们也应该注意到，近几十年来，文学研究从学科化封闭走向跨学科开放、从技术性"区隔"日益走向人文性融合的趋势已经形成了一种大的时代潮流，从一定意义上讲，互文性理论顺应了这种潮流，为文学研究开辟了新的路径，但是，互文性理论在关注符号学共时性的同时，

---

① 秦海鹰：《互文性问题研究》，http：//www.cpc.people.com.cn/GB/219457/219506/219508/219526/14640234.html。

"往往有意忽略作品的社会与历史维度。如果互文性可以理解为不同时代和地域的作品、作者之间的对话，那么它就不应该脱离具体的社会语境，对话者的主体特点也应受到重视。"① 这一评论提醒并告诫我们，在互文性研究和批评应用中，不可不加区别地一味强调文本之间的联系与影响，当我们在文本的海洋乘风破浪之际，时刻都不要忘记社会的陆地与历史的天空，因为文学所关注的，理应是整个世界。

---

① 陆建德：《互文性、信仰及其他——读大江健三郎〈别了！我的书〉》，《外国文学研究》2007 年第 6 期。

第三章
互文性语境中的文学经典

网络是全部现有超文本的综合系统。

——翁贝托·艾柯《书的未来》

非电脑化的知识都将惨遭淘汰！数据库成了后现代人的本性！

——让-弗朗索瓦·利奥塔《后现代状况》

2003 年 11 月 1 日，意大利小说家、符号学家翁贝托·艾柯做客埃及亚历山大图书馆，并以英文发表了题为《书的未来》的长篇演讲。艾柯在演讲中，从书籍变迁的视角回顾和总结了文字、印刷术和电脑发明的历史，并明确预言在不远的将来必然会流行一种为超文本所取代的书——网络百科全书。就这一点而言，艾柯可能是正确的。不过艾柯在论及超文本阅读时却显得太过狭隘。尽管如此，《书的未来》还是引起了笔者对"互文性语境中文学经典生存状态及其发展前景"的思考。让我们首先从后现代主义著名的"书籍的终结"问题开头吧。

第一节　超文本与"书籍的终结"

关于"书籍的终结"（closure of the book）问题，作为一个具有特定意义的专有名词被收入维克多·泰勒、查尔斯·温奎斯特等人主编的《后现代主义百科全书》中，编者认为，所谓书籍的终结，其实是与"作者死亡"的宣言一样，是对总体性（totality）和固定含义的一种批判。宽泛地说，书籍的终结是后现代性的一个重要声明，它同作者的死亡以及对西方思想中传统语义概念的反思相吻合。就当代西方对这一概念做出的贡献而言，雅克·德里达（1930～2004）、罗兰·巴特（1915～1980）和让－弗朗索瓦·利奥塔（1924～1998）这三位无疑是最重要的人物。在他们的话语体系中，死亡貌似否定的隐含意义，被视为是对意指过程（signification）进行重新评估的一种肯定性的发展。① 关于这个问题，我们或许还是应该从艾柯的埃及演讲说起。

一　艾柯：《书的未来》

就阅读经验而言，艾柯或许应算作在读屏与读书之间左顾右盼的一代人，在某些被其听众反复纠缠的问题上，艾柯这位德高望重的老作家的回答明显给人以力不从心之感。譬如有人问："超文本的磁盘或万维网会取代供阅读的书吗？"他说："书仍将是不可缺少的，这不仅仅是为了文学，也是为了一个供我们仔细阅读的环境，不仅仅是为了接收信息，也是为了要沉思并作出反应。读电脑屏幕跟读书是不一样的。想想学会一种新电脑程序的过程吧。通常，程序能把所有你需要的说明显示在屏幕上，但在大多数情况下，想了解此程序的用户还是会把说明打印出来，拿它们当书来读，要么就干脆买一本印刷版的说明书。"艾柯的这种说法在 20 世纪大约还算得上是一个比较普遍存在的事实，但今天的情况显然就不同了。

艾柯论及"书籍不会消亡"的理由相当简单："到目前为止，书还是最经济，最灵活，最方便的信息传输方式，而且花费非常低。电脑通讯跑在你前面，书却会与你一同上路，而且步伐一致。如果你落难荒岛，没法给电脑接上电源，那么书仍然是最有价值的工具。就算你的电脑有太阳能电池，可你想躺在吊床上用它，也没那么容易。书仍然是落难时或日常生活中最好的伴侣。书是那种一旦发明，便无需再做改进的工具，因为它已臻完善，就像锤子、刀子、勺子或剪子一样。"在当下形形色色的电子阅读器面前，在汉王电纸书和苹果公司的 iPad 面前，艾柯的证据已经渐渐失

---

① 维克多·泰勒、查尔斯·温奎斯特等主编《后现代主义百科全书》，章燕、李自修等译，吉林人民出版社，2007，第 64 页。

去说服力了。

当然，像艾柯这样见多识广且善于思考的作家，在讨论问题的时候是不会轻易闹出历史和逻辑两不相顾的笑话的。譬如说，他在论证电子书籍不会使纸质书籍消亡的时候，列举了这样一些实例：汽车跑得比自行车快，但并没有让自行车销声匿迹，新的技术进步也没让自行车焕然一新。照相术发明后，虽然画家们感到没有必要再像匠人那样复制现实了，但这并不意味着达盖尔的发明仅仅催生了抽象画法。艾柯的这些例子固然精彩，但他的结论却令人生疑："在文化史上，从来没有一物简单地杀死另一物这样的事例。"在齐林斯基的《媒体考古学》中，我们可以轻松地找到众多"一物简单地杀死另一物这样的事例"。譬如说电灯的普及使煤油灯消失，手机的流行使 BP 机失去了存在价值，Email 的流行，使得邮差变成了专业送报员，钢笔和圆珠笔的普遍使用，使得毛笔变成了书法家的专用品，电影的盛行使得流传千年的中国皮影戏几近绝迹，电视走进千家万户，使得日渐寂寥的说书人少有收徒授艺的机会……

当然，艾柯的演讲并非通篇都是些因循守旧的冬烘之论。譬如他对"超文本创造了无限"的阐释就相当透辟：《小红帽》，其文本始于一组给定的人物及情境——一个小女孩，一位母亲，一位外婆，一只狼，一片树林——并经过一系列限定的情节到达结局。当然，也可以把童话当作寓言来读，并赋予其情节和人物的行为以不同的道德含义，但是，《小红帽》是无法转换成《灰姑娘》的。《芬尼根守灵夜》的确是开放的，可以有很多种诠释，但它有一点是确定的，即它绝对不可能给出费马大定理的证明，或是伍迪·艾伦的全传。这一点看似微不足道，但许多解构学家的最根本错误，便是相信文本无所不能。其错谬显而易见。

现在，假设一下，一个暂时的和有限的文本，被许多词与词之间的链接超文本化地组织起来了。在辞典和百科全书中，"狼"这个字被潜在地相连至每一个部分构成其可能定义或描述的其他词（"狼"可与动物相连，可与哺乳动物、凶残、腿、毛皮、眼睛、森林，与那些有狼生活的国家的名字等等连在一起）。而在《小红帽》中，"狼"只能与这个字出现，或是使人明确感到其出现的那些段落连在一起。这一系列的可能的连接是暂时的和有限的，那么超文本的策略怎样才能被用来"打开"一个暂时的和有限的文本呢？

　　第一种可能性是使这一文本在物理性上受限，就这一层意义而言，一个故事可以通过不同作者的连续写作而加以丰富，在一种双重的意义上，比如说两维或三维的。但是这里指的是特定的，如《小红帽》，第一位作者设定了开篇的场景（女孩进了森林），别的作者可以一个接一个地将故事发展下去，例如，让女孩没有遇到狼，而是阿里巴巴，让他们俩进入一座魔法城堡，然后邂逅一条有魔法的鳄鱼，凡此种种，这样，故事便能持续多年。但是在每种叙述都不相关的层面上，这个文本也可能是无限的，例如，当女孩进了森林，多个作者便可做出多种不同的选择。一个作者可以写女孩遇到了匹诺曹，另一位则可把她变成天鹅，或是进入金字塔或帝王谷，让她发现埃及法老陵墓中的宝藏。

　　超文本可以提供一种自由发挥的幻象，即使是一种封闭的文本：一篇侦探小说可以被解构为这样一种方式，让读者能够选择自己的解决方案，决定其结尾是否让凶手指向管家、或主教、侦探、叙述者，作者或是读者。他们可以据此建立自己的个人故事。这样一种想法并不新鲜。在电脑发明之前，诗人和叙述者便梦想着一种完全开放的文本，让读者能够以不同的方式进行无限的再创作。这就是马拉美所赞美的"书"的理念。雷蒙·格诺（Raymond Queneau）也发明了一种组合算法，借助于可能性，可以从句子的有限集中创作出成百万首诗歌，在 20 世纪 60 年代早期，马克·萨波塔（Marc Saporta）写作并出版了一部小说，变换其页码的顺序，便可组成不同的故事。南尼·贝莱斯蒂尼（Nanni Balestrini）也给一台电脑输入了一组互不相关的诗歌，让机器以不同的组合方式创作出不同的诗。许多当代的作曲家也用机器来生成乐谱，这样便得到了不同的音乐表现。① 艾柯的演讲还提及了许多令人难以忘怀的事例。

　　在读到艾柯关于"书籍未来"的这篇演讲时，不少人会很自然地联想到米勒的《全球化时代文学研究还会继续存在吗?》，我还同时联想到了自己曾经翻译过的《书籍的终结》和被朋友们反复提及的一篇博文《网络时代出书是野蛮行为》。文论界大多数学者读了米勒的文章之后感慨万千，有人甚至用"惊恐"之类的词语表达自己的感受。"当我们依靠印刷文化背景所建立起来的价值观、写作观和阅读观烟消云散后，我们也就不得不

---

　　① 翁贝托·艾柯：《书的未来》，康慨译，《中华读书报》2004 年 3 月 23 日。

跨上电子文化和数字文化这架战车，与我们过去所欣赏和珍爱的一切依依作别了。"① 这样的感叹说出了大多数人的真实感受，但或许我们曲解了米勒。关于这一点，金惠敏先生为米勒辩解的文章值得一读。在金先生看来，米勒并不相信文学真的会走向消亡，作为一个熟稔文学史的批评家，米勒不过是为文学的数字化转型发表一点感想而已。其实米勒说得相当清楚：文学从未有过"正当其时"的时候，过去如此，现在也是这样，将来还将处在我们今天所抱怨的"边缘状态"。米勒不无矛盾地追问这样一个问题：我们能够和文学说再见吗？米勒钟爱的莎士比亚笔下那句丹麦王子的名言——to be or not to be——至今仍然是文学王国无法解除的魔咒。

中国当代文论家，将米勒的言论与 20 世纪 80 年代以来中国文论曾经的呼风唤雨到今日的门可罗雀这一衰落过程联系了起来，从而得出了文学即将消亡的结论，这原本是中国人自己对文学日益边缘化的深切感受，作家、批评家早已表达过类似的意见，只不过这样的言论出自西方学者的鸿文之中，这种留恋文学昔日之辉煌却又恨不得今日之文学"早死早投生"的复杂情绪终于找到了一个突破口。一时间有关文学消亡的言论成了新世纪文论最醒目的关键词，网络时代，文学究竟是"生存还是死亡"的问题，成了学界密切关注的话题。

如前所述，米勒引发的文学"生死问题"，说到底其实就是一个关于"文学未来"的问题。关于这个问题，本书第一章已经有比较详细的讨论，于兹不赘。这里且就《书的未来》谈点不成熟的感想与心得。艾柯的《书的未来》不能不涉及网络时代"书的消亡"问题。他在文章中一再提及"书籍的死亡"。但是，他对"书的未来"仍然保持着一种乐观态度。

这种乐观的理论，在我们这样一个崇尚"诗书继世"的国度，当然不会缺少知音。问题是不少论者在论及书籍是否消亡时，所提供的例证往往可以作相反的理解。譬如有人为了论证纸质书籍永远不会消亡却偏偏提供了可作相反理解的例证："洋装书籍在中国的出现，短时期内成为书籍印制出版的主流，使得中国传统的宣纸线装书籍面临窘境，但多少年过去，宣纸线装的书籍依然存续下来，并成为高尚雅致的书籍品类……书写工具的变化，虽经鹅毛点水笔、自来水钢笔、圆珠笔及目前最广泛使用的签字笔的不断更新，

---

① 赵勇：《读艾柯〈书的未来〉》，http：//www.china.com.cn/chinese/zhuanti/xxsb/843394.htm。

传统的毛笔书写方式依然存在，且成为传统艺术为人们所喜。可见事物的存在与消亡，很难因某种接近或类似的物品出现而对其未来做悲观的预测，我们现在担心纸质书籍会因电子读物的出现而消亡，仅是看到新事物的表象而已，若以为新事物必定取代已有的事物，则未免有些武断。"① 有趣的是，作者这里所列举的 "书籍不死" 证据，在一定意义上反倒恰好说明传统书籍将会像 "宣纸线装书" 和 "毛笔" 一样退出历史舞台。

如今，我们已经清晰地看到了纸质书籍的未来，正如 "洋装书籍" 和硬笔书写工具使得中国 "宣纸线装书" 和 "毛笔" 主宰书写文化的时代成为历史一样，书面文化主流即将让位于网络文化主流的时代已经悄然来临。

二　"难得潇洒"：《告别纸媒》

南京大学出版研究所所长张志强教授在南大开设了一门专论书籍发展史的课程—— "从甲骨到因特网：书籍的过去、现在和未来"。张志强先生的课程上起上古文字的产生，下达互联网带来的书籍变革，追溯人类书籍的起源，考察世界各地书籍生产与不断发展的过程，探讨书籍对人类社会的促进作用，揭示书籍形态变革与人类社会演变之间的关联，预示书籍的未来发展。课程以大量资料揭示书籍对人类文明进程的推动作用，通过书的内容和形式的发展变化，展示了人类文明进步的历史。书籍史研究是目前国际学术界的热点之一。2008 年 1 月～2009 年 1 月，张志强先生在美国哈佛大学担任图书文化博士后研究员期间，曾旁听了世界书籍史研究泰斗——哈佛大学特级教授罗伯特·达恩顿（Robert Darnton）的 "从古登堡到因特网" 的课程。该课程是哈佛大学的 "新生研讨课"，探讨了西方的书籍史，对于中国纸和印刷术的发明等东方的书籍史基本未涉及。张志强先生曾与达恩顿教授就此进行过探讨，达恩顿教授认为，如果从最早的文字讲起，内容涵盖东西方书籍文化的话，将会使这一课程更为丰满。② 值得注意的是，作为研究书籍的专家在谈到 "因特网与书籍的未来" 时，张志强先生虽然有使用 "书籍消亡" 之类的流行说法做标题，但他还是以客观公正的科学态度把 "书籍的数字化、按需印刷、电子书的发展" 看成了

① 杨小洲：《书籍的未来》，《青岛日报》2010 年 4 月 21 日。
② 张志强：《从甲骨到因特网：书籍的过去、现在和未来》，http：//www. jw. nju. edu. cn/328/menu579. html。

"书籍的未来存在方式"。

如前所述，艾柯的《书的未来》是在著名的亚历山大图书馆发表的演说，这就决定了他不可能从辉煌历史之追光灯的"光晕"与"圈套"中跳出来。他只是含含糊糊地说，当越来越多的东西放到网上之后，万维网变成了一座全世界的图书馆。你可以以最快的速度找到你所需要的书，也可以在最短的时间里获得你所需要的东西。在这个意义上，"网络是全部现有超文本的综合系统"。艾柯虽然承认部分图书失去了意义，但他不可能因此得出图书馆会因网络崛起而削弱其存在价值的结论来。艾柯略嫌保守的观点，让我想起了北大学者陈嘉珉的博客文章对"旧书"所表达的决绝之举：

> 昨天，四月六日，是一个特别的日子——在三年之前的那个四月六日静谧的夜晚，我无声地开始了后来逐渐走向"轰轰烈烈"的"网络生活"。昨天，还是一个特别的日子——我把在此之前二十多年中收藏的一千四百公斤的报纸杂志（其中有过去倍加珍惜和特别收藏的近十年里出版的《北京大学学报》、十三年中出版的《中国人民大学书报资料》和自己一点一滴积累的五十一本剪报）——廉价卖给了一个捡垃圾的妇女。单是搬出和过磅就花了我一个小时零二十分钟的时间，还弄得书房、客厅和过道里满是纸屑、灰尘，打扫卫生花去将近一个小时，擦洗整理空出来的书柜、书架花去半个多小时，来不及做饭跑到门口街上吃了一碗牛肉粉，回来洗个澡——整个上午和中午的时间就这样打发掉了，还不包括尚未进行的洗衣服的时间。虽然身体有点累，但看着清爽整洁、少而精的书房，精神上感到非常愉快，就像去年减肥成功、去掉"身体垃圾"后一样感觉轻松舒畅。①

笔者也有陈嘉珉式的打扫"奥吉亚斯牛圈"的英雄壮举，近几年笔者曾先后处理过《马克思恩格斯选集》《列宁选集》《管锥编》《朱光潜全集》等对笔者大约只剩下"查阅"价值的著作，假如笔者有《四库全书》的纸本收藏，笔者或许也会像陈嘉珉一样将它们快速处理掉。这些陈旧的

---

① "难得潇洒"：《告别纸媒》，http：//www.blog.wuhunews.cn/? uid‐10664‐action‐viewspace‐itemid‐3225。

报纸刊物和书籍，都是天生的"无腿怪胎"，呼之不出，挥之不去，用之不灵，日益蚕食着我们居所的这些死气沉沉的"材料"，如同垃圾一样堆放在我们宝贵的居住空间里，用不着的时候，它们大大咧咧地在你眼前晃来晃去，真要查询点什么急需的信息，就不知它们躲藏在什么地方了。即便是季羡林先生这样的大师级人物，也曾一再为"坐拥书山难觅书"而苦恼，酷爱收藏书籍的郑振铎先生，一生都在费时费力倒转腾挪那些断简残书，他的日记中出现最多的"专业词汇"不是文学，而是"理书"，"整理书籍"几乎可以说是郑先生最殷勤的"日课"。

在这个房价升天、网价落地的日子里，"家藏万卷书"是一种既不科学也不和谐的落后生活方式，是纸媒时代的遗老遗少们明显缺乏"先进文化"的表现。如果你不是无意于文化的古旧书籍的书贩或是不善于（包括不习惯）利用网络获取信息的新文盲，"家藏万卷书"，无论对人还是对书来说，既是莫大的不尊重，也是惊人的浪费。果断抛弃"万卷书"的陈嘉珉先生说，他的书房已逐渐变成了一间计算机机房，他所有的学习和工作时间几乎都是在台式宽带上网电脑、移动办公系统、喷墨打印机、扫描仪、数码相机和数码摄像机等构成的环境中度过的。而那紧贴三面墙壁的书柜、书架以及里边堆得满满的图书报刊，每天悄无声息地占据着他的宝贵空间，渐渐变得只具有一种文化符号的意义，成了纯粹的装饰品。上网时间长了，慢慢地让他感觉这满屋子的图书报刊简直像一堆堆垃圾，与崭新的屋子、书柜和众多豪华的家具、家电设备极不协调。于是就有了前文所说的秋风扫落叶式的纸媒书刊大清理。

令人印象深刻的是，陈嘉珉教授竟然以一种"翻身网民"的口吻，对"强势（强制）传统媒体构建的环境中生活"进行了控诉："追求了二十年，结果却是永远找不到自我，也从未写过一篇像样的随笔文章，倍感一种生命空间的窒息和压抑。是老天爷注定了，我的'发迹'之路必然是在自由无限的网络社会里。"最后，作者以"无限链接的互文性"手法，套用了鲁迅《为了忘却的纪念》中引用过的那首白莽改写的裴多菲的诗句——"生命诚可贵，纸媒价更高；若为网媒故，两者皆可抛！"① 这首将

① "难得潇洒"：《告别纸媒》，http：//www. blog. wuhunews. cn/？uid－10664－action－viewspace－itemid－3225。

裴多菲、白莽、鲁迅和陈嘉珉紧紧"链接"在一起的互文性作品中，我们分不清是纸媒帝国的夕阳西下，还是网媒世界的满天朝霞。

"难得潇洒"的《告别纸媒》一文，让笔者产生了许多近乎荒唐的设想，譬如，如果把中国教授陈嘉珉这首对裴多菲的网络戏仿诗，邮寄给意大利的艾柯教授，艾柯读后，他会作何感想？面对陈教授"告别纸媒"的宣言，他是赞成还是反对？当然，这只是一种假设，不管结果如何，也只代表他个人的观点。不过，我们倒是白纸黑字地看到了艾柯在埃及的亚历山大图书馆发出了与陈嘉珉观点相反的抱怨："在电脑前呆上 12 个小时，我的眼睛就会像两个网球，我觉得非得找一把扶手椅，舒舒服服地坐下来，看看报纸，或者读一首好诗。所以，我认为电脑正在传播一种新的读写形式，但它无法满足它们激发起来的所有知识需求。"可以肯定的是，艾柯的说法，至少在中国会遇到越来越多、越来越强烈的反对意见。且不必说有多少 IT 人士和大学科研机构的精英知识分子会对"屏媒阅读不如一卷在手"多么不以为然，单就一篇中国小学生的作文习作来看，就可以看出未来一代人对书籍的期许与我们这一代人是多么的不同来。

重庆市一位名叫王瑞的小学五年级学生也曾以《未来的书籍》为题写过一篇作文，设想自己"发明了"一种"美观大方，内容丰富，功能强大，随你怎么看也看不腻"的书籍：

　　这种书籍的式样非常多，有的是胶卷模式的，有的是传统模式的，有的是文具盒模式的……不管是什么模式的，它的功能都是一样的。就拿传统模式的来说吧。这种书表面和其它书本没什么两样，可里面却是丰富多彩的。书籍里安装了一台微型电脑，它控制着整本书的内容。……如果遇到不懂或错了的地方，书本便会细心地给你讲解，直到你弄懂为止。还有一个键是图片功能的。如果你看书看累了，按一下这个键，就可以尽情观赏美丽的风景了。这本书还配有一个键盘、一个麦克风和一对耳机。插上耳机和麦克风，再按 mp3 键，书上就会出现几十万首经典歌曲，想听什么就听什么。如果配上键盘，书本会马上变成电脑，听音乐、聊天儿、玩游戏、查资料，想怎么样就怎么样。此外，书上还有丰富的内容，上至天文，下至地理，都储存在里面。课本还附有图案。图案栩栩如生，而且还会动，还会发出一阵阵沁人心脾的清香。如果你看累了，书本还会发出声音，读给你听呢。书籍还可以放电影等。①

　　王瑞在想象中"发明"的这种书籍，尽管充满童趣，但从技术上讲，王瑞的想象并无新鲜之处。因为当前的许多电子阅读器，如 iPad 之类不仅具备了王瑞"发明"的书籍的所有功能，而且远比王瑞梦想的"发明"要强大得多，先进得多。因此，我们与其将王瑞的作文看成是一则童话式的文学习作，还不如将其视为一篇如实描绘时下流行的电子阅读器的说明文。我们不能设想艾柯这位意大利教授如果读了中国小学生王瑞的这篇作文会作何感想。

三　本雅明：《迎向灵光消逝的年代》

　　"文学即梦想"的说法是一个既奇妙又陈腐、既深刻又浮泛的理论命题。只要我们随手翻翻案头的文学经典或文论著作，就能轻而易举地找到巨量与此相关的高头讲章。从屈原到曹雪芹，柏拉图到弗洛伊德，几乎每一个关注过文学的诗人哲士，都直接或间接地涉及过这个命题。对那些以记录"白日梦"为职业的文学家来说，文学与梦的暧昧关系，几乎隐含着诗学或文论的所有奥秘。德国作家黑塞有一首以《梦》为题的长诗，笔者第一次阅读时就有这样一个强烈的感受：黑塞在诗中讲述的这个奇幻的美梦，几乎每一个章节、每一个段落甚至每一行诗句，都是在描述互联网的情形，如果我们把题目换作《网络》，非但看不出有什么不妥之处，反倒会认为它比原题更为贴切。黑塞写道：

> 这儿是天堂的书库。
> 令我内心焦躁的一切问题，
> 在我脑际盘根错节的疑难，
> 这儿都有答案……
> 这里有满足求知的一切结果，
> 不论是幼小学生的胆怯要求，

---

① 参见作文网，http：//www.sanwen.net/z/69105 - shuji - weilai，2011 年 5 月 28 日访问。

还是任何大师的大胆探索。

这里提供最深邃、最纯净的思想，

替每一种智慧、诗和科学提供解答。

凭借魔力、符号和词汇阐释、质疑，

神秘无比的书籍为光顾者提供保证，

给予最美妙的精神慰藉。

这里为任何疑难和秘密提供钥匙，

赋予每位魔法时刻光临者以恩惠。

　　我们只从《梦》中摘录一个小节就足够了。黑塞的《梦》，与范尼瓦·布什那篇著名的《如我们所想》所描述的情形有惊人的相似之处。布什要在人的"活动的"思维和人类积累的"固定的"知识之间建立一种全新的互动关系，在他设想的 Memex（存储扩充器）中，我们"内心焦躁的一切问题，在我脑际盘根错节的疑难"，都应该有现成的"答案"。黑塞的梦想世界自然要比现实世界完美得多，但如果我们降格以求，真要在现实世界中找到一个近似于他所描述的神奇领域——"为任何疑难和秘密提供钥匙，赋予每位魔法时刻光临者以恩惠"，那么，除了包罗万象的互联网以外，我们似乎再也找不到更加合适的答案了。

　　笔者在讨论超文本的章节中，曾经试图对互联网、超文本与人脑构造以及人工智能等问题进行比照研究，试图寻找一把破解文学"魔法时刻光临"之谜的钥匙。在这种比照研究过程中，笔者发现，从"柏拉图到现在"的诗学或文论之所以常常陷于"诗人说梦"式的学术泥淖之中，最根本的原因在于，迄今为止，关于人类自身的科学，还没有真正揭示出文学创作的发生学原理，换句话说，大自然赋予作家大脑中的"写作软件"仍然是一个未知领域，无论是心理学、脑科学还是人工智能的研究，目前似乎还都无法完全破解作家大脑——这个精密复杂的"写作软件"的密码。至于当下流行的文学理论或文学原理等貌似形而上学的著作，常常更像一组介于文学批评、文学史和美学理论之间的概念游戏。

　　法国哲学家拉·梅特里曾经说过："从来就不曾有过一条最聪明的毛虫会想象到它一朝会变成蝴蝶。我们的情形也是一样。我们连自己的来源都不知道，又怎能知道我们的命运呢？让我们安于这个不可克服的无知吧，它是我们的幸福所依托的条件。"① 从科学探索的意义上说，人类梦幻式的心灵世界，之所以能使文学的鲜花长盛不衰地开放下去，最根本的原因就在于我们太过于安享拉·梅特里所说的"这个不可克服的无知"了，科学意义上的"无知"，是文学得以存在的重要前提条件。

人们常说，"科学破除迷信，文学制造神话"。而我们的文学理论则希望在这两种对立行为中找到平衡的支点，于是，王蒙所说的那种"风流的尴尬"就成了文论家挥之不去的梦魇：是像科学家一样战胜糊涂求明白，还是像文学家一样揣着明白装糊涂，这是众多文论家们难以言说的困惑和难以释怀的焦虑。当文论经历了无数次莫名其妙的"转向"之后，或许在将来的某一天它会与脑科学或人工智能研究相遇。谁能断言，在人工智能研究领域，一定没有诞生一种全新诗学或文论的可能性呢？

美国学者西奥多·罗斯扎克在《信息崇拜——计算机神话与真正的思维艺术》一书中曾以讽刺的笔调记载了早期人工智能研究者的一些情况。资料表明，早在1959年赫伯特·西蒙和艾伦·纽厄尔就宣称"在看得见的将来"，他们研制的计算机的能力"将和人类智力并驾齐驱"。马文·明斯基进行过更加雄心勃勃的预测："在三年到八年的时间里，我们将研制出具有普通人一般智力的计算机。这样的机器能读懂莎士比亚的著作，会给汽车上润滑油，会玩弄政治权术，能讲笑话，会争吵。到了这个程度后，计算机将以惊人的速度进行自我教育。几个月之后，它将具有天才的智力，再过几个月，它的智力将无以伦比。"② 这是明斯基1970年的预测，即使麻省理工学院人工智能实验室的同事都觉得这个预测太过夸张。他们相对地比较清醒，认为达到这样的目标还需要十五年。不过他们都同意明斯基的见解：终有一日计算机将"把人类作为宠物对待"。③

在罗斯扎克看来，人工智能研究进行下意识的自我吹嘘的主要原因是为了吸纳更加惊人的投资。他引用当时流行刊物上的俏皮话讽刺了"AI迷狂症患者"的种种心态。例如："美国国防部官员一听到人工智能这几个

---

① 拉·梅特里：《人是机器》，顾寿观译，商务印书馆，1959，转引自中华读书网。
② 罗斯扎克：《信息崇拜——计算机神话与真正的思维艺术》，苗华健、陈体仁译，中国对外翻译出版公司，1994，第111页。
③ 罗斯扎克：《信息崇拜——计算机神话与真正的思维艺术》，苗华健、陈体仁译，中国对外翻译出版公司，1994，第111页。

字就情不自禁地垂涎三尺。"① 罗斯扎克这位以《反文化现象的形成》而名声大噪的历史学教授大约把 AI 学说中的许多激进观点也囊括在他所归纳的"反文化现象"的范畴之中了，这是否是《信息崇拜》中充满了作者对 AI 研究顾虑重重的原因之一呢？

显然，担忧计算机"把人类作为宠物对待"，比作家丢失饭碗的忧虑走得更远。以我们当下对计算机的依赖日渐加深的情形看，恰佩克式的担忧或许不无道理。人类未来，谁主沉浮？人还是机器？或人机一体的新人类？这类问题还是让未来学家们去探索吧。我们只谈论网络时代的文学生产的问题。在此，且让我们把关注重点放在以写出《背叛》的"布鲁图斯一号"为代表的文学写作软件上，姑且让我们把"布鲁图斯一号"当作一只被解剖的麻雀吧。设计这个软件的科学家是瑟默尔·布林斯乔德（Selmer Bringsjord）和大卫·弗如奇（David A. Ferrucci）。他们在《人工智能和文学创造性》② 一书中对"布鲁图斯一号"出现的意义所进行的分析与总结颇值得玩味。他们认为，电脑要写出一则简单的故事，至少要具备以下几个方面的知识或能力：

1. 描述可能构成故事基本内容的各种事物所应具备的一般知识，包括人物、事件、身份、信念、目标、行为及反应等等。

2. 语言知识，包括语言形态学、句法、段落和话语结构等。

3. 有关文学的一般知识，包括讲小说的具体化原则，讲故事的法则，涉及能够激发读者想象的情节，创造能够引发读者思考的人物形象。文学知识还包括比喻、评价、类比、联想等。

4. 文学创作的专业知识，包括适用于文学创作水准的修辞知识，在语言学规则中游刃有余的表达能力等。

软件写作自然不可能离开逻辑化指令的操控，但"布鲁图斯一号"所遵循的逻辑却是灵活多样的，它时或遵循现时（temporal）逻辑，时或遵循条件（conditional）逻辑，时或遵循道义（deontic）逻辑，时或遵循行

---

① 罗斯扎克：《信息崇拜——计算机神话与真正的思维艺术》，苗华健、陈体仁译，中国对外翻译出版公司，1994，第 112 页。

② Selmer Bringsjord & David A. Ferrucci, *Artificial Intelligence and Literary Creativity*: *Inside the Mind of BRUTUS*, *a Storytelling Machine*. Mahwah, NJ. 2000. P vii. http://www.acl.ldc.upenn.edu/J/J00/J00-4007.pdf.

动（action）逻辑，以确保小说中的情节、人物及其性格特征符合普通读者的阅读习惯。遵照逻辑指令输出相应的文字，这对于写作软件来说自然是顺理成章的事情。但是，在什么情况下遵循一种什么逻辑对于"弱智的计算机"来说就不是一件容易的事情了。事实上，《背叛》所存在的许多局限或不足，都直接或间接地与"布鲁图斯一号"的逻辑"通变性缺失"有关。

正如一些关注过《背叛》的学者所指出的，如果从艺术与审美的视角看，《背叛》根本就算不上什么出众的小说。但作为人类开发的电脑写作软件"创作"的第一篇小说，它对文学生产的意义不啻蒸汽机对于工业生产的意义。"布鲁图斯一号"软件作为当时世界上最先进的"电脑作家"，它可以构思出许多令人惊骇的情节，而且能做到文从字顺，事理通贯，结构完整，……更重要的是，《背叛》还只是一个开头，它所预示的写作软件未来的辉煌前景令人神往。但在本雅明所说的那些"鞠躬尽瘁全心奉主"的人看来，写作软件的问世无疑又是一桩"亵渎神灵"的事件，因为它比照相机的发明使人类更深入地侵入了上帝专营的"辖区"。既然照相机快门的咔哒一声响就足以把达·芬奇头顶闪耀了好几百年的光环驱散一空，那么，计算机软件的出现是否注定要将荷马以来所有诗人的桂冠全部打落在地？

印刷术问世后，荷马史诗就成了绝世珍品；照相机问世后，"蒙娜丽莎"神秘的微笑便从画布转移到相纸上。旧的艺术生产方式被效率更高的"新工艺"所取代，这是文化发展的必然规律。西蒙和纽厄尔所设想的"将和人类智力并驾齐驱"的计算机自然不仅与计算有关，它还应该具有画家、乐师和诗人的才情和技能，就像明斯基所预言的那样。无论如何，对于电脑写作来说，《背叛》是个可喜可贺的历史性飞跃。在以往进行的这方面的研究中，电脑写出的故事只包含几个句子。英国科学促进会曾在基尔举办的一次科学节活动中展出过一篇电脑写的小说。该小说全文只有一个句子，讲述的是一头毛鼻袋熊收拾起它的袋子，像西伯利亚的变戏法艺人那样出发寻找新的生活。另一篇电脑小说的始作俑者则辩解说，该小说有可能为广播连续剧《弓箭手》提供剧情素材。不过，这两篇小说都没有涉及故事的细节和发生地点。

当然，"布鲁图斯一号"的局限也是相当明显的，例如，它只能写作欺骗和邪恶等与背叛有关的内容。如果要用它生成一篇有关单恋、复仇、嫉妒甚至弑父等内容的小说，布林斯乔德和他手下的人工智能研究人员就需要重新设计出与每一个主题相适应的数学公式。通过将特定的小说主题转换成相应的数学算法可以"教会"计算机写作。教会计算机写小说，比教会计算机下国际象棋等更有益于计算机人工智能的研究。计算机下棋只涉及对简单符号的控制，而计算机写小说所需要的"叙述"和"组织故事"的能力更能接近人类数据结构的本质。如前所述，电脑作家作为戴着逻辑镣铐的舞者，它必须承受"现时逻辑""条件逻辑""道义逻辑""行动逻辑"等沉重锁链的拖累，单是计算机擅长的逻辑问题就已使写作软件研究者举步维艰，更不用说那些让计算机无所适从的非逻辑因素了。

　　写作软件研究专家承认，虽然目前先进的电脑棋手已可以击败国际象棋冠军，但计算机在写小说方面将永远无法与卡夫卡、普鲁斯特等小说大师们比肩。因为要写作真正打动读者的小说，必须能够深入人物的内心世界，这绝不是单靠逻辑思维所能够奏效的，更重要的是要有丰富的生活经验以及敏锐的感觉能力，这对计算机来说很难做到。① 显然，"布鲁图斯一号"离这个目标还有很远的路程。但是，难以做到，并非不能做到。在《机器公敌》中，居高临下的警察嘲笑机器人"罪犯"时说，你能写出莎士比亚的剧本画出达·芬奇的画吗？机器人反唇相讥地说，你能吗？事实上，人类如果希望出现新的莎士比亚或达·芬奇的话，除了借助更先进更高级的机器人之外，我们暂时还真是想不出什么更好的办法来。

　　无独有偶，据法国《读书》杂志（2003 年 3 月号，第 313 期）上的报道说，时年 53 岁的法国电影编剧、导演和制片人米歇尔·卢莱尔格，在新巴黎大学任教，其中有一门写作课很受作家和大学生的欢迎。他在2001 年前发明了一个教人编剧的软件，取得极大成功。现在他又把这个软件改进成"写作故事"，即一个可以帮助所有人进行写作的软件。

　　米歇尔告诉著名的《读书》杂志的记者说，他曾遇到过一些心里有许多故事可写、很想写作却又写不好的人，为了帮助他们，他设计了这个简单易用、高效有趣且能被广大公众使用的软件。它的原理就是在程序里设计了关于人物、情节和词句等各种各样的问题，同时提供简要的说明和例

---

① 姜岩：《世纪发现·人工智能》，http://www.oursci.org/ency/it/002.htm。

子，帮助使用者逐个回答提出的问题。在回答问题的过程中，使用者对自己的题材必然会进行越来越深入的思考，于是零散的情节变得越来越集中，写作的意图也越来越明确，知道应该塑造几个人物、突出哪些情节等等，最终在头脑里形成一个生动的故事。然后软件继续向他提出一些问题，以协助他安排故事的结构，采用适合于这个故事的风格和语言，这样一篇作品就可以大功告成了。

米歇尔表示，无论是初学写作者还是有经验的作家，无论是创作中长篇小说、回忆录，还是写短篇小说，这个软件全都适用。人们既可以用它写个小故事自娱，也可以利用它来争取获得文学奖。每个软件售价 50 欧元（1 欧元约合人民币 8.92 元），需要了解详情的人可以点击他的网站：http：//www. histoiresdecrire. com。不过他建议使用这个软件要一步步来，不能操之过急，不要漏掉需要回答的问题，在思路混乱的时候不要急于编撰故事，因为写作从来都不是一件轻而易举的事。①

是否有人使用米歇尔的软件写作自娱我们不得而知，但用电脑程序进行文学创作的尝试在计算机问世不久就已经有了可喜的进展。其中比较有名的例子是"埃比"的诗歌。1962 年 5 月，著名的美国艺术杂志《视界》（*Horizon Magazine*）发表了一位名叫"奥图 – 比尼克"（Auto – beatnik，大多数著述将其简称为"埃比"）的"诗坛新秀"的一组诗作。包括：《玫瑰》（Roses）、《孩子》（Children）、《风筝》（Kites）、《耗子》（Mice）、《尖塔》（Steeples）、《胸衣》（Corsets）、《巴松管》（Bassoons）、《牛排》（Steaks）、《鲸鱼》（Whales）、《女孩》（Girls）、《无题》（No title）等。例如：

<blockquote>

No title

My corkscrew is like a hurricane,

Under a lamp the nude is vain.

Quiet is my plumber, cruel is your parade.

Yes, its bed mumbles by a barricade,

Usually does a nourishing cannon ordain,

</blockquote>

---

① 吴岳添：《帮普通人圆作家梦，法国作家发明写作软件》，《环球时报》2003 年 04 月 04 日。

Like salt, no adulterers were insane.

Like gasoline, some battlefields were volatile,

Thus, their revolt will gently drill. ①

　　这些诗作本身并无特别之处，无论将其理解为性爱的暗示还是宗教的象征，它与一般的朦胧诗没有太多的差异。但诗人"埃比"的名头却非同凡响，因为它是软件工程师沃尔希等人设计的一个会写诗的计算机软件。"埃比"的设计源于工程师们希望用简单的英语与计算机进行有效交流的想法。沃尔希首先给计算机输入 32 个基本句型和 850 个基本词汇，并听任机器自由选择词句，结果，在计算机选择的词汇中包含着"玫瑰""孩子"等这样一些经常出现在诗歌中的字眼，这些美妙的词汇刺激了沃尔希的审美想象力，于是，他和自己的伙伴们设法将计算机的词汇扩大到 3500 个单词，将机器识别的句型拓展到 128 个，于是，更多具有诗意的词汇以更灵活的方式巧妙地结合在一起，诗就这样诞生了。

　　在讨论"超文本写作"时，笔者曾引用过上海育才中学 14 岁的学生梁建章的"计算机诗词创作"的事例。梁建章仅用半年时间设计出来的程序，使用 APPLE Ⅱ 微机，收入词汇 500 多个，以山水云松为主题，平均不到 30 秒钟即可创作五言绝句一首，曾连续运行出诗 400 多首，无一重复。而且，由该程序生成的作品，有些读起来竟然颇有诗意。梁建章的指导教师张寿萱说，软件诗歌写作的实践证明了这样一个构想：在某种意义上说，研究计算机创作诗词比研究机器写文章更容易见效，计算机诗词创作过程所需要的知识库相对较小，而且更容易建立。这一点恰与人们想象的情况相反。② 有人认为《云松》这样的诗，不过是鹦鹉学舌式的文字游戏而已，但也有人认为，这样的诗歌与诗人的创作并没有本质的差异。从表现主义等作者中心论的视角看，软件写作的确类似于鹦鹉学舌。但以形式主义或新批评的视角观之，无论是出自梁建章笔下还是诞生于他所编程的软件，对《云松》来说没有任何分别，因为在读者眼中，这 20 个字的结构和寓意一经固定，就已组成了一个独立自足的表意世界，它已不再与

---

① http://www.weldongardnerhunter.blogspot.com/2005_05_01_archive.html.

② 黄鸣奋：《危机与际遇：电脑时代的中国古典文论研究》，原载《东方丛刊》1998 年第 1 期。

"神创""人造""机制"发生任何关系。

　　无论形形色色的文论怎样总结、提炼、升华、美化甚至神化文学创作与接受的意义与功能，谁都无法否认这样一个最基本的事实：说到底，文学不过是人类交流思想感情的一种工具或方式而已。作为交流工具，文学既不是最好的，更不是唯一的。为此，斯威夫特在《格列佛游记》中"甚至计划取消语言中所有的词汇。原因是取消了词汇既有益于身体健康，还能使思想的表达更加简练。因为大家都很清楚，我们说出一个词来多多少少都会侵蚀肺部，结果也就缩短了我们的寿命。……更为重要的是，取消了词汇，改用工具交流，能使一切文明国家找到共同语言，因为各国的货物、器具大体相同或者类似，所以它们的用途就很容易了解。这样，驻外大使尽管完全不懂外国语言也有资格和外国的亲王、大臣打交道"①。可以肯定，斯威夫特绝对无法预知今天的网络多媒体作为日渐流行的交流工具，正在演变成一切文明国家的"共同语言"。

　　当然，交流工具的改变以及相关艺术方式的变革，必然要给文学和艺术生产带来一系列历史性的巨变。例如，当人与雷神的交流工具发生变化时，避雷针戳破了伍尔坎的神话；当听众与游吟诗人的交流不再依赖现场演唱时，印刷术夺走了荷马传人的饭碗；当艺术家与描绘对象的对话方式发生变革时，照相机把"无望于写实"的莫奈推到"印象"的前沿；当戏剧与观众的互动方式出现机械化变革之后，一向熙熙攘攘的莎士比亚式剧院因电影的出现而变得门可罗雀；当影像艺术与受众的交流工具出现跨越式升级之后，电视的普及使越来越多的影院生意惨淡直至闭门关张……今天已经有不少研究者提出了这样的观点，网络艺术即将成为传统影视艺术的终结者。不难看出，在文学艺术数千年的变革过程中，科学技术的创新和发展始终都是其具有决定意义的推动力量之一。随着艺术表现方式的不断丰富，交流渠道日趋多样，文学艺术与生俱来的那种神性化的魅力将如烟云般渐渐稀薄、渐渐飘散。用本雅明的话来说，文学艺术的历史就是一个"灵光"不断消逝的过程。

　　本雅明在《机械复制时代的艺术》一文中所提出的"灵光"概念，在中国当代文论界和美学界有许多不同的理解和阐释，有人译作"韵"，有人

---

　　① 斯威夫特:《格列佛游记》，张健译，人民文学出版社，1979，第171页。

译作"光晕"。在具体阐释过程中有人强调膜拜价值，有人挖掘距离感，有人强调独一性，也有人从中探寻审美本质性或领悟艺术自律性……应该说，上述概念翻译和理论阐释都具有自己的合理性。实际上，即便在本雅明自己的理论体系中，复杂模糊的"灵光"也不是一个一成不变的概念。在不同场合，"灵光"的意义常常也会有所不同。本雅明曾郑重其事地把"灵光"定义为"遥远之物的独一显现，虽远，犹如近在眼前。静歇在夏日正午，沿着地平线那方山的弧线，或顺着投影在观者身上的一截树枝——这就是在呼吸那远山、那树枝的灵光。这段描述足以让人轻易地领会目前造成'灵光'衰退的社会影响条件何在。……揭开事物的面纱，破坏其中的'灵光'，这就是新时代感受性的特点，这种感受性具有如此'世物皆同的感觉'，甚至也能经由复制品来把握独一存在的事物了"。①

　　本雅明的《机械复制时代的艺术》发表于 1936 年，他把机械复制的时代称为"迎向灵光消逝的年代"，这个神圣"灵光"概念，使本雅明的一系列著作都获得了令人炫目的光彩，它所包含的美学意义和在艺术史理论方面的深刻性是不容置疑的。不过，我们对本雅明的某些论断也有必要保持一定的警觉性。一方面，并非古典时代的任何艺术品都具有鲜明的独一性，换句话说，任何艺术品的独一性都不可能是绝对的，事实上，那些作为仪式崇拜物的古代艺术品常常拥有众多备份，它们一般都不同程度存在着特定的模拟对象或复制母本，无论古埃及、古印度、古希腊，模仿和复制的观念都可以追溯到文艺复兴之前某一个时期，有时甚至是远古时期。关于中国古代的情况，德国学者雷德侯（Lothar Ledderose）的《万物——中国艺术中的模件化和规模化生产》② 等著作，为我们提供了大量资料。

　　另一方面，机械复制时代的艺术品也并非没有主次优劣之分，例如印刷品的版数、版次、足本、删节本等等情况相当复杂，即便到了数字化拷贝时代，母盘与子盘之间、正版与盗版之间仍然具有很大差别。对于同一块底片洗印出的照片也许无所谓正品与赝品，但照片具有"可复制性"就必然要排斥底片的独一性和照片作为艺术的膜拜价值吗？此外，只要我们想一想艺术品究竟是如何获得"灵光"的，我们对本雅明的"灵光消逝"

---

① 本雅明：《迎向灵光消逝的年代》，许绮玲、林志明译，广西师范大学出版社，2004，第 63～64 页。

② 雷德侯：《万物——中国艺术中的模件化和规模化生产》，张总等译，三联书店，2005。

论就可能有更深入的理解。

《迎向灵光消逝的年代》，无疑是本雅明在文化工业时代哀悼"灵光"消逝的经典之作，作者在该书首页，援引了保罗·瓦莱利《无处不在的征服》中的一段话作为"开场白"："令人惊奇的技术进步，人们的应变能力以及由此人们所达到的精确度，创造的观念和习惯，使得古代那些美的艺术即将发生深刻的变化成为一种可能。在所有的艺术中都存在着一种已经不再能够像以前那样去观察和对待的物质，因为这种物质也要受制于现代科学和实践。近 20 年来，无论是物质还是空间和时间，都不是先前那个样子了。我们期待着伟大的创新能够改变整个艺术技巧，从而在艺术创造内部产生影响，最终会以一种最迷人的方式改变我们的艺术观念。"[1] 网络技术是否就是本雅明所期待着伟大的创新呢？对此我们还难以得出肯定的判断，但可以肯定的是，网络技术确实以前所未见的方式改变了整个艺术技巧，并在艺术创造内部产生了无可比拟的深刻影响，此外，就时代创新所引发的艺术观念变革的程度而言，我们似乎再也找不出比网络社会崛起更加迷人的方式了。

显而易见的是，正如"灵光"的获得并不完全取决于艺术媒介一样，"灵光"的消逝也绝不仅仅是由现代媒介赋予艺术可复制性等特征造成的。传统艺术的灵光也许注定会逐渐消逝，但网络时代新生艺术却未必注定与"灵光"无缘。目前，关注网络文学和网络艺术的众多专家学者，正在努力寻找文艺网络生存的方法与意义，我们有充分的理由相信，数字化时代的文学生产与消费正在以一种前所未见的方式迎来属于网络文学的"灵光"。

第二节　从互文性视角看文学经典

关于文学"经典""经典化""去经典化"等问题的讨论已经热闹十多年了，人们热衷于讨论经典，不是因为经典受到了越来越普遍的认识，恰恰相反，经典之广受关注是因其神圣的"灵光"正在急速消逝。在一个经典纷纷被弃的语境下重申经典看似老生常谈，但实际上它仍然是当下文学工作者深感焦虑的前沿问题。早在 1993 年荷兰学者佛克马来华讲学重

---

[1]　本雅明：《机械复制时代的艺术》，李伟、郭东编译，重庆出版社，2006，第 2 页。

点谈及中国文学的"经典化"之后,"经典化"的使用频率就一路攀升,理论与批评界业已觉醒的经典意识也逐渐亢奋起来。

1996 年,谢冕、钱理群主编的北大版《百年中国文学经典》和谢冕、孟繁华主编的海天版《中国百年文学经典》隆重推出,当即引发了一场影响至今的"百年文学经典争论"。围绕文学经典的编选对象与标准、权威性与代表性、经典定义、市场影响等问题,论争各方进行了深入持久的辨析与研讨。与此同时,影视娱乐界盛行的"戏说历史""名著改编"等"消费经典"的文化现象,使经典化与去经典化的矛盾空前激烈,随着"帝王系列""红色经典""大话文艺"的流行,文学经典在市场化、快餐化、通俗化的道路上越走越远,"大话"经典与"水煮"名著之风愈演愈烈。近年出现的"沙家浜事件"和"Q版语文热"等去经典化现象,使经典的危机意识再一次凸显出来,经典化与去经典化这一热点话题也得以持续升温。新近流行的网络"恶搞"戏法,使经典消费行为闯入了数字化快车道,"经典化"与"去经典化"在赛博空间展开了新的较量,到目前为止,这场来由已久的论争丝毫不见有消减或停歇的迹象。如今,"经典问题"已从个别"事件之争"和"概念之争"发展到关乎文学全局的"思潮之争",从这个意义上说,文学的"经典化"与"去经典化"的"互文性博弈"问题,正在以理论所特有的方式悄然影响着当下文学的生存状况和发展方向。

20 世纪 80 年代以后,文学创作频频出现轰动效应,文学批评大有指点江山的气魄,文学理论更是成了引领话语潮流的时代先锋。形形色色的新观点、新方法搭上了"文化大革命"后思想解放运动的快车,长期被禁锢的经典意识在"追新逐后"的喧嚣声中暂时还找不到释放的机会。由于佛克马"关于文学经典"的提示只局限于学术圈子之内,所以,对整个文学界并未造成太大影响。从一定意义上说,"百年文学经典争论"的号角是由评论家吴义勤和施占军吹响的。他们率先在《作家报》发表文章对"百年经典"的选编表示异议。一石激起千层浪,"百年经典"的湖面顿时风生水起。以《文艺报》为例,仅在 1997 年 8 月至 10 月间,该报就连续刊登了韩石山等人讨论文学经典的 8 篇文章。有人质疑主编的权威性,认为经典不是文学批评家能确立的;编选的标准也成为议论较多的问题。随后,"文学经典"的出版目的也受到质疑,有人认为这是一场消费经典的市场游戏。老诗人公刘亲自撰文称"百年经典"所收他的那几首"小

诗"绝非"经典"之作，同时，他还对"时下猛刮不止的文集风"提出
了批评，并对那些所谓的"经典"是否"能经得起岁月淘洗"表示怀
疑。① 此前此后，围绕文学经典问题，许多批评家和理论家，如童庆炳、
杜书瀛、朱立元、陶东风、王宁、黄曼君、温儒敏、陈思和等都发表或多
次发表过精彩透辟的言论。到目前为止，学术界召开专门研究经典问题的
学术讨论会已有多次，例如，1997 年 10 月广东现代文学界举办的探索
"文学经典化问题"研讨会；2005 年 5 月首都师范大学文学院、北京师范
大学文艺学研究中心和《文艺研究》编辑部联合主办的"文化研究语境中
文学经典的建构与重构国际学术会议"；2006 年 4 月中国社会科学院文学
研究所、《文学评论》杂志社与陕西师范大学等单位共同主办的"文学经
典的承传与重构学术研讨会"等等。

显然，有关"文学经典"承传与重构的研讨与争鸣，发轫于丛书出版
或名著改编等过程中所暴露出来的具体问题，经过近年来文学理论与批评
界的深入开掘和大力拓展，如今已演变成了一个关涉文学理论全局的重大
学术问题。由于它蕴涵着许多文学理论基本问题，潜藏着巨量可持续发掘
的学术话语资源，因此，进入 21 世纪以来，它一直是文学界不同学科共
同关注的前沿论题，例如，文艺学、古代文学、现当代文学、比较文学、
外国文学、民间文学，甚至美学、文献学、语言学等专业的许多著名专家
学者，都不约而同地对文学经典问题投入了兴趣和热情，一时间，"文学
经典化与去经典化"及其相关讨论，几乎成了当下文学理论界开坛必说的
热门话题。

一　基于互文性的文学经典

梳理与检讨文学经典问题的论争与探讨状况，就像对待大多数文艺争
鸣问题一样，首先仍然是基本概念问题。古人说"名不正则言不顺"，这
场论争中所出现的许多"言不顺"的景况，也确实与"经典"的"名不
正"有关。自经典问题受到学界关注以来，人们对于经典的认识和理解始
终见仁见智。因为，"经典是什么"就像"文学是什么"一样，是典型的
"清纯而无解"的难题。在千禧更迭、世纪交替之际，中国文坛还面临着

---

① 公刘：《且慢经典》，《人民日报》1997 年 8 月 4 日。

总结五四 80 年、共和国 50 年、新时期 20 年以来的历史，时代转折与文化节点的逼视，使文学经典的危机与焦虑意识进入了一个前所未有的历史性阵发期，而恰在此时，文化的全球化、市场化、图像化、世俗化等多重因素对文学经典地盘的蚕食鲸吞正处于"临界阶段"："轰动效应"一去不返，"终结理论"甚嚣尘上，文学这个原本由辉煌经典所支撑的千年帝国似乎已到山穷水尽的关头，一时间，文学经典的"幽灵"开始躁动不安，大有倾巢出动的态势，"什么是经典"的问题被时下无数论著反复提及。

但究竟何为"经典"，中外学界至今没有一个公认的精准定义。按照《汉语大词典》的解释，经典包含如下三重意思：

1. 旧指作为典范的儒家载籍。《汉书·孙宝传》："周公上圣，召公大贤。尚犹有不相说，著于经典，两不相损。"唐刘知几《史通·叙事》："自圣贤述作，是曰经典。"清纪昀《阅微草堂笔记·槐西杂志四》："祭祀之理，制于圣人，载于经典。"

2. 指宗教典籍。《法华经·序品》："又观诸佛，圣主师子，演说经典，微妙第一。"唐白居易《苏州重玄寺法华院石壁经碑》："佛涅槃后，世界空虚，惟是经典，与众生俱。"《古今小说·滕大尹鬼断家私》："且说如今三教经典，都是教人为善的。"

3. 权威著作；具有权威性的。丁玲《杜晚香》："杜晚香没有引经据典，但经典著作中的某些名言哲理，都融合在她的朴素的讲话里了。"萧乾《斯诺与中国新文艺运动》："箱子里都是袖珍本的经典文学作品。"

这里的三重释义，一重比一重宽泛，具有明显的"层递性"特征。权威著作大体上包含"宗教典籍"和"典范的儒家载籍"。而"宗教典籍"原则上包含"典范的儒家载籍。"这个推论可以从释义 2 的最后一个例句中求得印证。尽管《汉语大词典》的释义具有一定的权威性，但学术研究的逻辑一向就是穷根究底。为了究其根源，似乎首先应对"经典"的原始意义进行一番考辨。古代比较权威的辞书如《说文解字》说："经，织也。"这个源于日常生活现象的定义，让人联想到规则与关系；织布中的纬线离开了经线就不可能成就布匹。经线决定行动的前进的方向和全局的大体构架。《释名·释典义》则说："经，径也，常典也，如径路无所不通，可常用也。"让人联想到道路与方法。道路与方法的重要意义是无论怎样评价也都不会过分的。不难看出，这里的"织也""径也""如径路无所不通"等说法，与"互文性"定义及其特征有明显的相通、相同之处。

《文心雕龙·宗经》篇说："经也者，恒久之至道，不刊之鸿教也。"《尔雅·释诂》说："典，常也。"不难看出，在"经"与"典"合用之前，两者就已具有"常道、法则"的意味，均具有可引申为"典范、典籍"的潜在意义。据专家考证，早在战国时期，"经"就有了我们现代意义上"经典"的最基本的意义。"经""典"合用，大约自《汉书》开始。在独尊儒术的汉代，"经典"主要指那些地位至高的儒家著作。"这个概念后来逐渐被引申到文化艺术领域中，又和典范的概念相结合，成为一种创作范式和标准。艺术经典有崇高的地位与广泛影响，而且为社会所共有，其地位和价值都得到世人的普遍认同。"①

现代意义上的文学经典，是一个从西方文艺理论体系引入而后逐渐中国化的复杂概念。资料表明，西方文论中的"经典"一词，最初来自希腊单词kanon，原意指用于度量的一根芦苇或棍子。后来它的意义延伸，用来表示尺度。随着基督教的出现，经典逐渐演化成了一个比较专门化的宗教术语。当基督教在罗马占统治地位后，"经典"渐渐获得了"合法经书、律法和典籍"的意思，中世纪的经典主要是指与《圣经》以及教会规章制度有关的文本。宗教改革和文艺复兴以后，经典的意义也随之掺入了世俗化因素，进入现代与后现代语境中，大多数原有经典也随着"上帝之死"而逐渐失去了神圣不可侵犯的文化权威。

与经典对应的另一个词语是"classic"，源自拉丁文的classicus，原意为"头等的""上乘的"，是古罗马税务官用来区别税收等级的一个术语。公元2世纪的罗马作家奥·格列乌斯用它来区分作家的等级，到文艺复兴时期人们开始用它来说明作家并引申出"杰出的""标准的"等意义来，再后来人们才把它与"古代"联系起来，出现了"经典的古代"（classical antiquity）的说法，于是，古希腊、古罗马作家便成了"经典作家"（clas-

① 吴承学：《〈过秦论〉：一个文学经典的形成》，《文学评论》2005年第3期。

sical authors)，"经典"也就成了"典范""标准"的同义语。①

不可否认，与中国学界相比，西方学者的经典意识显然要强烈一些。关于这一点，我们可以轻而易举地找到许多例证。如，近年来几次经典话题的讨论都与西方学者的触发或参与有关。因此，西方学者关于经典的言论在中国学者的论著中往往具有一定的"经典性"意义。在综合考虑中外经典文献和当下部分重要研究成果的基础上，我们认为，对文学经典及其基本含义的阐释至少包括以下几个方面的内容：

第一，文学经典是被权威遴选并为世人常用的名著，它们在与无数非文学经典纵横交错的互文性链接中常常处于"路标"的位置。佛克马认为，"经典是指一个文化所拥有的我们可以从中进行选择的全部精神宝藏"，"文学经典是精选出来的一些著名作品，很有价值，用于教育，而且起到了为文学批评提供参照系的作用"。② 于是，文学经典即名著，可为创作与批评做指南等似乎成了不言而喻的基本观念。深受康德、斯宾诺莎和卢梭等人思想影响的黑格尔在《谈读古希腊和经典作家给我们提供的一些成见》一文中说，古代作家几乎在一切时代都同样保持着他们的声望，他们的著作现在也保持其价值，因为它们适合于"教养"。"用于教育"与"适合于教养"等是"被选"和"常用"的重要标志之一。

第二，经典是具有百读不厌且常读常新之艺术魅力的优秀作品。用美国互文性理论家利法泰尔的话来说，是那种"共同母体"（matrix）广获认可与"潜藏符谱"（hypogam）寓意丰富的超级互文性文本。为未来一千年写过文学备忘录的卡尔维诺，在《为什么读经典》一书中一口气给文学经典下了 14 条定义。他说："经典作品是那些你经常听人家说'我正在重读……'而不是'我正在读……'的书。""经典作品是一些产生某种特殊影响的书，它们要么自己以遗忘的方式给我们的想象力打下印记，要么乔装成个人或集体的无意识隐藏在深层记忆中。一部经典作品是一本每次重读都好像初读那样带来发现的书。……即使我们初读也好像是在重温我们以前读过的东西。""一部经典作品是一本从不会耗尽它要向读者说的一切东西的书。"③ 不难看出卡尔维诺的这些所谓的"定义"，其实都指向同一

---

① 刘象愚：《经典、经典性与关于经典的论争》，《中国比较文学》2006 年第 2 期。
② 佛克马、蚁布思：《文学研究与文化参与》，俞国强译，北京大学出版社，1996，第 28 页。
③ 卡尔维诺：《为什么读经典》，黄灿然译，译林出版社，2006，第 1～3 页。

个问题——"为什么读经典?"因此,也有人说卡尔维诺只不过是罗列了14种阅读经典的理由而已。但卡尔维诺于20世纪80年代发表的这些观点,直到今天仍然能给人以新颖、深刻、风趣、有力的印象。

第三,文学经典可以超越民族与国界而产生世界性影响,换言之,文学经典是那些拥有跨越民族文化之互文性特征的"宇宙话语"成员。普罗霍罗夫总编《苏联百科词典》把"经典"定义为"公认的、堪称楷模的优秀文学和艺术作品,对本国和世界文化具有永恒的价值"①。真正的经典必然是能够代表民族文学精华而进入世界文学宝库的典范之作,经典鲜明的民族性和地方特色,并不是阻碍它作为人类共同精神财富的族群壁垒和疆域界线,相反,"越是民族的就越是世界的"。例如《诗经》《神曲》《哈姆雷特》《百年孤独》《一千零一夜》等等。

第四,文学经典是指那种能经得住时间考验的、足以和文学史建立"互文性关联"的作品。可否经得住时间的检验与历史的涤荡,是检验文本能否称得上经典的重要标尺。穿越时间,即超时间性是文学经典的最基本含义。哪种文本能够经受时间的洗礼,哪种文本就够资格享受这种尊荣。因此,艾略特认为,作家唯独不能指望自己写一部经典作品,或者知道自己正在做的就是写一部经典作品。经典作品只是在事后从历史的视角才被看作是经典作品的。美国学者米勒说,"艺术和文学从来生不逢时",因为,"就艺术的终极目标而言,艺术属于,而且永远属于过去。"② 这句话是针对一般文学艺术所说的,但实际上用于文学经典更为恰当。这也是为什么"当代文学经典"概念一再遭到批评与质疑的主要原因。

第五,文学经典因阐释与再阐释的循环而得以不朽,简言之,经典因其互文性而不朽。经得住时间考验是相对于历史而言的,何以经得起时间考验则可以指向未来。在这一方面,有一种颇具启示意义的观点是黄曼君教授提出的。他认为,要从"实在本体论"与"关系本体论"两个维度来理解经典。从实在本体论角度来看,经典是因内部固有的崇高特性而存在的实体。但近代以来,许多理论家更倾向于从关系本体论的角度来看待经典,将它视为一个被确认的过程,一种在阐释中获得生命的存在。如伽

---

① 普罗霍罗夫总编《苏联百科词典》,中国大百科全书出版社,1986,第625页。
② J. 希利斯·米勒:《全球化电信时代文学研究的命运》,《文学评论》2001年第1期。

达默尔说的"古典型"所表现的正是这样一点，即一部作品继续存在的直接表达力基本上是无界限的。"无界限"强调的是其无确定性，说明经典实际上处于不断的阐释之中。① 歌德所谓的"说不尽的莎士比亚"就包含着莎剧具有无限可阐释性的意思。

此外，经典的内在含义在跨学科、跨文化比较研究中也能得到极为充分的多样化的阐发，例如，我们注意到，当西方人在翻译中国文化经典时，儒、道、释的经书可同译为 canon（经典），但分而译之则有细微的不同：对儒家典籍常使用 classics（古典）一词，它大约与西方学者心目中的古希腊经典相近；对道与佛典的翻译则多用 scriptures（圣典）一词，它显然与圣经文化传统的经典意义更为接近。不过，与当下讨论的"经典"关系最为密切的是 classics。"在汉语中，经典既可以是名词也可以是形容词。在英语中，classics 也有其形容词形式，即 classic，它的含义特别丰富，而且都是肯定性的，甚至可以说经典的全部意味都包含在这个形容词中：意义持久、价值深远、高水平、有权威、第一流、高级、优秀、典范、典型、标准、著名、精致、优雅、杰作、极品……"②

总之，我们认为，真正的文学经典应该是那种在一定程度上能够超越价值观和美学观之时代局限的优秀文学作品，是那些在历史维度与美学维度上呈现出一定的普适性，富有教益且常读常新的权威性的典范之作。丘吉尔曾宣称，英国可以失去印度，但决不能失去莎士比亚。印度是英国的殖民化的飞地，而莎士比亚则是关涉历史与未来构筑民族文化灵魂的互文性经典之作。由此不难看出，文学经典之于民族精神的形成与发展该有多么重要的意义！因此，我们也完全可以说，"经典是一个民族历史上长期形成的价值，是心灵的滋养，是精神的升华，是文化的深厚积淀。"③ 真正的经典，对这样的赞誉理应是当之无愧的。

二　"经典化"与"去经典化"的悖论

按照通常的说法，所谓"经典化"（canonization），就是经典的形成过程（canon formation）。原本普普通通的作品经过经典化就有可能跻身于经

---

① 黄曼君：《中国现代文学经典的诞生与延传》，《中国社会科学》2004 年第 3 期。
② 季广茂：《经典的黄昏与庶民的戏谑》，《山东师范大学学报》2005 年第 6 期。
③ 舒圣祥：《"另类语文"改编经典是对经典的亵渎》，《工人日报》2004 年 11 月 22 日。

典作品的行列。但是，"文学经典是如何成为可能的？究竟是文学作品的内在美学要素使得它当仁不让？是因为迎合了某种意识形态的需要而被权力代理人黄袍加身？还是由于材料、技术的因素而被造物主偶然操弄的结果？或者是经济权力在文化领域的意志表现？"① 这是关于"经典化"与"去经典化"讨论中必须回答的问题。

有学者将这些问题的诸多答案贴上了两个标签："本质主义"和"建构主义"。本质主义经典化理论认为，经典的美学特质作为一种潜能客观地存在于经典的内部，期待着读者的美学性情与之相遇从而使之激活；大部分建构主义者都倾向于认为，经典是由于外部的因素所发明出来或至少是生产出来的，而不取决于自身先天的美学条件。朱国华先生根据布迪厄的理论，将经典化理解为"三重机制"的协同作用过程，即文化生产场生产出对于文学经典的认知，新闻场或大众媒介场通过时间或长或短的炒作强化了某些文学经典的地位，教育体制则通过教材或教学实践将某些文学经典永久化。② 这种比较全面地考虑相互影响的多种因素的综合性说法，是值得我们充分关注的。

一般认为，经典化始于柏拉图和亚里士多德提出的文学原理及对史诗和悲剧的界定。经典的确立是一整套文学制度共同作用的结果，而所谓"文学制度"由一些参与经典选拔的机构组成，这些机构包括"教育、大学师资、文学批评、学术圈、自由科学核心刊物编辑、作家协会、重要文学奖"等等。③ 这是西方学者斯蒂文·托托西的观点。

值得注意的是，托托西把"教育"放在最前面与佛克马将"用于教育"作为经典首要标准的用意一致，应该说这不是巧合。教育，也许只有教育，对经典化的作用是怎样评价也不会过高的。例如，兼有文学性和实用性的《过秦论》。"在唐代载有《过秦论》的《文选》是文人的必读书；到了宋代，考试重试论，论是必考科目的文体，所以《过秦论》作为'论'的典范，也是文人的必读书。明代以后讲究'文必秦汉'，《过秦论》更是不可移易的古文经典。到了现代，《过秦论》仍是高中语文课本的入选篇目，所以从《史记》《文选》到历代文集，《过秦论》差不多都

---

① 朱国华：《文学"经典化"的可能性》，《文艺理论研究》2006 年第 2 期。
② 朱国华：《文学"经典化"的可能性》，《文艺理论研究》2006 年第 2 期。
③ 斯蒂文·托托西：《文学研究的合法化》，马瑞琦译，北京大学出版社，1996，第 33 页。

是文人的必读书。"① 可见后代教育与考试制度对《过秦论》经典地位的巩固起着至关重要的作用。

像西方学者一样，中国学者在关注文学经典化时，对"文学制度"特别是文学教育制度的决定性作用也有比较清醒的认识。例如，洪子诚教授说，现代文学的经典化过程，有以下四个方面的"线索"值得注意：首先是文学经典的审定、监督、干预、实施的制度保证，借助各种机构推行具有权威性质的文学理论体系，为经典审定确立标准。自从 1944 年周扬在延安编辑出版《马克思主义与文艺》一书之后，"马恩列斯毛泽东论文艺"很快就获得了文学批评和文学经典审定依据的"圣经"地位。其次是文学书籍出版上的管理。这包括"可出版"部分的规划：重点和先后次序的确定，也包括对"不可出版"的"非经典"的"封锁"。如 1940 年代已有译本的伍尔芙、劳伦斯、纪德、奥尼尔、里尔克、T. S. 艾略特等的作品，曹禺的《原野》《蜕变》，老舍的《猫城记》《二马》，冯至的《十四行集》等，1950 年代以后不再刊行。对某些"非经典"的"封锁"，是维护经典秩序的有效的方法。再次是批评和阐释上的干预。1960 年代，毛泽东曾指示出版部门，在出版中外过去的名著时，要加强"前言"的撰写工作，也出于引导、规范读者的理解、阐释趋向的这一目的。最后是丛书，选本，学校的文学教育，文学史编撰。②

在这些精辟的论述中，文学教育似乎只是被附带性提及，但作者明确指出，"鲁郭茅巴老曹"的"大师"排列实际上主要是由丛书、选本和教科书来完成的。而这些"丛书、选本和教科书"与教学的关系无疑是最密切的。《中国文学史》（游国恩等主编）、《中国现代文学史》（唐弢主编）、《西方美学史》（朱光潜主编）、《欧洲文学史》（杨周翰等主编），先后成为全国各高校采用的"统编教材"，为当时确立的文学经典"秩序"，画出相当清晰的面貌。

对于文学经典化究竟包含一些什么样的基本因素，有学者认为经典化起码要有如下几个要素：（1）文学作品的艺术价值；（2）文学作品的可阐释的空间；（3）特定时期读者的期待视野；（4）发现人/赞助人；（5）意

---

① 吴承学：《〈过秦论〉：一个文学经典的形成》，《文学评论》2005 年第 3 期。
② 洪子诚：《中国当代的"文学经典"问题》，《中国比较文学》2003 年第 3 期。

识形态和文化权力的变动；（6）文学理论和批评的观念。① 这些说法无疑都是十分正确的，尽管论者对经典的教育因素进行了淡化处理，我们仍然可以感受到教与学在经典化过程中的重要作用。

毫无疑问，《诗》之为"经"，在很大程度上得益于孔子的言传身教和大力推崇。虽然孔子是否删诗，学界存在不同意见，但是，"不学诗无以言"这一类说法，实际上已经为汉代尊孔者对"诗三百"的经典化定下了基调。跻身名篇固然不易，传世久远更为艰难。《诗经》千年盛传不衰，除上面所说的六要素外，适用于教育无疑是最为重要的因素之一。

要素的条分缕析无疑是认识经典直接而有效的方法，但有时也容易出现只见树木不见森林的弊端。与任何要素相比，更为重要的显然是各种因素相互作用所共同形成的文学精神。《诗经》之所以能够成为"牢笼千载、衣被后世"的经典，首先在于它所表现出的迫切的现实关怀，淳厚的道德意识、真诚的人文信仰，积极的人生态度，即所谓的"风雅"精神。正是这种风雅精神直接影响了后世诗人的创作，并使自己逐渐形成的经典地位不断得到加强。例如，风雅精神直接影响了屈原的创作。《史记·屈原贾生列传》说："国风好色而不淫，小雅怨诽而不乱，若《离骚》者可谓兼之矣！"唐代诗人心中几乎都有一个挥之不去的"风雅情结"：陈子昂感叹齐梁间"风雅不作"；李白慨叹"大雅久不作，吾衰竟谁陈"；杜甫更是"别裁伪体亲风雅"；白居易称张籍"风雅比兴外，未尝著空文"；在唐以后"风雅"仍是中国诗歌的主脉，从宋陆游到清末黄遵宪，历代都有众多秉承"风雅"精神的诗人哲士。有人说，"诗之为经者，风雅比兴而已"，以文学经典化视角观之，这句话还的确有几分道理。试想，离开风雅精神，何谈《诗经》教化？

当然，文学精神的传承往往是从诗学观念的确立开始的。西方文学第一部经典《荷马史诗》和中国的《诗经》一样，也是在经历了数百年的口头传唱之后，由荷马结集，又经过几百年的解读、评价，直到亚里士多德在《诗学》中给予充分肯定才真正确立其经典地位。从这个意义上说，孔子尊诗的"中和"观念的确立与亚里士多德《诗学》对史诗和悲剧原理的厘定，可以分别看作是中西经典化的开端，他们让各自的文学告

---

① 童庆炳：《文学经典建构的内部要素》，《天津社会科学》2005 年第 3 期。

别了蒙昧混沌的过去，一下子站到了历史的"开元之点"，可以说，正是文学经典的确立奠定了文学王国的根基。自此以后，无论是经典化还是去经典化，任何时代的文学变化都无法无视这个"元点"。后世文学也正是在对前代经典的研习效法、领悟阐释、鉴赏批评、转换创造的基础上成就新一代之经典的，毫无疑问，正是这些经典构成了中外文学生生不息的艺术传统和审美品格。

今天，文学经典之所以成为一个学术问题，是因为传统经典遇到了前所未有的挑战。事实上，一种空前的经典危机感使整个文化界感到焦虑不安，并不只局限于文学领域。例如"戏说经典"现象："《西游》被大话，《三国》被水煮，悟空变成了好员工（《孙悟空是个好员工》），沙僧和八戒都开始写日记（《八戒日记》《沙僧日记》），慈禧太后有了'先进事迹'（《慈禧先进事迹》）。贾宝玉成为'文革'时期的造反派（《宝黛相会之样板戏版》），杨子荣有了私生子，白毛女摇身一变为商界英雄（《新版白毛女》）。还有，贝多芬的《命运交响曲》被用作音响产品广告的开头曲，巨幅的《蒙娜丽莎》复制品被用作瓷砖广告挂在城市街头……这些对于经典的戏说、改写、整形，形成了洋洋可观的所谓'大话'文艺思潮，它们在文化类型上则凌驾于所谓'大话文化'。"①

值得注意的是，"戏说经典"的流行或"大话文化"的泛滥还只是大众文化冲击文学经典的一个侧面。有学者说，"当今世界，不是没有了文学经典，而是关心'文学经典'的人已经被分流于影视、读图、DVD、卡拉OK、酒吧、美容院、健身房、桑拿浴甚至是星巴克、超市或者远足、听音乐乃至独处。日常生活在商业霸权的宰制下也为人们提供了多种文化消费的可能。这就是文化权力支配性的分离，文学经典指认者的权威性和可质疑性已同时存在。"② 经典不仅遭遇了市场上的"生存危机"，而且还出现了观念上的"信仰危机"。

如前所述，早期的经典是一个与宗教联系极为密切的概念。《辞海》对经典的第二条定义是："古代儒家的经籍，也泛指宗教的经书。"可见，即便在今天，经典的本质意义仍然与宗教有联系。在宗教语境中，经典始

---

① 陶东风：《大话文学与当代中国的犬儒主义思潮》，《立场》2006年第1期。
② 孟繁华：《新世纪：文学经典的终结》，《文艺争鸣》2005年第5期。

终具有神圣意义，当人们对事物的认识产生分歧时，到经典中去寻找依据是一种普遍使用且行之有效的经典办法。这方面典型的例子是犹太教和伊斯兰教等宗教王国里的"经典派"，在他们的心目中，经典就是不可侵犯的"圣典"。

但是，文学经典却远没有那么幸运，特别是今天的文学经典似乎正在走向神圣的反面，对此，有人发出了这样的感叹："我们这个时代是否需要经典？除了用来制造笑料，传统意义上的经典还有什么价值？"① 在这样一种背景下，"去经典化"（decanonization）成了当下文学理论与批评界的一个颇为流行的关键词。

谁都知道，同为人类精神的乌托邦，文学与宗教存在着本质的区别。如果说宗教中的经典与信仰存在着一种共生互补的和谐关系的话，那么，对于文学经典来说，要营造这种和谐关系却存在一种天然的障碍。从本质上讲，天马行空的自由创造、标新立异的破旧精神、另辟蹊径的探索意识是一个优秀作家的重要特征和宝贵品质，就此意义而言，被奉为金科玉律的文学经典实际上是一个与文学创新精神相抵牾的概念。宗教圣典使人信仰有依据，法律条例让人行为有规范，行业典籍让人精通技术，文学经典虽然也具有各种经典的一般特征，但是，从创作的角度看，与其说是经典为新的创作提供了使之就范的法则，还不如说它只是为后来者提供了超越的对象。因为任何真正意义上的创作本身都隐含着一种超越甚至毁灭经典的冲动，隐含着多种打破既定法则束缚的革命因素。这种"经典化必然导致去经典化"的悖论是文学的创新本质决定的。

经典化还是去经典化，这往往是由"时运"决定的，一代文学有一代文学之"宿命"，这也大约是"质文代变"的古今常理。"20 世纪末乃至 21 世纪初，中国现代小说的艺术水准已经超过了此前的任何时期。但恰恰在这成熟的时期，现代小说开始衰落了。原因很简单，就像先秦散文取代了骚体，汉赋取代了先秦散文，唐诗取代了汉赋，宋词取代了唐诗等一样，古代文学专家普遍认为，宋诗比唐诗更成熟也更深远，但诗必言唐的观念根深蒂固，宋诗再成熟，影响也远没有唐诗深远。现代小说的成熟与

---

① 季广茂：《经典的黄昏与庶民的戏谑》，《山东师范大学学报》2005 年第 6 期。

衰落，与宋诗的历史景况极为相似。"① 当唐诗成为一代经典，无论宋代诗人如何潜心"追摹"，如何苦心经营，都难以达到唐诗之于汉赋的那种别有洞天的巨变，倒是被士人称为"诗余"的文字成就了一代文学之辉煌。尽管宋诗对"子美神功"顶礼膜拜，但与唐诗相比，后代诗人还是给了宋诗一个"味同嚼蜡"的评价，无意于经典的宋词却以近乎游戏的形式，悄然取得了并列于唐诗的经典地位。

历代文学经典的命运给了我们许多启示。对文学的经典化，我们必须保持一种理性的姿态："一面对经典的文学保持足够的敬意，一面也明白高山仰止的道理而能积极地另辟蹊径，决不当经典文学的奴隶。"② 宋诗难以在唐诗的经典化过程中再创辉煌，宋词却在开拓处女地的过程中占尽风光。这种"栽花不发"和"插柳成荫"的事实，使对经典的追求（经典化）走向对经典的扬弃（去经典化）成为一种必然趋势。

事实上，任何经典化过程都伴随着一个相应的去经典化过程。文学经典化作为一种选取性、排他性的文学价值评价行为，它在选取经典的时候，必然要对那些老经典、准经典、伪经典、泛经典进行遴选、排查与封杀，历史上文学经典化的"改朝换代"一向如此，当代文学经典化的"标榜排行"同样如此，无论是"排座次""获大奖"还是"进文库""入教材"，本质上都是一个在旧经典或既有优秀作品中甄选新经典的过程。这就如同一个新王朝任命一批新官员就必然要罢免一批旧官员一样，部分旧经典必然要被新经典取代出局。可见，有经典化，则必有去经典化，这原本是文学发展论的基本常识。

但是，我们也应该看到，今天的情况确实具有某些"史无前例"的性质。有一种意见甚至认为："这是一个不需要经典的时代！……这是媒介化和视觉化的时代，是网络、电影、电视、报纸、杂志、广告、动漫作品、流行歌曲的时代，我们不再执著于史诗、悲剧、莎士比亚、托尔斯泰，不再执著于诗经、汉赋、唐诗、宋词、元曲、明清小说，我们关心的是当代社会，关心网络文化和视觉文化，关心各种各样的文化现象和形形色色的文化事件。"因此"让我们伸开双臂，热烈欢迎去经典化时代的来

---

① 孟繁华：《新世纪：文学经典的终结》，《文艺争鸣》2005 年第 5 期。
② 李洁非：《谈文学的经典性》，《大家》2000 年第 5 期。

临。让那些视经典为'命根儿'的人士，迎着西风，向着落日，像宫里的太监那样，一遍遍地哭喊：'把根儿留住！'"① 这种激进的反经典的言论虽然并不比当下文艺现实走得更远，但目前并未引起理论界太多的回应，相反，理论界更多是些视经典为"命根儿"的人士。

我们认为，视经典为"命根儿"并没有什么不好。毕竟，文学经典是文学传统的美学经验与诗性智慧不断丰富和沉淀的优秀成果。"一种具体的文学现象完成其经典化过程后，其本身可以丧失活力乃至死去，但它的'骨血'却将像生物基因一样编入文学传统的遗传密码，造成或影响着它'子孙'们的体貌以至性情。在这一层面上，经典文学是一种超时空的不朽力量，犹如语言对一个民族的思维方式的支配，是先验的、非理性的、不以意志为转移的。从来没有作家可以超出经典之外从事写作，所有作品都在经典的影响之下产生——不论其主观意识到或没有意识到、承认或拒不承认经典的作用。"② 正因为经典遭到了前所少见的遗忘、遗弃与拒绝，正因为有人高喊"这是一个不需要经典的时代"，我们才更清醒地认识到，这是一个多么迫切地需要经典的时代！

当然，今天的文化语境是否有利于经典的产生还是一个值得探讨的问题。对此，我们不可盲目乐观。有一种观点认为，今天的文艺创作既突破了"艺术城堡"的束缚，也突破了"政治城堡"的钳制，而且还突破了"传统城堡"的牵引，虽然缺少"时代"的沉淀，"但我们有理由相信，在《白鹿原》《棋王》《绿化树》等当代名篇中会有经典穿破时间云雾而自信地'浮现'出来。"③ 这种自信原本也无可厚非，毕竟，一个时代都会有一个时代的经典。可是，50 年或 100 年之后的情形又将如何？究竟谁将最后突破"时间城堡"的铁门槛？当代人又岂能代替后来人作选择？

不过，我们应该看到，在当下市场化语境中，文学已成为一种特殊的消费品。在市场规律的制约下，今日的文学大有成为"文化快餐"的趋势，大量涌现的新作品摆在人们面前，这无疑也会影响新的文学经典的形成。传统社会那种一体化、超稳定的文化价值观正被多元化的、快节奏的各种思潮所取代，因此，有人说"传统意义上那种能够被普遍接受的文学

---

①　季广茂：《经典的黄昏与庶民的戏谑》，《山东师范大学学报》2005 年第 6 期。

②　李洁非：《谈文学的经典性》，《大家》2000 年第 5 期。

③　曲筱鸥：《经典文本产生的必备条件》，《临沂师范学院学报》2006 年第 2 期。

经典大约是很难再产生出来了"。① "像 18 世纪的法国文学、19 世纪的俄罗斯文学、20 世纪的美国文学或中国古代文学、现代文学经典那样深入人心，已经永远不可能了。因此，21 世纪是一个没有文学经典的世纪。不是因为别的，只因为这是文学的宿命。"② 18 世纪以来的文学经典也许会如同希腊神话一样成为后世难以企及的典范，但是，认为经典的终结已成为 21 世纪文学的宿命显然是无法令人信服的。既然历史上每个时代都有自己的经典，21 世纪又何独不然？况且这个世纪才刚刚开始，现在就宣判它是一个没有经典的世纪是否为时过早？

三 戏仿：互文性的"滥用"及其他

考虑到人们对"经典永远属于过去""文学生来不合时宜"等习惯性说法的宽容，我们对"21 世纪是一个没有文学经典的世纪"这一类情绪化话语原本不必较真。但在 2001 年，美国批评家希利斯·米勒在《文学评论》上发表"电信时代文学无存"③ 的论点时，文论界的反应却相当强烈。2003 年，米勒在《论文学》中又一次重复了自己的"终结论"："文学的终结就在眼前，文学的时代几近尾声。该是时候了。这就是说，该是不同媒介的不同纪元了。文学尽管在趋近它的终点，但它绵延不绝且无处不在。它将于历史和技术的巨变中幸存下来。文学是任何时间、地点之任何人类文化的标志。今日所有关于'文学'的严肃思考都必须以此相互矛盾的两个假定为基点。"④

米勒的文学观是以自相矛盾的"两个假定"为前提的，即文学虽趋近终点却又"绵延不绝且无处不在"，他的用意与其说是宣判文学的死刑，还不如说是在预言文学的新生，在历史和技术的巨变中，现存文化体系中的许多必将腐朽之物已经到了灰飞烟灭的时候了，而"文学是任何时间、地点之任何人类文化的标志"，这个所谓的"终结"如果没有"浴火重生"式的大转折的意思，那岂不是说整个人类文化也即将走向终结？

就当代中国文学而言，大约再也没有比市场化和数字化更为激烈的

---

① 李春青：《文学经典面临挑战》，《天津社会科学》2005 年第 3 期。
② 孟繁华：《新世纪：文学经典的终结》，《文艺争鸣》2005 年第 5 期。
③ 参见《文学评论》2001 年第 1 期。
④ 金惠敏：《图像增殖与文学的当前危机》，《中国社会科学》2004 年第 5 期。

"历史和技术的巨变"了。在以全球化、现代性/后现代性为基本特色的市场与网络语境中，市场文化与媒介文化对文学经典产生了前所未有的冲击，但同时也给文学经典的承传与赓续带来了全新的机遇：

首先，市场这只隐形手拂去了文学经典作为精神产品的神圣灵光，经典所禀赋的代神立言、为民请命等崇高理念日趋淡薄，娱乐化功能和商品化属性空前膨胀。欲望冲破了人伦的规约，时尚践踏了教化的领地，汹涌于市场的商品拜物教洪流，轰然淹没了文化经典的人文价值和审美意义。整个社会发生了历史性转型，精神生产领域几乎都已别无选择地被卷入市场。为了生存的需要，文学不得不面对这个早熟的消费时代，文学经典也不得不接受大众消费的市场化规则。在市场语境中，文学经典的经济学潜能在生产和消费过程中发挥出越来越重要的作用，经典的复制和改造在高额利润的诱使下，纷纷投向商业化消费的怀抱。按照时兴的说法，文学生产，包括经典的再生产，在市场语境中遵循一般生产的基本原则原本也顺理成章。

但是，当文学经典如同物质商品一样完全服从于市场价值观念的规约时，经典的商品价值有可能要凌驾于人文精神和审美价值之上。当经典的价值以商业利润为尺度时，文学创作与接受的基本观念就必然要发生深刻的变化。例如，有人说作家无非是编故事取悦百姓以混点稿酬过活的人。正像任何手艺人必须看准市场行情一样，作家也要投其所好地推销自己的产品，就像王朔说的，"《渴望》是给老头、老太太、家庭妇女看的"，"《顽主》这一类就冲着跟我趣味一样的城市青年去了，男的为主。《永失我爱》、《过把瘾就死》，这是奔着大一大二女生去的……"这些曾经被认为严重"离经叛道"的说法，很快变成了许多市场笔耕人安身立命的基本诀窍。

于是，策划"看点"，制造"买点"，抢占"热点"等多种商战技法，被广泛应用于"文学经典"的"制造"过程中。为了在信息爆炸时代求得一席之地，许多以"自由撰稿人"自居的作家，必须想方设法克服出版困难和印数局限，否则，一经问世就注定要被文字垃圾和图像泡沫毫不留情地掩埋或淘汰。因此，畅销，便成了市场语境下经典问世的必要前提。试想，琼瑶、金庸、王朔、余秋雨等人的作品，如不畅销，它们怎么可能被那么多文学"票友"和媒介批评奉为"经典"？至于某些传统的名著，如《三国演义》《水浒传》《红楼梦》等等，往往也是借助影视网络等通俗化途径才得以保住其体面的"眼球率"的。

特别是横空出世的网络，似乎比市场更加彻底地扫清了作家头顶残存的神秘光晕。文学经典"载德载道"等传统理想在备受市场冷落与奚落的同时，正经受着科技理性日甚一日的强烈冲击。一位批评家的博客文章只是轻描淡写地提及作家的历史使命感和时代责任感问题，并不假思索地引用了"文章合为时而著，歌诗合为事而作"的古训，这原本是自娱自乐的老生常谈。谁料网络看客中居然有人拍案而起，大声怒喝说：这简直就是可耻至极的陈词滥调。"什么是'时'，什么是'事'，说到底无非就是抓住时机大捞一把而已。如今靠撰稿糊口的文化拾荒者，大多数挣扎在消费社会的中下层，我们为什么不能理直气壮地'为稻粱谋''为名利计'？'按劳取酬'嘛，这既不违于情性，也无碍于法理。司马迁因受宫刑而'发愤著述'，无非是排泄郁积心中的愤懑，我们为什么不能以游戏文章缓解生存的压力？鲁迅为打落水狗而把文学看作投枪与匕首，我们为奔小康而把文学看作鲜花与钞票，这又有什么不好？"①

这种王朔式的高论不能说毫无道理，但作者显然忽略更为重要的东西，那就是司马迁和鲁迅毕竟还有崇高的道德理想和人文追求。例如，司马迁立志"究天人之际，通古今之变，成一家之言"，终于写成被誉为"史家之绝唱"的《史记》；鲁迅先生"横眉冷对千夫指，俯首甘为孺子牛"，以满腔热血点亮民族精神前进的灯火，生，为民族大多数的利益冲锋陷阵，死，亦无愧于"民族魂"的莫大哀荣。毫无疑问，司马迁和鲁迅的境界，绝对是为"稻粱谋"或"名利计"者所难以望其项背的。

当然，文学既然以生产与消费的方式转入市场，文学经典作为精神产品被消费就成了天经地义的事情。因此，"消费经典"成为时尚也就不足为怪了。"所谓消费经典指的是在一个中国式后全权大众消费文化的语境中，文化工业在商业利润法则与后全权制环境的双重制约下，以漫画化的方式，以新兴的网络为主要媒介，对中外文学艺术史的经典作品进行戏拟、拼贴、改写，消解经典文本的深度意义、艺术灵韵以及权威光环，使

---

① 刘晗：《文学经典的建构及其在当下的命运》，"文化研究网文论"第10期，2005年3月17日。

之转化为集政治寓意、感官刺激以及商业气息为一身的平面图像或搞笑故事，成为大众消费文化的构件、装饰与笑料。"① 这种典型的去经典潮流无疑是经典的不幸，但同时我们也清楚地看到，正是在作为"消费文化的构件、装饰与笑料"的过程中，文学经典这些"旧时王谢堂前燕"才真正有机会"飞入寻常百姓家"。事实上，许多读者也正是在这些"装饰与笑料"的指引下走进文学经典世界的，经典在失去尊贵地位的同时反倒可能遇到更多的知音。

其次，时代新潮理论对经典长存的合理性提出了解构式质疑，特别是后现代主义理论，与文学市场化和网络化的调侃经典、消解中心、废弃深度模式等倾向存在着惊人的一致性。从一定意义上说，正是中国近 20 年的社会转型观念与西方后现代文化思潮的涌入，使文学经典遭遇了空前的合法性危机。"经典何谓"与"经典何为"等原本旨在强调经典重要地位的叩问，现在却成了否定经典权威性的诘问。"后现代社会颠覆了经典存在的文化根基。后现代否定传统，嘲弄连续性，消解历史感，信奉断裂性。经典是在拥有中心的文化上建立起来的，但当下世界范围的文化转型使中心性文化失去了过去的飒爽英姿。如同尼采所说，上帝死了，这是一个诸神狂欢的时代，后现代文化为文学经典唱起了挽歌。"② 套用本雅明的说法，网络的技术复制与拼贴不仅造成了艺术原创韵味的消解，而且使艺术的展示价值替代了膜拜价值，于是，传统经典所具有的那种宗教性的神圣感因距离感的消失而丧失殆尽。"网络写手在自由的空间里逍遥恣肆，以短平快的文字游弋于虚拟的快乐世界，不追求经典性与精致性，他们要做的只是如何更充分地展示自己和被他人欣赏，他所诉求的是自况而非自律，他追求的是'当下'和直观，而不是经典的深度与意义。"③ 然而，在古老的经典意识和传统的经典信仰被颠覆的同时，文学在市场化与数字化生存境况下，必然会建立起新标准与新秩序。

以歌德的《浮士德》为例。我们知道，《浮士德》被公认为是歌德最主要的代表作，从 1770 年开始构思到 1831 年脱稿，前后达 60 年时间，它

---

① 陶东风：《大话文学与当代中国的犬儒主义思潮》，《立场》2006 年第 1 期。
② 刘晗：《文学经典的建构及其当下的命运》，"文化研究网文论"第 10 期，2005 年 3 月 17日。
③ 欧阳友权：《互联网对文学性的技术祛魅》，《吉首大学学报》2004 年第 3 期。

是歌德生活实践和艺术实践的概括，熔铸了他在欧洲资本主义上升时期和德国现实生活中全部的体验。浮士德为欧洲中世纪传说中的一位"半人半神"的形象，可能为魔法师，传说他与魔鬼订了出卖灵魂34年的契约，生前尽情享受，死后进入地狱。18世纪末，在德国，用这一题材创作的作家至少超过了20人，据德国诗人海涅考证，在歌德之前500年，便有法国诗人记下了浮士德的故事，这个故事，从西西里岛传到法国便被写成了诗歌，传到英国后被改编成了戏剧，再从英国传到欧洲大陆，越过荷兰，来到德国，又出现了木偶剧的形式。歌德就是在斯特拉斯堡看过木偶戏《浮士德》之后，才开始创作这部作品的。可以说，在歌德之前，"浮士德"已经相当"经典"了，是欧洲文艺复兴以来的优秀文化传统培育了歌德的《浮士德》，这很容易让人联想到这样一句名言："不是歌德创造了浮士德，而是浮士德创造了歌德。"

歌德的《浮士德》虽然没有连贯的故事情节，但主人公浮士德的精神性格的发展脉络却十分明晰。他不满现实，追求理想，自强不息，这种孜孜不倦上下求索的精神构成了诗剧情节发展的主线。可以毫不夸张地说，浮士德的求索和受难历程，其实就是文艺复兴到19世纪初的欧洲和德国资产阶级知识分子精神探索的心灵史诗。《浮士德》倾心描绘的正是歌德同代知识分子彻底清扫中世纪残存的精神专制梦魇、克服内心与外界的重重矛盾、创建资产阶级理想王国的启蒙过程，使上升时期资产阶级的意识形态得到了近乎完满的艺术化表现。联系狂飙突进时期歌德的著作和言论来理解《浮士德》，我们不难发现，人们津津乐道的所谓"浮士德精神"，其实就是一种肯定人生的积极意义、以行动投身实践的创造精神，一种疾恶如仇、摧枯拉朽的否定精神，一种追求理想、自强不息的战斗精神。

不幸的是，浮士德的一生终归是"奋斗者"的悲剧。对于德意志民族来说，这个悲剧的意义甚至渗入了文化的骨髓之中，在随后的200百年间，整个欧洲都直接或间接地为这种"奋斗"的悲剧付出了沉重的代价。人们清楚地看到，"从浮士德跨前一步，历史呈现出了拿破仑；而从拿破仑再跨前一步，人们看到的便是希特勒。"① 有论者甚至发现，异化的浮士

① A. J. P·泰勒：《第二次世界大战的起源》，转引自百度博客，http：//www. hi. baidu. com/ss2006gjz/bloge. html。

德精神通过日本，给遥远的中华民族造成了深重的灾难。即便浮士德精神没有发生这样或那样的变异，对其合理性提出质疑也一样是顺理成章的事情。

捷克动画大师史云梅耶（Jan Svankmajer，1934～）结合动画与真人表演的艺术长片《浮士德》（1994）可以说是捣毁经典重新创造的范例，它与二战前德国导演威廉·迪亚特尔的《浮士德》（亦译作《魔鬼复活》，1926）那种原著改编形成了鲜明的对照，后者几乎是在忠实地复述歌德的故事。史云梅耶的《浮士德》作为生产于网络时代的探索性作品，无论从内容还是手法上讲，都明显具有颠覆文学经典、重建叙事模式的倾向。史云梅耶的主人翁只是一个普普通通的街头赶路人，他莫名其妙地被一张广告引诱到剧场后台，稀里糊涂地扮演起了浮士德的角色，并鬼使神差地和恶魔达成了致命的交易：以灵魂换取智慧与法力。从形式上看，史云梅耶似乎还没有完全丢弃原著的面具，但实际上，电影的场景在现实与剧场之间随意切换，木偶、纸偶与陶俑如同万花筒一样变幻莫测，各种喜剧元素的拼贴与组合匪夷所思，政治、食物、肢体、恋爱和性都变得不堪入目和俗不可耐，这一切都与歌德的《浮士德》大相径庭。总之，史云梅耶大胆地"恶搞"了一把歌德，但他成功地赢得了评论界的赞美和电影院老板的喝彩。

与此相映成趣的是日本"漫画之神"浦泽直树的《怪物》，有人说浦泽总是试图经营一种"希特勒式的灵魂特质"，看过《怪物》的人一定会同意这种看法。作品中的新纳粹分子"怪物"——约翰是个梅菲斯特式的幽灵。在《浮士德警探》的那一部分，成立黑道"洗钱中心"的约翰，俨然就是魂归梅菲斯特所有的浮士德第二。令人吃惊的是，在浦泽直树的笔下，约翰"鬼魅般"的魔力，竟与标榜"奋斗"的战争狂人希特勒毫无二致。在这里，就像低能的拼音软件机械地把"浮士德"拼为"腐蚀的"一样，浦泽直树近乎是本能地将崇高的"浮士德精神"演绎成了恐怖的纳粹主义。浦泽直树《怪物》，似乎印证了学界提出的"近代日本把东方精神抵押给了西方帝国主义魔鬼"的论点。

还有许多奥妙无穷的事例我们无法一一罗列，它们究竟包含着多少堪称经典的道理也姑且悬置起来（深刻的思想往往不是流行文化批评的种种思见所能企及的，至于那些显而易见的联系，我们又何必为之徒费笔墨?)。不过,有这样一个前提是我们不应该忘记的,那就是对经典的恶搞,绝不像我们看到的那么肤浅、那么简单,其中究竟蕴涵着多少有待我们认真总结的东西,我们实际上还不明就里,至少当代中国文论界对网络时代消解经典和亵渎崇高现象还缺乏应有的学理化研究。

特别值得关注的是,今日网络解构经典的技法,正随着软件的不断升级而获得连续的加速发展。我们暂且不说那些让无数青少年五迷三道欲罢不能的梦幻型动漫类戏仿,单就文学改编而言,网络写手的奇思妙想也常常令人大开眼界:2002 年夏天,红心杀手的《浮士德后传》在网络上流行开了。让大众开心的是,这个网络时代的浮士德获得了一副典型的中国化面孔。浮士德博士变成了陶宏开式的学者、教授,美丽的女一号甘泪卿(简称:甘)则成了一位上网成瘾的 18 岁女网民,魔鬼梅菲斯特(简称:梅)摇身一变成了网络时代的经纪人。《浮士德后传》开幕,梅菲斯特得知甘泪卿正在网吧忘我游戏,便亲自出马请浮士德去给甘泪卿做思想工作。虽然仍然是浮士德博士的故事,人物场景实际上都只能出现在 20 世纪 90 年代以后,剧中套用“样板戏”句式,对《红灯记》和《沙家浜》中的著名唱段进行了别出心裁的“戏仿”和“恶搞”,这种“连环套连环”语法魔方和文字游戏,使经典与仿作之间的戏剧性和滑稽特征极为夸张地凸现出来:

第二幕　网吧

甘:看漫画书你会快乐,听 F4 你会快乐,整天泡网你会快乐,搞搞网恋你会快乐。

梅:小甘,你看谁来了?这位是大名鼎鼎的浮士德教授。

……

浮:适才听得梅总讲,小姑娘真是不寻常。我佩服你新潮叛逆有胆量,才敢在网络时代唱新腔。若无有后后现代的好思想,怎么会反思教育你不穿帮。

甘:教授不要谬夸奖,后后现代不敢当。新人类,新气象,标新立异第一桩。也是网友们闲得慌,才能够互联网上把名扬。

浮:现代派久在文坛上,这棵大树已枯黄。你天生就有高智商,理应当多读书、多学习,感悟生活少上网。

甘：自从那年起，来到网络上。摆起龙门阵，迎战十六方。来的皆网友，怠慢不应当。相逢开口笑，过后不思量。人未走，茶就凉，说什么智商不智商。

梅：好嘛，她被说动了。

浮：新一代应该有新的主张，但不要为了不一样就拼了命地不一样。你看那文化的长河多年流淌，挟着泥沙奔向汪洋。如果我们离开这条大河，就会渴死在异域他乡。

甘：浮老师一席话打开我心窗，生活在别处曾让我迷失方向。从今后我一定走出迷惘，到人群中去寻找幸福的天堂。

浮：小泪卿肺腑言如同醍醐灌顶，忽然间我看到天国就在人们心中。几十年书斋里苦苦修行，却不觉自己已变成书虫。我一心只想把理论奠定，却忘了生命之树永远常青。我只愿从此后走出困境，去探索崭新的生命，远大的前程。

甘：谢谢你，浮士德。

浮：也谢谢你，甘泪卿。

（两人走出网吧，梅菲斯特跑进洗手间，打手机）

梅：名人绯闻报社吗？我是梅菲斯特。我向你们透露一个独家猛料，10万马克，要不要？太贵，那8万好了，不能再少了。著名教授浮士德携18岁女网友私奔了！

（江声浩荡，星光璀璨，河岸上，浮士德与甘泪卿席地而坐，时间仿佛过了一千年……）①

网络时代的浮士德与甘泪卿唱起了样板戏《沙家浜》中的"斗智"，这种古今相交、中西互串的"戏说"路数，根本就不理会基本逻辑，也完全不考虑穿不穿帮的问题。"后后现代"和"新新人类"的特征在网络上得到了最为充分的表现……网络时代的文学经典的命运也正是如此，这就如同浮士德精神一样在出现升华的同时也会出现变异。

概而言之，在数字化语境下，经典原生文本与网络再造文本之间，呈

---

① 王佩：《"红心杀手"写高考作文：〈浮士德后传〉》，http：//www.sina.com.cn 2002/08/02 14：19。

现出一种纷繁复杂的混搭与互渗态势，人类累积数千年的经典文本如同深埋地下的矿藏，听凭各色网络写手任意开凿采掘，原生文本在经历切割、粉碎、筛分、掺沙、注水、搅拌、重塑、烘干、包装等一系列生产工序之后，便在批量生产出来的新生文本中扮演一定角色，并以其特有的方式在新生文本中彰显出原生文本的个性与魅力。经典文本在网络写手的改写与戏仿或拆分与拼贴过程中，其原有的艺术魅力未必一定消失殆尽，相反，有些时候，仿造文本反倒是成全原生文本广受关注并得以与时俱进地保全其经典地位的重要途径。由是，新生文本与原生文本又形成了一种互文性共生关系。必须指出的是，真正的经典如同天上的太阳，它们不会因为群星反射其光辉而渐趋暗淡，恰恰相反，正是在无数正解曲解误解的千磨万击之中，百炼成钢的经典文本才获得了被世代膜拜的荣耀。屈宋辞赋悬日月，李杜文章光焰长。后世人的手追心摹，不但没有使经典作品的金相玉质受损，反倒是增添了屈宋李杜之作的神圣性。

单就网络文学而言，互文性戏仿的盛行，对后现代解构经典之风或许具有推波助澜的作用，网络戏仿也的确产生了一定的祛魅效应。但我们也应该看到，"数字化媒介的技术叙事在对传统文学性解构中又在不断拓展网络文学性的'返魅'路径，借助虚拟真实的艺术张力设定自己的文学性向度，以科学与诗的统一重铸新的审美境界，书写赛博空间的行为诗学，并最终以遮蔽传统又敞亮新生的超越性，打造互联网艺术灵境中的数字化诗性。因而，电子诗意的文学性生成便成为一个解构与建构相统一的辩证过程。"[1] 当然，解构与建构，并非网络文学的专利，从一定意义上讲，全部文学史，可以说都是解构与建构的历史。众所周知，世界上并不存在一成不变的经典，真正的经典往往是在不断地颠覆与重建过程中形成的。经典的形成，离不开作者的千锤百炼，少不了读者的千挑万选，也躲不掉时代的千淘万沥，经典也因此获得了海纳百川和千变万轸的包容性和可塑性。从互文性视角看，任何经典文本都不可能孤峰独秀于天地之间，它必然有千岩万壑相衬托。换一句话说，任何非经典文本，也都不可能毫无依傍，它总会有千经万典作为文化背景相环绕。

由此可见，以戏仿为代表的所谓互文性滥用，虽颇遭评家诟病，却也

---

① 欧阳友权：《互联网对文学性的技术祛魅》，《吉首大学学报》2004 年第 3 期。

并非一无是处，即便这类戏仿文本只是些砂砾碎石，它们也会以其特有的方式折射出经典文本的光辉。如以互文性之开放包容的心态看问题，我们不难发现，当下新兴网络文学在戏仿和恶搞经典的同时，也为重构文学经典提供了多种可能。

第三节　经典资源的互文性开发

如前所述，市场和网络所带来的大众文化勃兴，在分化和瓦解文学经典精英读者群体的同时，也激发了文学经典多种潜在的文化功能。文学经典在走向大众化和娱乐化的过程中，其商品化、快餐化、游戏化、庸俗化倾向所造成的负面影响也日趋严重。大众文艺以其无可比拟的娱乐性功能将传统的文学经典挤出了人们的业余时间。当电视和网络即将把大多数人的读书时间瓜分殆尽的时候，那些偶有闲暇的人，也很难产生阅读经典的欲望，纵有"欲读书情结"也往往挡不住形形色色的侦探、武侠、玄幻、个人隐私等作品的吸引。毫无疑问，对于绝大多数青少年读者而言，恣情快意的娱乐性作品往往要比一本正经的名著更有吸引力。于是有人说，当下的文学经典，除了成了某类特殊人群的"业务"资料外，就只剩下为部分附庸风雅者装点门面的功用了。还有更惊人的说法："（大众文化）公然将文学经典作为自己的资源来肆无忌惮地疯狂吸取。古代的文学名著早已改编殆尽了，略有些奇闻轶事的历史人物也相继被搬上了荧屏。大众文化就像一个巨大的黑洞一样吞噬着一切可资利用的东西，在它面前文学经典显得是那样弱不禁风。"① 但我们也不能不看到，大众文化的勃兴也极大地拓展了文学经典生成与发展的新空间。传统文学经典的求真、尚美、向善等正面影响借助于市场与网络的巨大能量更加深入地渗透到了社会生活的方方面面。

一　"互文性还魂"：经典的守正与创新

从互文性理论的视角看，大众文化无论多么强大，它们与经典文化之间都会存在着千丝万缕的联系。就其源头和根性而言，它们都可以说是经

---

① 李春青：《文学经典面临挑战》，《天津社会科学》2005 年第 3 期。

典文学/文化的儿女。从这个意义上说，大众文化永远无法消除经典之母所赋予的神采与胎印。事实上，文学经典潜移默化的影响无处不在，而且历来如此。在所有大众文化/文艺作品中，我们都能够或清晰或朦胧地看到经典这位"弱不禁风"却"坚忍不拔"的伟大母亲的身影。诚然，当下的文学经典普遍存在着被采伐过滥的倾向，但我们坚信，经典之所以成其为经典，就在于它自身蕴涵着一种生生不息的创生/创新机制。我们知道，一般物质产品都具有天生必朽的局限性，无论数量与质量，都难以超越消费"递减"法则，愈分愈少，愈用愈衰，渐趋枯竭，这是所有物质产品永远无法改变的宿命；作为精神产品的文学经典，与物质产品的情况则恰恰相反，真正的文学经典必然蕴涵着某种必不可朽的文化品质。经典的形成通常遵循一条消费"递增"原则，并必然要经历一个愈分愈多，愈用愈强，日渐繁盛的经典化过程。因此，文学经典的人文精神、审美价值、文化潜力等非但不可能被市场和网络耗尽，相反，真正的经典，已经且必将在市场化和网络化消费过程中星火燎原般地衍生出越来越多的优秀作品。

必须强调的是，文学发展的历史长河无论发生什么样的转折，都不能断然隔绝活水之源。任何经典的形成，都离不开既有经典的滋养。关于这一点，刘勰曾有过相当深刻的认识："楚之骚文，矩式周人；汉之赋颂，影写楚世；魏之篇制，顾慕汉风；晋之辞章，瞻望魏采。"这里的"矩式""影写""顾慕""瞻望"等等，显然包含着模范前人、借鉴经典的意义，且都联系着"望今制奇，参古定法"的通变思想。纵观中外经典，自从荷马到如今，许多乍看上去如同平地起高楼般的杰出作品，貌似突兀于历史的经典，实则是因其在经典的土壤中，打下了更坚实的基础。试想，如无《诗经》的"英华弥缛万代耽"，哪里会有"屈平词赋悬日月"？唯因有"先秦风骚汉魏骨"，这才有"李杜文章光焰长"！这正如先有《荷马史诗》和希腊神话，这才有《伊尼德》和《神曲》一样，正是"从光荣希腊到伟大罗马"的那些代代相传的文学经典，才哺育出了莎士比亚和塞万提斯这样一些不朽的经典作家。从这个意义上说，任凭文学市场的操盘手如何拨动名著的算盘，也不管桀骜不驯的网络写手如何睥睨传统，只要它们仍然拉扯着文学的旗帜，就永远不可能完全跳出经典的手掌。

T. S. 艾略特说过："称赞一个诗人的时候我们的倾向往往专注于他在

作品中和别人最不相同的地方。……我们竭力想挑出可以独立的地方来欣赏。实在呢，假如我们研究一个诗人，撒开了他的偏见，我们却常常会看出，他的作品中，不仅最好的部分，就是最个人的部分也是他前辈诗人最有力地表明他们的不朽的地方。"① 正如 "楚汉诗赋根本远，魏晋文章源流长" 一样，即便是《红楼梦》这样的 "开天辟地绝无仅有之文"（涂瀛），将 "传统的思想和写法都打破了"（鲁迅），就其精神内蕴和技巧技法而言，也无非是转益多师，博采众长而已。例如，《红楼梦》的审美理想明显借鉴了 "临川四梦"（叶朗），其世情观念更是 "深得《金瓶》壹奥"（脂砚斋）。至于曾声称最好不读中国书的鲁迅，就其对古代文学经典的谙熟与彻悟而言，不仅今人常常为他的洞见折服不已，即便在他同时代的顶尖学者们眼里，他的出类拔萃也十分令人心仪。这方面更有说服力的例子是尼采，这位牧师之子宣布 "上帝死了" 是建立在对基督教透彻认识的基础之上的，他尝试 "重估一切价值" 的勇气来自他对古希腊以来之经典著作的烂熟于心。这与因无知而拒绝传统或因陌生而敌视经典的某些网络新新人类或 80 后网络写手的目空一切是不可同日而语的。

　　市场与网络语境中，历代文学经典 "不朽的地方" 已被更自觉地应用到大众文化生产与消费程序中。文学经典，作为市场的 "摇钱树" 和网络的 "点金术"，在纷纷抖落历史尘埃的同时，也正在不断地制造新的文化神话。四大名著的 "落网" "化碟" "动漫"、图解、改编、重拍、戏说、正说、点校、品鉴等等，各行其是，各显神通。其他名著，如 "三言二拍" 的加工改造的方式方法，也同样是名目繁多，花样百出。例如，近年来，引领时尚的大片纷纷瞄上了文学经典潜藏的票房效应：冯小刚的《夜宴》对《哈姆雷特》的影像改造，张艺谋的《满城尽带黄金甲》对《雷雨》的机械复制，"打破常规，另起炉灶"，使传统经典的大树又长出了别样的枝梢。如今，开发文学经典 "不朽的地方"，已成为影视艺术领域的一种相对保险的模式化生产套路。

　　像《满城尽带黄金甲》这类 "经典还魂" 的戏法，通过电视台众星捧月的市场化炒作和互联网图文并茂的数字化轰炸，一月之间，狂收亿万元票房，对于个体化纯文学生产来说，如此大规模的工业化生产绩效显然

---

① T. S. 艾略特：《艾略特文学论文集》，李赋宁译，百花洲文艺出版社，1994，第 2 页。

是可望而不可即的。即便是《哈利·波特》的作者创造的"一本万利"的神话，也无非是影视工业和现代媒介合力完成"魔幻商城"的副产品。不过，通过对《满城尽带黄金甲》这类翻炒文学经典的知名个案的分析，人们兴许也能影影绰绰地看到相关文学经典的深层市场潜力。至于被各种媒介炒得沸沸扬扬的"红楼选秀"等群众运动，无非是借名著造势的又一拨消费经典的大众狂欢和感官盛宴而已。市场与网络语境下，所有这些名著的变脸或变相行为，不仅是文学经典产业化、数字化生产和消费的具体例证，同时也是经典"绵延不绝且无处不在"的生动说明。

福柯说："文学是通过选择、神圣化和制度的合法化的交互作用来发挥功能的。"① 文学经典的功能尤其如此。谁都知道，经典不仅仅是以文字或其他符号形式存在的文本，更重要的是这种文本还代表了特定时代的人文追求、道德理想、情感特征、思想风貌、价值规范和审美取向。因此，将文学经典视为国家与民族的"生命依托、精神支撑和创新源泉"是一点也不过分的。李白说："干戈不动远人服，一纸贤于百万师。"这是对经典的大胆夸张，却包含着惊人的真实。真正的经典，往往隐含着枪炮不及的力量。谁都知道，亚历山大大帝靠马其顿长矛方阵打造了一个横跨欧亚非的超级帝国，但人们往往忽略了亚历山大最重要的秘密武器，那就是他随身携带的《伊利亚特》和那些由亚里士多德亲授的希腊经典。有人说，西方文明最伟大的奇迹是基督徒赤手空拳打败了强大的罗马军团，这个结论成立与否似乎并无确说，但可以肯定的是，基督徒最重要的武器确非刀剑与长矛，而是包含着摩西"五经"和福音"四书"的《圣经》。中国历代统治者对经典（特别是文学经典）的功能似有更深刻的认识，甚至出现过"经国之大业，不朽之盛事"的说法。但毫无疑问，经典的力量必须"通过选择、神圣化和制度的合法化的交互作用来发挥"。

在作用于经典的环境发生重大变化的今天，文学经典也必然要改变作用于社会的方式。刘勰说，"时运交移，质文代变"，任何经典都不可能毫厘不爽地保住原有的一切特点。文学经典作为 E. 希尔斯所说的"传统的延传变体链"（chain of transmitted variants of a tradition）②，在不同的文化

① 福柯：《权力的眼睛——福柯访谈录》，上海人民出版社，1997，第 89 页。
② E. 希尔斯：《论传统》，上海人民出版社，1991，第 17 页。

背景下，它们将会呈现出不同样态。但经典的内在精神却具有高度的稳固性和独立性，它不为时尚所动，也不畏情势胁迫，这正是经典之所以为经典的高贵品格。毛泽东批判"水浒"，使一部传统名著弥漫着浓厚的时代意识形态色彩，但《水浒传》最终也并未真正成为政治斗争的"反面教材"，相反，在文学百花凋零的季节，它却客观上变成了最为普及的文学经典之一。

周星驰大话"西游"，完全撇开原作，肆意推销其无厘头闹剧，在文学经典的影视化和市场化浪潮中巧立涛头，将戏说经典的口水酣畅淋漓地泼向民间和校园，而《西游记》这样的经典"经卷"不仅丝毫未损，而反倒使其受到更多普通读者越来越密切的关注。刘心武揭秘"红楼"，在"红学"之外另辟"秦学"，虽然学界褒贬不一，但因此而引起的"红学"著述激增及曹氏原著旺销却是有目共睹的事实。易中天的"品三国"，使央视"百家讲坛"成为人气飙升的栏目，其荧屏字幕，结集成书，摇身一变，竟然成了开机就达 60 万印数的畅销书品牌，但这些媒介引爆的浮华烟云，有可能转眼就随风散尽，它们根本不可能对《三国演义》的经典地位构成任何威胁。其实，任何经典本身都是一个复杂多元的世界，在纯净与淡定的主流周围，总会有鼓动与激荡的风波相伴。

值得注意的是，在市场和网络语境下，传统文学经典不仅仅是出版商和影视制作人的聚宝盆，悄然崛起于新世纪的游戏开发商，也一直牢牢盯紧了文学经典这座永远开采不尽的金矿。作家艺术家其实也仍然把文学经典看作经验的至贵宝库和灵感的不绝之源，哪怕是那些反传统的"先锋派"或专以解构经典为能事的"新新人类"，他们的文化意义和艺术魅力常常更多地来源于被"戏拟"的对象，换个角度说，那些"颠覆之作"，其实也可以说是经典的"背面"所折射出的异样光芒。

总之，市场与网络的合谋，使经典在快餐化和数字化蜕变中丧失了许多宝贵的品格。但经典之所以为经典，并不在于它是否长期被摆在书店的畅销书架上，是否频繁出现于时文的引号中，是否反复被写进时髦的广告里。真正的经典即便是在缺席的情况下，它仍然能够发挥春风化雨般的精神影响。我们欣慰地看到，如日中天的文化市场与数字化媒介，已经在很大程度上把经典文学精神灌输到大众文化的肌体之中，在大众文化的"陋室"里，我们也许再也找不到文学经典安居"殿堂"的矜持与清雅，但经典文化的种子已就此扎根于普通百姓随意穿行的寻常巷陌。因此，对经典的未来和未来的经典我们没有理由悲观失望，一个时代自有一个时代的经典。

二　消费经典：互文性改编示例

在万千"博客"组成的网络写作的百花园中，经常读到一些不分"原创"与"转帖"的文字。例如，有位网友贴出了一篇有关"唐诗公案"的文章，这篇博文讨论了唐人崔颢享有"以孤篇而压全唐"之美誉的《黄鹤楼》。一位网友在这则博文后的留言栏里讲了这样一则故事：30 多年前的语文课堂上，老师为同学们讲解崔颢的《黄鹤楼》，顺带板书了另外三首诗：一首是沈佺期的《龙池篇》，一首是李白的《登金陵凤凰台》，还有一首是鲁迅先生的戏仿之作《剥崔颢黄鹤楼诗吊大学生》。板书完毕，他便鼓励同学们认真品读诗歌并仔细体会其中隐藏的奥秘。当年老师在课堂上的精彩演绎，如今只能依稀记住几个关键词，谁料借助于互联网帮助，竟然可以清晰地还原当年的教学内容。或许因为老师讲解的那些典故或传说有本有据，作为公共知识领域的常识性文本，自然有案可稽，对这类信息，如今的互联网几乎无所不备。输入几个关键词，所需资料，便可当即一键搞定，数十年前师生共享文化盛宴的菜单，几乎一样也没有落下。按照网友的描述，当年那位语文老师板书在黑板上的四首诗应该分别是：

黄鹤楼 （崔颢）

昔人已乘黄鹤去，此地空余黄鹤楼。

黄鹤一去不复返，白云千载空悠悠。

晴川历历汉阳树，芳草萋萋鹦鹉洲。

日暮乡关何处是？烟波江上使人愁。

龙池篇 （沈佺期）

龙池跃龙龙已飞，龙德先天天不违。

池开天汉分黄道，龙向天门入紫微。

邸第楼台多气色，君王凫雁有光辉。

为报寰中百川水，来朝此地莫东归。

登金陵凤凰台（李白）

凤凰台上凤凰游，凤去台空江自流。

吴宫花草埋幽径，晋代衣冠成古丘。

三山半落青天外，二水中分白鹭洲。

总为浮云能蔽日，长安不见使人愁。

剥崔颢黄鹤楼诗吊大学生（鲁迅）

阔人已骑文化去，此地空余文化城。

文化一去不复返，古城千载冷清清。

专车队队前门站，晦气重重大学生。

日薄榆关何处抗，烟花场上没人惊。

那位老师如果生活在今天，我相信他还会在黑板上写下这样一首令人哭笑不得的"名诗"：

"我爸是李刚"①

凤凰台上李刚游，凤去台空我自由。

校园花草埋冤女，院长衣冠成古丘。

一时半刻去国外，空留跑车在神洲，

总为浮云能蔽日，青天不见使人愁。

---

① 2010年10月16日晚，保定市某公安分局副局长李刚之子李启铭，驾车撞人，造成一死一伤，当保安挡住去路时，肇事者居然口出狂言："有种告我去，我爸是李刚！"此言一出，群情激奋。"我爸是李刚"迅速蹿红网络，网友们掀起了一场"我爸是李刚"网络造句大赛，"参赛作品"数以万计，如普希金版：假如生活欺骗了你，不要悲伤，我爸是李刚。李白版：床前明月光，我爸是李刚。刘禹锡版：杨柳青青江水长，闻郎在校把人撞。东边日出西边雨，道是我爸叫李刚。苏东坡版：老夫聊发少年狂，我爸爸，是李刚。佛经版：前世五百年的回眸，才换来今生的我爸是李刚。卜算子版：碾死校花怕个啥，李刚是我爸。艾青版：为什么我的眼里常含着泪水，因为我的爸爸是李刚……徐志摩版：最是那一低头的温柔，像一朵水莲花不胜凉风的娇羞，道一声珍重，道一声珍重，那一声珍重里有蜜甜的忧愁，我爸李刚最风流！大话西游版：曾经，有一个李刚要当我的爸爸，我没有同意，直到我出事儿后才追悔莫及，如果上天能给我再来一次的机会，我一定要让李刚当我的爸爸。凤凰传奇版：我在仰望，月亮之上，我的爸爸是李刚。特仑苏版：不是所有爸爸都叫李刚。吉鸿昌版：恨不开车死，留作今日羞，我爸是李刚，我何惜此头……

　　不难想见，当年那位老师备课时可能会参考某些前人的研究成果，譬如说元人辛文房《唐才子传》记载的这样一则趣事：大诗人李白来到长江汉水交汇之处的黄鹤楼，诗兴大发，正欲一展诗仙之风采，却被突入眼帘的崔颢之诗迷倒，由于自觉难以盖过崔颢的风头，李白只好放弃赋诗的念头，愤愤不平地说："双拳捣碎黄鹤楼，两脚踏平鹦鹉洲，眼前有景道不得，崔颢题诗在上头。"这种具有游戏性质的文人传说自然不必细究就里，但至少有这样两点不容一笑置之。第一，《黄鹤楼》确实算得上历代诗家真心激赏的上乘之作。如严羽《沧浪诗话》对崔颢这首诗就有过这样的"酷评"："唐人七言律诗，当以崔颢《黄鹤楼》为第一。"诗评家沈德潜在《唐诗别裁》（卷十三）中指出，《黄鹤楼》"意得象先，神行语外，纵笔写去，遂擅千古之奇。"第二，李白曾经几度模仿过崔颢诗作，譬如说，《全唐诗》中至少白纸黑字地记载着李白两首仿拟《黄鹤楼》之格调的诗作：其一是前面所说的《登金陵凤凰台》，其二就是下面这首《鹦鹉洲》：

鹦鹉洲　（李白）

鹦鹉东过吴江水，江上洲传鹦鹉名。

鹦鹉西飞陇山去，芳洲之树何青青。

烟开兰叶香风暖，岸夹桃花锦浪生。

迁客此时徒极目，长洲孤月向谁明。

　　不难看出，该诗之前四句与崔诗如出一辙。至于说《登金陵凤凰台》，无论句式还是格调都明显脱胎于《黄鹤楼》，但李诗包蕴之才情、气势，丝毫不示弱于崔颢之作。因此该诗博得了"与崔颢黄鹤楼相似，格律气势未易甲乙"的赞扬。事实上，李白的《登金陵凤凰台》就如同崔颢的《黄鹤楼》一样，如今已成为当地旅游部门专为游客们设立的登临怀古之景点。有资料说，李白读过《黄鹤楼》后，始终无法释怀，于是先仿其格式作《鹦鹉洲》，自觉不及崔诗，尔后又作《登金陵凤凰台》，对比《黄鹤楼》反复修改，直到两诗难分轩轾方觉心安。对于《黄鹤楼》与《凤凰台》历来各家褒贬不一，但众口之辞占主流的是，李白仿崔诗，而未远胜，使得李白诗名大负，然而，《黄鹤楼》又是仿沈佺期的《龙池篇》而成却鲜为人知。① 至于说鲁迅的"剥崔颢黄鹤楼诗吊大学生",其用意与格调固然别有讲究,但单就手法而言,与今天网络流行的戏拟之作几乎没有太大差别。

值得注意的是,崔颢的《黄鹤楼》并非只模仿了沈佺期的《龙池篇》,它还和很多其他诗作存在明显的互文关系,譬如,《楚辞·招隐士》有这样的诗句:"王孙游兮不归,春草生兮萋萋。"而崔颢诗中的"芳草萋萋"之语便与《楚辞·招隐士》有直接关联,无论崔颢有意还是无意,文本之间的联系几乎一望而知。值得注意的是,这种"祖述前贤""模唐范汉"的仿制与再造,历朝历代可谓绵绵不绝。与上述唐诗仿作极为类似的例子,在宋词中也比较普遍存在,例如:

> 北宋词人柳永有名句"衣带渐宽终不悔,为伊消得人憔悴",曾博得后人的激赏。其实,早在唐代的敦煌写本中就有一首无名氏的《奉答》诗"红妆夜夜不曾干,衣带朝朝渐觉宽。形容只今消瘦尽,君来莫作去时看。"诗中的二、三句不正是柳词的脱胎之处吗?柳永不过是把诗句变成了词句,更加通俗而已。唐人无名氏之作也并非独创。在《古诗十九首·行行重行行》中,就已经有"相去日已远,衣带日已缓"的句子。南北朝时的《读曲歌》中也有"遣发不可料,憔悴为谁睹,欲知相忆时,但看裙带缓几许"的动人歌唱。当然,柳永的这条"衣带"虽然袭自汉唐,但做工精致,光鲜灿烂,后出转精,自然胜过汉唐"衣带"百倍。②

元稹在《酬孝甫见赠十首》中称赞杜甫"天才绝伦",具有"直道时语""不傍古人"的创新精神,但在《唐故工部员外郎杜君墓系铭并序》中却说:"至于子美,盖所谓上薄风骚,下该沈宋,言夺苏李,气吞曹刘,掩颜谢之孤高,杂徐庾之流丽,尽得古今之体势,而兼人人之所独专矣。"③ 崇拜杜甫"不傍古人"的元稹,却偏偏看到了无数古人影影绰绰地穿行于杜诗的字里行间。至于标榜"语不惊人死不休"的杜甫本人,虽

---

① www.dianping.com/group/f7047/topic/333238 2011－7－11.
② 赵晋全:《古诗词中的仿句》,《语文知识》2005 年第 6 期。
③ 元稹:《唐故工部员外郎杜君墓系铭并序》,http://www.baike.baidu.com/view/4600735.htm。

然"恐与齐梁作后尘",但却念念不忘"窃攀屈宋",在"不薄今人爱古人,清词丽句必为邻"的"互文性"借鉴过程中,想必杜甫受益匪浅,所谓"李陵苏武是吾师,孟子论文更不疑",所谓"熟知二谢能将事,颇学阴何苦用心",都可以说是杜甫善于学习和"转益多师"的见证。

在后世以杜诗为宗的江西诗派那里,仿效古人成了诗家"点石成金"的主要途径,模唐范汉居然到了"无一字无来处"的地步,即便今天以剪切和粘贴为主要方式的网络写作,在挪用和戏仿其他文本方面恐怕也得甘拜下风。

著名的网络文化批评家丁启阵先生在自己的博文里专门讨论过苏东坡的"模仿秀"。他说,文艺的模仿秀并非"星光大道"之类的大众节目之首创,实际上是古代颇为流行的"游戏"。尽管苏东坡和韩愈一样同为唐宋八大家中的佼佼者,但苏轼却是韩愈的铁杆粉丝。杜甫说李白"青莲才笔九州横,……一生低首谢宣城。"这句话,如果用来描述苏轼对韩愈的仰慕也可以说恰如其分。据说,苏轼读韩愈的散文《送李愿归盘谷序》时,认为那是整个唐朝写得最好的一篇文章。有一次读过这篇文章之后,苏东坡忍不住在文后写了这样的感想:"平生愿效此作一篇,每执笔辄罢。因自笑曰:不若且放教退之独步。"苏东坡虽然没有表演韩愈《送李愿归盘谷序》的模仿秀,但是,他表演模仿秀的次数不止一两回,而且,诗、词、文都有。① 资料表明,苏轼的名作《前赤壁赋》其实也是一篇模仿之作。丁启阵援引宋人罗大经的话说:

> 太史公《伯夷传》,苏东坡《赤壁赋》,文章绝唱也。其机轴略同:《伯夷传》以"求仁得仁,又何怨"之语设问,谓夫子称其不怨,而《采薇》之诗犹若未免于怨,何也?盖天道无亲,常与善人,而达观古今,操行不轨者多富乐,公正发愤者每遇祸,是以不免于怨也。虽然,富贵何足求,节操为可尚,其重在此,则其轻在彼。况君子疾没世而名不称,伯夷、颜子得夫子而名益彰,则所得亦已多矣,又何怨之有!《赤壁赋》因客吹洞箫而有怨慕之声,以此设问,谓举酒相属,凌万顷之茫然,可谓至乐,而箫声乃若哀怨,何也?盖此乃

---

① 　丁启阵:《苏东坡的文学模仿秀》,http://www.blog.qq.com/qzone/120308730/1262806502.htm。

周郎破曹公之地，以曹公之雄豪，亦终归于安在？况吾与子寄蜉蝣于天地，哀吾生之须臾，宜其托遗响而悲怨也。虽然，自其变者而观之，虽天地曾不能以一瞬，自其不变者而观之，则物与我皆无尽也，又何必羡长江而哀吾生哉！刘江风山月，用之无尽，此天下之至乐，于是洗盏更酌，而向之感慨风休冰释矣。东坡步骤太史公者也。①

古代诗文互相模仿的例子比比皆是，某些极仿作之能事的二三流作家自不必说，即便那些文学史上光芒万丈的文坛巨匠的集子中，其互文性仿作也举不胜举如唐人刘希夷《白头吟》："年年岁岁花相似，岁岁年年人不同。"其后岑参《韦员外家花树歌》："今岁花似去年好，去年人到今年老。"欧阳修《浪淘沙》："今年花胜去年红，可惜明年花更好，知与谁同？"又如白居易咏花名句"明朝风起应吹尽，夜惜衰红把火看"一出，诗人们争相模仿，如王建"岁去停灯守，花开把火看"（《惜欢》）；李商隐"客散酒醒深夜后，更持红烛赏残花"（《花下醉》）；司空图"五更惆怅回孤枕，犹自残灯照花落"（《落花》）；苏轼"只恐夜深花睡去，故烧高烛照红妆"（《海棠》）……②

在这里，李商隐、苏轼等人的这些奇妙诗句明显得益于对前人的模仿，而后世又该有多少模仿者从对李、苏的模仿进行模仿？这种模仿的模仿的模仿……，似乎永无终点。也许正是从这个意义上，杜甫才发出了这样的感叹："未及前贤更勿疑，递相祖述复先谁？"及至网络时代，类似的仿制与再造更是生生不息，相关例子可谓触目皆是。

有学者对"唐诗中的模仿现象"撰写了专门文章加以论述，如丁裕国的《唐诗中的模仿现象举例》一文列举了许多有趣的例子。其中杜牧的《泊秦淮》："烟笼寒水月笼沙，夜泊秦淮近酒家。商女不知亡国恨，隔江犹唱后庭花。"这一千古名诗就被认为是岑参《山房春事》的仿作，岑参诗云："梁园日暮乱飞鸦，极目萧条三两家。庭树不知人去尽，春来还发旧时花"这前后两首诗又是何其相似？无论是韵脚还是描写手法，都十分相近相同。尤其是"庭树不知人去尽，春来还发旧时花"与"商女不知亡

---

① 《鹤林玉露》卷六。
② 赵晋全：《古诗词中的仿句》，《语文知识》2005 年第 6 期。

国恨，隔江犹唱后庭花"如出一辙。不用说，从年代来看，这种相似很可能是后诗临摹前诗而成。再有一例是，诗人崔护所作《题都城南庄》，诗云："去年今日此门中，人面桃花相映红。人面不知何处去，桃花依旧笑春风。"而其后，唐代著名文学家刘禹锡所写的《石头城》一诗，也可以说处处显露出模仿前诗的痕迹，诗云："山围故国周遭在，潮打空城寂寞回。淮水东边旧时月，夜深还过女墙来。"尽管在韵脚上两者不相同，但其表现手法却十分相似。尤其是诗的末两句，无非是说，人事环境变迁而旧物依然如故，似有一种感伤之情浸透字里行间。①

在网络写作时代，借助于"word"界面上的虚拟"剪刀"加"糨糊"，抄袭、戏仿、"恶搞"等"互文性"与"仿互文性"戏法变得易如反掌，它们与网络"原创性"作品共同构成了数字化文本的狂欢景象，这种景象的错综复杂与奇幻多变，甚至远远超出了诗人李白、哲学家巴赫金等人的想象。

例如，今何在的代表作《悟空传》被公认为是一篇颇有影响力和代表性的网络小说，在这部作品中，作者可谓把网络文学的各色恶搞技法发挥得淋漓尽致。小说一开篇，唐僧师徒四人就已在西天取经的路途上跋涉很久了：

　　四个人走到这里，前边一片密林，又没有路了。

　　"悟空，我饿了，找些吃的来。"唐僧往石头上大模大样一坐，说道。

　　"我正忙着，你不会自己去找？……又不是没有腿。"孙悟空挂着棒子说。

　　"你忙？忙什么？"

　　"你不觉得这晚霞很美吗？"孙悟空说，眼睛还望着天边，"我只有看看这个，才能每天坚持向西走下去啊。"

　　"你可以一边看一边找啊，只要不撞到大树上就行。"

　　"我看晚霞的时候不做任何事！"

　　"孙悟空你不能这样，不能这样欺负秃头，你把他饿死了，我们

---

① 丁裕国：《唐诗中的模仿现象举例》，http://www.blog.sciencenet.cn/home。

就找不到西天，找不到西天，我们身上的诅咒永远也解除不了。"猪八戒说。

"呸！什么时候轮到你这个猪头说话了！"

"你说什么？你说谁是猪？！"

"不是猪，是猪头！哼哼哼……"孙悟空咬着牙冷笑。

"你敢再说一遍！"猪八戒举着钉耙就要往上冲。

"吵什么，吵什么！老子要困觉了！要打滚远些打！"沙和尚大吼。

三个恶棍怒目而视。

"打吧打吧，打死一个少一个。"唐僧站起身来，"你们是大爷，我去给你们找吃的还不行吗？最好让妖怪吃了我，那时你们就哭吧。"

"快去吧，那儿有女妖精正等着你呢。"孙悟空叫道。

"哼哼哼哼……"三个怪物都冷笑。

谁都知道，《西游记》中的师徒四人在迢遥的"西游"途中，跋涉千山万水，战胜千魔万怪，可谓是历尽千难万险，他们靠的是有难同当，靠的是精诚团结。吴承恩笔下的唐僧既是一个虔诚的佛教信徒，同时还是一个具有知识分子气质的谦谦君子。这个菩萨心肠的老好人却天生胆小如鼠，动辄吓得滚下马鞍。但他对封建礼教和佛家戒律的精诚持守却从未有过动摇，作为一个小心翼翼到近乎迂腐的长老，唐僧总是"念念不离善心"，"扫地恐伤蝼蚁命，爱惜飞蛾纱罩灯。"因此，单凭"往石头上大模大样一坐"中的这个"一坐"的"模样"，我们就可以断定，这绝对不是吴承恩笔下的那个"前现代"的唐僧，而只能是今何在网页上的那个"后现代"的唐僧。

孙悟空虽然有过大闹天宫的"前科"，但自从跟随了唐僧之后，叛逆性已不再是他的主要性格特征。在妖魔鬼怪面前，他的那双火眼金睛变成了战胜敌人的重要法宝。在看似无法克服的困难面前，他的智慧与力量以及乐观的天性总能最后使唐僧擦干眼泪，使八戒不再灰心，使沙僧笑逐颜开。作为西天取经人的合格卫士，孙悟空是绝不会"因为看晚霞而耽误任何事情"的。一个不容否定的事实是，今何在的《悟空传》，在恶搞《西游记》的过程中，除了常见的恶搞手法外，还重点突出了"反其道而行之"的"反讽"与"戏拟"原则。

从一定意义上说,"反其道而行之"是文学改编与"恶搞"最重要的市场策略之一。国内投资最大、改编篇幅最长的漫画版《红楼梦》一问世即引起争议,书中紫色头发的林黛玉、袒胸露臂的秦可卿让读者根本就找不到"红楼人物"清丽清纯的影子。这一变化令人不胜感慨。回想过往,拥有各种版本的老式连环画《红楼梦》也曾风靡中国。但近20年来,老版连环画逐步退出年轻一代的视野。用新的艺术表现诠释经典名著,已成为现代出版业的发展方向。在这一背景下,中国画报出版社历时两年,投资百万元打造了这套12册120回共1200页的漫画版《红楼梦》。这套书一改老版连环画的面孔,采用多格动作漫画的形式,而且打破以往漫画中以景衬人的模式,注重人物心理刻画,运用了特写镜头。

《三国演义》《水浒传》等在国外都有漫画版,但基本上被改得面目全非。出版社表示,漫画版《红楼梦》无论在内容上还是人物的绘画方面基本都忠实了原著。但很多读者还是提出了疑问。因为漫画版《红楼梦》中,林黛玉是一头紫色的长发,惜春的头发也是在韩国漫画中随处可见的"碎发",秦可卿的造型则是袒胸露臂……人物造型的这种"哈韩""哈日"特征使读者频频发问:"这样的读物是否会给青少年造成误导,影响他们对《红楼梦》的真正认识?""这种变化是否是传统文化对流行文化的妥协?"

对此,这套书的编绘人员认为,目前国内漫画产业处在发展阶段,在当下完全继承传统是不可能的。我们是将传统画法与现代漫画技术相结合,适度地改变是为了满足青少年的阅读习惯。至于是否会误导青少年,似乎不必担心,因为不同年龄的人对《红楼梦》的理解是不一样的。出版社有关部门曾做过市场调查,认为多数青少年对这种日本或韩国风格的名著改编是比较认同的,在这个为盈利而出版的时代,成功与失败要放在市场中进行检验,如果有利可图,他们还会继续出版其他古典名著的漫画版图书。①

当《红楼梦》的诗性氛围完全被一种"利润至上"和"娱乐至死"的市场化语境取代时,曹雪芹笔下的"悲情钗黛",在及时行乐的身体消费过程中,几乎不可避免地蜕变成了商品化"大众情人"或"欲望魔

---

① 佚名:《漫画版〈红楼梦〉惹争议,名著改编要讲品位》,"慧聪网",2005年4月6日。

女"。令人不解的是，上述"恶搞"《红楼梦》的事件，其始作俑者并不是某些无聊网站的版主或无照经营的不法书商，而是某家民族出版社"向省新闻出版局提交了选题申请"，并堂而皇之公开出版的"大话名著"系列中的一例。

在这种极端无序的情况下，读书人心中残存的一丝对经典的敬仰之情已很难找到倾诉的场所了。正如一位学者所说的，在"博客"书写大为流行的今天，优秀作品遍地开花，但同时也涌现出了许多横行江湖的流氓写手，那些肆意践踏经典的"恶搞高手"站在巨人的肩上而不知道心存感激，偏要狠狠地踩上两脚并啐一口唾沫，这种十足的文痞行为和小人嘴脸正频繁出没于五光十色的媒介之中。有一种观点认为，对经典名著诠释和图说的时尚化是"速读时代"不可避免的文化现象，随着经典的"诠释和图说"日趋产业化和娱乐化，"恶搞"风气也必然随之流行起来。于是，红色经典中的英雄人物，经典名著中的往圣先贤便成了"恶搞"的首选对象。

但是，"恶搞"者往往还要煞有介事地打出文艺创作的旗号，在"恶搞"过程中却抛弃了"艺术之所以为艺术"的所有道德底线，毫无顾忌，不加分辨，只图一时痛快，专营一锤子买卖。毫无疑问，这是一种极为有害的文化短视行为。以糟蹋民族文化瑰宝来追求轰动效应和经济效益，这无异于竭泽而渔，无异于饮鸩止渴。某些正规出版社和大众媒介，竟然为这种文化自绝自戕行为推波助澜实在是不应该。某家出版"大话系列"的出版社辩称，"韩国、日本也改编了三国、水浒，都是为了迎合本国青少年的需要"，而且都获得了成功。对此，批评家进行了针锋相对的反驳："韩国、日本糟蹋我们的文化经典，我们就需要跟着糟蹋我们的文化经典吗？在日本的网络游戏中，林黛玉成为色情场所的性奴，难道我们也要在我们的出版物中，也将'金陵十二钗'都塑造成性奴吗？"①

众所周知，与书刊报纸等平面媒介相比，网络世界才是恶搞分子恣意妄为的狂欢乐园。仍然以恶搞《红楼梦》的"戏拟"之作为例，网络上流行的所谓"武侠版的《红楼梦》"比上述名著"大话系列"更离谱、更邪乎、更令人哭笑不得。

---

① 李成仁：《恶搞〈红楼梦〉是一种文化短视》，《中华读书报》2006 年 11 月 8 日。

　　说来也怪，在所谓的纯文学圈子里，武侠小说一直给人以不登大雅之堂的感觉，即便金大侠如此深入人心，但多少有点自命清高的文论界似乎一直没有给武侠一个体面的名分。因此，"武侠版《红楼梦》"之类被划归"名门正派"不屑一顾的"邪魔外道"之列，这也似乎是顺理成章的事情。但是，网络江湖一向是一个忠奸莫辨、亦正亦邪、美丑泯绝的混沌世界，因此，在网络写读者眼中，新出炉的《红楼梦》的"武侠版"与什么"程甲本""程乙本"似乎没有本质区别。只要能吸引读屏者的眼球，就会受到网友们的追捧。例如玉扇倾城的《情种·武侠版的红楼梦》在网上就比较受欢迎，初出茅庐就获得五六位数的人气数。作者戏拟《红楼》笔法，回前诗曰："大观园中，少年横剑掉头东。月落人瘦，金玉碎秋风。木石前盟，沾衣露华浓。君且看，昔日葬花，今朝江湖梦。"（寄调《点绛唇》）小说开篇以武侠小说流行的套路设下悬念：武林大派"神偷门"一夜间冰消瓦解，门主及门人踪迹全无，而就在此时，大观园主贾宝玉的通灵宝玉；金陵王家的御赐明珠；薛府的碧玉佩，突然被盗，现场留下的却是桃苑的桃花镖。凶手是谁？目的何在？……

　　这类无名网站上的"野狐禅"也许不足齿数，但著名的央视网站上出现的"武侠版的《红楼梦》"却不得不令人刮目相看。例如，在胡志梁的《武侠红楼梦之林黛玉进贾府》里，贾府门前挂着"天下武林第一家"招牌，而且是"当今皇帝的御笔亲封，对江湖人家如此褒誉敬重，不仅是文武百官，纵使是绿林草莽，黑白两道，见此名号也会肃然起敬，顶礼膜拜的。"贾母史太君成了名满天下，威震八方，号称"擎天双剑"的贾赦、贾政的母亲。贾母一见黛玉就先向她介绍了"逍遥刀"邢夫人、"观音剑"王夫人、"罗刹双钩"珠大嫂子、"天女散花"贾迎春、"梨花带雨"贾探春、"春风满楼"贾惜春等女侠。接着重点介绍了"凤辣子"王熙凤。此女是"观音剑"王夫人的侄女，自幼假充男儿习武，8 岁时曾打败少林高僧玄机，16 岁时就连克武当三老，只是 20 芳龄时嫁与"百变书生"贾琏后，便极少在江湖上走动了。

　　宝黛见面场景的描写也是典型的武侠手法：门外百米处有一人影在急速蹿动，丫鬟进来报道："宝玉少爷来了。"黛玉常常听得母亲说，二舅母"观音剑"王夫人生有个表兄，乃衔玉而诞，顽劣异常，极恶学武，最喜在内帏厮混玩戏，由于史太君溺爱，无人敢管制。黛玉疑惑中，丫鬟的话音也亦刚落下，忽见一红衣少年施舒轻功已至跟前。"贾门燕子三抄水的轻功绝技，果然名不虚传！"黛玉暗暗佩服。……宝玉走近黛玉，忽地一招"投桃报李"，欲把项间美玉挂向黛玉。众女奇惊！黛玉却泰然自若，纤手微动，一推一扬，那美玉居然又回到了宝玉脖中了。"好俊的功夫，林家在武林的威望绝不是浪有虚名！"王熙凤赞道。宝玉满脸通红，发怒摘下美玉，正要摔地，吓得女杰们齐飞身去抢玉。史太君急忙上前搂住宝玉："乖孙儿，别气坏了身体，你林妹妹是跟你闹着玩的。"宝玉怒气渐消，自觉失态，连忙向黛玉致歉："妹妹，是哥哥不对，是哥哥无理了！"黛玉还礼道："小妹也有不当的地方，让宝玉哥生气了！"①

　　在网上对名著戏拟一把自然无伤大雅，只要不开口伤人，不设局骗钱，不违规违法，面对"红楼"，幽它一默又有何不可？毕竟，在 BBS 或"博客"中玩点文字游戏也损害不了什么，自娱自乐而已，它与在古建筑上胡刻乱画的不文明行为相比，似乎是一种无伤大雅的益智活动。

　　把《红楼梦》改编成古装武打连续电视剧的想法，在网络游戏中早已不是什么新鲜事了。一位化名胡震的网友以王朔式的口吻写了一篇"关于将《红楼梦》改编为五百集武打艳情电视连续剧策划书"。大意说，当他所在的公司的电视剧受到观众冷落遭受票房败绩时，他便潜心研究港台当红影视作品。受唐伯虎"妙拳获芳心"的启发，他决定把《红楼梦》改编成武打艳情剧本。他认为，当代历史剧之败全败在一个"忠"字上，忠于历史，忠于原著，忠于作者。千百年来这个"忠"字，不知害了多少贤臣良将，岳飞命丧风波亭，因为"愚忠"；诸葛亮遗恨五丈原，还是"愚忠"。早在十多年前，港台上下便开始向名著名剧大挥"改刀"，剧中文弱书生纷纷弃文就武，纤纤小姐也撩开羞涩的面纱变得风骚绝伦。各影视机构因此赢得观众阵阵喝彩，取得巨大的经济效益。我们仍在为了忠于原著而浪费宝贵的时间；为忠于历史浪费大量的道具。最让人痛心的是，为了这个"忠"字，我们忽视了观众的需求，错过了宝贵的商机。

　　关于改编《红楼梦》的理由，胡震先生的"策划书"表面看起来一本正经，头头是道，但稍加分析就不难看出作者反讽的锋芒：尽管此前已经有不同版本的电影、电视、戏剧与观众见面，但这些忠于历史、忠于原

---

① 胡志梁：《武侠红楼梦之林黛玉进贾府》，http://bbs.cctv.com/book/9682260/1.html。

著、忠于作者的"三忠"影片，已经不能引起观众的兴趣。因此真正具有创新意义的重拍，不仅是完全可能的，而且是非常必要的。更为重要的是，新版出新容易，且必能为公司带来丰厚的进账。《红楼梦》位居四大名著之首，具有较高的知名度，深得广大群众喜爱，可为公司节省一笔宣传费。况且原作者曹雪芹已经死去几百年了，各种稿费、版权费、改编费都可统统免去，这样将大大降低制作成本，同时也避免了因侵权而引起的各种纠纷。此外，原作篇幅较长，人物众多，给改编留下很多可供想象的空间。后四十回因原著的佚失更显扑朔迷离，不但可以给观众以神秘感，而且在改编上将更加自由。我们完全可以将情节搞得更加离奇。比如，让林黛玉在后四十回死而复生，让刘姥姥成为一代武林大师。我们的口号是：不怕没人夸，就怕没人骂！新版《红楼梦》必将引起评论界的非议，尤其会受到红学界老学究的强烈抗议，甚至还可能引发文艺界空前大论战。我们可以借此机会炒作此片，把不利因素转化为有利因素。如今文艺作品成功最大的秘密只有四个字，那就是：一骂千金！

关于新版《红楼梦》的"改编原则"，胡震的表述更是亦真亦假，亦庄亦谐，作者借机将当前名著影视改编过程中所出现的种种滑稽可笑的弊端逐一进行了调侃与嘲讽：

1. 全剧以武侠、艳情为主调。既然梁山伯、祝英台可以舞枪弄棍，让贾宝玉、林黛玉成为武林高手也不足为奇。好在小说一开始便有空空道人和渺渺真人，故事可由他们展开。在剧中他们武功盖世，具有一步追命，无招夺魂之功。在大荒山上，青埂峰下，无稽崖旁，他们将战乱中与父母失散的贾宝玉哺养成人，并传授他绝世武功，然后送他下山寻找仇人报仇。

2. 考虑到武林中大侠大多气宇不凡，极具男子气，而原著中贾宝玉的性格显然不符合剧情要求。因此贾宝玉必须改掉好吃女人胭脂的毛病，他不但应当有令狐冲的侠义肝胆，还要有楚留香的飘逸洒脱、韦小宝的诙谐机智。他剑不离手（可将尤三姐的那把鸳鸯剑暂借与他），胸前佩戴的通灵宝玉实际上是一种秘密的杀人暗器。

3. 一部好的电视剧没有女人，显然是无法成功的。好在小说中漂亮女子多的是，当然她们不能再深锁闺房，羞羞答答。要让他们文能上床，武能上房。贾宝玉与她们关系暧昧。当然，为了尊重观众的欣赏习惯，在不影响宝玉与其他姑娘调情的前提下，我们仍将宝黛爱情放在主要位置。

4. 宁荣二府、大观园仅仅作为谈情说爱、吟诗作画的场所很难满足武侠片所需要的大场面。拓展为类似《唐太宗李世民》中的长安宫。争权夺利、勾心斗角、杀子弑父、宠幸与冷宫一应俱全，再糅进江湖浪子、黑白两道、三教九流，总之越乱越容易拍摄。

5. 没有矛盾冲突，没有阶级斗争，电视剧便没有吸引力。因此，必须给贾宝玉树立一个敌人。薛蟠太蠢，马道婆一个女流之辈又难成气候。翻来覆去，唯有他的同父异母兄弟贾环与他素来不和。尽管此人行为猥琐，但奸诈、阴险倒十分符合坏人的标准。况且其身后还有赵姨娘、马道婆撑腰，因此我们可以把他拉到幕前，涂上阶级恩怨，让他与宝玉争夺贾门主持，或谁是江湖第一剑。

6. 我们发现原著以悲剧结束，这显然不符合观众喜欢大团圆的审美要求。因此，在全剧结束前让林黛玉活过来便变得非常重要。我们可以大胆地做如下安排：（1）林黛玉其实并没有死，而是中了一种剧毒。（2）这种毒只有一个叫做癞头和尚的高人能治。（3）高人开出一秘方，这副药配方极其复杂，需要阆苑仙葩的叶子，神瑛侍者的甘露（尿），加上九百九十九种不同花的花瓣，与贾宝玉佩戴的通灵宝玉、薛宝钗胸前的长命金锁一起煎熬后与林黛玉的眼泪一起服用。（4）当所有条件全部满足，林黛玉死而复生，与宝玉一起打败最后的敌人，在一望无际的大荒漠，迎着如血夕阳携手走向天之尽头，同时音乐起，推出"全剧终"三个大字以及赞助单位。

7. 对演员的挑选要严格要求。男主角不但长相英俊，还要有幽默感，并且应当有相当知名度。建议力邀刘德华、周星驰，内地唯葛优可以考虑。女演员除漂亮、性感外，戏路一定要放得开。文能上床，武能上房。张曼玉、章子怡都是比较适合的人选。

本策划仅仅在原则性问题上给予考虑。具体操作细节，比如，如何在剧中合理地插入商家广告；如何开发生产与电视剧相关的产品，如黛玉牌洗发水、刘姥姥鸽子蛋等，限于篇幅将留到以后另作论证。

机会难得，效益诱人。望公司认真考虑本策划，让新版《红楼梦》尽快与观众见面。

我们不能责怪这个"胡震"先生如此"胡整"有辱名著之"斯文"，事实上，如今名著衍生的文化产业链，在书刊、银幕、荧屏、网络甚至玩具市场上早已形成了大浪奔涌之势。且不说当代作家、编剧围绕经典文学文本做了多少花样翻新的买卖，也不说那些正说、反说、大话、闲话、放言、狂言是如何畅销与热卖，单是那些"歪批""水煮""麻辣""清蒸"等戏仿、戏说之作，就已经把某些缺乏管理的文艺市场搅和得一塌糊涂——"文艺"似乎正在"升级"为越来越激烈的"武艺"！这个听起来多少有些刺耳的"武艺"一词，至少可以阐发出这样一些意思：

第一，市场竞争依靠"武艺"。市场化的激烈竞争与你死我活的武力冲突有许多相似之处，商场如战场嘛；正版与盗版之间的"阵地战"，正版与正版之间的"运动战"；盗版与盗版之间的"遭遇战"，大牌书店的"攻心战"，地摊小贩的"游击战"……一股"全民皆商"的势头与当年的"全民皆兵"何其相似！作家从"三国"中寻找开拓市场的战略技巧，教授也要从兵书中借鉴吸引学生听课的计谋与高招，甚至连厨师也放下菜谱看起了"兵法"，用赵本山的话来说，"这个世界太疯狂了！"

第二，文艺作品青睐"武艺"。自20世纪80年代以来，武侠和战争题材的长篇小说就一直如此长盛不衰，以致以金庸、古龙、梁羽生等人的小说为叫卖主体的租书行业一火就是几十年。书店、超市、菜市里，学校、车站、码头周边，甚至农民工的临时工棚，只要人群密集的地方，就能看到租书者的身影。武侠小说作家金、古、梁等人的名号，在大多数青少年读者眼中甚至远远比鲁、郭、茅响亮得多。至于眼下那些血腥惨烈的动漫、CG、网络游戏，让部分青少年痴迷到非"着魔"不足以形容的程度，许多中学生家长一想起让孩子上瘾的网络游戏就不寒而栗，认为"网游之害甚于毒品"！当然，这些动漫、CG、网游中最为让人上瘾的不是冰毒或摇头丸，也不是鸦片或海洛因，但那种让人窒息的血腥或血性场面，那些叫人无法自拔的江湖或陷阱，令人迷醉的程度的确不亚于毒品。

第三，影视创编炫耀"武艺"。金庸作品的泛滥成灾和武侠大片的火爆场面是近十年来的一大潮流；从《射雕英雄传》《笑傲江湖》到《天龙八部》，从《英雄》《十面埋伏》到《无极》，从《夜宴》到《满城尽带

黄金甲》，每一部武侠影视制品都能产生超级轰动效应，至于风靡全球的
"星战"与"魔戒"系列，它们对"武艺"的张扬与放纵，更是到了登峰
造极的境界。引领电影市场的大师级人物张艺谋近年来的几部所谓的大片
都以刀光剑影为卖点，以致有人认为中国电影到了"嗜血如命"的时代
（参见陶东风的"博客"），就连张艺谋这样位高名重的国际"大导/大
盗"①也变成了一个要钱不要面子的"油漆工"，当他大桶大桶的往银幕
上泼洒红色油漆的时候，心里想到的是究竟有多少"粉丝"肯为他的"血
本"埋单。

　　第四，理论批评卖弄"武艺"。文学批评是一个以理服人的学术领域，
批评家作为作家的朋友，常常是作品的助产士和知音。近年出现了一批横
刀立马的批评家，的确给这个娘娘腔的批评界增添了些许雄风与血性，但
随之而来的是"酷评与骂评"几成时尚，"暴力美学""震颤效应"成为
流行话语，部分批评已"还原"为"劈面打来的响亮耳光"，网络"没遮
拦"式的批评使那些因吃"红包"而缺钙的批评家失去了市场，少数被市
场"逼上梁山"的批评家开始露出冷酷杀手的狰狞面目——从过去的"太
监哄皇上"转向了今日的"李逵闹东京"。

　　当然，我们并不因此担忧文化市场的熙熙攘攘将会招致真正的天下大
乱。毕竟，文人谈"武艺"也算得上是大文化的重要组成部分，中国人一
向崇尚文武辅成的观念，所谓"学成文武艺，货与帝王家"，可以说就是
古人将"武艺"看成大文化组成部分的例证。说到底，文化市场终究不是
真刀真枪的战场，无论多么惊心动魄的拼杀场面，都不过是书斋里的"纸
上演兵"或屏幕上的"影子大战"而已。

　　以武侠名著为"托儿"而非法生产的大量图书、画片、CD、VCD、
DVD以及形形色色的网络游戏等等所组成的灰色产业链，已经形成了一张
巨型大网。从北京、上海、深圳、成都这样的大都市，到三亚、漠河、阿
图什这样的边远城镇，到处都是正版盗版鱼龙混杂的"花花世界"：形形
色色的廉价或半价图书和音像制品充斥七街八巷，假冒伪劣，禁而不止，
掺"黄"带"非"，扫而不绝，多少年来，文化市场的非法违禁制品，真

---

　　① 网上有个顺口溜：张艺谋，真大拿，影片引骗你我他，"英雄""十面埋伏"咱，胡编乱改
　　一旧甲，"满城尽骗黄金价"，数亿票房狂收下，比抢银行还可怕。

可谓"野火烧不尽，春风吹又生"。这其中有许多所谓的"珍品""精品""绝品"，实际上只不过是某些经典文本的衍生物和寄生虫，赝品的流行，固然从市场的一个侧面折射出了经典作品魅力的不可抗拒性，但从根本上讲，这些非法出版物大多数只是些歪曲和败坏经典名著艺术品格的文化垃圾。

由于影视化作品原本就是如日中天的高新媒体的产物，因此，在文化市场激烈的竞争中，近水楼台的影视化作品总是占尽先机。尤其是生产周期短、成本回收快、利润相当丰厚，更有后续产品如长线钓鱼……所以，影视行业不仅成了少数人一夜暴富的摇钱树，也是时代文化英雄风云际会的主要场所。那些早被读书人束之高阁、被普通大众视为废纸垃圾的文学经典，在影视作品中再现昔日辉煌，实际上是时势使然，如今，具有点石成金之神通的影视化技术，文学经典"触电"与"触网"已经成了一种不可逆转的时代潮流。对于文学生产与消费而言，影视化是福是祸，似乎还有待文学实践做出更多的证明，不过，依据历史的经验，从发展的眼光看，这一潮流即便存在着这样或那样的缺陷与不足，其积极健康的一面应该说还是主流，事实上，影视化与网络化已经变成了文学经典与时俱进的大方向。

从周星驰的《大话西游》和宁财神等人的《武林外传》所造成的轰动效应等情况看，武侠版的《红楼梦》获得某种意义上的成功也未必毫无可能性。我们看到，经典的民间传说《梁山伯与祝英台》就被改编成了武侠版连续电视剧。"江西文化音像出版社"在产品广告中对23集同名电视剧进行了这样的描述：

不论冤或缘，莫说蝴蝶梦，还你此生此世前生后世，双双飞过万水千山去。

传说中在一个月黑风高的晚上，傅云飞与聂小倩被仇家追杀，惊慌中闯入一间布满鬼魂、阴森恐怖的破屋中，正当他们被鬼魂围困时，奇迹突然发生了，面前一个破坛中飞出一对蝴蝶。两人幸运地获得了一套举世无双的剑法。之后，他们就在此定居下来，并建起了蝴蝶山庄。20年后，蝴蝶山庄在江湖上名震一方……祝家小姐英台，不爱刺绣女红，偏爱舞刀弄剑，希望进入蝴蝶山庄拜师学艺。女扮男装的祝英台在前往山庄途中结识了英俊潇洒的梁山伯，对他一见钟情，梁山伯却懵然不知……京城龙虎卫禁军卫帅马雪川垂涎江南盐商财富已久，便设计将盐商头领骗到蝴蝶山庄，一场江湖的血腥大战一触即发。梁山伯与祝英台也被卷入其中……①

这个看上去滑稽可笑的故事，其实包含着这样一个有关经典的悖论："消费经典"的往往不只是"戏仿"或"恶搞"而造成不合生活逻辑的场景，相反，那些不可思议的魔法与神迹和违背基本常识的术数与情节——如"一个馒头引发的血案""殉情恋人幻化为蝴蝶"等等，恰恰是来自那些作者自封的或人们公认的经典之作。只要我们想一想被奉为文学经典的"四大名著"夹杂着多少稀奇古怪的思想观念和荒诞不经的故事情节，还有什么样的牛鬼蛇神的表演值得大惊小怪？对于拥有各种奇思异想却又缺乏倾诉对象的人来说，网络正好提供一个任其自由表演的场所。正是从这个意义上讲，作为互文性写作基本手法的戏仿与恶搞，恰好在"虚构与想象"的层面赋予了原作与仿作"交往与对话"的合法平台。

三　影像化：从"互文性"到"互视性"

所谓"互视性"，可以看作是米尔佐夫仿照"互文性"而创造的一个概念，周志强先生对此做过这样的阐释："众多形态各异的图像往往呈现一种你中有我我中有你的内在相似。我们在央视频道中看到湖南卫视的影子，我们也在张艺谋的《十面埋伏》里面感受到李安的武侠风云。"② 这种情况，在电影电视和网络视频节目中，可以说是互文性在影像世界的翻版。我们从《武林外传》中能看到许多对"金庸影视剧"的戏仿，在《大电影》中可以看到许许多多著名电影镜头的拼贴和模仿；在《怪物史莱克》中，我们看到皮克萨对迪士尼《白雪公主》《青蛙王子》等电影的全盘"解构"；在《不是300勇士》中，看到几乎逐个镜头依次"恶搞"《300勇士》的戏仿画面……总之，在影视节目中，这种互视性"拷贝"一点不亚于文本领域的互文性"复写"。

---

① http：//www. cnave. com/productdetail. php？ pid = 83586。
② 周志强：《"诱惑机制"下电影的奇观化转型》，http：//www. cass. net. cn/show_ news. asp？ ID = 269404。

按照克里斯蒂娃的学生贡巴尼翁的说法："只要写作是将分离和间断的要素转化为连续一致的整体,写作就是复写。复写,也就是从初始材料到完成一篇文本,就是将材料整理和组织起来,连接和过渡现有的要素。所有的写作都是拼贴加注解,引用加评论。"① 依照这种说法,所有的影视作品都是图像拼贴、画面剪辑、资料拷贝加上解说与评论。关于这一点,著名的《百家讲坛》可以说就是一个生动的例证。

2001 年 7 月 9 日,一个以"建构时代常识、享受智慧人生"为宗旨的崭新节目《百家讲坛》在央视"科学·教育"频道(CCTV - 10)开播。4 年间,通过对节目内容和形式的不断摸索、总结、调整和打磨,至 2004 年,《百家讲坛》从纷繁复杂的节目中脱颖而出,在科教频道年终的综合排名中位列第三,成为 2004 年电视节目发展中的一大亮点。

2004 年 12 月,央视 10 套《百家讲坛》在《红楼六家谈》系列节目中推出了刘心武的"揭开秦可卿身世之谜(上、下)",随后 2005 年 4 月到 7 月,《百家讲坛》在 3 个月内用了 13 讲全面播出了刘心武的"秦学"讲座。"秦学"引发了"红学"研究界一场声势浩大的学术争论,借助这一事件,《百家讲坛》这个带有学术意味的电视栏目一时成为传媒关注的热点。② 笔者当时对刘心武的"红学研究成果"(揭秘《红楼梦》)变成畅销书的非正常现象颇为疑惑,请教了一位对红学比较有研究的朋友,在往来的电子邮件中,友人兴之所至,还随手写了几句"打油诗",征得友人许可,现将其中四句抄录如下:

> 郢书燕说小说招,信口开河戏说曹;
> 梦中说梦侃秦学,祸枣灾梨知多少?

这种倾向鲜明锋芒毕露的批评固然痛快,但细究起来,也恐不无有失公允之处。笔者对刘心武的创作与研究一向知之甚少,但看过一些"揭秘红楼"电视节目的电子复制品,总体印象与友人的批评颇有出入。如果有人对当时有关"秦学"的所谓争鸣资料稍作关注,他或许不难发现,那一

① 王瑾:《互文性》,第 125 ~ 126 页。
② 参见 www.XINHUANET.com 2005 - 12 - 13 - 15:16:24.

拨争鸣给人的总体感觉是口水多于学术，泡沫淹没了精华，尤其是网络上的混战，几乎不可能有任何明确的结论。但有一点是相当明确的，那就是关注《红楼梦》的人突然多起来了。此前阎崇年的《清十二帝疑案》、此后易中天的《汉代风云人物》和《品三国》、于丹的《读〈论语〉》等节目同样造成了较大轰动效应，到了 2006 年，"百家讲坛" 俨然成了 "天下第一讲坛"。即便一般学者，只要有点好口才且能在这个讲坛上说点可以吸引观众的人和事，他就有可能一夜之间成为名扬天下的 "国师"。就受众的欢迎程度而言，如今这个 "讲坛"，大约是世界上最成功的 "电视大学" 了。

有人将《百家讲坛》异军突起的主要原因归结于电视台改变了唯我独尊的 "主播" 姿态，树立了 "受众为王" 传播观念，应该说这一论断抓住了问题的关键。的确，在让学者走出书斋、面向大众的背后，还隐藏着一个更深层次的原因，那就是央视这样的主流媒体的语态转变和市场转向。早已取代了 "两报一刊" 的中央电视台，似乎一直保持着某种超越市场的姿态，近些年来，在广告效应和收视率等因素的影响下，中央电视台也渐渐出现了新的时代危机感，于是，这才出现了前文所说的 "语态转变" 和 "市场转向"。从文化生产与消费的视角看，这种新的动向，无疑是主流媒体遵循市场化规律的重要变革。为了适应市场的需要，电视台以收视率等指标为衡量标准实行末位淘汰制，将一些收视率低的栏目果断撤换掉，例如，颇有文化含金量的《读书时间》就是被收视率的利刃一刀切掉的。《百家讲坛》这种曾经出现过收视率为零的栏目如何在激烈的竞争中获得生存与发展的空间，这自然让主创人员深为焦虑。

讲坛类节目的主要表现手段是 "讲"，在以图像传播和视觉冲击见长的电视媒体中，"讲" 这种视之乏味、听之枯燥的表现方式能否顺应市场化和图像化文化消费的需要，电视人不能不为之担忧。有人指出，习惯了快节奏生活方式和瞬息万变的信息洪流的现代受众，究竟能有多少人可以静下心来坐在电视机前聆听一位 "老师" 正儿八经地给他们讲上几十分钟的文学经典或历史知识呢？尽管电视讲坛可以灵活使用多媒体手段，但毕竟仍然要以讲解为主，其传播途径的局限性是不言自喻的。

为了争取生存机遇，规避《读书时间》遭遇的风险，《百家讲坛》不得不扬长避短、审时度势，到观众中去寻找信心和力量。为此，《百家讲坛》将自己定位于"一所汇集了名家名师的开放式的大学"。有资料表明，2004 年底，《百家讲坛》栏目对自己的受众做了一个调研，结果发现主要收视群体集中在拥有初高中学历的成年人。这部分受众没有接受过高等教育，知识结构不完善，他们渴望获得各个领域的知识，有很强烈的求知欲望。但他们对学堂式的授课方式感到厌倦，往日被学业和老师约束的情形还萦绕在他们脑中。因此，抓住这部分核心受众的关键就是传播语态的转变，"要尝试一种新的表达方式，使新闻的传播与接受能有角色认同和情感互动的愉悦"，让"学者"不再是高高在上的教授者，而成为受众的朋友。用编导郭跃红的话来说："过去我们把专家架在了高高的神坛上，今天，我们要把这些精英从高高的神坛上请下来，让他们走进百姓中间，为百姓服务。"[1]

　　文学经典从课堂走向电视，并赢得了电视观众比较普遍的认同，这是前所少见到文化现象。从传播与接受的角度看，尽管以覆盖全国的卫星电视直面广大受众的文学讲坛 20 多年前就已经在中央电大的文学课堂上普及开来，"汇集名家名师的开放式大学"早已有之，但与传统的电视大学文学课堂相比，《百家讲坛》却具有鲜明的时代特色和高技术媒介个性。近来，已有不同学科的学者对《百家讲坛》的成功奥秘进行了多方面的分析。有研究者认为，《百家讲坛》的成功主要在于能抓住受众"眼球"的"悬念式叙事结构"的正确运用；在讲述中设置层层的悬念，随着时间的推移，演讲者如抽丝剥茧般解开重重迷雾，将受众牢牢吸引在电视机前。例如《清十二帝疑案》《揭开狮身人面像神秘的面纱》《神秘的金字塔》《秦可卿之死》等。单从这些片名看，就足以吸引观众的目光，引起他们的兴趣。此外，电视视听元素的渗透也极大地丰富了受众感受；在视觉方面，《百家讲坛》充分利用画面穿插的剪辑手法，将事先制作好的关于讲座内容的背景资料和形象片断适时地插入讲座之中。视听元素和学者们的讲解完美地融合在一起，结构变得更加紧凑，节奏变得更加明快。以理性的讲解为主，辅之以形象的画面与相应的音乐，这些都契合了受众的收视期待。[2]

---

①　万隽媛：《受众为王语态转变：〈百家讲坛〉异军突起》，《新闻记者》2005 年第 12 期。
②　万隽媛：《受众为王语态转变：〈百家讲坛〉异军突起》，《新闻记者》2005 年第 12 期。

　　还有一种说法，综合创新是《百家讲坛》成功的关键。它打破了原有学科之间的壁垒，以原有的经典形成新的经典，虽然不是从无到有，却也是一种别开生面的创新。有学者认为，《清十二帝疑案》把文学的甚至评书的结构形式运用于真实的史料编织中，就像美国电视新闻当中的新闻故事，把文学手法运用于新闻信息的表述，产生了一种新的新闻样式。从这个意义上讲，新闻学专家喻国明认为，《百家讲坛》打通了电视传播学术的"肠梗阻"。如果说，"雅学术＋俗文化"是《百家讲坛》酿"好酒"的秘方，那么这个秘方的秘诀就在于学术的趋雅与媒介的通俗的交融与互渗。

　　无论是文学经典的成功还是电视媒体的成功，究其原因，比较现成的说法还是雅俗共赏。有人将《百家讲坛》现象概括为如下六大谜团：（1）"名嘴"之谜：挑选有讲究。《百家讲坛》选人的标准是学术涵养、口才和人格魅力。（2）讲法之谜：给专家"洗脑"。例如，讲《聊斋》的马瑞芳教授讲了20年的蒲松龄，但后来方法出了问题。比如她曾讲过一个人物叫细侯，曾在生命最后爆发出别人想不到的能力。马老师一开始就讲"惊世骇俗说细侯"，上来就把故事的结果讲了出来。编导却告诉她，要有悬念，而且要"一悬到底"，不到最关键的时候决不摊牌。悬念就是保证收视率的秘诀。（3）包装之谜：争议引来关注。"刘心武揭秘《红楼梦》"一出，红学家一片哗然，收视率却节节高升。（4）风格之谜：个人魅力发酵。如马瑞芳的严谨态度、孙丹林的新潮词汇、易中天的八卦精神都体现出了独特的风格与魅力。（5）火爆之谜：出书形成"雪球效应"。易中天肯定没想到，他的《品三国》书稿能拍出500万元的天价；刘心武也不敢想象，自己在写出《班主任》20年后的今天，能借着在电视里解读《红楼梦》而再红一把；潜心书斋做学问的阎崇年自己也承认，从没想到《正说清朝十二帝》一年之内居然可以再版15次。（6）前景之谜：安静中求变。但是这种安静必须要在变化中求，要不断去亲近"草根观众"的口味。① 这里的所谓的"六大谜团"，归结起来，无非是最大限度地利用互文性与互视性手段，尽可能地将观众的注意力调动起来。

　　"名嘴""讲法""风格"都要"包装"，都要让"买家"看着顺眼听

---

① 未署名：《揭秘"百家讲坛"崛起之谜》，《沈阳晚报》2006年12月14日。

着顺耳，是"忽悠"还是"实话实说"并不重要，重要的是观众买账。有人买账就能"火爆"，"火爆"才有"前景"。因此，漫说是这"六条"，就是总结一百条，也仍然可用"雅俗共赏"一言以蔽之。无论是物质产品还是精神产品，只要"雅俗共赏"，就不愁没有市场。如果"讲坛"无法与观众的视听需求构成互文性和互视性联系，电视前的观众立刻就会选择其他频道。

依靠电视把《三国演义》的"读书心得"卖出天价的易中天，是继余秋雨之后把雅俗共赏原则灵活用于写作和讲学中的佼佼者。按照易中天的说法，"百家讲坛"最大的特色就是其草根性。易中天在许多场合把自己说成是大众化、平民化的代表，他那不断重复的"萝卜说"既"俗而可耐"且又无伤大雅。据说是受南京人将自己的城市以大萝卜自比的启发，易中天才把自己的《品三国》比作大萝卜。他在叫卖自己的大萝卜时讲出了三个堂皇的理由：第一个理由就是草根性。萝卜是最平民的一种食物；二是又便宜又健康，萝卜很有营养且价格不高；三就是怎么吃都行，生的能吃、熟的能吃、素烧好吃、伴着烧肉更好吃。也就是说，他的"品三国"老少皆宜，学术品位，大众口味……总而言之——雅俗互文、雅俗互视、雅俗共赏。

针对各种炒作，易中天还是强调他的"萝卜品格"。因为是"萝卜"，所以"不怕别人利用它来炒作，炒白了就是白萝卜，炒黄了就是黄萝卜，炒煳了就是胡萝卜，即便被剁成了萝卜泥，它还是大萝卜！"易中天自誉为"萝卜"，无论是自鸣得意还是自解自嘲，当作笑谈自不为过。但他所强调的"三个对接"——"学术与媒介的对接，学者与大众的对接，传统与现代的对接"——却是一个相当严肃的话题，具有深刻的现实针对性，颇为值得我们深长思之。以这种"老少咸宜，雅俗共赏"的萝卜特征来描述《百家讲坛》所有的节目似乎都很恰当。易中天所谓的"对接"，完全可以看作是挖掘影像文本之互文性与互视性的另一种说法。

雅俗共赏的确是《百家讲坛》最重要的特色之一。一篇探讨《百家讲坛》"雅俗之变"的文章在讨论这个电视讲坛的风格特征和成功缘由时，提出了许多颇有见地的观点，其中关于"学术的戏剧化"的说法可谓切中肯綮。《百家讲坛》作为一档"学术科普性"的节目的选题策划，在许多方面都借鉴了评书、小说甚至电视剧的艺术经验，这一点从其第三版在内容上加大文学经典和历史探秘类节目的比重可以得到体现。例如刘心武主讲的《红楼梦》系列、易中天的"品三国"系列等等，这些讲座与其说是学术探讨交流，不如说是在向观众讲故事、说评书，故事的"脚本"里有主角、有配角、有情节、有悬疑、有矛盾、有冲突，一切电视剧的元素一应俱全。这些才高八斗、学富五车的知名学者描绘起来有理有据、引人入胜，其精彩程度丝毫不亚于一些所谓精心制作的电视剧。从一定意义上说，《百家讲坛》成功的秘诀就在于恰到好处地将学术成果的"互文性"变成了"剧本"的"互视性"。

此外，充分利用强势媒体的图像化优越性也是"讲坛"成功的重要原因之一。在节目主题的选择上《百家讲坛》紧紧抓住当下社会、传媒、观众中的热点和疑点，善于借力发力，收到事半功倍的效果。例如《雍正王朝》《康熙微服私访记》《铁齿铜牙纪晓岚》等清宫戏在各大电视台热播时，趁势推出了"清十二帝疑案"系列，节目收视率就立刻提了上去。在节目的后期合成制作中，制作人员大量剪入了与演讲内容有关的影视片断，按照演讲的结构在各章节利用画外音和画面不断设置悬念和疑问，引入图表、数字、图片、flash、三维动画等表现手段突出重点，这些都很好地使节目更具表现力，使观众的接受能理解的更容易。①

毫无疑问，讲坛的优劣，主讲人的学术素养是具有决定意义的因素，但绝不是唯一的因素。自"百家讲坛"开讲以来，已经有数百位学者在这个大舞台上登过坛、献过艺，但只有阎崇年、易中天、于丹等少数几位学者获得了真正的轰动效应，这些成功的宣讲者固然得益于其学术功底和人格魅力，但文化价值取向、信息传播理念、经典阐释方法、现场"说书技巧"等文案之内或书卷之外的诸种因素都是不可忽视的环节。其中，学术观念的更新尤为重要，"我们叫了那么多年'板凳要坐十年冷，文章不写一句空'，但冰冷的板凳难道不是在磨练了学者定力的同时，也冷却了学术成果吗？至今仍令正统学者鄙视的电视难道不是'炒热'了学者，也传播了学者苦心钻研的学术心得吗？"② 仅仅鄙视时潮是难以维护知识尊严的，若非纵身激流，如何弄潮涛头？只有关注大众需求，顺应流行文化，而后才有可能引领时代风尚。事实也正是如此：先

---

① 任中峰、彭薇：《〈百家讲坛〉的"雅俗"变革》，《传媒》2006 年第 3 期。
② 朱铁志：《从"百年讲坛"到"国学教室"》，www.XINHUANET.com 2005 年 12 月 13 日 15：16：24。

有"百家讲坛"对大众文化的深度参与，然后才有其音像制品和相关图书的热卖与畅销。

中国学者一向就有"经世致用"的优良传统，历代有所作为的知识分子，都不甘心于将学问局限在"修身、齐家"的层面，所谓"学得文武艺，货与帝王家"，正是学者投身"经国大业"的"治平"意愿。即便自己置身于"沉默的大多数"，却并不甘心于"独善"终身。遂将平生所学，交付天下苍生，岂不是人生一大快事？在当今这个网络社会里，借助新兴媒介，使自己的书斋"心得"与读经"新解"流布天下，对知识分子而言，大约也算得上是"学以致用"的一个重要途径吧。

许多媒体将易中天与余秋雨并称为人文学者中的"学术双星"。但两者的境遇却略有差异。余秋雨的一边"出镜"和一边挨骂有一个渐变过程，易中天的一举走红却表现出了"一飞冲天"的突发性。秋雨先生故作深沉地"秀"了一把幸福的"文化苦旅"，乐呵呵地记下了周游列国的"千年一叹"，他的"拳头产品"是靠印刷工人机械复制出来的，其文化"冲击波"似乎主要分布在文字辐射的领域，那些批评秋雨文章的或甜蜜或刻毒的文字，也主要以书刊报纸的形式流传，因此，余先生的影响可以说是"秋雨绵绵"式的渐变多于"中天霹雳"式的爆发。

易中天先生的情况正好相反，他在走红之前虽然也有几本反响不算太差的学术随笔问世，但印数相当有限。"品三国"一炮走红之后，易中天的所有著作都成了畅销书，真可谓"一讲得道，百卷升天"。2006年秋，在"北京西单图书大厦"公布的畅销书排行榜上，易中天的著作常常占据"半壁江山"。面对媒体的"八卦"批评，易中天也以"八卦"应之，他"随时摆出一幅任人笑骂的架势，当某家电视专访，记者追问其校方、同事对他忙于上电视、出书的看法以及是否会影响其作为教授、博导的工作时，易中天就敢于说自己被捧被贬和学校没有任何关系，上好课就乘车回家。博导么，反正也快退休了……其成功者的桀骜和理直气壮，远胜于愤愤'封笔'的余秋雨。"①

中国知识分子一向有"躲进小楼成一统""象牙塔里读春秋"的习好。不过，今天的媒介甚至用"无孔不入"这类绝对化的词语也难以形容

---

① 江晏：《从余秋雨再到易中天》，www.XINHUANET.com.2006年07月28日10：31：56。

其渗透的力量，高墙深院，"无孔照入"不误，任何有形之物，都已不再是信息交流的屏障，甚至寄寓人格、品性之类的精神领域也无法拒绝媒介的占领。譬如，像钱钟书或陈建功那样对媒体敬而远之的著名学者和作家，并没有因为回避"触电"而被媒介冷落，他们以"避电派"的形象反复出现在各种媒介之中，反倒增添了他们作为"媒介缺席 VIP"的神秘色彩。像易中天和于丹这样以学者教授的身份对媒体"亲而近之"，把大众媒介作为传播学术成果的手段，顺应时代潮流的需要，这实际是一种更理性更现实的态度。部分清雅学人，为了守护学术的纯洁性而不愿与某些庸俗媒介"同流合污"，这样的姿态固然令人钦佩，但效果却未必如其所愿。

此外，眼下大众文化泛娱乐化大行其道，以及媒体业出于功利之心大肆爆炒的做法，都令"明星学者"们面临着极大的危机与挑战："倚靠着学术背景的历史，毕竟不是电视剧，'卖点'与噱头有限，更不宜将'正说'与'戏说'混搭。对大众趣味的顺应，如何不落入庸俗化的窠臼，是对学者功底的考验。然而，除非少数大家，以绝大多数人的学术和人格积淀，谁经得起这般爆炒？"①

对"百家讲坛"使众多学术明星迅速蹿红这一文化现象，鲁艺等人总结出了这样一个"四部曲"，即，选秀（打造名嘴）——论争（积攒人气）——网络（立体炒作）——出书（借势造势）②。"讲坛"开播之初，收视率几乎为零。从阎崇年开始，窘境有所好转，后来推出刘心武讲红楼、易中天讲三国，收视率从此居高不下。很偶然的机会，编导们发现了个中奥妙：但凡收视率高的主讲人，都曾有过在中学任教的经历，于是《百家讲坛》节目组出动十余人奔赴全国各地物色对象。

易中天的现身说法是，中央电视台选择《百家讲坛》主讲人的成功标准是——"能对着电视观众说人话"的学者。以前选主讲人，标准是专家。专家之所以是专家，就在于他们的所思所言围绕着某个"专业"，但电视的接受者却主要是些缺乏相应专业知识的大众，因此，专家讲"专业"，肯定没有收视率。后来，电视台换位思考，站在观众的角度挑主讲

---

① 江晏：《从余秋雨再到易中天》，www.XINHUANET.com. 2006 年 07 月 28 日 10：31：56。
② 《现代快报》2006 年 12 月 12 日。

人，谁受欢迎就挑谁。《百家讲坛》的总策划解如光，偶尔看到易中天在凤凰卫视《纵横中国》栏目里做嘉宾。易中天说武汉人精神时，没有引经据典谈理论，而只是以武汉人吃"热干面"的例子生动地表达了自己的见解。于是，解如光找到了易中天这位"能对着电视观众说人话"的人。谁都知道，作为文化消费主体的电视观众就是文化市场最权威的代表，在一定意义上说，观众就是市场本身。能够对观众说话的人就是能够对市场说话的人。

在这个所谓的消费时代，市场往往就是生产实体存亡绝续、兴衰荣辱的主宰者。不仅物质生产唯市场之马首是瞻，即便是神圣的精神生产也无法逃避市场的影响。《百家讲坛》的成功正是抓住了市场机遇，及时满足了业已解决了温饱问题的观众对大众文化的渴求。"讲坛"的知识性和趣味性不仅深受电视机前的退休人员和家庭妇女的欢迎，也能吸引具有强烈求知欲望的青年学子关注。有文章说，目前《百家讲坛》的收视群体日益年轻化，甚至有人说易中天的拥护者大多在 25 岁以下，而这类人群正是活跃于网络的网虫，于是"乙醚"（易中天的粉丝）、"鱼丸"（于丹的粉丝）、"年糕"（阎崇年的粉丝）、"海飞丝"（纪连海的粉丝）应运而生，在网上建立各种论坛、贴吧表达自己对偶像的崇拜，将他们的讲座放在网上进行播放及宣传，与反对者们进行辩论甚至对骂，网络的超时空传播，让主讲人有了越来越多的支持者和反对者。在粉丝不停争吵的背后，伴随着"学术明星"人气的不断飙升，一旦争吵的话题比较尖锐，又成为了媒体涉猎的目标，很多新闻稿件的出处，大多是记者在网络上发现的。在网络和媒体的不断炒作下，"学术明星"的走红也就无法避免了。有了这样的基础，出版社和音像商也很愿意加入这个游戏。①

于丹《〈论语〉心得》的发行方是中华书局，他们曾成功运作了阎崇年的书籍。按照中华书局副总编沈致金的说法，和于丹签约时把首印数提到 60 万册，是对《百家讲坛》影响力的信赖和对于丹本人魅力的看好。"书上市前一连七天在电视上打广告，这个影响力绝对不可小觑。"2006年秋天，在北京中关村图书大厦，在《百家讲坛》讲《论语》的于丹一口气签售了 8 个小时，签售数高达 8000 册，比易中天在上海书展上创造的

① 《现代快报》2006 年 12 月 12 日。

签售 4000 册的纪录多了一倍。2007 年春，于丹《〈论语〉心得》的印数已超过了 120 万册！

报道说，以研究清史闻名学界的阎崇年先生先后出版过 22 本专著和几百篇论文，但其影响始终止于学界，圈外少有人问津。自从在"百家讲坛"讲了"清十二帝疑案"，声名鹊起，新著《正说清朝十二帝》出版后不到一年，就再版 15 次，销量超过 32 万册！山东大学马瑞芳教授以研究《聊斋》见长，以前写过八九本关于《聊斋》的专著，最多也只印 1 万册。但到"百家讲坛"开讲聊斋人物后，一下子成了学术明星。不仅新著《马瑞芳讲聊斋》出版后不到一月就再版，还带动了她以前著作的热卖。① 可见易中天、于丹等人以电视讲座带动书籍畅销的现象相当普遍。这种电视讲座与脚本出版之间所形成的良性互动，在一定意义上讲，得益于互文性与互视性的互介性转换，得益于多视角与多渠道的多媒体融通。

由是，我们可以清晰地看到，在书面文本的互文性与电视讲座的互视性之间，在言说主体与接受主体之间，在传统书面文本与现代影像文本之间，在电视节目直播与网络数字视频之间，在文化品位与市场价位之间，在消费经典和反思历史之间……我们总能看到一个大写的"互"字隐现于形形色色的媒介之间，在这个经典文本多媒体传播的过程中，互文性发挥着不可替代的重要作用，它随方就圆，无处不在，将传统与现代、历史与现实、高雅与通俗、文本与图像、审美与娱乐……相关与不相关的因素，水乳交融地结合在一起，然后经过语言磨洗、图像锻造、音效磨合、话题熔炼、趣味搅拌、布景包装、数模铸造、网络推广等一系列不同工序，使文学经典呈现为一系列越来越复杂的"新形态的混合体"。

---

① www.XINHUANET.com 2005 年 12 月 13 日 15：16：24.

第四章
身体写作的互文性阐释

> 文之悦，这是我的身体追寻其自己之理念的时刻——因为我的身体并不拥有我所拥有的同样的理念。
>
> ——罗兰·巴特《文之悦·身体》

> 通过身体思考！
>
> ——艾德里安娜·里奇《生为女人》

后工业时代，"劳动的身体"业已转化为"欲望的身体"，不论是社会大众还是知识分子，都在以前所未有的热情重新审视身体。在此背景下，风生水起的"身体写作"，可以说是当代文学与批评密切关注"身体转向"的必然结果。继陈染、卫慧诸家之后，木子美、竹影青瞳等人视身体为欲望、欢愉载体的写作，在网络化语境中频频产生轰动效应，相关学术研究与文化批判也相应成了风靡一时的热门话题。为此笔者曾选编了一本《身体写作与文化症候》的文选，结合"身体成为全民聚焦热点"的潮流，从文论视角对"身体写作"进行了一次学术清算式的反思。我们认为，当前的"身体热"与文学市场化、图像化、娱乐化、媒介化、欲望化等消费文化症候存在着一种明显的互文、互视、互介的互动关系，探索身体写作背后的社会政治原因和审美文化动向是一个严肃的、批判性的议题，也是我们进一步认识网络时代的文学和包括身体文化在内的大众文化及其相互影响的一个重要窗口。

第一节　"身体想象"的互文性延伸

第欧根尼·拉尔修的《哲人言行录》记载了这样一则趣事，有人问泰勒斯"何事最难为？"这位惯于仰望星空的哲人回答说："认识你自己。"据说这句话成了铭刻于古希腊德尔斐的阿波罗神庙的三句箴言之一。这个古老的命题在尼采的《道德系谱学·序言》中又有了新的发挥："我们无可避免跟自己保持陌生，我们不明白自己，我们搞不清楚自己，我们的永恒判词是：'离每个人最远的，就是他自己。'——对于我们自己，我们不是'知者'。"对于认识我们自己的身体来说，这句箴言也一样适用。就自己与自身密不可分的同位关系而言，"认识你自己"至少在认知论意义上赋予了"身体想象"一定的哲学意蕴。

我们看到，自古希腊以降，西方哲学从理念、上帝到"我思"，从先验形式、理性，再到感性、身体甚至欲望，呈现出不断下行、不断世俗化和不断转向肉身的态势。从这个意义上讲，周瑾先生将布莱恩·特纳的"身体化社会"（the somatic society）翻译为"肉身社会"可谓得其精髓。在这个一切皆为消费品的社会里，身体成为最直接、最可把捉的符号，成为权力、关系交会的意义场，从经济、政治、社会到文化、信仰的诸方面问题，在根本上都关涉身体问题，而与身体相关的诸多元素——感觉、感性、欲望、欲爱、性感、性欲甚至情色，其重要性亦得到空前的强调。但是我们也应该看到，身体意义的这种凸显又是单向度的，社会的全面技术化、商品化和全球的技术、消费一体化，以更为隐蔽的方式控制、监管着人的身体、自我，身体的本真意义并未得到真正的释放。① 正是在这种背景下，当代作家艺术家，才得以通过包孕着巨大消费潜力的"身体想象"，使纷纭万状的文学与非文学作品，在精神消费之五光十色的世界里获得错综复杂的"互文性延伸"。

在当下一种唯西学马首是瞻的学术氛围中，风生水起的"身体学"也有一种言必称希腊的趋向，人们似乎已默认了一种从苏格拉底说起的模式

---

① 周瑾：《从身体的角度看——中国身体观研究述评》，www.douban.com/group/topic/18141564/ 2011 – 7 – 25。

（参见本书"二希文化"与"道成肉身"一节）。对于古老而年轻的身体学而言，这种"崇洋"或许不无道理，因为在苏格拉底之前，美丽人体几乎可以说是古希腊人的文化图腾，这种现象在其他民族的古代文化中十分罕见。但苏格拉底于高谈阔论之中，演绎了一场震古烁今的视若归乡之死，标志着一个把身体奉若神明的时代悄然终结。我们发现，自苏格拉底以"欣悦的灵魂"扬弃"沉重的肉身"之后，人类的身体便长期处于一种卑贱、羞怯、猥琐的地位——受理性贬斥、被宗教规训、遭伦理放逐，甚至连以"感性学"命名的美学也几乎"感觉"不到身体美的存在。但近现代以来，这种局面却不知不觉地发生了根本性逆转，不仅尼采、福柯、布尔迪厄等哲学家对身体表现出了极大的热情，有些哲学家甚至试图用身体的图式取代意识或纯思的图式。公众对待身体的态度也悄然发生了改变，一种合法性的"身体文化转向"随着工业社会的发展和消费资本的全球化扩张，渐渐演变成了一股世界文化浪潮。这股身体文化浪潮对改革开放数十年的中国必然会产生深刻的影响。

当然，中国当下的"身体转向"除了明显受到西方文化的冲击之外，或许还有许许多多比外来影响更重要的原因，譬如，有学者认为，当下身体文化的勃兴主要是由中国人自己处身位置的变化造成的，在崇尚"革命"的年代，身体被视为革命的本钱，本钱当然要生出革命的"利息"，献身革命便成了身体当然的归宿；但是，在一个刺激消费的市场经济社会，个人本位同时也使人的身体具有了"属己性"和目的性。然而，"当人们把自己的身体奉为目的时，它却仿佛变成了伊甸园里智慧树上的那枚果子，谁吃下去谁就会陷入到自身的撕扯之中：身体的目的性与手段性、身体的生物性与精神性、身体的个体性与社会性、身体的向生性与向死性、身体的偶在性与命定性、身体的自我与非我等一系列二律背反，在新的社会背景下凸显出来，让人感到左右为难。"① 正因为如此，复光教授在《"身体"辩证》一文中宣称，身体完全应当进入中国哲学的视野，让身体获得合乎身体本性的识见。或许，"身体"还会成为中西哲学思想会通的一个新的亮点。

与此相呼应的一种不无夸张的说法认为："消费社会的文化就是身体

---

① 复 光：《"身体"辩证》，《江海学刊》2004 年第 2 期。

文化，消费社会的经济是身体经济，而消费社会的美学是身体美学。身体问题在西方社会文化理论中正在变得越来越重要，许多学者一致认为，在当代的消费社会，身体越来越成为现代人自我认同的核心，即一个人是通过自己的身体表征与身体感觉，而不是出身门第、政治立场、信仰归属、职业特征等，来确立自我意识与自我身份。"① 基于对这种社会文化批判立场的认同，我们对"身体写作"的认识，必然与大众媒介标榜的"胸口写作""下半身写作""用身体写作"等狭义的"躯体写作"有明显的区别，这就如同我们即将讨论的《身体课》不同于一般意义上的"身体写作"一样，我们并不单纯将"身体写作"看作风靡一时的写作风格或文学流派，抑或专指某些美女作家的写作行为，毕竟，能真正激发起我们"想象与热情"的并不是众说纷纭的"文化身体"，而是具有厚重历史之承传的"身体文化"。从文学理论的视角看，众说纷纭的"身体写作"可谓是呈现互文性本质特征的形象最生动、内容最丰富、形式最复杂的活生生的例证。

一　《身体课》与《身体活》

如前所述，新近出版的《身体课》② 或许不可与争议不断的"身体写作"类属有别，但无论如何，它以一种大胆的"身体话语"之创新，为我们从一个全新的视角理解"身体文化"打开了一条奇妙的通道。在这个动辄数百字的联袂而出的网络时代，《身体课》若以字数论或许算不上一部长篇的小说，但它所承载的诗情哲理、文化历史、人物命运以及所有叙事作品理应包含的内容，让人不得不以长篇史诗论之。作者秦巴子或许也算不上风头正健的大牌作家，但对下面这样一张名片，我们还是不能不刮目相看："秦巴子，诗人，作家。1960 年生于西安。发表诗歌、中短篇小说、散文随笔和评论等三百多万字，曾多次获奖，在国内 20 多家报刊开设过随笔专栏，诗歌作品被翻译成英、日等语言。著有诗集《立体交叉》《理智之年》《纪念》；散文随笔集《时尚杂志》《西北偏东》《我们热爱女明星》；文化批评随笔集《有话不必好好说》等；主编有《被遗忘的经典小

---

① 陶东风：《消费文化中的身体》，"中国文学网"，ttp：//www. literature. org. cn。
② 秦巴子：《身体课》，作家出版社，2003，首发于《花城》2010 年第 4 期。

说》（三卷本）等。"① 这个标准化"作者简历"，与文体错杂风格多样的小说文本之间形成了一种彼此印证的互文性补充，中国文学网站还为激发潜在读者分享"文之悦"的想象，准备了《身体课》"网上免费品读"的"样品桥段"。

中国作家网对小说基本情节介绍设计了一段颇有卖点的广告："文革"时期，少女康美丽与雕塑家陶纯猝然相遇。朦胧的梦中，两人的情感和身体经历了一次奇妙的碰撞，康美丽由此获得了一生中唯一的一次身体高潮。30 多年后，随着一尊女性裸体塑像的神秘出现，康美丽封存许久的青春记忆被唤醒，她陷入难以自拔的精神危机，丈夫和女儿也被拖进莫名的紧张之中，原本平静的家庭笼罩在一片不祥的阴云下。情感、性、身体，这些最平常最切身又最微妙的元素，将如何左右他们的生活？女性裸体塑像从何而来，又将如何还原到往事的沟壑中？② 这就是秦巴子要向我们揭示的《身体课》的秘密。

如前所述，《身体课》并不能算作通常意义上的"身体写作"批评应该关注的作品。在这篇小说中，我们几乎看不到那种以反叛精神自命的无法抑制的"身体性冲动"，无论从什么视角看，《身体课》都算得上一部中规中矩的传统小说，但是，它毕竟产生于网络时代身体写作蔚然成风的时期。在作品一开始，我们看到作品主人公是一个多么汲汲于当下"日常生活"的当代女性：

> 星期五是康美丽最忙的一天。像以往的每个星期五一样，忙完了手头的工作之后，她提前离开了单位，开着她那辆红色的马自达去了超市。丈夫、女儿以及女儿的男朋友，都会在周五的晚上回来，她得准备好全家人周末的吃喝。在单位她是令同事们尊敬的大姐，而在家里，她是个非常称职的妻子。全家人每个周末其乐融融地聚在一起吃饭、聊天、看电视，会让为人妻为人母的康美丽有一种幸福的成就感。很多年了，她把周末的家庭聚会，看得比工作还要重要，潜意识里，她一直拿家庭当成事业在经营呢。……一切准备就绪，康美丽冲

---

① 参见"中国作家网"，http：//www.chinawriter.com.cn/book/2011－04－07/2277.html。
② 秦巴子：《身体课》，http：//www.chinawriter.com.cn/book/2011－04－07/2277.html。

了澡，然后回到音乐弥漫的客厅沙发里坐下，等待丈夫和女儿回家，像一个内心满足的青蛙，守候在她的夕阳下幸福平静的金色池塘。

　　故事就在这样一个"夕阳下幸福平静的金色池塘"边开始了。"然而"，作者说："生活并非池塘，而是一条河流，无论是江阔水深的平静，还是波光潋滟的河湾，在那被人们误以为是金色池塘的平静的表面之下，从来就没有停止过潜流涌动。女儿林茵带回的一张报纸，剧烈地搅动了康美丽的内心之水，那是康美丽生命中的一个暗角，三十多年来并没有人光顾过那里，甚至连她自己也从未触动过那个早已封存的角落，以至于她以为那地方早已被时间销蚀，仿佛不存在了。但是林茵带回的那张报纸上的消息，却轻而易举地就挑开了她以为已经被打结封存的记忆，内心里剧烈的震颤，连她自己也感到吃惊。"①

　　于是，康美丽这只"内心满足的青蛙"在意外跳出夫妻情感的井底之后，整个世界都为之发生了变化。为了使康美丽的情感历程具有更加丰富的时代气息和文化韵味，作者还巧妙地穿插了林茵、刘苗苗、郝媛等三个女性的情爱故事，并以此作为现代女性不同情爱态度的写照，在小说中占据举足轻重的地位。但有评论认为，女性身体故事并不足以成就《身体课》的奇妙。《身体课》的奇妙在于将上述故事和思想观念拆解到与身体各部件的不同关联之中。全书分成眼睛、鼻子、嘴巴、耳朵、乳房、手、"神奇之门"、脚、身体等九个章次，井然有序地开动了点线分明的叙事织机，身体各"器官"之间血脉相通，神气呼应，为"身体"与"文本"之互文性关系制作了一份近乎完美的标本。"故事的时空衔接，仿佛电影蒙太奇那样在不同的身体器官中淡出淡入，不同的器官带出不同的细节，摇曳生姿却不重复累赘，并不是有的书评所说的'反复述说同一个故事'。《身体课》还有一个奇妙之处，就是围绕'身体'，穿插了大量的知识性说明和思想意识论述，使这个小说突破了通常的小说作法，古今中外挥洒自如，理趣盎然，断不致招来卖弄之讥。这……该归功于作者多样化的写作才情。"②

---

　　①　秦巴子：《身体课》，《花城》2010年第4期。以下所引不再注明出处。
　　②　罗密欧：《奇妙的〈身体课〉》，http：//blog.sina.com.cn/s/blog_ 4dc3dfd201017qmp.html。

　　我们注意到，在有关秦巴子《身体课》的评论中，有这样一个颇有冲击力的口号——"身体是认识的终点与起点"——引起了我们的密切关注。评论者将美国学者彼得·布鲁克斯教授的著作《身体活》这部文艺理论著作与当代作家秦巴子的小说《身体课》①进行了互文性比较，并得出了《身体课》是一部"知性小说"的结论。在《身体活》中，彼得·布鲁克斯分析了卢梭、巴尔扎克、玛丽·雪莱、福楼拜，到乔治·艾略特、左拉、亨利·詹姆斯和玛格丽特·杜拉斯，以及马奈和高更到梅普尔索普，作家和艺术家们都迷恋于身体——灵魂的无可回避的他者。和《身体活》一样，《身体课》也探讨和身体有关的命题，"但采用的是将探讨夹杂在故事的一次次重述之中"。从互文性的视角看，秦巴子一再重新讲述第一章就已经写完了的故事，这便使眼睛、鼻子、嘴巴、耳朵、乳房、手、阴部、脚和全方位的身体之间的叙述文本组成了一个互相阐释、互相生发的"身体课"之"互文性词典"。

　　在评论者看来，《身体课》是一部具有哲学意味的小说。作品的时代背景主要设置在"文革"期间，那是一个全民身体被紧紧地包裹于灰色中山服之中的禁欲时代。借助身体策略传达集权、暴力对女性权利和性欲的扭曲与长期伤害，是《身体课》的隐性主题之一。而艺术之美则完成对身体的解放和启蒙，小说中的少女康美丽随"红卫兵"去批斗陶瓷艺术家陶纯，看完人体艺术品后，性欲被唤起："她感到自己的身体紧缩，乳房在膨胀，下身骤然抽动，有种快活的热流想要冲出来。"……女性身体中所蕴涵的创造性资源，则被艺术家陶纯发现。少女康美丽梦游至陶纯的工作室，陶纯看到了康美丽完美的身体，心境颓唐的艺术家被震醒，决定按照少女康美丽的身体做一个陶艺作品。这件作品将少女康美丽的身体保存了下来，被掩埋入土中。几十年后，它出土的消息成为新闻，而此时的康美丽已是一个中年妇女，几十年来再没得到过性高潮。对于生活早已经生厌的她，不愿再为家庭敷衍下去。来自作为少女的"她的身体"的消息，勾起了她的回忆，也使康美丽决定改变自己目前的生活。②

　　在关于耳朵的章节里，"秦巴子写了'文革'时高音喇叭使人的耳朵

---

①　秦巴子：《身体课》，《花城》2010年第4期。
②　李昌鹏：《身体是认识的终点与起点》，《新华副刊》2010年8月9日。

起茧那一幕，那些大道理令人反感。那是一元化的时代，如今是一元和多元并存，很多时候是众声喧哗，多频道的电视和广播、自由的网络铺天盖地，耳朵在这些泛滥的声音中往往莫衷一是，容易迷失，对于这一点，《身体课》并没有触及，小说在这里，无疑还有很大的空间。（关于后一点，书稿版中是有的，只是在杂志发表版中做了删节，单行本出版时会保留。——秦巴子注）"① 这段文字，让我们看到当下文学作品基本都在上演"杂志发表""书本出版"和"网络连载"之"三国演义"，从《身体课》的发表情况看，杂志空间最为逼仄，书面出版自由度似乎略微要大一些，与纸媒体相比，"网络连载"的空间几乎是没有限量的。这也不难看出"三国博弈"的最终结果将"鹿死谁手"。

　　诚如评论家所言，在秦巴子的《身体课》中，身体不仅是认识的终点和起点，同时也是想象的终点与起点。康美丽是通过性梦和艺术家陶纯交流，得到的是身体的，也是精神的缓释，身体的需要成为她精神需求的镜像；康美丽的女儿林茵是富二代，新时代思想解放的女性，她通过自己的身体认识了自己，选择适合自己的男人，已婚的早年男友冯六六；康美丽的丈夫林解放是忙碌的"事业男"，需要的是友谊加性——生活中一个异性的合作者，所以，他和康美丽的婚姻波澜不惊。而林解放的女友、大学教师刘苗苗需要的也是友谊加性，他们便显得更加合拍。从叙事形式上看，《身体课》另一个突出的特点是多重视角的复述和多角度的描绘，就像福克纳的《喧哗与骚动》一样，在这部小说中，"同一个故事，秦巴子讲了很多遍，这使得小说有复调意味，《身体课》是为我们多方位认识身体提供的多棱镜"。②

　　从一定意义上说，秦巴子的《身体课》与其说是一部小说，还不如说是一部"身体想象"的文化诗学之作。在我们看来，书中那些离奇浪漫的"身体故事"情节，似乎只是作者对"身体想象"之审美阐释的举例说明。作者对有关身体各器官所承载的历史掌故和文化传说了如指掌，在故事情节徐缓流淌的河流上，作者不时请出一些历史人物的彩舟画舫游弋于康美丽的水面，在这种小说文本与文化随笔互相穿插的跨文体叙事过程

---

① 疏延祥：《身体的感性描写和理性阐释》，http：//www.chinawriter.com.cn/book/2011 - 04 - 07/2277. html。

② 李昌鹏：《身体是认识的终点与起点》，《新华副刊》2010 年 8 月 9 日。

中,《身体课》显现出了传统叙事手法所难以达到的那种哲理与诗意水乳交融的新气象。例如作者在小说第二章,煞有介事地讨论起了"鼻子的美学"。他不仅以题记的形式搬出了曾国藩《冰鉴》中的"鼻者面之山",而且还援引了帕斯卡尔《思想录》中有关"克丽奥帕特拉的鼻子与历史"的名言,接着,秦巴子从法国电影《大鼻子情圣》中希哈诺说到米兰·昆德拉笔下的大鼻子医生斯克雷塔,又从小说家黄建国对鼻子的高谈阔论说到自己的小说……接着一本正经地对"鼻子美学"理论进行了学究式的探讨,最后,作者才从女人的嗅觉与男人的婚外情之关系,将鼻子与小说中的故事情节挂上钩:

> 鼻子长在人的脸上,除了具有表现性的美学意义,更重要的则在于它的功能性,鼻子可以觉察并分辨出大约四千多种不同的气味,这种主动性的嗅觉,我们可以称之为鼻子的功能性美学。一个偷情的男人如果以为自己可以做得天衣无缝人不知鬼不觉,那就大错特错了。在这件事情上,女人称得上是一个先知,除了她天生的直觉和对情感的敏感之外,鼻子是一个非常特别的超级探测器,心理学家和神经学家的研究表明,最迅速最可靠的产生情感反应的方式是嗅觉,它能从气味中分辨出最细小最微弱的变化……

这种天马行空式的杂谈与随笔手法,使小说洋溢着通常只有茶室清谈或学术沙龙才会弥漫出的那种文化诗学意味。在一种海阔天空的唠嗑闲扯过程中,作者将一个学者所能达到的有关"身体想象"的才能发挥到了极致,在"鼻子美学"结尾处,秦巴子不无自嘲地表达了唯恐读者对其"鼻子美学"嗤之以鼻的惶惑,在坦言有关鼻子研究已经是自己努力的极限之后,作者期望通过自己关于鼻子美学的结论挽回一点面子,他说:"一个人只有先成为一个有社会影响力的人物,然后才有了他的著名的鼻子,以及鼻子的美学。"

就表述手法和行文风格而言,《身体课》中那些有利于小说情节之外的"优雅闲笔"与罗兰·巴特、汪民安等文化学者的文化人类学散文毫无二致。例如有关"嘴"的描述,作者俨然在给读者讲授一堂主题为"嘴巴的功能"的生物学课程:"在人体的众多器官中,嘴巴是一个强大的入口,吃与喝，是它的首要功能，生命存活所需要的几乎所有能量，食物，水分，空气，细菌，病毒，烟尘，都要通过这个门径被运进去。与此同时，嘴巴又是人身体的众多出口中最为独特的一个出口，它会发出各种变化多端匪夷所思的声音来传情达意。吃喝与言说是嘴巴最基本的功能，衍生功能则更多：作为进攻武器，嘴巴可以在近距离肉搏时进行撕咬；作为情爱器官，嘴巴能够以亲吻实现身体与心灵的双重表达；作为面部表情的重要构成部分，嘴巴又是一个不可或缺的审美对象。而这些功能的综合作用，又使嘴巴成为人获得身体快感的一个集中区域。老饕与美食家、话痨与演说家、情人的狂吻、仇敌的撕咬，都是内容丰富的口唇快感的高峰体验。"在这些看似与小说无关的"闲笔"中，"身体想象"几乎无所不包，我们几乎可以在这类描述中找到热奈特所谓"跨文本性"（即互文性）所有五种类型所各自对应的全部例证。

应该顺便作出交代的是，与社会学和心理学所使用的具有特殊意义之专业概念的"身体想象"不同，笔者这里所谓的"身体想象"，不过只是依照"审美想象"仿造的概念，在一定意义上，它可以说是我们在形形色色的身体文化之间建立互文性"链接"的心理学中介。尽管"身体想象"在其他学科可能是一个含义深广的概念，但我们在此随手拈出该词，除了得益于"审美想象"的启示外，还与徐累的《身体的秘境》一书的引导分不开，这是一本解构"身体想象"的力作，该书的副标题"想象的起点和终点"可谓意味深长，作者认为，每一具肉身都是一个司芬克斯。作为一个会活动的物体，倘若肉身所承载的生命信息、情感内容、欲望与表现被清空，它沦为无意义之符号是必不可免的。肉身缺乏广延性，它囿于它自身，在时间中沉沦似乎是它盲目命运的普遍模式。但是肉身毕竟在空间中留下了印记，作者借用曼德尔施塔姆的一首诗表达了奇异的"身体想象"："永恒的玻璃窗上留下了我的气息，以及我体内的热能。"生命是肉身在空间的铭刻，我们的哈气在玻璃状的物体表面形成纹饰，在美的静观中它是不会消失的。在文学艺术作品中，千汇万状的身体常常作为"想象的起点和终点"，使美丽的"身体想象"在无穷无尽的"互文性延伸"中获得永恒的生命。

二　"通过身体思考"如何可能

身体作为生命的载体与根基，在文化发展史上具有重要意义。《周易·系辞下》有这么一段话："古者包羲氏之王天下也，仰则观象于天，俯则观法于地，观鸟兽之文，与地之宜，近取诸身，远取诸物，于是始作八卦，以通神明之德，以类万物之情。"这种以身体为出发点的立场，对后代文化发展产生了极为深刻的影响。从自己的身体以及周围环境发生变化来观察、对比、分析以认识和总结事物发展的规律，并以此对事物存在状态和发展形势及其走向与结果进行合理推理及预测，直到今天，这仍然是我们认识世界、改造社会以及表达感情和交流思想的最基本也是最重要的方法之一。从一定意义上讲，"通过身体思考"是从人类原始思维发展而来的一种具有后现代网络思维特征的当代艺术心理学宣言。

众所周知，"通过身体思考"这句雷人口号，是艾德里安娜·里奇在其散文体著作《生为女人》中提出的。她在书中，开宗明义地指出："我真的一直在探寻这样一个问题，那就是妇女是不是真的不能开始并最终通过身体思考，将那些曾经被非常残忍地肢解下来的身体重新组合起来。"在这里，肢解的身体是包含着许多特殊意义的，但作者本意源于一件血腥的报道[1]。盖洛普对里奇使用的"非常残忍"的表述进行了深入分析，她的倾向性十分明确，那就是我们不能听任形而下的冲动形式而抛弃形而上的思考，假如我们只能"通过身体来思考灵魂与肉体的冲突这一问题的话，灵魂与肉体之间的冲突就会成为一个充满了令人震惊的暴力形象"[2]。在这里，我们看到里奇对"通过身体思考"的态度与其说是不满，毋宁说是愤怒。

但盖洛普仍然以平静的心态给里奇的《生为女人》寄予了无限的同情与理解："谈论了为人母者共有的愤怒的秘密，而且将这一愤怒看作是一种甚至更为黑暗与深刻的暴力的表面化的喷发形式，正是这种黑暗与深刻的暴力，系统化地使母性合法化为父权文化建构中的一个组成部分。通过把与人类文化、历史和政治相关的领域和充满着爱、安顿母亲以孕育、诞生与照料她的孩子们的身体的那个世界分离开来的方式，灵魂与肉体的冲

---

[1] 这一事件的相关报道如下：1974 年 6 月 11 日，就是这年夏天第一个炎热的日子，38 岁的琼·米察尔斯基，一位拥有八个孩子的母亲……举起了一把屠刀，在芝加哥城外自己的郊区住宅门前修剪得整整齐齐的草坪上，砍杀并肢解了自己的两个最小的孩子。《通过身体思考》，第 2 页。

[2] 简·盖洛普：《通过身体思考》，杨莉馨译，江苏人民出版社，2005，第 2 ~ 3 页。

突终于使母亲变成了非人的魔鬼。"①

众所周知，"灵魂与肉体的冲突"几乎是人类与生俱来的常为非理性因素掌控的人生困局。在西方传统文化体系中，至迟在苏格拉底时代就已经出现了褒扬灵魂、贬低身体的倾向，柏拉图著作中这类"掊物质而张灵明"的论述至今仍然具有重大影响。事实上，西方文化"灵魂－肉体之困境"以及与此相关的主观－客观、理性－非理性之间的纠结是"千年难解之谜"。

由此不难想见，里奇的这句含义混杂的"通过身体思考"的口号引起了众多"互文性延伸"（类似于德里达的"延异"）就不能不说是情理之中的事情了。

我们知道，在人类文化史上，对身体最为关注的或许应首推古希腊神话及其相关艺术。马克思所说"希腊神话不只是希腊艺术的武库，而且是它的土壤"②。事实上希腊神话也是希腊古典文化繁荣的基础，同时也埋藏着数千年之后发芽开花的互文性理论的种子。尤其神话中的"神人同形同性论"（anthropomorphism）③使得希腊的文化走上了以人为中心的现实主义道路，使整个希腊文明甚至包括西方文明带有浓厚的人本主义色彩。这一观念也为神人以和、心物互应、古今相参、主客互动等基于灵肉互文性的各种理论，奠定了源于历史深处的文化根基。

诚如前辈学者所言，"神人同形同性论"作为希腊神话最重要的特点之一，影响所及绝不只是诉诸感知与审美的文学艺术，而且对宗教与哲学等理性或神秘的精神生产领域，也产生了巨大而深远的影响。例如，希腊哲学原本就发源于希腊神话，只不过"古希腊哲学的发展可以看作一个解神话的过程，其核心内容为借助使神超越化和内在化的方式，用哲学的理性神取代感性神。哲学解神话的工具是理性，但解神话的结果却走向了一个理性根本无法接近的神秘的神，正是这一哲学发展的内在逻辑为基督教成为占统治地位的意识形态铺平了道路。"④在这里，神话的宗教因素始终

① 简·盖洛普：《通过身体思考》，杨莉馨译，第3页。
② 《马克思恩格斯选集》第2卷，第113页。
③ 在讨论西方人的身体观念时，不少人把色诺芬尼说成是"神人同形同性论"的首创者，但实际上色诺芬尼恰恰是"神人同形同性论"的批判者，"身体概念"也是在屡遭贬斥之后才逐渐受到更多关注的。"身体写作"的情形大抵也是如此。
④ 李秋零：《古希腊哲学解神话的过程及其结果》，《中国人民大学学报》2000年第1期。

发挥着不可替代的作用。

在希腊神话中，神是人最完美的体现，神与人同一形象，同一性格，是人的最高典型和个性最大限度的张扬扩展。有一种观点认为，神人同形同性观念是希腊宗教与其他宗教最本质的区别，只要对不同地区的宗教稍加比较就不难发现这一判断包含着明显的合理性。譬如说，在古代社会，希腊人之所以拥有一种"以人为尺度"的人本主义气概，在很大程度上与这种"神人以和"思维有关联。当然，我们也应该看到，世界上几乎所有的原始宗教都或多或少地包含着神人同形同性观念，就此而言，我们似乎还不足以断定"神人同形同性论"是希腊宗教的根本性标志。

但希腊神话的神人同形同性确有与众不同的地方，那就是对人体矫健俊美之近乎顶礼膜拜的崇尚和钦羡，丹纳在《艺术哲学》中，对这一古希腊风尚有过这样的评论："在古希腊人眼里，理想人物不是善于思索的头脑或者感觉敏锐的心灵，而是血统好、发育好、比例匀称、身手矫健、擅长各种运动的裸体。""希腊人竭力以美丽的人体为模范，结果竟奉为偶像，在地上颂之为英雄，在天上敬之如神明。"① 作为一位艺术哲学家，丹纳的论断或许有倒因为果的嫌疑，但"神人同形同性论"与"美丽人体"观念究竟是一种因果关系还是互为因果呢？这显然是一个值得进一步研究的问题。

我们认为，神人同形同性是古代宗教的一个最基本的特征之一，说到底，不是神创造了人，而是恰好相反，任何神灵都是人的创造物，是人以自己的样子创造了神，尽管某些宗教经典的说法与此完全相反。关于这一点，在中国、印度、希伯来等古老民族的著名宗教故事中都能找到大量例证，按照鲁迅先生的说法："描神画鬼，毫无对证，本可以专靠神思，所谓'天马行空'地挥写了。然而他们写出来的却是三只眼、长脖子，也就是在正常的人体身上增加了眼睛一只，拉长了脖子。"② 宗教神话中有关神的创造也正是如此。

当然，这并不是说希腊神话的"神人同形同性论"没有自己的特异处。譬如说，前文提到过的一种观点认为，希腊众神之所以被崇奉为神，

---

① 丹纳：《艺术哲学》，傅雷译，安徽文艺出版社，1991，第89、92页。
② 鲁迅：《且介亭杂文二集·叶紫〈丰收〉序》。

并不是由于他们道德崇高、精神纯洁、情感专一，甚至也不是因为他比人更有智慧，按照丹纳一类美学家的说法，神之为神就在于他们比人具有一副更加健美的肉体（对于苏格拉底来说，这该是一个多么具有讽刺意义的说法！）。这种唯美主义的解释至少在西方学术界的某些特定时期里具有一定代表性。

基于这样的理解，不少人认为"人神同形同性论"是古希腊哲学家色诺芬尼（Xenophanes）首先提出的，这一论断的理由是色诺芬尼说过这样一段话："荷马和赫西俄德把人间认为是无耻丑行的一切都加在神灵身上：偷盗、奸淫、彼此欺诈。凡人们幻想着神是诞生出来的，穿着衣服，并且有着同凡人一样的容貌和声音。可是假如牛、马和狮子有手，并且能够像人一样用手作画和塑像的话，它们就会各自照着自己的模样，马画出、塑出马形的神像，狮子画出、塑出狮形的神像了。埃塞俄比亚人说他们的神皮肤是黑的，鼻子是扁的；特拉基人说他们的神是蓝眼睛、红头发的。"① 不难看出，色诺芬尼对荷马和赫西俄德是持批评态度的，他对人以自己的形象和观念创造神祇表达出了苏格拉底式的不满②。

在"神人同形同性论"的文化背景下，以人为原型的男神成为英俊健美的标杆，女神成为天生丽质的典范，人体因此而成为标准的审美对象、成为视觉艺术的重要主题也就顺理成章了。据说神也用装饰物，如赫拉用橄榄油擦身；神穿着缝制的衣服，戴耳环，还穿着鞋，完全是一副希腊人的形象。神是一种理想的人，比男人更健美，比女人更美丽温柔。这反映出希腊人对于肉体之美的赞赏。"希腊人虽然对于肉体的美的表现极其逼真、生动，但令人惊讶的是，他们的裸体艺术作品竟然没有丝毫肉欲的成分，很少有直接表现肉欲的作品。那些裸体雕塑，美得让人颤栗，但却并不因此撩起人的情欲。希腊人对于肉体之美的表现，是天真而纯朴的，他们对于肉体之美的欣赏，如同孩童一般，天真无邪，一尘不染。希腊人对肉体的崇拜近乎于宗教崇拜，那是一种神圣的情。"③ 这种对身体（而且主

---

① 北京大学哲学系外国哲学史教研室编译《西方哲学原著选读》上卷，商务印书馆，1982，第29页。

② 色诺芬尼是对的，2000多年后的今天，我们的电影观众甚至可以看到日本人模样的耶稣，在好莱坞大片中看到黑人明星饰演的上帝之子。

③ 参见赵敦华主编《西方人学观念史》，北京出版社，2005，第7~8页，

要是指肉体）奉若神明的风习，对后世欧洲文学艺术产生了不可估量的影响。

但是，一个伟人之死，至少在思想领域开始使这一切发生了改变，这个伟人就是苏格拉底。他在即将告别人世之际，说出了许多惊世之论，对西方文化乃至整个世界文化产生了足足 2000 多年的影响。苏格拉底认为肉体并不值得念念不忘，人之所以为人，不在于身体而在于灵魂。在得知苏格拉底即将被处以极刑的时候，许多人为他惋惜、悲伤、痛苦，甚至愤怒，但他却平静地说："许多人不懂哲学。真正的追求哲学，无非是学习死，学习处于死的状态。他既然一辈子只是学习死、学习处于死的状态，一旦他认真学习的死到了眼前，他倒烦恼了、这不是笑话吗？"① 在他看来，死，无非是灵魂与肉体的一次告别而已，对于哲人来说，这未必不是件好事："我们得尽量使灵魂离开肉体，惯于自己凝成一体，不受肉体的牵制；不论在当前或从今以后，尽力独立自守，不受肉体的枷锁。……我们认为真正的哲学家，唯独真正的哲学家，经常是最急切地要解脱灵魂。他们探索的课题，就是把灵魂和肉体分开，让灵魂脱离肉体。"②

这种轻视身体而专注灵魂的观念在后来的基督教统治过程中，产生了极大影响。这是后话。要而言之，大约自苏格拉底之后，古希腊人奉若神明的身体，便被明确地作为灵魂的对立面遭到了人们有意无意地质疑、贬斥和压抑。这种情况虽然在苏格拉底之后的不同时代有这样或那样的曲折变化，譬如文艺复兴时期，身体美又一次受到了高度关注，但直到 2000 多年后尼采的出现，苏格拉底贬低身体、高扬灵魂的观点才真正遇到了毁灭性的挑战者。

尼采这位撰写过《反基督》并宣称"上帝死了"的哲学家，在《查拉图斯特拉如是说》中，对无端轻视身体的圣哲和凡人进行了无情的讽刺和挖苦，他借智者的话说出了自己的观点："我完完全全是身体，此外无有，灵魂不过是身体上的某物的称呼。身体是一大理智，是一多者，而只有一义。是一战斗与一和平，是一牧群与一牧者。兄弟啊，你的一点小理智，所谓'心灵'者，也是你身体的一种工具，你的大理智中一个工具，

---

① 柏拉图：《斐多》，杨绛译，辽宁人民出版社，2000，第 12 ~ 13 页。
② 柏拉图：《斐多》，杨绛译，辽宁人民出版社，2000，第 18 页。

玩具。""兄弟啊，在你的思想与感情后面，有个强力的主人，一个不认识的智者——这名叫自我。他寄寓在你的身体中，他便是你的身体。"①

尼采的这种"唯身体论"在今天的网络写手的笔下得到了进一步发展，某些标榜"一切从身体出发，并最终回归身体"的"身体写作"写手，或许从来不读尼采的著作，但他们对身体重要性的认识似乎并不亚于这位激进的德国哲学家。身体写作标榜"通过身体去生存和思考"，具有明显的后工业时代消费文化的"即时性"特征，以及网络文化"直观展示"的特点。

三　身体写作的互文性举隅

对 20 世纪末和 21 世纪初的中国文艺理论的发展状况，笔者曾在《中国文学年鉴》的相关综述稿中做过这样的描述：对于 20 世纪 90 年代最后几年的中国文艺理论来说，80 年代的"光荣与梦想"已经成了遥远的记忆。但是，"逼近世纪末"的中国文艺理论自有其历尽绚烂和繁华后的冷静与凝重。在这个"多元并存"和"杂语共生"的时代，中国文论和批评不懈地追求着文学意义的澄明与敞亮，在不断走向成熟的艰难历程中留下了深刻的沧桑印记和沉重的"阐释焦虑"。中国文论这一时期的"关键词"大约是："现实主义冲击波"，"文艺理论的现代性问题"，"后现代"，"后殖民"，"新写实"，"新状态"，"新生代写作"，"关于古代文论的现代转换"，"失语症"与"重建中国文论话语"，"文化消闲"与"消闲文学"，"人文精神讨论的新进展"，"重写文学史"和"文学史观与文学史理论""关于知识分子写作的探讨与争鸣"，"20 世纪"回顾，"五四 80年"反思，"共和国 50 年"纪念，"新时期 20 年"审思等等，列出这样一个学科热点问题菜单，再加上相关问题适当的"友情链接"，这也许是我们所能设置的认识世纪之交中国文论发展概貌的最简便的"路径"之一。

在上述十多个热点问题中，身体写作几乎都已不同程度地有所介入。对女性文学与身体写作都有专深研究的张晓红教授曾经著文指出："20 世纪 80 年代以降，跨文化文学交流欣欣向荣。求知若渴的中国读者在阅读外国文学作品的过程中，发现了一个不一样的文学世界，那里人物万千、

---

① 尼采：《苏鲁支语录》，徐梵澄译，商务印书馆，1997，第 27~28 页。

景象壮丽、情怀深沉、故事曲折、思想厚重。一些外国作家在当代中国备受追捧。"① 在这些被追捧的作家行列中，张晓红教授一口气列举了波德莱尔、T. S. 艾略特、乔伊斯、卡夫卡、马尔克斯、博尔赫斯、昆德拉等"文学楷模"，以及被中国女作家们一再模仿和改写的伍尔夫、杜拉斯、波伏娃和普拉斯等。在这种文学的"八国联军"大规模入侵的背景下，可以说是跨文化互文性写作之流行一时，几乎是不可避免的事情。身体写作之声名鹊起也恰在此后不久。

关于身体写作概念的出笼，我们不能不提到这样两部小说——卫慧的《上海宝贝》和棉棉的《糖》（很多时候人们还会顺便提及九丹的《乌鸦》），它们犹如身体写作色彩斑斓的旗帜。但是，我们应该看到，身体写作成为轰动一时的文学事件，就如同历史上所有其他文学事件一样，"仅仅有小说是不够的"，它还必须有小说之外的某种极为重要的超越于文学的某种特殊因素的强力推动。对"身体写作"具有强有力推动的不是对此津津乐道的批评家，也不是靠畅销小说发家致富的出版商，在我们看来，这个推动者恰恰是"对政治倾向不好、内容格调低下的作品要严格把关"的新闻出版署。

下面是一份或许应该作为内部文件的"通知"，为我们的推论作了权威性的见证。新闻出版署报刊司于 2000 年 5 月 31 日向各地报纸、期刊管理单位发出了《关于报刊不得宣传〈上海宝贝〉〈糖〉两书的通知》。通知全文如下：

　　新闻出版署今年 5 月 12 日发出明传电报，通知各地查禁《上海宝贝》（春风文艺出版社出版）一书。此外，对中国戏剧出版社出版的《糖》一书也即将作出处理。为此，特通知有关事项如下：

　　一、各地报纸、期刊一律不得转载《上海宝贝》、《糖》两书，亦不要转载有关文章，防止炒作。如发现刊载此类文章，要及时采取措施制止，以免对社会造成负面影响，并将情况报告我司。

　　二、各地报纸、期刊如必须发表有关评论性文章，发表前需送请

---

① 张晓红：《"身体写作"与互文性：从性别政治到自我展销》，http://www.zwwhgx.com/content. asp？id＝3003。

有关主管部门审定。

　　三、请以适当方式将本通知精神通知各报社、期刊社。要提醒报刊社进一步增强政治意识、大局意识、责任意识，对政治倾向不好、内容格调低下的作品要严格把关。①

　　在即将进入 21 世纪的中国文坛，两本小说被新闻出版署明文禁止宣传，一时间"禁止宣传"的禁令不胫而走，反倒成了当时所有文化宣传广告中最有冲击力的广告，使得这两本原本不会太过引人注目的小说成了万众瞩目的"文学名著"。作者卫慧、棉棉也一夜之间成了家喻户晓的"知名作家"。

　　我们曾经多次看到这样一种有趣的现象，那就是禁书本身所必然引发的轩然大波，使被禁者产生能量惊人的"报复性反弹"。因为被禁后盗版畅销不衰，禁书总是更能激起人们的好奇心，结果盗版商大发其财。一位网友对卫慧《上海宝贝》被禁感慨不已，他说："我看《上海宝贝》是在被禁之前，当时并无强烈的购买欲望；禁后，找到一本《卫慧全集》，开价不低，生怕再难遇到，毫不犹豫地买下了。至今三年，借者络绎不绝，如说有'毒'，那真是'流毒'贻害无数。所以，'禁书'这种方法是否可行还是有商榷余地的。"②"禁"只能禁正版，激起更多人的好奇心及购买欲望，从而促进以赚钱为直接目的的盗版市场的畸形发展。禁书与开禁一向是出版界盛演不衰的传统大戏，没有这一禁一开，《论语》《诗经》很可能在平庸之作的堆砌中沦为垃圾；而正版与盗版从来就是不离不弃的生死冤家，没有盗版，或许四大名著都无法流传到今天。从这个意义上说，卫慧、棉棉之成名，未必在其小说本身，这一官一盗的一棒一捧，恐怕正是"美女作家"频频快速成名的终南捷径。

　　说来多少有些蹊跷，《上海宝贝》的被禁，居然是"互文性"惹的祸，一句互文性引用为"上海宝贝"带来了意想不到的被禁"机遇"。据张晓红教授的相关研究成果披露："每个女人都仰慕一个法西斯分子"的诗句出现在卫慧的《上海宝贝》里，成为本书被禁的导火索。这行诗其实

① 参见《报刊管理》2000 年第 7 期。
② 冰蓝茜儿：《为美女作家翻案》，http://www.xici.net/d12164697.htm。

是"跨文化互文性的一次演练"。卫慧用挑衅的姿态和调侃的口吻援引了普拉斯的诗作《爹爹》，借以描绘上海女孩可可和德国人马克疯狂做爱的场景。《上海宝贝》还大量引用伍尔夫的《一个人的房间》和杜拉斯的《情人》等作品的片段。在卫慧的操练下，《上海宝贝》演变成一个陈列西方大牌作家和名牌商品的橱窗。卫慧引用亨利·米勒、伍尔夫、D. H. 劳伦斯、杜拉斯和昆德拉等西方作家的名言作每一章的题记，而麦当娜"给我一双高跟鞋，我就可以征服整个世界"的名言也加入到西方作家语录的喧哗和躁动当中。①

不少人认为，《上海宝贝》是作者卫慧的半自传小说。据责编白烨说，小说一出版就变成了轰动一时的畅销书，上市不到半年就售出十几万本。北京新闻媒体和文化管理部门以《上海宝贝》描写女性手淫、同性恋和吸毒为由，将本书裁定为"腐朽堕落和受西方文化毒害"的典型，在2000年4月宣布禁售之后，新闻出版署又颁布了"禁止宣传令"。但当时的各大网站对该书主要内容的介绍仍旧随处可见：

> 《上海宝贝》采取第一人称的叙事观点，情节主要是描述上海女作家倪可与中国男友"天天"、德籍男友马克的恋情。天天是倪可的知心人，却是性无能（象征衰微的中国传统文化？）；马克是驻上海外商，有家室、超强的性能力、西方男子对女性的体贴（象征改革开放后的中国对欧美强势文化的崇拜、对外资的倚赖？）。马克诱惑了和"天天"同居的倪可。倪可摆荡在"天天"的同志情谊和马克雄壮的肉体诱惑之间，最后"天天"因吸毒死亡，马克返回德国，倪可的双线感情于此告终。

如果将倪可、天天、马克进行适当的符号化处理，我们便不难发现，这部小说并不乏可圈可点之处，所谓"政治倾向不好""格调低下"那也只能说是见仁见智，十多年后，重读小说，我们发现，所谓"腐朽堕落"和"受西方文化毒害"的说法，实在言过其实。

细读作品，笔者倒是发现，该书与纳博科夫的《洛丽塔》、莒哈丝的

---

① 张晓红：《"身体写作"与互文性：从性别政治到自我展销》。

《情人》、米兰·昆德拉的《生命中不能承受之轻》等作品之间存在着错综复杂的互文性关系，关于这一点，已出现了不少研究文章，此处不拟展开论述。只举一例：亨利·米勒的《北回归线》有这样一段文字："我对自己说，是的，我也喜欢一切会流动的东西：河流、下水道、岩浆、精液、血、胆汁、语言、文字。"《上海宝贝》开篇即说："在复旦大学读书的时候我就立下志向，做一名激动人心的小说家，凶兆、阴谋、溃疡、匕首、情欲、毒药、疯狂、月光都是我精心准备的字眼儿。"在《上海宝贝》中，这类仿写、挪用、戏仿等互文性笔法虽未达到炉火纯青的境界，但部分引用与改写却也不乏随手拈来的潇洒。

有网文评论《上海宝贝》时说，阅读此书，让人想到亨利·米勒的《北回归线》、西鹤的《好色一代男》、村上龙的《近似无限透明的蓝色》；电影《情人》《钢琴课》《萨罗或所多玛的120天》等等。看卫慧的书可以看出明显模仿亨利·米勒的痕迹，从书名《像卫慧一样疯狂》到思想——在颓废的快乐中找到一条毁灭之路，欢欢喜喜走向灭亡。想起那首被用在《春光乍泄》片尾的歌 HAPPY TOGETHER，不知明天在何处的茫然中欢喜作乐，一片漆黑中以自己本身的力量点亮生命的火花。① 在这里，互文、互视、互介等因素，暗相勾连，彼此交错，使文本呈现出那种散碎玻璃瓷器所特有的凌乱与凄美。

有论者对卫慧们"滥用"西方文学作品的写作态度和行文风格提出了批评，如谙熟互文性理论的张晓红教授认为，卫慧对西方作者的引用、改写、戏仿或重构，"除了为《上海宝贝》增添了些许时尚和异国情调之外，并没有使作品的内涵得到升华，原语境的严肃性和思想性丧失殆尽，西方文化和文学元素统统沦落为装饰品和花边。西方文学经典仅仅起到广告的效用，与推销 Ikea、Esprit、CK、CD、Channel 的做法毫无二致"。② 诚然，我们也注意到，卫慧作品中那些缺少对原作深刻理解的"互文性"借鉴，的确不无生搬硬套之嫌，但在制造一种与"作品内涵"大体吻合的行文风格上，《上海宝贝》中花样众多的互文性"挪用"，似乎恰到好处地体现了作者的某些追求，那些具有异国情调的装饰品在小说中或许也未必是可

---

① 冰蓝茜儿：《为美女作家翻案》，http：//www.xici.net/d12164697.htm。
② 同上。

有可无的布景与道具，它们与作者灵魂深处所向往的某种灿如烟花式的高峰体验以及欲念燃烧的一闪而过不无关联。

　　卫慧宣称，《上海宝贝》写的是一群"新人类"的生活。"我的本能告诉我，应该写一写世纪末的上海，这座寻欢作乐的城市，它泛起的快乐泡沫，它滋长出来的新人类，还有弥漫在街头巷尾的凡俗、伤感而神秘的情调。"① 按照卫慧自己的说法，这群人由"真伪艺术家、外国人、无业游民、大小演艺明星、时髦产业的私营业主、真假另类、新青年"组成。"他们似乎都有人生的创伤，但绝对富有；他们游移于公众的视线以外，自己形成一个圈子；他们绝对人数并不多，但始终引领着城市时尚生活潮流。他们的生活就是展现欲望和享受欲望，行为的注脚是人生苦短和及时行乐。这样的生活片段自然洋溢着'世纪末'的情绪。"② 从一定意义上说，与其说是卫慧在"滥用"西方文学作品，不如说是"新人类"在"滥用"西方人的生活方式，与其说是"新人类"在"滥用"西方人的生活方式，不如说是我们这个社会在"滥用"西方人的文化理念。

　　尤为值得注意的是，在卫慧的《上海宝贝》中，"灵肉互文"常常是以一种矛盾对抗的形式表现出来的。在倪可的生活中，"情"与"欲"处于一种各不相属的割裂状态，但两者又似乎形影不离地交错着。卫慧曾经引用过昆德拉的话："同女人做爱和同女人睡觉是两种互不相干的感情，前者是情欲——感官享受，后者是爱情——相濡以沫。"但即使在她与马克的"身体战斗"进行到白热化的时候，在"情欲"的野马肆意狂奔的时候，她心中的"情"与"欲"仍旧是彼此分离的。从这个意义上讲，倪可内心深处的焦虑其实是其"灵肉分离"的生活造成的，这与"我爱的人不爱我，爱我的人我不爱"一类俗套的爱情小说看上去颇为类似："我爱的男孩不能给我一次完完全全的性，甚至不能给我安全感"；而"另一个已婚男人却给了我一次又一次的身体的满足，但对感情和内心的虚无感起不了作用，我们用身体交流，靠身体彼此存在，但身体又恰恰是我们之间的屏障，妨碍我们进一步的精神交流"。天天和马克"像是两个世界中的人，他们用投射在我身体上的倒影彼此交错着"。文本中屡屡出现的各

---

① 卫慧：《上海宝贝》，春风文艺出版社，1999，第 64 页。

② 汤哲声：《欲望的宣泄和理论的迷茫》，《江苏科技大学学报》2009 年第 3 期。

种"交错"具有丰富的隐喻意味，既可以理解为"灵魂"与"肉体"的交错，也可以理解为"资本"与"消费"的交错，还可以理解为"身体"与"文本"的交错。

曾被新闻出版署命令"禁止宣传"的另一部作品是棉棉的拟自传体长篇小说《糖》。"糖"之所以被看作"有害物品"大约是因为我们的"身体"已经过于臃肿，潜伏着太多不宜于"糖"的疾病，于是不喜欢"糖"的人便越来越多。不过，《糖》之被禁的主要原因并不在于多数人的不喜欢，情形或许恰恰相反。在著名的"新浪读书"中有篇未署名的文章对棉棉的小说进行了这样的描述："《糖》的女主人公——红，一个集写作、摇滚、另类于一身的新新人类的'代言人'。她说'我残酷的青春就是糖，我的糖'。读时我在心里喊：我宁愿这是一部她的自传。读后我也一意孤行的武断它就是一部'棉棉自传'。但至少说有80%取材于她自己的生活经历，非正常的、迷惘的、困惑的、麻醉的、挣扎的经历。或者还可以说她是这类生活的见证人。"① 这篇文章的题目有明确的情感价值取向：《喜欢棉棉的〈糖〉》。

我们知道，棉棉的《糖》是围绕"自由和选择"这一既古老而又时新的话题展开的，作者叙述了一个"问题女孩"红和她在青春迷途中邂逅的几个同样有"问题"的少男少女的故事。这是一个崭新的时代，由于小说处处透过"生活在幻觉中"，"不愿走进社会，也不知道该怎样走进社会"的"问题女孩"红的视角，去感觉个人皮肤边界以外的世界，因此小说中关于当代历史的叙事必然是东一鳞西一爪的，就像散了一地的拼图游戏板，全靠读者自己想办法把它们拼成一幅色彩斑斓的图画。

在这部作品中"灵肉冲突"依然是故事中重要的情感线索之一。对小说主人公红来说，性是根本不需要爱的，19岁的"我"（红）将自己的神圣的第一次给了酒吧里的"他"，但"他是谁"红根本就不了解，甚至名字都不知道。对"我"来说，性就是一种需求，它不属于别人，而是属于"我"，"我"的付出是"我"的需要，"我"可以给一个人，也可以给很多人，甚至只给"我"自己："对着镜子或桌子随时随地玩着自己的身体，我并不是想了解，我只是想自己跟自己玩。""我天生敏感，但不智慧；我

---

① http://vip.book.sina.com.cn 2011 年 2 月 11 日 19：12.

天生反叛，但不坚强。我想这是我的问题。我用身体检阅男人，用皮肤思考……"①《糖》中的"我"和《上海宝贝》中的倪可有许多相似的地方，人们将其视为同类倒也顺理成章。

值得注意的是，棉棉对"我"的所作所为也常常表现出莫名困惑与焦虑："我发现自己对小说内容的概括越来越像是在杜撰着一段顺口溜或者绕口令。然而这并不是我概括内容和结撰语句的幼稚，而是文本本身就是相近情境（历史感消解后的现场感）的靡乱堆积。杀人、卖淫、同性恋、滥交，所有这些性质相同甚至情节情境相同的过程被一次又一次高密度重复堆积，一个明显的例子是'做爱'一词的无数次出现。贯穿其间的，则是'灵敏'地异化和变态的感觉描写，看到下雨就想到'天空与大地在做爱'，这是典型的欲望和性的奴隶的感觉。"② 在棉棉的作品里，也时或有文化批判的火花闪耀，女性作家的真诚、细腻和敏感，在《糖》等小说中也有比较充分的表现。至于互文性手法高频率使用的情形，这种早被哈桑说成是"与后现代是同义词"的文本策略，也可以说是卫慧、棉棉最重要的写作特征之一。

在《"身体写作"与互文性》一文里，张晓红教授指出："放眼当下，写作者生活在所谓的'地球村'里。原有的文化、语言和地理界限变得模糊不清，'越界'成为一种必然的写作策略。审时度势的写作者，不可避免地与来自异质文化的文学文本发生接触、对话、交流和碰撞。在历史语境中，女性身体作为一个跨文化互文性的演练场，散发着异国情调，随处可见'引语马赛克'，对原有的审美范式和阅读习惯造成极大的冲击，颇耐人寻味。"③

尽管身体写作可以视为文学回归人性、回归自我的精神之旅，但"我"之迷失却成了身体写作屡遭诟病的软肋。史铁生在《病隙碎笔》中对"我在哪里"这样一个针对创作主体的叩问进行过颇有意味的思考与探索，他说："'我'在哪里？在一个个的躯体里，在与他人的交流里，在对世界的思考与梦想里，在对过去的回忆，未来的眺望，在终于不能不与神

① 棉棉：《糖》，珠海出版社，2009，引文皆出自无页码超文本网络版。
② 钱欢青：《意乱情迷的欲望旗帜》，http：//bluesubway.com/forum.php? mod = viewthread&tid = 24896。
③ 张晓红：《"身体写作"与互文性》，www.zwwhgx.com2011 年 7 月 24 日。

的交谈之中。"① 在卫慧和棉棉的作品里，我们也能看到身体的"肉体性"（"躯体"）和身体的"伦理性"（"交流""思考""梦想""回忆""眺望""与神的交谈"）之间的博弈与纠缠，且往往也具有深刻的文化反讽意义和社会批判意义，但它们的"共在状态"似乎太过飘忽迷离，其心物失衡的病象实已濒临不可救药之境。关于这一点，本章第三节《"身体写作"与"情欲经济学"》将有深入探讨。

第二节　"身体写作"的五种"面相"

　　笔者在《身体写作与文化症候》一书的导言中说过，"身体写作"，可以说是顶着媒介的叫骂声愤然出场的。"身体写作"的另外一些说法，如"美女写作""胸口写作""妓女写作""下半身写作"等等，也大多是在一种调侃、戏说、反讽或"恶搞"的另类语境中流行起来的。这些大胆挑战传统的"恶之花"式的观念，一经问世就遭遇到强烈的阅读尴尬和严重的话语危机：作者且唱且骂，媒介强捧恶杀，大众侧目而视，学界则更是避之唯恐不及。可以说，"身体写作"犹如痦生之子，未及呱呱坠地，就已饱受歧视和误解，但其"赤子"之心与"率性"品格，很快为自己赢得了新潮与先锋的名声。不过，在学界开始平心静气地仔细清洗这个满身血污的"异形怪胎"之前，多数人未必能想到，"身体写作"这个貌似负气任性、放荡不羁的"问题孩子"背后，竟然隐含着一片宏博深远、风雅无边的人文景观。

　　我们看到，当"身体写作"这一煽情的说法新鲜出炉之时，整个文坛正被"美女作家"们的"尖叫"闹得不知所措。惯于追奇猎艳的各式媒体不失时机地将这一暧昧概念精心包装，浓妆艳抹地推向市场。媒介批评乘势而起，大量挪用西方思想宝库和中华文化遗存的相关理论资源，并与当下日渐奢靡的文化消费时尚联手，顺势建立起了流水作业式的连锁销售机制。一时间，日常生活审美化蔚然成风，"身体美学"大行其道，尤其是那些"苗条暴政"下"矢志瘦身"的白领群体，既为"身体写作"提供了"生活原型"，也为其消费氛围积攒了足够的人气指数。于是，形形

---

① 史铁生：《病隙碎笔》（之一），《对话练习》，文化艺术出版社，2000，第303页。

色色的身体消费在"情欲经济学"的引领下风起云涌，标举"美女""身体""尖叫"之作以乱云翻卷之势流布于日常生活与大众文化的每个角落，为影视业和书报商制造了势不可当的情色诱惑以及畅销无碍的看点、卖点。一时间，肉身叙事，其嚣尘上；情色旗帜，漫天飞舞；"身体转向"与"消费美丽"成了一种市场化文化症候和大众化理论动向的主要标识。当人们开始从文化视角稍作冷静审思与理性考察时，我们发现，"身体写作"绝非一句哗众取宠的轻佻口号，而是一股呼应时代风习而律动的强大思潮。其生理根基之深远、心理基础之深厚、学理涵蕴之深刻，远非那些过眼云烟式的新潮话语所能望其项背。可以说，"身体写作"为我们深入理解社会文化转型和当代文学变迁提供了一个洞悉幽微的绝妙窗口。

20世纪90年代，在身体转向的文化潮流面前，曾有"时代风向标"之誉的文学艺术自然不甘无所作为。得风气之先的南方文坛，曾不失时机地亮出"美女/美男作家"的招牌，频频刷新报纸和新书的销售业绩。文学界既在战略上准确把握住了21世纪初叶文化市场的"身价"飙升的机遇，也在战术上充分利用了文学评论这个轻骑兵作为文化商战快速反应部队的优势，一举抢占了媒介造势的先机。即便人们明知这种饮鸩止渴的营销策略迟早会败坏图书市场形象，甚至毒化整个文化消费机制，但短线高额利润的诱惑，让部分作家和书商们忘记了文学生产的基本文化规则和起码的价值判断。于是，唯利是图的资本逻辑几乎控制了整个文学市场，"身体"不仅是"本钱"，而且更是快速致富的高额"利润"。即便是某些惯于一本正经或假戏真做的卫道士，也急忙摘掉唬人已久的思想者桂冠，奋不顾身地扑向"身体写作"的浪潮，一时间，大半个中国文坛眼看就要变成娱乐至死的裸泳海滩了。

我们清楚地看到，在市场逻辑和媒介规则等多重因素的综合作用下，颇有反讽意味的"身体写作"概念始终处于类无归属的尴尬境地。它仿佛是个"带着一脸暧昧坏笑"的幽灵，频频参与当下文论与批评的"后现代主义"狂欢和"审美日常生活化"盛宴。它以决绝姿态标榜其激进的"反世俗"观念，但同时又不忘把自己装扮成一个让大众着迷的"滑稽小丑"。它还不时成为经典文学殿堂优雅贵宾席上的嘉宾，并一有机会就跻身文化市场客串一把呼风唤雨的魔法师角色。因此，时至今日"身体写作"概念仍然给人一种内涵繁杂无序、外延模糊不清的印象，即便那些试图描述其本质特征和"专利"归属的言论也多是众说纷纭、莫衷一是。可以说，"身体写作"从未得到过公众公正的理解，即便学界的阐释也一直处于"辞不别白、指不分明"的混乱状态。为此，笔者不揣浅陋，就其肤浅而含混的印象斗胆说几句门外汉的想法以就教于方家。在我看来，当下流行的"身体写作"概念大体包括以下五种相互纠缠的面相：

一　"愚乐八卦"的媒介面相

媒介意义的"身体写作"本质上可以说是为吸引读者眼球而刻意炒作的一个空泛的概念。在媒体制造的各种令人眼花缭乱的文化奇观中，"身体写作"如同一堆看似包罗万象实则空无一物的能指泡沫，带着现实世界五光十色的迷彩幻影，顺着流行文化的季风四处飘散。有时候，所谓"身体写作"实际上只是一些混迹于文娱媒体的"花边"娱记和文学青年捣鼓的"明星八卦"与"绝对隐私"之类，典型特征之一是将美女作家的文学活动混同于影视界的"张钰式潜规则"，媒介有意无意地混淆现实作者与作品人物的界限。

这种"混淆"的原因是多方面的。首先，作家笔下的某些挥霍青春的"新新人类"在现实生活中不乏其人，他们常常以糟蹋自己的身体对抗平庸生活的压抑，她们歇斯底里地吸毒、酗酒、乱交……以求先锋，以求解脱，即便这些可能只是些虚构的故事，但由于它们往往与真实现实生活惊人相似而被看成作者自身或其身边同类的丑闻，正是在这种"误读"过程中，"身体写作"才被误解为（或有意曲解为）"用身体写作"。

棉棉曾对这类"误读"表示过愤慨："今天的情形好像是'我描写吸毒，我很酷！我滥交，我很酷！'。我觉得一些很严肃的问题现在变成了花边新闻或肥皂剧，特别可笑。"在她看来，"身体写作"所强调的"身体性""指的不是欲望和感官，而是指一种离身体最近的、透明的、用感性把握理性的方式。"① 在"愚乐八卦"成为大众"喜闻乐见"的快餐文化这一情势下，棉棉的愤慨和辩解有如棉花拳打在棉花墙上一样，只能给人以绵绵无力之感。

其次，另一个重要原因或许出在作者自身，那就是棉棉式的"愤慨和

---

① 　陶东风：《中国当代文学中身体叙事的变迁及其文化意味》，《求是月刊》2004 年第 6 期。

辩解"原本就是作秀，读者将小说主人公和作者混淆原本就是美女作家们期望的结果，在演艺界，这样的事例常常能够达到名利双收的效果，作家，尤其是"美女作家"，为什么一定要躲在阴暗的角落与青灯黄卷为伴呢？既然观众将自己与自己笔下的人物混同起来，那就权当是自编自演的一曲人生大戏，像王朔说的那样好好"捞它一票"岂不比什么都强？以《上海宝贝》为例："主人公倪可与作者卫慧的履历几近一致：毕业于上海复旦大学中文系，曾经在一家杂志社工作，为迎接香港回归到那里采访过，三个月前从杂志社辞职到绿蒂咖啡店做女招待。她还出过小说集《蝴蝶的尖叫》，并因小说《欲望的手枪》招来媒体的恶意中伤。可见，故事讲述者倪可和作者卫慧重叠了，《上海宝贝》给读者的感觉就是作者卫慧的自叙传。作者、隐含作者与叙述者是顺同关系，叙述者成了隐含作者和作者忠实的'传声筒'，三者完全重合。"①

其实，区别"作者、隐含作者与叙述者"那完全是少数文学专家们的事情，对媒体而言，问题的核心根本就不在于如何理解"身体写作"，而在于如何吸引住消费者的眼球。对于花钱买乐子的部分读者来说，只要故事有趣能哄人开心，是文学创作还是花边新闻又有什么分别呢？总之，市场效应才是真正的底牌，对此，媒体、作者和读者皆知就里，心照不宣。

我们看到，以电视和网络为中心的大众传媒，向来就充斥着五光十色的身体故事。随着人欲横流的声像制作日趋普及，"献身"与"裸呈"也已成为影像业界获取暴利的基本套路。无论是设身处地的虚构，还是现身说法的纪实，绘声绘影的身体叙事淋漓尽致地张扬着波兹曼之"娱乐的无尽欲望"。人气蒸腾的酒吧、茶社、饭店、发廊、歌舞厅、洗浴中心、整容医院、健身俱乐部等公共场所，针对感性身体的生产与消费更是花样百出、奇观连连。情色盛宴的纸醉金迷，造星选秀的万众狂欢，歌舞升平的虚假繁盛，无视科学的煽情主义……鱼龙混杂的大众传媒不惜以刺激荷尔蒙的高额增长来提高票房、发行量或收视率，众多热衷于花边新闻和明星艳事的媒介，专以"愚乐"观众为能事，某些电视与网络也正日渐沦落为王朔调侃的"八卦淫媒"。身体及其符号也相应成为德波之"景观商品"

---

① 郭卫民：《同样的景观为何〈洛丽塔〉这边独好——〈洛丽塔〉与〈上海宝贝〉之叙事比较》，《河南师范大学学报》2009 年第 5 期。

中的硬通货。因此，媒介层面的"身体写作"已远远超出了纸笔所能为的限度。

二 "群媒互介"的作品面相

尽管"作品中心论"早已权威不再，但那些"紧贴肉身"的文本却无疑是"身体写作"最可靠的见证。与传统写作相比，身体写作歇斯底里的"欲望化叙事"和赤裸裸的"情色书写"形成了一种极度张扬的性感风格。从卫慧、棉棉、木子美到竹影青瞳，"色语"运动的印迹十分清晰，就像朱大可指出的，它起源于文学语体，推进于日记语体，变得愈来愈感官化、大众化和公共化，最终被图像语体引向了高潮。随着叙事策略的迅疾飞跃，仿佛是一列失控的肉欲飞船，在"加速效应"中奔赴肉欲的天堂。在这种文化逻辑的规约与支配下，"身体写作"实践，就像发表过"下半身写作"宣言的诗人沈浩波所形容的那样——"在通往牛逼的大道上一路狂奔"。

如前所述，"身体写作"以美女作家的情色叙事为突出代表，直奔身体可谓是《上海宝贝》《蝴蝶的尖叫》《遗情书》等占领市场的公开攻略。从文学生产的意义上说，"身体写作"的轰动效应，主要还是得益于作家及其经纪人对近些年来颇有市场的"情色"文学创作与消费关系的职业性把握。我们看到，从20世纪贾平凹、陈忠实、莫言、王安忆等大腕的一系列"性趣浓烈"的小说到陈染、林白的个人化身体叙事，再到卫慧、棉棉这批"美女作家""宝贝作家"的出现，加之九丹的"妓女文学"、春树的酷爱扮酷的"北京娃娃"，继而影响更大的"木子美现象"和竹影青瞳"图文并茂"的大胆出位，那时文坛的"身体写作"以上海、北京和广东为主要根据地，在以互联网络为主体的媒介催促下，日益呈现出星火燎原的不可阻挡之势。①

尤其是所谓的"木子美现象"，在博客写作即将作为革命性新媒介大受追捧之际，木子美的《遗情书》中的有关性爱隐私的"现身说法"给网络内外的"围观"与"道听"者带来了极大的震撼。由于网管的不懈努力，木子美的作品实际上并没有太多读者，但相关炒作却产生了比原作

---

① 何字温：《近年文坛"身体写作"研究概观》，《海南师范学院学报》2005年第3期。

大得多的冲击波。有评论说：恣肆纵情和玩笑般冷静的木子美将"用身体写作"的原则贯彻得淋漓尽致。她以放荡的姿态野性的眼光借助网络的扩张力，向现有的文化道德底线发起了赤裸裸的挑衅。"网络罂粟""网络春药"名号的馈赠可见其杀伤力非同一般。对性爱隐私的纪实性描述登峰造极地揭露了人性中最原始的性欲冲动，最大限度地满足了人们的猎奇心理。人们一边在论坛中铺天盖地地谩骂，一边马不停蹄地点击津津有味地阅读。连成人看了都觉得作呕的文字在网络上成为经日点爆的抢手货。出轨男人们的恐慌，女学生们的追崇，母亲家长们痛心疾首的呼吁，网络媒体的疯狂转载与旋即封杀，专家学者的猛烈抨击与轰炸式评点……各类角色构成了极具讽刺意味的图景。大众自觉的道德规范免疫系统在一个弱小女子的色诱面前是如此的软弱不堪，让人不禁哑然失笑且备觉尴尬。一向宽大为怀的网络文化市场顿时陷入了如视洪水猛兽般的防范与逼问道德底线的紧迫境地。①

　　与上述作家的"身体写作"相比，互联网几乎就是一个使"身体写作"变成"身体下作"的实验基地。在任何一个网络文学作品排行榜上，那些人气指数惊人高涨的作品，几乎是清一色的"情色系列"。某些网站收录的海量情色小说，仅黑压压的目录就足以令人窒息。在网络这个如麦克卢汉所谓"没有围墙的妓院"里，轰轰烈烈地燃烧着性爱的野火，浩浩荡荡地翻滚着情欲的波涛。然而，尽管部分"身体写作"高手念念不忘对沉重肉身近乎病态的"一网深情"，以及对世俗道德向来的轻蔑，那些真正称得上"身体写作"的主流作品，却仍保持着一定的先锋意识和审美品格。说到底，感性身体的万种风情和千姿百态，只要存在于艺术虚构层面，就不可能真正撕毁灵肉共舞的基本契约。无论多么原始的本能，一旦行诸文字就必然会烙上心灵化的印迹。可见，"身体写作"绝不是什么"流氓耍成的流派"，而更像是一种不甘平庸的写作态度和追慕先锋的叙事策略。

三　"众声喧哗"的批评面相

　　批评语境中的"身体写作"言论，多以炒作与争鸣的形式出现，在强

---

① 浊清：《"身体写作"碎语》，http：//women. sohu. com/20040910/n221955879. shtml。

捧恶骂和扮酷装嫩的喧嚣声里，质疑与追捧，诘问与辩护，起哄与双簧，对骂与群殴……可谓乱花迷眼，色彩斑斓。多数批评者自觉与不自觉地充当了作者与书商为"身体写作"造势、辩护或广而告之的传声筒。无论是喝彩还是责骂，只要与媒介和市场达成默契，便总会有人坐收渔利。无论是对诗歌"断裂、转型与分化"的"身体透视"，还是"以下半身反对上半身"的"身体宣言"，即便从针锋相对的立场发表意见，也都有自圆其说的可能。譬如说，有些诗人为了解放被束缚的身体，真诚地呼唤关注"下半身"；但有些评论家则认为，越是强调下半身，便越是贬低了身体。

批评方面的某些事例较好地显示出"身体写作"概念嬗变的复杂情况。一个例子是徐坤援引西方女权主义文论为林白的《一个人的战争》辩护。据说正是林白这篇大胆袒露身体隐秘的小说引发了名为"身体写作"的"欲望战争"，而徐坤等人的辩护也成功地为"身体写作"争得了合法性地位。另一例子是关于尹丽川《贱人》的评论，看上去有点像堡垒内部射出的子弹，抑或是周瑜打黄盖？同为"下半身"主将的李师江居然大骂尹丽川"卑贱"："流水的男人铁打的床；性是生活的基础，少说多做，欢迎再舒服一些；人就是畜生，谁比谁高贵都是假的，只能拼谁比谁卑贱，最卑贱的那个是她要找要写的人。是的，这就是我认识到的性而上和形而下的尹丽川，一个混在艺术青年群落和下半身饭局上的贱人，因在媒体上频频曝光而时时被美化和丑化的女自由主义者。对她而言，写作，就是把自己那点贴身的卑贱抖出来。"① 如此刻薄恶毒的文字，与其说是评论不如说是辱骂。当好奇的读者想知道这个"污人清白"的李师江是否会吃官司时，"周瑜"和"黄盖"却可能正在"下半身饭局"举杯欢庆。看来，这"下半身"文学批评的游戏还真有点八卦与双簧的元素。

就媒介批评圈子而言，葛红兵是较早频繁使用和比较深入阐发过"身体写作"概念的批评家。早在1995年他就和棉棉以书信的形式讨论过"身体写作"问题，在随后发表的《个体性文学与身体型作家》等文章以及《沙床》等小说中，葛红兵开始从学理到创作实践对"身体写作"概念的文化意义和文学意义做了进一步的开掘与深化。在《身体政治》《中

---

① 李师江：《卑贱是卑贱者的通行证——评尹丽川小说〈贱人〉》，http：//www.xici.net/b9961/d8014570.htm。

国文学的情感状态》等著作中，"身体写作"理论得到了更为充分的阐发："身体写作意味着：写作通过亲近、疏离、分拆、瓦解等等手段，不断地对身体进行再想象、再塑造、再规划，它脱离了启蒙叙事和革命叙事，通过写作这种方式，不断地切入到当下的后现代处境中，成为动荡不定的现实性的一部分，或者我们应该说，它通过再造自己的幻想而让自己在后现代消费政治中成为核心的景观之一。"① 又如他对五四新文化运动中的"身体"隐喻的研究、对"身"观念的中国思想的"原初立场"的考察、身体伦理学的探讨等等，都有新人耳目的理论表述。

值得注意的是，悠游于媒介与作家圈子中的批评家，固然对身体写作体验真切、感悟深刻，但难免过分贴近媒介和具体作品，且各以其情而自得，批评领域的"身体写作"面相更是千奇百怪，虽不乏卓绝妙评，但各家对身体写作的理解相去霄壤，因此，总体上给人一种只见树木不见森林的印象。

四　"唤醒身体"的文论面相

兼具女权主义文论与当代文学批评中西双重身份的"身体写作"说，经媒介与书评的频频炒作，戏剧性地进入了正为边缘化惶惑不已的文论研究者们的视野。此时，文论界正试图摆脱"失语症""终结论"诸说的困扰，急于"越界""扩容"，在"文化研究""视觉转向""审美日常生活化"等泛文论话语的泥淖中难以自拔。适逢其会的"身体写作"恰好为媒介、学界、创作和批评圈子提供了各得其所/各尽其能的言说路径和想象空间，但同时也使得创作、批评与理论互不相顾、自说自话的倾向更加严重。

文论层面的"身体写作"思潮显然不同于媒介与批评合谋制造的"身体写作"口号，文论的目的在于揭示"身体写作"这一文化症候的形成动因和发展规律。一般认为，"身体写作"的主要理论导源于西方女性主义，而女性主义的"身体写作"理论可以说主要是在弗洛伊德、荣格心理学理论及德里达学说影响下流行开来的。事实上，中国的"身体写作"理论也更多得益于弗洛伊德等人的学说，此外，尼采、福柯、德勒兹等人的身体学说也直接为当下的"身体写作"思潮提供了思想资源。当然，文论视野中的

---

① 葛红兵：《身体写作——启蒙叙事、革命叙事后："身体"的处境》，《当代文坛》2005 年第 3 期。

"身体写作"思潮还与当下消费文化中的"身体焦虑"、文学理论的"身份焦虑"以及文学创作的"价值焦虑"等多重因素的交互作用密切相关。

如前所述，在中国媒介翻炒"身体写作"之前，法国女权主义批评家埃莱娜·西苏所提出的"身体写作"说虽已有零星译介，如张京媛编的《当代女性主义文学批评》（1992）收录的那篇《美杜莎的笑声》、科恩那本《文学理论的未来》的开篇大作《从无意识的场景到历史的场景》都是文论界熟知的名作。葛红兵等人创造性地挪用和改造了西苏的"身体写作"概念，但他们的批评文字似乎很少能让人看到西苏的影响①，它们已自成一个颇有气象的理论体系。因此，有人认为葛红兵的"身体写作"和西苏的原本就不是一回事。从葛红兵新近出版的《身体政治》《中国文学的情感状态》以及他指导的研究"身体话语"的博士论文等文献看，他实际上一直在密切关注并积极影响着身体写作前沿阵地的动向。

我们看到，近年来，不少学者在深入挖掘身体写作及其文化症候背后的成因等方面取得了令人瞩目的实绩，如南帆、谢有顺、陶东风等人的相关研究成果，已经成了"身体写作"思潮的经典文本，许多专业性学术期刊如陶东风主编的《文化研究》等刊发了大量研究"身体文化"的文章，为"身体写作"更深入的理论研究开辟了广阔的学术前景。

在中国传统文学历史上，身体一直处于被压抑的沉睡状态，虽然也有少数试图"戳破这层道德窗户纸"的作家和思想家，但他们总是被主流意识形态目为"异数"。在这次明显具有文化反叛色彩的"身体写作"潮流中，文艺理论家们的广泛参与，起到了一种从理论上"唤醒身体"的作用，正是有理有据的文学研究和批评，为"身体写作"在当代文坛争得了一席合法地位，并堂而皇之地进入了学院派的书斋和大学生的课堂。

五 "和光同尘"的文化面相

关注身体问题绝不只是文学家的专利。"形而下"的身体所隐含的"形而上"的问题，也引起了相关领域研究者的浓厚兴趣。在探索身体文

---

① 提倡"胸口写作"的赵凝说："葛红兵完全是（对西苏的）无耻跟风，他根本就不懂什么是身体写作，他只是一个穷孩子，想靠畅销书来赚点钱，而且哪边容易出名就往哪边跳。"www.booktide.com 2004－07－05。有趣的是，"跟风""不懂""赚钱"等说法，对赵凝似乎更适用。

化命题的研究过程中，中外学界屡有喜人创获。例如，汪民安编撰的一系列关注身体文化的著作引起了学界的关注。其中《身体的文化政治学》（金惠敏策划的"新思潮文档"系列之一）比较集中地体现了中国学者"身体文化"研究的成果。《后身体：文化、权力和生命政治学》这部介绍西方身体学说的译著，系统阐释了"身体转向"的学术内涵和现实意义。自从尼采和福柯以后，身体日渐成为当代理论的一个焦点，成为刻写历史痕迹的一个媒介，文化、权力、政治在这里展开了歧义的纷争。在德勒兹、鲍德里亚、齐泽克、朱迪斯·巴特勒等人的论述中重新打开了身体的秘密。《尼采与身体》《身体、空间与后现代性》等重要著作，更是以开阔的理论视野、精辟独到的切入视角与细腻闪光的文字，对身体与性以及政治的关系等问题，做了过程堪称精彩、结论颇具洞见的论述。正是由于有汪民安这样的一批实力派学者对身体问题的全球化视角的深度研究，中国当代的"身体写作"言论才逐渐受到前沿学术思想的浸润而得以汇入当代文论与批评的潮流之中。

我们不无惊异地发现，当代西方人文领域的"身体转向"实际上早已形成了一种气象万千的学术盛况："相关的知识性言述从身体现象学、身体政治学、身体社会学、身体人类学、身体语言学、身体形态学到身体美学、身体叙事学和文学身体学……，皆指向、表达并重塑这一实情。'身体观'的研究，乃成为当代西方学界的一大显学。"① 就广义的"身体写作"思潮而言，中国人文学界当下的发展趋势，比较明显地正在朝着类似于西方的情形推进。

"身体写作"的"表情"千变万化，这里的所谓"五种面相"说充其量也只是一孔之见。不过，即便有人总结出千万种"面相"，"身体写作"思潮也只能是"千面"交相辉映，"万相"彼此缠绕的混合体。无论如何，在文化、市场、政治、性别、媒介、权力、艺术、语言等多重因素的综合作用下，"身体写作"，从一句看似浅薄的口号如此快速地演化成为声势浩大的文化思潮，应该说，这一现象所包含与折射的消费社会奥秘和流行文化症候以及诸多相关问题都是值得我们深长思之的。

---

① 周瑾：《从身体的角度看：中国身体观研究述评》，http://eblog.cersp.com。

第三节　"身体写作"与"情欲经济学"

　　理论的力量常常来自多元化的阐释，无论是理性的还是非理性的。多元化的学术阐释包括评判、辨析、争鸣、误读、戏仿、甚至炒作，甚至恶搞，一切"颠覆与重构"之间的博弈，都是理论生产与消费过程中司空见惯的情状。譬如，某些学术概念的炒作就像无孔不入的商品广告一样，早已是百无禁忌且无所不用其极。不容否认，在这个所谓"媒介时代"的文化语境中，任何理论都必须在"热爱与痛恨""追捧与欺压"相互纠缠的媒介游戏中经历严酷考验。我们看到，文论与批评界充斥着"拾垃圾者"随心所欲的吆喝和学术小贩哗众取宠的叫卖声，文坛风流人物不断更换着"皇帝的新装"，学界形形色色的大师混迹于三教九流，于官于商，左右逢源，在附庸风雅的大腕大款的豪门深院，呼风唤雨，见风使舵；在声色犬马的名利场与风月乡，如鱼得水，纸醉金迷。身体消费的"人造景区"风光无限，消费身体的"伪美空间"气象万千，凡此种种，与其说是消费社会的流行时尚，毋宁说是文娱游戏的潜在规则。在这样一种文化背景下，植根于潜意识的"身体写作"概念，借助于文化消费主义浪潮的动力，并有意无意地利用了网络和报刊的追捧和炒作，轻而易举地撕开了文艺界最后的遮羞布以及意识形态厚重的帷幕。

一　"人的回归"与"诗性觉醒"

　　如前所述，"美女作家"的开放性姿态写作之所以能够轻而易举地席卷商业文化市场，她们冲击传统主流文化的重要策略实际上仍然可以说是王朔式的"玩的就是心跳"。尽管批评界的相关评论不乏"围剿"力度，但抨击甚至"辱骂"丝毫没有减少反而大大增加了她们的市场。"这些站在后现代边缘的颠覆者们以刀刃上舞蹈、悬崖边高歌的姿态，用挥霍的文字和叛逆的青春挑战着传统道德价值观念，却得到了众多开放者们的认同与接纳。"①

　　简而言之，当文艺界与媒介共同打造的全民化"身体狂欢"变成一股

---

　　①　浊清：《"身体写作"碎语》，http://women. sohu. com/20040910/n221955879. shtml。

强劲的大众文化潮流时，跟风成习的当代文论界关注身体的热情也如影随形地高涨起来，一向暧昧的身体在貌似清高的学界大施魔法，形成了一道俗艳而动人的学术景观。仅从近些年人文社会科学领域的众多博士学位论文不约而同地聚焦身体的情形便不难想见，异军突起的"身体之学"已然形成了一股颇有气势的思想潮流。①

身体话语日趋膨胀的文化现象引起了整个文论界的高度重视。2004 年仲春，《文学评论》编辑部、首都师范大学文艺学重点学科、《文学前沿》编辑部联合主办了"身体写作与消费时代的文化症状"的学术讨论会。从发表于《文学评论》的会议综述不难看出，专家们对"身体写作"已有相当深入的研究，但大家在一些重要问题的评价上矛盾重重，存在明显的自说自话倾向。事实上，此前此后，有关"身体写作"及其相关问题的学术探讨始终处于一种众说纷纭的争鸣状态。和多数文论概念一样，"身体写作"概念也明显出现了中、西、古、今"四大家族"的不同说法。但某些教条主义的传统阐释难免给人以隔靴搔痒之感。

大体说来，老一辈学者对身体写作的态度相对谨慎和保守一些，他们认为，历史上各种文学体裁都曾经描写过身体，经典文学作品中对于身体的欲望与性意识的多数描写都具有一定合理性，但大体处于从属地位。进入经济社会以后，商品化、高科技以及图像文化的兴起使得人的生存方式发生了急剧变化，使得原有的道德取向发生裂变，而它们的消极面往往诱发性与身体恶俗描写的大量出现，形成了对人伦与道德底线的冲击。因此，他们义正词严地只"在贬义上使用'身体写作'这一概念"。

有学者警告说，人体一旦变成了消费对象，写作就成为一种发出腐烂

---

① 近年关注身体问题的学位论文数量激增。已被收入"中国知网"中的相关博士论文就有近百篇之多。其论题中直接出现"身体"字样的博士论文亦为数不少。如刘成纪的《汉代美学中的身体问题》、李自芬的《小说身体：中国现代性体验的特殊视角》、刘爱英的《塞缪尔·贝克特：见证身体之在》、任亚荣的《20 世纪 90 年代女性小说身体话语》、逄金一的《身体理论视域中的秦汉女性美研究》、周晓明的《晚清至五四时期女性身体观念考》、程亚丽的《从晚清到五四：女性身体的现代想象、建构与叙事》、李俏梅的《中国当代文学的身体叙写》、黄晓华的《身体的解放与规训》、李蓉的《中国现代文学的身体阐释》、周瑾的《多元文化视野中的身体》、张晓东的《试论身体与运动的艺术关系》、姜宇辉的《审美经验与身体意象》、张艳艳的《先秦儒道身体观及其美学意义》、孟岗的《消费时代的身体乌托邦》、张尧均的《隐喻的身体——梅洛-庞蒂的身体现象学研究》等等，其中不少论文已公开出版。

气息的时尚和炒作。为此，人文学者对这类现象应进行价值判断，以显示人文学科对人的精神家园建设的关怀，促使人的精神健康地发展。这类告诫的正确性毋庸置疑，但问题是，文艺学的尊严曾一再被空洞苍白的价值判断和腐朽的道德教条糟蹋和作践，如今，还会有多少人能自觉自愿地对训诫式的说教俯首帖耳呢？相反，身体写作在很大程度上正是以反传统、反主流、反教条的先锋姿态呈现于世的，它甚至被一些人说成是当代的"文艺复兴"之路，"身体的回归"被演绎成了"人的回归"——人本的回归、人性的回归、人文的回归。有作家宣称，"身体写作"是对作者的崇高赞誉，是文学回归人自身的一次诗性的觉醒！

　　大体说来，中青年学者对"身体写作"的态度要宽容些。他们清楚地看到，身体是一种文化符号、一种知识的形态或范畴，其包含着大量的文化信息，很难在文化和自然或文化与生理对立的二元对立观内解释。身体是物质与精神的复合载体，绝非单纯的"肉体"。一个人的身体是在与他人的不断重复的关系中获得定位的，其含义会随着时间的流逝而变化。如法国学者拉康所言，"男人"和"女人"不是生理定义，而是人这个主体采取的象征性地位的符号。"身体"被当作一种叙事来表述，被讲述、聆听及再讲述，便成了"词与记号的连续不断的织物"，意味着语言的建构、解构与重构。人们往往是通过话语来理解自己身体感受的，即身体不可能存在于话语之外。①

　　事实上，西方学者对身体的关注早已遍及哲学、医学、宗教、政治学、经济学、历史学、心理学、文化人类学等科技与人文的几乎所有学科，在这种背景下，多数中青年学者对身体写作的研究并没有在价值判断和道德衡估的重压下裹足不前，他们从中西经典文献中挖掘出来大量富有时代启示意义的身体文化思想，在风起云涌的身体文化大潮面前非但没有失语失措，而是沉着冷静地剖析其文化症状，研究其潜在动向，探索其发展规律，并已多有斩获。

　　经验一再告诉我们，空疏的价值判断对新兴文化/文学思潮的学术研究不但毫无裨益，而且往往是造成偏见的主要因素。譬如，某些批评家对汗牛充栋的既有材料视而不见，想当然地将西苏所谓的"用身体写作"，

---

　　① 林树明：《消费文化中的女性身体》，《中国艺术报》2005年3月18日。

等同于社会上流行的"身体交易"而大加挞伐，先入之见和惯性思维使
"身体写作"概念一问世就横遭无数无端的白沫与白眼，"身体写作"几
乎就是"堕落""犯贱"的代名词。鄙视"身体写作"的"名门正派"可
以轻车熟路地随意取用传统武库的重型兵器，但要想把"异端"斩草除根
却绝非易事。不仅如此，道德评判反倒刺激了"身体写作"观念中的某些
极端化言论的疯狂生长。

　　发誓"先锋到死"的"下半身诗人"沈浩波把"身体写作"观念推
向了彻底肉身化的绝境："我们亮出了自己的下半身，男的亮出了自己的
把柄，女的亮出了自己的漏洞。我们都这样了，我们还怕什么？"让"文
化、知识、优雅、美好、修养、传统、诗意、抒情、悲悯、神、哲理、承
担、使命、大师、经典……"为代表的上半身见鬼去吧，"看看吧，叶芝、
艾略特、瓦雷里、帕斯捷尔纳克、里尔克……这些名字都已经腐烂成什么
样子了"。他们比那个讨厌的"唐诗宋词传统"更让人恶心。① 可是，这
种"从肉身开始，到肉身为止"的"下半身诗学"就能够在诗界挽狂澜
于既倒吗？单以这些极端的言论来说，"身体写作"就不可避免地要被一
些文艺批评家赋予贬义色彩。

　　当然，"身体写作"在主流文化阵营的碰壁，还有其更深层的原因，
正如朱大可所言，文学理论是国家主义话语的组成部分，而"身体写作"
却与之正好相反，这就使主流文论很难把它纳入其中。"身体写作"可能
要比我们想象的要复杂，这里至少有四种逻辑值得关注：狂欢的逻辑（对
原来的清教徒式的禁欲主义的反弹）、市场的逻辑（作为市场营销的策略
把一些非"身体写作"或是弱"身体写作"也炒做成是"身体写作"）、
反叛的逻辑（通过身体来表达个人自由对抗强大的国家主义道德禁忌）和
女权的逻辑。在具体的个案中这四种逻辑可能是以非常复杂的方式纽结在
一起的，并且可能存在着内在的矛盾与冲突，使我们面对具体的文本时往
往很难判断到底是哪一种逻辑在起作用。

　　与身体写作气脉相连的私人化写作及其二者的关系也引起了学者们的
兴趣。人们看到，"身体写作"本想通过个人叙事来对抗宏大叙事，最终

---

　　①　沈浩波：《下半身写作及反对上半身》，引自 http：//article. hongxiu. com/a/2004 - 7 - 9/
411278. shtml。

却成为另一种宏大叙事；本想通过欲望叙事由集体主义来达到个人主义最终却丧失了独特性；本想通过回到身体来回归自我，最终却抛弃了自我，人成为欲望的容器。毋庸讳言，中国自古就有压抑身体的传统，特别是在20世纪的中国人遭受了更多的身体控制与改造。在身体备受压抑的文化背景下谈论"身体写作"，它就必然具有不言而喻的"解放"意义。但任何解放都会导致新的控制，现在我们是否像某些学者担忧的，已然处于身体的专制统治之下？有人甚至呼吁，为了反对身体的专制权力，我们必须思考对身体"新的控制"，并在语言和美学上对它进行"重新建构"。目光犀利的学者们看到，不管是在现实的层面上还是在想象的层面上，我们的身体都获得了比原来大得多的自由，但有人提出了这样一个意味深长的问题：我们的身体和对身体的想象与叙事在摆脱了国家的征用之后是否就已经真正属于我们了？身体既具有极深的文化意味又可能是最反文化的，谈论性并不必然意味着解放，它也许是权力在通过性进行运作的结果。所有这些问题中都有巨大的文化批判和美学建构的可能。

二 "身体叙事"与"女性视角"

身体写作和颇有影响的女性主义的关系也是一个值得关注的话题。尽管某些被贴上"身体写作"标签的作家作品可能与女性主义没有什么关系，但从更宽泛的视角看，身体写作作为一种时尚的文学现象，它与女性主义之间存在的亲缘关系却是不言而喻的。譬如，批评家孟繁华在研究现当代中国文学作品中的两性关系时发现，消费文化兴起后，男性中心主义遇到了挑战，长期作为"逃逸者"的女性成为了主角，在其背后隐含的是市场消费的逻辑和中产阶级的意识形态。在媒体帝国主义和商业霸权主义的统治下，女性的身体被消费、争夺、塑造和支配几乎成了女性的宿命。

此外，西方的身体研究以及文学与文化中的身体呈现问题，"身体写作"概念的历史背景和语义语用学问题，"身体写作"在整个文化语境中的发生学问题等众多相关话题都受到了学者们的高度关注。关于这方面的讨论已有许多视野开阔、见解深邃的著述可供借鉴，如吴子林的《女性主义视野中的"身体写作"》、戴锦华的《重写女性：八九十年代的性别写作与文化空间》等文章，均是在"女性主义"视野中考察"身体写作"的力作。

概而言之，自葛红兵引入"身体写作"概念之后，相关研究至今热度未减，如今，专题文章与专著之多，恐怕用汗牛充栋也难以形容。其中一些文献具有很高的引用率。如南帆的《躯体修辞学：肖像与性》（1996）是较早对文学写作中的"身体"问题给予关注的文章，它提出并论证了"躯体修辞学"这一概念。董之林的《女性写作与历史场景》（2000），以西方"躯体写作"理论审视张洁和铁凝等人的作品，提示人们注意女性写作在商业化的"身体写作"喧嚣之外的历史之维。谢有顺的《文学身体学》（2001）一文提出了关于文学身体的伦理性和肉体在文学中的诗学转换问题。李华秀的《"身体写作"的成因及存在意义》（2002），用较为宽容的笔调指出"身体写作"的出现，是社会发展过程中精神需求的反映，有其存在的现实意义。2004 年的"身体写作与消费时代的文化症状"研讨会是身体写作研究的一个里程碑式的事件。会上，文论与批评界的风云人物如钱中文、童庆炳、张颐武、朱大可、孟繁华、陶东风、叶舒宪等 50 多位学者，从各个角度对"身体写作"现象进行了深入的分析和热烈的讨论，将身体写作的学术研究推向了一个新的高度。①

从宏观文化背景上看，我们认为，"身体写作"学说的流行，既可以

---

① 自"身体写作与消费时代的文化症状"研讨会召开之后，全国多家学术期刊和学术网站都相应推出了"身体写作研究专题"。如 2004 年第 4 期《求是学刊》刊发的"身体写作及其文化思考"一组笔谈，收录了孟繁华的文章《战斗的身体与文化政治》、黄应全的《解构"身体写作"的女权主义颠覆神话》以及彭亚非的《"身体写作"质疑》等文章。2004 年第 5 期的《文艺争鸣》以"身体写作的文学考察"为题，发表了阎真的《身体写作的历史语境评析》、朱国华的《关于身体写作的诘问》以及林树明的《关于"身体书写"》等文章。"世纪中国"网站的 2004 年 5 月 B 期专题"欲望与愤怒：重论'身体写作'"收入朱大可的《肉身叙事的策略、逻辑及其敌人》、张柠的《肉体符号的文化分析》、张念的《身体写作的前生今世》等多篇文章。2004 年 8 月，"文化研究"网第 13 期的"批评视域"栏目，尹丽川、王朔、朱大可、张颐武等人以赵凝的"胸口写作"为引子，展开了关于"身体写作"的大讨论。《中州学刊》2005 年第 3 期刊发了彭富春的《身体美学的基本问题》、席格的《身体美学与美学史写作》、彭锋的《身体美学的理论进展》、刘成纪的《身体美学的一个当代案例》等文。《北方论丛》2005 年第 5 期刊发了宋洁的《游戏、自恋与救赎——解读消费时代女性身体写作》、张晶的《"身体"的凸显：美学转向的哲学缘起》、张国涛《"身体写作"批判断语》等。"中国学术论坛"2005 年开设的"身体的意义"专题中收录了陶东风的《为什么要讨论身体》、郑震的《论身体》、陈立胜的《身体作为一种思维的范式》、杨大春的《从法国哲学看身体在现代性进程中的命运》、汪民安的《尼采、德勒兹、福柯：身体与主体》、李震的《福柯谱系学视野中的身体问题》、汪民安/陈永国的《身体转向》、张再林的《作为"身体哲学"的中国古代哲学》、叶舒宪的《身体人类学随想》、南帆的《身体的叙事》、王岳川的《身体意识与知觉美学》等文章，多数与"身体写作"及其相关思想有密切联系。何字温《近年文坛"身体写作"研究概观》有详细描述。

说是文论对创作的必然反应或理论自身发展逻辑的合理演绎，也可以说是对时下社会学、文化经济学、文化人类学、文化政治学、哲学和美学等领域中"身体"概念的源远流长和相关学说的异军突起的附和与追随。值得注意的是，尽管学界对"身体写作"的实践情况和理论研究已取得了相当可观的学术实绩，但迄今为止，研究者们对身体写作的起源和嬗变过程的描述还相当模糊。学界对一些标志性的"身体写作事件"的评价与阐释也存在着明显的分歧。

身体写作无论作为严肃的学术话题，还是作为某些媒介炒作中故作轻蔑姿态的贬义术语，它与性爱写作的关系都是无法遮掩的。事实上，关于"身体写作"的争论常常也就是关于文学与"性"的争论。在文论界的研究过程中，有人发现"身体写作"的内涵与外延出现了逐步窄化的趋向：其研究对象由新生代作家的创作走向以陈染、林白、卫慧、棉棉等人的女性写作，再到以写性出名的女性写作者的创作，其内涵由写身体经验到写女性身体经验再发展为特指写女性的性经验。这并不奇怪，"性爱的身体也许是最古老的身体，因为人类最初在艺术上的很多尝试看来都是表现多产的女性形体或者勃起的男性生殖器形象。……身体在一定程度上必然暗示着性"。① 在"凝视与抚摸身体"（林白）的过程中，"性"成为核心可以说是顺理成章的事情。

有人说"身体写作"概念的窄化直接导致文学中"身体"概念的窄化，在我们看来，这二者之间，其实是一种互为因果的关系。有些研究者将"身体写作"主要限定在卫慧、棉棉、九丹、木子美、竹影青瞳等女性写作者的范围内，文学中"身体"的概念就必然剪不断与"女性性经验"千丝万缕的联系。例如，陶东风在研究"身体叙事"系列文章中分析了革命文学中的身体，王小波《黄金时代》的身体政治，张贤亮《男人的一半是女人》中的身体描写，陈染、林白"私人化写作"中的身体，卫慧、棉棉的"身体写作"，诗歌中的"下半身写作"以及木子美《遗情书》中纯粹娱乐与游戏的身体等，他发现这些身体都不是一般意义上的身体，而是进行着性活动的身体，所谓的个体身体的感觉也即对于性的感觉。事实上

---

① 彼得·布鲁克斯：《身体活：现代叙述中的欲望对象》，朱生坚译，新星出版社，2005，第7页。

在身体写作的诸多争端中，往往正如福柯所言："性成了解释一切问题的关键。"① 从这个意义上说，关注文化市场维度的朱大可以"身体消费和情欲经济学"来描述身体写作，真可谓一针见血之论。

我们注意到，文论与批评界的研究视域越来越被媒体话语所困扰。文论沿着媒体的大众化和平面化的惯性轨迹，在审美日常生活化的世俗层面撒把滑行，某些深陷玉体横陈的血肉之阵的批评家早已刀锋卷刃，进退无据。文学创作及文学研究在醉心于诗酒风流的媒介旋涡中越陷越深，传统话语屡屡失效，审美观念风流云散，戏说之风大行其道，道德底线一落千丈。一个更为堪忧的倾向是，文论与批评界在参与媒体追击文化热点的游戏中，严重感染了盲目跟风的"粉丝"习气，使文学生产领域的"质检"队伍遭到了严重的分化瓦解，文论与批评混迹于日常生活化和肉身化的闹市之中，日渐认同了市场逻辑的规约和宰制，悠然自得地放任身体对娱乐的无尽欲望，并心甘情愿地成为媒介娱乐的娱乐媒介，在不知不觉之间，文论与批评的超越潜能丧失殆尽。

平心而论，女性视角的"身体叙事"，并不仅仅是市场经济一手策划的，大众传媒的积极参与使那些"后乌托邦"的场景更受大众的欢迎。理性与启蒙成为笑柄，人文与人道被时代见弃时，福柯所说的"理性的终结"和"人的终结"便将成为一种必然的结局了。于是一个真正由流行歌曲、言情小说、武侠电影等通俗文艺形式主宰文化生产及艺术命运的时代，洋溢着沸腾的世俗化情感与欲求，开始了前所未有的另一类文化的狂欢。

在世俗文化狂欢的喧闹中，"美女作家"们的"尖叫"无疑是近年来最具"新潮"色彩文学事件。方方说她们是"带有几分迷惘几分浪荡几分神经几分自恋，带着对物欲的渴求和对外来文化的向往，焦虑地站在虹霓下幻想和等待的一群人"②，她们给时髦的"身体写作"带来了"另类气象"。在美女作家的阵营中，卫慧、棉棉、九丹和木子美等人可能是影响最大、争议最多的，相关的文字泡沫也最令人迷惑。这里只说说九丹。谙熟海外华人生活的九丹无疑是"美女/身体写作"群体中一个颇有代表性

---

① 高宣扬：《福柯的生存美学》，中国人民大学出版社，2005，第484页。

② 方方：《美女作家对堕落自我欣赏》，千龙新闻网，2001年9月14日。

的例子。

一则介绍九丹出席新书《乌鸦》的姊妹篇《新加坡情人》推介会的新闻说：出版社在为该书做的宣传册上直接打出了这样的标题：

"九丹究竟是不是'妓女'？"

> 对于出版社的这一做法，九丹并不反感："《乌鸦》推出以后就有人发出疑问，九丹在国外都干了什么，她自己是不是就是书中描写的'小龙女'（妓女）？为了回应这些说法，我又创作了这部《新加坡情人》，这里面我首次公开了我在新加坡的真实生活。"对于"妓女"作家、"妓女"文学的指责，九丹竟然表示她可以接受："如果说把描写海外华人女性的一些真实生活，把她们的辛酸经历赤裸裸地揭露出来就是'妓女'文学的话，那么我很愿意接受这一称号。现在香港有人正在和我谈《乌鸦》的版权，我的价格是 100 万港币，他们觉得太贵，我告诉他们'妓女'文学就值这么多钱。"①

在这个消费至上主义盛行的时代，还有什么能架得住"值钱"呢？王朔以"痞子"文学家自居遭到了数不清的批评甚至责骂，但王朔反倒把批评当广告，而且他的作品竟然因其"挨骂"而变得更加"值钱"。王朔不是说过写（拍）什么并不重要，重要的是在小报上说疯话去，"混个名儿熟"，让读者一见书皮儿就忍不住要瞧瞧。无须投入就可以获得巨大回报的免费广告，九丹这样精于算计的聪明人，怎么会不明白出版社的良苦用心呢？

因此，九丹本人对"九丹究竟是不是'妓女'？"的标题不但不反感，而且愿意（其实是很乐意）接受"妓女作家"的称号，对此，批评家们自然无话可说。至少中国文学史上还是第一次有人拥有这么一个非同凡响的"称号"。如此吸引"眼球"的称号到底隐含着什么样的经济效益目前还无法估量。"妓女"文学有可能成为整个文坛新的经济增长点也未可知。但可以肯定的是，当代诗人和作家"有福了"，照这种思路发展下去，他们兴许真的找到了脱贫致富的幸福之路了？什么"伤痕文学""改革文学"

---

① 参见《江淮晨报》2002 年 1 月 11 日。

"寻根文学"，它们能值多少钱？见过比"妓女文学"更值钱的吗？可是，我们不禁要问：当文学以"妓女"作为修饰语时，它是否还能被称为"文学"呢？

著名作家陆文夫说："九丹居然标榜自己是一位妓女作家，说什么妓女是女性散文的一种境界，这简直就是道德沦丧。《乌鸦》、《女人床》这样的货色有人喝彩为'现代文化'，简直就是彻头彻尾的文化倒退。……在金钱面前，彻底丢了道德观，弄得文艺界不像文艺界，倒像一个恶俗的名利场。"① 美女作家们也许会感叹，可怜的老头儿，好歹也在文艺界混了几十年，他竟然不知道文艺界早就是（或者说一直就是）一个"恶俗的名利场"啊！

当文学由精神返回肉身的时候，是否具有生命复归尘土的意味？网上一篇题为《乱弹：美女写作、下半身写作以及鸳鸯蝴蝶派》的未署名文章打消了我们的惶惑："如今，身体写作就如同那些以身体感受写出来的文字一样，在我们虚拟和现实的空间里恣意横流，同时在语义上又有进一步的延伸，比如美女写作、下半身写作等，一时间更让人眼花缭乱、联想翩翩、欲罢不能。但是，不管是身体写作，还是下半身写作，还是美女写作，到了一定的时期，自然就成为过去式。那时，我们也许只能从当代文学史上去认识这个曾经横空出世傲视众写者的流行词语了，正如'鸳鸯蝴蝶派'。"②

事实上，身体写作的流星时常还会在文坛的夜空投射出刺眼的光芒。在影视领域，"回归身体"的趋势更是令人咋舌。例如，2005 年"最新登场，隆重热销，风靡全国，引领时尚"的艺术，不是张艺谋的电影，也不是宝贝们的小说，更不是海子的诗歌，一种被称为"人体彩绘"的新兴艺术式样，据说可以"让我们的心在人体艺术的沐浴中轻柔舒展"。在北京大街小巷的音像店中，人体写真与性爱教育的光碟居然成了小老板们支撑店面的法宝。

当另类文化渐渐与大众文化合流之后，主流或常态文化的地位必定要发生动摇。正如一个西装革履的人来到一个人声鼎沸的裸泳海滩，顿时会为人为的"包装"而自感"另类"一样，知音日稀的经典文化在遭遇另类文化的狂欢时刻反倒显出"另类"的意味。当然，另类也有可能成为经

---

① 吴晓铃：《九丹口无遮拦惹怒众作家》，见《华西都市报》2002 年 8 月 27 日。
② http://www.sina.com.cn 2002/02/09 14：13.

典，经典自然也可能成为另类。例如，在 20 世纪 80 年代，作为大众文化的港台流行歌曲、言情小说、武侠小说多少带有某种"另类"的性质，但是，在 90 年代，大众文化就以消费性和娱乐性在后现代主义对启蒙主义和主流话语的双重挑战中暧昧而又堂皇地正式出场了，并且在一场全民性的卡拉 OK 中完成了 90 年代巨大的文化转型。20 年前的许多异端与另类，今天似乎大都变成了大众文化的"经典"。

种种迹象表明，现在的确已到了"娱乐至死"几成宿命的紧急关头了，文论与批评的创新意识和使命意识是否可能在此即将淘汰出局的生死时刻幡然醒悟？文运如此，众声喧哗的"身体写作"思潮可否重振雄风？我们在怀疑中期待着。

三　"身体转向"与"文本狂欢"

媒体批评无论旗帜鲜明还是态度暧昧，它们对身体写作的阐释似乎可以简化为这样一个公式——"身体＝欲望＝性＋暴力"。娱记们笔下屡屡出现这样的文字："宝贝们"的身体写作，美女、美男作家的私人化写作，木子美的性实录写作，还有"下半身写作"等，一个个标榜为新锐作家、网络写手粉墨登场之后，更是你一脚我一脚地为中国文学踢打"性之门"。身体写作打着市场旗帜，围绕色情、暴力这两个主题，突出表现"拳头＋枕头"的情节，完全无视文学的艺术品格，几乎彻底放弃了文学的精神追求。"有的文学评论家试图赋予'用身体写作'以'启蒙'或者'人性解放'的理论意义，这是不能成立的。……在我们这个时代，欲望的表达已经过于泛滥。这种所谓的'启蒙'，实际上是一种精神上的下坠。即使在宣称'性解放'的西方国家，这样的创作也是不为文学批评界看好和重视的。"①

众多类似的批评在政治原则和道德取向上也许是无懈可击的，但我们也应该看到，公式化的价值判断对我们认识身体写作思潮的文化成因和发展规律常常少有助益。以西方文化视域中的身体意象而言，它所包含的文化意味显然要远比"性解放"复杂得多。在一定意义上说，西方文化视域的身体意向似乎越来越呈现出"泛化"态势。至少就其表象而言，西方的

---

① 明星：《"宝贝"们的"身体写作"，根本不能叫文学》，《2004 年 6 月 11 日新华每日电讯》。

"泛化"与中国当下身体写作概念的"窄化"（"性趣"）趋势恰好形成了鲜明的对比。我们看到，西方学界盛行一时的身体学说，早已被建构成了涵盖或关涉古希腊以来的几乎一切传统文化与新潮思想之核心内容的庞杂学术体系，"世界的问题始于身体"已成通识性的流行话语。

早在 20 世纪 70 年代，"身体"就已经"成为西方人文与社会科学研究的'新大陆'。美国、英国、法国、德国、日本等国家的哲学、社会学、人类学、宗教学、精神分析学以及女性主义等诸多学科领域的学者竞相涉足这一崭新的研究领域，进行了一系列卓有成效的理论探索，至今有关'身体'的研究仍然方兴未艾。"① 在整个人文社科研究领域，出现了一场颇有声势的"身体转向"。

所谓"身体转向"，在西方思想传统中主要是指尼采 – 福柯的"身体本体论"对以柏拉图 – 笛卡尔为代表的主体（意识）哲学的颠覆性翻转。这一翻转的革命性意义在于：将身体及其所代表的动物性、感性、欲望、冲动、激情、情色意识等，从主体、理性、知识的禁锢性压迫及二元对抗中解放出来，使之成为哲学讨论的核心与人性解释的出发点，从而改变了西方现代思想的路向，并对当代艺术的实验方向与方法产生了重大的影响。②

在消费社会语境中，人们看到"身体越来越成为政治物，它的自然属性被自己的消费行为改写甚至被消灭，它越来越和自己的本性相脱离，甚至成为自我本性的反对者。——身体也因此成为自我消解、自我分延、自我疏离之物，身体制造了自己的后现代处境。身体变成了无本质之物，它不再规定自身，也不再反对自身，它变成了后现代世界中的没有规定性的空无。这个时候，身体越来越成为一个被规划、被塑造之物，它不再是现代景观中追求自我解放和确证的主体，也不再是革命大叙事中的劳动和牺牲，而是主体消溃之后的一抹残存的生存形式。"③

消费时代出现文化潮流的"身体转向"绝非偶然。对于每个活生生的生命个体而言，身体既是意识决战的前沿阵地，也是心灵坚守的最后堡垒。我们看到，人类历史上的许多重大事件，几乎都是以群体血肉之躯的极端变化为根本性标志的，即便是社会意识的革命性改变，也大都清晰地

---

① 侯杰、姜海龙：《身体史研究刍议》，《文史哲》2005 年第 2 期。
② 管郁达：《身体与情色：九十年代以来中国实验艺术中的暗流》，http：//www.vi21.net。
③ 葛红兵：《身体写作：启蒙叙事、革命叙事后身体的处境》，《当代文坛》2005 年第 3 期。

交织着"超越身体"与"回归身体"的较量。当下意识形态的风云变幻，已使多数人对传统文化与新潮思想有了不同看法，但无论变化无定的意识如何潮起潮落，我们总能见到身体的影子隐现其间。身体作为生命的物质基础，堪称是一切意识的本根或泉源。

身体作为每个人与生俱来且生而平等的唯一资本，它与生命的同一性是显而易见的。因此，护身、惜身、敬身可以说是人类（甚至包括所有生物）维护生存的本能与天性。无论哲学意识的幽灵如何擅长凌空蹈虚，它始终不过是人类身体所折射的影子而已；任何无视身体的言论，在身体本能面前都将变得苍白无力；任何乌托邦构想都不可能真正飞离于物质性的身体基座。说到底，意识不过是人类身体发展到一定阶段的"虚拟化"产物而已。离开了沉重的血肉之躯，任何奇幻空灵的思想必将无所依凭。

伏尔泰在其《无知的哲学家》里说：

> 整个自然界，一切的行星，都服从永恒的法则，而竟有身长不过五尺的微小动物，胆敢蔑视这些法则，为所欲为，我行我素，这是何等奇怪。殊不知这身长不过五尺的动物能在其思想中包罗万象，因而他的尊严是不得以他的身材之大小来表达的，这只是俗人的计量而已。人类不离其身体，亦只生存在一颗行星上面，然而在他的思想中，日月星辰仅供其玩弄就是了。以寿命计，他是有限之物，而以能力计，他是像神灵那样无限的。①

作为自然界里的"微小动物"，人类实际上很难彻底洞悉伏尔泰所说的那个"永恒法则"，人类许多不切实际的狂妄想法，往往正是源于对自身"思想"和"能力"的局限缺乏自知之明。迄今为止，"灵魂何以存在"以及"灵肉关系如何"等问题仍然隐含着许多人类未解之谜。我们看到，从柏拉图的"灵肉对举"到笛卡尔的"主客二分"，从马克思的"人的生产"到尼采的"人即身体"，从马尔库塞的"爱欲文明"到布莱克摩尔的"谜米机器"，无论往圣今贤们的意识风筝飞得多高多远，它们永远

---

① 康蒲·斯密：《康德〈纯粹理性批判〉解义》，韦卓民译，华中师范大学出版社，2000，第13页。

无法割断心灵与身体 "神形相牵" 的红线。身体不仅仅是形形色色之奇思妙想的舞台，它还是这个舞台上最本真且最出色的舞者。当下的 "身体转向" 可以说是 "灵肉博弈" 过程中各种力量起伏消长的阶段性结果，其中许许多多直接或间接的原因也是显而易见的，如社会的变革、文化的转型、市场的需要、科技的推动、时尚的诱导、娱乐的催化，等等，这些因素对 "身体转向" 的影响已有相当丰富的研究资料可供参阅。

就其表现形式而言，身体转向的方式方法也是多种多样的。我们讨论的 "身体写作" 只不过是身体转向大潮中的一个小小的支流而已，正是无数类似身体写作这样的支流的奔涌与汇合，才形成了这股声势浩大的身体转向的文化潮流。譬如说，中国的实验艺术在 20 世纪 90 年代中期的 "身体转向" 就是其重要支流之一。对于一切文化艺术形式而言，神奇的 "身体" 始终是最古老、最原始，同时也总是最年轻、最新潮的话语方式。我们看到，"在人类的前文字时代和当今留存的原始部落中，声音、图像与肢体语言是远比文字更为重要的交流媒介与传播手段。也可以说，文字系统的发达程度正好代表了文明与理性的建构程度。在人类文明社会的大多数时期，对占统治地位的意识、思想、理性来说，包含着感觉、冲动与情欲的身体是危险的，必须对它进行监控和迫害。当这种监控和迫害的程度稍有放松时，一种新的话语方式就必然应运而生。而这个所谓新的话语方式说到底其实就是 '身体'，其实就是 '肉身的力量'，就是身体对大脑的暴动。在这场身体对大脑的暴动中，身体和动物性取代了文化专制模式形而上学中理性的位置。"①

这场 "身体暴动" 在音乐、绘画和影视艺术等领域中都比较强烈的表现。即便是以肢体语言为主要表现方式的舞台艺术也是如此。在舞台上，身体自然算不上什么 "新的话语方式"，但像《身体报告》《阴道独白》②

---

① 管郁达：《身体与情色：九十年代以来中国实验艺术中的暗流》，http：//www.vi21.net。

② 《阴道独白》（The Vagina Monologues）是美国女作家伊娃·恩斯（Eve Ensler）的作品。1997 年，该剧获得百老汇戏剧奥比奖（Obie Award）。从 1999 年起，在情人节这一天上演《阴道独白》已经成为各国妇女反抗针对妇女性暴力运动的重要组成部分和重要表现形式。该剧的广泛上演，即使在性观念先行的美国，也引起巨大争议。争议的焦点不在作品中诸如反对性暴力之类 "政治正确" 的章节，而在于作品毫无忌讳地谈到了性：剧名本身 "耸人听闻" 不说，剧中的独白者提起性器官、手淫、高潮、叫床、性冷淡、同性恋等与性相关的敏感话题，更是 "口无遮拦"。该剧在中国的传播引起了包括中央电视台在内的众多媒介的密切关注。

这样以身体为中心的作品却只有身体转向时期才可能被堂而皇之地搬上舞台。前卫的《身体报告》展现了这样一些情景引起了批评界的兴趣：女人美丽的大腿在舞蹈，突然，两腿之间出现了一支钢笔（以 pen 唤起观众对 penis 的联想）。接着，男人在恶狠狠地吃一只苹果（让人想起伊甸园的禁果），通过投影，观众便看到，那个"亚当"每咬下的一口，都咬在那个"夏娃"身上，男人贪婪地咀嚼着、吞咽着，直到苹果和女人消失在男人的大嘴里。有人说这是一种"身体回归"，男人身上的一根"肋骨"变成了满足男人欲望的对象；我们不能肯定这是否是对传统文化的一种习惯性恶搞？但有人认定这是艺术家们追求"震惊"之美学效果的强暴行为，虽然震惊能给传统和僵死的艺术创作与接受模式带来直接的冲击，但"并不是所有的'震惊'都是有效的。这种为了震惊而做的震惊，只能让我这样的顽固分子在愤怒之后生出些蔑视了。"①

　　相似的例子是画家罗发辉的油画《你的身体是个仙境》。画布中，绽开的巨大花蕾在灰土色的背景下渗出滴血般的红色，一个维纳斯般的女子伫立于玫瑰花蕾间，女性的身体与花朵融为一体；右侧，一个女子撕裂开一朵和她等大的花瓣，试图瞥见身体的秘密；左侧，一对紧拥的男女几乎凝固在了一起，他们享受着身体的欢愉，洞悉到"你的身体是个仙境"。一位评论家由此联想到轰动一时的电影《色·戒》，那个未能抵抗仙境之色的少女，犯了通敌之戒，酿成大时代里的群体悲剧。身体、性、政治、民族，错综复杂又意指明确的裹搅在这样一部电影里，引来了票房与大奖，也引来了对身体与性的惊异与恐慌。在强大聚光灯的照射下，其主题、叙事和情绪都与其卖点——"仙境般的身体"紧密地纠缠在一起。

　　谙熟"情欲经济学"之精华的作家和书商们，对于足以吸引眼球收获利润的创意是绝不会轻易放手的。暧昧的"身体仙境"招牌隐含着人性深处的原始冲动，因此，这个招牌底下，涌现了许多挂羊头卖狗肉的诗文和"板砖"。许多以《你的身体是个仙境》为题的作品读来着实让人哭笑不得。至于梅尔的这一歌名在网上出现的频率之高则更是令人咋舌，譬如，有博客写道："良久，回过神来，我叹息，在她耳边呢喃：'你的身体是个仙境！'冬暖羞涩地笑，面颊开了淡红的花。她的吻落到我的肩上，轻声

---

　　①　陶子：《"身体报告"的性别阅读》，《中国妇女报》2003 年 1 月 21 日。

说：'那你要注意环保，让仙境永远是仙境！'"欲望蒸腾的网络上自然不乏小说式的性感文字，但这里的"身体仙境"竟堂而皇之地出现在"孔子学院——中华文化殿堂"，其中的奥妙很值得思量与把玩。

更为令人称奇的是，"身体仙境"已加入无孔不入的商品广告的洪流之中，所到之处都有可能陷入其巧妙预设的陷阱，即便有人试图暂时抛开日常事务，安排一次闲云野鹤式的山水旅游，他还是难以逃脱"身体仙境"的广告诱惑：　"你的身体是个仙境（图）——宛若仙境图组——ido.3mt.com.cn仙境黄山——给大家洗洗眼睛（组图伴名曲）。"这里的"黄山"可以被"黄海""黄河""黄龙""黄州"以及无数不拘泥于字面意义的词语随意替换，但无法替换的则是埋伏于"仙境"之后的"陷阱"。当然，纵情于湖光山色的游人并不必担忧会因此变成心猿意马的"好色之徒"，更何况还有无数法律、道德的栅栏保护着"仙境"游人的安全。事实上，暧昧的"黄色仙境"更多隐藏在"圣淘沙"或"隆陛盛"等都市夜生活的灯红酒绿之间，对于沉迷于感性的身体而言，那里常常隐含着深不见底的"陷阱"。

我们不无遗憾地看到，少数批评家的愤怒和蔑视，在身体消费的时代潮流面前虽显得难能可贵，却无望改变其无力无助的尴尬处境，因为，在媒介制造的身体消费潮流背后，市场资本的运作才是真正具有决定意义的重要因素。身体作为"消费社会"中"最美的消费品"潜藏着巨额利润，这一秘密早已被鲍德里亚和盘托出。因此，美丽女性身体消费，在大众媒体、时尚和产业运作的推动下扩张迅速，从私人领域快速进入社会公共空间，具有了明显的符号价值和区分作用，成为一种重要的文化资本，而身处其中的个体必须面对各种组合与选择的可能性，可以毫不夸张地说，身体消费也已成为一种建构自我认同的重要方式。[①]

特别是那些影视界的风云人物，他们的身体直接决定着他们的身份。曾经持续保持着罕见的新闻热度的范冰冰"整形事件"就是一个颇有深意的个案。媒介对这一事件的"多个回合的拆解"，比此前的"包养事件"的炒作更有板有眼，更丝丝入扣，如章回小说，波澜曲折，峰回路转，引人入胜。这一事件折射了明星群体的普遍困境——粉丝对偶像的消费，基

---

① 方英：《消费社会中女性的身体消费》，《河南社会科学》2006年第4期。

本上还停留于"身体消费"的初级阶段,偶像的身体成为比演技、学识重要得多的因素。①

　　在这样一种以身体消费为特征的文化背景下,身体几乎不可避免地成为创作、文论和批评的关注中心之一。"身体写作"正是在消费景观乱花迷眼之时进入批评家视野的。此时,文学审美样态的"善"与"真"的中心地位开始为"情"取代。例如,"何顿、鲁羊、毕飞宇、韩东、朱文、李冯以及丁天等人的小说创作不能给我们提供道德的戒律和信条,……从过去的群体性美学向个体性美学、从过去的认识论理性美学向体验论感性美学、从过去的灵魂性美学向身体性美学的转型。"② 这种体现了"情中心"的转型所重视的是对人的感性生命的张扬,是对人的存在的身体性的肯定。根据这种说法,身体写作正是肯定人的身体性对于作品之优先地位的表现。从这个意义上说,"身体写作论"实际上可以看作是对过去"主题论写作""反映论写作"的一次颠覆与反叛,用葛红兵的话来说,它是真正"回到了文学的文学"。

　　关注西学影响的学者们看到,近代以来西方思想界掀起了"身体转向"的高潮,身体作为一个问题,获得了深广的思想史意义,"身体的角度"成为现代学术思想言述的重要切入点。从身体立场出发控诉形而上的精神压制者有之,通过身体符号展开对权力、社会的批判者有之,深入到身体诉求内部进行拆解、剖分者有之,对身体批判进行再批判者有之……西方人文学术的几乎所有学科都对身体投入了极大的热情,因为"身体转向""在根本上更指向人之自我理解、交互理解和世界理解,更指向存在、意义的终极之域。"③

　　西方的影响远不局限于学术思潮。有学者甚至看到了中国"身体转向"和美国"三'片'策略"之间的关系。所谓"三片"即"薯片"、芯片和大片。"薯片"即麦当劳与肯德基,它修改了新一代的生活方式编码和存在意识。芯片即计算机与互联网,芯片是电脑的心脏,连同操作系统进入了全世界,成为电脑网络的基本平台。大片如好莱坞与迪士尼,它从文化工业、意识形态和影视国际资本运作和行为模仿上,修改了全世界

---

①　林如敏:《"身体消费"中的范冰冰》,"人民网",2006 年 7 月 5 日。
②　葛红兵:《个体性文学与身体型作家》,www.confucius2000.com/poetry/gtxwxystxzj.htm。
③　周瑾:《从身体的角度看:中国身体观研究述评》,http://eblog.cersp.com。

人所遵循的本土文化价值编码。于是，"人的本体论就加速了转型的进程：从最早的自然本体论，到中世纪神性本体论，到17、18世纪的'理性'本体论，再到19世纪的'意志'本体论，到20世纪的'欲望'本体论，人类确实经历着本体论转换。转换到欲望本体论以后，不管是弗洛伊德的个体无意识还是荣格的集体无意识，还是杰姆逊的政治无意识都说明了一点，下半身写作肯定会在当代人的鼓动下走向世界性前台，人类将在获得肉身解放的同时告别神性和理性，成为精神溃败后的欲望张扬和肉身满足的'新新人类'。"①

单从"身体写作"的视角看，西方学者也为我们提供了切近现实的文论资源。如美国学者彼得·布鲁克斯的《身体活：现代叙述中的欲望对象》就是一部以"身体写作"为研究对象的重要著作。"身体活"（body work）与我们所讨论的"身体写作"固然存在这样或那样的差异，但就其研究对象和研究方法而言，它完全算得上是一部中规中矩的"身体写作理论"，细究一下作者对body work所赋予的复杂意蕴，窃以为将其翻译成"身体写作"似乎更为贴切。在这里，布鲁克斯把身体看作叙述性写作的对象和主题。他认为身体始终是作家所关注的焦点与核心。在长期的研究与写作过程中，关注身体的视觉表现日益成为作者越来越显见的惯性思维，因为在文学以及其他艺术中，观察身体都具有持久的重要性。"身体的故事和故事里的身体"是布鲁克斯"身体活"的核心。

近十年来以历史和文学批评的方式召唤身体的著作可谓层出不穷。"晚近的文化史已经把注意力转向普通人的日常生活实践，转向与政治事件相对而言的私人领域，也就自然使得有关身体的观念和风俗礼仪成为令人关注的内容。这种文化史有赖于人类学在我们这个时代的复兴，以及它的调查研究揭示了自然的身体以什么样的方式再造了文化的身体。作者以各种不同的模式来谈论身体问题，让身体有个宽泛的语义圈，比如生物体、性心理结构和文化产物等等，他甚至相信，对于作者和读者而言身体往往同时就是所有这一切。"② 初读布鲁克斯的自白，让我们几乎无法相信他所思所言的对象居然是美国和欧洲的"身体写作"状况，因为，他描述

---

① 王岳川：《肉体沉重而灵魂轻飘》，《美苑》2004年第5期。
② 彼得·布鲁克斯：《身体活：现代叙述中的欲望对象》，朱生坚译，新星出版社，2005，第2~3页。

的现状甚至列举的事例均与中国的情况隐然暗合，他所有的结论与推理也无一不适用于中国文坛当下发生的情况。

不言而喻，西方著述的译介对身体写作思潮的推波助澜作用不容小视，中西学者间的直接交流与对话更为该领域的研究提供了有益的借鉴和新颖的思路。如 2004 年秋，匹兹堡大学人类学系的安德鲁·斯特拉森（Andrew Strathern）和帕梅拉·斯图瓦德（Pamela J. Stewart）夫妇来北京大学讲学，中西方学者从人类学的视角对身体问题进行了深入的探讨。学者们注意到，古希腊早就有颇成体系的身体观念：（1）世界和人体都源于火、水、气、土等基本元素；（2）人体内有胆汁（黄或黑）、血液、黏液，它们影响人的情境行为模式或性格；（3）这些元素要保持平衡才能健康，不同季节摄取的食物会影响这种平衡；（4）认为身体、食物和其他元素可以处于热、冷、凉的状态，为了健康要使冷热平衡。令人惊奇的是，这些"古典"观念至今仍不乏信奉者，如新几内亚的体液意象紧密地与性活动、月经、两性关系交织在一起，也被用来解释当今的社会变迁。健康和疾病、生殖与腐朽、女性与男性特征，都可以用某种体液观来表述，如血和水、脂，或冷热、干温等。斯特拉森认为，人体器官与人体排泄物等，既构成了人的身体，又构成了人的状态，它们还是人际沟通符号。它们既代表亲密、特殊、隐蔽的东西，又代表社会、一般、公开的互动。①

身体一向是人们表情达意最直接、最方便、最有效的工具，试想，对于有血有肉的活生生的人来说，还有什么比身体更直观、更真切、更动人的表达呢？因此，"近取诸身"变成了一种行之有效的话语通则。从中外语言学相关研究的海量资料中不难看出，心物关系的千变万化和社会交往的多重平衡，是多么频繁地被惯于"现身说法"的往圣时贤们信手拈来并随意"转喻"到身体之上。只有对那些难以言说的事物，才会勉强借用超乎身体的"灵魂"来演绎。从一定意义上讲，"灵魂"的出场常常在"近取诸身"仍觉"言之不足"的境况之下。看来，中国古人把"手之舞之、足之蹈之"这种最原始的森林语言看作是比"言"与"歌"的层次更高的表情达意方式是有一定道理的。

---

① 安德鲁·斯特拉森、帕梅拉·斯图瓦德：《人类学的四个讲座——谣言·想像·身体·历史》，梁永佳、阿嘎佐诗译，中国人民大学出版社，2005，第 42 ~ 43 页。

　　在我们看来，灵肉二分与其说是源于真理或信仰的需要，毋宁说是源于虚构与想象及其表达之有效性的需要。"如果身体与心灵二分，那么我们凭什么保障观念与实在之间的符合？认知科学的发现能为我们解除这个顾虑。认知科学发现，心灵本质上是涉身的，理性并非与身体无关，而是产生于我们的大脑、身体和身体经验的本性，理性的结构本身来自于我们涉身其中的各个细节。同一种神经和认知机制使我们进行感知和运动，也创造了我们的概念系统和推理方式。由于我们与实在的接触是通过身体进行的，而心灵与身体并非二分，因此我们不需要担心观念与实在之间可能存在的'鸿沟'。最严重的是……不同的人可能对环境持有不同的理解，这样就根本不存在大多数人对于实在的共识，因而陷入实在论者不可能接受的极端相对主义。"[1] 对于求真务实的现代人来说，唯灵论的虚妄是不证自明的，而感性身体作为科学基础之基础的观念已越来越显见地成为共识，从这个意义上讲，将"身体转向"说成是文学与艺术之话语方式的新生和审美观念的觉醒似乎并不为过。

　　值得注意的是，"身体转向"还与时下流行的"视觉快感"理论、"求知动力学"等新潮学说关系密切，与消费时代的图像崇拜和"知性"至上倾向更是一拍即合。不少学者注意到，英语哲学中"理论"（Theory）是从希腊语动词"看"（theatai）演变而来的，理性（Idea）是也从希腊语中"看"（eidos）演变而来。按照德里达的说法："在其希腊文化的谱系中，欧洲观念的整个历史，欧洲语言中观念一词（idein，eidos，idea）的整个语意学，如我们所知——如我们所见，是将看和知联系在一起的。"李重据此推论说，柏拉图"用灵魂注视事物本身"才是获取纯粹知识的唯一途径，"看"是灵魂专属的权力。李重还将语义学方法应用到《说文》对"看"的解释中："看，睎也。（睎，望也。）"，也就是以手加额遮目而远望。为什么只能以"远望"而非"切身"作为接近真理的手段？其中隐藏着这样一个的阴谋，即通过对肉体的遮蔽和隐匿，将肉体悬隔于事物本身很远的地方，只有这样才能保证我们的灵魂"看"的纯粹性，柏拉图那个很有名的"洞喻"就正是对此的生动释说。很显然，在这里柏拉图是把肉体与灵魂这两者绝对对立起来，并且认为人的肉体，即感觉器官不可

---

　　① 李涤非：《基因与身体的哲学——科学实在论研究》，见"中国知网"，http：//ckrd.cnki.net。

能获得知识，只有灵魂在超然状态下才能够获得知识和理性，以此主张灵魂必须与肉体分离。柏拉图宣称，真正的哲学家一直是在学习死亡，练习死亡，一直在追求死之状态。死亡无非是指肉体的死亡和寂灭，而灵魂得以最终摆脱"皮囊"的捆罚，获得轻松自在。至此，柏拉图将这种对肉体的宰制高扬为哲学以及哲学家的应有之意。"练习死亡"的哲学态度开始了对西方传统哲学的漫长统治。① 在这一方面，柏拉图尔不愧为是苏格拉底的传人。

我们注意到，《创世记》（4：1）"亚当与夏娃同房"的说法，英文译作"Adam knew Eve"，据考，拉丁文、德文等译本均与英文"knew"的意思相近，于是有人由此猜想，汉乐府"上邪，我欲与君相知"，这里的"相知"也应该有类似的两层含义（相知、相交）。《礼记·乐记》："好恶无节于内，知诱于外，不能反躬，天理灭矣。"郑玄注："知，犹欲也。"程颐《四箴·听箴》："人之秉彝，本乎天性，知诱物化，遂亡其正。""知"和"性"一样是人的本能，这是古希腊以来哲学家们多次明确论述过的命题。亚里士多德的《形而上学》开门见山地说："求知是所有人的本性，对感觉的喜爱就是证明。人们甚至离开实用而喜爱感觉本身，喜爱视觉尤胜于其他。"②

不难看出，无论中国还是西方，在古往今来的圣哲贤士眼中，知识与视觉以及快感的关系一直是一个意味深长的论题。其中，心理分析学家对知与性的关系说得最为透彻："性并不简单属于肉体性的身体，而是属于在很大程度上决定身份的各种想象和象征的复合体。在关于满足和缺乏的婴儿幻想驱使之下，从单纯的性功能效用转变而来的性得到了发展；它包括一种求知欲的动力学，那可能是我在'认知癖'（epistemophilia）的名目下描述的所有智力活动的基础。而我所讨论的叙述动力学在很大程度上来自对于身体的好奇心，以及它们明确的或含蓄的假定：身体（别人的或自己的）执掌着不仅通往快乐，而且通往知识和力量的钥匙。""视觉，以及与之相伴随的光、显露以及凝视，在传统上代表着认知，甚至就是理性本身。直立的姿态，友情期的抑制，性欲的连续性，父权制家庭的建立，

---

① 李重：《梅洛-庞蒂与身体现象学——兼论西方哲学中的"身体性"问题的演变》，http://daoli.blogbus.com。

② 亚里士多德：《形而上学》，苗力田译，中国人民大学出版社，2003，第1页。

以及作为主要才能的视觉的出现，在弗洛伊德看来，都是互相联系的，它们共同构成了'人类文明的开端'"。① 由此也不难看出，身体内部的各因素与关涉身体的各非身体因素之间隐含着互文性的深层机制，"理论"与"看"以及"知识"与"性"等看似无关、却声应气求的共生关系，在互文性语境中便昭然若揭了。

如果要问文学中的身体的问题为什么如此让人"性趣盎然"乐此不疲，也许每个人都有不同的答案。对此，布鲁克斯的《身体活》认为，这是由于文学和身体两者之间明显的距离和紧张，一种与两者互相依赖的感觉并存的、"自然"和"文化"之间无法消减的紧张。长久以来，让身体进入写作是文学最为关注的问题。反之，让写作指向身体则意味着试图将物质的身体变成指意的身体。在《身体活》一书中作者坦言，他所关注的是现代叙述中的身体，即性爱传统中的身体——这里是用"性爱"来指明从根本上被构想为欲望的动因、媒介和对象，进而具有重要意义的身体。他主要讨论了在欲望领域被颂扬并赋予含义的身体，这种欲望无论经过什么样的升华，它最初并且一直都是性欲，但是，它的外延却是认知的欲望：针对作为"认知癖"计划的身体。认知的欲望构筑在性的欲望和好奇心之上。布鲁克斯的主题是欲望、身体、认知冲动以及叙述之间的关联：他所讲述的关于身体的故事，力图认识和拥有身体，其结果是，使身体成为一个意义的节点，亦即刻录故事的地方，并且，使身体成为一个能指，假造的情节和含义的一个最主要的动因。②

认识身体的欲望是以各种方式讲述故事的强大动力。现代叙述热衷于显露身体，并以此来揭示那些只能以肉体书写的真理。布鲁克斯让我们看到，想象如何努力使身体进入语言，又在身体上书写故事。从卢梭、巴尔扎克、雪莱、福楼拜，到乔治·艾略特、左拉、亨利·詹姆斯和玛格丽特·杜拉斯，从马奈和高更到梅普尔索普，作家和艺术家们都迷恋于身体——灵魂无可回避的他者。布鲁克斯展示了女性的身体为何以及如何变成了展现整个社会的渴望、焦虑和矛盾冲突的场所。他还说明了作家和艺术家们如何在女人的身体中发现了讲故事的动力学原理和原动力。在无数

---

① 彼得·布鲁克斯：《身体活：现代叙述中的欲望对象》，朱生坚译，新星出版社，2005，第3、13页。

② 同上书，第6~7页。

网络书店的产品推销广告里,《身体活》既洋溢着"情欲经济学"的消费意识,又从心理学和视觉主义的角度相当深刻地揭示了我们所理解的"身体写作"思潮的某些本质的方面。

第四节　"灵肉互文"与"身体美学"

1283 年文天祥就义后,收敛尸骨的人从他的衣带上看到了这样几句话:"孔曰成仁,孟曰取义,唯其义尽,所以仁至。读圣贤书,所学何事?而今而后,庶几无愧。"于是,这则铁骨铮铮、掷地有声的豪言壮语,一直被认为是文天祥的绝笔。这里的"成仁""取义"是孔子"杀身成仁"和孟子"舍生取义"的缩略语,很多国学家都把这种"成仁取义"精神说成是中国文明特有的文化品格,在一定意义上讲,这种说法并没有问题。但是,如果我们从一个更为开阔的视角来看这个问题,或许我们会发现"成仁取义"精神,在世界大多数民族文化体系中都有这样或那样的"概念相似家族"或"互文性文本"与之交相辉映。

一　"二希文化"与"道成肉身"

钱钟书先生在谈论自己的治学经验时,有这样一句名言:"颇采二西之书,以供三隅之返……东海西海,心理攸同;南学北学,道术未裂。"这里的"二西之书"总让人联想到"二希之书",联想到一种以古希腊和古希伯来为代表的一种西学传统。而在众多言及身体的西方著述中,我们发现,柏拉图的《斐多》可能是被提及最多的经典文献之一。笔者编选的《身体写作与文化症候》一书,开篇就对苏格拉底之死展开了讨论,讨论的核心问题是,为什么苏格拉底面对死亡仍然可以谈笑风生,"快乐地"对哲学高谈阔论?

钱钟书的夫人杨绛先生九十高龄翻译的《斐多》说:"如果我看到一个朋友要死了,我心里准是悲伤的,可是我并不。因为瞧他的气度,听他的说话,他是毫无畏惧、而且心情高尚地在等死,我觉得他是快乐的……就为这个缘故,我并不像到了丧事场合、自然而然地满怀悲悯,我没有这种感觉。不过我也并不能感到往常听他谈论哲学的快乐,而我们那天却是在谈论哲学。我的心情非常奇怪。我想到苏格拉底一会儿就要死了,我感到的是一种不同寻常的悲喜交集。"①

　　顺便插一句有关杨绛翻译《斐多》的评论。按照张洪先生的说法，《斐多》探讨的核心，可谓肉体与灵魂的关系。因信念与心中的理想而选择死亡，苏格拉底堪称历史第一人。苏格拉底人格上的金色光环，通过其语言的幽默机智、内藏机锋展现出来。现代人灵魂的拯救愈来愈引人关注，对于年已九旬的翻译家杨绛先生，在爱女与丈夫相继离她而去之后，翻译此著，她的笔端增添了许多深思的分量。"肉体使我们充满了热情、欲望、怕惧、各种胡思乱想和愚昧，就像人家说的，叫我们连思想的工夫都没有了……人死了，非要到死了，灵魂不带着肉体了，灵魂才是单纯的灵魂。" 如此绵延往复，如此连环缜密，无论是对白还是独白，讲的是哲学大道理，用的是戏剧化激情贯注的语言。在杨先生笔下，字句的选择与锤炼，最后服从于全篇文气的需要，听从文体的安排。因此全文才能一气呵成，浑然一体。就像曾经夸赞过其翻译的傅雷先生所说，"译书的标准应当是这样：假设原作者是精通中国文字的，译本就是他使用中文完成的创作。" 在这段文字中，主体与对象的关系十分复杂。以互文性与主体间性的视角观之，翻译与原作之间已经构成了一组奇特的互文关系。

　　"天鹅平时也唱，到临死的时候，知道自己就要见到主管自己的天神了，快乐得引吭高歌，唱出了生平最响亮最动听的歌……这是公元前399年，苏格拉底被处死前留下的一句话；他的弟子柏拉图，在其对话录中记述了先师赴死前的言论。"② "天鹅之歌" 是对苏格拉底临死之前的景况最富有诗意的比喻。

　　并未到场的柏拉图，通过他人的转述得知苏格拉底临死之前的故事，其可靠性曾遭到过这样或那样的质疑。不过，从苏格拉底的言论中，我们实际上也很难看到多少关涉世俗 "真实" 的琐事，在我看来，柏拉图对这一问题的看法与其说是 "哲学的"，毋宁说是 "宗教的"，作为一种信念，信与不信似乎不应拘泥于某些具体性事务是否符合逻辑：

　　　　苏格拉底并非在临近黄昏时喝下毒药。他整天都在讨论中度过，

---

① 柏拉图：《斐多》，杨绛译，辽宁人民出版社，2000，第4页。
② 张洪：《读杨绛先生译〈斐多〉想到的》，http://www.douban.com/event/13587579/discussion/38159664。

就像他以前在狱中和狱外的谈话一样，谈话转向了"灵魂不朽"这个问题……漫长的对话结束了。喝下去的毒药起作用了……他说："克里托，我们必须向阿斯克勒庇俄斯奉献一只公鸡。"这是希腊人的习俗，疾病痊愈以后要向医神阿斯克勒庇俄斯献祭。对苏格拉底本人来说，他痊愈了，而不是死亡了。他不是正在进入死亡，而是正在进入生命，一种"更加丰富的生命"。①

在苏格拉底看来，"死亡只不过是灵魂从身体中解脱出来，对吗？死亡无非就是肉体本身与灵魂脱离之后所处的分离状态和灵魂从身体中解脱出来以后所处的分离状态，对吗？除此之外，死亡还能是别的什么吗？"在断然否定了对食色之乐的关心之后，苏格拉底进一步指出，作为一名哲学家，他不应该（过度）关心与身体有关的任何东西，包括穿漂亮衣裳和鞋子，以及其他身体的装饰品，也就是说，"哲学家并不关心他的身体，而是尽可能把注意力从他的身体引开，指向他的灵魂……在身体的快乐方面，哲学家会尽可能使他的灵魂摆脱与身体的联系，他在这方面的努力胜过其他人"。

在苏格拉底看来，人若想获得真理，就必须尽可能地放弃身体的各种需求，因为，身体是灵魂最惹不起的巨大拖累，每当我们想借助身体的帮助对某一事物进行考察时，身体显然就会把它引向歧途。"当灵魂能够摆脱一切烦扰，比如听觉、视觉、痛苦、各种快乐，亦即漠视身体，尽可能独立，在探讨实在的时候，避免一切与身体的接触和联系，这种时候灵魂肯定能最好地进行思考……藐视和回避身体，尽可能独立，所以哲学家的灵魂优于其他所有灵魂。"② 在一个将美丽身体视若神明的时代，苏格拉底居然发出"藐视和回避身体"的言论，其反叛精神由此可见一斑。

苏格拉底在历数了身体对灵魂的引诱、纠缠、妨碍等"罪恶"之后指出，如果我们要想获得关于某事物的纯粹的知识，我们就必须摆脱肉体，由灵魂本身来对事物本身进行沉思。从这个论证的角度来判断，只有在我们死去以后，而非在今生，我们才能获得我们心中想要得到的智慧。换言

---

① 《柏拉图全集》第一卷，王晓朝译，人民出版社，2002，第51~52页。
② 同上书，第61~62页。

之，当灵魂寄居于身体之时，任何意欲获得真理之举，必定只是无望之劳。这种带有明显宗教色彩的偏激观点是令人惊奇的，这种极为厌弃"肉皮囊"之类的说法，或许应该被看做修辞表达的需要。否则，以我们今人的观点看，苏格拉底的这些近乎疯狂的说法就显得十分令人困惑了。

苏格拉底究竟为什么要"用灵魂压制身体"呢？对这一问题，刘小枫在《罪与欠》一书中进行了深入探讨。刘小枫认为，为了发现纯粹的东西就应该尽力让自己的灵魂摆脱肉体的干扰，这有点像是苏格拉底的夫子自道，这个道理启发了某些哲人，他们"彼此"说，只要"我们拥有身体"，我们就永远无法完全获得我们热望的东西，因为，身体需要供养、照料，还会生病，让我们忙个没完，何况还会生发情爱、欲望、恐惧一类麻烦事，更不用说战争和骚乱一类政治动荡也是身体的欲望引发的。总之，即便我们有了点儿自己的时间，一旦想要研究哲学，身体就必定出来捣乱。

> 既然与身体在一起根本没法纯粹地认识，就只剩下两种情形：要么绝无指望拥有知识，要么等到死后。因为，死后灵魂才会完全自在，与身体分离，死前则不行。只要我们还活着，就活着来看，要想尽可能贴近知识，就得尽量避免与身体往来，除非万不得已，不与身体结为一体，别让我们被身体的天然充满，而是远离身体让自己保持纯净，直到神亲自来解救我们。（刘小枫译文）

按照某些人的理解，这段"尽量避免与身体往来"的名言，就是苏格拉底亦即柏拉图在教诲用灵魂压制身体的证据，其教诲本身便是所谓柏拉图主义。后来，这种柏拉图主义成了基督教大作家奥古斯丁的思想基础，于是，构筑灵魂与身体的敌对关系便成了基督教－柏拉图主义的代名词。①

在《保罗书信中的身体》一文中，刘小枫比较了苏格拉底和圣保罗的身体观，进一步分析了"二希文化"中身体观念的异同。众所周知，道成了人身是基督教信仰的基要信义，这一信义决定了基督教思想理解身体的基点：人的身体是上帝救恩的起点和终点。在基督教思想之父保罗看来，

---

① 刘小枫：《罪与欠》，华夏出版社，2009，第129页。

人的身体虽然带有罪性，但凭靠上帝的救恩行动（道成了人身），人得以从死的威逼中复活，复活的身体是我们的信仰的凭靠所在，因为，人的身体乃救恩事件赖以发生的所在。刘小枫论文的主要观点源自圣保罗"身体是圣灵的殿堂"的言论：

> 身子不是为淫乱，乃是为主；主也是为身子。并且神已经叫主复活，也要用自己的能力叫我们复活。岂不知你们的身子是基督的肢体吗？我可以将基督的肢体作为娼妓的肢体吗？断乎不可！岂不知与娼妓联合的，便是与她成为一体吗？因为主说："两人要成为一体。"但与主联合的，便是与主成为一灵。你们要逃避淫行。人所犯的，无论什么罪，都在身子以外，唯有行淫的，是得罪自己的身子。岂不知你们的身子就是圣灵的殿堂吗？这圣灵是从神来的，住在你们里头，并且你们不是自己的人，因为你们是重价买来的。所以要在你们的身子上荣耀神。①

我们注意到，保罗的身体观并不是单一的，他有时也认为，身体作为"上帝的圣殿"，却也容易变成"人世的因牢"②。对保罗来说，根本不应从人身的自然性来理解人的身体——不能把人理解为一个自然的存在，而是要从人与上帝的关系来看人的身——只有在与上帝的关系中，人的身才可称之为人身。③

值得注意的是，保罗是论及身体最多的《新约全书》作者，但著名的"道成肉身"之说却并非出自他的书信。按照《新约全书》经文的解释，"道成肉身"的说法主要源于《约翰福音》和《希伯来书》。通过网络版《新约全书》的相关检索我们发现，经文中并没有"道成肉身"的字样，而只有"道成了肉身""道必须成为肉身"等说法。可见"道成肉身"是读经人总结出来的一个概念，细读各种研究著述，不难发现，"道成肉身"竟然是一个歧义百出的概念。

---

① 《新约·林前》6：13-20。
② 刘小枫：《罪与欠》，华夏出版社，2009，第136页。
③ 保罗书信之外的新约文本中，身体一词约五十见，保罗书信中共约八十见。参见刘小枫《罪与欠》，第133页。

　　在《新约全书》中，这一概念曾反复出现，在不同的场合，常有不同的意义。如"道成了肉身，住在我们中间，充充满满的有恩典有真理。"（约1：14）"上帝所要拯救的不是天使，而是具有血肉之躯的人。道必须成为肉身，才能在凡事上与人相同，成为慈悲忠信的大祭司，成为神与人之间的中保"（来2：14－17，7：22；9：15）。"道必须成为肉身"仅在《希伯来书》中就出现了近十次之多。有人认为，"道成肉身"是耶稣为神的使者的直接证明，是基督教的教义基石之一。撇开宗教含义不说，只就"道成肉身"的英文"Word was made flesh"而言，"道"对应的词语是word，即"话语"的意思。① 这是一个意味深长的话题。

　　《旧约·创世记》将食欲与性欲归罪于身体，惩罚与规训也必然负载于身体。这方面的训诫在"失乐园"的故事中展示得最为充分。纵观整部《圣经》，人与上帝的关系一直徘徊在信与不信、赐福与惩罚、受难与拯救这样一种循环往复的悖谬之中。《罗马书》中圣保罗说："我觉得肢体中另有个律，和我心中的律交战，把我掳去叫我附从那肢体中犯罪的律。我真是苦啊，谁能救我脱离这取死的身体呢。"（罗6：23－24）上帝作答："体贴肉体的，就是死，体贴圣灵的，乃是生命，平安。"（罗8：6）具体而言，就是让身体受难、因信称义而得拯救，称义在此就是得到上帝的宽恕和救赎的意思。② 自罗马人将基督教抬高为唯一的合法宗教以后，身体便开始了它那禁欲主义之漫长的受难历程。

　　我们注意到，在基督教专权的漫长而黑暗的中世纪终于走到尽头以后，"从17世纪开始，哲学和科学逐渐击退神学，国家逐渐击退教会，理性逐渐击退信仰。由于文艺复兴对身体有一个短暂但热烈的赞美，既赞美它的性感，也赞美它的美感，身体逐渐走出了神学的禁锢，但是，它并没有获得长久的哲学注视。甚至可以说，身体摆脱了压制，但并没有获得激情洋溢的自我解放。"③

　　只有到了现代哲学高歌猛进的时期，"身体"观念的本体论和认识论地位才得到了实质性提升。刘小枫在《罪与欠》一书中曾以简洁的笔调勾

---

① http：//www. ruanyifeng. com/blog/2006/05/word_ made_ flesh. html.
② 赵辉辉：《〈圣经〉文学中身体的叙事纬语》，《外国文学研究》2010年第5期。
③ 汪民安：《身体的转向》，参见陈定家选编《身体写作与文化症候》，中国社会科学出版社，2011，第51页。

勒出了这一事件的发展轨迹。他认为，费尔巴哈在其"未来哲学"的构想中首先提出重新规定身体的本体论位置，随之，尼采的唯意志论哲学在本体论和认识论层面建构了身体优先论，当代的福柯在文化理论域推进了尼采的身体优先论，再次尖锐地凸显身体与理念的紧张。如果说，在当今的哲学思考中还有什么值得认真对待的问题的话，身体优先论就是其一。①

在西方学者那里，身体、躯体等概念也是有显著差异的。对身体与躯体的这一区分在哲学史上具有极为重要的意义。尼采宣称的"身体是唯一的准绳"几乎成了后现代学术的座右铭：自 20 世纪 60 年代以来，重新看待身体的生存论位置，成了哲学、文化批评、社会理论、古典学、宗教研究的根本论题，② 一时间，各种关于"身体"的论说风生水起，甚至基督教神学家也说要用"身体来信仰"。

对于文学而言，身体的重要性理应有甚于神学。评论家谢有顺说过，我们今天阅读许多文学作品，常常会有隔膜、乏力、匮乏血性和原创的感觉，不能不说和文学远离了身体的支援大有关系。试想，历史上那些最早的文学家，因缺少我们所面对复杂而庞大的历史、文化、知识，他们只能"用身体去感知，用身体去发现，用身体去创造"，这在当时是惟一的路；现在似乎不同了，由于有了文化和知识作为中介，身体这个更重要的中介反而被彻底地遗忘了。从这个意义上说，是文化阉割了身体，以致文学史留下了许多没有身体的、大而虚的作品。③ 有鉴于诸如此类的认识，"从身体中醒来"的部分当代作家举起的"身体写作"的旗帜，在一片争议声中，仍旧拥趸了网络时代的无数铁杆粉丝，包括一些著名诗人、学者、哲学家和批评家。

二 "修身养性"与"身国合一"

中国传统文化中的孔孟老庄和后起的玄佛思想中都有极为丰富、极为精彩的身体学说。有学者甚至将其上升到"身国合一"的高度，例如张再林就断言"'身国合一'是长期以来中国古人的不刊之论"。譬如说，《尚书》有"慎厥身，修思永"（《尚书·皋陶谟》）之论。《左传》《国语》

---

① 刘小枫：《罪与欠》，第 11 页。
② 刘小枫：《罪与欠》，第 127 页。
③ 参见陈定家选编《身体写作与文化症候》，中国社会科学出版社，2011，第 88~89 页。

有许多以身体与政体相互类比的论述，乃至《郑语》中史伯所谓的"刚四肢""和五味""和六律""正七体"等提法，这些既是关于身体的养生之道，同时又不外乎为先王的国家之治道。儒家文化的这种"身国互文"观念，至今仍旧有影响。

孟子说："人有恒言，皆曰'天下国家'，天下之本在国，国之本在家，家之本在身"（《孟子·离娄上》），荀子提出"正身安国"（《荀子·乐论》），认为"天子不视而见，不听而聪，不虑而知，不动而功，块然独坐而天下从之如一体，如四肢之从心——夫是之谓'大形'"（《荀子·君道》）。《管子》的比喻更是意味深长："君之在国都也，若心之在身体也……四肢六道，身之体也；四正五官，国之体也。心之在体，君之位也；九窍之有职，官之分也。"（《管子·君臣下》）《吕氏春秋》声称："以身为家，以家为国，以国为天下。此四者，异位同本。故圣人之事，广之则极宇宙、穷日月，约之则无出乎身者也。"（《吕氏春秋·审分览·执一》）《淮南子》继承了这些思想："心者，身之本也；身者，国之本也。"（《淮南子·泰族训》）"未尝闻身治而国乱者也，未尝闻身乱而国治者也"（《淮南子·诠言训》）。

"古人或坚持身体为国体的象征，或坚持身体与国体之间具有同构性，或径直断言身体与国体二者本无畛域，异名同指。这一切，最终导致了《大学》所谓'修齐治平'这一中国古代政治纲领的推出。该纲领不仅断然宣布'自天子以至于庶人，一是皆以修身为本'，而且明确声称'身修而后家齐，家齐而后国治，国治而后天下平'。故《大学》之作为'大学'的真正宏旨，乃在于其从社会本体论的高度，将古之身道与治道完全打通和合并，从而《大学》的推出，实际上标志着一种身国完全合一的政治学理论在中国古代的正式形成和奠定。"①

在古人的心目中，不仅身与家完全同旨，而且其所谓的"修身"也即其所谓的"齐家"，也即其所谓的"治国"，也即其所谓的"平天下"，其"家邦"式的政治学亦以身为本，亦"无出乎身者也"。据此，张再林先生为我们理解"国君一体"概念的深刻内蕴提供了颇有启迪意义的见解。

---

① 张再林：《中国古代身体政治学发微》，www.philosophydoor.com/Article/ancient/8629.html - 42k。

他认为在中国古代政治学里，正如其治道已消解于身道中一样，其社会政治制度亦拟人化、偶像化为政治家的身体形象，政治家的身体形象已不啻成为社会政治制度之真正的象征。对于中国古人特别是信奉儒家学说的统治者来说，不是"以法为则"，而是"以身为则"，这可以说是历代统治者实现其治道的根本途径，是其政治学之所以为中国式政治学、其政治学之所以区别于西方政治学的最本质的特征。

与儒家的"身国合一"的观念形成互补的道家，其哲学和美学对身体的关注更多表现在对个体存在命运的关切与探问等方面。这方面的研究近年来也取得了相当可观的实绩。譬如刘成纪的《形而下的不朽》这部以汉代身体美学为研究对象的著作，详细地梳理并论述了两汉美学对于身体的规定及其存在境域，阐发和探讨了汉代形神和骨相理论的内在构成及对魏晋美学的影响、两汉思想家如何认识身体与对象世界的关系，其中有关身体的社会规训、汉代儒道佛教对生死问题的不同思考、身体观念对魏晋美学的开启价值等问题均有令人耳目一新的深刻见解。作者看到，中国哲学在形而上层面讲天道自然，但其落脚点则是人当下的身心性命。对人存在命运的关切是中国哲学和美学的基本主题，而这种关切最直观的指向就是标示人存在的现实形态——身体。老子说："吾所以有大患者，为吾有身，及吾无身，吾有何患。故贵以身为天下，若可寄天下。爱以身为天下，若可托天下。"（第13章）比较言之，西方哲学以对外部世界的惊奇作为生发哲思的起点，从而使求知成为哲学的根本任务；中国哲学在其起点处则指向人自身：它的核心问题是对人存在命运的忧思，根本任务是为人的身体在世间寻找安居。子曰"作《易》者，其有忧患乎？"（《易传·系辞下》）这种忧患，在道家表现为对人个体生命的守护——以全德贵身为出发点，认为"身为而家为，家为而国为，国为而天下为。"（《吕氏春秋·执一》）在儒家则表现为对群体共处之道的关心。但这种共处之道，则依然以身体存在和身体性的自我要求为起点。[1]

但是，作为必朽之物，人的身体常被看作是命运的拖累、灵魂的躯壳或灵性的皮囊，这是颇为值得玩味的。一株幼苗长成参天大树注定要经历多次花开花谢式的枯荣轮回。混沌的胚胎只有离开安详静谧的子宫，且突

---

[1]　刘成纪：《形而下的不朽——汉代身体美学考论》，人民出版社，2007，第9页。

然被剪断母子连心的脐带，这才以身体的样态进入嘈杂斑驳的人世，接下来的是被强行割断对乳汁的依赖，而后不久又得被迫离开父母的呵护，走向更为繁杂多变的社会，并莫可名状地遭受本能和非本能的各色神魔无止无休的役使，还必须忍受至亲挚友的疏离或远逝等命中注定的打击，并无助地看着枝繁叶茂的亲密伙伴日渐枯萎与凋零，来于尘土必归于尘土的谶语，使长生不老的虚灵幻境，变成了必有一死的个体追寻神圣永恒的无边挑战。

千百年来，"神圣恒在"与个体偶在间的"永恒张力"无穷弥漫与起伏消长，幻化出了人类最为璀璨的文明之花。"不同民族地域和不同历史时段不同文明体对神圣恒在有着不同的理解和称谓——梵、道、天、空性、逻各斯、上帝、神性、理性等等。所谓个体偶在即偶然在世的我在之肉身及其感觉情绪欲望。不完满的肉身立足于世以对彼岸世界（或超越境界）的本能渴慕而产生如下紧张：一方是绝对永恒神圣的然而可望而不可即的，另一方是偶然短暂世俗的却真实甚至丰满充实的，这种紧张的态势贯穿着整个人类思想史。"①

西方学者曾对中国人既崇尚"大德曰生"又信奉"舍生取义"表示疑惑，特别是对宋明理学的文化酱缸中浸泡过的大量贞女节妇的故事惊讶不已，其实，西人熟知的"永恒张力说"能够较好地戳破这层"灵肉失和"的窗户纸。例如，拒援烈女"断臂示节"、新寡艳妇"引刀割鼻"、花季少女"投粪保身"……这一类令人惊异的"粪身保节"的奇事，如若放在"饿死事小失节事大"的封建礼教文化氛围中，它们就顺"理"成章地被认为是天经地义的"德行义举"。在贞洁之于身体甚至远比生命更为重要的情景下，被人"糟蹋"了身体的女子，顿时失去了做人的权利，她唯一的选择，就是以死换来"做鬼"的尊严。在许多中国古装影视节目中，当女子受辱后，或跳井，或撞墙，速求一死，此时便有亲人说："让她死！让她死！死了干净！"这类视死如归的"壮举"背后隐含着个体与族类之间无可穷尽的文化秘密，这里流淌着一条民族心理的隐蔽河流。

当然，贞女的节烈殉身就像佛家的"投身饲虎"、儒家的"杀身成仁"、道家的"离形忘身"一样，都不可望文生义，做想当然的理解。根

① 周与沉：《身体：思想与修行》，中国社会科学出版社，2005，第9~11页。

据周与沉的研究,《论语》一书中"身"字凡 17 见,如"省吾身""致其身"(《学而》);"不使不仁者加乎其身"(《里仁》);"正其身"(《子路》);"洁其身"(《微子》);"杀身以成仁"(《卫灵公》);孟子说"诚身有道,君子有终身之忧"(《离娄上》);"反身而诚以身殉道"(《尽心上》);"守身为大不失其身"(《离娄上》)"不得志,修身见于世"(《尽心上》);"修其身而天下平"(《尽心下》)……,并非如看上去那样以对身体对生命的否定来强调仁义的贵重。从修辞学的角度看,这种说法正好说明身体之重要。钱穆解释说:"生必有死,死非孔门论学所重。孔门论学所重在如何生,苟知如何生,自知如何死。知有不该求生时,自知有不避杀身时。杀身成仁,亦不惜死枉生。所重仍在如何生。"①

儒家对形躯之身的认识和基本态度如周与沉所言肯定中有节制。儒家对于涵具感官的身体也是持肯定的态度,一系列和身有关的代表正面价值的词,如修身、安身、致身、正身、守身、反身、敬身、尊身等,都和身的存在有关;否定身之存在的词语则代表负面意义,如忘身、失身、辱身等。总的说来,儒家对于形躯之身是正视的,并在一定限度内给予肯定。倘逐一检视孔、孟涉及"身"的言论,会看到"身"不简单是形躯之身,更多时候实为生命、人格的另一种表述。② 相比之下,道家的身体观念显得暧昧而模糊,在肯定与否定的山重水复之间,云遮雾罩,难以捉摸。但总的说来,道家身体观最突出的标记还是其具有神秘色彩的养生理论。

有意思的是道家称人类为"倮虫",赤裸裸地"生来"与"死去"。以现代人的眼光看,这种生命哲学的比喻似乎缺少点艺术的审美意味。我们知道,对于现代艺术而言,裸体,一直是艺术的中心题材。大量的材料可以说明这点。"在绘画的极盛时期,裸像激发出了最伟大的作品。甚至当裸像已不再是绘画的支配性题材时,它也维持着自身的地位——既作为美术学院中的训练,也是技艺熟练的见证……就在我们这个世纪中,虽然我们否定了一个又一个在文艺复兴时代复活的古希腊传统的继承者,丢弃了古代的盔甲,忘记了远古的神话,争论着摹仿的教条,唯独裸像却依然存在于我们的艺术之中。"③

---

① 钱 穆:《论语新解》,三联书店,2002,第 402 页。
② 周与沉:《身体:思想与修行》,第 132 页。
③ 肯尼斯·克拉克:《裸体艺术》,吴玫、宁延明译,海南出版社,2002,第 7~8 页。

肯尼斯·克拉克在《裸体艺术》中反复强调，裸像唤起肉体对象的欲念并非伤风败俗。譬如说，观看鲁本斯的安德洛墨达或雷诺阿的金发浴女，其中的裸像不免引起观者的私情杂念。倾心于"肉体题材"未必就是伪艺术。在作者看来，任何一个裸像，无论它如何抽象，如果不能不唤起观者的情欲，它反倒可能是体现虚伪道德的低劣艺术。对另一个人体的占有或与之结合的欲念，在我们的天性中是如此本质的一个部分，因而对于"纯形式"的评价也必然要受到它的影响。艺术品对色情内容具有超乎想象的容纳和消化功能，譬如，印度的寺庙雕塑公然宣扬肉欲，但它们仍然是伟大的艺术，因为情欲主义只是他们整个哲学的组成部分。

在肯尼斯看来，除了生物性的需求以外，赤裸的身体还会唤起种种过去的人性经验，例如和谐、力量、迷狂、谦逊、悲怆等。当我们看到这些经验得以美妙地体现于裸像时，一定会觉得裸像作为一种表现的手段似乎具有普遍的和永恒的价值。但从历史上看，实际情况并非如此……中国人或日本人从未将赤裸的人体本身当作一种可供观照沉思的严肃题材，这种情况至今仍会造成一些误解。①

当然，中国人和日本人对裸体的禁忌，并不说明东方人对"情欲经济"这块膏腴之地熟视无睹。日本人新近推出的《身体消费》（*Consuming Bodies*）② 一书就巧妙地探讨了出现在媒体、漫画和百货商店中的性行为在私密和公开之间的平衡，呈现了一个光怪陆离的日本，如"肥皂乐土"（妓院之一种，"客户"可与女性"同伴"共浴）；粉红沙龙（专门提供口交的妓院）；"援助交际"（年长男子花钱和高中年龄的女孩约会，而这些女孩也获得了她们渴望的生活方式）。这些行为不像西方国家那样有罪恶的含义，日本女性对待性和卖淫有不同的态度，似乎它们本身并不意味着堕落。该书也揭示了性、消费和艺术不可避免的阴暗面。值得注意的是，日本"光怪陆离的身体消费"，从来就不缺乏与之相应的"中国版本"，过去如此，现在更甚。

人的身体自古以来就一直是一个矛盾重重、奇妙无比的混合体。冯梦龙《古今笑史》有一则名为"不近妓"的笑话耐人寻味："两程夫子赴一

---

① 肯尼斯·克拉克：《裸体艺术》，吴玫、宁延明译，第 13 页。
② 参见"东方视觉网"，http://www.ionly.com.cn/nbo/news/info3/200802231/1754391.html。

士大夫宴，有妓侑觞。伊川（小程）拂衣起，明道（大程）尽欢而罢。次日，伊川过明道斋中，愠尤未解。明道曰：'昨日座中有妓，吾心中却无妓；今日斋中无妓，汝心中却有妓。'"这则不失轻佻的笑话包含着极为严肃的理学意蕴，其根绝欲望的价值取向与基督教"不可见色动心"①的训诫颇相暗合。意味深长的是，古今中外许多被欺凌和被损害的身体因其"出污泥而不染"反倒使其纯良心性更有光彩。想想沈从文和老舍笔下那些纯洁、多情、善良的柔弱风尘女，想想费雯丽和罗伯茨饰演的那些"风月俏佳人"，我们不难理解失身的苔丝和卖身的卡比利亚何以被称为"纯洁的女人"。

无论是含蓄的东方民族还是开明的西方世界，身体的神魔二性永远如影随形，却又总是难以和谐与共。本能的欲望与崇高的理性，在爱恨情仇的无边旋涡中生死相搏，却又总是胜负难分。当约翰·梅尔高唱"你的身体是个仙境"②的时候，形形色色的"陷阱"也同时悄然设伏于身体的"仙境"之中。身体就是这样一架不可预知的古怪而神妙的机器，当浮士德感慨"真美"之时，美好的身体就会应声倒下！对任何个体而言，人生的一切悲喜剧，无非是"仙境"歌舞与"陷阱"挣扎的往复交替，直至尘归于茫茫大地。

《红楼梦》说，自汉晋五代唐宋以来只有两句好诗——纵有千年铁门槛，终须一个土馒头。任你"金相玉质"，任你"千红万艳"，谁也无法抵御岁月无情的刀剑："时光戳破了青春颊上的光艳，在美丽的前额挖下深陷的战壕；自然的至珍都被它肆意狂啖，一切挺立的都难逃它的镰刀。"③民间的说法比诗人所说的还要透彻：黄泉路上无老少，赤身白手空来回。说到底，生命的浪漫"仙境"无非是必朽之躯通往无底深渊的美丽"陷阱"！这就是每个作为欲望机器的身体所必然要承受的荒诞结局和悲凉宿命。

---

① 《马太福音》（5：28）："凡看见妇女就动淫念的，这人心里已经与她犯奸淫了。"《朱子家训》："见色而起淫心报在妻女。"类似说法，在中外经典文献中俯拾即是。

② 第45届格莱美最佳男歌手约翰·梅尔（John Mayer）有一首迷人的歌曲：《你的身体是个仙境》（*Your body is a wonderland*）。此曲一经问世，便成了各种艺术形式争相借用的标签，一时间，诗、舞、乐、画各路大军纷纷挥师"仙境"，"身体艺术"悄然演化为一股颇为壮观的全球性文化时尚。

③ 莎士比亚等：《一切的峰顶》，梁宗岱译，中央编译出版社，2007，第163～164页。

　　散文作家周晓枫在其当红之作《你的身体是个仙境》中说："只要你是个正常女人，就将一生被肉体的疼痛所威胁。卵子的酝酿，使女人轮流处于流血和妊娠之中，没有其他选择。和男性不同，流血和疼痛正是健康女性的常态。快过三十岁生日那天我在浴缸里滑倒了，我看不到任何外伤，但是大量的血奔涌出来，顺着腿流，漫过脚面。无法遏止的失血，使我的体温迅速下降，我浑身发冷，剧烈地颤抖，牙床不住磕碰，根本打不了求助电话。我只有听任血流。那是一种奇怪的感觉，我觉得自己从内部摔碎了。我第一次亲眼目睹，自己储存了那么多的血以备伤害。"① 周晓枫以冷峻的笔触对女性成长所面临的险境/陷阱进行了惊心动魄且近乎病态的细腻描绘。这一类的文字，呈现了貌似放浪形骸的"身体写作"脆弱无助却令人动容的另一副面孔。

三　"灵肉互文"与"身体美学"

　　如前所述，建构身体与文本的关系，并非诗人小说家的专利，事实上它也一直是哲学家和美学家颇感兴趣的问题。巴特的《文之悦》就是一个充满"身体感"的诗性文本，其中以形容心理的字词对文本的讨论，诸如恐惧、厌烦、激情等等可以看作是"身体写作"的哲学版本。有学者注意到，巴特关于文本之"悦（pleasure）的文"与"醉（bliss）的文"（屠友祥译），在国内相关论著中出现多种说法：有学者如方生把它译成快乐与快感，也有学者如汪民安把它译成快感与享乐，《罗兰·巴特》的作者卡勒则认为应译成欢悦与狂喜。"这里采用悦与醉的译法，缘自巴特在讨论文本时对躯体感官、欲望与语言的热衷。在《S/Z》中，巴特讨论身体的文本的再现，阐释阉割与被阉割；在《文之悦》中，巴特将身体当作文本的隐喻；在《罗兰·巴特自述》中，虽然这是一个介绍巴特生平与学术的文本，实际上仍是巴特自己身体的表现。巴特认为，身体就如文本，也是多元的，至少有两个身体。如一种是解剖学者和生理学家眼中的身体，与此身体相对应的文本是语法学家、批评家、文献学者的，这类文本可从语法的、语义的或者叙事学的角度进行分析。另一种是醉的身体或色情的身体，色情的身体能够产生的是语言的无穷无尽开放的文本。两种身体对

---

① 周晓枫：《你的身体是个仙境》，二十一世纪出版社，2005，引自 http：//book. 2008. sina. cn。

应着两种文本，同时产生两种快乐。这两种快乐有何区别或有何联系吗？"①

　　在巴特看来，可读性文本，传统的文学作品，在阅读中较多产生文本的一般性愉悦（plaisir），可读文本符合读者的文化传统和阅读习惯，从能指到所指是一个平坦透明的线性过程，读者体会到的是一种消费文本的快乐——陶醉、满足和安慰。极乐（jouissaance）在法语中的本意是性高潮来临时的快感，在此指文本的能指与所指断裂后，由文本狂欢式的能指游戏所产生的夹杂着痛创的极度快感，它主要产生于对可写性、现代主义和先锋派文本的阅读，当作者隐退，读者的历史、文化、心理等个人经验，在读解文本中失去常规的对应理解的作用，读者和语言之间产生危机时，读者感性的、情感的甚至是欲望的极乐就会油然而生。②

　　从自然与文化相互生成的历史看，"灵肉互文"是中外文化发生与发展的一个极为普遍的规律，而"灵肉互文"及其身体的感觉与解放，实际上也构成了当下新兴学科"身体美学"的最主要的研究内容之一。前文对这一问题已有不少相对深入的讨论，几年前，笔者曾向同门同学钟丽茜博士请教过西方美学问题，她对西方美学尤其是古典美学下过数十年工夫，其为人为学，都在同学们的楷模之列。在她的研究课题中，有不少涉及美学领域中探索"灵肉关系"的精妙学说。钟丽茜认为：从古希腊哲学家巴门尼德、苏格拉底、柏拉图起，便有轻视身体的趋向，将灵与肉、理性与感性作二分并尊奉前者贬抑后者，认为只有灵魂、精神才是审美的主体，肉体只能起辅助作用、甚至还时常妨碍灵魂领悟最高的美。这一观念自奥古斯丁以后延续千年。又由于在西方美学中，"美"与"真"时常被混同、审美附庸于认知，造成审美活动往往只被视为理性认识的副产品，人本身作为自然生物的生动性和完整性遭到压抑。当笛卡尔将精神美学推到极端时，灵魂论的困境也就凸显出来：身体在与外界事物打交道却不是审美主体；灵魂是审美主体却不与外界事物相接触，那么灵魂作为审美主体的合法性何在？从尼采、马克思到胡塞尔，逐步破解了上述困境，将人理解为身体、将身体理解为主体，精神则是身体之功能；身体的主体性存在

---

① 张祎星：《罗兰·巴特的文本理论》，《浙江师范大学学报》2006 年第 1 期。
② 王瑾：《互文性》，广西师范大学出版社，2005，第 69 页。

于身体与世界的能动交往中，人在实践过程中感受世界和丰富自身——经过这样的扭转，西方美学重新回到"生活世界"，获得一个坚实、合理的立足点。今天的美学从这一基点重新开始思考：身体及其知觉在审美活动中承担着怎样的重任；艺术与身体的关系应当获得怎样的文化表达？

近现代以来"理性至上"造成的人类精神的迷途与僭越，应当通过恢复身体的优先性而获得纠正。传统理性主义美学总试图先树立"正确"的理念体系以指导人们对现实的感知，却走进了某种绝境——人们发现自己最终并没有"自上（理论）而下（实际）"地理解"美"，在撰写了汗牛充栋的理论书籍之后仍然没有掌握所谓"美"的理念，仍然必须回到具体的存在中去理解审美活动。过去我们以为身体是受理智辖制之物，现在则将理智还原为"生命/肉体"的工具，不再把人（主体）视为抽象的、精神实体性的存在，而肯定主体就寄寓于身体之中，是物性与灵性的统一。

值得注意的是，身体自身的魅力，还不是文论与批评如此津津乐道地大谈特谈"身体写作"的主要原因。尽管"身体写作"概念已远远超出了文学批评以及消费文化的范畴，但要深究其中的是非曲直，我们仍然要从时代消费文化潮流的大背景中去寻找答案。如前所述，身体写作绝不是一个偶发的或孤立的文学现象。身体写作思潮的兴起，除了文学中的身体或身体想象可以轻松跃过现实生活的"铁门槛"之外，另一个更为直接、更为重要原因是，"身体哲学""身体社会学""身体人类学""身体美学"等有关身体的西学思想的潮涌而入，直接为中国消费社会躁动不安的身体表述冲动提供了理论武器和学术资源。单以"身体文论"的近亲"身体美学"而论，20世纪据说是身体美学迅速扩张的世纪，但人体借助大众传媒的崛起之势跃升为最重要的审美对象似乎是晚近的事情。

迄今为止的绝大多数相应话语仅把身体当作审美客体，有鉴于此，一些学者呼吁建构以身体为主体的美学。"身体美学不是美学的一个学科，而是所有回到了其根基的美学本身。它的诞生意味着美学在漫长的迷途之后终于回归了身体之根。以身体为主体的美学迟至19世纪下半叶才由德国哲学家尼采初创出来，并且在20世纪仍未在西方美学中占据主流地位，其中的原因是复杂的。呈现这个复杂的逻辑因缘有助于我们建构真正的身体美学。"① 在今天，尽管我们不再把人类的身体看成与精神、人性以及社会发展的终极目标对立的东西，精神文明也不必完全凭借克制感性欲望来维护，但正如钟丽茜所说的，人类理想的"存在"既要让心灵与精神激扬丰盈，也要使身体在世间的栖居安宁和谐。从根本上讲，对"身/心"或"体/脑"的区分本来就是机械、抽象的，今日美学必须重返身心如一、灵肉一体的话语方式。身体的灵性化和心灵的肉身化是文艺美学的双向进程，通过将心灵重新具体化于身体感知中、将身体安放在活生生的世界中，我们将重新获得"道成肉身"的审美体验。②

身体美学的建构自然不可能一蹴而就，可喜的是越来越多的求真务实的研究正在深入广泛地展开，即便在"身体写作"研究领域也不断有新人耳目的美学成果问世。从一定意义上说，当下的"身体写作"研究，已越来越明显地出现了建构"身体美学"的理论诉求。既有研究成果表明，"身体美学何以可能"似乎已不再是问题，但从"身体写作"上升到适应时代和谐发展需求的"身体美学"，目前还只是一个美好的愿景。

"身体美学"作为一个学术概念，根据彭峰先生的研究，是 20 世纪 90 年代由美国美学家理查德·舒斯特曼提出来的。当然，这并不是说在舒斯特曼之前就没有关于身体美学的思想。"就西方美学的范围来说，从苏格拉底、犬儒学派到蒙田、居约，乃至 20 世纪的思想家杜威、维特根斯坦、福柯、罗蒂等，他们都非常重视身体经验在审美活动中所扮演的重要角色，并且有过很好的论述。不过，尽管这些思想家的论述不乏深刻的洞见，但它们多半零散而不集中，更不用说提出身体美学的概念进而建立身体美学的学科了。舒斯特曼提出建立身体美学学科的一个重要目的，就是要将过去那些分散的思想组织起来，进而重新恢复它们的生命力。"③

关于身体美学以及如何理解身体美学的问题，彭富春先生在《身体美学的基本问题》一文中进行过专门探究。他认为，身体美学最容易被人想象为一切对于身体的美学研究。如此理解的身体美学就具有十分宽广的意义，它甚至可以被认为是伴随着美学自身的产生和发展。但现代和后现代

---

① 王晓华：《身体美学：回归身体主体的美学——以西方美学史为例》，《江海学刊》2005 年第 3 期。

② 钟丽茜：《中国古典审美体验方式及其现代性境遇》，"中国文学网"，http://www.literature.net。

③ 彭锋：《身体美学的理论进展》，参见陈定家编选《身体写作与文化症候》，第 251 页。

的身体美学具有独特的意义。它不只是"关于身体的美学"，也是"从身体出发的美学"。

基于对身体自身的不同理解，彭富春提出了"关于身体的美学"和"从身体出发的美学"两个互相依存却又彼此有别的概念，并以此作为研究"身体美学的基本问题"的切入点。与通常对于身体的"非身体化"的理解不同①，彭富春认为，严格意义的身体美学不只是关于身体的美学，也是从身体出发的美学。当思想从身体出发的时候，它所思考的就不是非身体，而是身体自身。它是作为一个现实给予的身体而呈现的。这样一个事实表明，身体自身是肉体性的。作为肉身，它是存在，而不是虚无；是物质的，而不是精神的。当然比起矿物和植物，人的肉体的存在具有特别性，它是血肉之躯。而与一般的动物相比，人的肉体是一个人性化的肉体。但任何一个人的身体既是自然赋予的，也是文化生成的。

值得注意的是，作者在强调"从身体出发的美学"观念时，尽管也突出了身体的欲望的合法性与合理性，但最终还是将"身体的身体性"之人文关照，纳入到了对身体的教育与规训的轨道。他说："所谓身体的美就是欲望、技术和大道的游戏的显现。它当然是感觉的和被感觉的，甚至也是主体的和客体的。身体的美在根本上在于身体自身的表演，也就是它在欲望、技术和大道的游戏中是如何显示自身的。但身体美学的基本问题，最后只是关于身体的审美教育问题。在所谓的后现代里，身体如何获得审美教育？对此问题的回答，简而言之，无非有三：其一，化欲为情；其二，由技到艺；其三，肉身成道。"②

著名美学家毛崇杰先生甚至将身体美学的悄然兴起看做"后现代美学转向"的重要标志之一。他认为，后现代主义对于美学带来的颠覆，正如在其他一些人文社会科学领域一样。这种转向有着各种各样的表述，如"文学消失""艺术终结""美的形而上学终结"；总之，走出学科而泛化的美学可以是一切它所不是的东西，唯独不是它所是的东西。毛先生对以"碎片化"来描绘后现代"美学转向"是否恰当表示谨慎的怀疑，认为"碎片化"或许还不足以把真实状况准确地描绘出来。在他看来，"碎片

---

① 所谓身体的"非身体化"理解，主要包括"身体的意识化和心灵化""身体的道德化""身体的政治化等"，第245页。

② 彭富春：《身体美学的基本问题》，载陈定家编选《身体写作与文化症候》，第250页。

化"意味着对传统美学"七宝楼台"的解构，意味着"反美学"或"非审美"。可是，解构传统之后所剩的东西是否可以用"碎片"来描绘呢？从后现代美学的两个表征性关键词来看，"日常生活审美化"与"身体美学"并不是真正成了互不关联的两大碎块。它们本身一方面相互镶嵌咬合；另一方面又各自零散破裂、融解在多元主义后现代审美文化的非定义性总体氛围之中，构成一种包含着多层悖论式的相异面之碎片"化"状态。正是这种状况使我们失去了价值论的审慎作无悖论式的描述。① 由此不难想见，身体美学的建构，是一个交织着"颠覆与重建"的"互文性"过程，是一个"日常生活审美化"和"审美日常生活化"在"各自零散破裂"与"相互镶嵌咬合"之间循环往复的可无限延展的"互文性文本"。

身体作为世界上最完美最崇高的艺术品，是最精美也最质朴、最单纯也最复杂的互文性文本；身体是大自然赋予人类至尊至贵的无价之宝，是成就人间奇迹的最初动因和最后奥秘。身体的故事，在无尽的时空转换中幻化为真理与谎言交织的历史诗篇：它总是在浪子归乡的路口颁布放逐的敕令，在赐予酣畅淋漓的狂歌痛饮之时，亦必加之以寂寥无比的空虚和更加难耐的饥渴。实实在在却又神妙莫测的身体，作为"仙境"与"陷阱"共同的领主，傲然昭示着人性不灭的光辉，却又无助于个体生命必将腐朽的人生悲剧，它也因此悄然潜藏着文艺创作对象的诸多浑然天成的审美品格。

---

① 毛崇杰：《后现代美学转向——日常生活审美化与身体美学》，载陈定家编选《身体写作与文化症候》，第 67 页。

第五章
后现代症候：从"互文性"
到"互介性"

希腊人很早以前就知道媒介物可以是信息，但这一颖悟并没有养成像今天这样的热诚。

——戴维·霍伊：《阐释学与文学》

互文性是后现代的一个重要标志，如今"后现代主义"与"互文性"是一对同义词。

——普费斯特：《国际后现代主义》

今天，"还原历史"和"正解经典"似乎成了一种继"戏说历史"和"消费经典"之后的新的文化时尚：大量信心十足的还原"孔孟"、正说"老庄"之类的书籍和电视节目广为流行，这让人想起时下网络与电视上流行的形形色色的"历史文化"节目来：各种穿越时间隧道的文艺作品成为屏幕新宠，像摇滚歌手一样撕心裂肺地"梦回唐朝"广受欢迎，像网络写手一样"回到元朝当王爷"被"顶"得一塌糊涂，说"明朝那些事儿"或骂"历史是个什么玩意儿"受到前所未有的追捧……我们不禁要问，这种身份错位、目的可疑的"还原"与"正解"是否也即将成了一种来势凶猛的"新文化"？这是否也是一种后现代式的消费文化策略？我们很想知道，那些在一个数字化虚拟生存的后现代语境里"还原历史"与"正解经典"何以可能？即便"还原"只是一个表达主观意愿的比喻性说法，我们仍然会对其预设的逻辑前提表示怀疑——我们真的能够做到像古人理解自身那样理解古人吗？对于诸如此类颇有争议的问题，我们或许可以在互文性理论的观照下进行一些视角不同的探索。

第一节　互文性与后现代主义症候

美国学者戴维·霍伊说："一时代的文化成就在后续时代里显现的不同，会甚于更后的时代。我们看柏拉图不同于笛卡尔或康德看柏拉图，但肯定我们不同地看柏拉图是由于笛卡尔和康德。伽达默尔的阐释学坚持文本的效应（Wirkung）是其意义的构成要素。由于这一效应因不同时代而不同，具有历史和传统，对此伽达默尔称之为'效应史'。"① 现代人是难以像过去时代理解自身一样理解过去的，或许，历史客观主义所谓"达到过去之自我理解"的设想从来就没有真正"达到过"。

霍伊认为，历史往往被当作一幅毫无中断而独立发展的有机连续的平常画卷而遭误会。但对伽达默尔来说，情况却恰恰相反，传统不是由于那种必然性而形成的，它不存在"有机生活的纯一性"。用霍伊的话来说，"当发现传统丧失生气和僵化时"，它可以"用革命的热情加以抵制"。文学作为语言的艺术，尽管时时高举着创新的旗帜，但实际上对传统具有极大的依赖性，当改变传统成为一种传统时，"传统可能要求内部的革命，这个说明可以扩充以上的论点。做些从未做过的事也许是必不可少的。一名作者精心考虑尝试着做以前一直在做的事情，依然是在尝试不同与新鲜的事情，尝试做他那些一直希望成为'首创者'的同时代人没做的事情。"② 然而，从写下来的东西看，这种"创新尝试"实际上失败者多，成功少。

我们注意到，霍伊对秉持"效应史"意识的伽达默尔颇有微词，但对伽达默尔"一切诠释皆片面"的论点却心悦诚服。伽达默尔曾经宣称，诗歌充满了语言要成为"它所表意的东西"的愿望。这一观点，被诠释理论暗示着，诠释必然把一首诗放在诠释者提供的意义上下文中："因此诠释的词语是诠释者的词语——它不是被诠释的文本的语言和词汇。"这一观

---

① 戴维·霍伊：《阐释学与文学》，张弘译，春风文艺出版社，1988，第59页。
② 戴维·霍伊：《阐释学与文学》，张弘译，春风文艺出版社，1988，第230～231页。

念与巴特的主张并没有分歧，巴特宣称，没有一个诠释是"清白的"——因为批评家是把文本置入上下文中的人。巴特认为意义的上下文来自批评家而不是本文，也就是说，意义是诠释者的产物，是批评家的主观性的产物。① 表面上看，伽达默尔和巴特在诠释的上下文性质和反对客观主义者这两方面意见完全一致，但实际上，二者在相关问题上虽多有共识，却也不乏歧见。

巴特认为，任何写作都可以说是对既有文本的"互文性阐释"，这个观点在许多像巴特一样锋芒激进的理论家那里基本上是当作常识接受的，他们相信，世界上根本就没有什么真正的创新的文本，那些自以为创新的人，只不过是他对前人文本缺少足够的了解而已。这个看似激进的观点，其实自《旧约》时代以来就一直在以不同的形式被思想家们反复地强调着。从互文性的视角而言，所有文本都只是在文本与文本之间无限"循环阐释"的过程中得以存身的。

现代写作中，没有作者，而只有当下的"抄写者"②，"写作便不再表明一种记录、一种确认过程、一种再现过程和一种'描绘'的过程（就像古典主义作家所说的那样）……现代的抄写者在他的先辈哀婉的目光中，埋葬了作者，因为他不再相信他的手会慢得赶不上他的思想或他的激情。因此，他也就不再相信他在建立这样一种必然性的写作规则时，还要再去强化传统作者的那种延缓的和无限加工的写作形式过程。相反，在他看来，他的手由于摆脱了任何声音，而只受一种誊抄的写作动作（而非表情动作）所引导，因此，他开拓了写作的一种无源头领域——或者，至少，这种领域只有语言本身是源头，也就是说，这种源头对其他一切源头都表示怀疑。"③

我们赞同霍伊的观点，他对伽达默尔和巴特的矛盾及阐释学和解构主义的矛盾的描述，将一步步导致文学史有关问题的澄清，同时也让我们对网络时代和所谓后现代语境中广义的"互文性"理论的合理性及其局限有

---

① 戴维·霍伊：《阐释学与文学》，张弘译，春风文艺出版社，1988，第203~204页。

② "巴特以此来指代那些放弃作者神学的写作者，如超现实主义者。去除作者身份的现代抄写者和文本是同时的，他并不领先于书籍文本，他只是书籍文本的一个语法上的位置主语，而不是时间上的领头人。"王瑾：《互文性》，第53页。

③ 同上书，第53~54页。

更清醒的认识。

一　"互文性阐释"与"主线依赖症"

章学诚《文史通义》说："儒者敢于拟《易》，而不敢造历也。历之薄蚀盈亏，有象可验，而《易》之吉凶悔吝，无迹可拘；是以史官不能穿凿于私智，而《易》师各自为说，不胜纷纷也。"① 章学诚对《尚书》的可靠性深信不疑，认为文本与历史具有高度的统一性："《尚书》典谟之篇，记事而言亦具焉；训诰之篇，记言而事亦见焉。古人事见于言，言以为事，未尝分事言为二物也。"正是基于这样一种自以为"古人不我欺"的预设，章学诚对刘知几的疑古之论提出了批评："刘知几以二典、贡、范诸篇之错出，转讥《尚书》义例之不纯，毋乃因后世之空言，而疑古人之实事乎！"

当然，我们不能因为章学诚对历史文本秉持肯定态度，就怀疑他是个所谓"思路依赖症"患者。事实上，章学诚对历史与文本及其相互关系的看法并不乏通变意识，非但不拘泥于文本预设逻辑，有时甚至可以说具有高度的文本辨识自觉性。例如，他在论述佛易互文性关系时，提出了许多令人耳目一新的观点。他认为，佛教学说虽来自西域，但其言路与文本，"持之有故而言之成理者，殆较诸子百家为尤盛。反复审之，而知其本原出于《易》教也。盖其所谓心性理道，名目有殊，推其义指，初不异于圣人之言。"佛之本原出于《易》，或许与老子化胡等荒谬观念相仿，但我们如果从相反的视角看，这种强不类为类的比附与穿凿，之所以能躲过逻辑看门狗的严密监视，是因为它们往往穿着互文性阐释的迷彩外衣。

至于那些与圣人之言不同的地方，"惟舍事物而别见有所谓道尔"。"至于丈六金身，庄严色相，以至天堂清明，地狱阴惨，天女散花，夜叉披发，种种诡幻，非人所见，儒者斥之为妄，不知彼以象教，不啻《易》之龙血玄黄，张狐载鬼。是以阎魔变相，皆即人心营构之象而言，非彼造作诳诬以惑世也。至于末流……但切入于人伦之所日用，即圣人之道也。以象为教，非无本也。"为什么说"以象为教"就算得上有根有本呢？章

---

① 文中所引章学诚言论均见《文史通义》卷一，内篇一（网络版），以下该书引文不再注明出处。

学诚以易于被人接受的《易》圣之异的客观性，类比佛圣之别的合理性，在同与异的相互关系中引入了中介因素，替不类为类找到了富有弹性的纽带。在章学诚看来："有天地自然之象，有人心营构之象。……心之营构，则情之变易为之也。情之变易，感于人世之接构，而乘于阴阳倚伏为之也。是则人心营构之象，亦出天地自然之象也。"也就是说，在天地人心之间，有情感和社会的诸多易变因素的纠结与排斥，阴阳倚伏，变化万端，但万千变幻，都不离天地人心二象。而人心之象，也出自于天地之象，有了天地自然之象作为依归，文本和历史之间的相似性或同一性就不难理解了。据此，我们是否可以说章学诚也像伽达默尔那样具有"效应史"意识？

这种"效应史"意识，在西方，自柏拉图时代就已具有相当牢固的根基；在中国，我们似乎可以在《论语》和《史记》中找到印证；孔子说："夏礼，吾能言之，杞不足征也；殷礼，吾能言之，宋不足征也。文献不足故也，足则吾能征之矣。"孔子有关历史传承依赖"文献"的观点对后世具有极大影响。从其"能征之"的自信和"不足征"的遗憾中，我们看出孔子的"效应史"意识充满了中庸的智慧。至于司马迁的那种"究天人之际，通古今之变，成一家之言"的史家情志和"不虚美，不隐恶"的秉笔精神，既显露出了这位中国"历史之父"对历史的无比自信，也显示出了类似于"效应史"所隐含的那种互文性之"通变"精神。

与此形成有趣之对照的是，中国读者在读西方"历史之父"希罗多德的《历史》①时，常常会被其迷宫式的叙事折磨得晕头转向。有评论说希罗多德笔下牵涉的地域跨度太大、年代跨度太长，人物、事件头绪太多。从空间上看，东起印度、西至直布罗陀海峡，北到北极圈附近，南达尼罗河的源头，几乎是当时的希腊人所能想象的整个世界。从时间上看，从吕底亚王国的兴起到希腊人击退波斯人的侵略，前后 200 年。这还只是书中的主线，如果加上插叙中提到的其他事件，则有的可以上溯到更久远的年代。另外，作者特殊的讲述方式也是其头绪繁杂的原因之一。他不断地打

---

① 希罗多德（Herodotus，约公元前 484～前 425 年），伟大的古希腊历史学家，所著《历史》（9 卷）叙述西亚、北非及希腊诸地区之历史、地理及民族习俗、风土人情。自第 5 卷第 29 章起，主要叙述波斯人和希腊人在公元前 478 年以前数十年间的战争。书名和分卷方法均出自希腊化时代的学者之手。该书也是一部文学作品，书中众多人物性格鲜明，语言生动，亦作《希腊波斯战争史》。

断自己的叙述，不断地在一件事讲到一半时插进一段有关的背景介绍。这种插话，短的时候大概是一、两节，长起来则难寻边际了。最长的一段是介绍埃及风俗的第二卷。整整一卷 182 节，除了第 1 节之外，完全和叙述主线没有直接关系。更有甚者，在这种插话之中，他不时还要插进另一段插话，于是就形成了"插话中的插话"。①

一则关于《历史》的网评说，希罗多德采用了一种在东方文学中常见的结构形式，即所谓的"中国套盒"，在大故事中套小故事，环环相扣，变化无穷，具有迷人的魅力。他还很善于刻画人物，他笔下的国王、大臣、政治家、学者、士兵，等等，大多性格鲜明，形象生动。如第一卷，描绘希腊政治家梭伦和吕底亚王克洛斯相见的对话，鼠目寸光的吕底亚王和聪颖贤达的梭伦形成了鲜明的对照，人物的性格特征表现得惟妙惟肖。由于时代和阶级的局限，希罗多德的《历史》，许多地方还带有天命论和宿命论色彩，而且其中也夹杂了许多不足为据的神话传说和无稽之谈，但是，他首创了历史著作的体裁，并为后世保存了大量珍贵史料，其中有些已被近代考古学、人类学和历史学的研究或成果所证实。②

按照这位网友的解释，读《历史》觉得主线太不清晰、太繁杂、不堪忍受，这都是脚注文字太多惹的祸，它破坏了我们轻车熟路地顺着一种思路径直向前的阅读习惯。就算看有脚注的文字，当读者看到过三次方或更复杂的脚注时，就难免会出现路径迷失。这其实就是我们前面所讨论的传统文本中的"超文本性"在发挥作用。对于大多数现代人来说，人们更习惯的不是"logos 流"，而是"思路"。而且这个"思之路"一般来说都是力求意义上的单向性、拓扑学上的简单性，也就是说歧义越少越好、歧路越少越好。像海德格尔那样对多重词义、多重理解的沉迷，像《花园小径》那样结构分散、无明确导向、多重线索反复交叉的叙述方式，出现于现代哲学、现代派小说中，看上去很新鲜。但实际上至迟在与孔子同时代的古希腊历史学之父那里就已是常用的叙事套路了。

书面阅读环境下养成的那种被称之为"主线依赖症"或"思路依赖症"的思维习惯，固然和后来的文体发展有关系，比如与修昔底德那代人

---

① 静斋：《读〈历史〉》，http：//liptontea. bokee. com/2045183. html。
② 百度百科："希罗多德"，http：//baike. baidu. com/view/36908. htm。

就已经开始改变的叙述方式有关，还与后来基督教时代从"辩护士"们开始的主题先行（证明基督的神性、上帝的存在之类）的影响有关。一个更重要的原因在于后来的作者－读者关系发生了变化。①

当然，这里说的只是历史与历史文本的情况，它与我们讨论的文学文本有本质的区别，这一点至少自亚里士多德开始就有极为清晰的意识。亚里士多德在《诗学》中关于历史与诗的著名区分对文学理论的影响至今仍然不可小觑。

根据布鲁姆的诗歌影响理论，诗的意义是阅读的功能，但阅读并不导致诗歌还原到"它本身并不是一首诗的什么东西"，而是"另一首诗"，一首前人的诗。布鲁姆相信，甚至当代伟大的影响否定论者，像歌德、尼采、布莱克、卢梭和雨果，无不具有讽刺意义地证明了影响的深深"焦虑"。没有任何一个前人可以被简简单单地忘却，即便尼采这样特立独行的怪杰也不得不承认，忘却是意志的压抑过程而不是解放过程。布鲁姆说："每个被忘却的前人都变成了巨大的想象力。"② 从一定意义上说，即便是那些看似被遗忘的先驱，至少也会以无意识的形式影响着后继者。李洁非曾用文化基因概念生动地描绘过这种潜在影响。

不忘前人的布鲁姆从来不隐瞒自己对前人的承袭，事实上，他的诗歌理论可以清晰地看到弗洛伊德与尼采的影子。霍伊对这一情形进行了这样的分析："弗洛伊德提供动机的誓喻，尼采则提供悖论和权力的雄辩。对布鲁姆来说，现代诗歌是一个家庭罗曼史，伴随着'年轻人'同因父辈人物的力量与权威而生的焦灼的搏斗，这父辈人物就是前辈诗人（有时是个集合型人物），他看来是诗歌史上最后的不可逾越的碑石。'年轻人'渴望着这一历史的中止、断裂或背离，它们将允许他撤走他的前辈并取而代之，就象孩子知道了自己的生活得力于双亲，希望报答父亲（也许通过救他的命），但也希望报答母亲（通过变成父亲自己）。"③

"年轻人"期望他的创造力，是对诗歌史的重新组构，同时他自己就是这一重新组构的顶点。不过这重新组构应该如此完善，以致影响的正常顺序被逆转过来。代替这其中早期诗人作为对晚期诗人的影响而出现的正

---

① 静斋：《读〈历史〉》，http://liptontea.bokee.com/2045183.html。
② 戴维·霍伊：《阐释学与文学》，张弘译，春风文艺出版社，1988，第233页。
③ 同上书，第234页。

常因果关系，布鲁姆的理论提出了一个逆向因果关系。前人作品的特定章节不再看成单纯是后来诗人到来的先兆；相反，前人看起来要感激（或受益于）后来诗人的成就与光彩。譬如，布鲁姆发现尼采的格言"如果人没有好父亲，就需要发明一个"，比克尔凯郭尔"愿意工作的人生育了他自己的父亲"的说法更加真切。①

布鲁姆提出了一种"对应批评"理论，把诗歌作品看成是另外一些诗歌的对应的误读。正因为一首诗的意义只是另一首诗，而诗歌的意义不可避免地只能是误读的结果，他因此得出这样的推论："不存在任何诠释而只是误解，所以全部批评都是散文诗。"伴随这一批评理论的困难是，正如不存在任何对诗歌的确定标准（诗无达诂）一样，这里同样不存在任何批评的尺度。也许仅有的尺度是成功。但在这些问题上，布鲁姆似乎是退回到尼采的悖论中了。他甚至借用尼采二律背反的语言说："问题是真实的历史或更确切说是它的真实应用，而不是它的滥用，这二者都是以尼采的意义说的。真实的诗歌史是诗人作为诗人如何遭受其他诗人折磨的故事。"② 这种极端化的说法，看似只涉及诗人之间的关系，但实际所讨论的无非是文本间性（互文性）上升到主体间性的互文关系而已，这种混杂无主的交互关系，与杜甫所说的递相祖述、难辩先后的情形颇为相似，尽管杜甫或许意在反对一味因袭，但他所倡导的别裁风雅和转益多师都没有离开风雅为师这个前提。

必须指出的是，布鲁姆的这些思想，在后现代主义那里得到了充分发挥。以拆解"话语统一性"和解构"逻辑同一性"为己任的后现代主义，使布鲁姆的"逆向因果"（或"倒因为果"抑或"互为因果"）的互文性理论得到极为广泛的应用。从一定意义上说，"互文性阐释"或许是医治"主线依赖症"最好的良方。

二　互文性与后现代主义症候

德国戏剧理论家曼弗雷德·普菲斯特（Manfred Pfister）说："互文性是后现代的一个重要标志，如今，后现代主义与互文性是一对同义词。"③

---

① 戴维·霍伊：《阐释学与文学》，张弘译，春风文艺出版社，1988，第235页。
② 同上书，第235～236页。
③ Hans Bertens and Douwe Fokkema ed., *International postmodernism*: *Theory and Practice*. Amsterdam and Philadelphia: John Benjamins Company1997, p. 249.

我们一向认为，互文性与后现代性是两个关系极为密切的概念，在我们讨论互文性手法时我们已经看到二者之间居然有如此之多惊人的"巧合"。尽管如此，当笔者读到普菲斯特的上述论断时还是为之一震，互文性与后现代主义是一对"同义词"？从什么意义上讲，二者是一对"同义词"呢？看来还得回头找一找两者之间的基本关联。

中国社会科学院外国文学研究所的盛宁先生在他 1997 年出版的《人文困惑与反思——西方后现代主义思潮批判》一书开篇第一句话是这样说的："持续了不少年头的关于西方'后现代''后现代主义'的讨论，有点像一颗光焰夺目的彗星，在当今文坛的上空划过一道闪亮的圆弧之后，现在终于拖着长长的尾巴渐渐地远去了。"但是，时隔十多年后，我们仍然被后现代主义这个"长长的尾巴"纠缠着，尤其在这个所谓的数字化生存的网络时代，在有关后现代主义的讨论中反复出现的那些所谓的"后现代主义症候"如今正以不同的面貌越来越频繁地闪耀在我们的媒介与文本之中。在有关互文性研究的过程中，我们发现，后现代主义的幽灵并没有远去，它其实一直潜伏在我们身边。

说到后现代主义，我们不能不说说让－弗朗索瓦·利奥塔①的《后现代状况》，这本书有一个值得注意的副标题——"关于知识的报告"。这个"报告"实际上是受加拿大政府委托而从事的一项专门研究的成果。在这个意在研究高度发达社会知识状况的报告里，利奥塔精心挑选了"后现代"这个字眼，旗帜鲜明地描绘出了他心目中发达社会的知识状态。他从"科学与叙事的矛盾"入手，论证了研究范式正在发生革命；知识启蒙变成了信息控制；任何无法电脑化的知识都将惨遭淘汰，"数据库成了后现代人的本性"。科技知识与叙事知识的"范式不可通约"，造成了解放与真理等"堂皇叙事"的"合法化危机"……总之，一场哥白尼式的革命风潮即将到来。

非电脑化的知识都将惨遭淘汰！数据库成了后现代人的本性！

---

① 让－弗朗索瓦·利奥塔（1924～1998），法国当代著名哲学家、后现代思潮理论家。主要理论著作还有《现象学》（1954）、《后现代状况：关于知识的报告》（1979）、《公正》（1984）和《多元共生的词语》（1986）、《多神教的启示》（1989）等。其中《后现代状况》一书，是西方哲学界 20 世纪 80 年代初有关后现代主义问题论争的必读著作，正是这个小册子使得"后现代"一词几乎家喻户晓，并为利奥塔奠定了后现代主义大师的地位。

在世人根本不知道互联网为何物的情况下，利奥塔关于"后现代知识状况的报告"确乎具有先知般的洞见。在 20 世纪 70 年代与 80 年代之交，"后现代"这个术语实际上在美国和加拿大的社会学家和批评家中间已经颇为流行了。人们用它来描述那个当时的文化处境：历经 19 世纪末以来的多重变革，从科学、文学到艺术的游戏规则均已改换。在利奥塔看来，现代知识有如下三种状况：一是为使基础主义主张合法化而诉诸元叙事的状况；二是作为合法化之必然结果的排他性和使"他者"非法化的状况；三是对同质化的认识论律令和道德法令的欲求。后现代知识的情况则正好相反，它恰恰是以反元叙事和反基础主义为显著特征的，它不仅刻意回避宏大叙事的合法化图式，而且还积极倡导异质性、多元性和不断的革新，因此，"后现代意味着发展一种适应新的知识状况的新的认识论"。上述现代性和后现代性的差异，可谓是我们理解利奥塔后现代主义理论的一把钥匙。

究竟什么是后现代呢？用利奥塔自己的话来说就是"针对元叙事的怀疑态度"。作者认为，"这种不信任态度无疑是科学进步的产物，而科学进步反过来预设了怀疑。与合法化叙事构造瓦解的趋势相呼应。目前最突出的危机正发生在思辨哲学领域，以及向来依赖于它的大学研究部门。叙事功能正在失去它的运转部件，包括它伟岸的英雄主角，巨大的险情，壮阔的航程及其远大目标"。

有趣的是，利奥塔后来对"后现代"这一提法时常深感不满，因为它容易使人误以为"后现代"是"现代"之后的一个时代，但在利奥塔心目中，后现代乃"现代的一部分"，后现代只是对"现代"的预先规定及假设提出疑问，"后现代总是隐含在现代里，因为现代性，现代的暂时性，自身包含着一种超越自身，进入一种不同于自身的状态的冲动"。由于在大家公认的后现代主义大家的思想家中，只有利奥塔坦承自己是"后现代主义者"，所以利奥塔一直被认为是"后现代主义"的一面鲜艳的旗帜。

我们注意到，利奥塔在关于后现代主义与现代主义的相比过程中，发现后现代主义放弃了现代主义追求共识的统一性而转向差异性、多元论、不可通约性和局部决定论，"宏大叙事解体"了，一个"向统一性开战"的时刻业已到来。这种思想在杰姆逊等人那里得到了进一步拓展，他们认为，后现代主义不同于现代主义的主体中心化的焦虑，而更多的表现为非中心的主体零散化。有学者注意到，伊哈布·哈桑在《后现代转折》一书中将现代主义与后现代主义的区别罗列了33条之多，但哈桑强调得最多的是二者最根本的区别，即现代主义的内在性和后现代主义的不确定性。虽然各家对后现代主义的表述不尽相同，但是都包含着非中心化的多元性特征。① 而这种非同一性和不确定性等后现代文化思想，恰好为互文性理论的发生与发展提供了哲学方面的支持。

陈永国在阐释"互文性"时，将"作为后现代文本策略的互文性"作为一个重要论题展开了相当详细的讨论。在他看来，"无论互文性给语言学和文学批评带来了多么深刻的革命，它不过是古今文学的一种正常运作模式。它要么作为一种本能的文化实践，把读者无意识地引向自身的互文本（迈克尔·瑞法特尔），要么作为一个形式分类系统，让人们依据其阅读类型，对文学进行高度复杂的分类（杰拉尔德·热奈特）。就互文性自身的强烈反悖与戏仿特性看，它无疑能与后现代文本策略画等号。正因如此，人们往往会把互文性与后现代主义混为一谈。由此可见互文性对于理解后现代文学的重要性。"②

热奈特把互文性分为三个亚范畴：第一是引语（citation），即明显或有清楚标记的互文性；第二是典故（allusion），即隐蔽或无清楚标记的互文性；第三是剽窃（plagiary），就是无标记、却完整照搬的部分。陈永国认为"这种分类显然过于形式化，其中第三种或许不成立。"值得注意的是，萨莫瓦约的《互文性研究》中，作者将互文性手法分为三大类：引用与抄袭；戏仿与仿作；合并或粘贴。按照王彬彬指责汪辉抄袭的标准看，这里的每一种互文性手法都构成了动辄引发学界震动的"剽窃"。事实上，在后现代主义语境里，抄袭已经变成了一种习以为常的文本策略，在互联网上的写作情况更是如此，正如博尔赫斯所说的，在这里"署名的作品十分罕见，也不存在剽窃问题：所有作家都是同一作品的作家，这一作家是永恒的和未名的"。③ 我们注意到，在许多大师文本中，都严重存在着或偷梁换柱或乔装打扮的"抄袭"现象。西方人的《论剽窃》和中国人的

---

① 参见付伟忠《互文性与后现代主义》，《安徽文学》2008年第10期。
② 陈永国：《互文性》，赵一凡等编《西方文论关键词》，外语教学与研究出版社，2006，第218页。
③ 博尔赫斯：《博尔赫斯文集》，王永年译，海南国际新闻出版中心，1996，第81页。

《文坛剽客》披露了大量抄袭事实，但两本书自身也是现身说法的典型，尤其是后者，全书几乎都是引文、综述、抄录、挪用和抄袭的大拼盘。当然，网络上借助于拷贝之便利的改、仿、抄现象就更加严重了，博尔赫斯所说的不存在剽窃问题的情状在网络写作中或许更为恰切。

作为一种文本策略，互文性与后现代文学关系密切，关于这一点，乌里奇·布洛赫（Ulrich Broich）在《国际后现代主义：理论与实践》一书中有 6 点值得细读的总结与分析，从一定意义上说，布洛赫列举的这 6 点，既可以看做是后现代文本中的互文性手法总结，也可以说是后现代主义与互文性理论相互关系的总结。不难发现，布洛赫的概括将后现代文本和网络超文本及其互文性特征进行了图绘式的阐释，关于这一点，国内学者如陈永国、王瑾等都有精彩论述。根据已有研究成果，结合网络写作的互文性特点，我们发现，布洛赫总结的 6 点及其相互之间的互文性关联为认识网络文本互文性本质提供了宏富而深刻的启示。

第一，关于"作者之死"。按照布洛赫对后现代文本的剖析，任何后现代文学作品，不再是别开生面的独创，而是诸多文本的混合、混杂或混搭，因此传统意义上的原创性作者已不复存在，后现代作品就像邮寄艺术一样，邮寄艺术的创作首先有一个人开头，然后作品被投寄到漫长的旅途中，再由其他人补画，一件作品的作者可以是几十人，甚至无数。作品由所有的游戏参与者来完成，或根本就无所谓完成，它充满了彻底的不确定性和完全的开放性。关于这一点，布洛赫用于打比方的事例是羊皮纸的手稿文献，因为古代的羊皮纸可以被反复地修补或拼接。在网络写作过程中，作者身份的含混不清或者说主体性的弥散，已成为普遍现象，网上流行的接龙小说可以说是生动的例证。

第二，关于"读者的解放"。根据罗兰·巴特的观点，作者之死带来读者的解放。根据互文性的观点，任何文本都不可能被彻底完成，因为每一个新的读者都会把自己独特的"能力模式"带入阅读过程，并在文本中加入自己的声音。被解放的读者和已死去的作者，在互联网上共同构成了类似于超文本语境下"写读者"的混成体。网络空间中的任何文本都如同公共留言板上的便条，它随时都有被过往者删改或重写的可能，任何读者都是潜在的作者或实际的作者。简言之，作者的权威被读者所取代，在千年的文本世界里，规训者与被规训者的关系，发生了根本性的变化。与此密切相关的是——有关模仿与指涉的问题。

第三，"模仿的终结与自我指涉的开始"。后现代文本作为一种阅读的符号代码，它不受时空的限制，与过去的文学文本、其他作家的文学文本、作家自己的文学文本密切联系在一起，并使艺术与现实、现代与古典、人间与神话形成一种艺术空间的交叉与平行，形成一种即此即彼、非此非彼的艺术景观。在网络文本中，图像、声音和文字，在一种共生互补的超媒体语境中，将互文性理论衍生出的互视性、互合性等新观念所表征的文本特性变成了网络超文本最根本的特性。

第四，整体性碎裂之后的"碎片与混合"。布洛赫明确指出，后现代主义文学的拼接不同于现代主义文学的拼接。拼接在现代主义那里只是一种手段和方法，但后现代主义的拼接则是一种从头至尾、从上到下的孤零零的拼贴，没有时空上的彼此联系，没有部分和整体的关系，无所指也无所言，成为了没有所指的能指。后现代主义文本不再是封闭、同质、统一的；它是开放、异质、破碎、众声喧哗的世界。众所周知，在网络写作过程中，剪切与拼贴都在最常用的工具之列，即便是阎连科这样的传统意义上的纯文学作家，也注意到了后现代文本潮流无处不在的影响，他在2012年结集自己的文学创作谈和讲演录时，将文集命名为《拆解与叠拼》。当这种拆解与叠拼变成网络写读者文本生产的最重要的手段甚至唯一手段时，网络文本世界便涌现出巨量的剪切与复制而成的衍生文本，与书面文本相比，网络文本或许是更为零散杂乱的"碎片"混合体。

第五，"剽窃的文学"。由于后现代文学是对其他文本的重写或回收，因此，后现代文本，从本质上说，都是些寄生性文本。在后现代写作，尤其是网络写作过程中，所有作品都是我的作品，我的作品也是他人的作品，因为他和我是同一的，因此，原创与剽窃之间的界限日渐模糊并正在悄悄消失。在互关性语境中，剽窃一词在道德层面上的羞耻感和法律意义上的犯罪性质被技术上的实用性所遮蔽，在更宽泛的意义上讲，剽窃与引用或粘贴似乎没有本质差别。网络剽窃文本的泛滥，部分是由网络的民间性和非功利性决定的，这方面的原因十分复杂，在当下文坛与学界的众多剽窃官司中，合法性的互文书写与违法犯罪的剽窃之间界限模糊，难以判别，这也是此类官司常常不了了之的主要原因。

第六，"无限回归"。后现代主义提出的"无限回归"的概念也与互文性密切相关，正如泼费斯特所说："'引语的引语'或者是产生第二度的引用都是建立互文性或证明后现代观点的具体措施，由此，每一个文本都指向前文本，而前文本指向更前的文本，如此循环，以至无穷。"无限回归往往能取得一种"套盒"（Chinese boxes）效应，即它能将现实的各个层面无限制地嵌入作品中。由此可见，在后现代哪里有什么原创/剽窃，只有无限的回归。后现代主义的互文性是通过对传统文本中的人物、故事、文类规范进行颠覆和解构，担当起一种批评甚至意识形态的功能。①

与布洛赫的 6 种互文性手法极为相似的说法还有很多，如热奈特的所谓"承文性"② 概念就是典型例证。热奈特把文本间的共生关系与派生关系作为互文性与超文性区别，而把戏拟和仿作作为互文性理论最重要的手段。这与现代主义的戏拟和仿作等方式十分相似，后现代主义作家对严肃主题以消解和解构来颠覆现代主义所构建的崇高和美学规律框架，从而能够使后现代主义的表面化、游戏性、无序性、不确定性和反讽等追求得以实现。按照热奈特的说法，戏拟和仿作通过"转述者变调"和"极速矮化""而使它的'语言狂欢'是游离所'叙'之'事'的能指游戏并通过跳跃性节奏建构了一种机械化和幼稚化的卡通话语结构"而使上述特征成为可能，如果完全采用传统的严肃创作方式似乎很难呈现出上述的后现代主义风貌特征，这也正是罗兰·巴特所宣称的"作者之死"的原因之一。③

三 互文性的文学理论价值

互文性，作为一个重要批评概念，问世不久就成为后现代、后结构批评的标识性术语。"一些后结构主义理论家，通过互文性理论打开了本体论的领域，使人类的一切话语都联系起来。"④ 例如，罗兰·巴特认为，"文本的意思是织物；不过迄今为止我们总是将此织物视作产品，视作已

① 王瑾：《互文性》，广西师范大学出版社，2005，第 130～132 页。
② "我把任何通过简单改造（今后简称'改造'）或间接改造（今后称作'模仿'）而从从前某部文本中诞生的派生文本叫做承文本。"参见付伟忠《互文性与后现代主义》，《安徽文学》2008 年第 10 期。
③ 总之"后现代主义和超文性对戏拟和仿作的共同指向也就使二者有了紧密的联系，超文性因而成为解读后现代主义基于文本派生关系的诸多作品的有力理论工具。从这个意义上说，后现代主义是具有超文性特征的"。付伟忠：《互文性与后现代主义》，《安徽文学》2008 年第 10 期。
④ 樵歌：《互文性理论与后现代写作》，http://my.ziqu.com/bbs/665006/messages/4585.html。

然织就的面纱，在其背后，忽隐忽现地闪烁着意义或真理。现在，我们以这织物来强调生成观念，也就是说，在不停地编织之中，文本被织就，被加工生产出来了；主体消隐于这织物之中，消隐于这纹理之内，自我消融了，一如蜘蛛隐伏于蛛网这极富创造性的分泌物之中。"①

在《S/Z》（1970）一书中，巴特把文本分为两类："可读的"（lisible）和"可写的"（scriptible）。"可读的"文本是一类可以进行有限的多种解释的文本，是按照明确的规则和模式进行阅读的，是半封闭性的；"可写的"文本则不能按照明确的规则和模式来阅读，已有的解码（decoding）策略不适合于这类文本，"可写的"文本是以无限多的方式进行表意的文本，是开放性的文本。巴特认为，任何一个文本都是一个互文本，其他文本程度不等地以多少可以辨认的形式——先前的和环绕（文本）的文化的文本形式——存在于这一文本之中。② 比照布洛赫的上述论点，不难看出，巴特的这些有关互文性的观点，无不具有浓厚的后现代主义理论色彩。

有研究者注意到，巴特的文本理念在当今盛行的互联网世界中得以实现。互联网中多端口的介入无疑使得作者对读者的控制性减弱，甚至是作者被淹没在文本之中，文本的书写者不再是端坐高位的发言人，人们根本无暇顾及缺席的作者，读屏者只关注文本本身。互联网中的文本，也即超文本，它们以其无限的开放性，彻底瓦解了传统文本的单向意义结构，这种非线性的反框架的表意符号系统，既无始，亦无终；既无中心，亦无边缘。有批评者认为，在互联网中，读者畅游于文本的世界中，既无政治使命，亦无功利欲求。读者自由阅读的同时还可以书写文本，阅读、批评与文本之间的距离进一步缩小了。③ 虽然读者的政治使命感和功利欲求心未必与网络介入有关，但传统文本的神圣灵光和权威性在网络文本中确已烟消云散。

我们还注意到，乔纳森·卡勒在《符号的追寻》中论述了"互文性"的双重焦点，认为它唤起我们注意先前文本的重要性，导致我们把先前的

---

① Roland Barthes, *The pleasure of the text*. Oxford: Richard Miller. Blackwell, 1990. p. 122.
② 罗兰·巴特：《文本理论》，参见罗伯特·扬编《解放文本——后结构主义读本》，劳特利奇出版社，1981，第39页。
③ 张祎星：《罗兰·巴特的文本理论》，《浙江师范大学学报》2006年第1期。

文本考虑为对一种代码的贡献，这种代码使意指作用有各种不同的效果。这种互文性与其说是指一部作品与特定前文本的关系，不如说是指一部作品与一种文化的话语或一种文化的表意实践之间的关系，以及这个文本与为它表达出那种文化的种种可能性的那些文本之间的关系。因此，互文性对于文学的表意功能是一个核心问题。根据互文性理论和文学作品的实际情况，它在文学作品中的表现，概括起来主要有以下特征：

1. 引用语。即直接引用前文本；

2. 典故和原型。在文本中出自圣经、神话、童话、民间传说、历史故事、宗教故事以及经典作品之中的典故和原型；

3. 拼贴。即把前文本加以改造、扭曲、拼合融入新的文本之中；

4. 嘲讽的模仿。这在当代西方文学作品，特别是后现代主义作品中得到广泛运用。加拿大学者琳达·哈琴把它视为互文性的当代"标志"；

5. "无法追溯来源的代码"。这是巴特的观点，它指无处不在的文化传统的影响，而非某一具体文本的借用。①

这和布洛赫、巴特的论点虽有侧重点上的差异，但其互文性理论的表述一样弥漫着后现代主义文化症候所散发的特有的气息。

美国当代文学理论家伊哈布·哈桑（Ihab Hassan）制作了一个现代主义与后现代主义的对比表，在这个图表中，后现代主义的所有特征都从相反方面来对抗现代主义的特征。

现代主义	后现代主义
意　　图	游　　戏
等　　级	无　　序
中　　心	无中心
主从关系	平行关系
生殖/阳物崇拜	多形的/两性同体
本源/原因	差异/痕迹
确定性	不确定性
……	……
影　　响	互文性

---

① 樵歌：《互文性理论与后现代写作》，http://my.ziqu.com/bbs/665006/messages/4585.html。

在哈桑编著的这个著名的对照表中，互文性已成为"后现代"的主要标志术语之一①

乔纳森·卡勒是对互文性问题作出过比较全面阐述的美国学者。他在《符号的追寻》（1981）一书中论述道："互文性有双重焦点。一方面，它唤起我们注意先前文本的重要性，它认为文本自主性是一个误导的概念，一部作品之所以有意义仅仅是因为某些东西先前就已被写到了。然而就互文性强调可理解性、强调文本的意义而言，它导致我们把先前的文本考虑为对一种代码的贡献，这种代码使意指作用有各种不同的效果。这样互文性与其说是指一部作品与特定前文本的关系，不如说是指一部作品在一种文化的话语空间之中的参与，一个文本与各种语言或一种文化的表意实践之间的关系，以及这个文本与为它表达出那种文化的种种可能性的那些文本之间的关系。因此，这样的文本研究并非如同传统看法所认为的那样，是对来源和影响的研究；它的网撒得更大，它包括了无名话语的实践，无法追溯来源的代码，这些代码使得后来文本的表意实践成为可能。"②

美国学者乔纳森·卡勒从文学阅读程式上讨论了文学阅读时文本相互参照的重要性。他提出把文本当文学来阅读，必须以下五种文本作为参照：（1）社会文本；（2）一般文化文本；（3）一种体裁的文本；（4）约定俗成的自然；（5）扭曲模仿和反讽。卡勒的这种参照阅读考虑到了文学文本与非文学文本的相互关涉，但主要仍是基于传统来源——影响研究模式来分析文本间的互文性，因为在卡勒看来，这种参照阅读可以"把文本与各种连贯意义的模式相联系，使文本变成可理解的"。

如今，"互文性"已经衍生出了许多相似性的新概念，如前文提到的"互视性""互介性"等，这些新概念有时为相关研究领域带来了超乎想象的阐释能量和理论影响。不仅如此，有研究者甚至注意到，互文性不仅扩展到文学与其他艺术门类关系的研究，而且还扩展到非文学的艺术门类之间的关系研究。诸如，西方有人研究莎士比亚戏剧与约翰·亨利·富塞利的绘画；歌德的《浮士德》与李斯特的"浮士德交响曲"；比利时超现实主义画家马格里特的绘画与罗布－格里耶的小说《迷人的美女》；维克

---

① 王岳川、尚水编《后现代主义文化与美学》，北京大学出版社，1992，第118页。
② 乔纳森·卡勒：《符号的追寻》，康奈尔大学出版社，1981，第103~104页。

多·哈特曼的绘画与穆索尔斯基的音乐作品《展览会上的绘画》；莫里斯·拉威尔的《波莱罗舞曲》与莫里斯·贝嘉的芭蕾《波莱罗》，等等。

　　从"创作"到"写作"，从"作品"到"文本"，是文学观念上的一个深刻转变。"创作"这个曾经被广泛使用的概念，与"灵感""天才""独特性""创造性"等相关联。从柏拉图的"灵感"论到雪莱的"立法"者，文学"创作"被神秘化、神话化了。进入现代物质文明社会以来，"创作"这一观念日益显得可疑。"创作"基于对"创作主体"的迷信，随着人们的质疑渐渐失去了原有的魔力，作家和读者也渐渐从迷信中摆脱出来。20 世纪 70 年代以来，现代性向后现代性的转变历程，也是一个由"创作"到"写作"的转变历程。刻意区别于"创作"的"写作"这一概念的出现，既伴随对自我神话的消解，还出于作家们对文学的"互文性"及工作性质的自觉。这种"互文性"揭示了一切文学文本其实都是由其他文本"编织"而成的，都是朝向其他文本开放的，其意义也只有在其他文本的相互关联中才能引出。在伊格尔顿看来，（在后现代语境中）根本就没有什么文学的"独创性"，甚至也不存在所谓的"第一部"文学作品：全部文学都是"互文的"。由"创作"到"写作"的转变，给陷入绝境的写作本身打开了一个充满可能性的空间。它所带来的结果之一，就是导致由"作品"到"文本"的转变，由封闭性写作到混合性、开放性写作的转变。①

　　赵宪章先生在总结网络写作特点时指出："网络读者就是依靠'链接'从'唯一'向'多元'、从'有限'向'无限'延伸，网络写作的特技之一便是依靠'链接'将文本通过唯一有限的'窗口'编织为多维的、立体的、交互的'超文本'。"② 在后现代"解构原创、削平深度"的语境中，超文本极为充分地实现了传统文本的"互文性"潜能。伴随传媒技术的发展，大众文化空前发达，图画、影像、声音等构成的"文本的海洋"异彩纷呈，炫人眼目，许多"本不相干"的"文本"被人们随意制造出各种联系，那些崇高神圣的"文本"内容更是经常地被断章取义地戏谑性"误读"，为屏读者制造了一次次令人崩溃的文本狂欢。但也有研究者认为，上述种种相干与不相干的因素，均使互文性在后现代语境中得到了极

---

① 樵歌：《互文性理论与后现代写作》，http：//my. ziqu. com/bbs/665006/messages/4585. html。
② 赵宪章：《论网络写作及其对传统写作的挑战》，《东南大学学报》（哲学社会科学版）2002年第 1 期。

大的彰显。在看到后现代语境为互文性理论的发展提供大量资源的同时，我们也应该客观地认识到，互文性作为我们阐释新语境下文本的运作机制、阐明这诸多现象中所包含的巨大活力提供了理论依据。①

第二节　现代与后现代的"互文转化"

"现代性"这个词语在西方问世了 1500 多年②，作为思潮在艺术与文学语境里也至少流行了 150 多年③。汗牛充栋的现代性研究文献表明，长期以来，中西方学界一直有大批学者紧紧围绕着现代性这一"未完成的启蒙规划"殚精竭虑、上下求索，却并未在一些重要问题上取得太多共识。特别是 20 世纪 90 年代以来，"现代性"这个堪称"三代陈典"的"老概念"在中国学界表现得异常活跃，现代性启蒙话语的无限延展性和审美理论的强大穿透力更是令人大开眼界。④ 如今，现代性观念已从哲学、社会学等领域全面辐射到政治学、文化学、历史学、美学、文艺学等人文学科；我们看到，当代中国的现代性研究，已经出现了学术队伍日益壮大且

---

① 王瑾：《互文性》，广西师范大学出版社，2005，第 134 页。

② 弗雷德里克·詹姆逊：《单一的现代性》，王逢振、王丽亚译，天津人民出版社，2005，第 1 页。

③ 这个说法可参考马泰·卡林内斯库《现代性面面观》（1977）、安托瓦纳·贡巴尼翁《现代性的五个悖论》等著作。齐格蒙特·鲍曼《现代性与矛盾性》提到了另外两种时限：一是 13 世纪至 17 世纪末、二是限于 20 世纪上半叶，参见邵迎生译，商务印书馆 2003 年版，第 6 页注释。多数人认为现代性发源于 16 世纪的文艺复兴和宗教改革，到 18、19 世纪之交初步成形，直到今天我们继续生活在现代性的后果之中。见汪民安等编《现代性基本读本》前言，河南大学出版社，2005。本文的讨论参阅和借鉴了网络相关资料。

④ 2009 年元旦，笔者将"现代性"输入"卓越图书"检索，结果发现，题名包含"现代性/现代"字样的图书竟然多达 4826 件。在"当当网"搜索"现代性"，结果"共有 2715 种商品，其中影视（23）、图书（2646）、音乐（9）""中国知网"以现代性为题的论文竟然多达 5007 篇，其中 1981～1985 年 7 篇；1986～1990 年 24 篇；1991～1995 年 86 篇；1996～2000 年 470 篇；2001～2008 年 4176 篇；博士学位论文 100 篇；硕士学位论文 309 篇……关于审美现代性的博士论文被收入国家图书馆的也有数十篇之多，例如：彭安祥《中国改革题材电视剧及其审美现代性研究》、李进书《法兰克福学派的审美现代性》、董燕《林语堂文化追求的审美现代性倾向》、傅její林《阿格妮丝·赫勒审美现代性思想研究》、叶世祥《20 世纪中国审美主义思想研究》、陈瑞红《审美现代性语境中的王尔德》、宋宝珍《论中国话剧的审美现代性》、艾秀梅《论日常生活及其审美化》、杜卫《中国现代美育理论现代性研究》、张辉《审美现代性批判》等，至于专著、译丛、编著的数量更是数不胜数，如周宪、许钧主编的"现代性译丛"，规模宏大，视野广阔，译文精当，为言说现代性问题提供了极为丰富的理论资源。

研究成果渐成规模的发展态势，就其引发的传统学说之激变程度而言，现代性与全球化互为表里，构成了一代学术思潮之盛况。特别是进入 21 世纪以后，现代性与审美现代性研究作为一种激动人心的国际化学术景观，正日益呈现出一种海纳百川的包容性、向死而生的矛盾性、重估一切的反思性和一往无前的超越性。

按照美国学者劳伦斯·E. 卡洪的说法，我们原本就生活在一个现代性世界之中："这个地球上绝大多数成员一涉足这世间就是现代性的子孙，可不管他们自己是投怀送抱还是却之不恭。"① 如果将这种观念应用到学术研究领域，我们也完全可以说，作为一个当代人文学者，无论他研究的是"东海西海"抑或"南学北学"（钱锺书），也不论是"从孔子到孙中山"（毛泽东），还是"从柏拉图到现在"（塞尔登），他/她几乎都不可能完全冲出"现代性"及其相关理论体系交织的天罗地网，因为，原本生活在现代性世界之中的芸芸众生，谁都不可能真正摆脱"现代性子孙"的文化身份，当今时代的任何学术研究都必然要打上现代性的烙印。

一　被"互文性"掩盖的"现代性"

热奈特在论及巴赫金的《小说美学与小说理论》时说："巴赫金没有觉察到《诗学》有关抒情体裁的巨大沉默，这种疏忽奇妙地显示了他对基础的忘却，而他却自以为在揭示基础。我们将看到，问题的根本在于现代诗学家们（前浪漫主义者、浪漫主义者和后浪漫主义者）那种追溯幻觉，他们盲目地把自己的贡献投放给亚里士多德或柏拉图，因此而掩盖了他们的不同观点，掩盖了他们的现代性。"② 我们隐隐觉察到，在热奈特这里，"现代性"明显具有"创新"意味，这实际上也意味着对沿着解构主义之途延伸的互文性理论的批评。

众所周知，"现代性"是一个极为复杂的概念，中西学界有很多不同看法，但从其意义的无限开放性看，现代性就是一个典型的互文性概念。根据马泰·卡林内斯库（Matei Calinescu）《现代性的五副面孔》一书考证，"现代"概念实际上至少在西塞罗（Marcus Tullius Cicero，公元前 106 ~ 前 43

---

① 劳伦斯·E. 卡洪：《现代性的困境》，王志宏译，商务印书馆，2008，第 1 页。
② 热奈特：《热奈特论文集》，史忠义译，百花文艺出版社，2000，第 4 页。

年）的著作中就已有端倪可察了。但直到被称为第一次文艺复兴的 12 世纪那场"古今之争"，这个概念才真正具有现代意义。那是 1170 年前后，代表"新的诗学"的"现代人"与"古代的诗歌信徒"之间，因"美学意见明显不统一"等原因而发生的论争。不难想见，那些直到今天仍然没有被人遗忘的关于"风格和哲学"等方面的观念，对后来的文艺复兴必然产生过不可低估的影响。在布瓦洛、拉·封丹和佩罗、丰特奈尔等人引发的 17～18 世纪的"古今之争"中，多数"现代人"都认为，美是一种超验的、永恒的典范。直到 19 世纪早期，自美学现代性在"浪漫主义"的外衣下对古典主义发起挑战以来，普遍可感知的、无时间性的美的概念经历了一个逐渐销蚀的过程。其间，司汤达的《拉辛与莎士比亚》（1823）提出的相对主义的浪漫主义，就其对那个时代的当下性的信奉而言，可谓是现代性觉醒的"大事件"。

学界比较普遍地认为，波德莱尔是将美学现代性同传统对立起来的始作俑者，这个公认的事实大约也是审美现代性肇始于波德莱尔的主要依据之一。波德莱尔说："现代性就是过渡、短暂、偶然，就是艺术的一半，另一半是永恒和不变。"① 这句"自相矛盾"的名言发表于 1863 年 11 月 26 日的《费加罗报》。这里的"现代性"被用来描绘"现代生活的画家"。作者认为，"每个古代画家都有一种现代性"，因为，"每个时代都有自己的仪态、眼神和微笑"。但是，"为了使任何现代性都变成古典性，必须把人类生活无意间置于其中的神秘美提炼出来"。也就是说，"现代"艺术中那些"过渡、短暂、偶然"的东西必将消逝，而某些体现"纯艺术、逻辑和一般方法"的东西则是"永恒不变的"。波德莱尔警告说："谁要是在古代作品中研究纯艺术、逻辑和一般方法以外的东西，谁就要倒霉！因为陷入太深，他就忘了现时，放弃了时势所提供的价值和特权，因为几乎我们的全部的独创性都来自时间打在我们感觉上的印记。"② 历史地看，波德

---

① 波德莱尔：《波德莱尔美学论文选》，人民文学出版社，1987，第 485 页。这段话顾爱彬等人译作："现代性是艺术昙花一现、难以捉摸、不可预料的一半，艺术的另一半是永恒不可改变的……"

② 同上书，第 485～486 页。艺术作品中阿喀琉斯的一声怒吼胜过希腊联军的十年征战，花木兰的一身戎装比一场民族战争更有审美意义，因为"百战死"与"十年归"的古老模式只能为流星般的"瞬时美"提供一个象征"永恒"的背景。审美现代性颠覆传统、憎恶模式、拒绝平庸等特点都可以看作是其追慕新奇事物的外在表现。对于现代艺术而言，只有瞬间即逝的东西才具有永久的魅力。

莱尔这些言论的意义在于，那些可以看作是"共通美"的概念经过收缩，已与同它相对应的现代概念即所谓的"瞬时美"达成了某种微妙的平衡。这句话有很多解释，如果从互文性视角看，一切文本都是传统与创新的杂合体，矛盾就被统一了起来。

波德莱尔之后，现代性转瞬即逝、奔流不息的意识压倒并最终根除了艺术的"另一半"。传统遭到了日益粗暴的拒绝，艺术想象力开始以探索和测绘"未然"之域为时尚。现代性开启了走向反叛先锋派的门径。同时，现代性背弃自身的趋向越来越明显，尤其是普遍自甘"颓废"的矛盾心态，更是加剧了其深层的危机感。从 19 世纪上半叶的某个时刻开始，两种现代性之间的分裂日渐加剧且无以弥合，两种现代性之间自此一直是无法化约的敌对关系，尽管彼此都要竭尽全力消灭对方且都不把对方的影响放在眼里，但敌对关系的激励作用却不容小觑。① 事实上，正是这种针锋相对的敌对关系，锻造出了现代性思想既激越又超然的卓越品性，赋予了现代性思潮既深情又深刻的深厚内涵。

值得注意的是，作为一个比较文学教授，卡林内斯库偏爱审美/美学现代性既是兴趣使然，也是职业使然。他认为，美学现代性应被理解成一个包含三重辩证对立的"危机概念"——对立于传统；对立于资产阶级文明（及其理性、功利、进步理想）的现代性；对立于它自身，因为它把自己设想为一种新的传统或权威。这些观点既闪烁着波德莱尔的影子，也弥补了波德莱尔的偏颇。

在潜心于现代性研究的专家们培植的话语森林中，我们随时都有可能遇到波德莱尔的幽灵。例如，齐格蒙特·鲍曼（Zygmunt Bauman）关于现代性的"时期""秩序""隐忧"诸说都潜藏着波德莱尔的影子。但鲍曼显然充分利用了"时势"所提供的价值和特权，在波德莱尔的基础上提出了新的见解："现代性的历史就是社会存在与其文化之间紧张的历史。现代存在迫使其文化站在自己的对立面。这种不和谐恰恰就是现代性所需要

---

① 两种现代性：一种是作为西方文明历史中某个阶段的启蒙现代性——它是科学和技术进步的产物，工业革命的产物，资本主义所引起的广泛的经济和社会变迁的产物。另一种是作为美学概念的审美现代性。马泰·卡林内斯库：《现代性的五副面孔》，顾爱彬等译，商务印书馆，2002，第 3、48 页。

的和谐。"① 尽管现代性研究者谈及概念来源大都会援引波德莱尔的上述名言，但诗人那些"恶之花"式的狂放言辞，根本就不能被看作是对现代性的理性化定义，但从诗哲互文的视角看，他的这些诗歌无疑也可以被看作是对现代性的审美化阐发。

如何为"现代性"下定义，这是现代性研究中无法回避的尴尬话题。比较著名的说法来自安东尼·吉登斯的《现代性的后果》："现代性指社会生活或组织模式，大约 17 世纪出现在欧洲，并且在后来的岁月里，程度不同地在世界范围内产生着影响。""在现代观念的内部，有一种与传统大相径庭的东西。……在传统文化中，过去受到特别尊重，符号极具价值，因为它们包含着世世代代的经验并使之永生不朽。""现代性动力的三种主要来源，其中每一种都与另一种相关联：时间和空间的分离；脱域（disembeding）机制的发展；知识的反思性运用。""现代性内在就是全球化的……现代性内在地是指向未来的，它以如此方式去指向'未来'，以至于'未来'的形象本身成了反事实性的模型。"② 吉登斯对现代性的解说，包含着明确的时间、地点、历史、动力、影响、未来等因素，对现代性的本质特征及其内涵与外延皆有简要说明，从全球化的社会联系到日常生活的本质性变化等，方方面面均有涉及。尤其是其动力来源说，对现代性概念的时空分离、脱域机制和反思品格的深度阐释与新奇展开，为《现代性的后果》这一小册子奠定了经典的学术地位。

当然，现代性一向蔑视任何"别黑白而定一尊"的言论，因此，对于定义问题如果众口一词而非见仁见智，那反倒是与现代性精神格格不入的怪事。仅以西方学者对现代性的定义及其相关论述而言，颇有影响的说法就有数十种之多，有趣的是，这些看似互不相干甚至彼此矛盾的说法，却组成了一个现代性与后现代性彼此对立却又交相呼应的互文性系统。譬如：马克思的"烟消云散"说，马克斯·韦伯的"世界祛魅"说、齐美尔的"心理主义"说、乌尔里希·贝克（Ulrich Beck）的"政治自由"说、马歇尔·伯曼（Marshall Berman）的"生命体验"说、迈克·费瑟斯通"文明投射"说、米歇尔·福柯的所谓"态度"或"气质"论、尤尔根·哈贝马斯的"分离"与"自律"论、

---

① Zygmunt Bauman, *Modernity and Ambivalence*, Cambridge: Polity, 1991, p. 10.
② 安东尼·吉登斯：《现代性的后果》，田禾译，黄平校，译林出版社，2000，第 32、47、155 页。这里的"disembedding"有不同译法，如田禾译作"脱域"，王一川译作"抽离"。

斯图亚特·霍尔的"社会特征"论、亨利·列菲伏尔（Henry Lefebvre）"反思与批判"说、伊曼努尔·列维纳斯（Emmanuel Levinas）的"认识的自由"说、弗朗索瓦·利奥塔的"发现现实"说、约翰·麦克因斯（John MacInnes）的"身份冲突"论等等。这些五花八门的描述、定义或概说可能不同程度地抓住了"现代性"某些侧面的本质特征，但对非哲学领域的读者而言，大多数定义具有强烈的"反体系的体系化情结"，某些言论还明显失之于"后形而上学"的抽象与晦涩。某些论述具有明显的非本质主义或反本质主义的倾向，刘小枫甚至认为，"现代性的本质就是没有本质。"这些言论，往往让人分不清究竟是讨论的现代性的后现代特色，抑或是描述后现代主义的现代性？但现代性与后现代性之间的互交关系却在上述形形色色的理论描述中昭然若揭。

我们看到，"现代性"作为社会的一种类型、模式或阶段，最初，它主要是指西欧国家从文艺复兴到大众传媒的崛起这一段历史；在这一历史过程中，先前处于封闭、孤立状态的区域群落被大规模地整合，从而告别传统与宗教，走向个体主义、理性化和科学化社会。现代性嬗变的历史标志性事件包括：民族国家的兴起、工业化、社会主义国家的出现、代议民主制（又称"间接民主制"）的崛起、科学与技术发挥的作用愈益增大、城市化、大众传媒的增生和扩散等等。现代西欧历史较为具体地体现为地理大发现、文艺复兴、启蒙运动、宗教改革和反宗教改革、法国革命、美国革命、工业革命等。① 这既是互为表里的全球化与现代性产生与发展的历史根源，也是它们赖以生存其间的文化环境。

总之，"现代性"无论作为一种观念、态度、运动、历史或任何其他东西，它首先发端于西欧，然后随着欧洲文明四五百年的扩张逐渐弥散于整个世界，这已是不争的事实。在现代性的全球化展开过程中，欧洲与美国率先铸造了一种日渐获得广泛认同的现代性模式。然而，现代性作为新兴的人类生存和生活方式，在其艰难摸索出带有普遍性和理性化的社会结构、制度框架和符号系统的同时，也在日渐走向自己的反面，并在自我毁灭与自我更新的道路上越走越快，越走越远。"现代性一直在为自己的覆

---

① "哥伦比亚大学全球百科全书"，李小科编译，http：//www.xschina.org/show.phpid＝889。现代性历史演变情况也是一个众说纷纭的难题，如英国哲学家奥斯本将其分为六个阶段，周宪则将其分为三个时期。

灭创造条件。"① 然而，现代性这种矛盾性和"自反性"所造成的致命伤，却为现代审美意识的发生与发展提供了大显身手的"市场"，有如蚌病成珠，审美性从一开始就已"珠胎暗结"于现代性的自调节系统之中了。作为支配认知与道德活动的理性主义强权的制衡因素与"救赎"力量，审美意识就如同现代性机车的动力减压阀和阻力调节器。不仅如此，在现代性观念萌生的"古今之争"中，正是美学批评和自然科学所体现的进步观念扮演了接生婆和清道夫的角色。哈贝马斯甚至断言，奠定现代性根基的核心观念首先发轫于美学批评。事实上，贯穿于现代性与后现代性之中的审美批评充当了二者互文关涉的媒介因素和纽带作用。

二　现代性悖论及其理论困境

法国学者安托瓦纳·贡巴尼翁（Antoine Compagnon）在《现代性的五个悖论》中讨论了现代性的"五个悖论"：对新的迷信、对未来的笃信、对理论的癖好、对大众文化的呼唤和对否定的激情。作者把"现代的传统"这个充满矛盾的术语，看作是一个不断与传统决裂过程的辩证化表述。他认为这种决裂孕育着源自根源的日趋更新。而更新的根源则注定会被迅速超越。每一代都在与过去决裂，决裂本身也就构成了传统，即"反传统的传统"或"决裂的传统"：

> 这种"决裂的传统"岂不必然是对"传统"的否定和对"决裂"的否定？奥克塔维奥·帕斯在《会聚点》一书中写道："现代的传统就是掉转头来否定自身的一种传统，这种悖论宣告了审美现代性的命运，即自身的矛盾命运：它在肯定艺术的同时又在对其加以否定，同时宣告了艺术的生命与死亡，崇高与堕落。"这相互对立的一对对词语揭示了现代既是对传统的否定，也就必然是否定的传统：它也揭示了其逻辑上的疑难与困境。②

在贡巴尼翁看来，现代传统从一条死胡同走向另一条死胡同，不断背叛自身，因为现代性原本就是这一现代传统所拒斥的东西。现代性理论的矛盾

---

① 大卫·莱昂：《后现代性》（第二版），郭为桂译，吉林人民出版社，2004，第49页。
② 安托瓦纳·贡巴尼翁：《现代性的五个悖论》，许钧译，商务印书馆，2003，第1~2页。

与悖论更是无处不在，哈贝马斯认为现代性是一种"未竟之业"；阿兰·杜罕（Alain Tourain）提出一个"有限的现代性"；乌尔里希·贝克把现代性看成是依赖"危机管理的危险进程"；贝克、吉登斯和拉什在体察风险社会的基础上提出了"自反性"现代化概念；布鲁诺·拉图（Bruno Latour）甚至写过一本题为《我们从未现代过》的专著①；齐格蒙特·鲍曼的《流动的现代性》流布天下，阿诺德·盖伦却偏用"凝固化"来称呼现代文化……

在三教九流对现代性五光十色的阐释中，关于现代性的复杂性、多样性和易变性等特征的描述给我们留下了深刻印象。从新近出版的众多西方论著的核心命题中，我们可以清晰感受到当代学人刻骨铭心的现代性之"阐释焦虑"：博格斯的《知识分子与现代性的危机》、伊凡·休伊特的《修补裂痕》、伊格尔顿的《后现代主义的幻象》、鲍德里亚的《完美的罪行》、贝克的《自反性现代性》、齐格蒙特·鲍曼的《现代性与大屠杀》《现代性与矛盾性》、戴维·弗里斯比的《现代性的碎片》、大卫·库尔珀的《纯粹现代性批判》、安托瓦纳·贡巴尼翁的《现代性的五个悖论》、吉登斯的《现代性的后果》、查尔斯·泰勒的《现代性之隐忧》、卡洪的《现代性的困境》、乔万尼·凡蒂莫的《现代性的终结》、马歇尔·伯曼的《一切坚固的东西都烟消云散了》……这里的"危机""裂痕""幻象""罪行""自反""屠杀""矛盾""碎片""批判""悖论""后果""隐忧""困境""终结""消散"等组成了一个"具有某种磁力线的符号场或概念场"（韦尔默），让我们深切地体验到学者们对现代性的关切、痴迷、焦虑、惶惑、无奈……甚至恐惧，甚至愤怒。令人惊异的是，这些焦灼错乱的非理性的"现代理性"之思，至今仍旧弥漫着睥睨秩序和愤世嫉俗的波德莱尔那种"恶之花"式的气息。

美国学者理查德·沃林在《瓦尔特·本雅明：救赎美学》中说，波德莱尔（1821～1867）站在两个时代的交界点，见证了现代工业资本主义对传统生活最后痕迹的消灭，所以他是记录这一重大变迁过程最合适的人选。② 这个说法让人想起了与波德莱尔同时代的马克思（1818～1883）。处于现代

---

① 参见大卫·莱昂《后现代性》（第二版），郭为桂译，吉林人民出版社，2004，第60～62页。

② 理查德·沃林：《瓦尔特·本雅明：救赎美学》，吴勇立、张亮译，江苏人民出版社，2008，第232页。

性崛起时期的马克思清楚地看到，一切事物都处在生成和灭亡的不断变化过程中。正如列宁所说的，在马克思从黑格尔那里继承与改造的辩证哲学面前，根本就"不存在任何一成不变的、绝对的、神圣的东西。它指出所有一切事物都带有必然灭亡的迹象；在它面前，除了发生和消灭、无止境地由低级上升到高级的不断的过程，任何东西都是站不住脚的。"① 在重新阅读《共产党宣言》《恶之花》等经典文献时，我们不无惊讶地发现，在对现代性纷纭万状之复杂性的描述中，那些富有激情、诗意和想象力的热血文字不仅出现在波德莱尔等诗人的笔下，而且也反复出现在马克思等思想家的笔下。

在当代理论家们的笔下，现代性的复杂性更是有增无减。譬如，齐格蒙特·鲍曼在《流动的现代性》（*Liquid Modernity*）一书中把当前的社会状况描述为"轻灵的"或"流动的"现代性，以区别昔日"沉重的"或"稳固的"现代性。作者首先从物理学意义上对"流体"（liquid）的"流动性"（fluidity）特征进行了详细的探讨，认为流体具有惊人的流动能力，它能绕过或溶解障碍，也可渗透静止的物体。在遭遇固体时，它完好无缺，而固体却被改变了，或者变得潮湿，或者被浸透。对于流体而言，真正具有意义的是流动的时间，而不是它们临时占用的空间。因此，鲍曼强调说，"在描述固体时，我们可以总体上忽略时间；而在描述流体时，不考虑时间将是一个严重的错误"。这种说法表面上与福柯的"现代性不是时间概念"针锋相对，但从二者对"瓦解传统"（马克思）的基本态度看，他们的观点却又存在着惊人的相似性。

鲍曼反复以洛克菲勒和比尔·盖茨的情况为例，不厌其烦地比较"两种现代性"的差异：前者是"沉重的/稳固的"现代性的典型，后者是"轻灵的/流动的"现代性的标杆。鲍曼认为，洛克菲勒可能希望他的工厂、铁路和油井日益壮大，并且岁岁年年为我所有。而比尔·盖茨则可以随时放弃令他自豪的职业，且不为之遗憾，因为在一个流变万端的时代，"坚守成功便是失败"。在今天，给业主带来利润的是商品令人难以想象的流通、成熟、倾销和更替的速度，而不是商品的经久耐用和持久的可靠性。与长达数千年的传统之引人注目所不同的是，今天的人们憎恶不变的

---

① 《马克思恩格斯选集》第 1 卷，人民出版社，1972，第 9 页。

传统，躲避持久性的东西，并珍爱短暂性的事物。然而，那些失败者——尽管面临着极大困难——正在激烈地抗争，以使他们微不足道、没有价值、昙花一现的所有权持续得更久一点，并提供更为长久的服务。① 两代人的比较，生动形象却又相当深刻地揭示了工业现代性与后工业现代性（后现代性）之间的本质区别。

在鲍曼看来，现代性之所以不可遏制地一路狂奔，这倒不是因为它希望索取更多，而是因为它获得的还不够；不是因为它变得日益雄心勃勃、更富冒险性，而是因为它的冒险过程已日益令人难堪，它的宏大抱负也不断受挫。有如一个怀着乡愁冲动四处寻找家园的浪子，一刻不停地跋涉在危机四伏的征途上，他左冲右突，忧心如焚，却始终不知道何处是归程。用本雅明的话来说，在根本就没有路的地方，现代性却处处开辟出新路来，但恰恰因为如此，"他总是使自己置身于十字路口，这一刻不知道下一刻会发生什么，他将存在的事物化为瓦砾，并不总是为了瓦砾本身，而是为了那条穿过瓦砾的道路。"② 现代性的历时过程延展于无以为继的昨日和不可企及的未来之间。这里没有过渡地带。光阴如流，时间最终消融于苦难之海，从而使指示物得以继续漂浮下去。③ 这种难以琢磨的易变性和令人焦虑的不确定性，学者们有各种各样的解释，但其根本原因究竟何在，至今仍旧众说纷纭。相较而言，《共产党宣言》为我们提供了一种颇令人信服的答案：

> 资产阶级除非对生产工具，从而对生产关系，从而对全部社会关系不断地革命化，否则就不能生存下去。反之，原封不动地保持旧的生产方式，却是过去的一切工业阶级生存的首要条件。生产的不断变革，一切社会状况不停的动荡，永远的不安定和变动，这就是资产阶级时代不同于过去一切时代的地方。一切固定的僵化的关系以及与之

---

① 齐格蒙特·鲍曼：《流动的现代性》，欧阳景根译，上海三联书店，2002，第20页。鲍曼的 liquid 若译作"流质的"似乎更能够体现现代性的多变性特征，康有为评梁启超之善变就挑选了"流质"二字。此外，罗义华的《论梁启超的"流质性"与转型期中国文学的现代品格》（2007），借鉴鲍曼"流质现代性"理论研究梁启超的"流质易变性"，成功地将"流质性"观念融入中国文学研究视野，值得关注。

② 戴维·弗里斯比：《现代性的碎片》，卢晖临等译，商务印书馆，2003，第4页。

③ 齐格蒙特·鲍曼：《现代性与矛盾性》，邵迎生译，商务印书馆，2003，第17~18页。

相适应的素被尊崇的观念和见解都被消除了，一切新形成的关系等不到固定下来就陈旧了。一切等级的固定的东西都烟消云散了，一切神圣的东西都被亵渎了。人们终于不得不用冷静的眼光来看他们的生活地位、他们的相互关系。

由此不难看出，鲍曼把马克思说成是"对现代性发难的始作俑者"是颇有道理的。因为他"是理解了资本主义具有永远都既是压迫力量又是解放力量这种根深蒂固的矛盾本性的第一人"。而这一点正是此后逐渐得到发展的"辩证的现代性理论"的核心信条。在马克思看来，资本主义依靠生产的不断革命化来维持自身的生存，由于生产资料和产品销路永无满足的需要，驱使资产阶级奔走于全球各地。它必须到处落户，到处开发，到处建立联系。"由于一切生产工具的迅速改进，由于交通的极其便利，把一切民族甚至最野蛮的民族都卷到文明中来了。它的商品的低廉价格，是它用来摧毁一切万里长城、征服野蛮人最顽强的仇外心理的重炮。它迫使一切民族——如果它们不想灭亡的话——采用资产阶级的生产方式；它迫使它们在自己那里推行所谓文明制度，即变成资产者。一句话，它按照自己的面貌为自己创造出一个世界。"① 即一个不断变革，永远动荡，永不安定的世界；一个全球化的世界，一个流动不居、瞬息万变的世界；简而言之，资本主义按照自己的面貌创造出一个"现代性"的世界！

从现代性的视角来看，马克思的全部著作几乎都会直接或间接地与现代性观念产生这样或那样的联系。例如，罗伯特·安托尼奥编的《马克思与现代性：核心读本与评论》② 一书，实际上可以说是一本"现代版"的"马克思恩格斯选集"，从《共产党宣言》到《法兰西内战》，马克思恩格斯的大多数知名论著都被安托尼奥编入了关于"现代性"的"核心读本与评论"之中。特别是《共产党宣言》，它比较普遍地被认为是最高亢、最激越、最深刻、最精辟的现代性和审美现代性理论的范本，譬如美国学者马歇尔·伯曼就曾盛赞《共产党宣言》是"第一个伟大的现代主义艺术品"，他甚至干脆将马克思的名言冠为著作之名：《一切坚固的东西都烟消

---

① 《马克思恩格斯选集》第 1 卷，人民出版社，1972，第 254～255 页。

② *Marx and modernity：key readings and commentary*，edited by Robert Antonio. Malden, MA：Blackwell, 2002.

云散了》。

类似的例子俯拾即是，如斯科特·拉什和约翰·厄里的《符号经济与空间经济》开篇即赞叹说："最先分析现代性的"马克思在"令人惊诧的而立之年"就提出了"随着现代性的到来，'一切坚固的东西都会烟消云散'的洞见"，并认为马克思应对社会结构巨变的"锦囊妙计"就藏在《资本论》中。拉什和厄里借鉴马克思的"资本流通"理论，创造性地论证了"流动"对"空间化时间"的意义，在"流动空间替代地点空间"的状况下，他们追问："资本、形象、思想、技术、人员的来去匆匆、铺天盖地，会令地点消失，变得无影无踪吗？主客体的这一强流动性难道不会产生无地点性吗？"古往今来，地点始终在再造，而全球性流动使这种再造日益加快。最后，拉什和厄里仍然用马克思的话结束了他们合作的厚重著述："一切建造的东西或一切'自然的'东西都融入了形象。"① 毫无疑问，这里的形象包含着现代性的错综复杂的人间万象和矛盾重重的社会百态。

现代性林林总总的悖论和重重叠叠的困境，有如盘根错节且斑驳无序的热带雨林，任何探险者开辟的路径都只具有极为有限的延展性，当执著于现代性理论的拓荒者移步远去，他们身后依旧荆棘密布，斜枝杂树很快掩盖了先驱们的足迹。一方面，现代性与生俱来的那些难题和悖论所交织的文献如恒河沙数，它们斑斓芜杂，异彩纷呈，乱花迷眼，枝蔓张狂，任凭是谁也都难以从举步维艰的话语丛林中清理出一条亚里士多德式的大道来。另一方面，具有强烈"自反性"的现代性以摧枯拉朽之势，彻底地粉碎了一切体系建构冲动和整一性情结，黑格尔式的"总体化图景"早已支离破碎。不仅如此，流质的现代性早已从知识分子阶层的沙龙四散于大众狂欢的广场，汇入日常生活的洪流之中，"它四处逃逸，不容任何约束力的存在"（肖布朗）。

尤为值得注意的是，现代性还与现代化有着千丝万缕的联系。影响日益深广的"现代性研究译丛"的"总序"指出："现代性总是和现代化过程密不可分，工业化、城市化、科层化、世俗化、市民社会、殖民主义、

---

① 斯科特·拉什、约翰·厄里：《符号经济与空间经济》，王之光等译，商务印书馆，2006，第2、438页。

民族主义、民族国家等历史进程，就是现代化的种种指标……现代性并非一个单一的过程和结果，毋宁说，它自身充满了矛盾和对抗。社会存在与其文化的冲突非常尖锐。作为一个文化或美学概念的现代性，似乎总是与作为社会范畴的现代性处于对立之中，这也就是许多西方思想家所指出的现代性的矛盾及其危机。"① 在《审美现代性批判》《文化现代性与美学问题》等书中，周宪也反复强调过现代化与现代性的矛盾和共生关系。这种共生关系从文本学的视角看，其实就是一种互文关系。

的确，在现代性的家族相似概念体系中，"现代化"无疑是一个至关重要的概念。在詹姆逊的著作里，"现代化"一词与冷战时期宣传用词为伍，据说在"马歇尔计划"时期，苏联流行着一种斯大林主义的现代化，它坚持技术和重工业出口，坚持赶上所谓的现代国家。在詹姆逊看来，"现代化"这个术语的启示作用是多方面的。首先，它突出了技术问题的不可回避性——在美学中，想到勒考比西埃对轮船的赞美或布莱希特对飞机的赞美——并使我们对科学技术带来的物化危险保持警惕；其次，它还强调了写实艺术和社会历史叙事的重要意义——这种历史还没有陷入标准的观念历史的诱惑，崇拜伟大的科学发明和伟大的工业和技术革命。②

基于类似的考虑，一种比较流行的看法是，理性化是现代社会赖以形成的基石，而现代社会的理性化主要表现为自然科学的飞速发展、科层制的广泛采用、技术的无孔不入的扩张、社会各个领域的标准化和人的理性化。主体性的张扬、理性化的加速和资本的扩张，这就是现代社会的三大支柱。这三个方面造成了人类社会的巨大进步，塑造着人们的物质生活和精神生活。但是，现代性是一把双刃剑，它在带来社会发展的同时也产生了许多弊端：一是主体恶性膨胀，其直接后果是人与自然分离，自然资源的无限制开发和掠夺导致的生态危机、环境恶化、资源匮乏等。人与自然关系的外在化也必然伴随着人际关系的异化和人自身的异化，这种异化扩展到文化、政治等社会生活的各个领域。二是理性的作茧自缚即韦伯所说所谓的"理性铁笼"。③ 当标准化、均质化、规范化的理性成为衡量一切事

① 周宪、许钧：《现代性研究丛书·总序》，见《现代性的碎片》，商务印书馆，2003。
② Marion J. Levy, *Modernization: Latecomers and Survivors.* pp. 32 – 33. 《单一的现代性》，第108 ~ 109 页。
③ 江文富：《关于现代性研究的一些思考》，《哲学研究》2007 年第 7 期。

物的尺度时，人反而变成了自己编织的理性牢笼中的囚徒。我们看到，不仅查尔斯·泰勒关于现代性的"三大隐忧"——道德视野的褪色、工具理性的猖獗、人之自由的丧失——无不与此相关。从更宽泛的视角看，前文提及的现代性之"完美的罪行""自反性""矛盾性""碎片""悖论""后果""困境""终结""烟消云散"等等，无不与现代性之"曲折展开"形影不离的种种弊端与悖谬，互文通贯，息息相关。

三　悖谬的互文：现代性 VS 后现代性

关于现代性的本质特征，马克思和恩格斯于 1848 年发表的《共产党宣言》无疑是最为震撼人心的权威说法之一，两个初出茅庐的年轻人，激情奔涌、文思喷发、忧愤欲燃，以大无畏的英雄气概撕破了"存在即是合理"的道德哲学的铁幕。马克思主义"碰巧"诞生在那个"不知道黑格尔的人就没有说话权利"（托尔斯泰）的时代，此后不久，"突然所有关于他（黑格尔）的一切没有了踪影，甚至没有关于他的任何线索，好像他不曾存在过一样。"[①] 哲学大师的无上权威和优雅风范，经不起时代骤然而起的雨打风吹，转眼之间"烟消云散"了。

1880 年，恩格斯在《社会主义从空想到科学的发展》中对《共产党宣言》中的革命性论断进行了精辟而具体的描绘。他清楚地看到风云激荡的西方社会正在发生翻天覆地的巨变，理性与科学，替代了君临万物的上帝。宗教、自然观、社会、国家制度等一切传统观念都受到了最无情的批判。"一切都必须在理性的法庭面前为自己的存在作辩护或者放弃存在的权利。思维着的悟性成了衡量一切的唯一尺度。……从今以后，迷信、偏私、特权与压迫，必将为永恒的真理，为永恒的正义，为基于自然的平等和不可剥夺的人权所排挤。"但是，人们很快发现，资产阶级这个所谓的"理性王国"在你死我活的残酷竞争和疾风骤雨式的社会变革过程中迅速土崩瓦解了：

早先许下的永久和平变成了一场无休止的掠夺战争……以前只是

---

① 列夫·托尔斯泰：《论科学和艺术的价值》，黄琼岚、黄丽嫣译，江苏教育出版社，2006，第 5 页。

暗中偷着干的资产阶级罪恶却更加猖獗了。商业日益变成欺诈。革命的箴言"博爱"在竞争的诡计和嫉妒中获得了实现。贿赂代替了暴力压迫，金钱代替了刀剑，成为社会权力的第一杠杆。初夜权从封建领主手中转到了资产阶级工厂主的手中。卖淫增加到了前所未闻的程度……总之，和启蒙学者的华美约言比起来，由"理性的胜利"建立起来的社会制度和政治制度竟是一幅令人极度失望的讽刺画。①

悲凉之雾笼罩欧洲，失望情绪四处弥漫。随着现代社会理性化进程的日渐深入，崇高的终极关怀、神秘的彼岸信仰、克制私欲的美德等传统价值观念都已从公共生活中销声匿迹，甚至家庭生活温情脉脉的面纱也被赤裸裸的金钱交易撕得粉碎。社会结构的物化成为必然，心灵自由的丧失无可避免，过去那种神人以和的非理性宗教模式也渐渐被非人格化的货币模式所取代，过去，对纯洁的圣徒来说，身外之物只应是"披在他们肩上的一件随时可甩掉的轻飘飘的斗篷"②。然而，命运却注定这个斗篷必将变成一只囚困现代人的铁笼。社会学之父马克斯·韦伯对现代人的"铁笼"生涯是否会导致文化精神的全面倾覆深怀忧虑："有人精通于专门之学却没有了性灵，有人沉溺于酒色却没有了真情实感；这种虚无状态自以为是，认为它已经到了前所未有的文明程度。"③ 这种悲观而深刻的洞见，即便在物欲横流、信仰失位的今天，它们仍然具有振聋发聩的警世力量。

随着启蒙理性逐渐演变成恶性膨胀的工具理性，自然科学几乎变成了真理的化身。与此同时，"上帝之死"（尼采）和"西方的没落"（斯宾格勒）造成了无可挽回的社会心理颓势，"精神世界的崩溃"使原本光怪陆离的人间万象变得更加匪夷所思。一方面人们开始纷纷藏起自己的良心，倚仗现代技术的恩宠，像放肆的动物那样遵循快乐原则寻欢作乐而毫无顾忌（托尔斯泰）。另一方面又常常因为"面对现实无能为力而心烦意乱"

---

① 《马克思恩格斯选集》第3卷，人民出版社，1972，第404、405、407、408页。
② 马克斯·韦伯：《新教伦理与资本主义精神》，于晓、陈维纲等译，三联书店，1987，第142页。
③ 劳伦斯·E.卡洪：《现代性的困境》，王志宏译，商务印书馆，2008，第20~21页；韦伯的这段名言，于晓、陈维纲的译文极为流行："专家没有灵魂，纵欲者没有心肝，这个废物幻想着它自己已达到了前所未有的文明程度。"《新教伦理与资本主义精神》，三联书店，1987，第142页。

（李普曼）。尤其是在知识分子中间，"早先对实证主义科学的批判，发展成为对整个科学的不满，他们认为科学已经完全被工具理性所同化了。……理性已经被放逐出了道德和法律领域。因为随着宗教—形而上学世界观的崩溃，一切规范标准在唯一保留下来的科学权威面前都名声扫地。"更糟糕的是，两次世界大战使得"理性的最后一点光芒已经从现实中彻底消失了，剩下的只是坍塌的文明废墟和不尽的绝望。……历史在它快速发展的瞬间，凝固成了自然，并蜕变为无法辨认的希望之乡。"① 从哈贝马斯的这些转述中，我们能够清晰地感受到阿多诺和霍克海默对"启蒙理性"的深度失望。

从一定意义上说，正是从对启蒙的绝对信任到极度失望的突转过程中，审美现代性的救赎、宽容和反思意识才获得了萌生与成长的土壤。自康德明确提出启蒙应成为时代的"核心文化追求"之后，人们已开始普遍地把启蒙理性看作新世界的"辉煌日出"，看作人类"真正的救星"。启蒙的欢呼声在欧洲的上空日夜回响，人们甚至认为，"在解除了魔咒的条件下，科学理性主义的'救赎'已理所当然地被视作'生活的根本前提'"。② 在一个充满暴力、欺诈和剥削的"绝望时代"，"启蒙是我们唯一的希望，仅仅是批判启蒙就是故意向堕落屈服。"③ 然而，被启蒙压抑的声音，很快出现了报复性的反弹，审美现代性摆出一副决战者的激进姿态进入了现代性思潮无止无休的混战之中。

当然，对待现代性和审美现代性这样复杂的研究对象激进操切和敷衍塞责都是不可取的态度。库尔珀曾批评那些将现代性等同于科层化和技术性的人太过草率，王蒙甚至断言一切把问题说得像"小葱拌豆腐那样一清二白"的言论都是不可信的。我们也意识到，就像不能将启蒙与理性等同于现代性一样，也不能将启蒙现代性对审美现代性的催生作用绝对化，也就是说，对启蒙现代性"华美约言"的极度失望并非审美现代性乘势而起的唯一动因。事实上，现代美学的诞生及其曲折的发展历程，始终伴随着意欲对欧陆理性主义至上倾向补偏救弊的各种文化思潮。康德论证了审美

---

① 尤尔根·哈贝马斯：《现代性的哲学话语》，曹卫东等译，译林出版社，2004，第128、134页。
② W. 施路赫特：《理性化与官僚化》，顾忠华译，广西师范大学出版社，2004，第41页。
③ 托马斯·奥斯本：《启蒙面面观》，郑丹丹译，商务印书馆，2007，第12页。

的非功利特征，席勒从审美现象中寻找人性分裂的救治功能，黑格尔指出审美带有令人解放的性质，所有这些表述均彰显了审美在现代社会中的独特性质。这种思想到了韦伯那里，径直表述为现代社会的工具理性化为审美的"世俗救赎"提供了背景。① 作为启蒙现代性的对立面和批判力量，审美现代性日渐成长为维系现代社会精神生态平衡的最重要的思想主潮之一。

我们还看到，现代社会最突出的特点之一是宗教图景的骤然瓦解和精神凝聚力的日渐涣散。社会观念的急剧动荡和突然变化，不可避免地会激起蛰伏于仁人志士内心深处的"救赎"欲望。譬如，席勒在《审美教育书简》中提出了以艺术代替宗教的设想，他试图以艺术建立共同感来维护统一的社会"公共特征"。谢林也看到了艺术能够带来自由与必然的最高统一，能够引导人们达到"认识最崇高事物"的境界，使无限的矛盾得到高度的统一，并产生"无限和谐的感受"。他写道："艺术对于哲学家来说就是最崇高的东西，因为艺术好像给哲学家打开了至圣所，在这里，在永恒的、原始的统一中，已经在自然和历史里分离的东西和必须永远在生命、行动和思维里躲避的东西仿佛都燃烧成了一道火焰。"在谢林看来，是艺术而非哲学，在陷入极端反思的现代条件下，"保护着那道曾经在宗教信仰共同体的隆重祭祀中燃烧起来的绝对统一性的火焰。艺术以一种新的神话面貌重新获得了其公共特性。"② 这也许还不是我们期许的审美现代性的火焰，但至少它们之间明显具有足以彼此辉映的可能性。

哈贝马斯在分析"黑格尔的现代性观念"时，也附带地讨论了席勒的《审美教育书简》，他说："现代艺术是颓废的，但也因此正在迈向绝对知识。古典艺术仍然保持其规范性。但最终还是被现代艺术合理地取代了：'虽然古典艺术形式在艺术感官化方面已经达到了极致。'（黑格尔）不过，艺术领域自身的局限性在浪漫主义的消解倾向中有着明显的表现，而对此的反思却还缺乏素朴性。"尽管哈贝马斯在"前言"中将"艺术和文学中的现代主义问题"排除在自己讨论的话题之外，但在他的《现代性的哲学话语》中我们仍然可以看到艺术和文学中的现代主义以及现代性问题

---

① 周宪：《审美现代性批判》，商务印书馆，2005，第9页。

② 谢林：《先验唯心论体系》，商务印书馆，1983，第226~227页；转引自陈嘉明等《现代性与后现代性》，人民出版社，2001，第9页。

几乎无处不在。事实上，在哈贝马斯的这些讲稿中，"艺术""诗歌""审美"等词汇始终都在其频繁使用的关键词之列。在该书的开篇之作《现代的时代意识及其自我确证的要求》一文中，他说：

> 我们要是循着概念史来考察"现代"一词，就会发现，现代首先是在审美批判领域力求明确自己的。18 世纪初，著名的古今之争导致要求摆脱古代艺术的样本。主张现代的一派反对法国古典派的自我理解，为此，他们把亚里士多德的"至善"概念和处于现代自然科学影响之下的进步概念等同起来。他们从历史批判论的角度对模仿古代样本的意义加以质疑，从而突出一种有时代局限的，即相对的美的标准。①

众所周知，哈贝马斯的现代性思想的深刻影响主要发生在"从现代性转向后现代性的热烈讨论中"。哈贝马斯在 1980 年接受"阿多诺奖"时发表的《现代性对后现代性》是学界公认的"审美现代性"研究的经典之作。他认为"审美现代性的特征体现为在变化了的时间意识中探寻共同焦点的态度以这种时间意识通过前卫派或先锋派这类隐喻得以表现出来。先锋派就把自己看作一种对未知领域的闯入，并使自己处于突发的危险之中，处于令人震惊的遭遇之中，进而征服尚未为人涉足的未来。先锋派必须在那些看来还无人问津的领地中寻找方向"。令人疑惑的是，哈贝马斯同时提醒他的听众："现代性的冲动被耗尽了。任何认为自己是先锋派的人都会读到自己的死亡宣判书。虽然先锋派仍被认为还在扩大，但它已经失去了创造性。尽管现代主义仍具有支配地位，但是它已寿终正寝。"② 联想到来后来他把荣膺"阿多诺奖"的答谢辞改为《现代性——一项未完成的设计》，我们对其"耗尽""死亡""寿终正寝"等说法不免产生了一些新的困惑。

即便在他的同胞甚至他的学生那里，哈贝马斯的自相矛盾也是令人生疑的。沃尔夫冈·韦尔施认为，哈贝马斯的这篇"攻击后现代"为"新保

---

① 尤尔根·哈贝马斯：《现代性的哲学话语》，曹卫东等译，译林出版社，2004，第 42、10 页。
② 周宪主编《文化现代性精粹读本》，中国人民大学出版社，2006，第 139～140 页。

守主义"的著名演说，使人们"有理由猜测，现代的事业最后会转化为后现代的事业。""哈贝马斯断言，先锋派艺术的终结，就足以宣告后现代主义的产生——这种看法产生了一种附带的刺激性效果，似乎早在 1980 年哈贝马斯就是一个后现代主义者。"① 这也难怪哈贝马斯的学生阿尔布莱希特·维尔默会在《论现代与后现代的辩证法》中放弃他这位老师的"整合战略"而转向利奥塔的后现代的多元性策略。

哈贝马斯从现代立场出发，斥责后现代为"新保守主义"，这段颇为暧昧的公案至今依然扑朔迷离，以致哈贝马斯究竟是后现代的敌人还是盟友似乎也成了难解之谜。对此，安托瓦纳·贡巴尼翁的"悖论说"也许能为我们提供一些启示："如果说现代性是对现时的痴迷，而先锋性是历史性的一次冒险，那么拒绝被人们以历史的术语加以思考的后现代的意向性看来对现代性的敌意便少于对先锋的敌意。除非是一种犬儒主义的、商业的变种——这是媚俗的最后一个灾难——后现代主义并不反对波德莱尔的现代性，因为后者也始终被先锋主义所背叛。它所要反对的，是历史先锋最典型的对进步与超越的偶像化崇拜。"但令人困惑不解的是——"后现代是否比现代更现代？"② 这些关于现代性与后现代性的悖论，让人联想到彼得·科斯洛夫斯基之"后现代古典主义"的情形。

尽管我们对"古典的妖魔"处处严加防范，但来自古典的诱惑依旧魅力难挡。"以往，后现代古典主义被看作一种悖理，一种自相矛盾的东西。但是现代性延续了如此之久，人们无法阻止现代性渐而开始接受古典主义的东西，并且导向一种后现代古典主义的综合。"③ 其实，我们也能够在哈贝马斯的《后形而上学思想》和维尔默的《后形而上学现代性》中受到启悟，那就是后现代所具有的一种海纳百川的包容与综合，它既要避免传统形而上学的"理性陷阱"，又要保有启蒙理性之批判锋芒。一言以蔽之："后现代性"就是"现代性"——就是"反思性"现代性的内省与外突，是"自反性"现代性的回归与拓展——比较确切的说法是，"后现代"是

---

① 沃尔夫冈·韦尔施：《我们的后现代的现代》，洪天富译，商务印书馆，2004，第 242、246 页。

② 安托瓦纳·贡巴尼翁：《现代性的五个悖论》，许钧译，商务印书馆，2003，第 140~141、138 页。

③ 彼得·科斯洛夫斯基：《后现代文化——技术发展的社会文化后果》，毛怡红译，中央编译出版社，1999，第 173 页。

"现代"的继续，更为确切的说法是：后现代性其实就是现代性本身。

令人疑惑的是，长期以来，现代性与后现代性的关系一直是一个纠缠不清的问题。奥斯卡·拉封丹说，现代性已经堕落成时髦的概念，在这种概念下你什么都可以去想。尽管大卫·库尔珀的《纯粹现代性批判》和詹姆逊的《单一的现代性》风行一时，但谁都明白，实际上根本就不存在什么"纯粹的现代性"，更不用说什么"单一的现代性"了。意味深长的是，詹姆逊这个世所公认的后现代大师如今对现代性产生了浓厚兴趣，他竟然会援引吉登斯的话说："我们不是在进入一个后现代性的时期，而是在进入一个现代性的后果正走得比以往更激进化、更普遍化的时期。"在他看来，现代性是一系列的问题和答案，它们标志着未完成或部分完成的现代化的境遇的特征；后现代性是各种倾向于更完善的现代化的境遇中获得的东西。① 正如《现代性的哲学话语》让韦尔施对哈贝马斯的现代主义者身份提出质疑一样，《单一的现代性》不禁让我们对詹姆逊的"后现代大师"身份产生了怀疑。

严格说来，古典、现代和后现代原本只是同一条奔流不息的历史长河，人为的分界并不能割断它们之间气脉相通的本质联系，它们之间的种种矛盾与悖论实则是其相互依存的证明。"如果我们把后现代状况与20世纪的艺术的基本特征对比，也会发现它们之间的惊人的一致。觉醒中的现代一步步地获得的轰动一时的东西在后现代变为理所当然的和普遍的东西。由火山喷出的东西变成了土地。如果我们把现代的社会的分化理解为多元化的持续的动力，如果由于科学的现代多元性的意识变得必不可少，那么这种多元性在现代艺术里找到了自己的榜样。那么，现代艺术是什么呢？它是艺术的古老的和整体的本质的一种巨大分解，是对如此纷繁多样的艺术因素的卓越的加工和纯粹的表现。"② 韦尔施的这番话，让人想起了周宪谈审美现代性的四个层面——审美救赎、拒绝平庸、宽容歧义、审美反思。在二者看似毫不相干的高论中，我们获得了这样的洞见：在"喷发的火山"与"沉寂的大地"之间，救赎与平庸的分别在哪里？歧义及其反

---

① 詹姆逊：《单一的现代性》，王逢振、王丽亚译，天津人民出版社，2005，第23页。必须指出的是，对詹姆逊的"单一"不可望文生义，他所说的单一主要是指全球化背景下民族－国家的生产和市场正在纳入单一的范畴。
② 沃尔夫冈·韦尔施：《我们的后现代的现代》，第292～293页。

思意义又何在？一切坚不可摧的东西烟消云散了，而烟云浮泛的东西反倒凝成了铁幕坚冰！

古希伯来人宣称，"太阳底下没有新的东西"。但古希腊人却相信，大地之上，没有什么会永恒不变。今天，我们已经清楚地看到，波德莱尔从现代性无休止的永远前进的滚滚车轮中"抓拍"的"静态"画面已失却了当年光彩照人的颜色，即便艺术生产者仍然在挥汗如雨或醉生梦死的氛围中过活，那些必将腐朽之物仍然随着"短暂"的狂歌痛饮而尘归大地，但是，年年岁岁花相似，只是相似；岁岁年年人不同，毕竟不同。如果说人类艺术与审美精神中确实存在着某些生生不息、历久弥新的所谓"不朽"的东西，那也只是岁月长河周而复始的淘洗与磨砺的结果，因其不断改变，从而熠熠生辉。

我们看到，在文学艺术领域，群星璀璨的"现代性"夜空，奇光四射，异彩纷呈，令人目不暇接，可以说，形形色色的现代主义为过去的两个世纪的文学艺术创造了最富时代特色的丰功伟绩。但我们也看到，在现代主义主要以想象建构的自由的心灵世界里，现代性的矛盾性也有十分突出的表现。长期以来，"现代"一词一直都是明指或暗示某种邪恶、荒诞、怪异等不好东西。譬如，艾伦·塔特（Allen Tate）就明确地指出："'现代的'暗示出一种历史的中断感，一种陌生、失落和惆怅感（a sense of alienation, loss, and despair）。它不仅抛开历史，而且也抛开了传统的价值和观点，甚至同样抛开了人们用来表述和传播这些价值和观点的华丽文词，我们认为自我和内心的自我存在高于人的社会存在。现代主义则看中无意识而轻视意识。信奉弗洛伊德和荣格心理学的现代主义艺术以挖掘无意识和创造神话世界为乐事，并乐于充当现实主义和自然主义以及赖以产生的科学理论的反叛者。现代主义作家往往沉湎于与现实有序世界迥然有异的纷繁无序的内心世界。"[①] 今天我们回望那已成为历史的流金岁月中喧哗与骚动的天光云影——马克思、涂尔干、韦伯、弗洛伊德、海德格尔、萨特、波德莱尔、里尔克、瓦雷里、卡夫卡、迪伦马特、乔伊斯、尤奈斯库、阿斯图里亚、奥里埃、杜拉……这一串串闪光的名字，他们互相辉映，彼此照亮，直到今天，这个群星闪耀的天空，仍然是当代审美文化中

---

① 范岳等编《现代西方文化艺术辞典》，辽宁教育出版社，1996，第382~383页。

最富有生命力的组成部分，现代主义大师们所创造的那些真正具有历史价值的哲学、美学和文学作品既是当代世界的精神瑰宝，也是当代人得以诗意栖居的心灵家园，因为他们的思想与艺术仍然充满生机与活力，仍旧像他们生前一样饱受争议与追捧，被视为经典或异端，总之，他们开创的"现代性"的伟业还是一项"没有完成的工程"，一切仍在不断的变化过程中，从互文性视角看，现代性仍然是一个没有边界的、未完成的开放性文本。

如前所述，当马克思预言的全球化真正到来之时，现代性问题不仅没有陷入沉寂状态，恰恰相反，它竟然成为一个更加引人瞩目的学术热点问题。今天，在当代审美文化领域，"'审美现代性'几乎垄断了我们关于美学这个学科的知识。……也统治了我们对艺术的认识。'艺术'一词本来在西方具有技能或技巧，甚至魔法的意义。……只是由于'现代性'所形成的人的分工，才出现了人群间的分化，才出现从事艺术活动的人与从事其他活动的人之间的分化，出现有关艺术的'灵韵'感，并将'艺术'用大写字母开头。"① 从一定意义上说，以大写字母开头的艺术正是审美现代性诞生的重要标志之一。

从一定意义上说，中国现代性的源头大约可以追溯到鸦片战争，但直到新文化运动时期才引来了第一个高潮。由于历史的特殊性，中国现代性始终与革命和救亡纠缠在一起。鸦片战争之后的一百多年，审美在现代性进程中始终处于被压抑的从属地位。直到 20 世纪 80 年代，在个性解放和思想自由的旗帜下，审美意识与现代性的关系才发生了重大变化。按照金惠敏先生的说法，80 年代文艺审美意识的觉醒，在一定程度上支持和推动了现代性潮流。当年有关文学意识形态性的论争，如所谓"向内转"、重审"大地与云霓"的关系、"回归文学自身"、关注"自律性"、加强"内部规律"研究等观点，都可以说是审美意识觉醒的具体表现。与此同时，文艺市场群情雀跃，大众文艺高歌猛进，武侠小说横行天下，言情作品倾倒众生……整个社会为沸腾的欲望而惶惶不可终日。当审美现代性成为当代中国文化界的热门话题之时，不知不觉之间，审美意识已悄然转化成了为现代性补弊纠偏的批判与救赎力量。

---

① 高建平：《评周宪〈审美现代性批判〉》，《文学评论》2007 年第 1 期。

　　我们不无惊异地看到，审美现代性在中国当代社会的生存与发展状况，与西方历史上的际遇竟然如出一辙。审美现代性在近 20 年的流变与演进历程，证明了刘小枫在 20 世纪 80 年代末提出的论断："并没有与欧美的现代性截然不同的中国的现代性，尽管中国的现代性具有历史的具体性。因此，把对中国的现代性的思考引入对欧美社会理论的审理过程是有益的。……带着中国问题进入西方问题再返回中国问题，才是值得尝试的思路。"① 中国当代审美现代性的研究思路，亦当如是。当然，这并不是说欧美现代性一定就是中国现代性的摹本，在中西审美现代性之间，存在着深刻而广泛的互文性关系，这一点可从近代中国的西风东渐和 17、18 世纪欧陆盛行的中国文化热中略见一斑。

第三节　从"互文性"到"互介性"②

　　从文学艺术发展的历史看，文艺的每一次大的变革和进步都与科学和技术的发展有关。艺术创新与技术进步总是如影随形。几乎每一种新艺术形式的产生都以某种新技术的问世为基础。印刷的发明，使士大夫的诗文得以大量刊印和广泛流布与腾播，使拥有图书的人数大大增加。在西方由印刷引起的第一次信息技术革命，对文艺复兴的产生起到极大推动作用，知识冲破教会的束缚走向平民，文艺从王公贵族的深深庭院走向大众的广场。实际上，在过去的几百年间，印刷技术的不断革新一直在不停地影响和改变着艺术生产的内容和形式。

　　麦克卢汉认为，印刷术具有连续性、同一性和可重复性的特点，可重复性使书的价格相对缮写的书籍价格便宜得多，而且便于携带，同一性使职业文人应运而生，连续性使作家能够尽情地表情达意，不拘篇幅、直抒

---

① 刘小枫：《现代性社会理论绪论——现代性与现代中国》，上海三联书店，1998。
② "互介性"是加拿大法语学者安德烈·戈德罗《从文学到影片》一书中提出的一个概念。这显然是"互文性""互视性"进行"仿词"而成的一个概念。这个概念至少也给我们带来这样一些联想与启示：德里达说"文本之外无一物"，万物皆文本，媒介自然也可以视为文本。麦克卢汉说："万物皆媒介"，媒介之外无一物，文本当然就是媒介。在克里斯蒂娃那里，文本是文本的媒介，媒介是媒介的文本；在罗兰·巴特的笔下，文本是媒介的文本，媒介是文本的媒介。总之，在后结构主义与网络时代的文本理论视域中，"文本即媒介"依然成了不言自明的常识。

胸臆，表现手段，亦无所羁绊。印刷术"造成诗与歌、散文与讲演本、大众言语与有教养的言语的分离"，① 直接改变了艺术生产的形式。印刷术不仅造就了成功的出版商，也培养出了第一批职业小说家，并且对音乐和美术的普及和发展起到了极大的推动作用。

随着社会文明的进步和科学技术的发展，静态传播信息的印刷媒体已越来越不能满足日新月异的快速变化着的现代生活的需要，于是，新的媒体应运而生。近百年来，广播、电影和电视的相继出现，一次又一次地猛烈地冲击着印刷媒体曾数百年独步天下的霸主地位。然而，对印刷媒介的致命一击也许来自计算机技术的诞生和应用。早在 20 世纪中叶，日本学者提出铅字行将消失的论断，认为以纸张为媒体的书籍已是日薄西山。在美国，托夫勒在他的《第四次浪潮》中也曾预言："即使目前的词在以后仍然会被使用，但我们目前所谓的书却很可能消亡。"与此同时，诸如《书籍的终结》（罗伯特·库弗）、《报纸的消失》（菲利普·迈耶）、《艺术的终结》（阿瑟·丹托）、《艺术史的终结》（汉斯·贝尔廷）、《文学死了吗》（希利斯·米勒）、《文学会消亡吗》（杜书瀛）、《不死的纯文学》（陈晓明）、《媒介的后果》（金惠敏）等著作与译著纷纷涌现，种种迹象表明，印刷文明的千年帝国也许真的到了改朝换代的前夕。

美国著名后现代小说家罗伯特·库弗说："当今现实世界，我说的是这个由声像传播、移动电话、传真机、计算机网络组成的世界，尤其是'先锋黑客''赛博蓬客'和'超空匪客'，使我们生活在一个纷扰嘈杂的数字化场域里。在这种背景下，人们常常听到这样一些说法：印刷媒介已到了穷途末路的时刻，命中注定要成为过时的技术，它只能作为明日黄花般的古董，并即将被永远尘封于无人问津的博物馆——即我们今天所说的图书馆里。"②

今天，即将代替纸张出版物的电子出版物已经杀进书刊市场并开始争夺信息源和读者。与传统印刷出版物相比，电子出版物是立体的，充满趣味的，它的人机交互和自动检索功能极大地解放了读者接受信息的主动性、积极性和创造性。多媒体电子出版物融文本、视频、音频、图形、图

---

① 麦克卢汉：《人的延伸——媒体通论》，何道宽译，四川人民出版社，1992，第 205 页。
② 罗伯特·库弗：《书籍的终结》，陈定家译，《南阳师范学院学报》2007 年第 2 期。

像于一体，绘声绘色，图文并茂，既增加读者的阅读兴趣，又提高了总体信息获取量，体积小、容量大、操作简便、易于携带、查阅迅速，无论从哪一个角度看，它都是出版业的一次意义深远的革命，同时也必然会引发一场艺术生产的革命。

就在电视如日中天、不可一世的时候，日本讲谈社出版了一本名为《电视的消失》的书。书的封带上印着"仅仅用于观看的电视已落后于时代，双向式电视创造新的未来"，该书认为，"今后将是'电视电脑'的时代。光缆把全世界的电脑连接起来。与电视的单向式不同，它能够像电话一样进行双向式的传输。如同在语言的传送中电话胜过了电报一样，在图像的传送中电视电脑也将完全超过电视"。该书进而预言，在 21 世纪全世界的信息无论何时何地都能在电视电脑上得到。①

只要翻翻齐林斯基的《媒体考古学》就不难发现，当下流行的形形色色"终结论"绝不是空穴来风，纵观人类社会进化的历程，多少辉煌灿烂的文明早已灰飞烟灭！谁也不知道，因为媒介链条的脆弱易断，历史上曾有多少经典著作早已悄然消逝于忘川。作为人类传递和保存信息方式的媒介，可以说就是在这种与遗忘博弈的过程中成长壮大起来的。从结绳记事到刻木为文，从龟甲兽皮到布帛纸张，从专人缮写到活字排版，人类认识自然和改造自然的智慧和经验，越来越真实、具体、有效地以图文及其他形式保存了下来。现代书刊从铅字排版到激光照排，从"铅"与"火"的时代到"光"与"电"的时代，从用笔写稿到键盘敲入、网络传输，现代人思想情感的传递和资料信息的交流已准确和便捷到前人无法想象的程度。

对于文学艺术而言，以网络为发展方向的现代传媒，无疑会带来一场全新的革命。这场革命的深入性、广泛性和彻底性必定是前所未有的。以文艺接受为例，由于网络艺术的传播是数字化的、多媒体的、互动式的，所以网络艺术的接受者就像逛一个网络大超市一样自由选择艺术对象，同时还可以随时发表自己的意见，如果有兴趣的话，还可以把作品下载到个人电脑上，在个人电脑上对网络艺术作品进行随心所欲的修改，接受者对艺术的鉴赏变成了名副其实的"二度创作"。在网络上人人都可以是艺术

---

① 富原照夫：《多媒体商业成功的关键》，《中国电子出版》1998 年第 2 期。

家，任何一个网民都可以把自己的哪怕是即兴涂鸦的"作品"送上网络。无论艰深奇奥还是通俗浅显的作品，网络一概来者不拒。诗人与大众之间已不再有鸿沟。

马克思曾经在《〈政治经济学〉导言》中说过，希腊神话和它对自然的观点以及对社会关系的观点，是无法同自动纺机、铁道、机车和电报并存的。他认为，在避雷针面前，丘比特是无容身之地的。我们过去一直把这些话理解为艺术生产与社会的一般发展的"不平衡"，这无疑是正确的。但是马克思的论述分明也包含着一种惋惜。他认为就像阿基里斯不能同火药和弹丸并存一样，《伊利亚特》也不能同活字盘或者印刷机并存。他感慨地说，随着印刷机的出现，歌谣、传说和诗神缪斯岂不是必然要绝迹，因而史诗的必要条件岂不是要消失吗？现代传媒确实极大地改变了传统艺术的"必要条件"。

在这种背景下，媒介与文学理论的关系问题已成为文论界关注的热门话题，现代传媒境遇下文学的生存与发展状况得到了比较广泛的关注，特别是网络等新媒介出现以后，文学与媒介的相互关联、相互影响以及数字化语境中文学理论所面临的挑战与机遇等等，都已成为当前文学理论研究迫切需要探讨的重大学术问题。越来越多的人开始相信，随着科学技术的迅猛发展，现代媒介不仅在改变文学艺术存在的本质，而且在改变文学艺术生产方式的同时，还改变了文艺生存的基础。

事实上，20世纪以来的文学发展史已让我们清楚地看到，文学与媒介之间存在着一种极为复杂的多重互动关系，对于作家来说，媒介绝不只是文学创作的工具和手段，对于作品及传播来说，媒介也不只是作品贮存的载体与流布的通道，对于读者来说，媒介也不仅仅是认识理解文学的门径与渠道。在一定意义上说，媒介作为文学跨时空传播的物质载体，它们既是文学生存发展的重要历史条件，也是文学实现社会价值的主要依托，而且还是艺术理念与审美精神的寄身寓所。媒介在与文学长期相互依存的互动过程中，已逐渐由"是其所在"向"在其所是"生成转化，即媒介在对文学活动的"媒而介之"的过程中，已日渐深入地由形式因素转化为文学的内容与本质因素。

说到媒介，我们首先会想到麦克卢汉的《理解媒介》，想到他提出的"媒介即讯息"的著名论断，就像麦克卢汉是媒介概念的首创者似的。但实际上, 媒介是一个极为古老的概念。美国学者戴维·霍伊在《批评的循环——文学历史和哲学阐释学》一书中, 开篇就断言: "希腊人很早以前就知道媒介物可以是信息, 但这一颖悟并没有养成像今天这样的热诚。"① 至于麦克卢汉, 他不过只是重新阐释了一个古老的观念而已。

从文论史的视角看, 文学媒介也不是一个新生概念。事实上, 媒介及其相关研究是一个十分古老的诗学命题。有关文学媒介的讨论, 至少可以追索到古希腊时代。例如, 亚里士多德的《诗学》, 开篇就以"首要原理"谈及媒介问题。他说: "关于诗的艺术本身、它的种类、各种类的特殊功能, 各种类有多少成分, 这些成分是什么性质, 诗要写得好, 情节应该如何安排, 以及这门研究所有的其他问题", 也就是说有关诗学的一切问题, 都要"先从首要的原理开头": "史诗和悲剧、喜剧和酒神颂以及大部分双管箫乐和竖琴乐——这一切实际上是模仿, 只是有三点差别, 即模仿所用的媒介不同, 所取得对象不同, 所采取的方式不同。"② 亚里士多德这里所提出的艺术和媒介的重要关联, 直接启发了莱辛对诗和画的差异的研究。莱辛的研究表明诗与画之间的主要分别在于它们分属于时间艺术和空间艺术的范畴, 但其最直接的差异却在于二者使用的媒介不同。艺术的品质固然取决于情趣意象等心理因素, 但其物化传媒也同样是直接决定艺术作品之成败精粗的重要因素之一。

一 "媒介为先"的诗学传统

我们注意到, 亚里士多德在讨论《诗学》的问题时, 开门见山地讨论"首要的原理", 而在讨论首要原理时, 他首先涉及的就是模仿的"媒介"问题。尽管亚里士多德所谓的媒介与我们所说的媒介有这样或那样的差别, 但一个不容忽视的事实是, 在亚里士多德这一著名的文论与美学著作中, 媒介即便不能说是"首要原理"的重要组成部分的话, 那至少可以说是引导我们走向诗学原理的第一门径。

如果说亚里士多德是从创作的视角发掘出媒介重要意义的活, 那么, 当代学者王一川则从文学接受的视角重申了一个所谓"媒介优先"的原

---

① 戴维·霍伊《批评的循环——文学历史和哲学阐释学》的中译本名为《阐释学与文学》, 张弘译, 春风文艺出版社, 1988, 引文参见该书中译本第 1 页。

② 亚里士多德:《诗学》, 罗念生译, 人民文学出版社, 1962, 第 3 页。

则。王一川认为，语言并不是直接地向读者呈现的，而是借助特定的文学传播媒介而间接呈现的。不同时代的读者透过不同的媒介"接触"语言。《诗经》中有"昔我往矣，杨柳依依。今我来思，雨雪霏霏"的诗句。当孔子收集、整理和阅读的时候，首先接触的可能是沉甸甸的"竹简"媒介，而不是这首诗的四言句式；曹雪芹阅读时接触的可能是手工印刷书；鲁迅读的是精美的机器印刷品；今天的读者则可能通过鼠标在网上点击浏览"电子书"。这种读者阅读文学作品时必须首先接触媒介的状况，即"媒介优先"。① 当然，人们对文学媒介的认识总会存在着方方面面的差异，即便同是优先考虑媒介因素，其内涵与结论也会颇不相同，毕竟，任何媒介都要依托于其传载物而存在。

中国古代文献中也有相当丰富的媒介论思想。例如，《庄子·天道》说："世之所贵道者书也，书不过语，语有贵也。语之所贵者意也，意有所随。意之所随者，不可以言传也，而世因贵言传书。世虽贵之，我犹不足贵也，为其贵非其贵也。"庄子区分"书"与"语"的不同。世人所珍贵的"道"通过"书"这种媒介来传输，而书不过是承载语言的媒介，语言自有其可贵处。语言的可贵处不在它本身而在它所呈现的意义。意义总有所指。意义的所指又不能用语言来表达，世人因为珍贵语言才传之于书。世人虽然以书为贵，庄子却以为书不足珍贵，因为所珍贵的并不是真正应珍贵的。庄子揭示了"书"这一文字媒介在他那个时代文学传输中的基本作用：书是传输语言的媒介。

值得注意的是，文学媒介在中国真正受到足够重视的历史却并不太长。近代以降，报纸与刊物对文学的影响快速凸现出来，媒介力量在文学生产与消费过程中也迅速崛起，并越来越明显地占据着举足轻重的地位。在这种背景下，才有了梁启超关于"报章兴"而"文体变"的论断。尽管当时也出现过黄伯耀《中外小说林》那样明确论及小说对报业依存关系的文字，甚至还出现过阿英把印刷与新闻之发达看作近代小说繁荣原因的文章，但那些闪光的只言片语，毕竟与学术研究还有一定距离。就文学与媒体关系的研究而言，大约只是到了近 20 年，学术界才真正比较普遍地不再只是把媒介当作文学之载体看待，而是对媒介造成的文体观念、文体

---

① 王一川：《文学媒介》，http://hi.baidu.com//blog/item/51462c.html。

特征、创作意识、叙事模式等方面的变革进行了深入探究，并取得了一系列令人瞩目的成果。其中陈平原、王晓明、王富仁等人的相关研究颇有影响。①

新媒介与文学艺术的关系问题一向十分复杂。一方面，新媒介就是一个不断变化的概念。仅以一个普通中国人的艺术消费经验而言，近 60 年文学艺术之媒体的更新换代，便足以令人生出沧海桑田的感慨。比如说，广播对于墙报可能是新媒体，而对于收音机它则可能是旧媒体；电影对于收音机可能是新媒体，对于电视则又可能划归"旧媒体"的范畴；当以互联网为代表的数字化媒介出现以后，无论报纸、书刊等印刷品传统媒介，还是以模拟信号系统为核心的"先锋媒介"，有时候就都被一股脑地归入传统媒体或"旧媒介"的行列中了。另一方面，媒介与非媒介之间也常常没有一个明确的界限。我们看到，媒介相对于文学艺术而言，其本质特征也具有极为复杂的多面性。譬如，文学艺术相对于语言来说是内容，而相对于审美意识来说却又成了媒介；语言相对于文字或声音来说是内容，但相对文艺作品来说却又只能是媒介；符号相对于纸墨等物质载体来说是内容，相对于可以传情达意的文字与声音来说却又是媒介。

二　"媒介即讯息"的文学意义

上述有关媒介之形式与内容的种种情形让人联想到麦克卢汉"媒介即讯息"的著名论断。② 按照麦克卢汉的解释："所谓媒介即讯息不过是说：任何媒介（即人的任何延伸）对个人和社会的影响，都是由于新的尺度产生的；我们的任何一种延伸（或曰任何一种新技术）都要在外面的事务中引进一种新的尺度。"③ 传统文论认为，文学媒介属于形式的范畴，仅仅是主题、情节、观念、意象等所谓"内容"的载体，媒介本身是空洞消极且毫无意义的，麦克卢汉的看法则不同，他看清了"内容"与媒介之间相互依存和潜在的可转换性特征，创造性地揭示了媒介自身的价值与功能。认

---

① 周海波：《传媒时代的文学》，人民文学出版社，2007，第 11～12 页。
② 麦克卢汉的"媒介即讯息"是当代文论家们引用得最多的名言之一。不过，这里的"讯息"（Message）被中国文论界的许多学者误写做"信息"（Information）。这类误读显然与吴伯凡《孤独的狂欢》中提出的"媒介即按摩"（Message is massage）等妙解存在本质差别。
③ 马歇尔·麦克卢汉：《理解媒介》，何道宽译，商务印书馆，2000，第 33 页。

为媒介对"内容"具有强烈的反作用，在很大程度上，正是媒介的性质决定着"内容"的形态特征和结构方式。用麦克卢汉的话来说，"对人的组合与行动的尺度和形态，媒介正在发挥着塑造和控制的作用"。① 当然，麦克卢汉的媒介理论是一个复杂多变且矛盾重重的系统，与我们所理解的"媒介""新媒介"，尤其是"文学新媒介"之间存在着许多差异。

当下学术界比较流行的一种广义的媒介观念认为，古今中外一切既有文献无不是历史与文化的媒介。例如中国儒家的"六经"就是今人得以了解先秦文化的重要媒介。自孔子问道于老子，得知夏、商、周三代的精神文化遗产，他历经五十余年，遍访多国诸侯，审读"三坟""五典""八索""九丘"，如切如磋，如琢如磨，终于缔造出旷世的典范性文化媒介结构。有学者认为，孔子开创的"六经"体系，作为一种文化传播媒介，与殷商的甲骨文献、西周的铜器铭文、埃及法老的泥版文书、巴比伦先知的旧约、印度释迦的贝陀罗经相比，编辑得更为严谨、系统和完整，因而成为更加成熟的"东方精神文化媒介"。② 由此可见，无论是甲骨纸草还是金石简帛，不管是"四书""五经"还是"旧约""新约"，任何能充当文化信息载体的东西，都可以看作文化媒介。如此说来，人们将我们生活其中的网络社会称之为"泛媒介时代"，不仅言之有据，而且恰如其分。

尽管如此，为了避免概念的混乱，我们首先还是要把讨论的范围定位在当代文论一般意义之"文学媒介"的范围内。那么，什么是文学媒介呢？王一川认为，文学媒介是文学的感兴修辞得以传播的外在物质形态及渠道，包括口语媒介、文字媒介、印刷媒介、大众媒介和网络媒介等类型。这个定义对媒介"内在"的本质特征似乎缺乏应有的开掘，因此，定义者在"外在物质形态及渠道"的定义之后，补充了一句看似多余却意味深长的断语——"没有媒介就不存在文学"。意在弥补其定义忽视了媒介之于文学的重要性的缺憾。

我们注意到，无论我们说的"媒体""媒介"或"传媒"，如翻译为英文都可使用同一个单词："medium"（其复数为 media）。其核心词无疑是这个"媒"字。"媒"在《现代汉语大词典》中有 10 项释义：（1）说

---

① 埃里克·麦克卢汉等：《麦克卢汉精粹》，何道宽译，南京大学出版社，2000，第 172 页。
② 王振铎：《孔子对中国文化传播媒介的编辑创构》，《河北学刊》2006 年第 5 期。

合婚姻的人。（2）指说合婚姻。（3）引荐的人。（4）指引荐，推荐。（5）媒介；诱因。（6）导致；招引。（7）向导。（8）谋取；营求。（9）射猎时用作诱饵的鸟兽。（10）酒母。何为"媒介"呢？《现代汉语大词典》的解释是：（1）说合婚姻的人。（2）使二者发生关系的人或事物。适合于文学媒介的解释大约只能是第二项意义。不过，麦克卢汉的《理解媒介》似乎将《现代汉语大词典》中的多数释义都囊括其中了。如"引荐""诱因""导致""招引""向导""谋取""营求"等，都可看作是使文学各要素（作者、作品、读者、社会等）之间"发生关系"的基本方式。在麦克卢汉的一系列著作中，他列举了大量的文学经典作品作为媒介发挥各种奇特功能的例证。

　　基于上述理解，我们倾向于把"文学媒介"定义为使作者、作品、读者、社会等文学要素之间发生关系的人或事物。譬如说，行吟诗人荷马曾是《伊利亚特》和《奥德赛》说唱形式的"媒介"，电影《特洛伊》是《荷马史诗》的影视形式的媒介，《塞壬女仙》是史诗《奥德赛》和相关希腊神话的网络游戏版的媒介。如此定义媒介最大的优越性在于，它顺应了当代文学大众化、影视化、图像化、网络化等走向形态多元化的时代潮流，使媒介概念顺理成章地突破了期刊、书籍等传统物质形态的束缚，而将广播、电视、电影、光盘、网络、MP3等多种文学生产与消费的新方式和新方法，以及规范其存在和发展空间的物质形态悉数囊括其中。更为重要的是，媒介的概念已不局限于创作与作品或作品与消费之间的关联物，我们还可以进一步将它理解为文学各要素之间互动的舞台，并直接将媒介理解为文学要素之一。值得注意的是，近年来，关于媒介与文学的研究受到了越来越多的学者的关注，相关新著陆续出版，如黄鸣奋的《新媒体与西方数码艺术理论》、单小曦的《现代传媒语境中的文学存在方式》等，都是文论界研究媒介问题的专精之作；特别是相关译著的大量涌现，极大地拓宽了研究者的视野，如何道宽翻译的"麦克卢汉研究书系"等，提供了大量可资借鉴的新观点、新方法和新材料。

　　按照黄鸣奋的说法，对媒体新与旧的区分，是某种发展观的体现，或更准确地说是进化观的体现。这是将媒体的演变理解为历史过程。"新媒体"通常是时间上较晚出现的、功能上或特性上与既有媒体存在某种区别的。当然，上述演变并不一定以新媒体淘汰旧媒体的方式进行。新媒体出现之后，往往和"旧媒体"并存，只不过职能各有所司，彼此之间既竞争又合作，通常情况是"新旧互补，相辅相成"。正是这种错综复杂的关系构成了我们所说的媒体生态。黄鸣奋以电子媒体与印刷媒体、数码媒体与模拟媒体、线性媒体与非线性媒体的关系为例，详细阐释了新媒体的三种定位。

人们所说的"新媒体"，无疑属于电子媒体范畴。在历史上，电子媒体之"新"，首先是相对于印刷媒体而言。电子媒介与印刷媒介传递的信息类型的差别，有学者用三对矛盾的概念对其作出了精辟的解释，即传播与表情、抽象与表象、数字与模拟。"印刷媒介仅包含传播，而大部分的电子媒介也传递了个人的表情。电子媒介将过去限于私下交往的信息全部公开了。电子媒介将过去人们直接而密切观察时所交换的信息也播放了出来。""抽象/表象这对矛盾提供了另一种区分印刷媒介和电子媒介的方法。印刷媒介去除了讯息大部分的表象形式，它仅传递抽象的信息，但大多数的电子媒介传递的信息除了抽象符号外还有大量的表象信息。"[1]

总之，"媒介即讯息"的论断，正日益得到网络文化和日常生活的验证。从根本上说，文学和任何其他艺术形式一样，最基本的功能无非是传播思想与情感的信息而已。从传播学的视角看，任何文学作品，无论对于作者还是读者而言，它们都既是媒介，又是信息。

单就文学创作而言，以网络为代表的新媒介，在激发灵感、搜集素材、辅佐构思、调动心智存贮、规范语言表述、简化校阅修改程序等方面都已显示出有助于写作的惊人潜力，更为重要的是，新媒介正在塑造着自己的现实，即所谓"超现实"（superreality），在这个所谓的"超现实"世界里，无论表意"抽象符号"还是传情的"表象信息"，一切都将"数字化"为"讯息"，包括"媒介"本身也不例外。姑且撇开"文学即讯息"这一简单的事实，即便单从"工具"层面来考察媒介，新型网络的力量也绝不容小觑，它在改造人类社会生活的过程中，同时也使人的精神世界和情感世界悄然发生了变化，于是，关注内心世界的文学艺术也因之必然相应发生本质变化。

现代传媒对文学的生产与消费模式、储存与传播方式、批评与鉴赏模

---

① 黄鸣奋：《新媒体与西方数码艺术理论·后记》，学林出版社，2009，第8页。

式等等都带来了重大变化。其中具有革命性意义的变化是新媒介造成的审美观念转型。仅就初出茅庐的网络化写作而言，至少有以下几个方面的变化是显而易见的：其一，文艺载体日趋多元化。从单一的文字读写和带着原始气息的口头传播形式到电子文化时代的多种"有声有色"的传播工具的不断创新和发展，传统文艺的疆域已经变得接近于无限宽广。其二，创作主体出现群体化趋向。"网络社会"的开放性使所有网民都有机会参与创作，各种新兴艺术式样也使艺术生产的分工与合作变得越来越明细化，传统文论推崇的独创精神日趋淡漠，分工与合作意识，渐渐变成了文学艺术生产的常识性观念。其三，网络化写作还极大地改变了文学艺术的创作方式。单个作家依靠"文房四宝"打天下的传统写作方式正渐渐被键盘操作所替代。文字的神韵逐渐散失而其符号功能得到了加强。而且，按照西方学者的看法，现代传媒还破坏了传统文学和艺术的本源的权威性，破坏了传统艺术模仿现实的权威性。导致了美和艺术的生产方式、结构方式、作用方式、知觉方式、接受方式、传播方式、评价方式的巨大变革，并改写了关于美和艺术的审美观念。

过去艺术与生活两者之间的清晰界限如今已经不复存在了。实际上，经过电子文化包装的现实早已像幻影一样迷离，而美和艺术因为高技术文化所提供的新手段（新闻报道、电影、电视、摄影）却反而成为现实，本源性、唯一性、原作的观念悄然退出了艺术神坛。例如在一系列古典名著的游戏软件中，文献所载的"已经发生了的事"实实在在地被无数库存在"阅读"者和电脑的合作过程中的"可能发生的事"代替了。即使用亚里士多德的观点来看，电子艺术也应该比纸媒艺术更有"诗"的意味和"哲学的意味"。

在互联网络这一媒体中，融入了文学、绘画、音乐、舞蹈、电影、电视等多种艺术样式，是各种媒介相互渗透、取长补短的产物。它将多种文化的优点集中起来，加以创造性地发展和发挥，极大地提高了艺术生产的创造力并使艺术消费变得通俗直观、简单便捷。以光速传播的网络艺术是传统的印刷文化艺术难以比拟的。

总之，在网络化为代表的现代传媒语境下，文学的生存与发展方式发生了深刻的变化。在这个历史性的大变革中，"文学不是'终结'了或'消亡'了，而是转型了。西方19世纪中期以来形成的以'纯文学'或自主性文学观念为指导原则的精英文学生产支配大众文学生产的统一文学场走向了裂变，形成了精英文学、大众文学、网络文学等文学生产次场，按照各自的生产原则和不同的价值观念各行其是，既斗争又联合，既相互独立又相互渗透的多元并存格局。"①

有学者将这种变化概括为传媒语境中"文学场"的裂变：20世纪90年代之后，随着互联网的发展，以互联网为传播媒介，网络文学在广大网民之间形成了一种既不同于精英文学，又不同于大众文学的文学活动空间。网络文学的自由性、去中介化、在场性、互动性等传统文学活动所没有的特点，完全有理由要求重新划定文学存在的边界和文学存在的属性。当代社会中统一的"文学场"不再存在了，但精英文学、大众文学、网络文学等各自的"次文学生产场"却呈现出杂花生树之态，不仅各"次场"内部充满了斗争，它们相互之间也竞争激烈，并未显示出"终结"迹象。

在《现代传媒语境中的文学存在方式》一书中，单小曦提出并论证了文学活动第五要素论。他认为，在今天的现代传媒文化语境下，文学传媒是继世界、作家、作品、读者之后文学活动的第五要素。如果考虑到传媒要素在文学活动和文学作品中的存在，对于重新确认文学存在方式意义重大。这样就可以把文学存在方式赖以构成的主要物质性因素由四要素、三元素扩展为五要素、四元素；更为重要的是，这不仅仅是个要素、元素增加的问题，系统、场域中新元素特别是较活跃的新元素的增加，会给系统、场域的整体存在带来革命性的影响。

因此，在现代传媒文化语境中，相类似的本体性构成要素已不单单是个语言问题，而应扩展为包括语言在内的范围更广的文学信息传播媒介，即文学存在的传媒要素。这些传媒要素包括四种类型：一是符号媒介，如口语、书面文字符号等。二是载体媒介，包括石头、泥版、纸张、胶片、光盘等。三是制品媒介，如册页、扇面、手抄本、印刷书刊、电子出版物等。四是传播媒体，如期刊、电影、电视、网络公司等相关部门。这些传媒机构集生产职能与传播职能为一身，从传播学角度说，就是传播媒介。

三 "传媒语境中的文学存在方式"

批评家黄发有曾将多种形式的媒体比作一张无形的大网，它纵横交

---

① 单小曦：《现代传媒语境中的文学存在方式》，中国社会科学出版社，2008，第4页。

错，四通八达。文学的跨媒体传播之网，更像城市地下盘根错节的各种管线，有煤气管道、通信光缆、自来水管道，它们输送的资源点燃了城市的炊火，迅捷地给城市带来各种信息，滋养着城市中的生命。不能忽视的是，在城市的地层深处，最为庞大而复杂的管道网络是排污系统，它汇聚了城市最肮脏的液体，将它们排泄出城市的躯体。今日的媒体和文学同样如此，其中既包含着像水、火、通讯一样的不能或缺的精神资源，也不断地生产出大量的文化垃圾，如果不能正常地将它们排泄出去，文学和文化的生态都将遭到摧毁性的破坏。而且，这个年代的媒体和文学，产量最高的一定是日常化的精神消耗品，就像煤气、自来水和信息一样，它们带来了种种便利，但它们在被消耗之后，也会留下废气、废水和垃圾信息。①

由此不难想见，技术在创造出许许多多的文化消费新花样的同时，也在把技术自身的逻辑和规则强加给文化。如果说在我们面前有两种逻辑，即技术的逻辑和文化的逻辑的话，那么，这两种原本并不兼容的逻辑如今出现了新的局面，技术的逻辑在文化中，特别是大众文化中，占有越来越大的比重。技术的逻辑一步步地消解着文化固有的逻辑，并有取而代之之势。这样一来，在中国当代审美文化的转型过程中，一个尖锐的矛盾不可避免地呈现出来，即周宪等学者所说的"工具理性对表现理性的凌越"。

当文化的媒介化趋势已经变得不可遏制时，当技术的作用在文化中不断上升时，技术自身的工具理性逻辑便不可避免地增强起来。甚至有可能超越审美固有的表现理性，并大有取而代之的势头。于是，正如马尔库塞说的，技术的解放力量转而成了解放的桎梏，对技术因素的迁就和依赖，在艺术生产领域也变成了一种潜在的足以造成创造力衰减的危机。

我们应该清醒地看到，当代现代媒介无休止的更新换代不断助长了技术力量向艺术生产的本体性渗透。由于当代艺术生产对科学和技术的依赖，不知不觉间，传统的、手工艺性质的艺术生产活动和鉴赏型的艺术消费行为逐渐消失了；对艺术创造性的追求渐渐变成了对技术和工具革新的追求。在科技意识形态的不可拒绝的影响下，技术作为操纵艺术行为的幕后指挥，正在渐渐走向艺术舞台的中心。说到底，媒介对文学艺术最深层的影响是它已作为一种意识形态悄然改变人们的思维模式和审美习惯，对

---

① 黄发有：《媒体制造》，山东文艺出版社，2005，第190页。

于网络时代的文学艺术来说，新媒介绝不仅仅是工具和手段。

在大众传媒时代，我们看到，"文学借传媒艺术的风帆达于天下所能达之处，文学从未有今日这样传播之广；传媒艺术以文学为内蕴，为运思之具，得到了深刻的滋养。文学固然不同于传媒艺术，二者不可混用，但其互补共济的美好的前景已越来越清晰地展现在人们的眼前"。① 很多业已成为文学媒介化的经典案例的网站，如起点中文网、榕树下、17K、玄幻书盟等各具特色的网站，已然为日渐沉寂的传统文学开辟了一个辉煌灿烂的全新世界。总之，传媒时代，文学非但不是明日黄花，她反倒凭借新生传媒的力量更加有效地滋养着受众。人类借有感情的语言创造出具有独特审美特征的文学艺术，传媒时代也因为文学艺术魅力而更加丰富多彩。新媒介语境下文学与传媒已然走上了一条相互融通、共赢互利的生生不息之路！当然，也有不少人文学者对此巨变深皱眉头。

媒介艺术研究领域的专家们都清楚地意识到，现代媒介对传统艺术的影响是革命性的，"革命"，意味着颠覆与重构。在传统艺术的生产与消费过程中，艺术家的形式创造特征是显性的，欣赏者在面对艺术品的时候，所感悟到和鉴赏的首当其冲是艺术家的形式创造能力和独特的艺术风格。与传统艺术相比，主体的形式创造因素在欣赏者面前日渐淡化，日渐退后。距离感的消解，审美主体对于对象的融入，在传媒艺术的审美过程中是普遍的。传统美学主张"无利害"的审美，也就是远离欲望，传媒艺术的审美则是和欲望密切相关的。在传统艺术中，娱乐的功能只是诸多功能之一，而且绝不会占有首要的位置；而在传媒艺术中，快感成为人们最主要的审美需要，娱乐提供了最为普遍、广受欢迎的快感资源。② 这一切对文学而言究竟是"进步"还是"退步"，或者说在哪些方面"进步"了，在哪些方面又"退步"了，诸如此类的问题，目前学术界看法还很不一致。不过，相关学术论争中的种种理论疑团，就像艺术史上的许多理论难题一样，即将在未来的艺术实践中烟消云散。

值得注意的是，网络时代的文学与印刷时代的文学绝非水火不容。事实上，电视和网络非但没有"终结"书面文学的可能，它们甚至对口头文

① 张晶：《传媒艺术的审美属性》，http：//blog. sina. com. cn/zhangxunyi。
② 张晶：《传媒艺术的审美属性》，http：//blog. sina. com. cn/zhangxunyi。

学的生存与发展也助益多多。口传文学时期，说书艺人们有句自况的说辞："满台风云吼，全凭一张口。"在今天的文艺舞台上，我们看到，这种荷马时代就已经普遍流行的艺术生产与消费形式，直到今天非但没有过时，而且凭借现代声光媒体的支持，舞台艺术获得了更加"辉煌灿烂的舞台魅力"。我们看到，虽然评书、相声等传统舞台艺术早已"非当其时"，但在文艺广播节目和网站曲艺专区，"全凭一张口"的说唱艺术，包括歌曲、小品等语言类大众节目，仍然具有极强的艺术生命力，所不同的是，如今说唱艺人通过影视和网络建构的"空中舞台"，能将自己的表演瞬时传扬于五湖四海。

与具有数千年历史的文学相比，电影艺术充其量也只能算是一个蹒跚学步的孩童。也许正因为如此，电影模仿和改写文学的经验就像孩子模仿成人一样，可以说是一种近乎本能的事情。从电影诞生之日起，它就与文学一"拍"即合地结下情缘。可以毫不夸张地说，从最古老的文学名著如希腊神话到某些著名作家尚未公开发表的文学手稿，只要是文学名著，哪怕只是处于萌芽状态的"潜在的名著"，都有可能牢牢地吸引住精明的影视人的眼睛。如今，只要是足够优秀的文学作品，必然"逃脱不了'触电'的命运"，影视媒介的"霸道"，于兹可见一斑。

在中央电视台的《百家讲坛》（包括相应的网络视频）中，文学经典与"历史演义"牢固地占据主流地位。如易中天讲《三国演义》和"读诸子百家"，刘心武揭秘《红楼梦》，钱文忠解读玄奘与《西游记》，鲍鹏山讲《水浒传》人物，马瑞芳讲《聊斋》故事，刘扬体讲中国古典爱情诗，于丹讲《论语心得》和《庄子心得》，王立群读《史记》，孔庆东讲鲁迅、金庸，莫砺锋讲唐诗，康震讲"李杜"和苏轼，赵林解读《荷马史诗》等等，虽然未必如易中天所说的"坛坛都是好酒"，但这些时或给人以视听震撼的"讲坛"，也常会给受众带来赏心悦目的感受。类似的文艺节目在中央电视台的"子午书简"等"读书栏目"中也有不俗的表现。其他电视台类似的节目更是数不胜数，如中国教育电视台主办的辜正坤《探秘莎士比亚》，浙江卫视的电视散文系列"江南"都是以影视媒介传播文学的艺术精品。电视/网络视频讲堂无疑是新媒介的产物，但在这个没有围墙的大学里，我们却可以看到"柏拉图学院"和"孔子杏坛"的影子。

　　随着移动电视、楼宇电视、手机电视等新兴信息媒介的日渐普及，我们在不经意间都成了"电视王国"的公民。如鸟巢和水立方旁边的盘古大厦上那面"电视墙"，在数公里之外都可以看到清晰的图像。形形色色的程控电视与数字视屏广告，更是无孔不入。如今，无论我们身在何处，都能尽享现代媒介提供的全球化信息之便利。无论我们在机场、车站、超市、商场，还是在剧院、书店、体育馆，五光十色的流媒体总是不离左右，即便是医院、学校、政府办公大楼，也无不畅游于现代媒介制造的声波光影之中……总之，流媒体之媒体流，可谓无孔不入，无远弗届，无时不有，无处不在。

　　虽然各种新型媒体所传达的信息多为大众新闻与商业广告，从内容到形式几乎与文学没有关系，但从发展的眼光看，越来越多的广告艺术短片，在借鉴和挪用经典文艺资源的过程中，也不知不觉地成了文学艺术的潜在的传播工具。事实上，楼宇电视就像地铁与公共汽车上的移动电视一样，为了更好地传播商品信息，也会经常播放一些隐含广告意图的文艺短片，如动画片《三个和尚》等。即便是纯粹的商业广告，也会以"艺术的，太艺术的"形式呈现于观众面前。令人痴迷的优美音乐，如《神秘园》《瑶族舞曲》《春江花月夜》等，让人沉醉的精妙诗文，如老子的"上善若水"，海子的"面朝大海，春暖花开"，顾城的"黑夜给我一双黑色的眼睛，我却用它们寻找光明"等，一切经典或流行的艺术元素，在那些主要依靠视觉冲击波俘获人心的"审美化"广告中只是点缀与陪衬，真正吸引人眼球的是那些美轮美奂的高清画面。如梦如幻的光影交错之间，商品叫卖变成了唯美主义的视听盛宴，一些手不释卷的读者，不知不觉地将曾经心爱的书本收进了自己的手袋或行囊。

　　随着视像霸权对寻常百姓衣食住行的深度渗透，阅读的时空日渐被"视听"蚕食与挤占，大众的艺术消费方式与审美接受习惯，在信息化传播过程中悄然发生了改变。如今，优秀的诗歌和文学经典作品用于商品广告的情景，比超级明星充当产品代言人还要普遍，这一切虽然不像商家标榜的那样是市场与艺术的双赢，却也未必像某些批评家所说的那样斯文扫地。在这个"艺术产业化"和"产业艺术化"双流合一的时代，审美意识成了觊觎心灵世界的文化企业最具潜力的宝藏。长期以来，这个领域停留在作家、艺术家的手工经营阶段，随着全球化文化产业、传媒产业的快速崛起，大规模的商业化与技术化开发，正在颠覆和重建审美文化及文学艺术的结构与生态。如今，商家对产品的过度美化在日趋奢靡的文化时尚中如鱼得水，中央政府不得不颁布"商品包装法"加以限制，这个反面例子折射出了许多令人深思的信息，它甚至在提醒我们：日常生活本身已经或必将成了艺术化生存或曰"诗意栖居"的中心舞台。更重要的是，多媒体的巨大潜能远未全部释放，这个所谓的"读屏时代"究竟会将文学生产与消费带往何处去，还有待我们细加审察，认真总结。

总之，现代传媒语境下的文学正在经历着纷繁芜杂的裂变与聚变，要从如此复杂的变化过程中探索出规律性的东西确非易事，但我们欣喜地看到，在这个求真务实的时代，涌现出了一大批博学笃志、切问近思的新一代文学研究者，他们已经为新传媒时代文学的生存发展开辟了全新的理论空间。

我们看到，20 世纪 90 年代之后，随着互联网的发展，以互联网为传播媒介，网络文学在广大网民之间形成了一种既不同于精英文学，又不同于大众文学的文学活动空间。如前所述，网络文学所具有的自由性、去中介化、在场性、互动性等传统文学活动所没有的特点，完全有理由要求重新划定文学存在的边界和文学存在的属性。① 当然，现代机械印刷与自主性"文学场"、电子传媒与当代"文学场"的裂变、文学信息的现实生成、传播与接受等问题，以及对现代传媒是如何参与文学审美活动整体过程等复杂的理论问题还有待我们进行更深入的研究。

套用托玛斯·A. 巴斯：《再创未来》中的一句话来说，网络媒介是 21 世纪最主要的象征。今天我们工作、学习与生活都离不开网络媒介。网络是我们相互沟通的主要通道，是解决问题的重要途径，是发展之路，攀登之路。在我们崇尚的所有事物中，只有网络可以"显灵"②。与此同时，网络也是一种使命，像任何别的东西一样，是一种亟待机制化的使命。如今，以"互文性"为基本特征的国际互联网正在凝聚全人类有史以来的智慧和力量，开创一种史无前例的全新文明。而"互文性"正在以超文本为道具的网络舞台上，为一个即将到来的新时代，演绎一部必将不朽的辉煌史诗，好戏就要开始了，让我们鼓掌欢呼吧！

---

① 陈定家：《传媒时代的"文学场"裂变》，《中国社会科学院报》2009 年 2 月 10 日。

② 托玛斯·A. 巴斯：《再创未来——世界杰出科学家访谈录》，李尧、张志峰译，三联书店，1997，第 1 页。

附录

参考书目

1. 巴赫金：《巴赫金全集》，李兆林等译，河北教育出版社，1998。

2. 罗兰·巴特：《符号帝国》，孙乃修译，商务印书馆，1996。

3. 罗兰·巴特：《符号学美学》，董学文等译，辽宁人民出版社，1987。

4. 罗兰·巴特：《文之悦》，屠有祥译，上海人民出版社，2002。

5. 罗兰·巴特：《S/Z》，屠有祥译，上海人民出版社，2000。

6. 罗兰·巴特：《神化：大众文化诠释》，许蔷薇等译，上海人民出版社，1999。

7. 罗兰·巴特：《罗兰·巴特随笔选》，怀宇译，百花文艺出版社，1996。

8. 阿瑟·丹托：《艺术的终结》，欧阳英译，江苏人民出版社，2001。

9. 蒂埃里·德·迪弗：《艺术之名：为了一种现代性的考古学》，秦海鹰译，湖南美术出版社，2001。

10. 保罗·德曼：《解构之图》，李自修等译，中国社会科学出版社，1998。

11. 雅克·德里达：《文学行动》，赵兴国译，中国社会科学出版社，1998。

12. 雅克·德里达：《书写与差异》，张宁译，三联书店，2001。

13. 德里达：《一种疯狂守护着思想：德里达访谈录》，何佩群译，上海人民出版社，1996。

14. 卡勒：《论解构》，陆扬译，中国社会科学出版社，1998。

15. 本雅明：《机械复制时代的艺术作品》，王才勇译，浙江摄影出版社，1996。

16. 本雅明：《经验与贫乏》，王炳钧等译，百花文艺出版社，1999。

17. 本雅明：《本雅明文选》，陈永国译，中国社会科学出版社，1999。

18. 本雅明：《发达资本主义时代的抒情诗人》，张旭东等译，三联书店，1992。

19. W. C. 丹皮尔：《科学史及其与哲学和宗教的关系》，李珩译，商务印书馆，1995。

20. 马歇尔·麦克卢汉：《理解媒介——论人的延伸》，何道宽译，商务印书馆，2000。

21. 马歇尔·麦克卢汉：《麦克卢汉书简》，中国人民大学出版社，2005。

22. 尼克·史蒂文森：《认识媒介文化——社会理论与大众传播》，商务印书馆，2001。

23. 马克·波斯特：《信息方式——后结构主义与社会语境》，商务印书馆，2000。

24. 阿尔文·托夫勒：《未来的冲击》，新华出版社，1996。

25. 阿尔文·托夫勒：《力量的转移》，新华出版社，1996。

26. 约翰·托夫勒：《第四次浪潮》，华龄出版社，1996。

27. 约翰·奈斯比特：《高科技·高思维》，新华出版社，2000。

28. 西奥多·罗斯扎克：《信息崇拜》，中国对外翻译出版公司，1994。

29. 赫伯特·马尔库塞：《现代文明与人的困境》，三联书店，1989。

30. 赫伯特·马尔库塞：《单向度的人》，重庆出版社，1988。

31. 大卫·格里芬：《后现代科学——科学魅力的再现》，中央编译出版社，1995。

32. 丹尼尔·贝尔：《资本主义文化矛盾》，三联书店，1989。

33. 丹尼尔·贝尔：《后工业社会的来临》，商务印书馆，1984。

34. 迈克尔·德图佐斯：《未来会如何——信息新世界展望》，上海译文出版社，1999。

35. 威廉·J. 米切尔：《比特之城——空间·场所·信息高速公路》，三联书店，1999。

36. 摩尔：《皇帝的虚衣——因特网文化实情》，河北大学出版社，1998。

37. 马克·第亚尼：《非物质社会——后工业世界的设计、文化与技术》，四川人民出版社，1998。

38. 彼得·科斯洛夫斯基：《后现代文化——技术发展的社会文化后

果》，中央编译出版社，1999。

39. 佛克马、伯顿斯编《走向后现代主义》，北京大学出版社，1991。

40. 詹姆斯·W. 麦卡里斯特：《美与科学革命》，吉林人民出版社，2000。

41. 安吉拉·默克罗比：《后现代主义与大众文化》，中央编译出版社，2001。

42. 阿多诺：《美学理论》，四川人民出版社，1998。

43. 让·拉特利尔：《科学与技术对文化的挑战》，商务印书馆，1997。

44. 阿瑟·阿萨·伯格：《通俗文化、媒介和日常生活中的叙事》，南京大学出版社，2000。

45. 阿芒·马特拉：《世界传播与文化霸权》，中央编译出版社，2001。

46. A. M. 安德鲁：《人工智能》，陕西科学技术出版社，1987。

47. 埃里克·麦克卢汉、弗兰克·秦格龙编《麦克卢汉精粹》，南京大学出版社，2000。

48. 保罗·莱文森：《数字麦克卢汉：信息化新纪元指南》，社会科学文献出版社，2001。

49. 戴安娜·克兰：《文化生产：媒体与都市艺术》，译林出版社，2001。

50. 弗·杰姆逊：《后现代主义与文化理论》，陕西师范大学出版社，1986。

51. 詹明信：《晚期资本主义的文化逻辑》，三联书店，1997。

52. 让·波德里亚：《消费社会》，南京大学出版社，2000。

53. 迈克·费瑟斯通：《消费文化与后现代主义》，译林出版社，2000。

54. 让－弗·利奥塔：《后现代状况：关于知识的报告》，湖南美术出版社，1996。

55. 蒂姆·伯纳斯－李：《编织万维网》，上海译文出版社，1999。

56. 哈罗德·布鲁姆：《影响的焦虑》，三联书店，1992。

57. J. 艾登斯：《虚拟现实半月通》，电子工业出版社，1994。

58. 南希·斯顿、罗伯特·斯顿：《计算机走向社会》，上海译文出版社，1987。

59. 尼葛洛庞帝：《数字化生存》，海南出版社，1997。

60. R. 舍普：《技术帝国》，三联书店，1999。

61. 斯蒂芬·贝斯特、道格拉斯·科尔纳：《后现代转向》，南京大学出版社，2002。

62. 神沼二真、松本元：《生物计算机——日本的下一代计算机》，国防工业出版社，1996。

63. 特里·伊格尔顿：《当代西方文学理论》，中国社会科学出版社，1988。

64. 特里·伊格尔顿：《后现代主义的幻想》，商务印书馆，2000。

65. 赫伯特·马尔库塞：《审美之维》，广西师范大学出版社，2001。

66. 阿多诺：《美学理论》，王科平译，四川人民出版社，1998。

67. 吕特·阿莫西等：《俗套与套语》，丁小会译，天津人民出版社，2003。

68. 艾略特：《艾略特文学论文集》，李赋宁译注，白花洲文艺出版社，1994。

69. 埃斯皮卡：《文学社会学》，于沛选编，浙江人民出版社，1987。

70. 罗贝尔·埃斯皮卡尔：《文学社会学》，上海译文出版社，1988。

71. 弗兰克·埃夫拉尔：《杂闻与文学》，谈佳译，天津人民出版社，2003。

72. 马克·爱德蒙森：《文学对抗哲学》，王柏华等译，中央编译出版社，2000。

73. 艾布拉姆斯：《镜与灯》，郦稚牛等译，北京大学出版社，1992。

74. 艾柯等：《诠释与过度诠释》，王宇根译，三联书店，1997。

75. 马克·昂热诺等主编《问题与观点：20 世纪文学理论综述》，史忠义等译，百花文艺出版社，2000。

76. 埃里希·奥尔巴赫：《摹仿论：西方文学所描绘的现实》，吴麟绶等译，百花文艺出版社，2002。

77. V. C. 奥尔德里奇：《艺术哲学》，程孟辉译，中国社会科学出版社，1986。

78. 弗雷德·奥登等编《现代主义，评论，现实主义》，崔诚等译，上海人民美术出版社，1991。

79. 米克·巴尔：《叙述学：叙事理论导论》，谭君强译，社会科学文献出版社，1995。

80. 齐格蒙特·鲍曼：《立法者与阐释者：论现代性、后现代性与知识分子》，洪涛译，上海人民出版社，2000。

81. 让·贝西埃等主编《诗学史》，史忠义译，百花文艺出版社，2002。

82. 克莱夫·贝尔：《艺术》，周金环等译，中国文艺联合出版公司，1984。

83. 凯·贝尔塞等：《重解伟大的传统》，黄伟等译，社会科学文献出版社，1999。

84. 丹尼尔·贝尔:《资本主义文化矛盾》,赵一凡等译,三联书店,1992。

85. 凯瑟琳·贝尔西:《批评的实践》,胡亚敏译,中国社会科学出版社,1993。

86. 斯蒂芬·贝斯特等:《后现代转向》,陈刚译,南京大学出版社,2002。

87. 瓦尔特·本雅明:《德国悲剧的起源》,陈永国译,文化艺术出版社,2001。

88. 彼得·比格尔:《先锋派理论》,高建平译,商务印书馆,2002。

89. 波德莱尔:《波德莱尔美学论文选》,郭宏安译,人民文学出版社,1987。

90. 马克·波斯特:《信息方式:后结构主义与社会语境》,范静哗译,商务印书馆,2000。

91. 马克·波斯特:《第二媒介时代》,范静哗译,南京大学出版社,2000。

92. 让·博德里亚尔:《完美的罪行》,王为民译,商务印书馆,2000。

93. 尚·布希亚:《物体系》,林志明译,上海人民出版社,2001。

94. 亨利·伯格森:《笑与滑稽》,乐爱国译,广东人民出版社,2000。

95. 肯尼斯·博克:《当代西方修辞学》,常昌富等译,中国社会科学出版社,1998。

96. 艾勒克·博爱默:《殖民与后殖民主义》,盛宁等译,辽宁教育出版社,1998。

97. 布洛克:《现代艺术哲学》,滕守尧译,四川人民出版社,1998。

98. 乔治·布莱:《批评意识》,郭宏安译,百花洲文艺出版社,1993。

99. 布鲁姆:《批评、正典结构与预言》,吴琼译,中国社会科学出版社,2000。

100. 布鲁姆:《影响的焦虑》,徐文博译,三联书店,1989。

101. 布鲁姆:《巨人与侏儒》,张辉选编,华夏出版社,2003。

102. 布尔迪厄等:《自由交流》,桂裕芳译,三联书店,1996。

103. 布尔迪厄:《文化资本与社会炼金术:布尔迪厄访谈录》,包亚明译,上海人民出版社,1997。

104. 布尔迪厄:《实践与反思:反思社会学导引》,李猛等译,中央编译出版社,1998。

105. 皮埃尔·布尔迪厄：《艺术的法则：文学场的生成和结构》，刘晖译，中央编译出版社，2001。

106. 布尔迪厄：《知识场域与创作计划》，载麦克·F. D. 杨主编《知识与控制：教育社会学新探》，谢维和等译，华东师范大学出版社，2002

107. 韦恩·布斯：《小说修辞学》，付礼军译，广西人民出版社，1987。

108. 布洛克：《美学新解》，滕守尧译，辽宁人民出版社，1987。

109. 艾勒克·博埃默：《殖民与后殖民文学》，盛宁等译，辽宁教育出版社，1987。

110. 阿里夫·德里克：《后革命氛围》，王宁等译，中国社会科学出版社，1999。

111. 董学文主编《西方马克思主义美学的新维度》，北京大学出版社，1990。

112. 杜夫海纳：《美学与哲学》，中国社会科学出版社，1987。

113. 米·杜夫海纳著，《审美经验现象学》，文化艺术出版社，1996。

114. 达维德·方丹：《诗学》，陈静译，天津人民出版社，2003。

115. 弗莱德里克·R. 卡尔：《现代与现代主义》，陈永国等译，吉林教育出版社，1995。

116. 约翰·费斯克：《理解大众文化》，王晓珏等译，中央编译出版社，2001。

117. 约翰·菲斯克：《解读大众文化》，杨全强译，南京大学出版社，2001。

118. 斯坦利·费什：《读者反应批评：理论与实践》，文楚安译，中国社会科学出版社，1998。

119. 佛克马等：《文学研究与文化参与》，俞国强译，北京大学出版社，1996。

120. 卡西尔：《人论》，甘阳译，上海译文出版社，1985。

121. 史蒂文·康纳：《后现代主义文化》，严忠志译，商务印书馆，2002。

122. 科林伍德：《艺术原理》，王至元等译，中国社会科学出版社，1985。

123. 戴安娜·克兰：《文化生产：媒体与都市艺术》，赵国新译，译林出版社，2001。

124. 克罗奇：《美学原理　美学纲要》，朱光潜等译，外国文学出版社，1987。

125. 贝内戴托·克罗奇：《作为表现的科学和一般语言学的美学的历史》，王天清译，中国社会科学出版社，1984。

126. 凯尔纳等：《后现代理论：批判性的质疑》，张志斌译，中央编译出版社，1999。

127. 沃尔夫冈·凯塞尔：《语言的艺术作品》，陈铨译，上海译文出版社，1984。

128. 里蒙－凯南：《叙事虚构作品》，姚锦清等译，三联书店，1989。

129. 莫瑞·克里格：《批评旅途：六十年代之后》，李自修等译，中国社会科学出版社，1998。

130. 米兰·昆德拉：《小说的艺术》，孟湄译，三联书店，1992。

131. 米兰·昆德拉：《被背叛的遗嘱》，孟湄译，上海人民出版社，1995。

132. M. 李普曼编《当代美学》，邓鹏译，光明日报出版社，1986。

133. 利奥塔：《后现代性与公正游戏：利奥塔访谈录》，谈瀛洲译，上海人民出版社，1996。

134. 让－弗朗索瓦·利奥塔尔：《后现代状态：关于知识的报告》，车槿山译，三联书店，1997。

135. 保罗·利科尔：《解释学与人文学科》，陶远华等译，河北人民出版社，1987。

136. 苏珊－朗格：《艺术问题》，滕守尧等译，中国社会科学出版社，1984。

137. 苏珊－朗格：《情感与形式》，刘大基等译，中国社会科学出版社，1986。

138. 刘小枫编《现代性中的审美精神》，学林出版社，1997。

139. 罗钢、刘象愚主编《文化研究读本》，中国社会科学出版社，2000。

140. 罗钢、刘象愚主编《后殖民主义文化理论》，中国社会科学出版社，1999。

141. 戴维·洛奇：《二十世纪文学评论》，葛林等译，上海译文出版社，1993。

142. 布鲁斯·罗宾斯：《全球化中的知识左派》，徐晓雯译，中国社会科学出版社，2000。

143. 吕同六编《20 世纪世界小说理论经典》，华夏出版社，1996。

144. 卢卡契：《卢卡契文学论文集》第一、二册，中国社会科学院外国文学研究所编，中国社会科学出版社，1981。

145. 雅克·马利坦：《艺术与诗中的创造性直觉》，刘有元等译，三联书店，1991。

146. 弗朗西斯·马尔赫恩：《当代马克思主义文学批评》，刘象愚等译，北京大学出版社，2002。

147. 马尔库塞：《现代美学析疑》，绿原译，文化艺术出版社，1987。

148. 马尔库塞：《审美之维——马尔库塞美学论著集》，三联书店，1989。

149. 马尔库塞：《单向度的人：发达工业社会意识形态研究》，张峰等译，重庆出版社，1993。

150. 马尔库塞：《爱欲与文明》，黄勇等译，上海译文出版社，1987。

151. 华莱斯·马丁：《当代叙事学》，伍晓明译，北京大学出版社，1989。

152. 罗伯特·R. 马格廖拉：《现象学与文学》，周宁译，春风文艺出版社，1988。

153. 赫伯特·曼纽什：《怀疑论美学》，古城里译，辽宁人民出版社，1990。

154. H. A. 梅内尔：《审美价值的本性》，刘敏译，商务印书馆，2001。

155. 希利斯·米勒：《重申解构主义》，郭英剑等译，中国社会科学出版社，1998。

156. 巴特·穆尔－吉尔伯特：《后殖民理论》，陈仲丹译，南京大学出版社，2001。

157. 巴特·穆尔－吉尔伯特等：《后殖民批评》，杨乃乔等译，北京大学出版社，2001。

158. 莫里茨·盖格尔：《艺术的意味》，文彦译，华夏出版社，1999。

159. 瑙曼等：《作品、文学史与读者》，范大灿译，文化艺术出版社，1997。

160. 大卫·宁等：《当代西方修辞学：批评模式与方法》，常昌富等译，中国社会科学出版社，1998。

161. E. 潘诺夫斯基：《视觉艺术的含义》，傅志强译，辽宁人民出版社，1987。

162. 普洛普：《滑稽与笑的问题》，杜书瀛等译，辽宁教育出版社，1998。

163. 彼埃尔·V. 齐马：《社会学批评概念》，吴岳添译，广西师范大学出版社，1993。

164. 斯拉沃热·齐泽克等编《图绘意识形态》，方杰译，南京大学出版社，2002。

165. 热奈特：《叙事话语　新叙事话语》，王文融译，中国社会科学出版社，1990。

166. 艾·阿·瑞恰慈：《文学批评原理》，杨自伍译，百花洲文艺出版社，1992。

167. 让－保罗·萨特：《萨特文学论文集》，施康强等译，安徽文艺出版社，1998。

168. 蒂费纳·萨莫瓦约：《互文性研究》，邵炜译，天津人民出版社，2003。

169. 拉曼·塞尔登：《文学批评理论：从柏拉图到现在》，刘象愚等译，北京大学出版社，2000。

170. 爱德华·赛义德：《赛义德自选集》，谢少波等译，中国社会科学出版社，1999。

171. 爱德华·W. 萨义德：《东方学》，王宇根译，三联书店，1999。

172. 苏珊·桑塔格：《论摄影》，艾红华等译，湖南美术出版社，1999。

173. 埃米尔·斯塔格尔：《诗学的基本概念》，胡其鼎译，中国社会科学出版社，1992。

174. 理查德·舒斯特曼：《实用主义美学：生活之美、艺术之思》，彭锋译，商务印书馆，2002。

175. 多米尼克·斯特里纳蒂：《通俗文化理论导论》，阎嘉译，商务印书馆，2001。

176. 什克洛夫斯基等：《俄国形式主义文论选》，三联书店，1989。

177. 什克洛夫斯基：《散文理论》，百花洲文艺出版社，1994。

178. 汤林森：《文化帝国主义》，冯建三译，上海人民出版社，1999。

179. 陶东风等编《文化研究》，第 1、2、3、4 辑，天津社会科学院出版社、中央编译出版社，2000～2003。

180. 托多洛夫：《巴赫金、对话理论及其他》，蒋子华等译，百花文艺出版社，2001。

181. 托多洛夫：《批评的批评》，王东亮等译，三联书店，1988。

182. 克洛德·托马塞特：《新小说·新电影》，李华译，天津人民出版社，2003。

183. 贝尔纳·瓦莱特：《小说》，陈艳译，天津人民出版社，2003。

184. 瓦特：《小说的兴起》，高原等译，三联书店，1992。

185. 韦勒克、沃伦：《文学理论》，三联书店，1984。

186. 王潮选编《后现代主义的突破》，敦煌文艺出版社，1996。

187. 王逢振：《2000 年度新译西方文论选》，漓江出版社，2001。

188. 王逢振：《最新西方文论选》，漓江出版社，1991。

189. 王树昌编《喜剧理论在当代世界》，新疆人民出版社，1989。

190. 雷蒙德·威廉斯：《文化与社会》，吴松江等译，北京大学出版社，1991。

191. 雷蒙德·威廉斯：《现代主义的政治》，阎嘉译，商务印书馆，2002。

192. 珍妮特·沃尔芙：《艺术的社会生产》，董学文等译，华夏出版社，1990。

193. 德拉·沃尔佩：《趣味批判》，王柯平等译，光明日报出版社，1990。

194. 张智善、吴丰、于巧华编著《电脑技术——新技术革命的开路先锋》，中国科学技术出版社，1994。

195. 胡咏、范海燕：《网络为王》，海南出版社，1997。

196. 郭良：《网络创世纪——从阿帕网到互联网》，中国人民大学出版社，1998。

197. 严峰、卜卫：《生活在网络中》，中国人民大学出版社，1997。

198. 王小东：《信息时代的世界地图》，中国人民大学出版社，1997。

199. 李河：《得乐园·失乐园——网络与文明的传说》，中国人民大学出版社，1998。

200. 吴伯凡：《孤独的狂欢——数字时代的交往》，中国人民大学出版社，1998。

201. 曲光编《电脑启示录》，电子工业出版社，1991。

202. 张国良：《神奇的机器人》，新华出版社，1985。

203. 欧阳友权：《当代西方文艺批评主潮》，湖南人民出版社，1987。

204. 欧阳友权:《文学创造本体论》,中国文学出版社,1993。

205. 欧阳友权:《艺术的绝响》,中南工业大学出版社,1998。

206. 欧阳友权:《艺术美学》,中南大学出版社,1999。

207. 欧阳友权:《网络文学论纲》,人民文学出版社,2003。

208. 欧阳友权:《网络文学本体论》,中国文联出版社,2004。

209. 欧阳友权:《网络传播与社会文化》,高等教育出版社,2005。

210. 欧阳友权:《数字化语境中的文艺学》,中国社会科学出版社,2005。

211. 欧阳友权:《网络文学的学理形态》,中央文献出版社,2008。

212. 欧阳友权:《网络文学发展史——汉语网络文学调查纪实》,中国广播电视出版社,2008。

213. 欧阳友权:《网络文学词典》,中国出版集团,2012。

214. 黄鸣奋:《电脑艺术学》,学林出版社,1998。

215. 黄鸣奋:《电子艺术学》,科学出版社,1998。

216. 黄鸣奋:《比特挑战缪斯——网络与艺术》,厦门大学出版社,2000。

217. 黄鸣奋:《超文本诗学》,厦门大学出版社,2002。

218. 黄鸣奋:《数码艺术学》,学林出版社,2004。

219. 黄鸣奋:《互联网艺术产业》,学林出版社,2008。

220. 黄鸣奋:《泛动画百家创意》,厦门大学出版社,2009。

221. 黄鸣奋:《新媒体与西方数码艺术理论》,学林出版社,2009。

222. 黄鸣奋:《新媒体与泛动画产业的文化思考》,厦门大学出版社,2010。

223. 黄鸣奋:《西方数码艺术理论史》,学林出版社,2011。

224. 崔晓西:《流动的边界——网络与信息》,厦门大学出版社,2000。

225. 巫汉祥:《寻找另类空间——网络与生存》,厦门大学出版社,2000。

226. 蒋孔阳、朱立元主编《西方美学通史——二十世纪西方美学》(上、下),上海文艺出版社,1999。

227. 北京康世经济发展研究所编《网络流行语》,内蒙古人民出版社,2001。

228. 风中玫瑰:《风中玫瑰》,人民文学出版社,2001。

229. 顾晓鸣、李叙编《网界辞典》,上海三联书店,2001。

230. 方舟子编《网路新语丝》,河北人民出版社,2000。

231. 柳珊编《与时尚抬杠——网络时评》，安徽教育出版社，2001。

232. 陆宗周：《怎样用电脑写文章》，重庆出版社，1992。

233. 南帆：《双重视域——当代电子文化分析》，江苏人民出版社，2001。

234. 祁述裕：《市场经济下的中国文学艺术》，北京大学出版社，1998。

235. 王列生：《世界文学背景下的民族文学道路》，安徽教育出版社，2000。

236. 黎明：《信息时代的哲学思考》，中国展望出版社，1987。

237. 孙洁、李露璐：《网络态度》，安徽教育出版社，2001。

238. 铁马、曦桐：《赛博的文学空间》，山东文艺出版社，2001。

239. 张兴军编著《沟通无极限》，山东文艺出版社，2001。

240. 孙雪萍编著《当代网络奇才》，山东文艺出版社，2001。

241. 许志龙编著《中国网络问题报告》，兵器工业出版社，2000。

242. 周寰主编《点击网络文明》，中国城市出版社，2001。

243. 胡延平：《奔腾时代》，企业管理出版社，1998。

244. 陆俊：《重建巴比塔——文化视野中的网络》，北京出版社，1999。

245. 陈晓云：《众人狂欢——网络传播与娱乐》，复旦大学出版社，2001。

246. 乔岗：《网络化生存》，中国城市出版社，1997。

247. 严耕、陆俊、孙伟平著《网络伦理》，北京出版社，1998。

248. 姜红志等：《创业与高新技术》，中国青年出版社，1995。

249. 周昌忠：《西方科学的文化精神》，上海人民出版社，1995。

250. 王大珩、于光远主编《论科学精神》，中央编译出版社，2001。

251. 肖峰：《高技术时代的人文忧患》，江苏人民出版社，2002。

252. 高亮华：《人文主义视野中的技术》，中国社会科学出版社，1996。

253. 黄顺基：《科技革命影响论》，中国人民大学出版社，1997。

254. 刘大椿、何立松主编《现代科技导论》，中国人民大学出版社，1998。

255. 孙小礼主编《现代科学的哲学争论》，北京大学出版社，1995。

256. 闵惠泉：《科技文明》，华夏出版社，2000。

257. 李醒民、宋德生、王身立主编《科学发现集》，湖南科学技术出版社，1998。

258. 张京媛主编《后殖民理论与文化批评》，北京大学出版社，1999。

259. 王岳川、尚水编《后现代主义文化与美学》，北京大学出版社，1992。

260. 王岳川：《后现代主义文化研究》，北京大学出版社，1991。

261. 王岳川：《中国镜像：90 年代文化研究》，中央编译出版社，2002。

262. 王岳川：《中国后现代话语》，中山大学出版社，2004。

263. 盛宁：《人文困惑与反思——西方后现代主义思潮批判》，三联书店，1999。

264. 汪民安等主编《后现代性的哲学话语——从福柯到赛义德》，浙江人民出版社，2001。

265. 陆扬：《后现代性的文本阐释：福柯与德里达》，上海三联书店，2000。

266. 王逢振主编《网络幽灵》，天津社会科学院出版社，2000。

267. 王强：《网络艺术的可能》，广东教育出版社，2001。

268. 江潜：《数字家园——网络传播与文化》，复旦大学出版社，2001。

269. 程正民：《巴赫金的文化诗学》，北京师范大学出版社，2001。

270. 伍蠡甫、胡经之编《西方文艺理论名著选编》（下），北京大学出版社，1987。

271. 李玉华等：《网络世界与精神家园——网络心理现象透视》，西安交通大学出版社，2002。

272. 许行明等：《网络艺术》，北京广播学院出版社，2001。

273. 严锋编《2001 年中国最佳网络写作》（陈思和主编《21 世纪中国文学大系》），春风文艺出版社，2002。

274. 叶永烈、凌启渝：《电脑趣话》，上海文汇出版社，1995。

275. 周宪：《20 世纪西方美学》，南京大学出版社，1997。

276. 王逢振等编《最新西方文论选》，漓江出版社，1991。

277. 张国良：《神奇的机器人》，新华出版社，1985。

278. 赵毅衡：《当说者被说的时候——比较叙述学导论》，中国人民大学出版社，1998。

279. 陈望衡主编《艺术设计美学》，武汉大学出版社，2000。

280. 张博颖、徐恒醇：《中国技术美学之诞生》，安徽教育出版社，2000。

281. 王瑾：《互文性》，广西师范大学出版社，2005。

282. 秦文华：《翻译研究的互文性视角》，上海译文出版社，2006。

283. 张晓红：《互文视野中的女性诗歌》广西师范大学出版社，2008。

互文性专题研究文章目录

专题一　互文性理论研究

1. 许勤超：《传记写作的互文性解释策略——以格林布拉特的〈俗世威尔：莎士比亚是如何成为莎士比亚的〉为例》，《连云港师范高等专科学校学报》2010 年 12 月 25 日。

2. 傅洁琳：《“自我造型”的人类文化行为——格林布拉特“文化诗学”核心理论分析》，《华南师范大学学报（社会科学版）》2010 年 12 月 25 日。

3. 李柳莹：《文化诗学的诗意内涵》，《内蒙古农业大学学报（社会科学版）》2010 年 12 月 15 日。

4. 冯莉：《体裁系统研究》，《黑龙江社会科学》2010 年 12 月 15 日。

5. 戴登云：《原初境域的隐匿与重现（一）——从解构理论的哲学起点到中西思想的问题谱系》，《西南民族大学学报（人文社科版）》2010 年 12 月 10 日。

6. 杨增成：《互文性的语言学研究综述》，《南阳师范学院学报》2010 年 11 月 26 日。

7. 王燕子：《文学现场的文本研究：开放性的文学研究》，《宜宾学院学报》2010 年 11 月 25 日。

8. 张放：《中国古代文论话语中的“乡愁”及其诗学特征》，《江西社会科学》2010 年 11 月 25 日。

9. 王伟强：《批评性语篇分析视域中的身份建构研究》，《赤峰学院学报（汉文哲学社会科学版）》2010 年 11 月 25 日。

10. 葛丽芳：《文学文本中互文性的意义网络及其理论价值》，《晋城职业技术学院学报》2010 年 11 月 15 日。

11. 叶奕翔：《大众文化的叙事策略》，《粤海风》2010 年 11 月 15 日。

12. 王凤：《希利斯·米勒的“重复”观解读》，《重庆邮电大学学报（社会科学版）》2010 年 11 月 15 日。

13. 杨颖育：《互文性与中国诗学的“互识、互证、互补”》，《当代文坛》2010 年 11 月 1 日。

14. 张曙光:《身体哲学:反身性、超越性和亲在性》,《学术月刊》2010 年 10 月 20 日。

15. 杨大春:《身体的神秘:法国现象学的一个独特维度》,《学术月刊》2010 年 10 月 20 日。

16. 姜宇辉:《身体、符号与意象:德勒兹视阈中的"情—调"》,《学术月刊》2010 年 10 月 20 日。

17. 张兵:《符号学危机的化解:重置身体符号的"坐标原点"》,《学术月刊》2010 年 10 月 20 日。

18. 纪卫宁:《文学体裁互文性的深层含义》,《求索》2010 年 9 月 30 日。

19. 马振宏:《论文本互文的原因及形成情况和边界问题》,《咸阳师范学院学报》2010 年 9 月 25 日。

20. 单瑶:《试论比较诗学中的"互文性"理论》,《景德镇高专学报》2010 年 9 月 15 日。

21. 冯宪光:《文学审美意识形态论的互文性理论结构》,《当代文坛》2010 年 9 月 1 日。

22. 陈犀禾、黄望莉:《连载十:文本和互文本研究》,《当代电影》2010 年 9 月 1 日。

23. 罗贻荣:《戴维·洛奇访谈录(英文)》,《外国文学研究》2010 年 8 月 25 日。

24. 陈红红:《图－文小说文本生成探析》,《文学界(理论版)》2010 年 8 月 25 日。

25. 来继霞:《超文性作为后现代戏仿文本策略的凸显》,《大众文艺》2010 年 8 月 15 日。

26. 周山、覃建军:《新历史主义文学批评的三个问题》,《求索》2010 年 7 月 31 日。

27. 梁工:《生态神学与生态文学的互文性》,《解放军外国语学院学报》2010 年 7 月 25 日。

28. 葛红:《宇文所安唐诗史方法论研究》,博士学位论文,西北大学,2010。

29. 文彦波、李西洋：《后现代语境下的超文本理念及其特征与意义》，《九江学院学报（哲学社会科学版）》2010年6月15日。

30. 辛斌、赖彦：《语篇互文性分析的理论与方法》，《当代修辞学》2010年6月15日。

31. 姚成贺、张辉：《动态·多元·互文——克里斯蒂娃的文本理论》，《学习与探索》2010年5月15日。

32. 董希文：《互文观念视阈下的文学经典文本解读》，《福建论坛（人文社会科学版）》2010年5月15日。

33. 葛东辉：《论文学的政治文化符码》，硕士学位论文，广东技术师范学院，2010。

34. 孙秀丽：《克里斯蒂娃解析符号学研究》，博士学位论文，东北师范大学，2010。

35. 李耀辉：《罗兰·巴特后结构文本理论研究》，硕士学位论文，扬州大学，2010。

36. 陈心浩：《明清小说评点范畴研究》，博士学位论文，河北大学，2010。

37. 张斯：《刘勰〈文心雕龙〉"隐秀"说研究》，硕士学位论文，广西师范大学，2010。

38. 丁礼明：《互文性与否定互文性理论的建构与流变》，《广西社会科学》2010年4月25日。

39. 张宁：《消费社会文学互文性的特点》，《兰州学刊》2010年4月15日。

40. 王自忠、陈平辉：《互文性与意义增殖》，《重庆科技学院学报（社会科学版）》2010年4月8日。

41. 唐彩云：《电子媒介时代文学与图像的共生关系研究》，硕士学位论文，广西师范大学，2010。

42. 付轩：《回到文学本身——以文化研究为例略论现代文学批评的过度发展》，《喀什师范学院学报》2010年3月30日。

43. 杨汝福：《系统功能语言学观照下的共向互文性模式研究》，《外国语（上海外国语大学学报）》2010年3月20日。

44. 金学品：《呈现与解构》，博士学位论文，华东师范大学，2010。

45. 殷晓燕:《论汉学家在中国文学研究中的"互文性"运用——以宇文所安对唐代怀古诗的研究为例》,《江西社会科学》2010 年 2 月 25 日。

46. 苏勇、赖大仁:《解构批评之批评观》,《江西社会科学》2010 年 1 月 25 日。

47. 杨世海:《当代语境下的叙事学研究》,《安徽文学 (下半月)》2010 年 1 月 15 日。

48. 郭松:《批评话语分析视角下的互文性研究》,《安徽工业大学学报 (社会科学版)》2010 年 1 月 15 日。

49. 徐文培、郭红:《互文性视域中的文学研究与文化研究》,《外语学刊》2010 年 1 月 5 日。

50. 吴昊:《关于文学的历史维度研究脉络》,《高等函授学报 (哲学社会科学版)》2009 年 12 月 25 日。

51. 舒开智、张丽:《互文性与文学经典》,《阴山学刊》2009 年 12 月 20 日。

52. 张欢:《从一次论争、一篇文章、一部译著谈起——谈冯雪峰文艺思想的起步期》, 《清华大学学报 (哲学社会科学版)》2009 年 12 月 15 日。

53. 纪卫宁、辛斌:《费尔克劳夫的批评话语分析思想论略》,《外国语文》2009 年 12 月 25 日。

54. 周雪琳、易霞霞:《互文浅谈》,《现代交际》2009 年 12 月 15 日。

55. 伍瑜:《"互文性" 及相关问题研究》,福建省外国语文学会 2009 年年会暨学术研讨会,2009。

专题二　互文性与翻译研究

1. 霍清清:《英语新闻的互文性阐释》,硕士学位论文,西南交通大学,2010。

2. 揭廷媛:《基于互文性的翻译质量评估模式》,硕士学位论文,西南大学,2010。

3. 徐江、郑莉:《英语新闻标题的互文性研究》,《东南传播》2010 年 4 月 30 日。

4. 孙演玉:《互文性与文化专有项的翻译——〈喜福会〉 及其中译本

个案研究》，《牡丹江大学学报》2010 年 2 月 25 日。

5. 吕俊梅、郑敏：《互文性典故日译策略》，《语文学刊（外语教育与教学）》2010 年 9 月 5 日。

6. 白雪：《英汉互译中误译的互文性分析及翻译技巧》，《山西农业大学学报（社会科学版）》2010 年 2 月 15 日。

7. 包彩霞：《汉诗英译中的互文参照》，《湘潭大学学报（哲学社会科学版）》2010 年 3 月 15 日。

8. 姜怡、姜欣、方淼：《基于互文性度量的文本翻译索引》，《计算机工程与设计》2010 年 8 月 16 日。

9. 李学欣：《互文性与汪榕培〈牡丹亭〉英译本中典故的欠额翻译（英文）》，《语文学刊（外语教育与教学）》2010 年 6 月 5 日。

10. 殷娟：《互文视域下〈看得见风景的房间〉中的人名翻译》，《赤峰学院学报（汉文哲学社会科学版）》2010 年 4 月 25 日。

11. 姜欣、姜怡、方淼：《文本翻译索引的互文度量方法》，《计算机应用》2010 年 7 月 1 日。

12. 郑奕：《符号学意义观在互文性翻译中的运用》，《湖北第二师范学院学报》2009 年 12 月 20 日。

13. 樊桂芳：《公示语翻译的互文性视角》，《中国科技翻译》2010 年 11 月 15 日。

14. 陈小燕：《从互文性角度谈美剧字幕翻译》，《河南理工大学学报（社会科学版）》2010 年 4 月 25 日。

15. 张敏：《从互文性视角研究文学翻译》，硕士学位论文，浙江财经学院，2009。

16. 鲁硕：《翻译中语言迁移的互文关系》，《长江大学学报（社会科学版）》2010 年 2 月 15 日。

17. 刘义：《从〈红楼梦〉两译本诗歌的翻译谈文学翻译中互文意义的传递》，《安徽文学（下半月）》2010 年 5 月 15 日。

18. 杨跃：《谈文学翻译中的互文性建构》，《时代文学（下半月）》2010 年 4 月 15 日。

19. 聂文凯：*Intertextuality and Translation*，硕士学位论文，电子科技大学，2010。

20. 杜娟：《〈红楼梦〉跨文化语际传释中的互文性》，《红楼梦学刊》2010 年 1 月 15 日。

21. 刘莺、高圣兵：《试论双语词典文本的互文性及隐喻性》，《辞书研究》2010 年 9 月 15 日。

22. 李淼：《电影片名翻译的互文性分析》，《时代文学（下半月)》2010 年 10 月 15 日。

23. 杨艳君：《从翻译中互文性的变化看文化的传播》，《中山大学研究生学刊（社会科学版)》2009 年 12 月 15 日。

24. 蔡薇薇：《翻译与互文新视角：许渊冲译学理论及〈西厢记〉许译本研究》，硕士学位论文，2009。

25. 胡晓东：《互文视角下的文学翻译〈浮躁〉英译本的互文解读》，硕士学位论文，2009。

26. 符荣波：《从互文性视角看交替传译中的信息传递》，硕士学位论文，2009。

27. 王玉霞：《从互文性角度看中国古典诗歌英译》，硕士学位论文，2009。

28. 焦良欣：《〈天路历程〉互文翻译研究》，硕士学位论文，2009。

29. 柳婷：《从互文性理论角度研究化妆品广告及其翻译》，硕士学位论文，2009。

30. 林景：《互文性在奥林匹克语篇翻译中的研究：功能语言学视角》，硕士学位论文，2009。

31. 朱佳艳：《英汉互文性对比与翻译研究》，硕士学位论文，2009。

32. 朱学峰：《新闻翻译中译者的主体性》，硕士学位论文，2009。

33. 张轶哲：《从互文性角度看〈西厢记〉中的文化要素英译》，硕士学位论文，2009。

34. 张静：《从林语堂的文化观看其翻译方法的运用：以〈浮生六记〉为例》，硕士学位论文，2009。

35. 封琮：《互文性视角下的广告翻译探究》，硕士学位论文，2009。

36. 于兰：《互文性理论观照下文学翻译译者主体性研究》，硕士学位论文，2009。

37. 何芳：《互文视角下的公示语英译研究》，硕士学位论文，2009。

38. 刘伶：《互文性与高职英语阅读教学》，硕士学位论文，2009。

39. 林雪：《从互文性理论谈〈牡丹亭〉中互文符号的翻译》，硕士学位论文，四川师范大学，2010。

40. 吕俊梅、郑敏：《互文性理论视角下的〈围城〉题目之日译》，《红河学院学报》2010年10月28日。

41. 岳启业：《信息论翻译的多维度探索》，《外语学刊》2010年7月5日。

42. 王晓滕：《从互文性角度探索英语软新闻的汉译》，硕士学位论文，长春理工大学，2010。

43. 孙演玉：《互文性与习语的翻译——〈德伯家的苔丝〉及其中译本的个案研究》，《怀化学院学报》2010年1月28日。

44. 刘晶晶：《从目的论和互文性视角看后现代广告的汉译》，硕士学位论文，西北大学，2010。

45. 轩慧芳：《从互文性的角度谈翻译》，《吉林省教育学院学报》2010年4月5日。

46. 马燕红：《由文学的互文性看翻译的局限性》，《社科纵横》2009年12月15日。

47. 朱云莉：《汉语"对举反义词"的互文性翻译》，《江汉大学学报（人文科学版）》2010年6月1日。

48. 李琳：《电影译名"变异"新论——互文性视角》，《邵阳学院学报（社会科学版）》2010年6月28日。

49. 王静、娄红立：《诸子散文英译中互文性的微观操作——以〈孟子〉和〈庄子〉为例》，《新乡学院学报（社会科学版）》2010年6月1日。

50. 王洪涛：《互文性理论之于翻译学研究：认识论价值与方法论意义》，《上海翻译》2010年8月10日。

51. 刘静、王一君：《互文性理论视域下的中国文化意象翻译》，《江南大学学报（人文社会科学版）》2010年6月20日。

52. 王爱珍：《从解构理论看〈红楼梦〉中对联在杨、霍译本中的翻译》，《湖南人文科技学院学报》2010年5月28日。

53. 补爱华：《解构主义翻译观对翻译研究的影响》，《外国语文》

2010 年 10 月 25 日。

54. 曾文雄:《翻译的文化参与》,博士学位论文,华东师范大学,2010。

55. 赵迎春、陈凯军:《体裁互文与英语报刊消息的汉译》,《韶关学院学报》2010 年 1 月 15 日。

56. 冯锦、汤丹:《互文性理论视阈下的译者主体性》,《宁波职业技术学院学报》2010 年 12 月 15 日。

57. 叶少斌:《翻译文本中的互文传递——以〈玉阶怨〉英译为例》,《咸宁学院学报》2010 年 5 月 15 日。

58. 鄢宏福:《互文性与典籍英译》,《长沙铁道学院学报(社会科学版)》2010 年 9 月 15 日。

59. 郭红霞:《从可接受性角度分析酒店简介的英译》,硕士学位论文,内蒙古大学,2010。

60. 尚亚宁:《互文性视角下的英语软新闻汉译探析》,《新闻知识》2010 年 10 月 15 日。

61. 梁淑梅、龚艳萍:《互文性理论观照下的译者主体性研究》,《安徽工业大学学报(社会科学版)》2010 年 7 月 15 日。

62. 于增环:《论高速公路交通公示语英译》,《河南科技大学学报(社会科学版)》2010 年 4 月 15 日。

63. 张腮云:《互文视角下商标词的翻译》,《浙江工商职业技术学院学报》2010 年 12 月 15 日。

64. 刘平:《解构主义视角下论译者主体性》,硕士学位论文,湖南科技大学,2010。

65. 曹磊:《翻译的修辞符号视角研究》,博士学位论文,上海外国语大学,2010。

66. 陈凯军:《翻译的互文现象研究》,《湖北经济学院学报(人文社会科学版)》2010 年 6 月 15 日。

67. 陈蕙荃:《文学自译研究——以林语堂〈啼笑皆非〉为个案》,硕士学位论文,浙江财经学院,2009。

68. 蒋骞:《重释伽达默尔哲学阐释学在翻译研究中的应用》,硕士学位论文,四川外语学院,2010。

69. 宋晓波:《电影〈画皮〉译名的思考》,《电影评介》2010 年 8 月

8 日。

70. 李秀亭：《中国大学网站韩文误译分析及解决方案》，硕士学位论文，2010。

71. 王红利：《成语翻译新论：互文性视角》，《西安外国语大学学报》2009 年 12 月 1 日。

72. 刘苗：《汉英仿拟辞格中"超文"的转化方式研究》，《深圳信息职业技术学院学报》2010 年 3 月 15 日。

73. 陈鹏文、党争胜：《解构主义翻译理论述评》，《人民论坛》2010 年 9 月 15 日。

74. 刘谦：《从互文性视角看林语堂翻译的〈浮生六记〉》，硕士学位论文，西北大学，2010。

75. 姜怡：《基于文本互文性分析计算的典籍翻译研究》，博士学位论文，大连理工大学，2010。

76. 李毅鹏：《反传统的翻译理论——解构主义翻译论》，《广西职业技术学院学报》2010 年 8 月 15 日。

77. 薛婷婷：《软新闻中互文指涉汉译英策略初探》，《牡丹江教育学院学报》2010 年 9 月 16 日。

78. 陈千峰：《试析李清照〈声声慢〉中"雁"一词的翻译》，《咸宁学院学报》2009 年 12 月 15 日。

79. 武彩霞：《互文性理论指导下〈西厢记〉的英译个案研究》，《安徽文学（下半月）》2010 年 10 月 23 日。

80. 丘秀英：《互文性因素对文学翻译策略的影响——以 Gone with the Wind 的复译为例》，《韶关学院学报》2010 年 1 月 15 日。

81. 周宣丰：《文学翻译批评的"互文性景观"》，《首都师范大学学报（社会科学版）》2010 年 11 月 25 日。

82. 朱纯深、崔英：《从词义连贯、隐喻连贯与意象聚焦看诗歌意境之"出"——以李商隐诗〈夜雨寄北〉及其英译为例》，《中国翻译》2010 年 1 月 15 日。

83. 王璐：《中文小说和散文中／英语码转换的前景化特征》，博士学位论文，山东大学，2009。

84. 高巍、宋启娲、徐晶莹：《从互文性角度觅〈京华烟云〉的翻译痕迹》,《长春理工大学学报（社会科学版）》2010 年 3 月 15 日。

专题三　互文性与文本解读研究

1. 褚蓓娟：《〈上帝知道〉：众声喧哗的互文空间》,《浙江工业大学学报（社会科学版）》2010 年 9 月 15 日。

2. 梁军童：《〈黑书〉的元小说性》,《科技信息》2010 年 6 月 15 日。

3. 陈霞：《〈达罗威夫人〉和〈人到中年〉在叙事结构上的互文性》,《文学界（理论版）》2010 年 6 月 25 日。

4. 张聪沛：《托尼·莫里森新作〈仁慈〉的互文性研究》,《黄河水利职业技术学院学报》2010 年 7 月 15 日。

5. 阎丽杰：《〈张学良人格图谱〉的文本间性》,《沈阳工程学院学报（社会科学版）》2010 年 7 月 15 日。

6. 孙靖丽：《〈盲刺客〉中的文内互文性》,《文学教育（中）》2010 年 1 月 15 日。

7. 蔡春露：《〈胜利花园〉：一座赛博迷宫》,《当代外国文学》2010 年 7 月 15 日。

8. 韩海琴：《从互文性理论解读文本独特性——〈押沙龙，押沙龙!〉的个案研究》,《长春理工大学学报（社会科学版）》2010 年 9 月 15 日。

9. 王倩：《在艺术与道德中自我消亡和自我救赎——对〈黑王子〉的互文性分析》,《工会论坛（山东省工会管理干部学院学报）》2010 年 11 月 20 日。

10. 刘瑞弘：《互文性、超文性与文学原型——〈吴越春秋史话〉与〈吴越春秋〉的互文性关系研究》,《社会科学辑刊》2010 年 11 月 15 日。

11. 杨艳：《从互文性视角解读《诺桑觉寺》的女性意识》,《江汉论坛》2010 年 12 月 15 日。

12. 张辛仪：《严肃的游戏——论君特·格拉斯小说的互文性特色》,《当代外国文学》2010 年 1 月 15 日。

13. 郑莉：《马纳瓦卡小说中的互文性》,《重庆理工大学学报（社会科学）》2010 年 2 月 25 日。

14. 郭先进：《撒在"河湾"处的文化尘埃——奈保尔小说〈河湾〉的互文性研究》,《凯里学院学报》2010 年 10 月 25 日。

15. 高原：《用概念整合理论分析诗歌的互文性——以李清照词〈临江仙〉为例》，《广东外语外贸大学学报》2010 年 1 月 30 日。

16. 黄丽平：《〈日常用品〉和〈所罗门之歌〉的互文性及"身份认同"探析》，《科技创新导报》2010 年 4 月 21 日。

17. 刘研：《〈且听风吟〉的互文性文本策略》，《外国问题研究》2010 年 5 月 15 日。

18. 张泉：《〈夜色温柔〉的互文性解读》，《滁州职业技术学院学报》2009 年 12 月 15 日。

19. 马羚羚：《试分析〈到十九号房间〉与〈一间自己的房间〉的互文性》，《辽宁教育行政学院学报》2010 年 5 月 20 日。

20. 於曼：《论红色经典改编文本的"互文性"》，《东莞理工学院学报》2010 年 4 月 15 日。

21. 蒋海鹰：《"快活的虻虫"——对威廉·布莱克〈虻虫〉一诗的互文性解读》，《福建论坛（社科教育版）》2009 年 12 月 20 日。

22. 李玲玲、郭晶晶：《引文与文本的对话——从互文性看〈法国中尉的女人〉中引文与正文的关系》，《外语教育》2010 年 3 月 15 日。

23. 唐炯：《经典的重构：论〈马戏团之夜〉的互文性手法》，《福建师范大学学报（哲学社会科学版）》2010 年 5 月 28 日。

24. 王卉、姚振军：《论〈与狼为伴〉的互文性》，《大连海事大学学报（社会科学版）》2009 年 12 月 15 日。

25. 牛艳荣：《论拜厄特小说〈占有：一段浪漫史〉中的互文性，硕士学位论文，内蒙古大学，2010。

26. 杨春风：《同名小说〈幸福的女人〉的互文性解读》，《河南师范大学学报（哲学社会科学版）》2010 年 1 月 10 日。

27. 何小宝：《文学与哲学的"完美照应"——小说〈我的将军〉与哲学著作〈母性思考〉的"互文性"解读》，《学术论坛》2010 年 6 月 10 日。

28. 李晓婷：《从开端和结尾分析〈你往何处去〉的互文性文化意义》，《安康学院学报》2010 年 8 月 15 日。

29. 邱蓓、邹惠玲：《〈阿凡达〉与印第安文化历史的互文性研究》，《甘肃联合大学学报（社会科学版）》2010 年 11 月 10 日。

30. 梁英君：《〈喧哗与骚动〉同圣经的互文性研究》，《时代文学（下半月）》2010 年 4 月 15 日。

31. 吴国如：《建构与表征：苦难中的人文诉求——〈圣经〉与〈日光流年〉互文性解读》，《名作欣赏》2010 年 7 月 1 日。

32. 孟育凤：《拜厄特小说〈夜莺眼中的精灵〉的互文性解读》，《社会科学战线》2010 年 6 月 1 日。

33. 李时学：《互文性：赖声川剧场的文本策略与机制》，《集美大学学报（哲学社会科学版）》2010 年 1 月 28 日。

34. 李莉：《简·奥斯丁小说创作与"灰姑娘"童话模式之互文研究》，《时代文学（双月上半月）》2009 年 12 月 15 日。

35. 刘志红：《〈微光闪烁世界的继承者〉人物塑造的文内互文性分析》，福建省外国语文学会 2009 年年会暨学术研讨会，2009。

36. 杨芳：《新历史主义视阈中〈源氏物语〉与〈蜻蛉日记〉互文性研究》，《文史博览（理论）》2010 年 3 月 28 日。

37. 杜静波：《让少男少女流干红泪的小说——村上春树〈挪威的森林〉作品分析》，《学术交流》2010 年 8 月 5 日。

38. 田兆耀：《从互文性的角度观照乱伦弑父的文化原型——以〈伏羲伏羲〉〈雷雨〉〈费德尔〉为例》，《东南大学学报（哲学社会科学版）》2010 年 3 月 20 日。

39. 朱晓琴、徐李洁：《〈恋爱中的女人〉互文性解读》，《前沿》2010 年 4 月 25 日。

40. 丁礼明：《〈紫色〉文本互文视野下的黑人女性自我实现主题阐释》，《广西师范大学学报（哲学社会科学版）》2010 年 2 月 15 日。

41. 冯新平：《芥川龙之介小说〈竹林中〉结构主义文本理论解读》，《牡丹江大学学报》2010 年 2 月 25 日。

42. 郑丽丽、郭继宁：《清末新小说中的女子舍"身"救国现象》，《安徽师范大学学报（人文社会科学版）》2010 年 1 月 30 日。

43. 潘畅畅：《在爱中表征——试析〈汤扎〉〈双双与小猫〉的主题及再现策略异同》，《安徽文学（下半月）》2010 年 8 月 23 日。

44. 李伟民：《重构与对照中的审美呈现——音舞叙事：越剧〈马龙将军〉对莎士比亚〈麦克白〉的变身》，《南京社会科学》2010 年 10 月

15 日。

45. 李玲、王芳:《手的悲剧——〈熄灭了,熄灭了——〉与〈麦克佩斯〉的互文性解读》,《名作欣赏》2010 年 11 月 1 日。

46. 季海龙:《互文与创新——评后现代小说〈时时刻刻〉》,《河北经贸大学学报(综合版)》2009 年 12 月 30 日。

47. 陈瑞红、李西元:《论〈法国中尉的女人〉与〈德伯家的苔丝〉的互文关系》,《北方工业大学学报》2009 年 12 月 15 日。

48. 赵晶辉:《房子:女性的空间焦虑——多丽丝·莱辛的小说与〈一间自己的屋子〉的互文性解读》,《淮海工学院学报(社会科学版)》2010 年 4 月 30 日。

49. 孙慧:《安贝托·艾柯的小说叙事策略研究》,《阿坝师范高等专科学校学报》2010 年 3 月 20 日。

50. 朱正东、张春美:《跨越时空的桥梁——论〈羚羊与秧鸡〉的互文性》,《外语研究》2010 年 6 月 15 日。

51. 王远:《〈紫颜色〉与菲洛美拉神话的互文性》,《盐城师范学院科技信息》2010 年 12 月 25 日。

52. 陈国女:《中西小说中的元叙述》,硕士学位论文,2009。

53. 郑理:《礼拜五:太平洋上的灵薄狱:一种互文性研究》,硕士学位论文,2009。

54. 陈霞:《唯有联结:〈达罗威夫人〉和〈人到中年〉的互文性研究》,硕士学位论文,2009。

55. 韩杰:《论〈赎罪〉的元小说特征》,硕士学位论文,2009。

56. 段慧敏:《〈茫茫黑夜漫游〉的互文性研究》,博士学位论文,2009。

57. 江春奋:《索尔·贝娄小说的互文性:〈赫索格〉和〈拉维尔斯坦〉的互文性分析》,硕士学位论文,2009。

58. 张珮:《〈占有〉的互文性解读:戏仿和影射》,硕士学位论文,2009。

59. 姚丹:《神话的颠覆与重构米歇尔·图尼埃〈礼拜五:太平洋上的灵薄狱〉的互文》,硕士学位论文,2009。

60. 吴未央:《〈兰纳克:生活四部曲〉的互文艺术探究》,硕士学位论文,2009。

61. 唐雯琬：《〈床上的爱丽斯〉的互文性解读》，硕士学位论文，2009。

62. 王德美：《A. S. 拜厄特〈占有〉中的互文性解读》，硕士学位论文，上海交通大学，2009。

63. 赵晓因：《走向疯癫和死亡的女人——〈黄壁纸〉与〈时时刻刻〉的互文性研究》，《名作欣赏》2010 年 4 月 1 日。

64. 江春奋：《〈红字〉与审巫案——故事文本与历史的互文性解读》，《宜宾学院学报》2010 年 4 月 25 日。

65. 祁宏超：《从〈断章〉中的"看"看互文性》，《大众文艺》2010 年 3 月 25 日。

66. 李孝德、邵平和：《猫的可爱外表人的忧愤情思——从"文化诗学"视角解读〈我辈是猫〉和〈猫城记〉》，《语文学刊（外语教育与教学）》2010 年 4 月 5 日。

67. 郭海平：《论〈白鲸〉与〈弗兰肯斯坦〉的互文》，《湖北社会科学》2010 年 12 月 10 日。

68. 张中：《异质同构与民族志书写——〈格萨尔王传〉的文化人类学解读》，《四川民族学院学报》2010 年 2 月 15 日。

69. 徐文贵：《略论〈荒原〉的互文手法》，《钦州学院学报》2010 年 4 月 20 日。

70. 张晓琴：《〈葛特露和克劳狄斯〉的互文性解读》，硕士学位论文，山西师范大学，2010。

71. 杨令飞：《揭示荒诞，反抗荒诞——〈在迷宫〉与〈局外人〉之比较》，《法国研究》2010 年 11 月 15 日。

72. 李爱云、徐莉华：《互文性鉴照下的〈根〉与〈所罗门之歌〉》，《重庆理工大学学报（社会科学）》2010 年 11 月 20 日。

73. 陈霞：《分裂的视角：论〈达罗威夫人〉和〈人到中年〉的主题互文性》，《长沙铁道学院学报（社会科学版）》2010 年 12 月 15 日。

74. 杜业艳：《影响抑或互文性？——〈紫颜色〉和〈他们眼望上苍〉评析》，《淮海工学院学报（社会科学版）》2010 年 7 月 31 日。

75. 李微：《〈德伯家的苔丝〉与〈圣经〉的互文性解读》，《内蒙古农业大学学报（社会科学版）》2010 年 8 月 15 日。

76. 蒋旭阳：《〈日瓦戈医生〉与帕斯捷尔纳克诗歌互文性研究》，硕士学位论文，中南大学，2010。

77. 唐梅秀：《威廉·布莱克：文化边缘的履冰者——〈老虎〉与〈羔羊〉诗的互文性解读》，《长沙理工大学学报（社会科学版）》2010 年 3 月 28 日。

78. 吴义勤：《原罪与救赎——读莫言长篇小说〈蛙〉》，《南方文坛》2010 年 5 月 15 日。

79. 汤素娜：《历史与"回荡的声音"——朱利安·巴恩斯〈十卷半世界史〉的互文性解读》，《南昌高专学报》2010 年 6 月 28 日。

80. 徐文培、田野：《犹太小说〈奥吉·马奇历险记〉的互文性阐释》，《黑龙江社会科学》2010 年 6 月 15 日。

81. 宁东：《〈洪堡的礼物〉与莎士比亚戏剧的互文性》，《文学教育（上）》2009 年 12 月 15 日。

82. 王飞鸿：《〈五号屠场〉中的不确定性：与解构同舞》，硕士学位论文，郑州大学，2010。

83. 李伟：《〈纽约三部曲〉的后现代性研究》，硕士学位论文，苏州大学，2010。

84. 郭凤：《麦克尤恩成长小说叙事特征初探》，硕士学位论文，西北大学，2010。

85. 华超：《论〈黑王子〉的后现代主义特征》，硕士学位论文，河南大学，2010。

86. 尹波：《忠诚耶？背叛耶？——〈多佛海滩〉与〈多佛女郎〉的互文性文化解读》，《云梦学刊》2010 年 11 月 15 日。

87. 张天飞：《〈红字〉与〈圣经〉的互文性解读》，《电影评介》2009 年 12 月 23 日。

88. 贾鹤鸣：《戏仿视角下的厄普代克"〈红字〉三部曲"》，硕士学位论文，兰州大学，2010。

89. 贵志浩：《〈后羿〉与〈奔月〉的互文解读》，《前沿》2010 年 1 月 25 日。

90. 杜吉刚、祝远德：《个人化与非个人化——试析艾略特〈荒原〉中的"自我情结"与"非我"之路》，《廊坊师范学院学报（社会科学版）》

2010 年 4 月 15 日。

91. 钱文霞：《〈穆斯林的葬礼〉之"新月"悲剧的互文性解读》，《吉林广播电视大学学报》2010 年 3 月 15 日。

92. 向柏松：《〈庄子〉寓言的互文性阐释》，《长江学术》2010 年 1 月 15 日。

93. 胡正妍：《方文山歌词的体裁互文性及其社会语用学分析》，《长春教育学院学报》2010 年 12 月 26 日。

94. 周平：《文化符号的辨识与〈圣经〉互文解读》，《外国文学评论》2010 年 5 月 18 日。

95. 林丹娅、朱郁文：《从互文性看张翎与严歌苓之叙事特征与意义》，《东南学术》2010 年 9 月 1 日。

96. 王凤：《作为记忆的重复——论〈喧嚣与骚动〉中的重复》，《重庆理工大学学报（社会科学版）》2010 年 12 月 20 日。

97. 陈芳：《论叙事学与女性主义文学批评的有效对接——以米克·巴尔对〈紫色〉的叙事学分析为例》，《职大学报》2010 年 3 月 15 日。

98. 梁竟男：《颓丧与追求——茅盾〈追求〉青年叙事研究》，《曲靖师范学院学报》2010 年 1 月 26 日。

99. 晶辉：《莱辛小说〈四门城〉中异化的地下室》，《安徽文学（下半月）》2010 年 6 月 23 日。

100. 卢裕：《寻找自我——〈一千英亩〉的新精神分析解读》，《科技信息》2010 年 4 月 5 日。

101. 袁媛：《戴维·洛奇的小说艺术》，硕士学位论文，南昌大学，2010。

102. 任佳佳：《〈最蓝的眼睛〉的喻指性分析》，硕士学位论文，河北师范大学，2010。

103. 牛艳荣：《论拜厄特小说〈占有：一段浪漫史〉中的互文性》，硕士学位论文，2010。

104. 黄仕晖：《解读张洁小说中的残缺爱情》，硕士学位论文，山东师范大学，2010。

105. 赵翠翠：《论毕飞宇小说的悲剧叙事》，硕士学位论文，山东师范大学，2010。

106. 栾玉芹：《从互文性视角探讨〈我弥留之际〉中的基督教因素》，硕士学位论文，2009。

107. 王向丹：《解读〈罗森格兰兹和吉尔登斯敦之死〉的后荒诞性》，硕士学位论文，2009。

108. 王娟：《浅析詹姆斯·乔伊斯的〈尤利西斯〉中的叙述话语艺术》，硕士学位论文，2009。

109. 谢江南：《交互文本中的里尔克——评朱迪思·瑞安的〈里尔克：现代主义与诗歌传统〉》，《外国文学》2010年11月28日。

110. 李敏：《论〈儿子与情人〉的叙事策略》，《漯河职业技术学院学报》2010年11月15日。

111. 唐院：《漫谈庄伟杰诗歌中的道风玄韵》，《世界华文文学论坛》2010年3月25日。

112. 朱雪莲：《〈桃花源记〉的合成空间分析》，《长沙航空职业技术学院学报》2010年3月15日。

113. 段慧敏：《塞利纳〈茫茫黑夜游〉的音乐特征》，《学海》2010年7月20日。

114. 张艺：《艺术符号互动的"狂欢化营地"：〈恩主〉与〈反对阐释〉的互文性符号》，硕士学位论文，2009。

115. 孟佳莹：《〈法国中尉的女人〉的后现代主义特色》，《吉林省教育学院学报》2010年4月20日。

116. 李定清：《新历史主义视域下浮士德形象的时代转换与伦理变迁》，《外国文学研究》2009年12月25日。

117. 徐刚：《赵健秀的〈甘加丁之路〉的后现代主义视角分析》，《内蒙古民族大学学报》2010年1月15日。

118. 李伟民：《从莎士比亚悲剧〈麦克白〉到越剧〈马龙将军〉的华丽转身》，《东南大学学报（哲学社会科学版）》2010年3月20日。

119. 李翠雯：《〈嘴唇里的阳光〉叙事技巧初探》，《武夷学院学报》2010年8月15日。

120. 贾伟：《情欲挣扎中的水浒"英雄"——论〈石秀〉中的反英雄形象》，《牡丹江教育学院学报》2010年1月16日。

121. 付科峰：《〈最蓝的眼睛〉与俄狄浦斯神话》，《大众文艺》2010

年 2 月 15 日。

122. 杨晓斐:《约翰·福尔斯〈法国中尉的女人〉的后现代性》,《重庆科技学院学报(社会科学版)》2010 年 5 月 8 日。

123. 贾珊珊:《〈印度之行〉中边缘人物形象的文化意义解读》,《黑龙江科技信息》2009 年 12 月 25 日。

124. 王祖友:《海勒的元小说写作——以〈老年艺术家画像〉为例》,《杭州电子科技大学学报(社会科学版)》2010 年 6 月 15 日。

125. 曾斌、陈志华:《试论后现代视域下的叙事策略——以意大利小说家卡尔维诺的作品为例》,《山西师大学报(社会科学版)》2010 年 7 月 25 日。

126. 朱钰:《历史与人性的迷宫——〈白色旅馆〉中新历史主义反思》,《甘肃联合大学学报(社会科学版)》2010 年 1 月 10 日。

127. 杨希:《空间与人物的互文关系——解读小说〈长恨歌〉》,《黑龙江教育学院学报》2010 年 3 月 15 日。

128. 慈波:《〈西昆酬唱集〉与宋诗演进》,《浙江学刊》2010 年 1 月 15 日。

129. 崔莉:《觉醒的"睡美人"——肖邦对〈睡美人〉的戏仿》,《常州工学院学报(社会科学版)》2010 年 2 月 28 日。

130. 杨致远:《记忆之诗——〈二十四城记〉中的互文与间离》,《浙江艺术职业学院学报》2010 年 3 月 26 日。

131. 崔永利:《重构"火辣"——论红拂妓、红拂与陈清扬形象的互文性》,《承德民族师专学报》2010 年 11 月 15 日。

132. 任继敏:《〈小人鱼〉和〈丑小鸭〉的隐喻互证》,《昆明学院学报》2010 年 1 月 30 日。

133. 马彦婷:《论伍尔夫小说〈幕间〉中的后现代主义》,《福建工程学院学报》2010 年 10 月 10 日。

134. 赵婷婷:《〈达·芬奇密码〉的后现代主义解读》,硕士学位论文,河北师范大学,2010。

135. 贾伟:《现代叙事视阈中的古典英雄——论〈石秀〉的反英雄叙事》,《陇东学院学报》2010 年 11 月 15 日。

136. 李震宇:《〈请女人猜谜〉的文体实验分析》,《黄石理工学院学报（人文社会科学版）》2010 年 10 月 15 日。

137．王东波：《当代审美文化视域中的绘本》，硕士学位论文，扬州大学，2010。

138．张晓婉、李诠林：《超文本、超网络的多媒体诗歌实验——论毛翰 PPS 格式音画诗歌创作的美学特征》，《安徽理工大学学报（社会科学版）》2010 年 12 月 15 日。

139．陈桂珍：《从新历史主义角度解析〈简·萨默斯的日记〉》，《南昌教育学院学报》2010 年 8 月 30 日。

140．严峰梅：《〈白雪公主后传〉——对格林童话〈白雪公主〉的解构》，硕士学位论文，陕西师范大学，2010。

141．李永毅：《迷宫与绣毯：卡图卢斯〈歌集〉64 首的多重主题》，《外国文学评论》2010 年 2 月 18 日。

142．辛苒：《浪子回家——〈如果种子不死〉中的隐喻结构分析》，《淮北煤炭师范学院学报（哲学社会科学版）》2010 年 4 月 25 日。

143．苏芳：《庄生梦蝶与威廉·布莱克的苍蝇之喻》，《和田师范专科学校学报》2010 年 11 月 15 日。

144．王洪岳：《浪漫、写实与奇幻的综合艺术——试论〈静静的大运河〉叙述手法的创新》，《内蒙古师范大学学报（哲学社会科学版）》2010 年 5 月 15 日。

145．宋文：《评简妮特·温特森的〈守望灯塔〉》，《南京理工大学学报（社会科学版）》2010 年 8 月 20 日。

146．师彩霞、吴凤翔、沈琛：《论卡夫卡短篇小说的后现代性》，《河北北方学院学报（社会科学版）》2010 年 6 月 28 日。

147．郭先进：《传统与超越：〈毕司沃斯先生的房子〉的互文性研究》，《哈尔滨学院学报》2010 年 9 月 20 日。

148．朱旭晨、郭小英：《隐忍的阙失与痛快的宣泄——〈对照记〉与〈小团圆〉的互文性》，《中国文学研究》2010 年 1 月 31 日。

149．姜辉：《"红色经典"的叙事模式与左翼文学经验》，博士学位论文，暨南大学，2010。

150．张艳杰、赵伟：《俄罗斯后现代主义文学特征探析》，《外语学刊》2010 年 7 月 5 日。

151. 吴鸿:《"历史"的晦义——评蔡志松的作品》,《艺术市场》2010 年 12 月 1 日。

152. 韩海琴:《〈押沙龙,押沙龙!〉的互文性解读》,《邵阳学院学报(社会科学版)》2010 年 4 月 28 日。

153. 罗璇:《网络时代的诗词混搭》,《粤海风》2010 年 9 月 15 日。

154. 张玉勤:《论明清小说插图中的"语—图"互文现象》,《明清小说研究》2010 年 2 月 15 日。

155. 李静:《试论艾柯小说的百科全书特征》,《江西社会科学》2010 年 7 月 25 日。

156. 徐敏:《英国文学中"阿拉伯人"形象的嬗变》,《南昌教育学院学报》2010 年 10 月 30 日。

157. 姜伟:《菲利普·拉金诗歌死亡主题的张力》,《江苏科技大学学报(社会科学版)》2010 年 6 月 15 日。

158. 李维屏、程汇涓:《安吉拉·卡特后现代主义历史小说的政治意图》,《外语研究》2010 年 10 月 15 日。

159. 黄荣:《论〈白雪公主后传〉中女主人公的戏仿》,《科教文汇(上旬刊)》2010 年 8 月 10 日。

160. 王笑梅:《从互文性视角看古题乐府〈燕歌行〉主题演变》,《铜陵学院学报》2010 年 6 月 15 日。

161. 潘文东:《多维视域下的〈小说神髓〉研究》,博士学位论文,苏州大学,2010。

162. 王立、刘畅:《〈水浒传〉侠女复仇与佛经故事母题》,《山西大学学报(哲学社会科学版)》2010 年 9 月 15 日。

163. 王兴刚:《〈布罗迪小姐的青春〉文本意义的复制》,《黑龙江教育学院学报》2010 年 5 月 15 日。

164. 谭方黎:《西方荒岛小说典型文本研究》,硕士学位论文,扬州大学,2010。

165. 谭坚锋:《艾略特诗学思想观照下的〈J. 阿尔弗瑞德·普鲁弗洛克的情歌〉》,《今日科苑》2010 年 6 月 23 日。

166. 佟艳光:《〈宠儿〉对〈奥德赛〉"回家"模式的借用》,《沈阳师范大学学报(社会科学版)》2010 年 9 月 30 日。

167. 蔡殿梅：《简论美国后现代主义小说的语言策略》，《理论界》2009 年 12 月 10 日。

168. 冯彦丽：《情景反讽的互文理论研究——以〈德伯家的苔丝〉和〈法国中尉的女人〉为例》，《甘肃联合大学学报（社会科学版）》2010 年 1 月 10 日。

169. 钱萍：《优雅的逸民——柏桦论》，硕士学位论文，上海师范大学，2010。

170. 苏伟贞：《连环套：论张爱玲的出版美学——以 1995 年后出土著作为主》，《社会科学战线》2010 年 9 月 1 日。

171. 高玉：《废名诗歌新论》，《河南师范大学学报（哲学社会科学版）》2010 年 11 月 10 日。

172. 张静波：《〈金色笔记〉中的叙事技巧分析》，硕士学位论文，2009。

173. 杨先平：《汤亭亭和谭恩美小说中民间故事的后现代主义解读》，硕士学位论文，2009。

174. 陈金现：《宋诗与白居易的互文性研究》，《海外中文图书》，2010。

175. 盖建平：《早期美国华人文学研究：历史经验的重勘与当代意义的呈现》，博士学位论文，复旦大学，2010。

176. 刘贞：《康拉德〈在西方的注视下〉的元小说叙事策略研究》，硕士学位论文，湖南师范大学，2010。

177. 刘晓明：《插图如何叙事——〈煲老鸭〉的插图与文本叙事》，《广州大学学报（社会科学版）》2010 年 8 月 15 日。

178. 李林荣：《世俗的死灭与神性的显明——陈映真短篇小说〈加略人犹大的故事〉意义阐释》，《海南师范大学学报（社会科学版）》2010 年 7 月 30 日。

179. 谢明琪：《魔王沃兰德随从的宗教神话溯源——浅析〈圣经〉伪经次经及神秘传说在〈大师和玛格丽特〉中的体现》，《俄罗斯文艺》2009 年 12 月 15 日。

180. 张成喜、张国富：《〈微暗的火〉的框架和嵌套叙述结构研究》，《昭通师范高等专科学校学报》2009 年 12 月 25 日。

181. 金英姬：《千世峰的〈石溪邑的新春〉：朝鲜农业合作化运动及

其叙事策略研究》，博士学位论文，延边大学，2010。

182. 李斌：《"白蛇传"的现代诠释》，博士学位论文，苏州大学，2010。

183. 张艳蕊：《戴维·洛奇天主教小说的宗教意识》，博士学位论文，山东大学，2010。

184. 石玫玫：《论爱伦·坡恐怖小说中的对话性特征》，硕士学位论文，湖南大学，2010。

185. 许丽莎：《塔·托尔斯泰娅长篇小说〈野猫精〉诗学特征探析》，硕士学位论文，上海外国语大学，2010。

186. 张慧敏：《〈诺桑觉寺〉的元小说性》，硕士学位论文，山西师范大学，2010。

187. 王旭：《论李碧华小说的传奇化叙事》，硕士学位论文，扬州大学，2010。

188. 林晓筱：《光与墙——〈美国人〉中的文化身份分析》，硕士学位论文，浙江大学，2010。

189. 周群英：《刘向〈列女传〉文化诗学研究》，硕士学位论文，河南大学，2010。

190. 魏彦红：《五四到 1940 年代女性戏剧创作论》，硕士学位论文，河北大学，2010。

191. 张直心：《艾芜"南行"系列小说的启示——一些连通中国现代文学与当代文学的思考》，《中国现代文学研究会第十届年会论文摘要汇编》2010 年 9 月 21 日。

192. 刘柄鑫：《论〈莫须有先生传〉中废名对其个体焦虑的精神超越》，硕士学位论文，2010。

193. 张昕：《〈绝望的主妇〉中社会性别建构的批评话语分析》，硕士学位论文，2010。

194. 潘琳：《柳德米拉·彼特鲁舍夫斯卡娅故事创作研究》，硕士学位论文，2010。

195. 王传宗：《"海瑞"的建构与阐释论略》，硕士学位论文，2010。

196. 翟艳磊：《美国拓荒文明中的信心之旅：对薇拉·凯瑟的〈哦！拓荒者〉与〈摩西五经〉的互文性解读》，硕士学位论文，2010。

197. 贾鹤鸣:《戏仿视角下的厄普代克"〈红字〉三部曲"》,硕士学位论文,2010。

198. 赵恺:《传统先锋派:卡明斯诗艺之多角度探索》,硕士学位论文,2010。

199. 刘辉兰:《路遥小说与"十七年"文学》,硕士学位论文,2009。

200. 夏延华:*Striving for a new cultural horizon in Northern Ireland – on Longley's poetry about "the Troubles" and his cultural contribution*,硕士学位论文,2009。

201. 时苗:《开花的梦 = *The flowering dream*:*on Carson McCullers's fiction*:论卡森·麦卡勒斯的小说创作》,硕士学位论文,2009。

202. 屠威琳:《论卡森·麦卡勒斯作品中人物的性别跨越》,硕士学位论文,上海交通大学,2009。

203. 席建彬:《走向汉语比较诗学——关于当代海外华文文学诗性品质的思考》,《暨南学报(哲学社会科学版)》2010年5月15日。

204. 陈世丹、王祖友:《论后现代主义的排比构成的特殊文本》,《中国人民大学学报》2010年7月16日。

205. 赵毓龙:《"刘全进瓜故事"演变研究》,硕士学位论文,辽宁大学,2010。

专题四 互文性与影视艺术研究

1. 王燕子:《电影色彩的互文性》,《艺苑》2010年5月20日。

2. 李芸:《木兰形象的文化转换思考——动画〈木兰 I 〉和电影〈花木兰〉的对比》,《今传媒》2010年9月5日。

3. 王振铎、李瑞:《文本与影视的交互性传播研究》,《开封教育学院学报》2010年12月20日。

4. 陈瑞娟:《以〈花样男子〉为例试析电视剧翻拍策略》,《吉林广播电视大学学报》2010年1月15日。

5. 孙鑫、董海颖:《电视剧〈卧薪尝胆〉和〈越王勾践〉的互文性研究》,《文学界(理论版)》2010年10月25日。

6. 范李娜:《互文性理论在动画片文本中的应用》,硕士学位论文,合肥工业大学,2010。

7. 付科峰：《从互文性角度看影片〈阿甘正传〉》，《开封教育学院学报》2010 年 3 月 20 日。

8. 王伟平：《电视纪录片的文化记忆功能》，《新闻战线》2010 年 6 月 15 日。

9. 席威：《论〈越光宝盒〉中娱乐元素的后现代性》，《戏剧文学》2010 年 8 月 15 日。

10. 江雯：《"韩剧热"剖析：以〈大长今〉为例》，《科技信息》2010 年 9 月 15 日。

11. 贾磊磊：《问题作品的消极快感与当代中国现实社会的心理裂变——电视连续剧〈蜗居〉的互文性分析》，《艺术百家》2010 年 3 月 15 日。

12. 崔凌：《电视谈话节目中的权力：话语的建构效果》，硕士学位论文，山东大学，2010。

13. 赵庆超：《中国新时期文学作品的电影改编研究》，博士学位论文，山东师范大学，2010。

14. 孙鑫：《春秋战国题材电视剧的互文性研究》，硕士学位论文，2009。

15. 毕利：《张爱玲小说影视改编的文化研究》，硕士学位论文，2009。

16. 鲍远福：《〈阿凡达〉：3D 影像时代的视觉艺术》，《现代视听》2010 年 2 月 15 日。

17. 王振铎、李瑞：《从互文性看影片〈暗恋桃花源〉》，《郑州轻工业学院学报（社会科学版）》2010 年 2 月 15 日。

18. 李炜：《超越媒介：当前情景喜剧的互文叙事及反思》，《声屏世界》2010 年 5 月 1 日。

19. 周敏宜：《史云梅耶、〈红气球〉及王家卫电影的互文现象初探——浅析艺术电影创作中的几种互文现象》，《电影评介》2010 年 3 月 8 日。

20. 孙鑫：《历史题材电视剧与其主题曲的互文性研究》，《文学界（理论版）》2010 年 11 月 25 日。

21. 张权生：《反逻各斯中心主义的激情狂欢——阿尔莫多瓦电影的后现代审美及反思》，《文艺争鸣》2010 年 5 月 15 日。

22. 刘洪：《手绘美学在数字动画中的功能转换》，《装饰》2010 年 12 月 1 日。

23. 杜彩：《新历史主义 "历史若文学" 的辩证分析——兼论目前历史题材的电视艺术创作》，《现代传播（中国传媒大学学报）》2010 年 12 月 15 日。

专题五　互文性与广告学研究（广告话语等）

1. 高业艳：《基于模因论的英文广告互文性成因分析》，硕士学位论文，西安工业大学，2010。

2. 丁晶晶：《广告语言的多角度探视》，《新乡学院学报（社会科学版）》2010 年 4 月 1 日。

3. 林琳：《中国产品英文广告的互文性分析》，硕士学位论文，2010。

4. 高德琴、高德辉：《从互文性的角度谈广告话语的宣传借势》，《成都纺织高等专科学校学报》2010 年 4 月 20 日。

5. 梁娟：《网络游戏广告用语的互文性分析》，《黑龙江科技信息》2010 年 12 月 5 日。

6. 杨小杰：《模因论视角下英语房地产广告互文性研究》，硕士学位论文，济南大学，2010。

7. 尹逸如：《广告语言的审美特征》，《岳阳职业技术学院学报》2010 年 7 月 30 日。

8. 饶广祥：《论广告的伴随文本》，《贵州社会科学》2010 年 10 月 20 日。

9. 王菲：《儿童电视广告的体裁互文性分析》，《高等函授学报（哲学社会科学版）》2009 年 12 月 25 日。

10. 丁敏玲、成毅涛：《广告图像的叙事特征》，《新闻爱好者》2010 年 1 月 20 日。

11. 张霞：《婴儿用品广告的体裁互文性分析》，《湖北广播电视大学学报》2010 年 9 月 1 日。

12. 刘鸽：《商业广告中互文性现象探析》，《现代商业》2010 年 4 月 25 日。

13. 须墨：《从经验意义角度出发的英语汽车广告语篇分析》，硕士学位论文，西南交通大学，2010。

14. 李菲：《语篇中的体裁互文性》，《安徽文学（下半月）》2010 年 1

月 15 日。

15. 查玮：《新视角下的当代中国电视广告女性形象研究》，硕士学位论文，安徽大学，2010。

16. 林琳：《中国产品英文广告的互文性分析》，硕士学位论文，东北师范大学，2010。

专题六 互文性与手机短信研究

1. 王宁：《"互文型"手机短信及其语篇衔接机制》，《科技信息》2010 年 4 月 5 日。

2. 谭璐：《汉语节日祝福短信互文性研究》，硕士学位论文，东北师范大学，2010。

3. 李晶：《"互文"型手机短信的语篇研究》，硕士学位论文，湖南师范大学，2010。

4. 贾延飞、刘家民：《短信文学的价值体认》，《哈尔滨学院学报》2010 年 6 月 20 日。

5. 李晶：《评〈手机短信中的语言学〉》，《云梦学刊》2010 年 9 月 15 日。

6. 吴红光：《优秀手机短信的文学性特征》，《襄樊学院学报》2009 年 12 月 15 日。

专题七 互文性与教学研究

1. 程琼：《互文性视角下的大学英语写作教学》，《甘肃联合大学学报〉（社会科学版）》2010 年 11 月 10 日。

2. 巫红、刘金明：《论互文性视角下的大学外语教学》，《长春理工大学学报》2010 年 7 月 15 日。

3. 张中：《主体间性视野下的课堂文化》，《江西教育学院学报》2010 年 4 月 15 日。

4. 宁东：《互文性视角之下的高校英美文学教学》，《文学教育（上）》2010 年 1 月 15 日。

5. 王卉：《文本细读与中国现当代文学教学》，《教育与职业》2010 年 12 月 11 日。

6. 李兰兰：《语篇互文性研究与大学英语教学》，《职业技术》2010 年 2 月 10 日。

7. 匡露、王昌志：《运用互文理论进行窄式阅读的探索》，《湖北经济学院学报（人文社会科学版)》2010 年 10 月 15 日。

8. 姜晓光：《互文性理论视角下的大学英语阅读教学》，《学理论》2010 年 2 月 25 日。

9. 吕宗慧：《模因论视角下的互文性阅读教学模式》，《学理论》2010 年 2 月 25 日。

10. 戚田莉：《预制语块在大学英语写作中的互文效应》，《电大理工》2009 年 12 月 28 日。

11. 段慧敏：《作为创作技法和阅读手法的互文性》，《国外理论动态》2010 年 3 月 4 日。

12. 陈洪宇、王爱民、牛萌颖：《英文动画片的互文性与英语语言学习——以〈狮子王 I〉为例》，《电影评介》2010 年 1 月 23 日。

13. 翁瑾：《小议互文性对外语教学的促进作用》，《黑龙江科技信息》2010 年 8 月 15 日。

14. 王淑华：《英语阅读教学的互文性视角》，《中国成人教育》2010 年 12 月 15 日。

15. 贾素清：《互文性与师生关系的语篇建构》，硕士学位论文，天津商业大学，2010。

16. 刘英：《语文课堂互文性阅读教学的构建》，《现代中小学教育》2010 年 4 月 20 日。

17. 潘敏芳：《基于互文性理论的大学英语教师职业要求》，《湖北函授大学学报》2010 年 6 月 30 日。

18. 屈笃仕：《知音与阅读》，硕士学位论文，2009。

专题八　互文性与传播学研究

1. 郭光华：《国际传播中的互文性探讨》，《国际新闻界》2010 年 4 月 23 日。

2. 郭小平、王子毅、董朝：《"贾君鹏事件"：媒介事件与社会的"集体记忆"》，《今传媒》2009 年 12 月 5 日。

3. 韩丛耀、黄榕：《〈新周刊〉封面的视觉传播学分析》，《中国出版》2010 年 7 月 23 日。

4. 刘慧：《当代中国传播话语分析初探》，硕士学位论文，云南大学，2010。

5. 徐翔、邝明艳：《接受与效果研究中的"潜文本"——文学理论与传播研究的交叉视角》，《文艺理论研究》2010 年 1 月 25 日。

6. 王力博：《多元化视角下的音乐传播学建构——读汪森、余烺天著〈音乐传播学导论——音乐与传播的互文性建构〉》，《交响（西安音乐学院学报）》2010 年 6 月 25 日。

7. 谭叶：《从仿拟的角度解读传媒话语的互文性》，《武汉船舶职业技术学院学报》2010 年 12 月 25 日。

8. 侯雨：《网络"恶搞"现象研究》，硕士学位论文，河北大学，2010。

专题九　互文性与其他文体研究

1. 田军：《下行公文及其转发文本的互文性分析》，硕士学位论文，2009。

2. 魏敏：《俄语报刊政论语体的体裁互文性研究》，硕士学位论文，2009。

3. 张培铸：《英文商务合同的批评性话语分析》，硕士学位论文，2009。

4. 王暄：《英语政治演讲的互文性分析》，硕士学位论文，长春理工大学，2010。

5. 王济华：《辩论文本的反互文性解读——基于美国总统竞选电视辩论的分析》，《湖南人文科技学院学报》2009 年 12 月 28 日。

6. 唐小娟：《新文类的互文策略》，《理论界》2010 年 2 月 10 日。

7. 李文梅、杨建杰：《论外贸英语函电的互文性建构》，《咸宁学院学报》2010 年 12 月 15 日。

8. 蔺亚琼：《学术规范的互文性研究——以"引文与注释规范"为分析对象》，《高校教育管理》2010 年 9 月 10 日。

9. 崔杨：《互文性的社会语用功能研究》，硕士学位论文，2009。

10. 原永康：《巴拉克·奥巴马总统获胜演说和就职演说的互文性分

析》，硕士学位论文，2010。

11. 石兴平：《英文公司简介的互文性分析》，硕士学位论文，重庆大学，2010。

12. 吴忠华：《英语学术论文中话语借用研究》，硕士学位论文，浙江大学，2010。

13. 陈佳璇、胡范铸：《1972～1975 年的社会批判：〈管锥编〉与撰述语境的互文性分析》，《东吴学术》2010 年 11 月 15 日。

14. 储丹丹：《文史类学术论文摘要语篇的互文分析》，硕士学位论文，复旦大学，2010。

15. 赵书峰：《瑶族"还家愿"仪式及其音乐的互文性研究——以湖南蓝山县汇源瑶族乡湘蓝村大团沅组"还家愿"仪式音乐为例》，《中国音乐》2010 年 10 月 18 日。

16. 马作柱、韩鲁华：《一座理应得到更多重视的塔——试论〈高兴〉中"锁骨菩萨塔"的意义》，《西安建筑科技大学学报（社会科学版）》2010 年 9 月 30 日。

17. 张岩：《科技语篇语法隐喻的语篇功能研究》，《湖南科技学院学报》2010 年 4 月 1 日。

18. 汤永雷：《互文性角度看奥巴马上海演讲》，《昭通师范高等专科学校学报》2010 年 6 月 25 日。

19. 任凤梅：《法律语篇的互文性及其认知机制研究》，《天中学刊》2010 年 8 月 15 日。

20. 马聪敏：《〈文心雕龙·事类〉的狭义互文性》，《名作欣赏》2010 年 10 月 1 日。

21. 段西明：《社论的批评性话语分析》，硕士学位论文，东华大学，2009。

22. 廖华英、石立林：《科技术语的符号及语符互文性研究——以 plasma 的定名为例》，《中国科技术语》2010 年 6 月 25 日。

23. 曾洪伟：《哈罗德·布鲁姆的宗教批评》，《世界文学评论》2010 年 5 月 31 日。

24. 杨曙：《近二十年两岸三地华语片文化状态比较》，博士学位论文，扬州大学，2010。

25. 纪卫宁：《体裁互文性视角下的教育机构话语的商业化研究》，《西南民族大学学报（人文社会科学版）》2010 年 9 月 10 日。

26. 蒋寅：《旧学新知：李审言〈文选〉学的时代意义》，《文学遗产》2010 年 1 月 15 日。

十　互文性研究的其他文章

1. 王凯、林帆：《蝴蝶效应》，《美术报》2010 年 3 月 27 日。

2. 王东波：《当代审美文化视域中的绘本》，硕士学位论文，2010。

3. 李昂：《中国古代祆教美术遗存的互文性及其意义的探究》，硕士学位论文，2009。

4. 王天祥：《解析"超设计"》，《文艺研究》2009 年 12 月 10 日。

5. 张再林：《中医"身体符号"系统的特征及其意义》，《学术月刊》2010 年 10 月 20 日。

6. 李刚、高洁：《潜在的互文性——观朗香教堂与光之教堂有感》，《美术大观》2010 年 5 月 8 日。

7. 吴泓缈：《"身是菩提树"的符号学分析》，《文化与诗学》2009 年 12 月 15 日。

8. 翁银梓：《还原历史的真相》，硕士学位论文，浙江师范大学，2010。

9. 宋永亮：《盲点与还原》，硕士学位论文，山东师范大学，2010 年 6 月 10 日。

10. 胡景敏：《现代知识者的忧思之旅》，博士学位论文，中国社会科学院研究生院，2010 年 5 月 1 日。

部分外文参考文献

1. Barthes, Roland. *"The theory of the text"*, in *Untying the Text：A Post － Structuralist Reader*, ed. Robert Young, London：Routledge & Kegan Paul, 1981.

2. Barthes, Roland. *Critical Essays*, trans. Richard Howard, Evanston：Northwestern University Press, 1972.

3. Barthes, Roland. *Image－Music－Text*, trans. Stephen Heath, London：

Fontana, 1977.

4. Barthes, Roland. *The Pleasure of the text*, trans. Richard Miller, London: Cape, 1976.

5. Barthes, Roland. *Elements of Semiology*, trans. Annette Lavers & Colin Smith, New York: Hill and Wang, 1967.

6. Barthes, Roland. *Writing Degree Zero*, trans. Annette Lavers & Colin Smith, New York: Hill and Wang, 1967.

7. Barthes, Roland. *The Rustle of Language*, trans. Richard Howard, New York: Hill and Wang, 1986.

8. Barthes, Roland. *Criticism and Truth*, trans. Katrine Pilcher & Keuneman, Minneapolis: University of Minnesota Press, 1987.

9. Saussure, Ferdinand. *Course in General Linguistics*, trans. Wade Baskin, New York: McGraw - Hill, 1966.

10. Eagleton, Terry. *Literary Theory: An Introduction*, London: Basil Blackwell, 1983.

后　记

　　书成写后记，惯例使然。后记的寥寥数语，有时竟是整本书中最难下笔的部分，这也是常事。近数日来，思绪万千，夜不能寐，各种有关结尾或总结的设想，像扑打礁石的海浪，千百次地粉粹又愈合，却始终不能"定格"。杜甫说："为人性僻耽佳句，语不惊人死不休。"这是诗圣境界，笔者自然不敢妄自攀附。但诗人这种力求毫发无憾的精神却令人神往。著书作文，固然不必以推敲惊人警世之语为务，然而，以为学之名"率尔操盘"，毕竟不同于网络游戏。因此，每每临屏"舞文"，总不惜呕心沥血，不到交稿的最后期限，绝不肯放弃西西弗斯式的劳作。然而，黑纸白字的文本编织，注定只能是一种"放弃的艺术"，所谓"诗海无边，搁笔是岸"。从这个意义上说，本书也只能算作是仓促搁笔的"半成品"。

　　以笔者对互文性理论的浅见看，任何文本都不是真正意义上的"完成品"，即便是那些被公认的经典，也只能是作者遗憾地放弃进一步完善之意愿的"半成品"。从一定意义上说，任何文本都只不过是作者意念之舞的化石，是作者在场或缺席时的化身。在其与读者共舞的时刻，化石重获生命，化身归复原型。白纸黑字，只是文本的外衣，从本质上讲，文本是天地万物无限联系和永恒运动的符号化表征，正是从这个意义上我们才可以说，文本是天地之舞、山川之舞、众生之舞……作者与读者之间声应气求的"心灵之舞"！套用艾丽丝·门罗的说法，任何文本，都只是作者传情达意的"快乐影子之舞"（Dance of the Happy Shades）。

　　荧屏上的这种快乐的影子之舞，在一定程度上具有哲学意义上的本体论色彩，它们是真正的"网络幽灵"："无从所来，亦无所去"，有的只是影子与影子无穷无尽的交叠与离散。在文本之间的这种"瞻之在前，忽焉在后"

的群舞之中，互文性的本质得到了形象化的呈现。面对屏幕上忽隐忽现的文本，联想到"無"与"舞"的本义通释，我们不禁对老子"有无相生"的高论拍案叫绝，对庄子"形之不形"的绝妙卮言有新的领悟。我们这些端坐荧屏之前的"写读者"，对"文之舞"的奥秘其实早已了然于心，因为我们既是其导演，也是其观众。我们所缺少的只是反思和冥想的时间和耐心。

雷锋有句名言："一滴水只有放进大海里才永远不会干涸。"他说的是个人和集体的关系。在我看来，这句话似乎也可以用来描述互文性的特点。作家阎连科走进西单图书大厦，看到自己的作品犹如浩瀚海洋中的一滴水珠，自尊心顿时大受挫伤。走出书店时，他朝门前巨书叠拼的铜塑"狠狠地踹了一脚"。看来，即便职业作家也会时有"言之不足"的无奈。郁闷无以言表，何妨"投足以歌"？谁也不会责怪作家的"舞姿"有失风雅，因为这个灵珠善舞的多情汉子，或许只不过是在意念中踹了"情人"一脚而已。我们更愿意相信，书店里的那一片让他怅然若失的文本瀚海之中，隐藏着他朝夕共舞的至爱。他应该对自己的立言不朽而自豪——因为他已成为大海里永不干涸的水滴。

博学多识的本雅明，曾期望写一本全由引文组成的著作，这个想法显然比钱钟书式的"管锥"或博尔赫斯式的"衍化"更为彻底，这个"集古为新"念头，曾经如同一个迷人的舞伴，在本雅明的脑海里纠缠不休。遗憾的是，命不假年，他终究未能如愿。不过，本雅明这个奇妙的想法却闪耀着互文性思想的光辉，在当下这个"电子复制时代"，激起了人们对"灵光消逝"的无尽怀想。

纵观文本的历史，不难发现，绝大多数有形有影的文本，在问世之时，就已注定它会如同船行江面过水无痕，但只要船在前行，水痕就不会消失，只不过那水痕已不再是孔子或柏拉图当年所见到的样子。尽管一切具体的纸质文本，最终都将成为时间的灰烬，但总会有人期望立言不朽，总会有人坚信经典长存。即便那与世长存的也未必一定是传统意义上的文本，但我们在生生不息的"时代精神"中总能看到古人的身影。每一个民族都离不开凝结于"民族精神"的民族经典，那个被人们称为"经典"的魂魄时刻与我们相伴，事实上，"经典"的躯壳里所包含的正是我们当代人的心灵。孔子面对河流感叹逝者如斯夫！庄子宣称古之人与其不可传也死矣。但我们不必因此悲观。我们也许不能肯定，现代人吸入的空气里是否像莎士比亚所说的那样，包含着先人叹息时呼出的"气分子"，但可以肯定的是，炎黄子孙的文脉里，一定保留着孔孟老庄的"文化基因"。雪莱说"我们都是希腊人"，是否可以理解为"往圣先贤与我们同行"？克罗齐说"一切历史都是当代史"，是否可以推论出"一切经典都是当代作品"？有鉴于此，笔者才欣欣然重拾《比特之境》中讨论文学经典的话题，把某些意犹未尽的趣话，借互文性之名再演一回。

在这个所谓"人人都是艺术家"的网络时代，鼠标一点，即可"笼天地于'屏内'，挫万物于'终端'"。电子文本有如欢快的精灵在方寸荧屏之间左右跳转，上下游弋，它们既不需要藏之名山，也不期望传诸后世。它们的生命在虚无与实有的交界处翩翩起舞，时而匿迹销声，时而光彩夺目，它们被复制、被贮存、被电邮、被微博、被微信……"似乎永远无家可归，却又随时拥有世界"——这或许是"逍遥上网"的屏舞守望者"网上逍遥"的最真切的感受。

在网络超文本的世界里，人人都是匆匆过客，没有世代不移的土著。网络文本阅读者，通常并不太在意文本的开头和结尾，因为它们原本就无所谓开头，也没有真正的结尾。网上逍遥的妙处就在于：分明是出发远方，却更像是久别重回；且喜处处是归程，乐见长亭更短亭！在这里，无须深究逻辑链条的起承转合，因为这里处处都是思想交叉的小径。河到将近水穷处，河里有河；山在虚无缥缈间，山外有山。每个入口都直达中心且与出口比邻，无论哪一条道路，都可以任凭你从黎明走到黄昏。但网络写读者，常常无意于品鉴文本韵味的深浅及浓淡，他们更关心的往往是信息发布的新旧与多寡。网络写读，是声音与画面交相并作的文本舞蹈，是视觉与听觉回归本性的复合与狂欢。这就是我们所谓集"互文""互视""互介"于一身的"文之舞"，读屏时代，欣悦的文本在"写读者"眼前，翩翩起舞！

最近读到一位极少谈诗的同龄友人重评毛泽东诗词的文章，甚为震撼。他对毛泽东诗词的精深剖析令人叹服。感佩之余，忽有所悟。却原来，谙熟"毛诗"正是笔者这一代人的"童子功"。小时候，几乎无书可读，唯有毛诗词烂熟于心。那时候的作文，常常会见到这样的句子："山舞银蛇，原驰蜡象。"那是诗人望长城内外时为北国风光刻画的雕塑；"赤橙黄绿青蓝紫，谁持彩练当空舞？"那是画家精心绘制的大柏地雨后斜阳；"到处莺歌燕舞，试看天地翻覆！"那是家乡家家户户门楣上最常见的楹联;"坐地日行八万里,巡天遥看一千河。"那是哲人思索星月炫舞及宇宙之谜所能想到的最浪漫的诗句:"长夜难明赤县天,百年魔怪舞翩跹。"那是革命家对中华民族刻骨铭心的苦难历程的最深刻理解……这些浪漫的诗句,曾经以"飘若浮云,惊若蛟龙"的毛家狂草,书写在目所能及的大街小巷和村墙岩壁之上。那些"龙飞凤舞"的"毛诗",几乎每首都被谱曲编舞,规范了那个时代最重要的文娱生活方式。毕竟被"毛诗"的各种文本浸泡了数十年,在讨论互文性理论的时候,毛诗常常会突如其来地从心底蹦出来"说法"与"作证"。当然,本书引用"毛诗"阐释作为"文本动力学"的互文性理论,未必处处恰如其分,但笔者拈出"文之舞"这几个字时,几乎同时想到了"四海翻腾云水怒,五洲震荡风雷激"等毛诗歌舞和毛体草书。遗憾的是,对很多人来说,那些象征文化革命的狂歌劲舞场面,裹挟着太多令人难以忘怀的悲惨记忆。

随着读图观画的比例在读书过程中的逐渐增加,我们对"舞"之于人类交流互动的重要意义的认识也在不断加深。无论在什么样的境况下,"近取诸身"的歌舞,都可以视作人类心中欢快的精灵。从远古"击石拊石、百兽率舞"的时代开始,身体语言便成了人类生活中最核心的表情达意方式,直到今天,我们的日常生活中最基本的信息,仍然直接源于身体语言。有人说,身体是最原始、最粗野同时也是最现代、最精微的文本。"懒人听书"播放的蒋勋讲《身体美学》,甚至把舞蹈说成是"身体美学的巅峰"。基于这样一些认识,再联想到身体之于语言,身体之于文字等诸多有趣现象,笔者尝试着将有关"身体写作"的部分批评文字,纳入到互文性研究的视野之内,以期发掘出些微不同于流行说法的说法。

刘勰说万品皆文,宗白华说天地是舞。浩瀚星空,形形色色的星体按照宇宙天体的节律旋转、回环,这些我们所能想象得出的最宏伟的景象,可谓是自然界最原始的神话、最动人的诗篇、最壮观的舞蹈!日月叠璧,山川焕绮,既是文论家对"道之文"的华美设喻,同时也是对"天地是舞"的绝妙诠释。庄子说:"庖丁解牛,合于桑林之舞,乃中经首之会……以神遇而不以目视,官知止而神欲行,依乎天理……提刀而立,为之四顾,为之踌躇满志。"这种技进乎艺、艺近乎道的境界,在网络艺术家那里有了更进一步的发展,在一个数字复制时代,自然"天理"的奥秘被数字化程序纷纷破解。庄子津津乐道的庖丁解牛和运斤成风之类的奇迹，在数字化程序设定之后即刻变成了常规。事实上，在这个数字化生存的比特之境，一切人间奇迹都已经或即将变成常规，而一切常规又都有可能为这个时代创造奇迹。一旦"彻悟'芯'源"，当即"万物备我"。数字化的神奇之舞有如马克思所说的惊险一跳，它以比特之名虚拟出了真正意义上的"万物齐一"之境。从这个意义上说，文之舞的空间真可谓致广大而尽精微，绝四海而弥古今。在这种背景下，文本之间的关系变得更为复杂，借用一句网络流行语来说，那就是——谁也分不清，谁是谁梦中的过客？谁也算不准，谁是谁生命中的轮回？

叶维廉在《中国诗学》中指出："现代诗人以至小说家都企图突破文字的基本性能，利用主旨的复叠、逆转、变化，并用先前藏，后应合的方法，以动速（tempo）推助，时拉紧，时放松，时跳跃、时滑溜的节奏，达成近乎音乐中纯粹的境界。冥冥中应了 Walter Pater 的话：一切艺术都意欲进入音乐状态。"① 不难看出，无论是主旨的复叠、逆转、变化，还是节凑的拉紧、放松、跳跃、滑溜，这一连串以文字类比音乐的动词，没有一个字不适用于我们对"文之舞"的描述。这是因为诗舞乐在其起源上具有鲜明的同族性胎记，在其诉诸视听的运动与节奏等方面，也有诸多神形相似或血脉相连之处。在《"出位之思"：媒体及超媒体的美学》一文中，叶维廉说，厄尔都一直在设法恢复一种看法，恢复一种介乎手势与思想之间的独特语言。不同媒体仿佛可以在一种"中心的表现"里发生，而无须特别迁就任何一种媒体。厄尔都试图通过他的实验剧唤醒观众感官的全面敏感性，他要在诗舞乐的表演中再现初民那种既是生活同时也是艺术的群聚活动和祭祀仪式。在数字技术被成熟地应用于艺术之前，每一个媒体通常只能表达我们全面感官的一个层面，艺术家需要别的媒体的表现力来补充或支持，而超文本（超媒介）等综合媒体，似乎正在接近厄尔都所谓的"中心的表现"，超文本家族的超媒介就是一个全能的舞者，她不必迁就其他媒体，而通常只会以"互介性"的名义包容或覆盖其他媒体。

从美学的视角看，"艺术意境之表现于作品，就是要透过秩序的网幕，使鸿蒙之理闪闪发光。这秩序的网幕是由各个艺术家的意匠组织线、点、光、色、形体、声音或文字成为有机谐和的艺术形式，以表出意境。"在

---

① 叶维廉：《中国诗学》，三联书店，1992，第 293 页。

这里，宗白华先生拈出的"网幕"二字显然与网络无关，却如此令人惊叹地暗合于网络！这种巧合绝非偶然，细究起来不难发现，支配这种"偶然"背后的那种"必然"，正是互文性理论的哲学基石。在宗白华看来，"舞，这最高度的韵律、节奏、秩序、理性，同时是最高度的生命、旋动、力、热情，它不仅是一切艺术表现的究竟状态，且是宇宙创化过程的象征……行神如空、行气如虹。在这时只有'舞'，这最紧密的律法和最热烈的旋动，能使这深不可测的玄冥境界具象化、肉身化。"[①] 宗白华的这些先知式的预见让我们体悟到，网络写读者"以追光蹑影之笔，写通天尽人之怀"，使蛰伏于文本中的舞之灵挣脱了白纸黑字的禁锢，将普普通通的"线、点、光、色、形体、声音或文字"转化成屏幕间飞仙般夺人眼目的"文之舞"。

必须指出的是，文之舞，绝非网络文本的专利，事实上一切文本都隐藏着独具特色的舞姿。屈原奏九歌而舞韶乐，李白对影邀月舞花间。挑灯看剑的辛弃疾与松醉舞："昨夜松边醉倒，问松'我醉何如'？只疑松动要来扶，以手推松曰'去'！"细雨骑驴的陆放翁与酒狂舞："老子舞时不须拍，梅花乱插乌巾香。樽前作剧莫相笑，我死诸君思此狂。"鲁迅《赠日本歌人》"莫向遥天望歌舞"。冰心撰《观舞记》献给印度舞蹈家卡拉玛姐妹："假如我是个诗人，我就要写出一首长诗，来描绘她们的变幻多姿的旋舞。假如我是个画家，我就要用各种的彩色，渲点出她们的清扬的眉宇，和绚丽的服装。假如我是个作曲家，我就要用音符来传达出她们轻捷的舞步，和细响的铃声。假如我是个雕刻家，我就要在玉石上模拟出她们的充满了活力的苗条灵动的身形。然而我什么都不是！我只能用我自己贫乏的文字，来描写这惊人的舞蹈艺术。……我只是一个欣赏者，但是我愿意努力说出我心中所感受的飞动的'美'！"艾青看乌兰诺娃跳舞，写下了"像云一样柔软，像风一样轻"的诗句，在诗人笔下，柔云、轻风、明月、静夜在轻歌曼舞，他的诗句所烘衬的静谧、甜美，组成了一幅具有飞动之美的图画。如果说诗人是"带着镣铐跳舞"，那么小说家则可以说是"挣脱锁链的舞者"，如王蒙、莫言等等，他们的作品多是几近失控的文本的狂欢，字字句句有如凌空飘舞的丝带……至于网上诸家，从我吃西红柿、

---

① 宗白华：《中国艺术意境之诞生》，《时与潮文艺》1943 年 3 月创刊号。

唐家三少、梦入神机、天蚕土豆到骷髅精灵、跳舞、苍天白鹤、风凌天下等等，他们笔下的故事并非全然天马行空，也并非完全无视传统文学常规，事实上，这些人的写作反倒具有更强的模仿性，这或许是由于他们的传统文学修养相对欠缺，因而自出机杼地编织文本的能力也相对弱一些。他们的"文之舞"反倒是更多地在重复自己的节奏或模仿他人的步调。当然，上述这些镶嵌着"舞"字的诗文，未必能有效切入文之舞的实质层面，即便是我们反复提及的那些飞舞于荧屏间的文本，也不过是些比拟化的皮相之论而已。但这些表浅层次的文字，至少可以为我们从感官层面走向互文性之舞的堂奥深处提供些铺路的沙石。

晋人郭璞说："林无静树，川无停流。"我们认为，文本如林如川，性状亦复如是。文之舞，说到底是万物变动不居的写照。本书的文之舞更准确地说应是"屏文之舞"，可以概括为互文性理论支撑下超文本的系统关联与普遍贯通。这些文字，仍然是以传统文论的基本概念描述和反思网络文学文本的产物。本书有意回避具体的网络文学作品，是因为笔者的下一本《中华网络文学史》将会大量分析和评介网上的名作名家。正如跳舞有急有缓、有进有退一样，著书之说也必须有行有让、有略有详。钱钟书先生说"反其道以行也是一种模仿"。蒋寅先生认为"趋"与"避"都是互文性的体现。这本《文之舞》或许可以看作是《比特之境》的演绎和补充，而下一本《中华网络文学史》或许可以看成是《文之舞》的补充和演绎。由此我们不难想见互文性理论的另一深刻之处：我们不仅仅在相似文本中看到模仿与趋同，在那些看不出相似相通的地方，仍旧能够清晰地感受到文本之外的那个"無/舞"的存在。"创作力的潜势力，是作品的背景，而从作品本身不一定看得清楚"，但以互文性视角观之，一切都会有另一番景象，"好比从飞沙、麦浪、波纹里看见风的姿态"①，在那些对"互文本"未置一词的文本中，我们一样可以感受到互文性的微风在轻轻拂动。

此刻，在这微风轻拂、阳光如水的秋日正午，我坐在地坛方泽坛边的古木荫下，捧着 E 人 E 本，为这本小书修改后记，突然意识到，自己作为地坛周边的居民已有十几个年头了。忽然说到地坛，或许有些突兀，这就

---

① 钱钟书：《七缀集》，三联书店，2002，第 2 页。

如同偌大的现代都市之中镶嵌着地坛这样一块古老的林地一样突兀。但想到本书与地坛的深厚缘分在全书中居然只字未提，心中不免有些愧疚，权当在此插播一条还情的广告吧。作为地坛常客，记不清遭遇过多少次庙会的狂欢，见证过多少次书市的喧闹，旭日东升之前，晨练汉挥拳舞剑的身影越聚越多；月挂树梢之后，健身女弄扇飞绸的队伍渐舞渐散。有趣的是，我们一家人也曾都是地坛"西藏锅庄舞"健身群体中的成员。

地坛是一本厚重的历史巨著，我们每个进进出出的人，都是这个巨型文本中的微文本。每日黄昏时分，古老而又年轻的地坛总会聚集无数的健身舞者，他们如不同的文字与词汇被一个称为"生活"的作家编织到地坛这篇文章之中。从他们自由自在的舞蹈中，我充分体悟到互文性的秘密，无论是参与其中，还是静坐旁观，我都能感受到激情与肢体如文本一样交相呼应的愉悦气氛。事实上，本书中的许多靠谱与不靠谱的想法，正是在地坛的漫步、小憩或跳舞过程中诞生的。

每次走进地坛，总会想起史铁生的《我与地坛》。在作家心绪最为低落的那些年月，他曾天天光顾这个古园，在老树颓墙边默坐呆想，清理纷乱的思绪，窥看自己的心魂。他歌唱那祭坛石门中的落日，回想那园中最为落寞的时间："暴雨骤临，激起一阵阵灼烈而清纯的草木和泥土的气味，让人想起无数个夏天的事件；秋风忽至，再有一场早霜，落叶或飘摇歌舞或坦然安卧，满园中播散着熨帖而微苦的味道……"这些优美的文字，是落魄的轮椅诗人与颓败的皇家祭园互诉衷肠、依依对舞的见证。

史铁生描写地坛深夜的唢呐声："时而悲怆时而欢快，时而缠绵时而苍凉，它响在过去，回旋飘转，亘古不散。"遗憾的是我们再也听不见。我从未在地坛遇见过这位"心灵的舞者"，而且以后也不会有这样的机会，因为作家已经魂归天阙。对于我们这些"肉身的舞者"来说，永恒的缺失反倒会激起无尽的怀念，正如无言之于互文性具有更丰富的意义一样。史铁生说，地坛的太阳，每时每刻都是夕阳也都是旭日："当他熄灭着走下山去收尽苍凉残照之际，正是他在另一面燃烧着爬上山巅布散烈烈朝辉之时。有一天，我也将沉静着走下山去，扶着我的拐杖。那一天，在某一处山洼里，势必会跑上来一个欢蹦的孩子，抱着他的玩具。当然，那不是我。但是，那不是我吗？宇宙以其不息的欲望将一个歌舞炼为永恒。"作者笔下的朝晖夕阳或旭日残阳的意象交相叠印，有如网络视屏里的互视性转换，其象征意味悠远深长，在这奇妙的"是我"与"不是我"的神秘跳转之间，我们看到了一个互文性的身影时隐时现——那不就是和地坛一样不朽的史铁生吗？

利奥塔说，非电脑化的知识都将惨遭淘汰！数据库成了后现代人的本性！我高兴地看到史铁生的所有作品几乎都已乔迁比特之境，它们与柔枝善舞的网络文本之林已经连成了一片，就像一条源头消失的河流终于汇入了永不干涸的海洋。事实上，多姿多彩的书面文本正在大规模地向网络虚拟空间乔迁，我们在网络上几乎可以看到各种媒介形式的史铁生文本。如今，书与屏之间，已不只是一个简简单单的互介关系，一方面，传统书籍的内容纷纷涌入形形色色的数据库，另一方面，高级终端的界面却越来越接近于书页，借用利奥塔的概念来说，知识化的电脑与电脑化的知识之间的界限已经越来越模糊。一个更富有象征意味的巧合是，克里斯蒂娃定义互文性的马赛克拼贴论，在屏幕上得到最生动的"图示"。譬如说，屏幕上那个眉飞色舞地向我们演说的克里斯蒂娃，活灵活现，却实非其人，她不过是电脑屏幕上的一组组"马赛克"之舞而已，我们看到的只是一种虚拟的幻影。从互文性的视角看，"快乐的影子"跳不跳舞因媒介而定，"坐地巡天"之行与不行得依视点的差异来区分，说到底，文本之舞形式上是光波之舞，本质上说，它们应该是作者与读者的思想共舞。从物理学的视角看，无论是书面文本还是电子文本，并不存在真正意义上的静止状态，我们之所以能感受到文本之舞的魅力，实在是物体表面反射出的光波舞动的结果而已。

必须指出的是，为了行文和阅读方便，本书将包括引文在内的所有"本文"统一写成了"文本"，这既是编辑的意见，也是理论概念渐趋简化的一种网文风气。刘云舟在翻译《从文学到影片》一书时，对法文 texte 一词在不同语境下的含义进行了不同的处理。当该术语概念涉及现代本文理论的含义时，他就将其译为"本文"，当该词仅仅指文章或文字的表述时，他就译其为"文本"。这种严谨的治学态度值得钦佩，本书初稿也尝试将二者作严格区分，但后来发现，这种区分也往往会造成一些不必要的麻烦，因为"文本"与"本文"的意义有时候几乎是无法区分的，更何况本书中文本的意义，大多数时候在传统文本理论限定的范围之外。

图书在版编目(CIP)数据

文之舞:网络文学与互文性研究/陈定家著.
— 北京:社会科学文献出版社,2014.3
(中国社会科学院文学研究所学术文库)
ISBN 978 - 7 - 5097 - 5238 - 8

Ⅰ.①文… Ⅱ.①陈… Ⅲ.①中国文学 - 当代文学 -
文学研究 Ⅳ.①I206.7

中国版本图书馆 CIP 数据核字 (2013) 第 257855 号

·中国社会科学院文学研究所学术文库·
文之舞
———网络文学与互文性研究

著 者/陈定家

出 版 人/谢寿光
出 版 者/社会科学文献出版社
地 址/北京市西城区北三环中路甲 29 号院 3 号楼华龙大厦
邮政编码/100029

责任部门/人文分社 (010) 59367215 责任编辑/张倩郢
电子信箱/renwen@ ssap. cn 责任校对/王明明
项目统筹/宋月华 张倩郢 责任印制/岳 阳
经 销/社会科学文献出版社市场营销中心 (010) 59367081 59367089
读者服务/读者服务中心 (010) 59367028

印 装/北京季蜂印刷有限公司
开 本/787mm×1092mm 1/16 印 张/25.25
版 次/2014 年 3 月第 1 版 字 数/411 千字
印 次/2014 年 3 月第 1 次印刷
书 号/ISBN 978 - 7 - 5097 - 5238 - 8
定 价/98.00 元